A RAINHA MARGOT

ALEXANDRE DUMAS

A RAINHA MARGOT

Tradução
BRUNO RIBEIRO DE LIMA
LARA NEVES SOARES

Prefácio
MARIA LÚCIA DIAS MENDES

Copyright © Editora Manole Ltda., por meio de contrato com a tradutora.
Título original em francês: *La reine Margot*

Amarilys é um selo editorial Manole.

Este livro contempla as regras do Acordo Ortográfico
de 1990, que entrou em vigor no Brasil.

Editor-gestor: Walter Luiz Coutinho
Editor: Enrico Giglio
Produção editorial: Luiz Pereira
Preparação: Susana Boatto e Pamela Oliveira
Revisão de prova: Ana Maria Fiorini
Projeto gráfico e editoração eletrônica: Studio DelRey

Dados Internacionais de Catalogação na Publicação (CIP)
(Câmara Brasileira do Livro, SP, Brasil)

Dumas, Alexandre, 1802-1870.
A rainha Margot / Alexandre Dumas ; tradução
Bruno Ribeiro de Lima, Lara Neves Soares. --
Barueri, SP : Amarilys, 2016.

Título original: La reine Margot.

1. Romance francês I. Título.

16-08032   CDD-843

Índices para catálogo sistemático:
1. Romances : Literatura francesa 843

Todos os direitos reservados.
Nenhuma parte deste livro poderá ser reproduzida, por qualquer processo,
sem a permissão expressa dos editores. É proibida a reprodução por xerox.

A Editora Manole é filiada à ABDR – Associação Brasileira de Direitos Reprográficos.

Editora Manole Ltda.
Av. Ceci, 672 – Tamboré
06460-120 – Barueri – SP – Brasil
Tel.: (11) 4196-6000 – Fax: (11) 4196-6021
www.manole.com.br / www.amarilyseditora.com.br
info@amarilyseditora.com.br

Impresso no Brasil / *Printed in Brazil*

SUMÁRIO

9   *Prefácio:* "A rainha Margot e a sedução do romance folhetim"

A RAINHA MARGOT

25	I. O latim do senhor de Guisa
42	II. O quarto da rainha de Navarra
58	III. Um rei poeta
74	IV. A noite de 24 de agosto de 1572
85	V. Do Louvre em particular e da virtude em geral
98	VI. A dívida paga
112	VII. A madrugada de 24 de agosto de 1572
132	VIII. Os massacrados
146	IX. Os massacradores
163	X. Morte, missa ou Bastilha
180	XI. O espinheiro do cemitério dos inocentes
194	XII. As confidências
204	XIII. Como há chaves que abrem portas às quais elas não foram destinadas
218	XIV. Segunda noite de núpcias
229	XV. O que a mulher quer, Deus quer
248	XVI. O corpo de um inimigo morto sempre cheira bem
263	XVII. O colega do mestre Ambroise Paré
273	XVIII. Os regressados

285	XIX. A morada do mestre René, o perfumista da rainha
300	XX. As galinhas pretas
310	XXI. Os aposentos da senhora de Sauve
322	XXII. "Sire, você será rei"
329	XXIII. Um novo convertido
345	XXIV. A rua Tizon e a rua Cloche-Percée
360	XXV. O casaco cereja
373	XXVI. Margarida
382	XXVII. A mão de Deus
390	XXVIII. A carta de Roma
399	XXIX. A partida
407	XXX. Maurevel
413	XXXI. A caça com cães
425	XXXII. Fraternidade
435	XXXIII. O reconhecimento do rei Carlos IX
444	XXXIV. Deus dispõe
458	XXXV. A noite dos reis
468	XXXVI. Anagrama
476	XXXVII. A volta ao Louvre
490	XXXVIII. O cordão da rainha-mãe
502	XXXIX. Projetos de vingança
521	XL. Os átridas
534	XLI. O horóscopo
544	XLII. As confidências
558	XLIII. Os embaixadores

567	XLIV. Orestes e Pílades
579	XLV. Orthon
594	XLVI. A hospedaria La Belle-Étoile
607	XLVII. De Mouy de Saint-Phale
616	XLVIII. Duas cabeças para uma coroa
631	XLIX. O livro de caça
641	L. A caça com aves
653	LI. O pavilhão de Francisco I
664	LII. As investigações
677	LIII. Actéon
686	LIV. O bosque de Vincennes
696	LV. O boneco de cera
712	LVI. Os escudos invisíveis
721	LVII. Os juízes
733	LVIII. A tortura das botas
745	LIX. A capela
752	LX. A praça Saint-Jean-en-Grève
759	LXI. A torre do Pelourinho
771	LXII. O suor de sangue
778	LXIII. A plataforma da torre de Vincennes
785	LXIV. A regência
791	LXV. O rei está morto: viva o rei!
799	LXVI. Epílogo
811	*Notas*

PREFÁCIO:
A RAINHA MARGOT E A SEDUÇÃO DO ROMANCE FOLHETIM

A obra que você tem nas mãos, caro leitor, é um primoroso romance folhetim. E, como todo romance folhetim, extremamente sedutor.

A rainha Margot é uma narrativa que traz, muito bem urdidas, algumas inquietações importantes para o romantismo de uma forma muito acessível a grande parte dos leitores. Mistura paixão, ódio, intolerância, vingança, desejo, ambição, traição, mistério, aventura, amizade, poder: todas as paixões que movem os homens desde os primórdios. Reúne todos os ingredientes necessários para fisgar até mesmo o leitor mais resistente ao gênero.

Escrita por Alexandre Dumas em parceria com Auguste Maquet para o jornal *La Presse* e publicada de 25 dezembro de 1844 a 5 de abril de 1845, é o primeiro romance da chamada *Trilogia Renascentista* ou *Trilogia das Guerras de Religião*, cuja sequência são os romances *A Dama Monsoreau* e *Os Quarenta e Cinco*.

No Brasil oitocentista, *A Rainha Margaridita* chegou apenas alguns meses depois de ter saído na França, publicado pelo *Jornal do Commercio* do Rio de Janeiro, de 29 de dezembro de 1845 a 19 de abril de 1846, e provocou o sucesso esperado, pois trazia a assinatura de Alexandre Dumas, uma grife que provocava a curiosidade do leitor.

Quanto ao autor, não é necessário dizer muito. "O nome de Alexandre Dumas é mais que francês, é europeu; mais que europeu, é universal", como escreveu Victor Hugo a Alexandre Dumas Filho, no dia em que as cinzas do pai do Conde de Monte-Cristo foram exumadas no pequeno cemitério de Villers-Cotterêts, cidade de onde um dia partiu para conquistar o mundo.

Alexandre Dumas (1802-1870), pode-se afirmar sem qualquer exagero, é um dos autores franceses mais conhecidos de todos os tempos. Suas obras foram lidas, traduzidas, encenadas, adaptadas, pirateadas em sua época e nas que a sucederam e algumas de suas personagens adquiriram vida independente, tornaram-se uma espécie de arquétipo, um repertório comum e, assim como o autor, prescindem de apresentações – como é o caso de D'Artagnan, Athos, Porthos e Aramis, os consagrados três mosqueteiros. Sempre lembrado como romancista, foi diretor teatral, crítico, jornalista, editor e dono de jornal. Passeou com desenvoltura por todos os gêneros: escreveu poesias, dramas românticos, narrativas de viagem, *causeries*, críticas teatrais, memórias, notícias.

Escrevia compulsiva e concomitantemente textos dos diferentes gêneros; produziu uma obra imensa, sem deixar de lado a diversão: gostava de festas, cozinhava divinamente, viajou por diversos países, teve muitos amigos e alguns inimigos, casou-se, dois filhos (reconhecidos), 34 amantes (conhecidas), vários animais de estimação. Era um *bon vivant*.

É um autor tão familiar, tão próximo, que talvez seja difícil recuperar o impacto que suas obras tiveram no momento em que foram criadas, em meio às batalhas românticas travadas na Paris da primeira metade do século XIX.

Alexandre Dumas chegou a Paris em 1823 – a cidade atraía os jovens que sonhavam com uma vida de artista. Logo percebeu que não tinha uma formação literária desejável e começa a estudar os grandes autores em voga. Enquanto isso, trabalha como secretário do duque de Orléans, publica alguns poemas em revistas literárias, encena alguns *vaudevilles* e um drama, sem grandes repercussões, começa a frequentar a cena cultural e a fazer amigos.

Na noite de 10 de fevereiro de 1828, o sucesso da estreia de *Henrique III e sua corte*, drama romântico sobre o controvertido reinado de Henrique de Valois (1574 a 1589), marca definitivamente a entrada de Alexandre Dumas no mundo das letras.

Além de coroar os esforços do jovem para alçar voos teatrais, a *première* de *Henrique III* coloca-o frente a frente com Victor Hugo e Alfred de Vigny, que foram ter com ele após a apresentação (momento narrado em suas memórias em uma passagem que lembra muito o encontro de d'Artagnan com Porthos e Athos em *Os três mosqueteiros*). No dia seguinte, "o dia seguinte da vitória" (termo dumasiano para se referir ao episódio), Carlos Nodier convida-o para os saraus do Arsenal. A partir de então o *je* solitário dá lugar ao *nous*. O escritor reúne-se aos combatentes românticos, tendo como inimigos declarados os "clássicos", seja no teatro, seja na política.

Na França, o Romantismo era uma nova maneira de pensar, viver e agir em um mundo ainda abalado pelas transformações trazidas pela Revolução Francesa e pelas guerras napoleônicas. Era necessário criar uma forma de expressão que refletisse os anseios dessa geração que não acreditava mais em valores absolutos, que não podia mais construir sua visão de mundo sem pensar em sua relatividade e em suas limitações históricas. Esses artistas abandonaram as fórmulas legadas pelo passado e pela tradição e partiram em busca de um novo repertório de valores.

Os românticos eram jovens artistas unidos por um forte sentimento de pertença e de comunidade. Em um tempo em que as Artes (que compreendiam a literatura, o teatro, a poesia, a música, a história e a filosofia) ainda compartilhavam muito de perto as suas inquietações e até mesmo seus temas, esses artistas mantinham estreitas relações e afinidades, defendendo juntos uma nova estética. Cada um deles se apropriou desse espírito do tempo e o traduziu em sua obra – seja ela poesia, romance, drama, *lied*, gravura ou quadro – e nas suas ações cotidianas, os temas e a visão de mundo trazida pelos ares do Romantismo. Fizeram uma revolução nos costumes, nos temas.

Dumas e seus amigos – Victor Hugo, Alphonse de Lamartine, Alfred de Vigny, Honoré de Balzac, Gérard de Nerval, Eugène Delacroix, Géricault, Théophile Gauthier, George Sand, Lizt, Alfred de Musset, Émile Deschamps, Petrus Borel, Berlioz, entre outros – revolucionaram as artes e impuseram, sob aplausos (e vaias) de críticos e espectadores, essa nova visão de mundo.

Depois do sucesso de *Henrique III e sua corte*, outros vieram. Dumas se consolida como grande autor de dramas românticos, comovendo e chocando as plateias com a encenação de seus dramas de temas inovadores (como *Antony*, em que a personagem principal é um rico bastardo que volta à Paris para encontrar o amor de juventude, já casada e mãe) e arrebatadores (*A torre de Nesle*, em que a personagem rainha Margarida de Borgonha assassina seus amantes e comete incesto, p.ex.).

Em 1836, a criação de dois jornais muda a história do jornalismo francês e o destino de Dumas. Trata-se do *La Presse*, fundado por Émile Girardin e, poucos meses depois, o *Le Siècle*, por Armand

Dutacq. Dois jornais modernos, que propõem uma linguagem visual que permitia uma leitura mais rápida (três páginas divididas em quatro colunas e uma página de anúncios no final), com rubricas fixas que misturam notícias, comentários, informações, anúncios e, claro, no rodapé das três primeiras páginas, a seção variedades ou folhetim.

Em um momento em que se a atividade do escritor se profissionalizava, em que se tornava cada vez mais possível um homem de letras viver de sua pena, esse formato de jornal, cheio de rubricas, propiciou aos escritores mais um lugar para a veiculação de seus textos (e mais uma fonte de renda). A rubrica Folhetim ou Variedades (em francês *feuilleton, rés-de-chaussée, bas de page, variétés* ou *mélanges*) oferecia um vasto leque de temas: crítica (literária, teatral, musical e de exposições), artigos científicos, narrativas de viagem, *causeries*, mexericos da vida em sociedade, poemas, ficção.

Dumas é convidado por Girardin para escrever a crítica teatral e, pouco a pouco, a desenvoltura da narrativa vai conquistando mais leitores. O editor o convida para escrever uma coluna dominical chamada "Cenas Históricas", e essa nova rubrica permite ao autor se aprimorar na arte de tratar personagens e acontecimentos históricos à moda da ficção, preenchendo as lacunas da historiografia com imaginação, acentuando as cores, as paixões e as intrigas de outros tempos.

A publicação de ficção em capítulos não era uma novidade. Além de Dumas, Balzac e Frederic Soulié já faziam isso, pois consideravam a publicação no jornal como uma prévia da publicação em livro – e ainda ganhavam pela edição nos dois suportes. O romance não era escrito levando-se em conta o suporte em que seria publicado ou o tipo de recepção que provocaria no leitor, tratava-se de publicar um romance já concebido em pedaços. As regras do romance folhetim ainda não estavam claras, era apenas o romance que ia sendo publicado em folhetins.

Sem deixar de lado a criação de dramas românticos, Dumas vai aos poucos prolongando as suas narrativas, voltando-se cada vez mais para o romance. Em 1838, abandona o jornal *La Presse* para atender a um pedido do diretor do *Le Siècle*: um romance sob encomenda, que tenha no máximo a extensão de 10 volumes, sendo que os dois primeiros devem ser entregues dentro de um mês. Nasce *O capitão Paul*, publicado de 30 de maio a 23 de junho de 1838, o primeiro de uma série de romances folhetins de sucesso.

A partir de sua experiência de dramaturgo, Dumas concebe a estrutura que seria essencial para o romance folhetim: ação, diálogos e o corte dos capítulos (que simula o momento em que, no teatro, fecham-se as cortinas, mantendo o suspense e a tensão até o próximo número). Do teatro também vem a estreita ligação que há entre o romance folhetim, o melodrama e o drama romântico, que aparece nos diálogos marcantes que colocam o leitor *in media res*; nas personagens que trazem em si contradições; nas descrições que remetem aos recursos cênicos; no uso da aventura e da peripécia para segurar a curiosidade do leitor até o capítulo seguinte.

O estilo de Dumas, que se torna uma grife, é a mistura de influências vindas das estéticas contemporâneas de sucesso (drama romântico, melodrama, *roman noir*, romance sentimental e romance de aventura) somadas às suas características pessoais: desenvoltura para narrar histórias, criatividade para compor as cenas e criar peripécias. Nas palavras do escritor, o que o diferenciava dos seus companheiros de geração era a sua capacidade de vulgarizar, ou melhor, divulgar em uma linguagem acessível as ideias românticas: "Lamartine é um sonhador; Hugo é um pensador; eu, eu sou um vulgarizador".

A Alexandre Dumas, de certa forma, coube o papel de vulgarizador, não só porque conseguiu tratar os temas românticos de modo a possibilitar o acesso de todos os tipos de espectadores e leitores (e aqueles que não liam, apenas ouviam as obras lidas por outros) mas também por ter se apropriado com maestria de um novo suporte – o jornal – que aumentava enormemente a penetração das suas obras, adaptando suas narrativas a uma estrutura que permitisse a publicação em capítulos.

A aceitação do público é imensa e todos os jornais começam a contratar escritores folhetinistas para aumentar a venda de assinaturas. Dentre os folhetinistas, um dos que mais comoveu foi Eugène Sue, com *Os mistérios de Paris*, publicado no *Journal des Débats* de junho de 1842 a outubro de 1843. Praticamente todos os romances são publicados em jornais e revistas e depois retomados – se obtiverem sucesso – em uma publicação em volume. Entretanto nem todos são romances folhetins.

A partir de então, o romance-folhetim se adapta às exigências da *grande presse*, passa a ser escrito velozmente, procura temas e entrechos que conquistem os leitores e garantam as vendas, entram em uma "produção industrial" – como disse Sainte-Beuve* que compreendeu o processo logo no início.

A rainha Margot, amor e poder

"A História é apenas um prego onde penduro o meu quadro".
Alexandre Dumas

Nos anos de 1844-1845, Alexandre Dumas talvez tenha escrito os seus melhores romances. A parceria com Auguste Maquet trou-

---

* "De la littérature industrielle". *Revue des Deux Mondes*, Paris, setembro, 1839.

xe um novo horizonte para a narrativa dumasiana: o aprofundamento na abordagem dos temas históricos.

A História oferecia um grande repertório para as Artes, o sucesso de Walter Scott (com *Ivanhoé* e *A dama do lago*, p.ex.) na França dos anos de 1820, provava que era possível falar de épocas passadas de um modo cativante. Os românticos não foram os primeiros a fazer críticas aos seus antecedentes históricos, rejeitando os padrões da tradição. No entanto, nenhuma outra geração tratou essa questão como fundamental: viam-se como herdeiros e descendentes de épocas anteriores, procuravam rememorá-las e preservá-las como um passado vivido.

Em 1843, Gérard de Nerval apresenta-lhe um amigo, Auguste Maquet, filho de um industrial, professor de história no Liceu Charlemagne e à procura de algo novo para fazer. Uma parceria altamente profícua se inicia, Auguste fazendo a pesquisa histórica, Alexandre dando dramaticidade e aventura aos fatos.

O primeiro sucesso foi *Os três mosqueteiros*, cujo enredo foi retirado da obra *Memórias de D'Artagnan*, de Courtilz de Sandras, e foi publicado no *Le Siècle* de março a julho de 1844 (em volume, desde 1844) e o editor do jornal achou melhor não vincular o nome de Maquet ao de Dumas, para não depreciar o produto.**

Ao mesmo tempo, a dupla escrevia outro romance, cujo enredo havia saído de uma pequena narrativa, chamada "O diamante da vingança", do volume *A polícia revelada (Memórias históricas tiradas dos arquivos de Paris)*, escrito por Jacques Peuchet: trata-se do romance *O conde de Monte-Cristo*, publicado no *Journal des Débats*, de

---

** A continuação da trilogia foi publicada depois, no mesmo jornal: Vinte Anos depois (a partir de 1845) e Visconde de Bragelonne (de 1845 a 1850).

28 de agosto a 18 de outubro de 1844 (1ª parte) e ao longo de 1845 (2ª parte).

Enquanto escrevia *O conde de Monte-Cristo*, Dumas já negociava com o jornal *La Presse* o projeto de seu romance seguinte, *A rainha Margot*, que seria publicado após o termino do romance *Os camponeses*, de Balzac. Entretanto, o público não se interessou pelas discussões e descrições do romance de Balzac, resultando em um grande número de cancelamentos de assinaturas.

Então, o romance folhetim *A rainha Margot* é escrito em regime de urgência, levando em conta os erros do romance anterior malogrado: mesmo sendo um romance que tem como ação principal o massacre dos protestantes pelos católicos na Noite de São Bartolomeu, em 1572, nenhuma linha é escrita sobre as razões religiosas, históricas ou políticas que moveram o conflito.

Dumas precisa parar de escrever *O conde* até que o outro romance esteja estruturado, e escreve uma carta pedindo aos leitores do *Journal des Débats* uma licença de dois meses, pois, sendo uma história retirada dos arquivos de polícia, seriam necessárias muitas pesquisas para acompanhar o desenrolar da estadia do herói em Paris, e, sendo uma narrativa contemporânea, havia muitas pessoas comprometidas, que deveriam dar a permissão para a publicação. Uma boa desculpa, condizente com a sua fama de bom contador de histórias.

O encontro com Maquet propicia a Dumas um mergulho na História como tema para seus romances folhetins, é a oportunidade tão desejada de colocar em prática o que aprendera fazendo a crítica aos romances de Walter Scott e assimilando os seus procedimentos.

O escocês cria uma interação entre a personagem e o momento histórico a que ela pertence, misturando os acontecimentos ficcionais aos fatos reais. A personagem principal no romance é fictícia, contudo ela participa como coadjuvante dos eventos históricos, o que dá, ao leitor, a sensação de que realmente a narrativa poderia ter se desenvolvido como o autor escreveu. Assim, a História passa de simples cenário a parte constitutiva das personagens e da intriga (pois remete na sua condição social) e o romance, se aproxima de uma forma mais acessível de História, uma história dos costumes ou da vida privada.

Dumas, soma a essa lição as artimanhas de dramaturgo: dá voz às personagens secundárias que agem nos momentos decisivos, procura mexericos de alcova, recria a atmosfera da época retratada procurando uma certa fidelidade na representação dos hábitos, dos costumes e do espírito do tempo. E, como dramaturgo, aumenta a intensidade dramática da narrativa, carregando as cores da paixão, do diálogo e da ação.

E apesar de dizer que sua pretensão era instruir e divertir, conseguir ensinar aos franceses mais sobre a História da França do que nenhum outro historiador jamais fizera, acima de tudo o que Dumas faz é um criar espetáculo: corta a História em cenas e diálogos, aproxima acontecimentos distantes no tempo (ou no espaço), sacrifica tudo pelas necessidades internas da narrativa e em troca de ação.

Em *A rainha Margot*, o tema são as Guerras de Religião (1562 a 1598), conflitos entre católicos e huguenotes cujas raízes estavam em antigas disputas pelo trono da França, provocando milhares de mortes em todo o território. Quase nada se fala de religião no romance e as questões políticas são, na verdade, o motor da ação e não motivo para digressões. A luta pelo poder se mostra nas intrigas, nas armadilhas, nos complôs, nos golpes e traições, não em reflexões profundas.

Não lhe interessa seguir fielmente os passos e os detalhes da História, interessa-lhe capturar o espírito, penetrar na vida quotidiana de uma época, trazer para seus leitores os acontecimentos passados e sobretudo as emoções que esses acontecimentos provocaram em suas personagens.

Ao trabalhar com personagens históricas – reais ou ficcionais – o autor oferece outras perspectivas para compreendê-las, um outro olhar. Por isso, elas não são inteiramente boas ou más (uma maneira de construir personagens que Dumas trouxe do drama romântico). São personagens complexas, que se desvendam em diálogos precisos, dramáticos, que revelam os sentimentos, as intenções, os medos e explicitam suas contradições. Personagens passíveis de atitudes terríveis e inimagináveis, que são justificadas no momento seguinte por um amor descomunal; de se confessarem em uma cena de crise e rapidamente voltarem às suas carapaças sociais; capazes de duvidar, acreditar, afirmar, voltar atrás, odiar, perdoar, acertar, errar. Ao *reconstruir* essas personagens históricas – sem comprometimento com a veracidade – Dumas consegue *ressuscitá-las* integralmente para os seus leitores, em suas infinitas complexidades humanas.

Para que o leitor não perca o referencial de sua época, o narrador, espécie de mestre de cerimônias, transita entre os dois tempos, delimita para o leitor o *passado* – recriado pela ficção – e o *presente* – tempo histórico em que o leitor e o narrador estão. Como no caso do romance histórico o desfecho é conhecido *a priori*, cabe ao narrador explicitar essa distância temporal, inserindo comentários sobre as mudanças ocorridas, mostrando o encadeamento das cenas e rememorando os fatos narrados em outros capítulos.

Reavivando a memória, chamando atenção para detalhes que serão relevantes para a narrativa, guiando o percurso da leitura, esse narrador cria uma cumplicidade com o leitor, indicando por onde caminhar. Além disso, esse tipo de narração apresenta a paisagem e o cenário ao mesmo tempo em que situa o acontecimento, (um hábito que o folhetim trouxe do melodrama). E, quando a personagem chega à cena para atuar, o leitor já pressente qual o lugar que ela ocupará na intriga.

Até mesmo o início da narrativa é construído de modo a fisgar o leitor: deve definir com precisão o tempo e o espaço em que se passará a trama, para prender o interesse imediatamente e fixar a atenção nos pontos fundamentais: "Segunda-feira, dezoito de agosto de 1572, havia uma grande festa no Louvre"... E lá vamos nós, guiados pelo narrador, pelos corredores e subterrâneos do Louvre, pelas ruas de Paris, pela peregrinação à Montfaucon, no meio do povo durante a execução diante do Hôtel de Ville, envolvidos pela narrativa, ávidos por mais...

Esse interesse segue motivado pela peripécia (perseguições de huguenotes por católicos pela cidade, lutas, fugas), encontros e desencontros (Cocunás e La Môle que tentam em vão se matar), histórias paralelas que se desenvolvem em núcleos diferentes (e às vezes se cruzam, como no caso do livro sobre falcoaria), permitindo que essas intrigas sejam retomadas em um outro momento, deixando em suspensão até os desfechos.

Além disso, a ação deve ser interrompida nos finais de capítulos, para aguçar a curiosidade do leitor e manter um bom número de assinantes para o jornal. O folhetinista deve extrair dessa ruptura toda a sua arte, cada capítulo deve satisfazer diariamente parte da expectativa do leitor e, ao mesmo tempo, provocar novas expectativas, pois "continua no próximo número...". Mostrar/esconder; revelar/ocultar são as regras principais do romance folhetim.

E ainda há o Amor, a Paixão.

A rainha Margot não é um romance sobre o poder, apenas. O amor e a paixão não ocupam um lugar secundário na narrativa, ao contrário, são forças que movimentam as personagens, que provocam alianças e disputas. Amor e poder exercem a mesma influência sobre as atitudes das personagens e definem os seus destinos, confundem seus sentimentos e expõem seus temores e fragilidades.

Nesse romance folhetim são abordados diferentes tipos de relações amorosas e todas se mostram intrincadas e complexas.

A amizade entre Cocunás e La Môle, que comove até mesmo depois da morte, é a única ligação que parece realmente desinteressada e que passa ao largo de questões religiosas ou políticas.

No outro extremo, estão as relações afetivas entre os membros da família Valois, sempre permeadas por relações de poder. O maior exemplo é a matriarca, Catarina de Médicis, obstinada pela manutenção da família no trono; controladora, tenta de todas as maneiras manter o Destino sob o seu domínio. Nem a maternidade a redimiu, pois incapaz de amar a todos os filhos da mesma maneira, dirigiu todos os cuidados apenas a Henrique III, o filho bem-amado e a quem nomeou o seu único herdeiro.

Quando tratamos de ligações amorosas nesse romance, é imprescindível tratar da personagem Margot. Construída a partir dos princípios do drama romântico, ela traz ambiguidades que se traduzem em seus atos e em seus sentimentos. Bela, culta, inteligente e determinada, leva uma vida mundana, na qual não faltam insinuações de incesto, ao mesmo tempo, sente solidão, tem medo de se entregar a um amor. Definitivamente, não estamos diante de uma heroína romântica convencional.

Ao retratar uma mulher nascida no século XVI, Dumas faz pensar em problemas relativos à sua época, questões importantes para o romantismo, como a busca pela felicidade, pelo amor, pela paixão e pela liberdade. Essa reinterpretação permite que a personagem Margot possa exprimir pensamentos e sentimentos com uma clareza que teria sido impossível às pessoas que viviam naquela época e tenha uma desenvoltura invejável em meio aos conflitos políticos e amorosos.

Margot é a ponta de três triângulos amorosos de características e dinâmicas próprias, compostos por Henrique de Navarra, Henrique de Guisa e Lérac de La Môle. Em cada um deles, Margot revela – ao leitor e aos seus amantes – nuances de sua personalidade, mostrando suas fragilidades e defesas diante do amor de cada um deles. Por meio dessas experiências amorosas, a personagem passa por uma espécie de processo de amadurecimento: no início era a jovem princesa Margot, preocupada apenas com seus prazeres; depois do casamento, torna-se a rainha Margarida de Navarra, envolvida diretamente nas questões do trono, uma mulher que conhece o amor e a dor.

Por isso, caro leitor, essa obra que você tem nas mãos é uma das mais consagradas de Alexandre Dumas e um dos melhores exemplos do que foi a revolução romântica. Mas não espere uma narrativa açucarada, na qual a heroína e o herói terminarão juntos e felizes para sempre, pois para esses românticos na literatura, tanto quanto na vida, não existem soluções fáceis.

Maria Lúcia Dias Mendes
Professora Doutora em Língua e Literatura
Francesas da Unifesp

A RAINHA MARGOT

I
O LATIM DO SENHOR DE GUISA

Na segunda-feira, décimo oitavo dia do mês de agosto de 1572, havia uma grande festa no Louvre.

As janelas da velha morada real, comumente tão escuras, estavam intensamente iluminadas. As praças e as ruas próximas, em geral bastante solitárias, ficaram cheias de gente — embora fosse tarde — assim que soaram nove horas em Saint-Germain-l'Auxerrois.

Aquela multidão se movendo apressada, barulhenta, parecia, na escuridão, o mar sombrio e agitado de cujas ondas se ouvia o rebentar. Esse mar, derramado no cais, se estendia pelas ruas Fossé-Saint-Germain e Astruce; em seu fluxo batia o pé dos muros do Louvre, e em seu refluxo, a base da mansão dos Bourbon, no lado oposto.

Apesar da festa real, e talvez por causa dela, havia naquele povo algo de ameaçador, pois ele não duvidava de que toda aquela solenidade a que assistia como espectador era apenas o prelúdio de outra fase de espera, para a qual seria convidado e lutaria com todo o coração.

A corte celebrava a união entre a senhora Margarida de Valois, filha do rei Henrique II e irmã do rei Carlos IX, e Henrique de

Bourbon, rei de Navarra. De fato, naquela mesma manhã, o cardeal de Bourbon reunira os dois esposos com toda a cerimônia costumeira às núpcias das filhas da França, num teatro montado na porta da Notre-Dame.

Esse casamento surpreendera a todos e havia dado o que suspeitar a alguns que enxergavam com mais clareza do que outros. Compreendia-se pouco a aproximação entre dois partidos que eram até então tão odiosos, o protestante e o católico; questionava-se como o jovem príncipe de Condé perdoaria o duque de Anjou, irmão do rei, pela morte de seu pai, assassinado em Jarnac por Montesquiou. Questionava-se ainda como o jovem duque de Guisa perdoaria o almirante Coligny pela morte de seu pai, assassinado em Orléans por Poltrot de Méré. Para completar, Joana de Navarra, a corajosa esposa do fraco Antônio de Bourbon, que trouxera seu filho Henrique ao noivado real que o aguardava, havia morrido apenas dois meses antes, e estranhos rumores se espalhavam sobre essa morte súbita. Em todo lugar se dizia em voz baixa, e em outros a plenos pulmões, que um segredo terrível havia sido descoberto por ela e que Catarina de Médicis, temendo a revelação desse segredo, a envenenara com luvas perfumadas confeccionadas por um tal René, um florentino muito hábil em tais assuntos. O rumor se espalhou e se confirmou ainda mais porque, depois da morte da grande rainha, a pedido de seu filho, dois médicos, dos quais um era o famoso Ambroise Paré, foram autorizados a abrir e estudar o corpo — embora não o cérebro. Ora, como fora pelo olfato que Joana de Navarra havia sido envenenada, era o cérebro, única parte excluída da autópsia, que poderia dar indícios do crime. Dizemos crime porque ninguém duvidava de que um crime havia sido cometido.

E não era tudo: o rei Carlos, principalmente, insistira tanto nesse casamento — que, além de estabelecer a paz em seu reino, atraía a Paris os principais huguenotes da França —, que sua insistência parecia teimosia. Como os noivos pertenciam um à religião católica, e o outro à religião reformada, fez-se obrigatório dirigir-se ao papa Gregório XIII, que ocupava no momento a cátedra de Roma, para pedir-lhe dispensa. A dispensa demorava, e esse atraso incomodava bastante a defunta rainha de Navarra. Ela contara certa vez a Carlos IX que temia que a dispensa não chegaria mais, a que o rei respondera:

– Não tenha medo, minha senhora, eu lhe honro mais que o papa, e amo minha irmã mais do que imagino. Não sou huguenote, mas não sou tolo também, e se o senhor papa teimar demais, pego eu mesmo Margot pela mão e a faço casar com seu filho em pleno culto.

Essas palavras se espalhavam do Louvre à cidade, e, embora entusiasmassem muito os huguenotes, deram de pensar consideravelmente aos católicos, que se questionavam baixinho se o rei os traía de verdade ou se estava encenando alguma comédia que em um belo dia ou em uma bela noite teria seu final inesperado.

Era sobretudo em relação ao almirante Coligny, que há cinco ou seis anos guerreava implacavelmente contra o rei, que a conduta de Carlos IX parecia inexplicável: depois de oferecer o preço de cento e cinquenta mil escudos de ouro pela sua cabeça, o rei passou a defendê-lo, chamando-o de pai e declarando a plenos pulmões que a partir de então confiaria apenas a ele a condução da guerra. Foi nesse ponto que a própria Catarina de Médicis, que até então regulara as ações, as vontades e até os desejos do jovem príncipe, começou aparentemente a desconfiar também — o que não era sem propósito, pois, em um momento de confidência, Carlos IX dissera ao almirante sobre a guerra de Flandres:[1]

– Meu pai, tem ainda uma coisa com a qual precisamos tomar cuidado: é que a rainha-mãe, que quer sempre se intrometer onde não é chamada, como sabe, não conhece nada dessa empreitada. Que isso fique em segredo, de forma que ela não perceba nada, pois, intrometida como é, estragaria tudo.

Ora, sábio e experiente como era, Coligny não pôde manter em segredo tão importante confidência. E embora tivesse chegado a Paris repleto de suspeitas, e em sua partida de Châtillon uma camponesa tivesse se jogado a seus pés gritando: "Oh! Senhor, nosso bom mestre, não vá a Paris, porque se for, morrerá, você e todos os que forem junto", tais suspeitas se apagaram pouco a pouco em seu coração e no de Téligny, seu genro, com quem o rei mantinha boas amizades, chamando-o de irmão como chamava de pai o almirante, e tratando-o por "você",[2] como fazia com seus melhores amigos.

Os huguenotes, exceto alguns desgostosos e desconfiados, estavam todos reconfortados: acreditava-se que a morte da rainha de Navarra havia sido causada por uma pleurisia, e as vastas salas do Louvre se encheram de bravos protestantes para os quais o casamento de seu jovem chefe Henrique prometia uma reviravolta bem inesperada. O almirante Coligny, La Rochefoucault, o príncipe Condé Filho, Téligny, enfim, todos os principais membros do partido, vangloriavam-se de serem todo-poderosos ali no Louvre e tão bem recebidos em Paris os mesmos que três meses antes o rei Carlos e a rainha Catarina queriam ver enforcados em forcas mais do que destinadas aos assassinos. Só o marechal Montmorency era procurado em vão no meio desses irmãos, pois nenhuma promessa pôde seduzi-lo e dissimulação alguma pôde enganá-lo; e, afastado, retirou-se em seu castelo de Isle-Adam, dando como causa de seu retiro a dor que lhe causava ainda a morte de seu pai, o comandante Anne de Montmorency, morto com um tiro de pistola por Robert Stuart na batalha de Saint-Denis. Mas como esse evento tinha ocorrido havia mais de três anos, e a sensibilidade era uma virtude não tão na moda nessa época, desse luto prolongado puderam acreditar exatamente naquilo que quiseram acreditar.

Além do mais, tudo tirava a razão do marechal Montmorency. O rei, a rainha, o duque de Anjou e o duque de Alençon aproveitavam copiosamente a festa real.

O duque de Anjou recebia dos próprios huguenotes cumprimentos muito bem merecidos pelas duas batalhas de Jarnac e de Moncontour, que ele ganhara antes mesmo de completar dezoito anos — mais precoce que César e Alexandre, com os quais o comparavam atribuindo, decerto, a inferioridade aos vencedores de Isso e de Farsalos. O duque de Alençon olhava para aquilo tudo com um olhar brando e falso. A rainha Catarina reluzia de felicidade, e embebida em graciosidades, cumprimentava o príncipe Henrique de Condé pelo seu recente casamento com Maria de Cleves. Enfim, a senhora e o senhor de Guisa sorriam a seus admiráveis inimigos, enquanto o duque de Mayenne discursava com o senhor de Tavannes e o almirante sobre a próxima guerra que estava mais do que na hora de ser declarada contra Filipe II.

No meio desse grupo, ia e vinha, com a cabeça ligeiramente inclinada e os ouvidos atentos a todas as palavras, um jovem de dezenove anos, de olhos finos, cabelos negros cortados bem curtos, sobrancelhas espessas, nariz curvado como um bico de águia, sorriso malicioso, bigode e barbas ainda nascendo. Esse rapaz, que só se fez notar no combate de Arnay-le-Duc, em que corajosamente se entregara de corpo e alma, e que agora recebia cumprimentos sobre cumprimentos, era o aluno bem-amado de Coligny e herói do dia. Três meses antes, isto é, quando sua mãe ainda vivia, chamaram-no príncipe de Béarn. Agora, porém, chamavam-no rei de Navarra, na esperança de chamá-lo Henrique IV.

De tempos em tempos, uma nuvem sombria, passageira e rápida encobria seu rosto. Lembrava-se, sem dúvida, que há apenas dois meses sua mãe morrera, e mais do que qualquer outra pessoa desconfiava, sim, de que ela havia sido envenenada. Mas a nuvem era passageira e desaparecia feito sombra flutuante. Ora, aqueles que lhe falavam, que o parabenizavam, que lhe tocavam os ombros, eram os mesmos que haviam assassinado a corajosa Joana d'Albret.

A alguns passos do rei de Navarra, quase tão pensativo, quase tão desconfiado quanto o primeiro tentava se mostrar contente e aberto, o jovem duque de Guisa conversava com Téligny. Mais feliz que o bearnês,[3] com vinte e dois anos sua fama já era quase como a de seu pai, o grande Francisco de Guisa. Era um elegante senhor, alto, olhar altivo e orgulhoso, dotado dessa majestade natural que, quando ele passava, fazia as pessoas dizerem que ao seu lado os outros príncipes pareciam povo. Jovem como era, os católicos viam nele o chefe de seu partido, como os huguenotes viam o deles no jovem Henrique de Navarra, cujo retrato traçamos há pouco. Primeiro possuíra o título de príncipe de Joinville, e começara, durante o cerco de Orléans, sua carreira sob as ordens de seu pai — que morreu em seus braços lhe dizendo ser o almirante Coligny o assassino. Então, o jovem duque, como Aníbal, fizera um juramento solene: vingar a morte do pai com a do almirante e sua família, e perseguir sem tréguas e sem descanso aqueles de sua religião, prometendo a Deus que seria seu anjo exterminador na Terra até o dia em que o último herege fosse exterminado. Era, então, com muita surpresa que se via o príncipe, normalmente tão fiel a sua palavra, dar a mão àqueles os quais jurara que seriam seus eternos inimigos e conversar familiarmente com o genro daquele que tinha prometido, diante do pai moribundo, matar.

Mas, como dissemos, esta noite era a noite das surpresas.

De fato, com esse conhecimento do futuro que, felizmente, falta aos homens, e com essa faculdade de ler os corações, que infelizmente só pertence a Deus, o observador privilegiado que tivesse assistido a essa festa teria gozado certamente do mais curioso espetáculo que fornecem os anais da triste comédia humana.

Mas esse observador que faltava nas galerias internas do Louvre continuava na rua, olhando com seus olhos flamejantes, grunhindo com sua voz ameaçadora: esse observador era o povo, que, com o instinto perfeitamente afinado pelo ódio, acompanhava de longe as sombras de seus inimigos implacáveis e traduzia suas impressões tão nitidamente quanto pode fazer um curioso diante das janelas hermeticamente fechadas de um salão de baile. A música embriaga e transporta o dançarino, enquanto o curioso vê apenas o movimento e ri dessa marionete que se mexe sem razão, pois o curioso não escuta a música.

A música que embriagava os huguenotes era a voz de seu próprio orgulho.

As luzes que passavam aos olhos dos parisienses em plena noite eram os clarões de seu ódio iluminando o futuro.

Ainda assim, no interior os risos continuavam, e até um murmúrio mais suave e mais sutil do que nunca corria, nesse momento, por todo o Louvre: a jovem noiva, após ter ido deixar todo o aparato de sua *toilette*, seu vestido de cauda e longo véu, acabava de entrar no salão de baile, acompanhada pela bela duquesa de Nevers, sua melhor amiga, e conduzida por seu irmão Carlos IX, que a apresentava aos convidados principais.

Essa noiva era a filha de Henrique II, era a pérola da coroa da França, era a Margarida de Valois, que, com sua familiar ternura por ela, o rei Carlos IX só chamava de *minha irmã Margot*.

É evidente que jamais uma recepção tão aduladora poderia ter sido tão bem merecida como essa que se apresentava nesse momento à nova rainha de Navarra. Margarida, na época, tinha apenas vinte anos e já era objeto de elogios de todos os poetas: uns a comparavam com a Aurora, outros com Citereia.[4] Era, de fato, de uma beleza sem rival nessa corte, na qual Catarina de Médicis reunira, para fazê-las sereias, as mais belas mulheres que pôde encontrar. Tinha os cabelos negros, a pele brilhante, olho voluptuoso e velado por longos cílios, a boca vermelha e fina, o colo elegante, estatura altiva e branda, e, perdido num sapato de cetim, um pé de criança. Os franceses, que a possuíam, ficavam orgulhosos ao ver desabrochar em seu solo uma flor tão magnífica. Os estrangeiros que passavam pela França regressavam estupefatos com sua beleza, se a tivessem apenas visto, atônitos com sua sabedoria se tivessem conversado com ela. Margarida não era só a mais bela, como também a mais instruída das mulheres de seu tempo, e citavam uma frase de um sábio italiano que, depois de conversar com ela por uma hora em italiano, espanhol, latim e grego, a deixara dizendo com muito entusiasmo: "Ver a corte sem ver Margarida de Valois é não ver nem a França e nem a corte".

Assim, discursos não faltavam para o rei Carlos IX e para a rainha de Navarra. Sabe-se bem quanto os huguenotes eram discursadores. Muitas alusões ao passado, muitos pedidos para o futuro foram habilmente distribuídos ao rei durante tais discursos. Mas a todas essas alusões, respondia com seus lábios pálidos e um sorriso astuto:

– Ao entregar minha irmã Margot a Henrique de Navarra, entrego meu coração a todos os protestantes do reino.

Frase que tranquilizava uns e fazia sorrir outros, pois possuía realmente dois sentidos: um paternal, com o qual a boa consciência de Carlos IX não queria sobrecarregar seu pensamento; e outro ofensivo para a esposa, o marido e para o próprio Carlos IX, pois lembrava alguns escândalos abafados com os quais a crônica da corte já encontrara um meio de manchar as vestes nupciais de Margarida de Valois.

Entretanto, o senhor de Guisa conversava, como dissemos, com Téligny. Mas não dava tanta atenção para a conversa, e se virava às vezes para lançar um olhar ao grupo de mulheres em cujo centro resplandecia a rainha de Navarra. Se o olhar da princesa encontrava então o do jovem duque, uma nuvem parecia encobrir esse charmoso rosto ao redor do qual estrelas de diamantes formavam uma trêmula auréola, e alguma vaga intenção se manifestava naquela atitude impaciente e agitada.

A princesa Cláudia, irmã mais velha de Margarida, que já havia alguns anos esposara o duque de Lorena, percebera tal inquietação, e se aproximava dela para lhe perguntar o porquê, enquanto abriam caminho diante da rainha-mãe, que avançava apoiada no braço do jovem príncipe de Condé. A princesa, porém, foi carregada para longe de sua irmã. Houve uma movimentação geral da qual o duque de Guisa se aproveitou para se aproximar da senhora de Nevers, cunhada dela e, consequentemente, de Margarida. A senhora de Lorena, que não perdera de vista a jovem rainha, viu então, em vez da nuvem que havia reparado em seu rosto, uma chama ardente passar em sua face. Entretanto, o duque continuava se aproximando, e quando estava a apenas dois passos de Margarida, esta, que parecia mais senti-lo que vê-lo, virou-se e fez um esforço violento para conferir ao seu rosto calma e indiferença. O duque, então, saudou respeitosamente e, se inclinando diante dela, murmurou a meia-voz:

— *Ipse attuli.*

Que significa: "Eu o trouxe", ou *trouxe eu mesmo*.

Margarida respondeu com uma reverência ao jovem duque e, levantando-se, deixou escapar esta resposta:

— *Noctu pro more.*

Que significa: "Esta noite, como de costume".

Essas doces palavras, absorvidas pela enorme gola de rufo da princesa como pelo murmúrio de um porta-voz, só foram ouvidas pela pessoa à qual se dirigiam. Apesar de tão curto o diálogo, provavelmente abraçava tudo o que os dois jovens tinham a dizer, pois logo após essa troca de duas palavras por três eles se separaram, Margarida com o rosto mais sonhador, e o duque com o rosto mais radiante do que antes de se encontrarem. Essa pequena cena aconteceu sem que o homem mais interessado em percebê-la tivesse prestado a mínima atenção, pois, quanto a ele, o rei de Navarra só tinha olhos para uma única pessoa, que juntava em volta de si uma corte quase tão numerosa quanto a de Margarida de Valois, e essa pessoa era a bela senhora de Sauve.

Carlota de Beaune-Semblançay, neta do infeliz Semblançay e mulher de Simão de Fizes, barão de Sauve, era uma das damas de companhia de Catarina de Médicis, e uma das mais temíveis auxiliares da rainha, que dava a seus inimigos a poção do amor quando não ousava dar o veneno florentino. Pequena, loira, às vezes plena de vivacidade, às vezes lânguida de melancolia, sempre pronta para o amor ou para a intriga, as duas grandes atividades que, havia cinquenta anos, ocupavam a corte dos três reis que se sucederam. Mulher no sentido amplo da palavra e no charme pleno da coisa, dos olhos azuis lânguidos ou brilhando em fogo até os pés pequenos, rebeldes e cavos, calçados em tamancos de veludo, a senhora de Sauve dominava, já havia alguns meses, todas as faculdades do rei de

Navarra, então estreante na carreira amorosa bem como na carreira política. Dominava tanto que Margarida de Navarra, beleza magnífica e real, não encontrara sequer a admiração no fundo do coração de seu esposo. Mas a coisa estranha que impressionava todo mundo, mesmo aquela alma tão cheia de trevas e mistérios, é que Catarina de Médicis, dando continuidade ao projeto de união de sua filha com o rei de Navarra, não parou de favorecer quase que abertamente os amores deste último com a senhora de Sauve. Porém, apesar dessa forte ajuda e dos hábitos fáceis da época, a bela Carlota resistira até ali. E dessa resistência desconhecida, incrível, infalível, muito mais que da beleza e do espírito daquela que resistia, nascera no coração do bearnês uma paixão que, não podendo ser satisfeita, se desdobrara em si mesma e devorara no coração do jovem rei a timidez, o orgulho e mesmo a indiferença meio filosófica, meio preguiçosa que formava a base do seu caráter.

A senhora de Sauve acabava de entrar havia poucos minutos no salão de baile. Fosse por despeito ou dor, ela tinha resolvido, num primeiro momento, não mais assistir ao triunfo de sua rival e, usando como pretexto uma indisposição, deixara seu marido, secretário de Estado havia cinco anos, vir sozinho ao Louvre. Porém, vendo o barão de Sauve sem sua mulher, Catarina de Médicis informara-se das causas que mantinham sua bem-amada Carlota distante. Descobrindo que era só uma ligeira indisposição, ela lhe escrevera algumas breves palavras, às quais a moça tratou de obedecer prontamente. Henrique, todo tristonho por sua ausência, tinha, entretanto, respirado aliviado quando vira o senhor de Sauve chegar sozinho. Mas no momento em que, não esperando de forma alguma aquela aparição, ele ia, suspirando, aproximar-se da amável criatura a quem estava condenado, se não a amar, ao menos a tratar como esposa, ele vira surgir no fundo da galeria a senhora de

Sauve. Ele ficou então pregado onde estava, os olhos fixos naquela Circe que o acorrentava a ela como que por um fio mágico e, em vez de continuar sua caminhada em direção à esposa, por um movimento de hesitação decorrente mais da surpresa que do medo, ele avançou na direção da senhora de Sauve.

Os cortesãos, vendo que o rei de Navarra, cujo coração inflamado já era nesse tempo conhecido, se aproximava da bela Carlota, não tiveram coragem de se opor ao encontro deles. Afastaram-se complacentemente, de maneira que no mesmo momento em que Margarida de Valois e o senhor de Guisa trocavam as poucas palavras em latim que relatamos, Henrique, já ao lado da senhora de Sauve, iniciava com ela, em um francês claramente compreensível, embora polvilhado de um sotaque gascão, uma conversa muito menos misteriosa.

— Ah! Minha querida! — disse. — Então aqui está você no momento em que me haviam dito que estava doente, em que eu perdera a esperança de vê-la?

— Vossa Majestade — respondeu a senhora de Sauve — teria a pretensão de me fazer acreditar que essa esperança muito lhe custara perder?

— *Sang-diou*![5] Acredito que sim — continuou o bearnês. — Não sabe que você é o meu sol durante o dia e minha estrela durante a noite? Na verdade, eu pensava estar na mais profunda escuridão quando você apareceu há pouco e de repente tudo iluminou.

— Então é uma peça que eu lhe prego, meu senhor.

— O que você quer dizer, minha querida? — perguntou Henrique.

— Quero dizer que quando se é o senhor da mais bela mulher da França, a única coisa que se deve desejar é que a claridade desapareça para dar lugar à escuridão, pois é na escuridão que a felicidade nos espera.

– Essa felicidade, perversa, você sabe bem que está nas mãos de uma só pessoa, e que esta pessoa brinca e ri do pobre Henrique.

– Oh! — prosseguiu a baronesa. — Eu teria pensado o contrário. Que era essa pessoa o brinquedo e o riso do rei de Navarra.

Henrique espantou-se com essa atitude hostil, porém pensou que ela entregava o despeito, e que o despeito é apenas a máscara do amor.

– Na verdade — disse —, cara Carlota, você me repreende injustamente, e não compreendo como uma boca tão linda possa ser ao mesmo tempo tão cruel. Você acha então que sou eu quem está me casando? Pois, não, *ventre-saint-gris*! Não sou eu!

– Talvez eu! — retorquiu rispidamente a baronesa, se por acaso possa parecer ríspida a voz da mulher que nos ama e nos repreende por não a amar.

– Com seus belos olhos, você não enxergou mais longe, baronesa? Não, não, não é Henrique de Navarra que se casa com Margarida de Valois.

– E quem é, então?

– Ah, *sang-diou*! É a religião reformada que se casa com o papa, pronto.

– Não, não, senhor! Eu não me deixo levar pelos seus joguinhos: Vossa Majestade ama a senhora Margarida, e eu não o repreendo, Deus me livre! Ela é bela o bastante para ser amada.

Henrique pensou por um instante, e, enquanto pensava, um sorriso sincero torceu o canto de seus lábios.

– Baronesa — disse —, você está procurando briga, ao que me parece, e, entretanto, você não tem esse direito. Diga! O que você fez para me impedir de casar com a senhora Margarida? Nada. Pelo contrário, você sempre me desesperou.

– Muito bem colocado, meu senhor! — respondeu a senhora de Sauve.
– Como assim?
– Já que hoje você se casa com outra.
– Ah! Eu me caso com ela porque você não me ama.
– Se eu o tivesse amado, Sire, eu teria então que morrer em uma hora!
– Em uma hora! Que quer dizer? E de que morte você morreria?
– De ciúmes... Pois em uma hora a rainha de Navarra dispensará suas damas, e Vossa Majestade, seus cavalheiros.
– E é realmente esse pensamento que a preocupa, minha querida?
– Eu não disse isso. Disse que, se eu o amasse, ele me preocuparia terrivelmente.
– Pois bem — gritou Henrique, cheio de alegria ao ouvir essa confissão, a primeira que recebera. — E se o rei de Navarra não dispensasse seus cavalheiros esta noite?
– Sire — disse a senhora de Sauve, olhando o rei com um espanto que dessa vez não era fingido. — O que você diz são coisas impossíveis e principalmente inacreditáveis.
– Para que você acredite, então, o que é preciso fazer?
– Seria preciso me dar uma prova, e essa prova você não pode me dar.
– Sim, posso, baronesa! Sim, posso. Por Santo Henrique! Pelo contrário, eu lhe darei — gritou o rei, devorando a moça com um olhar ardente de amor.
– Ó, Vossa Majestade!... — murmurou a bela Carlota, baixando a voz e os olhos. — Eu não entendo... Não, não, não é possível que você escape da felicidade que o aguarda.

– Há quatro Henriques nesta sala, minha adorada — respondeu o rei. — Henrique de França, Henrique de Condé, Henrique de Guisa, mas só um Henrique de Navarra.

– E então?

– E então, se você estiver com este Henrique de Navarra ao seu lado durante toda esta noite...

– Toda esta noite?

– Sim, você teria certeza de que ele não se encontra junto de outra, não?

– Ah! Se você fizer isso, Sire — gritou por sua vez a senhora de Sauve.

– Juro que farei, dou minha palavra.

A senhora de Sauve ergueu os grandes olhos úmidos de voluptuosas promessas e sorriu ao rei, cujo coração encheu-se de uma alegria embriagadora.

– Vejamos — retomou Henrique. — Nesse caso, o que você dirá?

– Oh! Nesse caso — respondeu Carlota — nesse caso eu direi que realmente sou amada por Vossa Majestade.

– *Ventre-saint-gris*! Então você o dirá, porque é isso mesmo, baronesa.

– Mas como o faremos? — murmurou a senhora de Sauve.

– Oh! Por Deus, baronesa, não é possível que você não tenha ao seu lado nenhuma camareira, nenhuma seguidora, nenhuma jovem que seria de sua confiança?

– Oh! Sim, Dariole, ela é tão dedicada que se cortaria em pedaços por mim: um verdadeiro tesouro.

– *Sang-diou*! Baronesa, diga a essa jovem que eu lhe farei fortuna quando for rei da França, como preveem os astrólogos.

Carlota sorriu, pois já nessa época a reputação gascã[6] do bearnês era bem conhecida quanto a suas promessas.

ALEXANDRE DUMAS   39

– Muito bem — disse a baronesa. — O que você deseja da Dariole?

– Pouca coisa para ela, tudo para mim.

– Ou seja?

– Seus aposentos ficam acima dos meus?

– Sim.

– Que ela espere atrás da porta. Eu baterei levemente três vezes, ela abrirá, e você terá a prova que lhe ofereci.

A senhora de Sauve ficou em silêncio durante alguns segundos; em seguida, como se tivesse olhado ao redor para não ser ouvida, fixara o olhar no grupo em que se encontrava a rainha-mãe. Mas, embora tenha sido curto esse instante, foi o suficiente para que Catarina e sua dama de companhia[7] trocassem um olhar.

– Oh! Se eu quisesse — disse a senhora de Sauve com um sotaque de sereia que teria feito fundir a cera dos ouvidos de Ulisses — se eu quisesse pegar Vossa Majestade mentindo.

– Tente, minha querida, tente...

– Ah! Por Deus, confesso que luto contra essa minha vontade.

– Dê-se por vencida: as mulheres são sempre mais fortes depois da derrota.

– Sire, eu o farei cumprir a promessa quanto a Dariole no dia em que você for rei da França.

Henrique deu um grito de alegria.

Foi bem no momento em que esse grito escapava da boca do bearnês que a rainha de Navarra respondia ao duque de Guisa:

"*Noctu pro more*": "esta noite, como de costume".

Assim, Henrique se afastou da senhora de Sauve tão feliz quanto o duque de Guisa se afastava de Margarida de Valois.

Uma hora depois dessa cena dupla que acabamos de contar, o rei Carlos e a rainha-mãe se recolheram em seus aposentos. Quase imediatamente as salas começaram a ficar vazias, as galerias revelaram a base de suas colunas de mármore. O almirante e o príncipe de Condé foram conduzidos por quatrocentos cavalheiros huguenotes em meio à multidão, que grunhia à sua passagem. Em seguida, Henrique de Guisa, com os senhores de Lorena e os católicos, por sua vez, saíram escoltados pelos gritos de alegria e aplausos do povo.

Quanto a Margarida de Valois, a Henrique de Navarra e à senhora de Sauve, sabemos que eles moravam no próprio Louvre.

II

O QUARTO DA RAINHA DE NAVARRA

O duque de Guisa reconduziu sua cunhada, a duquesa de Nevers, à sua residência, situada à rua du Chaume, de frente à rua de Brac. Após tê-la deixado com suas criadas, passou em seus aposentos para trocar de roupa, pôr um casaco de noite e se munir com um desses punhais curtos e pontudos que se chamavam "*foi de gentilhomme*", usados no lugar da espada. Mas no momento em que o pegou sobre a mesa onde se encontrava, viu um bilhetinho posto entre a lâmina e a bainha.

Ele o abriu e leu o seguinte:

"Espero que o senhor de Guisa não volte ao Louvre esta noite, mas, caso volte, que ele tenha a precaução de se munir de uma boa cota de malhas e uma boa espada."

— Ha! Ha! — disse o duque, virando-se para seu criado. — Eis um singular conselho, caro Robin. Agora, faça-me o favor de dizer quais pessoas entraram aqui em minha ausência.

— Uma só, meu senhor.

— Quem?

— O senhor du Gast.

— Ha! Ha! É claro, eu bem que reconheci a escrita. E você tem certeza de que o senhor du Gast veio aqui, você o viu?

– Mais que isso, meu senhor, eu falei com ele.

– Bem, então vou seguir o conselho: a cota e minha espada.

O criado, acostumado com essas trocas de roupas, trouxe uma e outra. O duque então vestiu a cota, que era feita com um entrelaçado de malhas tão macio que a estrutura de aço não era em muito mais grossa que o veludo. Em seguida, colocou por cima um casaco e um gibão cinza e prata, que eram suas cores favoritas, calçou longas botas que chegavam até o meio das coxas, vestiu uma touca de veludo negro sem plumas ou pedras, se cobriu com um manto de cor escura, passou um punhal na cintura, e, entregando sua espada nas mãos de um pajem, a única escolta que desejou como companhia, pôs-se a caminho do Louvre.

Tinha acabado de colocar o pé na porta da residência, quando o vigia noturno da Saint-Germain-l'Auxerrois anunciou uma hora da manhã.

Embora já fosse tarde e as ruas dessa época não fossem seguras, nenhum acidente ocorreu no caminho do príncipe aventureiro, que chegou são e salvo frente à massa colossal do velho Louvre, cujas luzes haviam sido sucessivamente apagadas, e que se erguia, àquela hora, assustadora de silêncio e escuridão.

Na frente do castelo real se estendia um fosso profundo, para o qual dava a maior parte dos quartos dos príncipes alojados no palácio. Os aposentos de Margarida ficavam no primeiro andar.

Mas esse primeiro andar, acessível não fosse a existência do fosso, se encontrava, graças a ele, cerca de nove metros de altura, consequentemente, fora do alcance dos amantes e dos ladrões, o que não impediu em nada que o senhor duque de Guisa descesse resolutamente ao fosso.

No mesmo instante, ouviu-se o barulho de uma janela do térreo que se abria. Havia grades nessa janela, mas uma mão apareceu, retirou uma das barras anteriormente cortada, e jogou, por essa abertura, um cordão de seda.

– É você, Gillonne? — perguntou o duque em voz baixa.

– Sim, meu senhor — respondeu uma voz de mulher com um tom ainda mais baixo.

– E Margarida?

– Ela o aguarda.

– Certo.

Com essas palavras, o duque fez um sinal para seu pajem, que, abrindo seu casaco, desenrolou uma escadinha de cordas. O príncipe amarrou uma das extremidades da escada ao cordão que estava pendurado. Gillonne puxou a escada e a amarrou com firmeza. O príncipe, após ter guardado sua espada no cinturão, começou a escalada, que terminou sem acidente. Atrás dele, a barra voltou ao seu lugar, a janela fechou, e o pajem, após ver entrar calmamente seu senhor no Louvre, às janelas do qual ele o acompanhara vinte vezes da mesma forma, foi dormir, enrolado em seu casaco, na grama do fosso e à sombra da muralha.

Era uma noite escura, algumas gotas d'água caíam mornas e grossas das nuvens carregadas de enxofre e eletricidade.

O duque de Guisa seguiu sua guia, que era nada mais nada menos que a filha de Jacques de Matignon, marechal da França. Era a confidente particular de Margarida, com quem não tinha nenhum segredo. Diziam que entre os tantos mistérios que guardava a sua incorruptível fidelidade, alguns eram tão terríveis que a forçavam a guardar os outros.

Nenhuma luz restara, nem nos quartos de baixo nem nos corredores. De tempos em tempos, apenas um feixe lívido iluminava os aposentos escuros com um reflexo azulado, que logo desaparecia.

O duque, ainda guiado pela mão, chegou enfim a uma escada em espiral esculpida na espessura de uma parede e que se abria por meio de uma porta secreta e invisível na antecâmara dos aposentos de Margarida.

A antecâmara, como as outras salas de baixo, estava na mais profunda escuridão.

Assim que chegaram nessa antecâmara, Gillonne parou.

– Você trouxe o que deseja a rainha? — perguntou em voz baixa.

– Sim — respondeu o duque de Guisa —, mas só entregarei à Sua Majestade pessoalmente.

– Venha, então, e sem perder um minuto! — disse no meio da escuridão uma voz que fez tremer o duque, pois a reconheceu como sendo a de Margarida.

E ao mesmo tempo, uma cortina de veludo violeta com motivos de flores de lis em ouro se ergueu, e o duque reconheceu no escuro a rainha em pessoa, que, impaciente, veio à sua frente.

– Aqui estou, senhora — disse o duque.

E passou rapidamente para o outro lado da cortina, que se fechou atrás dele. Foi, então, a vez de Margarida de Valois ser a guia do príncipe por esses aposentos que, por sinal, ele conhecia bem, enquanto Gillonne, ao lado da porta, levando o dedo à boca, havia tranquilizado Sua Majestade Real.

Como se tivesse entendido as ciumentas inquietações do duque, Margarida o conduziu até seu quarto, e ali parou.

– Então — disse-lhe. — Você está contente, duque?

– Contente, senhora? — perguntou. — E por qual razão?

– Desta prova que eu lhe dou — retomou Margarida, com um leve tom de despeito — de que pertenço a um homem que, na noite de seu casamento, na sua própria noite de núpcias, faz tão pouco caso de mim que não veio nem me agradecer pela honra que lhe fiz, não em escolhê-lo, mas em aceitá-lo como esposo.

– Oh, senhora — disse tristemente o duque —, acalme-se, ele virá, sobretudo se você o desejar.

– E você ainda diz isso, Henrique — exclamou Margarida. — Você que, de todos, conhece o contrário do que diz! Se eu tivesse o desejo que você supõe, eu lhe teria então pedido para que viesse ao Louvre?

– Você me pediu para vir ao Louvre, Margarida, porque deseja apagar todos os vestígios do nosso passado, e esse passado vivia não só no meu coração como dentro desta caixa de prata que eu lhe trago.

– Henrique, você quer que eu lhe diga uma coisa? — retomou Margarida olhando fixamente o duque. — Você não causa mais em mim o efeito de um príncipe, mais sim o de um garotinho. Eu, negar que o tenha amado! Eu, querer apagar uma chama que morrerá, talvez, mas cujo reflexo não morrerá! Pois os amores das pessoas da minha classe iluminam e frequentemente devoram toda a época que lhes é contemporânea. Não, não, meu duque! Pode guardar as cartas da sua Margarida e a caixa que ela lhe deu. Das cartas que esta caixa guarda, ela pede apenas uma, e mesmo assim só porque essa carta é tão perigosa para você quanto para ela.

– É tudo seu — disse o duque. — Escolha então aqui dentro essa que deseja destruir.

Margarida revirou rapidamente a caixa aberta, e com a mão trêmula pegou, uma após outra, umas doze cartas das quais se contentava em olhar os endereços, como se só o fato de inspecionar tais endereços reavivasse em sua memória o que havia dentro das cartas. Mas no término da inspeção, olhou para o duque, e, pálida:

– Senhor — disse —, a carta que procuro não está aqui. Será que por acaso você a perdeu? Pois a respeito de tê-la enviado...

– Mas qual carta está procurando, senhora?

– Aquela em que lhe peço que se case o quanto antes.
– Para desculpar sua infidelidade?
Margarida deu de ombros.
– Não, mas para salvar sua vida. Aquela na qual lhe dizia que o rei, ao ver nosso amor e os esforços que eu fazia para romper sua futura união com a infanta de Portugal, trouxera seu irmão, o bastardo de Angoulême, e lhe dissera mostrando, duas espadas: "Com esta, mate o Henrique de Guisa nesta noite, caso contrário, com esta outra, eu matarei você amanhã". Onde está essa carta?
– Aqui está — disse o duque de Guisa retirando-a do bolso. Margarida quase a tomou de suas mãos, abriu-a com ansiedade, se assegurou de que era a carta que queria, soltou um grito de felicidade e a aproximou de uma vela. A chama se espalhou rapidamente do pavio até o papel, e num instante tudo consumiu. Em seguida, como se Margarida receasse que pudessem vir procurar a imprudente declaração até nas cinzas, pisoteou tudo até esfarelar.

O duque de Guisa, durante toda essa cena febril, seguiu com os olhos sua amante.

– Então, Margarida — disse-lhe quando ela terminou —, está contente agora?

– Sim. Pois agora que você se casou com a princesa de Porcian, meu irmão me perdoará pelo seu amor. Mesmo que ele não tenha me perdoado a revelação de um segredo como aquele, que, em minha fraqueza por você, não tive forças para esconder.

– Verdade — disse o duque de Guisa. — Naquele tempo você me amava.

– E amo ainda, Henrique, mais do que nunca.

– Você...?

— Sim, eu, pois nunca tive a necessidade, como hoje, de um amigo sincero e dedicado. Rainha, não tenho trono. Mulher, não tenho marido.

O jovem duque balançou tristemente a cabeça.

— Mas quando eu lhe digo, quando repito, Henrique, que meu marido não só não me ama como me odeia, me despreza; parece que a sua presença no quarto onde ele deveria estar comprova bem esse ódio e esse desprezo.

— Ainda não é tarde, senhora, e foi preciso ao rei tempo para se despedir seus cavalheiros, e, se ele não veio até agora, não deve demorar.

— Mas eu lhe digo — exclamou Margarida com uma raiva crescente —, digo que ele não virá.

— Senhora — exclamou Gillonne abrindo a porta e erguendo a cortina. — Senhora, o rei de Navarra está saindo de seus aposentos.

— Oh, eu sabia que ele viria! — exclamou o duque de Guisa.

— Henrique — disse Margarida com uma voz breve e segurando a mão do duque. — Henrique, você verá se sou mulher de palavra, e se pode contar com o que prometi uma vez. Henrique, entre neste gabinete.

— Senhora, deixe-me partir se ainda há tempo, pois saiba que na primeira mostra de amor que ele lhe der, eu saio deste gabinete, e daí, azar o dele!

— Você está louco! Entre, entre, lhe peço, eu cuido de tudo — e empurrou o duque para dentro do gabinete.

Já era tempo. A porta mal tinha se fechado quando o rei de Navarra, escoltado por dois pajens que traziam oito tochas de velas amarelas sobre dois candelabros, apareceu sorridente à porta do quarto.

Margarida escondeu seu embaraço fazendo uma longa reverência.

– Ainda não está na cama, senhora? — perguntou o bearnês com sua fisionomia aberta e alegre. — Por acaso me aguardava?

– Não, senhor — respondeu Margarida —, pois ontem mesmo você me disse que compreendia bem que nosso casamento é uma aliança política, e que nunca me constrangeria.

– Concordo, porém isso não é motivo para não conversarmos um pouco juntos. Gillonne, feche a porta e deixe-nos.

Margarida, que estava sentada, se levantou e fez um sinal com a mão como que ordenando aos pajens que ficassem.

– Quer que chame suas criadas? — perguntou o rei. — Chamarei se este for seu desejo, embora, devo confessar, com as coisas que tenho para lhe dizer, preferiria que ficássemos a sós.

E o rei de Navarra avançou em direção ao gabinete.

– Não! — exclamou Margarida, projetando-se impetuosamente a sua frente. — Não, é inútil, já estou pronta para ouvi-lo.

O bearnês soube o que queria saber. Lançou um olhar rápido e profundo em direção ao gabinete, como se quisesse, apesar da cortina que o cobria, penetrar em suas mais escuras profundezas. Em seguida, pousando seu olhar sobre sua bela esposa pálida de terror:

– Neste caso, senhora — disse com uma voz perfeitamente calma —, conversemos um instante.

– Como agradar à Vossa Majestade — disse a jovem senhora, mais desmoronando que sentando na cadeira indicada por seu marido.

O bearnês sentou-se ao seu lado.

– Senhora — continuou —, apesar do que muitas pessoas falaram, nosso casamento é, eu acho, um bom casamento. Eu sou seu, e você é minha.

– Mas... — disse Margarida apavorada.

– Devemos, consequentemente — continuou o rei de Navarra, sem demonstrar ter percebido a hesitação de Margarida —, agir um com o outro como bons aliados, já que hoje juramos aliança frente a Deus. Não é sua opinião?

– Provavelmente, senhor.

– Eu sei, senhora, o quanto sua investida é grande, sei o quanto o terreno da corte está semeado de perigosos abismos. Ora, sou jovem, e, embora nunca tenha feito mal a ninguém, tenho um bom número de inimigos. Em qual campo devo alinhar aqueles que carregam meu nome e que juraram afeto por mim ao pé do altar?

– Oh! Senhor, você poderia achar que...

– Não acho nada, senhora, eu espero, e quero me assegurar de que minha esperança está fundamentada. Certamente nosso casamento não passa de um pretexto ou de uma armadilha.

Margarida estremeceu, pois talvez esse pensamento também estivesse se apresentado a seu espírito.

– Agora, qual dos dois? — continuou Henrique de Navarra. — O rei me odeia, o duque de Anjou me odeia, o duque de Alençon me odeia, Catarina de Médicis odiava demais minha mãe para não me odiar também.

– Oh, senhor, o que está dizendo?

– A verdade, senhora — retomou o rei —, e gostaria, para que não pensem que sou tolo quanto ao assassinato do senhor de Mouy e ao envenenamento de minha mãe, gostaria que houvesse alguém aqui que me pudesse ouvir.

– Oh, senhor — disse prontamente Margarida, e com o aspecto mais calmo e sorridente que pôde adotar —, você sabe bem que aqui só há eu e você.

– Está aí justamente o que faz com que eu me entregue, que eu ouse lhe dizer que não sou tolo nem diante do afeto que me demonstra a Casa da França,[1] nem diante daquele que me demonstra a Casa de Lorena.[2]

– Sire, Sire! — exclamou Margarida.

– Mas o que há, minha querida? — perguntou Henrique sorrindo por sua vez.

– Tais discursos, senhor, são muito perigosos.

– Não, não quando estamos a sós — retomou o rei. — Estava dizendo, então...

Margarida sofria um suplício, visivelmente. Ela queria deter cada palavra que saía dos lábios do bearnês, mas Henrique continuou com sua aparente doçura:

– Estava dizendo que estou ameaçado por todos os lados, ameaçado pelo rei, ameaçado pelo duque de Alençon, ameaçado pelo duque de Anjou, ameaçado pela rainha-mãe, ameaçado pelo duque de Guisa, pelo duque de Mayenne, pelo cardeal de Lorena, ameaçado por todo mundo, enfim. A gente sente isso instintivamente, você sabe, senhora. Então! Contra todas essas ameaças, que não demorarão a se transformar em ataques, eu posso me defender com o seu socorro. Pois você é amada, sim, você, por todas as pessoas que me detestam.

– Eu? — disse Margarida.

– Sim, você — retomou o rei de Navarra com uma doçura perfeita. — Sim, você é amada pelo rei Carlos. Amada — dando ênfase à palavra — pelo duque de Alençon, amada pela rainha Catarina, enfim, você é amada pelo duque de Guisa.

– Senhor... — murmurou Margarida.

– Ora! O que há de tão surpreendente em todos a amarem? Estes que acabo de nomear são seus irmãos ou parentes. Amar seus parentes ou irmãos é viver segundo o coração de Deus.

— Enfim — retomou Margarida, oprimida —, aonde quer chegar, senhor?

— Quero chegar ao que estava dizendo. Se você for, não digo companheira, mas minha aliada, posso então lutar. Mas, caso contrário, se for minha inimiga, estarei perdido.

— Oh, sua inimiga, nunca, senhor! — exclamou Margarida.

— Mas companheira também não?

— Talvez.

— E aliada?

— Com certeza — Margarida virou-se para o rei e lhe estendeu a mão.

Henrique beijou graciosamente sua mão e, pondo-a entre as suas mais por um desejo de investigação que por um sentimento de ternura:

— Está bem, senhora, acredito em você — disse — e aceito que seja minha aliada. Foi assim então que nos casaram sem que nos conhecêssemos, que nos amássemos. Casaram-nos sem nos consultar, nós, os noivos. Assim sendo, não devemos nada um ao outro enquanto marido e mulher. Entenda, senhora, que vou na direção de seus desejos, e que nesta noite eu confirmo o que lhe dizia ontem. Porém, nós nos aliamos livremente, sem que ninguém nos force, nos aliamos como dois corações leais que mutuamente se protegem e se aliam. É desta forma, não, que você entende?

— Sim, senhor — disse Margarida, tentando tirar a mão.

— Certo — continuou o bearnês, com os olhos sempre fixados à porta do gabinete —, como a primeira prova de uma aliança franca é a mais absoluta confidência, vou contar, senhora, nos mínimos detalhes o plano que criei para combater vitoriosamente todas essas inimizades.

– Senhor... — murmurou Margarida, que, ao virar, e apesar dos esforços, olhou em direção ao gabinete, enquanto o bearnês, percebendo que seu truque dava certo, sorria detrás de sua barba.

– Eis o que farei — continuou como se não percebesse o transtorno da moça. — Eu vou...

– Senhor — exclamou Margarida, levantando-se rapidamente e segurando o rei pelo braço —, permita-me que eu respire. A emoção... o calor... fico sufocada.

De fato, Margarida estava pálida e trêmula como se fosse vir abaixo ali no tapete.

Henrique dirigiu-se a uma janela que se encontrava distante, e a abriu. Essa janela dava para o rio.

Margarida o seguiu.

– Silêncio! Silêncio! Sire! Por piedade de você — murmurou.

– Ei! Senhora — disse o bearnês sorrindo ao seu modo —, você não disse que estávamos a sós?

– Sim, senhor, mas nunca ouviu falar que, com a ajuda de uma sarabatana introduzida no teto ou na parede, pode-se ouvir tudo?

– Bem, senhora, muito bem — disse o bearnês prontamente e em voz baixa. — Você não me ama, isso está claro, mas você é uma mulher honesta.

– O que quer dizer, senhor?

– Quero dizer que, se fosse capaz de me trair, teria me deixado continuar, já que eu estava me traindo sozinho. Você me parou. Agora eu sei que há alguém escondido aqui, que você é uma esposa infiel, mas fiel aliada, e nesse momento — completou o bearnês sorrindo — preciso mais, confesso, de fidelidade na política que no amor...

– Sire — murmurou Margarida confusa.

– Tudo bem, tudo bem, falaremos sobre tudo isso mais tarde — disse Henrique —, quando nos conhecermos melhor. — Em seguida, erguendo a voz:

– E então — continuou —, respira melhor agora, senhora?

– Sim, Sire, sim — murmurou Margarida.

– Nesse caso — retomou o bearnês —, não quero importuná-la por mais tempo. Devia-lhe respeito e alguns avanços de boa amizade. Queira aceitá-los como os ofereço, de todo meu coração. Então descanse, e boa noite.

Margarida lançou a seu marido um olhar brilhante de reconhecimento, e estendeu-lhe a mão.

– Combinado — disse.

– Aliança política, franca e leal? — perguntou Henrique.

– Franca e leal — respondeu a rainha.

Então o bearnês caminhou para a porta atraindo só com o olhar Margarida, como fascinada. Em seguida, assim que a cortina se fechou entre eles e o quarto:

– Obrigado, Margarida — disse Henrique rapidamente em um murmúrio. — Obrigado! Você é uma verdadeira filha da França. Saio tranquilo. Embora me falte seu amor, sua amizade não me faltará. Conto com você, da mesma forma que pode contar comigo. Adeus, senhora.

E Henrique beijou a mão de sua mulher apertando-a levemente; depois, com um passo ágil, voltou para seus aposentos dizendo baixo pelos corredores:

– Que diabo se esconde em seu quarto? Seria o rei, o duque de Anjou, o duque de Alençon, o duque de Guisa, seria um irmão, seria um amante, seriam os dois? Na verdade, estou quase arrependido por ter marcado esse encontro com a baronesa, mas, já que dei minha palavra e como Dariole me aguarda... não tem problema, ela que espere um pouco por eu ter passado pelo quarto de minha esposa antes de ir ao dela, pois, *Ventre-saint-gris*! essa Margot, como a chama meu cunhado Carlos IX, é uma adorável criatura.

E com um caminhar traía uma leve hesitação, Henrique de Navarra subiu as escadas que conduziam aos aposentos da senhora de Sauve.

Margarida o acompanhou com os olhos até ele desaparecer, e só então voltou para o quarto. Encontrou o duque na porta do gabinete: a visita inspirou quase um remorso.

O duque, por sua vez, estava sério, sobrancelhas serradas denunciando uma amarga preocupação.

– Margarida está neutra hoje — disse. — Ela ficará hostil em oito dias.

– Ah, você ouviu? — disse Margarida.

– O que gostaria que eu fizesse neste gabinete?

– E você acha que minha conduta foi diferente da que se espera da rainha de Navarra?

– Não, mas é diferente da que se espera da amante do duque de Guisa.

– Senhor — respondeu a rainha —, não pude amar meu marido, porém ninguém tem o direito de exigir que o traia. Sinceramente, você revelaria os segredos da princesa de Porcian, sua mulher?

– Bom, bom, senhora — disse o duque balançando a cabeça —, está bem. Estou vendo que você não me ama mais como nos dias em que me contava dos planos que o rei tramava contra mim e meus companheiros.

– O rei era o forte, e vocês os fracos. Henrique é o fraco, e vocês os fortes. Eu faço ainda o mesmo papel, como pode ver.

– Só que você passou de um lado para o outro.

– É um direito que adquiri, senhor, ao salvar sua vida.

– Certo, senhora. E como os amantes, quando se separam, devolvem tudo o que ganharam um do outro, da minha parte salvarei sua vida se a ocasião se apresentar, e então estaremos quites.

E com essas palavras o duque se inclinou e saiu sem que Margarida fizesse nenhum gesto que o impedisse. Na antecâmara, ele encontrou Gillonne, que o levou até a janela do andar térreo, e no poço, o pajem, com quem voltou à residência de Guisa.

Nesse meio-tempo, Margarida, sonhadora, foi alojar-se à janela.

– Mas que noite de núpcias! — murmurou. — O esposo foge, e o amante me deixa!

Nesse mesmo momento passou do outro lado do poço, vindo da Tour du Bois, e indo em direção ao moinho da Monnaie, um estudante, o punho no quadril, cantando:

Por que, se quero morder
Teus cabelos, e beijar
Tua boca, e tocar
Este teu seio sublime,
Freira você finge ser,
E se fecha feito claustro?

Pra quem você tanto guarda
Estes olhos, este colo,
Este rosto, estes lábios?
Quer beijar Plutão distante,
Depois que Caronte
A colocou em sua busca?

Depois do suspiro último,
Querida, só vai sobrar

Uma boca lívida.
E quando, morto, eu te vir
Às sombras não confessarei
Que outrora foi minha amante.

> *Pois então, já que está viva,*
> *Mude de ideia, amor,*
> *E não me poupe tua boca.*
> *Pois no dia em que morrer,*
> *Arrepender-se-á então,*
> *De ter-me negado em vão.*

Margarida ouviu a canção sorrindo melancolicamente. Depois, quando a voz do estudante se perdeu ao longe, fechou a janela e chamou Gillonne para prepará-la para dormir.

UM REI POETA

O dia seguinte e os que vieram depois se passaram em festas, bailes e torneios.

A mesma fusão continuava a ser feita entre os dois partidos. Eram carícias e elogios capazes de virar a cabeça dos mais furiosos huguenotes. Avistava-se o pai Cotton jantando e fazendo farra com o barão de Courtaumer, o duque de Guisa subindo o Sena de barco junto com o príncipe de Condé.

O rei Carlos parecia ter se divorciado de sua habitual melancolia, e não podia mais dispensar a companhia de seu cunhado Henrique. Enfim, a rainha-mãe estava tão feliz e tão ocupada com adornos, joias e plumas que não tinha sono.

Os huguenotes, um pouco enternecidos por essa nova Cápua, começavam a vestir gibões de seda, a ostentar emblemas e a desfilar na frente de certos balcões como se fossem católicos. De todos os lados a reação era a favor da religião reformada, ao ponto de se crer que toda a corte viraria protestante. O próprio almirante, apesar de sua experiência, deixou-se levar como os outros, e estava com a cabeça tão dispersa que uma noite, durante duas horas, esqueceu-se de mastigar seu palito de dentes, ocupação à qual se dedicava das duas horas da tarde, momento em que terminava o almoço, até às oito da noite, momento em que se sentava à mesa para jantar.

Na noite em que o almirante se deixou levar até este incrível esquecimento de seus hábitos, o rei Carlos IX havia convidado para o lanche, em reunião íntima, Henrique de Navarra e o duque de Guisa. Em seguida, com a refeição terminada, passou com eles para seu quarto, e ali lhes explicava o engenhoso mecanismo de uma armadilha para pegar lobos que ele mesmo havia inventado, quando se interrompeu subitamente:

– O senhor almirante então não vem esta noite? — perguntou.
— Quem o viu hoje e poderia me dar notícias suas?

– Eu — disse o rei de Navarra. — E caso Vossa Majestade esteja preocupado com sua saúde, posso garanti-la, pois eu o vi esta manhã às seis horas e esta noite às sete.

– Ha! Ha! Ha! — fez o rei, cujos olhos por um instante distraídos repousaram com uma curiosidade afiada sobre seu cunhado —, você é bem matinal, Henrique, para um jovem casado!

– Sim, Sire — respondeu o rei de Béarn. — Eu queria perguntar para o almirante, que sabe de tudo, se alguns cavalheiros que ainda aguardo já não estavam a caminho.

– Mais cavalheiros! Você já tinha oitocentos no dia de seu casamento, e todos os dias chegam novos, então você quer nos invadir? — disse Carlos IX rindo.

O duque de Guisa serrou as sobrancelhas.

– Sire — replicou o bearnês —, fala-se de uma empreitada nos Flandres, estou reunindo ao meu entorno todos aqueles da minha terra e proximidades que acredito poderem ser úteis para Vossa Majestade.

O duque, lembrando-se do projeto do qual falara o bearnês à Margarida na noite de suas núpcias, escutou mais atentamente.

— Bom, muito bom — respondeu o rei com seu sorriso amarelo.
— Quanto mais, mais contentes ficamos. Traga-os, traga-os, Henrique. Mas quem são esses cavalheiros? Homens valentes, espero?

— Ignoro, Sire, se meus cavalheiros valerão tanto quanto os de Vossa Majestade, os do senhor duque de Anjou ou os do senhor de Guisa, mas os conheço e sei que darão o melhor deles.

— E está aguardando muitos?

— Dez ou doze ainda.

— Você conhece seus nomes?

— Sire, os nomes me fogem e, com exceção de um, recomendado por Téligny como um perfeito cavalheiro e que se chama de La Mole, não saberia dizer...

— De La Mole! Não seria um tal Lerac de La Mole — retomou o rei, muito bem instruído na ciência da genealogia —, um provençal?

— Exatamente, Sire. Como pode ver, recruto até na Provença.

— E eu — disse o duque de Guisa com um sorriso debochado — vou ainda mais longe que Vossa Majestade, o rei de Navarra, pois vou buscar até no Piémont todos os católicos de confiança que possa encontrar.

— Católicos ou huguenotes — interrompeu o rei —, pouco importa, desde que sejam valentes.

O rei, ao dizer tais palavras cujo espírito misturava huguenotes e católicos, fez um semblante tão indiferente que o próprio duque de Guisa se espantou.

— Vossa Majestade está cuidando de nossos flamengos? — disse o almirante, para quem o rei, alguns dias antes, concedera o direito de entrar em seus aposentos sem ser anunciado, e que acabara de ouvir as últimas palavras do rei.

– Ah, aqui está meu pai, o almirante — exclamou Carlos IX abrindo os braços. — Estamos falando de guerra, de cavalheiros, de valentes, e então ele chega. É como o imã que atrai o ferro. Meu cunhado de Navarra e meu primo de Guisa aguardam reforços para seu exército. Era dessa questão que tratávamos.

– E esses reforços estão chegando — disse o almirante.

– Você teve notícias, senhor? — perguntou o bearnês.

– Sim, meu filho, e particularmente do senhor de La Mole. Ontem ele estava em Orléans, amanhã ou depois de amanhã estará em Paris.

– Nossa! Então o senhor almirante é necromante para saber assim o que acontece a trinta ou quarenta léguas de distância! Quanto a mim, gostaria de saber com semelhante certeza o que acontecerá ou aconteceu em Orléans!

Coligny ficou impassível ao comentário mordaz do duque de Guisa, que fazia alusão evidente à morte de Francisco de Guisa, seu pai, morto em Orléans por Poltrot de Méré, não sem suspeitar que fosse o almirante o comandante do crime.

– Senhor — replicou com frieza e dignidade —, sou necromante toda vez que busco saber com exatidão o que é importante aos meus negócios ou aos do rei. Minha carta chegou de Orléans há uma hora, e, graças aos correios, fez trinta e duas léguas em um dia. O senhor de La Mole, viajando a cavalo, só faz dez por dia, assim só chegará dia 24. Eis toda a magia.

– Bravo, meu pai! Boa resposta — disse Carlos IX. — Mostre para esses jovens que foram a sabedoria e a idade em um só tempo que embranqueceram sua barba e seus cabelos: assim sendo, que eles nos deixem e sigam suas conversas sobre torneios e amores, nós ficaremos aqui a falar de nossas guerras. São os bons cavaleiros que fazem os bons reis, meu pai. Saiam, meus senhores, tenho que conversar com o almirante.

Os dois jovens rapazes saíram, o rei de Navarra primeiro, o duque de Guisa em seguida. Mas, do outro lado da porta, cada um se virou para um lado depois de uma fria reverência.

Coligny os seguira com os olhos com certa inquietação, pois nunca via a aproximação daqueles dois ódios sem temer que dali surgiria uma nova descarga. Carlos IX, compreendendo o que ocorria em seu espírito, aproximou-se dele, e apoiando em seu braço:

— Fique tranquilo, meu pai, estou aqui para manter em cada um a obediência e o respeito. Sou verdadeiramente o rei desde que minha mãe não é mais rainha, e ela não é mais rainha desde que Coligny se tornou meu pai.

— Oh! Sire — disse o almirante —, a rainha Catarina...

— É uma intrometida. Com ela não há paz possível. Esses católicos italianos são raivosos e só querem saber de exterminar. Eu, ao contrário, não só quero pacificar, mas ainda dar poder àqueles da religião. Os outros são devassos demais, meu pai, e me escandalizam com seus amores e seus desregramentos. Olha, quer que eu fale francamente — continuou Carlos IX discorrendo com mais fluidez —, desconfio de tudo à minha volta, com exceção dos meus novos amigos! A ambição dos Tavannes para mim é suspeita. Vieilleville só gosta de bom vinho, e seria capaz de trair seu rei por um tonel de malvasia. Montmorency só se preocupa em caçar, e passa seu tempo entre seus cães e falcões. O conde de Retz é espanhol, os Guisa são de Lorena: me parece que não há verdadeiros franceses na França, que Deus me perdoe!, a não ser eu, meu cunhado de Navarra e você. Mas eu estou acorrentado ao trono e não posso comandar exércitos. O máximo que me deixam fazer à vontade é caçar em Saint-Germain e em Rambouillet. Meu cunhado de Navarra é jovem e inexperiente demais. Por sinal, me parece puxar seu pai Antônio, que as mulheres sempre arruinaram. Só resta você, meu pai, que seja ao mesmo tempo corajoso como Júlio César e sábio como Platão. Na verdade, não sei bem o que fazer: mantê-lo aqui como meu conselheiro, ou enviá-lo como general. Se você me aconselhar, quem comandará? Se você comandar, quem me aconselhará?

– Sire — disse Coligny —, é preciso vencer antes, o conselho virá depois da vitória.

– Oh, se é o que diz, pai, assim, assim será. Tudo seguirá teus conselhos. Segunda-feira você partirá para Flandres, e eu, para Amboise.

– Vossa Majestade deixará Paris?

– Sim, estou cansado de todo esse barulho e dessas festas. Não sou um homem de ação, não, sou um sonhador. Não nasci para ser rei, nasci para ser poeta. Você fará um tipo de conselho que governará enquanto você estiver na guerra, e, desde que minha mãe não faça parte dele, tudo ficará bem. Eu já avisei Ronsard para ir me encontrar, e lá, nós dois sozinhos longe do barulho, longe do mundo, longe dos malfeitores, em nossos grandes bosques, nas bordas do rio, sob o murmúrio dos pássaros, falaremos sobre as coisas de Deus, a única compensação que há neste mundo de coisas do homem. Veja, escute estes versos com os quais convido Ronsard a me encontrar. Escrevi nesta manhã.

Coligny sorriu. Carlos IX passou a mão sobre o rosto amarelado e pálido como marfim, e disse numa espécie de canto cadenciado os seguintes versos:

Ronsard, sei que se você não me vê,
Você se esquece da voz do teu rei,
Então quis te lembrar de que não deixo

De continuar sempre a poesia.
E por isso te envio este escrito,
P'ra entusiasmar teu fantástico espírito.
Deixe, pois, os afazeres domésticos,
Já não é hora p'ra jardinagem.
Deve seguir teu rei, que te ama,
Por teus versos corajosos e doces.
Saiba então que se não vier à Amboise,
Só combate entre nós reinará.

– Bravo, Sire, bravo! — disse Coligny. — Eu conheço mais sobre as coisas de guerra que as coisas de poesia, mas me parece que estes versos valem tanto quanto os melhores de Ronsard, Dorat e até os de Miguel d'Hospital,[1] chanceler da França.

– Ah, meu pai! — exclamou Carlos IX. — Como é verdade o que diz! Pois o título de poeta, veja, é o que ambiciono antes de tudo. E como dizia há alguns dias ao meu mestre em poesia:

Lutar pela arte de fazer versos,
Para que seja grande como reinar.
Por igual nós dois usamos coroas:
Mas como rei eu as recebo; poeta, você as cede.
Teu espírito, inflamado, estoura
Por si mesmo, e eu, por minha grandeza.
Eu, se junto aos deuses busco vantagem,
Ronsard é seu eleito, e eu, sua imagem.
Com doces canções, tua lira deleita,
E rende as almas das quais sou só corpo.
Com tua lira, é senhor, e ali entra,
Onde os tiranos mais orgulhosos não fundam império.

– Sire — disse Coligny —, eu sabia que Vossa Majestade frequentava as Musas, mas ignorava que elas eram seu principal conselheiro.

– Depois de você, meu pai, só depois. E é justamente por não querer perturbar minhas relações com elas que desejo colocá-lo à frente de todas as coisas. Ouça: eu tenho agora que responder a um novo madrigal que meu grande e caro poeta me enviou... não posso então dar a você neste momento todos os papéis necessários para informá-lo sobre a grande questão que nos divide, Filipe II e eu. Além disso, há um tipo de plano de campanha feito por meus ministros. Vou procurar tudo isso e darei a você amanhã.

– Que horas, Sire?

– Às dez horas. E se por acaso estiver ocupado com meus versos, fechado em meu gabinete de trabalho... ora, você entra assim mesmo e pega todos os papéis que encontrar nesta mesa, dentro desta carteira vermelha. A cor é marcante, não tem como errar. Agora, vou escrever a Ronsard.

– Adeus, Sire.

– Adeus, meu pai.

– A mão?

– Que está dizendo, a mão? Nos meus braços, em meu coração, é aqui o teu lugar. Venha, meu velho guerreiro, venha — e Carlos IX, puxando Coligny, que se inclinava, pôs os lábios em seus cabelos brancos. O almirante saiu enxugando uma lágrima.

Carlos IX o acompanhou com os olhos até onde pôde vê-lo, apurou os ouvidos o quanto pôde e, quando não viu nem ouviu mais nada, baixou, como de costume, a cabeça pálida ao ombro e lentamente passou do quarto onde estava para o gabinete de armas.

Esse gabinete era o lugar preferido do rei. Era ali que tomava aulas de esgrima com Pompée, e de poesia com Ronsard. Lá, havia reunido uma grande coleção de armas ofensivas e defensivas das mais belas que pôde encontrar. Além disso, todas as paredes estavam repletas de machados, escudos, lanças, alabardas, pistolas, mosquetes, e naquele mesmo dia um célebre armeiro[2] lhe trouxera um magnífico arcabuz em cujo cano estavam incrustados em prata estes quatro versos que o próprio poeta real compusera:

A favor da fé,
Sou belo e fiel.
Aos rivais do rei,
Sou belo e cruel

Carlos IX entrou, como dissemos, em seu gabinete, e, depois de fechar a porta principal pela qual entrara, foi afastar uma tapeçaria que escondia uma passagem que dava acesso a outro quarto, no qual uma mulher ajoelhada em um genuflexório fazia suas preces.

Como esse movimento havia sido feito com lentidão e os passos do rei, amortecidos pelo tapete, não foram mais sonoros que os de um fantasma, a mulher ajoelhada não ouviu nada, sequer se virou, e continuou a rezar. Carlos ficou um instante em pé, pensativo, olhando para ela.

Era uma mulher de trinta e quatro a trinta e cinco anos, cuja beleza vigorosa era enfatizada pela roupa das camponesas dos arredores de Caux. Ela usava um penteado alto formando um cone, tão na moda na corte francesa durante o reinado de Isabel da Baviera; o corpete vermelho era todo bordado de ouro, como são hoje os corpetes das camponesas de Nettuno e de Sora.[3] O aposento que ocupava há quase vinte anos era contíguo com o quarto do rei, e oferecia uma singular mistura de elegância e rusticidade. É que de forma mais ou menos igual o palácio tinha tocado o chalé, e o chalé o palácio. Dessa forma, esse quarto mantinha um equilíbrio entre a simplicidade da camponesa e o luxo da alta dama.

Com efeito, o genuflexório em que estava ajoelhada era de carvalho magistralmente esculpido, coberto de veludo com franjas de ouro. Por sua vez, a Bíblia na qual lia suas preces — pois essa mulher era da religião reformada — era um desses velhos livros meio desfeitos, como se encontra nas casas mais pobres.

Ora, era tudo como esse genuflexório e essa Bíblia.

– Ei, Madelon! — disse o rei.

A mulher ajoelhada ergueu a cabeça sorrindo a essa voz familiar. Em seguida, levantando-se:

– Ah! É você, meu filho! — disse.

– Sim, ama de leite, venha aqui.

Carlos IX fechou a cortina e foi se sentar no braço da poltrona. A ama apareceu.

– O que quer de mim, Carlinho? — disse.

– Venha aqui e responda baixo.

A ama se aproximou com uma familiaridade que poderia vir da ternura maternal que a mulher concebe pela criança que amamentou, mas que os panfletos do tempo atribuíam a uma fonte muito menos pura.

– Aqui estou — disse. — Diga.

– O homem que pedi está aí?

– Tem meia hora.

Carlos levantou-se, aproximou-se da janela, olhou se ninguém estava espionando, chegou mais perto da porta, apurou os ouvidos para se assegurar de que não haveria ninguém à escuta, sacudiu a poeira de sua coleção de armas, acariciou um grande galgo que o seguia passo por passo, parando quando seu dono parava, retomando o andar quando seu dono recomeçava o movimento; e então, dirigindo-se à ama:

– Tudo bem, ama, faça-o entrar.

A senhora saiu pela mesma passagem por onde havia entrado, enquanto o rei foi se apoiar a uma mesa sobre a qual estavam dispostas armas de todo tipo.

Mal chegara à mesa quando a cortina se ergueu novamente e cedeu passagem àquele que aguardava.

Era um homem de mais ou menos quarenta anos, olhos cinza e falsos, o nariz curvo feito bico de coruja, face dilatada pelas salientes maçãs do rosto: seu rosto tentava expressar respeito, mas só pôde oferecer um sorriso hipócrita com os lábios pálidos de medo. Carlos esticou vagarosamente uma das mãos para trás e alcançou o cabo de uma pistola de invenção recente, que disparava com o auxílio de uma pedra sobre uma roldana de aço em vez de um pavio, e olhou com seus olhos ternos o novo personagem que acabamos de colocar em cena. Durante esse exame, assoviava dentro do ritmo e até mesmo com uma notável melodia uma de suas canções de caça favoritas.

Após alguns segundos, durante os quais o rosto do estrangeiro se decompunha cada vez mais:

– É você mesmo — disse o rei — que nomeiam Francisco de Louviers-Maurevel?

– Sim, Sire.

– Capitão dos tiros?

– Sim, Sire.

– Queria encontrá-lo.

Maurevel inclinou-se.

– Você sabe — continuou Carlos enfatizando cada palavra — que amo de forma igual todos os meus súditos.

– Sei — balbuciou Maurevel — que Vossa Majestade é o pai de seu povo.

– E que huguenotes e católicos são igualmente meus filhos.

Maurevel permaneceu mudo. Só o estremecer que agitava seu corpo tornou-se visível sob o olhar penetrante do rei, embora aquele a quem direcionava suas palavras estivesse quase escondido na escuridão.

– Isso o contraria? — continuou o rei. — Você, que guerreou tão severamente contra os huguenotes?

Maurevel caiu de joelhos.

– Sire — balbuciou —, acredite em mim...

– Acredito — continuou Carlos IX, fixando cada vez mais em Maurevel um olhar que, antes transparente, agora estava quase em chamas. — Acho que você tinha muita vontade de matar em Moncontour o senhor almirante que acabou de sair daqui. Acho que você perdeu a chance e por isso passou para o lado do exército do duque de Anjou, nosso irmão. Enfim, acho que então você passou uma segunda vez para o lado dos príncipes e que ali arrumou serviço na companhia do senhor de Mouy de Saint-Phale...

– Oh, Sire!

– Um corajoso cavalheiro da Picardia?[4]

– Sire, Sire! — exclamou Maurevel. — Não me humilhe!

– Era um oficial digno — continuou Carlos IX e, à medida que falava, uma expressão de crueldade quase feroz surgia em seu rosto — que o acolheu como um filho, deu-lhe casa, roupa, comida.

Maurevel deixou escapar um suspiro de desespero.

– Você o chamava de "meu pai", acho — continuou impiedosamente o rei, e uma tenra amizade unia você e o jovem Mouy, seu filho?

Maurevel, ainda de joelhos, se curvava cada vez mais, destruído pelas palavras de Carlos IX, em pé, impassível feito estátua cujos lábios apenas fossem dotados de vida.

– A propósito — continuou o rei — não seriam dez mil escudos que você receberia do senhor de Guisa caso matasse o almirante?

O assassino, consternando, batia no chão com a testa.

– Quanto ao senhor Mouy, seu bom pai, um dia você o escoltava durante uma missão de reconhecimento do território de Chevreux. Ele deixou cair o chicote e colocou o pé no chão para pegá-lo. Você estava sozinho com ele, então, você retirou uma pistola do coldre, e, enquanto ele se abaixava, explodiu seus rins. Logo, ao vê-lo morto, pois você o matou de uma só vez, fugiu com o cavalo que ele lhe havia dado. É assim a história, não é?

E como Maurevel permanecia em silêncio sob tal acusação, cujos detalhes eram verdadeiros, Carlos IX recomeçou a assoviar no mesmo ritmo, na mesma melodia, a mesma canção de caça.

– Ora, mestre assassino — disse, depois de um instante —, você sabia que tenho uma vontade grande de pô-lo na forca?

– Oh! Majestade — exclamou Maurevel.

– O jovem de Mouy me suplicou ainda ontem, e, na verdade, não sabia o que lhe responder, pois seu pedido é muito justo.

Maurevel juntou as mãos.

– Ainda mais que, como você estava dizendo, sou o pai de meu povo, e, como respondi, aqui estou tranquilo com os huguenotes, que são tão meus filhos quanto os católicos.

– Sire — disse Maurevel completamente desanimado —, minha vida está em suas mãos, faça dela o que quiser.

– Tem razão, e não lhe darei nenhum óbolo.[5]

– Mas, Sire — perguntou o assassino —, então não há nenhum jeito de redimir meu crime?

– Não conheço nenhum. Entretanto, se estivesse em seu lugar, o que não é o caso, Deus me livre!...

– Então, Sire! Se você estivesse em meu lugar?... — murmurou Maurevel, com o olhar atento aos lábios de Carlos.

– Acho que me retiraria do caso — continuou o rei.

Maurevel se apoiou num dos joelhos e numa das mãos, fixando o olhar em Carlos para se assegurar de que o rei não escarnecia dele.

– Gosto muito do jovem Mouy, não há dúvida — continuou o rei. — Mas gosto muito também do meu primo de Guisa. E se ele me pedisse a vida de um homem cuja morte outro me pede, confesso que ficaria confuso. Entretanto, na boa política como na boa religião, eu teria que fazer aquilo que pedisse meu primo de Guisa, pois de Mouy, embora seja um capitão valente, é um companheiro pequeno comparado a um príncipe de Lorena.

Durante estas palavras, Maurevel se levantou lentamente, como um homem que volta à vida.

– Ora, o importante para você seria, então, na situação extrema em que se encontra, ganhar o favor de meu primo de Guisa. E sobre isso, lembro-me de algo que ainda ontem me dizia.

Maurevel se aproximou um passo.

– "Veja só, Sire", dizia-me, "todas as manhãs, às dez horas, passa na rua Saint-Germain-l'Auxerrois, voltando do Louvre, meu inimigo mortal. Eu o vejo passar através de uma janela com grades no térreo. É a janela do quarto de meu antigo preceptor, o cônego Pierre Piles. Vejo então passar todos os dias meu inimigo, e todos os dias rezo para que o diabo o lance nas entranhas da terra." Então diga, mestre Maurevel — continuou Carlos —, se fosse o diabo, ou se pelo menos por um instante você estivesse em seu lugar, isso agradaria talvez ao meu primo de Guisa, não?

Maurevel reencontrou seu sorriso infernal, e de seus lábios, ainda pálidos de medo, saíram essas palavras:

– Mas, Sire, eu não tenho não o poder de abrir a terra.

– Você a abriu, entretanto, se me lembro bem, para o corajoso de Mouy. Depois, você me dirá que foi com uma pistola... você tem ainda essa pistola?

– Sinto muito, Sire — retomou o malfeitor mais ou menos tranquilizado —, mas atiro melhor com o arcabuz que com a pistola.

– Oh! — fez Carlos IX. — Pistola ou arcabuz, pouco importa, e meu primo de Guisa, tenho certeza disso, não vai reclamar da escolha do meio!

– Mas — disse Maurevel — eu precisaria de uma arma que seja de confiança, porque talvez eu tenha que atirar de longe.

– Tenho dez arcabuzes neste quarto — retomou Carlos IX. — Com todos acerto uma moeda de ouro[6] a cinquenta passos. Quer testar um?

– Oh! Sire! Com muito prazer — exclamou Maurevel, caminhando em direção daquele que estava num canto e que haviam entregado naquele mesmo dia a Carlos IX.

– Não, não, esse não — disse o rei. — Está reservado para mim. Terei, num desses dias, uma grande caça na qual espero que ele me sirva. Mas pode escolher qualquer outro.

Maurevel retirou um arcabuz de um dos conjuntos.

– Agora, esse inimigo, Sire, quem é? — perguntou o assassino.

– E você acha que eu sei? — respondeu Carlos IX, destruindo o miserável com um olhar de desdém.

– Perguntarei então ao senhor de Guisa — balbuciou Maurevel.

O rei deu de ombros.

– Não pergunte nada — disse. — O senhor de Guisa não vai responder. Responde-se a essas coisas? É tarefa de quem não quer ser enforcado adivinhar.

– Mas, enfim, como vou reconhecê-lo?

– Eu lhe disse que todas as manhãs às dez horas ele passa na frente da janela do cônego.

– Mas muitos passam na frente dessa janela. Queira Vossa Majestade dar-me ao menos um indício qualquer.

– Oh! É muito fácil. Amanhã, por exemplo, ele terá debaixo do braço uma carteira de couro vermelha.

– Sire, isso basta.

– Você ainda tem o cavalo que o senhor de Mouy lhe deu, e que corre bastante?

– Sire, tenho um berbere dos mais velozes.

– Oh! Não me preocupo com você! É bom apenas que você saiba que o claustro tem uma porta do lado de trás.

– Obrigado, Sire. Agora reze a Deus por mim.

– Ah! Mil demônios, rezar ao diabo de preferência, pois é só pela proteção dele que você pode evitar a forca.

– Adeus, Sire.

– Adeus. Ah, a propósito, senhor Maurevel, você sabe que se de algum jeito ouvirem falar de você amanhã antes das dez horas da manhã, ou se não ouvirem falar depois, existe uma masmorra no Louvre!

E Carlos IX voltou a assoviar tranquilamente e mais dentro do ritmo que nunca sua canção favorita.

IV

A NOITE DE 24 DE AGOSTO DE 1572

Nosso leitor não esqueceu que, no capítulo anterior, falou-se sobre um cavalheiro chamado La Mole, esperado com certa impaciência por Henrique de Navarra. Esse jovem cavalheiro, como havia anunciado o almirante, entrava em Paris pela porta Saint-Marcel por volta do fim do dia 24 de agosto de 1572 e, olhando com bastante desdém as inúmeras residências que expunham, à direita e à esquerda, suas fachadas pitorescas, deixara entrar seu cavalo fumegante até o centro da cidade, onde, depois de ter atravessado a praça Maubert, as pontes Petit-Pont e Notre-Dame, e seguido pela margem do rio, parara ao fim da rua de Bressec, que se fez depois rua de l'Arbre-Sec, e da qual, para uma maior facilidade de nossos leitores, conservaremos o nome moderno.

O nome sem dúvida lhe agradara, pois ele virou nessa rua; e como à sua esquerda uma magnífica placa de metal, rangendo em sua estrutura, acompanhada de sininhos, chamava-lhe a atenção, ele parou mais uma vez para ler estas palavras: *À La Belle-Étoile*,[1] gravadas na placa embaixo de uma pintura que representava a simulação mais lisonjeira que poderia existir para um viajante faminto: um frango assando no meio do céu escuro, enquanto um homem de casaco vermelho estendia em direção a esse novo astro seus braços, sua mala e seus desejos.

– Aqui está — disse o cavalheiro — uma hospedaria que sabe se anunciar e o hospedeiro deve ser, eu penso, um compadre engenhoso. Eu sempre ouvi falar que a rua de l'Arbre-Sec estava no bairro do Louvre. E se ao menos esse estabelecimento corresponder à placa, eu estarei maravilhosamente bem aqui.

Enquanto o recém-chegado recitava a si mesmo esse monólogo, outro cavaleiro, que chegou pelo outro lado da rua, isto é, pela rua Saint-Honoré, parou e também ficou em êxtase diante da placa do La Belle-Étoile.

Aquele dos dois que conhecemos, ao menos de nome, montava um cavalo branco de raça espanhola e vestia um gibão preto repleto de fuligem. Seu casaco era de veludo roxo-escuro, usava botas de couro preto, uma espada com um cabo de ferro trabalhado e um punhal parecido. Agora, se passarmos de suas roupas a seu rosto, digamos que era um homem de vinte e quatro a vinte e cinco anos, pele queimada de sol, olhos azuis, bigode fino, dentes brilhantes que pareciam iluminar seu rosto quando apareciam, para sorrir um sorriso meigo e melancólico, uma boca de formas delicadas e da mais perfeita distinção.

Quanto ao segundo viajante, ele formava, se comparado ao primeiro, um completo contraste. Sob seu chapéu, de bordas levantadas, apareciam abundantes e crespos cabelos mais ruivos que loiros. Sob os cabelos, olhos cinza refletiam, à mínima contrariedade, uma chama tão resplandecente que pareciam negros.

O resto do rosto se compunha de um tom rosado, de um lábio fino encimado por um bigode alaranjado e de dentes admiráveis. Era, em suma, com sua pele branca, sua grande altura e seus largos ombros, um cavaleiro, na acepção mais comum da palavra, muito bonito. Já fazia uma hora que ele olhava para cima em direção a todas as janelas, com o pretexto de encontrar uma hospedaria, e nesse tempo as mulheres o haviam olhado bastante; já os homens, que haviam sentido talvez uma vontade de rir vendo seu casaco apertado, suas meias coladas e suas botas velhas, haviam interrompido esse riso começado por um *Deus o proteja*! dos mais amáveis à análise dessa fisionomia que assumia em um minuto dez expressões diferentes, exceto, entretanto, a expressão bondosa que caracteriza sempre a figura do provinciano constrangido.

Foi ele quem se dirigiu primeiro ao outro cavalheiro que, assim como havíamos dito, olhava a hospedaria da Belle-Étoile.

– *Mordi*,[2] senhor — disse com aquele sotaque horrível da montanha que faria à primeira palavra reconhecer um piemontês no meio de cem estrangeiros. — Não estaremos perto do Louvre aqui? De toda forma, acho que você tem o mesmo gosto que eu. É lisonjeador para a minha senhoria.

– Senhor — respondeu o outro com um sotaque provençal que não perdia em nada para o sotaque piemontês de seu parceiro —, acho, de fato, que essa hospedaria é próxima ao Louvre. Entretanto, eu ainda me pergunto se terei a honra de partilhar a sua opinião. Interrogo-me.

– Você ainda não se decidiu, senhor? A casa é promissora, porém. Além do mais, talvez eu tenha me deixado influenciar por sua presença. Confesse ao menos que esta é uma bela pintura.

– Oh! Sem dúvida, mas é justamente o que me faz duvidar da realidade: Paris é cheia de trapaceiros, disseram-me, e trapaceia-se com uma placa e também com outras coisas.

– *Mordi*, senhor! — retomou o piemontês. — Eu não me preocupo com a trapaça, e se o hospedeiro me der uma ave menos grelhada que aquela da placa, eu mesmo o enfio no espeto e não o largo até que esteja convenientemente assado. Entremos, senhor.

– Você acaba de me convencer — disse o provençal rindo. — Mostre-me então o caminho, senhor, por favor.

– Oh! Senhor, juro pela minha alma que não farei nada, pois sou apenas o seu humilde servo, o conde Aníbal de Cocunás.

– E eu, senhor, sou apenas o conde Joseph-Hyacinthe-Boniface de Lerac de La Mole, a seu dispor.

– Neste caso, senhor, nos dêmos os braços e entremos juntos.

O resultado dessa proposta conciliadora foi que os dois jovens, que desceram de seus cavalos e jogaram as rédeas nas mãos do palafreneiro, se tomaram pelo braço e arrumando suas espadas, foram em direção à porta da hospedaria na qual se encontrava o hospedeiro. Mas, contrariamente ao costume desse tipo de gente, o digno proprietário parecia não lhes ter prestado nenhuma atenção, ocupado que estava em discutir muito atenciosamente com um homem robusto, rude e triste enfiado num casaco amarelo-pardo, como uma coruja debaixo de suas penas.

Os dois cavalheiros tinham chegado tão perto do hospedeiro e do homem de casaco amarelo pardo com o qual ele conversava que Cocunás, impaciente desse pouco caso que faziam dele e de seu parceiro, puxou a manga do hospedeiro. Este pareceu então acordar bruscamente e despediu-se de seu interlocutor com um:

– Até logo. Volte e, principalmente, me mantenha informado da hora.

– Ei, senhor engraçadinho — disse Cocunás. — Não está vendo que o estamos esperando?

– Ah, perdão, senhores — disse o hospedeiro —, não os tinha visto.

– Ei, *Mordi*! Era preciso nos ver. E agora que nos viu, no lugar de dizer simplesmente "senhor", diga "senhor conde", por favor.

La Mole estava atrás, deixava falar Cocunás, que parecia ter tomado o caso para si. Entretanto, era fácil de ver, por suas sobrancelhas franzidas, que ele estava pronto a ajudá-lo quando o momento de agir chegasse.

– Bem, o que deseja, senhor conde? — perguntou o hospedeiro com o seu tom mais calmo.

– Bom... já está melhor, não é mesmo? — disse Cocunás se virando em direção de La Mole, que fez um sinal afirmativo com a cabeça. — Nós desejamos, o senhor conde e eu, atraídos por sua placa, encontrar janta e cama em seu estabelecimento.

– Senhores — disse o hospedeiro —, sinto muitíssimo, mas há só um quarto e temo que ele não lhes seja conveniente.

– Muito bem! Por mim, melhor assim — disse La Mole. — Iremos nos hospedar em outro lugar.

– Ah, não! Não mesmo — disse Cocunás. — Eu fico aqui. Meu cavalo está arriado. Eu fico com o quarto, já que você não o quer.

– Ah! Isso é outra coisa — disse o hospedeiro mantendo sempre a mesma calma impertinente. — Se há apenas um, não posso hospedá-lo de maneira nenhuma.

– *Mordi*! — gritou Cocunás. — Eis aqui, eu juro! Um animal engraçado: há pouco éramos demais em dois e agora não somos suficiente, em um! Então você não quer nos hospedar, engraçadinho?

– Juro que não, senhores. Já que entenderam assim, responderei com franqueza.

– Responda então, mas responda logo.

– Bem, prefiro não ter a honra de hospedá-los.

– Por quê? — perguntou Cocunás, pálido de raiva.

– Porque os senhores não têm criados e porque para um quarto de mestre completo, isso me deixaria com dois quartos de criado vazios. Ora, se eu lhes dou o quarto de mestre, corro o grande risco de não alugar os outros.

– Senhor de La Mole — disse Cocunás se virando —, não lhe parece, como a mim, que nós vamos massacrar este palhaço?

– Mas é claro — disse La Mole se preparando, como o seu parceiro, para dar uma surra de chicote no hospedeiro.

Mas, apesar dessa dupla demonstração, que não tinha nada de tranquilizadora, da parte desses dois cavalheiros que pareciam tão determinados, o hospedeiro não se surpreendeu nem um pouco e se contentou em recuar um passo para entrar no estabelecimento:

– Vê-se — disse zombando — que esses senhores chegam do interior. Em Paris, passou a moda de massacrar hospedeiros que se recusam a alugar quartos. São os grandes senhores que se massacram e não os burgueses, e se vocês gritarem muito alto, eu vou chamar meus vizinhos, de maneira que serão vocês que apanharão, um tratamento de todo modo indigno de dois cavalheiros.

– Mas ele está zombando de nós — gritou Cocunás exasperado. — *Mordi*!

– Gregório, meu arcabuz! — disse o hospedeiro a seu criado, no mesmo tom em que teria dito: "Uma cadeira a esses senhores".

– *Trippe del papa!*[3] — berrou Cocunás puxando a espada. — Se aqueça, senhor de La Mole!

– Não, por favor, não, pois enquanto nos aquecemos, a janta esfriará.

– O quê! Você acha...? — gritou Cocunás.

– Eu acho que o senhor do La Belle-Étoile tem razão. Ele apenas não sabe acolher seus viajantes, principalmente se esses viajantes são cavalheiros. Em vez de nos dizer brutalmente: "Senhores, não quero hospedá-los", teria sido melhor nos dizer com educação: "Entrem, senhores. Valor a ser pago para o quarto de mestre: tanto; para o quarto de criado: tanto", esperando que se não temos criados, nós pretendemos arranjá-los.

E, com estas palavras, La Mole afastou discretamente o hospedeiro, que já estendia a mão na direção de seu arcabuz, fez passar Cocunás e entrou atrás dele na casa.

— Não importa — disse Cocunás —, tenho dificuldade em guardar a minha espada na bainha antes de me assegurar que ela fura tão bem quanto os espetos desse palhaço.

— Paciência, meu caro parceiro — disse La Mole —, paciência! Todas as hospedarias estão cheias de cavalheiros atraídos a Paris para as festas do casamento ou para a próxima guerra de Flandres. Nós não encontraremos mais outros alojamentos; além do mais, talvez seja costume em Paris receber assim os estrangeiros que chegam.

— *Mordi*! Como você é paciente! — murmurou Cocunás enrolando de raiva seu bigode vermelho e fuzilando o hospedeiro com seus olhares. — Mas que o espertinho se cuide, pois se a sua cozinha for ruim, se a sua cama for dura, se o seu vinho não tiver três anos de garrafa, se seu empregado não tiver boas maneiras...

— Não, não, não, meu cavalheiro — fez o hospedeiro amolando em um pedaço de couro a faca da cintura. — Aqui, fiquem tranquilos, vocês estão no país da Cocanha.[4]

Depois, baixinho e balançando a cabeça:

— Ele é um huguenote — murmurou. — Os traidores estão tão insolentes desde o casamento do bearnês com a senhorita Margot!

Em seguida, com um sorriso que faria arrepiar seus hóspedes, caso tivessem visto, completou:

— Eh! Eh! Seria engraçado se justamente caíssem aqui alguns huguenotes... e se...

— Pronto! Vamos jantar? — perguntou amargamente Cocunás, interrompendo os apartes de seu hospedeiro.

– Mas com todo prazer, senhor — respondeu o hospedeiro, sem dúvida apaziguado pelo último pensamento que lhe viera à mente.

– Muito bem, o prazer é nosso — respondeu Cocunás. E se virando para La Mole:

– Pronto, senhor conde, enquanto preparam nosso quarto, diga-me: por acaso você achou Paris uma cidade alegre?

– Claro que não — disse La Mole. — Parece que até agora só pude ver rostos ariscos e rebarbativos. Talvez os parisienses também tenham medo da tempestade.[5] Olhe como o céu está preto e o ar carregado.

– Diga-me, conde, você está procurando o Louvre, não é?

– E você também, se não me engano, senhor Cocunás.

– Então, se quiser, podemos procurá-lo juntos.

– Hã? — disse La Mole. — Já não é um pouco tarde para sair?

– Tarde ou não, eu tenho que sair. Minhas ordens são claras. Chegar o mais rápido em Paris, e, assim que chegar, procurar o duque de Guisa.

Ao ouvir o nome do duque de Guisa, o hospedeiro se aproximou muito atento.

– Parece que este medíocre está nos ouvindo — disse Cocunás, que, sendo piemontês, era muito rancoroso, e que não podia deixar passar ao dono do Belle-Étoile a forma pouco civil como recebia os viajantes.

– Sim, senhores, estava ouvindo — disse levando a mão ao capuz —, mas para servi-los. Ouvi falar do grande duque de Guisa, então me disponho. Em que posso ser-lhes útil, meus cavalheiros?

– Ha! Ha! Essa palavra é mágica, ao que parece, pois, de insolente que era, aqui está você solícito. *Mordi*, chefe, chefe... qual o seu[6] nome?

– Mestre La Hurière — respondeu o hospedeiro se inclinando.

– Então, mestre La Hurière. Você acha que meu braço é menos pesado que o do senhor duque de Guisa, que tem o privilégio de te deixá-lo assim tão educado?

– Não, senhor conde, mas é menos longo — replicou La Hurière. — Além disso — completou —, preciso dizer que esse grande Henrique é um ídolo para nós parisienses.

– Qual Henrique? — perguntou La Mole.

– Ao que me parece, só existe um — disse o dono do albergue.

– Perdão, amigo, existe ainda outro sobre quem lhe peço que não fale mal. É Henrique de Navarra, sem contar com Henrique de Condé, que tem também seu mérito.

– Esses aí, não conheço, não — respondeu o hospedeiro.

– Tudo bem, mas eu os conheço — disse La Mole. — E como me refiro ao rei Henrique de Navarra, peço-lhe que não o difame na minha frente.

O hospedeiro, sem responder ao senhor de La Mole, contentou-se em tocar ligeiramente seu capuz e, sem parar de olhar ternamente para Cocunás:

– Então o senhor vai falar com o grande duque de Guisa? O senhor é um cavalheiro muito feliz. Sem dúvida ele vem para...?

– Para quê? — perguntou Cocunás.

– Para a festa — respondeu o hospedeiro, com um sorriso peculiar.

– Devia dizer para as festas, pois Paris transborda de festas, segundo ouvi. Ao menos só se fala em bailes, festins, torneios. Estão se divertindo muito em Paris, hã?

– Sim, mas moderadamente, senhor, ao menos até o momento — respondeu o hospedeiro. — Mas ainda vamos nos divertir, espero.

– As núpcias de Sua Majestade, o rei de Navarra, atraem, entretanto, muita gente para esta cidade — disse La Mole.

– Muitos huguenotes, sim, senhor — respondeu bruscamente La Hurière.

Depois, se reajustando: — Ah! Desculpe — disse —, os senhores por acaso são da religião?

– Eu, da religião! — exclamou Cocunás. — Que é isso? Eu sou é católico, como nosso santo pai, o papa.

La Hurière se virou para La Mole como para interrogá-lo. Mas ou La Mole não entendeu o olhar, ou não encontrou outro jeito de responder que não fosse por outra pergunta.

– Se você não conhece Sua Majestade, o rei de Navarra, mestre La Hurière — disse — talvez conheça o senhor almirante? Ouvi dizer que o senhor almirante usufruía de favores na corte. E como lhe sou recomendado, gostaria de saber, caso não saiba de cor o endereço dele, onde ele se hospeda.

– *Se hospedava* na rua de Béthisy, senhor, aqui à direita — respondeu o hospedeiro, com uma satisfação interna que não pôde impedir que se tornasse externa.

– Como assim *hospedava*? — perguntou La Mole. — Então ele foi embora?

– Sim, deste mundo talvez.

– O que está dizendo? — exclamaram juntos os dois cavalheiros. — O almirante, embora deste mundo!

– O que, senhor de Cocunás — continuou o hospedeiro, com um sorriso malicioso —, você é um dos de Guisa e ignora isso?

– Isso o quê?

– Que anteontem, quando passava pela praça Saint-Germain--l'Auxerrois, na frente da casa do cônego Pierre Piles, o almirante levou um tiro de arcabuz.

– E ele morreu? — exclamou La Mole.

– Não, o tiro só quebrou seu braço e cortou dois dedos. Mas esperamos que as balas estejam envenenadas.

– Como assim, miserável! — exclamou La Mole. — Esperamos...

– Quero dizer que é nisso que acreditam — retomou o hospedeiro. — Não briguemos por causa de uma palavra: a língua me pregou uma peça.

Então o mestre La Hurière, dando as costas a La Mole, mostrou a língua para Cocunás da forma mais debochada, e acompanhou o gesto com um piscar de olhos inteligente.

– É verdade! — disse Cocunás reluzente.

– É verdade! — murmurou La Mole, com uma dolorosa estupefação.

– É assim como que tenho a honra de lhes dizer, senhores — respondeu o hospedeiro.

– Nesse caso — disse La Mole —, vou ao Louvre sem perder um instante. Lá encontrarei o rei Henrique?

– Possivelmente, já que mora ali.

– Eu também vou ao Louvre — disse Cocunás. — Lá encontrarei o duque de Guisa?

– Provavelmente, pois acabei de vê-lo passar tem um minuto, com duzentos cavalheiros.

– Então vamos, senhor Cocunás — disse La Mole.

– Eu o acompanho, senhor — disse Cocunás.

– Mas e o jantar, meus cavalheiros? — perguntou o mestre La Hurière.

– Ah! — disse La Mole. — Jantarei talvez com o rei.

– E eu com o duque de Guisa — disse Cocunás.

– E eu — disse o hospedeiro, depois de ter seguido com os olhos os dois cavalheiros que partiam em direção do Louvre — vou lustrar meu capacete, armar meu arcabuz e amolar minha partasana.[7] Não se sabe o que pode acontecer.

V

DO LOUVRE EM PARTICULAR E DA VIRTUDE EM GERAL

Os dois cavalheiros, informados pela primeira pessoa que encontraram, tomaram a rua d'Averon, a rua Saint-Germain-l'Auxerrois e logo se viram diante do Louvre, cujas torres começavam a se confundir nas primeiras sombras da noite.

– O que você tem? — perguntou Cocunás à La Mole que, parado à vista do velho castelo, olhava com um santo respeito as pontes móveis, as janelas estreitas e as torres em forma de sinos pontiagudos que se apresentavam de repente a seus olhos.

– Juro, não sei... — disse La Mole — meu coração está disparado. E olha que não sou muito tímido, mas não sei por que esse palácio me parece sombrio e até diria medonho.

– Pois bem! — disse Cocunás. — Eu não sei o que acontece comigo, mas estou com uma alegria rara. O traje é, entretanto, um pouco desleixado — continuou, percorrendo com os olhos sua roupa de viagem — mas, ah! A gente tem cara de cavaleiro. E depois, minhas ordens me recomendavam prontidão. Serei assim bem-vindo, já que terei obedecido pontualmente.

E os dois jovens continuaram seu caminho, cada um perturbado pelos sentimentos que haviam acabado de exprimir.

Havia uma grande vigilância no Louvre. Em todos os postos, os guardas pareciam duplicados. Nossos dois viajantes ficaram bastante constrangidos no início. Mas Cocunás, que tinha percebido que o nome do duque de Guisa era um tipo de talismã no meio dos parisienses, aproximara-se de um guarda e, invocando esse nome todo-poderoso, perguntara se, graças a ele, não poderia entrar no Louvre.

Esse nome pareceu ter seu efeito costumeiro sobre o soldado. Porém, ele perguntou a Cocunás se não havia uma autorização.

Cocunás foi obrigado a confessar que não tinha absolutamente nada.

– Nesse caso, vá embora, cavalheiro — disse o soldado.

Nesse momento, um homem que falava com o oficial do posto de vigia e que enquanto falava tinha ouvido Cocunás solicitar sua entrada no Louvre, interrompeu a conversa e, vindo até ele:

– O guê guerrer focê gom o senhor te Quisa?[1] — disse.

– Eu querer lhe falar — respondeu Cocunás sorrindo.

– Imbossífel! O dugue estar no rei.

– Entretanto, tenho uma carta de aviso que me diz para vir a Paris.

– Ah! Focê tem um carta de afiso?

– Tenho, estou chegando de muito longe.

– Ah! Focê fem te muito longe?

– Venho do Piémont.

– Pem! Pem! É odrra goisa. E focê se chama...

– Conde Aníbal de Cocunás.

– Pom! Pom! Me tê a carta, senhor Anípal, tê.

– Eis um homem muito gentil — disse La Mole falando a si mesmo. — Eu não poderia encontrar alguém parecido para me levar até ao rei de Navarra?

– Mas tê a carta — continuou o cavalheiro alemão, estendendo a mão na direção de Cocunás, que hesitava.

– *Mordi*! — retomou o piemontês, desconfiado como um meio-italiano — Não sei se devo... Eu não tenho a honra de conhecê-lo, senhor.

– Sou Pesme. Berdenço ao senhor dugue te Quisa.

– Pesme... — murmurou Cocunás. — Eu não conheço esse nome.

– É o senhor de Besme, cavalheiro — disse o guarda. — A pronúncia lhe engana, é só isso. Dê sua carta ao senhor, vamos! Eu garanto.

– Ah! Senhor de Besme — gritou Cocunás —, eu bem que achei que o conhecia! Claro, com muito prazer. Eis minha carta. Desculpe-me por minha hesitação, mas deve-se hesitar quando se quer ser fiel.

– Pem, pem — disse de Besme — non ser breciso se desgulparr.

– Com licença, senhor — disse La Mole aproximando-se —, já que é tão cortês, poderia encarregar-se da minha carta como acabou de fazer com a do meu companheiro?

– Gomo focê se chama?

– Conde Lerac de La Mole.

– Gonte Lerag te La Mole.

– Isso.

– Nunga eu ofíu falarr.

– É compreensível que eu não tenha a honra de ser conhecido por você, senhor, pois sou estrangeiro. E como o conde de Cocunás, eu cheguei esta noite de muito longe.

– E te onte focê fein?

– Da Provença.

– Gom uma carta?

— Sim, com uma carta.

— Barra senhor te Quisa?

— Não, para Sua Majestade, o rei de Navarra.

— Eu non zou to rei te Nafarra, senhor — respondeu Besme, com uma frieza súbita. — Logo, non bosso me engarregar de sua carta.

E Besme, virando as costas a La Mole, entrou no Louvre, acenando para Cocunás segui-lo.

La Mole ficou sozinho.

Nesse momento, pela porta do Louvre, paralela àquela que tinha dado passagem a Besme e Cocunás, saiu uma tropa de cavaleiros formada de uma centena de homens.

— Ha! Ha! — disse o guarda a seu colega. — É de Mouy e seus huguenotes. Eles estão esplêndidos. O rei lhes prometeu a morte do assassino do almirante, e como já foi ele quem matou o pai de de Mouy, o filho matará um coelho com duas cajadadas só.

— Perdão — disse La Mole dirigindo-se ao soldado —, mas você disse, meu caro, que esse oficial era o senhor de Mouy?

— Foi, meu cavalheiro.

— E aqueles que o acompanhavam eram...

— Eram uns protestantes, eu disse.

— Obrigado — disse La Mole, sem parecer notar o termo de desprezo empregado pelo guarda. — Era tudo que eu queria saber.

E indo o mais rápido possível na direção do chefe dos cavaleiros:

— Senhor — abordou-o —, acabo de saber que é o senhor de Mouy.

— Sou, senhor — respondeu o oficial educadamente.

— Seu nome, bem conhecido no meio daqueles da religião, encoraja-me a falar com você, senhor, para lhe pedir um favor.

— Que favor, senhor? Mas, antes, a quem tenho a honra de falar?

– Ao conde Lerac de La Mole.

Os dois jovens se cumprimentaram.

– Pois não, senhor — disse de Mouy.

– Senhor, venho de Aix e trago uma carta do senhor d'Auriac, governador da Provença. Esta carta está endereçada ao rei de Navarra e contém notícias importantes e urgentes. Como posso entregar essa carta ao rei? Como posso entrar no Louvre?

– Não existe nada mais fácil que entrar no Louvre, senhor — respondeu de Mouy —, só que temo que o rei de Navarra esteja muito ocupado para recebê-lo a esta hora. Mas não tem problema, se quiser me acompanhar, conduzirei o senhor até seus aposentos. O resto é com você.

– Mil vezes obrigado!

– Venha, senhor — disse de Mouy.

De Mouy desceu do cavalo, jogou a rédea nas mãos de seu empregado, foi em direção da guarita, fez-se reconhecer, colocou La Mole dentro do castelo e, abrindo a porta dos aposentos do rei:

– Entre, senhor — disse —, e informe-se.

E, despedindo-se de La Mole, retirou-se. La Mole, sozinho, olhou ao redor. A antecâmara estava vazia, uma das portas de dentro estava aberta. Deu alguns passos e se encontrou num corredor.

Bateu à porta e chamou sem que ninguém respondesse. O mais profundo silêncio reinava nesta parte do Louvre.

"Quem é que me falou", pensou, "deste cerimonial tão estrito? A gente vai e vem nesse palácio como numa praça pública."

E ele chamou novamente, mas sem obter um resultado melhor que da primeira vez.

"Bem, vamos em frente", pensou, "uma hora ou outra encontrarei alguém."

E adentrou o corredor, que ia ficando cada vez mais sombrio.

De repente, a porta oposta àquela pela qual entrara se abriu e dois pajens apareceram, levando tochas que iluminavam uma mulher de estatura considerável, de porte majestoso e, principalmente, de beleza admirável.

A luz atingiu em cheio La Mole, que ficou imóvel.

Quanto à mulher, ela parou, assim como La Mole.

– Que deseja, senhor? — perguntou ao rapaz, com uma voz que chegou a seus ouvidos como uma música encantadora.

– Oh! Senhora — disse La Mole baixando os olhos —, queira me desculpar. Acabei de me separar do senhor de Mouy, que teve a delicadeza de me conduzir até aqui, e estou procurando o rei de Navarra.

– Sua Majestade não se encontra aqui, senhor. Ele está, eu acho, nos aposentos de seu cunhado. Porém em sua ausência, não poderia falar à rainha?

– Claro, com certeza, senhora — retomou La Mole —, se alguém se dignasse a me conduzir até ela.

– Você já chegou.

– O quê! — exclamou La Mole.

– Eu sou a rainha de Navarra — disse Margarida.

La Mole fez um movimento tão brusco de estupor e assombro que a rainha sorriu.

– Fale rápido, senhor — ela disse —, pois me esperam nos aposentos da rainha-mãe.

– Oh! Senhora, se esperam-lhe, permita que me afaste, pois seria impossível falar-lhe agora. Estou incapacitado de juntar duas ideias. Sua visão me ofuscou. Não penso mais, só admiro.

Margarida avançou cheia de graça e de beleza em direção ao rapaz que, sem saber, havia agido como um cortesão refinado.

– Recomponha-se, senhor — disse. — Esperarei e me esperarão.

– Oh! Perdoe-me, senhora, se não cumprimentei primeiramente Vossa Majestade com todo o respeito que ela deve esperar de um de seus mais humildes servos, mas...

– Mas — continuou Margarida — você me confundiu com uma de minhas criadas.

– Não, senhora, mas com a imagem da bela Diana de Poitiers. Disseram-me que ela estava de volta ao Louvre.

– Vamos, senhor — disse Margarida. — Não me preocupo mais com você, e você fará fortuna na corte. Você disse que tinha uma carta para o rei? É inútil. Mas, pouco importa, onde ela está? Eu a entregarei ao rei. Apenas seja rápido, por favor.

Num piscar de olhos, La Mole abriu os cordõezinhos de seu gibão e tirou de seu peito uma carta fechada num envelope de seda.

Margarida pegou a carta e olhou a letra.

– Você não seria o senhor de La Mole? — disse.

– Sou, senhora. Oh! Meu Deus! Teria eu a felicidade de ter meu nome conhecido por Vossa Majestade?

– Eu o ouvi ser pronunciado pelo rei meu marido e pelo meu irmão, o duque de Alençon. Sei que você é esperado.

E ela enfiou no seu corpete, todo duro de bordados e diamantes, essa carta que saía do gibão do rapaz e que estava ainda quente do calor de seu peito. La Mole olhava com avidez cada movimento de Margarida.

– Agora, senhor — ela disse — desça até a galeria abaixo e espere até que apareça alguém da parte do rei de Navarra ou do duque de Alençon. Um de meus pajens o conduzirá.

Com essas palavras, Margarida continuou seu caminho. La Mole encostou-se à parede mas a passagem era tão estreita e a verdugada da rainha de Navarra tão larga que seu vestido de seda roçou na roupa do rapaz, enquanto um perfume intenso ia se espalhando por onde ela passava.

La Mole arrepiou-se e, sentindo que ia cair, procurou apoio contra a parede.

Margarida desapareceu como uma visão.

– Você vem, senhor? — disse o pajem encarregado de conduzi-lo até a galeria inferior.

– Oh! Vou, vou — exclamou La Mole, ébrio, pois como o rapaz lhe indicava o caminho pelo qual Margarida acabava de sair, ele esperava, se apressando, ainda vê-la.

De fato, chegando no alto da escada, ele viu um andar inferior, e, seja por acaso ou porque o barulho de seus passos chegavam até ela, tendo Margarida levantado a cabeça, ele pôde vê-la mais uma vez.

– Oh! — ele disse, seguindo o pajem. — Não é uma mortal, é uma deusa; e como diz Virgilius Maro: *Et vera incessu patuit dea.*[2]

– E então? — perguntou o rapaz.

– Aqui estou — disse La Mole —, perdão, aqui estou.

O pajem foi na frente, desceu um andar, abriu uma primeira porta, depois uma segunda e parou na soleira:

– Aqui está o lugar onde você deve esperar — ele disse.

La Mole entrou na galeria, cuja porta se fechou.

A galeria estava vazia, com exceção de um cavalheiro que caminhava, e que parecia esperar.

Da noite já desciam grandes sombras do alto das arcadas, e mesmo que os dois homens estivessem somente a vinte passos um do outro, não podiam distinguir seus rostos. La Mole se aproximou.

– Deus que me perdoe! — murmurou, quando estava só a alguns passos do segundo cavalheiro — Se não é o senhor Cocunás que estou vendo aqui.

Com o barulho de seus passos, o piemontês já havia se virado e olhava com a mesma surpresa com que era olhado.

– *Mordi!* — exclamou. — É o senhor de La Mole, ou que o diabo me carregue! Nossa! O que estou fazendo aqui? Jurava que estivesse com o rei, mas... parece que o rei jurou diferentemente de mim, jurou até pelas igrejas. E nós aqui no Louvre, hein?

– Como pode ver. O senhor de Besme lhe fez entrar?

– Sim. Um adorável alemão esse tal senhor de Besme... e você? Quem lhe serviu de guia?

– O senhor de Mouy... eu lhe disse que os huguenotes também não eram tão ruins... e você encontrou o senhor de Guisa?

– Não, ainda não... e você conseguiu sua audiência com o rei de Navarra?

– Não, mas isso não deve demorar. Trouxeram-me até aqui e me disseram para esperar.

– Você verá que se trata de um grande jantar e que nós estaremos lado a lado no banquete. Na verdade, o acaso é engraçado! Faz duas horas que ele nos casa... mas o que você tem? Parece preocupado...

– Eu! — disse prontamente La Mole agitando-se, pois de fato ele ainda continuava ofuscado pela visão que tinha lhe aparecido. — Não, mas o lugar onde estamos faz nascer no meu espírito um tumulto de reflexões.

– Filosóficas, não é? É como eu. Justamente quando você entrou, todas as recomendações de meu preceptor me vinham à cabeça. Senhor conde, você conhece Plutarco?

– E como! — disse La Mole sorrindo. — É um dos meus autores favoritos.

– Pois então — continuou Cocunás com seriedade —, esse grande homem não me parece ter exagerado quando compara os dons da natureza às plantas balsâmicas dotadas de um perfume imperecível e de uma eficácia soberana para a cura de feridas.

– E você conhece grego, senhor Cocunás? — disse La Mole, olhando fixamente seu interlocutor.

– Não, mas meu preceptor conhecia, e me recomendou bastante, quando eu estivesse na corte, que falasse sobre a virtude. Ele dizia que isso dava boa impressão. Mas sou virgem nesse assunto, já vou lhe dizendo. Aliás, você está com fome?

– Não.

– Porém me parecia que você tinha gostado da ideia do frango no espeto da Belle-Étoile. Eu estou morrendo de inanição.

– Então, senhor de Cocunás, eis uma boa ocasião para utilizar seus argumentos sobre a virtude e provar sua admiração por Plutarco, pois esse grande escritor diz em algum lugar: "Faz bem exercitar a alma à dor, e o estômago à fome. *Prepon esti tên men psuchên odunê, ton de gastéra semô askeïn*".

– Nossa! Então você sabe grego? — exclamou Cocunás estupefato.

– Ora, sim! — respondeu La Mole. — Meu preceptor me ensinou.

– *Mordi*! Conde, sua fortuna está feita, nesse caso. Você fará versos com o rei Carlos IX, e falará em grego com a rainha Margarida.

– Sem contar que — completou La Mole rindo — posso também falar gascão com o rei de Navarra.

Nesse momento, a saída da galeria que dava para os aposentos do rei se abriu. Ouviu-se um passo, e se viu na escuridão uma sombra se aproximar. Essa sombra virou corpo. E esse corpo era o do senhor de Besme.

Olhou os dois jovens nos olhos para reconhecer o seu, e fez um sinal para que Cocunás o seguisse.

Cocunás se despediu de La Mole com uma aceno de mão.

De Besme conduziu Cocunás até o extremo da galeria, abriu uma porta e chegou com ele ao primeiro degrau de uma escada.

Parou ali e olhou ao redor, depois para cima e para baixo.

– Senhor te Gogunás — disse —, onte focê esdá hosbetato?

– No albergue Belle-Étoile, rua de l'Arbre-Sec.

– Pom, pom, esdar uns tois bassos tagui... Folde rábito barra o hodel, e esda noiti... — olhou mais uma vez ao redor.

– Então, esta noite? — perguntou Cocunás.

– Endaun, esda noiti folde agui gom um gruiz pranga no chabéll. O seinha serrá *Quisa*. Shhhh, poga fechata.

– Mas que horas devo chegar?

– Guanto focê oufirr o chino.

– Como, o chino? — perguntou Cocunás.

– É, o chino: blim, blém, blim, blém...

– Ah, o sino!

– É, ser o guê eu dafa tizento.

– Tudo bem! Estaremos lá — disse Cocunás.

Despedindo-se de Besme, se afastou se perguntando:

– Que diabos ele está querendo dizer, e por qual razão o sino tocaria? Não faz mal! Continuo com minha opinião: o senhor de Besme é um tudesco[3] encantador. E se eu aguardasse o conde de La Mole? Ah, claro que não! É bem provável que ele jante com o rei de Navarra.

E então Cocunás se dirigiu à rua de l'Arbre-Sec, para a qual, como um imã, a placa do Belle-Étoile o atraía.

Nesse meio tempo, uma porta da galeria correspondente aos aposentos do rei de Navarra se abriu, e um pajem veio na direção do senhor de La Mole.

– É você mesmo o conde de La Mole? — disse.

– Sim, sou eu.

– Onde você está hospedado?

– Rua de l'Arbre-Sec, no albergue Belle-Étoile.

– Que bom, fica na porta do Louvre. Ouça, Sua Majestade lhe diz que não pode recebê-lo neste momento. Talvez essa noite alguém venha buscá-lo. Em todo caso, se amanhã de manhã você não tiver recebido notícias, venha ao Louvre.

– Mas e se o guarda se recusar a abrir a porta?

– Ah! Justamente... a senha é *Navarra*. Diga essa palavra e todas as portas se abrirão à sua frente.

– Obrigado.

– Espere, cavalheiro. Tenho ordens para acompanhá-lo até a guarita, receio que você se perderia no Louvre.

– A propósito, e Cocunás? — disse La Mole a si mesmo quando se encontrou do lado de fora do palácio. — Ah, deve ter ficado para jantar com o duque de Guisa.

Mas, ao voltar para o albergue do mestre La Hurière, a primeira figura que nosso cavalheiro avistou foi Cocunás sentado à mesa, em frente a uma gigantesca omelete de toucinho.

– Ha! Ha! — exclamou Cocunás, rindo às gargalhadas. — Parece que, assim como você não pôde jantar com o rei, também não pude jantar com de Guisa.

– Pois é, não.

– E a fome então veio?

– Acredito que sim.

– Mesmo com Plutarco?

– Senhor conde — disse rindo La Mole —, Plutarco diz num outro lugar: "Deve aquele que tem, dividir com aquele que não tem". Não gostaria, por amor a Plutarco, de dividir essa omelete comigo? Conversaremos sobre a virtude enquanto comemos.

– Mas é claro que sim — disse Cocunás. — É bom quando estamos no Louvre, com medo de sermos ouvidos e com o estômago vazio. Sente-se aí e vamos comer.

– Então, vejo que decididamente o destino nos fez inseparáveis. Você dorme aqui?

– Não sei de nada.

– Eu também não.

– Em todo caso, sei muito bem onde passarei a noite.

– Onde?

– Onde você também passar, é inevitável.

E os dois gargalharam, fazendo como podiam as honras à omelete do mestre La Hurière.

VI

A DÍVIDA PAGA

Agora, se o leitor está curioso para saber por que o senhor de La Mole não foi recebido pelo rei de Navarra, e por que o senhor de Cocunás não pôde ver o senhor de Guisa; enfim, por que os dois, em vez de jantar no Louvre faisões, perdizes e carneiro, jantavam no albergue Belle-Étoile uma omelete de toucinho, é necessário que tenha a cortesia de entrar conosco no velho palácio dos reis e seguir a rainha Margarida de Navarra, que La Mole perdera de vista na entrada da grande galeria.

Enquanto Margarida descia essa escada, o duque de Guisa, que ela não havia revisto desde sua noite de núpcias, estava no gabinete do rei. Nessa escada por onde descia Margarida, havia uma saída. Nesse gabinete onde estava o senhor de Guisa, havia uma porta. Ora, essa porta e essa saída conduziam a um corredor, e esse corredor conduzia aos aposentos da rainha-mãe, Catarina de Médicis.

Catarina de Médicis estava sozinha, sentada perto de uma mesa, o cotovelo apoiado em um livro de horas entreaberto, e a cabeça encostada na mão que guardava ainda admirável beleza graças aos cosméticos trazidos pelo florentino René, que se acumulava o duplo cargo de perfumista e envenenador da rainha-mãe.

A viúva de Henrique II estava vestida do luto que não largara desde a morte de seu marido. Era, nessa época, uma mulher de cinquenta e dois, cinquenta e três anos, mais ou menos, que conservava, graças a sua corpulência cheia de frescor, os traços de sua primeira beleza. Seu aposento, como sua roupa, era o de uma viúva. Ali tudo tinha um aspecto sombrio: estofados, paredes, móveis. Apenas acima de um tipo de dossel que cobria uma poltrona real, onde, no momento, dormia deitada a pequena galga favorita da rainha-mãe, que lhe fora dada pelo seu genro Henrique de Navarra e recebera o nome mitológico de Febe, via-se uma pintura natural de um arco-íris contornado por uma máxima grega que o rei Francisco I escrevera: *Phôs pherei ê de kai aïthzen*, e que pode ser traduzida por este verso:

Ele carrega a luz e a serenidade.

De repente, no momento em que a rainha-mãe parecia mergulhada nas profundezas de um pensamento que fazia eclodir em seus lábios pintados de carmim um sorriso lento e cheio de hesitação, um homem abriu a porta, afastou a cortina e mostrou seu rosto pálido dizendo:

– Está tudo errado.

Catarina ergueu a cabeça e reconheceu o duque de Guisa.

– Como assim, tudo errado? — respondeu. — O que está querendo dizer, Henrique?

– Quero dizer que o rei está mais que nunca rodeado de seus huguenotes malditos, e que, se esperarmos que ele se retire para executar nossa grande empreitada, vamos esperar ainda por bastante tempo, ou para sempre.

– O que aconteceu, então? — perguntou Catarina, conservando o rosto calmo que lhe era habitual e ao qual, entretanto, ela sabia muito bem, dependendo da ocasião, dar as mais opostas expressões.

– Aconteceu que agora há pouco, pela vigésima vez, questionei Sua Majestade para saber se continuaríamos a suportar as intimidações que se permitem fazer, desde o ferimento do almirante, os senhores da religião.

– E o que lhe respondeu meu filho? — perguntou Catarina.

– Me respondeu assim: "Senhor duque, você deve desconfiar do povo como autor do assassinato cometido contra meu segundo pai, o almirante. Defenda-se como lhe for melhor. Quanto a mim, eu mesmo me defenderei bem se me insultaram...". E dizendo isso, virou as costas e foi dar de comer aos seus cães.

– E você não tentou detê-lo?

– Tentei, mas me respondeu com aquela voz que você conhece bem, e com aquele olhar que só a ele pertence: "Senhor duque, meus cães estão com fome, e eles não são homens para que eu os faça esperar...". Por isso vim lhe prevenir.

– Fez bem — disse a rainha.

– Mas como resolver?

– Tentando um último esforço.

– E quem vai tentar?

– Eu. O rei está sozinho?

– Não, está com o senhor de Tavannes.

– Espere-me aqui. Melhor, siga-me de longe.

Catarina se levantou rapidamente e seguiu o caminho do quarto onde ficavam, sobre tapetes turcos e almofadas de veludo, os galgos preferidos do rei. Nos poleiros encravados no muro, havia dois ou três falcões e uma gralha com a qual Carlos IX se divertia capturando passarinhos nos jardins do Louvre e das Tulherias, cuja construção começava. No caminho, a rainha-mãe assumiu um rosto pálido e cheio de angústia, no qual escorria uma última, ou melhor, uma primeira lágrima.

Aproximou-se sem fazer barulho de Carlos IX, que dava aos cães pedaços de bolo cortados em porções idênticas.

– Meu filho! – disse Catarina com a voz trêmula tão bem encenada que fez tremer o rei.

– O que há, senhora? – disse o rei se virando prontamente.

– É que, meu filho – respondeu Catarina –, gostaria de lhe pedir permissão para me retirar em um de seus castelos, pouco importa qual, desde que fique bem longe de Paris.

– E por que, senhora? – perguntou Carlos IX, fixando na mãe um olhar vítreo que, em certas ocasiões, ficava muito penetrante.

– Porque todo dia recebo novos ultrajes dos religiosos, porque hoje ouvi que você foi ameaçado pelos protestantes até dentro do seu Louvre, e porque não quero mais assistir a tais espetáculos.

– Mas enfim, mãe – disse Carlos IX, com uma expressão cheia de convicção –, quiseram matar o almirante deles. Um infame assassino já havia aniquilado o corajoso senhor de Mouy desses pobres coitados. Basta, minha mãe! É preciso, porém, haver justiça em um reino.

– Oh! Fique tranquilo, meu filho – disse Catarina –, a justiça não lhes faltará, pois se lhes recusar, vão fazer à maneira deles: contra o senhor de Guisa hoje, contra mim amanhã, contra você mais tarde.

– Oh! Minha senhora – disse Carlos IX, deixando transparecer na voz uma primeira expressão de dúvida –, você acha?

– Eh! Meu filho – retomou Catarina, entregando-se inteiramente à violência de seus pensamentos –, você não sabia que não se trata mais da morte do senhor Francisco de Guisa, ou do senhor almirante, ou da religião protestante, ou da religião católica, mas simplesmente da substituição do filho de Henrique II pelo filho de Antônio de Bourbon?

– Isso, isso, minha mãe, e mais uma vez você cai nos seus habituais exageros! — disse o rei.

– Então qual é sua opinião, meu filho?

– Esperar, minha mãe! Esperar. Toda a sabedoria humana está nessa única palavra. O maior, o mais forte, o mais correto é, sobretudo, quem sabe esperar.

– Então espere, mas eu não vou esperar — assim dizendo, Catarina fez uma reverência, e, se aproximando da porta, preparou-se para seguir o caminho de seu aposento. Carlos IX deteve-a.

– Enfim, o que se deve fazer então, minha mãe? — disse Carlos. — Pois sou justo antes de mais nada e gostaria que todos ficassem contentes comigo.

Catarina se aproximou.

– Venha, senhor conde — disse a Tavannes, que acariciava a gralha do rei —, e diga ao rei o que em sua opinião deve ser feito.

– Vossa Majestade me permite? — perguntou o conde.

– Diga, Tavannes! Diga.

– O que Vossa Majestade faz durante a caça quando um javali vem em sua direção?

– Meu Deus! Senhor, eu o espero com os pés firmes — disse Carlos IX — e furo-lhe a garganta com minha adaga.

– Somente para impedi-lo de machucá-lo — completou Catarina.

– E para me divertir — disse o rei, com um suspiro indicando a coragem que vai até a ferocidade. — Mas não me divertiria matar meus súditos, pois, enfim, os huguenotes são meus súditos tanto quanto os católicos.

– Então, Sire — disse Catarina —, seus súditos huguenotes farão como o javali em cuja garganta não se enfia uma adaga: vão destruir seu trono.

– Bah! Você acha mesmo, senhora? — disse o rei, com ar de quem não dava muita fé aos sermões da mãe.

– Você não viu hoje o senhor de Mouy e seus homens?

– Sim, os vi, já que acabo de deixá-los. Mas por que não seria justo o que ele me pediu? Pediu-me a morte do assassino de seu pai e do almirante! Não punimos o senhor de Montgomery pela morte de meu pai e de seu esposo, embora essa morte tenha sido puro acidente?

– Está bem, Sire — disse Catarina tocada. — Não falaremos mais sobre o assunto. Vossa Majestade está sob a proteção de Deus que lhe dá força, sabedoria e confiança, mas eu, pobre mulher, que Deus abandona sem dúvida por causa de meus pecados, temo e cedo.

Assim dizendo, Catarina se despediu outra vez e saiu fazendo um sinal ao duque de Guisa, que nesse meio-tempo havia entrado, para tomar seu lugar e tentar ainda um último esforço.

Carlos IX seguiu com os olhos sua mãe, mas sem chamá-la dessa vez. Em seguida, passou a acariciar seus cães assoviando uma canção de caça.

De repente, parou.

– Minha mãe é mesmo um espírito real — disse. — Na verdade, ela não duvida de nada. Vamos então, deliberadamente, matar algumas dúzias de huguenotes porque vieram aqui pedir justiça? Não é o direito deles, afinal?

– Algumas dúzias — murmurou o duque de Guisa.

– Ah, você está aí senhor — disse o rei fazendo de conta que o via pela primeira vez. — Pois é, algumas dúzias. A bela escória! Ah, se alguém viesse dizer: "Sire, você estará livre de todos seus inimigos de uma só vez, e amanhã não restará nenhum para reclamar a morte dos outros", ah, então eu não diria nada!

– Está bem, Sire.

– Tavannes — interrompeu o rei —, você está cansando Margot. Coloque-a no poleiro. Não é porque ela tem o nome da minha irmã, a rainha de Navarra, que todo mundo pode acariciá-la.

Tavannes colocou a gralha novamente no poleiro, e se divertia em desenrolar e enrolar as orelhas de um galgo.

– Mas, Sire — retomou o duque de Guisa —, e se dissessem a Vossa Majestade: "Sire, Vossa Majestade estará livre amanhã de todos seus inimigos"?

– E pela intervenção de que santo seria feito tal milagre?

– Sire, hoje é dia 24 de agosto, seria então pela intervenção de São Bartolomeu.

– Um bom santo — disse o rei — que foi escorchado vivo!

– Melhor ainda! Quanto mais sofrimento, mais rancor guardado contra seus carrascos.

– É você, meu primo — disse o rei —, que, com sua linda espada de cabo de ouro, matará, de agora até amanhã, dez mil huguenotes! Ha! Ha! Ha! Essa é boa, como você é engraçado, senhor de Guisa!

E riu às gargalhas, mas um riso tão falso que o eco do quarto o repetiu com um tom lúgubre.

– Sire, uma palavra, uma só — prosseguiu o duque, tremendo, contra sua vontade, por conta desse riso que não tinha nada de humano. — Só um sinal, e tudo já está pronto. Tenho os suíços, tenho mil e cem cavalheiros, a cavalaria, os burgueses: de sua parte, Vossa Majestade tem os guardas, os amigos, a nobreza católica... Somos vinte contra um.

– Muito bem, já que você é tão forte, meu primo, por que diabos vem me contar tudo isso de novo? Faça, faça tudo sem mim!

E o rei se virou para seus cães. A cortina se ergueu e Catarina reapareceu.

– Vai dar certo — disse ao duque. — Insista, ele cederá.

E a cortina se fechou sobre Catarina sem que Carlos IX a visse, ou, se viu, fingiu não a ver.

– Mas ainda assim — disse o duque de Guisa —, tenho que saber se, agindo como desejo, agradarei a Vossa Majestade.

– Na verdade, Henrique, meu primo, você está enfiando a faca em minha garganta. Mas resistirei! Não sou eu então o rei?

– Ainda não, Sire, mas se quiser, o será amanhã.

– Ah! — continuou Carlos IX. — Matariam também o rei de Navarra, o príncipe de Condé... dentro do meu Louvre!... Ah!

Em seguida, completou, com uma voz pouco reconhecível:

– Fora dele, não digo nada.

– Sire — exclamou o duque —, eles vão sair esta noite para festejar com o duque de Alençon, seu irmão.

– Tavannes — disse o rei com uma impaciência admiravelmente encenada —, não percebe que está incomodando meu cachorro? Venha, Actéon, venha.

E Carlos IX saiu sem querer escutar mais nada e voltou a seus aposentos, deixando Tavannes e o duque de Guisa quase tão inseguros quanto antes.

Enquanto isso, uma cena de outro tipo se passava com Catarina, que, depois de ter dado ao duque de Guisa o conselho de manter a postura, voltou a seus aposentos, onde encontrara reunidas as pessoas que normalmente a auxiliavam a se preparar para dormir.

Quando voltou, Catarina tinha o rosto tão risonho quanto decomposto em sua partida. Pouco a pouco ela dispensou com sua expressão mais agradável suas damas e seus cortesãos; só sobrou ao seu lado madame Margarida que, sentada sobre uma arca perto da janela aberta, olhava o céu, absorvida em seus pensamentos.

Duas ou três vezes, encontrando-se sozinha com sua filha, a rainha-mãe abriu a boca para falar, mas toda vez um pensamento sombrio espantava para o fundo de seu peito as palavras prontas a escapar de seus lábios.

Quase no mesmo momento, a cortina se ergueu e Henrique de Navarra apareceu.

A pequena galga, que dormia sobre o trono, levantou-se e correu até ele.

— Você aqui, meu filho! — disse Catarina, agitando-se. — Você vai jantar no Louvre?

— Não, senhora — respondeu Henrique. — Nós visitaremos a cidade essa noite com os senhores de Alençon e de Condé. Eu achava que os encontraria ocupados a lhe fazer a corte.

Catarina sorriu.

— Vão, senhores — ela disse. — Vão... os homens são felizes por poder correr assim... não é, minha filha?

— É verdade — respondeu Margarida. — A liberdade é uma coisa tão bela e tão doce.

— Isso quer dizer que acorrento a sua, senhora? — disse Henrique, inclinando-se na frente de sua mulher.

— Não, senhor. Não reclamo de mim, mas da condição das mulheres de forma geral.

— Você talvez vá ver o senhor almirante, meu filho? — disse Catarina.

— Sim, talvez.

— Vá. Será um bom exemplo, e amanhã você me dará notícias dele.

— Então eu vou, senhora, já que aprova esse procedimento.

— Eu — disse Catarina —, eu não aprovo nada... mas quem vem lá? Mande embora, mande embora.

Henrique deu um passo em direção da porta para executar a ordem de Catarina. Mas ao mesmo tempo a tapeçaria se levantou e a senhora de Sauve mostrou sua cabeça loira.

– Senhora — ela disse —, é René, o perfumista que Vossa Majestade pediu para chamar.

Catarina lançou um olhar tão rápido quanto um raio para Henrique de Navarra. O jovem príncipe corou levemente, depois, quase instantaneamente, empalideceu de forma assombrosa. De fato, acabavam de pronunciar o nome do assassino de sua mãe. Ele sentiu que seu rosto entregava sua emoção e foi se apoiar à barra da janela.

A galga soltou um gemido.

No mesmo momento, duas pessoas entraram: uma anunciada, e outra que dispensava apresentações.

A primeira era René, o perfumista, que se aproximou de Catarina com todas as obsequiosas civilidades dos servos florentinos. Segurava uma caixa que abriu e cujos compartimentos estavam cheios de pós e frascos.

A segunda era a senhora de Lorena, irmã mais velha de Margarida. Ela entrou por uma portinha secundária que dava para o gabinete do rei, e toda pálida e trêmula, esperando não ser percebida por Catarina, que examinava com a senhora de Sauve o conteúdo da caixa trazida por René, foi sentar-se ao lado de Margarida, perto de quem o rei de Navarra estava em pé, a mão na testa como um homem que procura se restabelecer de uma forte emoção.

Nesse momento Catarina se virou.

– Minha filha — disse a Margarida —, você pode se retirar para os seus aposentos. Meu filho — continuou —, pode ir se divertir na cidade.

Margarida se levantou e Henrique se virou pela metade.

A senhora de Lorena pegou a mão de Margarida.

– Minha irmã — disse baixinho e com volubilidade —, pelo senhor de Guisa que a salva como você o salvou, não saia daqui, não vá a seus aposentos!

– Hã?! Que você está dizendo, Cláudia? — perguntou Catarina se virando.

– Nada, minha mãe.

– Você falou baixinho a Margarida.

– Para lhe desejar somente boa noite, senhora, e para lhe dizer mil coisas da parte da duquesa de Nevers.

– E onde ela está, essa bela duquesa?

– Junto ao seu cunhado, senhor de Guisa.

Catarina olhou as duas mulheres com um olhar desconfiado, franzindo as sobrancelhas:

– Venha aqui, Cláudia! — disse a rainha-mãe.

Cláudia obedeceu. Catarina pegou sua mão.

– O que você lhe disse? Indiscreta como você é! — murmurou apertando o punho de sua filha até fazê-la gritar.

– Senhora — disse à sua mulher Henrique, que, sem ouvir, não tinha perdido nada da pantomima da rainha, de Cláudia e de Margarida. — Senhora, me faria a honra de oferecer sua mão para um beijo?

Margarida lhe estendeu uma mão trêmula.

– O que ela lhe disse? — murmurou Henrique, abaixando-se para aproximar seus lábios daquela mão.

– Para não sair. Pelo amor de Deus, não saia também, não!

Foi só um raio, mas no clarão desse raio, tão rápido que fora, Henrique adivinhou todo um complô.

– E não é tudo — disse Margarida. — Aqui está uma carta que um cavalheiro provençal trouxe.

– O senhor de La Mole?

– Isso.

– Obrigado — disse, enfiando a carta em seu gibão.

E passando diante de sua mulher desnorteada, foi apoiar a mão sobre o ombro do florentino.

– Pois então, mestre René — disse —, como vão os assuntos comerciais?

– Muito bem, meu senhor, bastante bem — respondeu o envenenador com seu sorriso pérfido.

– Eu imagino que sim — disse Henrique —, quando se é o fornecedor de todas as cabeças coroadas da França e do estrangeiro.

– Exceto da do rei de Navarra — respondeu o florentino descaradamente.

– *Ventre-saint-gris*! Mestre René — disse Henrique —, você tem razão e, no entanto, minha pobre mãe, que também comprava de você, o recomendou muito a mim, já em seu leito de morte, mestre René. Venha me ver amanhã ou depois de amanhã em meus aposentos e traga-me suas melhores perfumarias.

– Não seria má ideia — disse Catarina, sorrindo — pois dizem...

– Que cheiro mal — disse Henrique, sorrindo. — Quem lhe disse isso, minha mãe? Foi Margot?

– Não, meu filho — disse Catarina —, foi a senhora de Sauve.

Nesse momento a duquesa de Lorena que, apesar dos esforços que fazia não podia mais aguentar, caiu no choro.

Henrique nem se virou.

– Minha irmã — exclamou Margarida indo em direção de Cláudia —, que você tem?

– Nada — disse Catarina passando entre as duas mulheres. — Nada. Ela tem aquela febre nervosa que Mazille[1] recomenda tratar com ervas.

E ela apertou novamente e com mais vigor ainda que da primeira vez o braço de sua filha mais velha. Depois, se virando para a mais nova:

– E então, Margot — disse —, você não ouviu que eu já lhe convidei para se retirar para os seus aposentos? Se isso não for suficiente, eu lhe ordeno.

– Perdoe-me, senhora — disse Margarida, trêmula e pálida. — Desejo uma boa noite a Vossa Majestade.

– Tomara que seu desejo se realize. Boa noite, boa noite.

Margarida saiu completamente hesitante, procurando em vão encontrar o olhar de seu marido, que nem se virou para ela.

Houve um momento de silêncio no qual Catarina continuou com os olhos fixos na duquesa de Lorena que, sem falar, olhava sua mãe com as mãos juntas.

Henrique estava de costas, mas via a cena em um espelho enquanto parecia modelar seu bigode com uma pomada dada por René.

– E você, Henrique — disse Catarina —, você não vai sair?

– Ah! Sim! É verdade! — exclamou o rei de Navarra. — Ah! Eu juro que esqueci que o duque de Alençon e o príncipe de Condé me esperam. São esses admiráveis perfumes que me extasiam, acho, e que me fazem perder a memória. Adeus, senhora.

– Adeus! Amanhã você me trará notícias do senhor almirante, não é mesmo?

– Eu me atentarei para não esquecer. E então, Febe, o que foi?

– Febe! — disse a rainha-mãe com impaciência.

– Chame-a novamente, madame — disse o bearnês —, pois ela não quer me deixar sair.

A rainha se levantou, pegou a cachorrinha pela coleira e a segurou enquanto Henrique se afastava, o rosto tão calmo e tão sorridente que não parecia sentir no fundo de seu coração que corria risco de vida.

Atrás dele, a cachorrinha solta por Catarina correu para alcançá-lo, mas a porta tinha se fechado e ela pôde apenas esfregar o focinho longo debaixo da tapeçaria soltando um gemido medonho e longo.

– Agora, Carlota — disse Catarina à senhora de Sauve — vá buscar o senhor de Guisa e Tavannes, que estão no meu oratório, e volte aqui com eles para fazer companhia à duquesa de Lorena, que está transtornada.

VII

A MADRUGADA DE 24 DE AGOSTO DE 1572

Quando La Mole e Cocunás terminaram de comer seu magro jantar — pois os frangos da hospedaria Belle-Étoile só assavam na placa —, Cocunás fez rodopiar a cadeira sobre um de seus quatro pés, estendeu as pernas, apoiou o cotovelo à mesa e, saboreando um último copo de vinho, disse:

– Você vai se deitar imediatamente, senhor de La Mole? — perguntou.

– Juro que eu teria muita vontade, senhor, pois é possível que venham me chamar durante a noite.

– Eu também — disse Cocunás. — Mas me parece, nesse caso, que em vez de irmos deitar e esperar aqueles que virão nos buscar, seria melhor pedirmos um baralho e jogarmos. Assim nos encontrariam prontos.

– Eu aceitaria com prazer a sua proposta, senhor. Mas para jogar eu tenho muito pouco dinheiro. Devo ter somente cem moedas de ouro em minha mala. E isso é todo o meu tesouro. Agora, tenho que fazer fortuna com isso.

– Cem escudos de ouro! — exclamou Cocunás. — E você está reclamando? *Mordi!* E eu, senhor, que só tenho seis?

– Ah, vá — retomou La Mole —, vi você tirar de seu bolso uma bolsa que me pareceu não só cheia, mas, digamos, um pouco inchada.

– Ah! Isso — disse Cocunás — é para quitar uma antiga dívida que sou obrigado a pagar a um velho amigo de meu pai que eu suspeito ser, como você, um pouco huguenote. Aqui tem cem *nobles*[1] — continuou Cocunás batendo em seu bolso —, mas esses *nobles* pertencem ao mestre Mercandon. Quanto ao meu patrimônio pessoal, ele se limita, como lhe disse, a seis moedas.

– Então, como vamos jogar?

– Foi justamente por causa disso que eu quis jogar. Aliás, eu tive uma ideia.

– Qual?

– Nós viemos todos os dois a Paris com o mesmo objetivo?

– Sim.

– Temos, cada um, um protetor poderoso?

– Sim.

– Você conta com o seu assim como eu conto com o meu?

– Sim.

– Pois então, me veio à cabeça a ideia de jogar primeiro nosso dinheiro, depois o primeiro benefício que recebermos: seja da corte, seja de nossa amante.

– Realmente, é bem pensado! — disse La Mole, sorrindo. — Mas confesso que não sou tão bom jogador assim para arriscar toda minha vida numa rodada de cartas ou de dados, pois o primeiro benefício que recebermos vai, provavelmente, alterar toda nossa vida.

– Está bem, deixemos então o primeiro benefício da corte e joguemos o primeiro benefício de nossa amante.

– Vejo um só inconveniente — disse La Mole.

– Qual?

– Não tenho amante, não.

– Eu também não. Mas espero ter uma em breve! Deus queira! Não fomos feitos de má forma a ponto de nos faltar mulheres.

– Assim sendo, como você diz, não lhe faltará, senhor de Cocunás. Mas como não tenho de modo algum a mesma confiança em minha estrela amorosa, creio que seria roubo pôr em jogo a minha situação contra a sua. Jogaremos então os seus seis escudos e, se por azar você perdê-los e desejar continuar o jogo, ora, você é cavalheiro, sua palavra vale ouro!

– Que ótimo! — exclamou Cocunás. — Isso sim é palavra. Tem razão, senhor, a palavra de um cavalheiro vale ouro, sobretudo quando ele tem crédito na corte. Pois bem, saiba que me arriscaria pouco jogando contra você o primeiro benefício que eu deveria obter.

– Sim, sem dúvida, você pode até perdê-lo, mas eu não poderia ganhá-lo, pois, sendo do rei de Navarra, não posso obter nada do senhor duque de Guisa.

– Ah! Protestante! — murmurou o hospedeiro que lustrava seu velho capacete. — Eu bem que o farejei — e se interrompeu para fazer o sinal da cruz.

– Ah, decididamente! — retomou Cocunás, embaralhando as cartas que o criado tinha acabado de trazer. — Então você também é?

– É o quê?

– Da religião.

– Eu?

– Sim, você.

– Ora, digamos que sim — disse de La Mole sorrindo. — Você tem algo contra nós?

– Oh! Por Deus, não! Para mim tanto faz. Odeio profundamente o huguenotismo, mas não os huguenotes. Além disso, está na moda.

— Sim — replicou La Mole, rindo. — O tiro de arcabuz contra o almirante é testemunha. Vamos brincar também de dar tiro de arcabuz?

— Como quiser — disse Cocunás —, desde que eu jogue, pouco me importa como.

— Joguemos, então — disse La Mole, juntando as cartas e as colocando na mão.

— Sim, sim, jogue, jogue com confiança, pois se eu tivesse que perder cem escudos de ouro como os seus, teria como pagá-los amanhã de manhã.

— A fortuna virá então enquanto você dorme?

— Não, sou eu que vou encontrá-la.

— Onde? Diga-me, irei com você!

— No Louvre.

— Vai voltar lá nesta noite?

— Sim, nesta noite tenho uma audiência particular com o grande duque de Guisa.

Desde que Cocunás havia falado em ir ao Louvre fazer fortuna, La Hurière parou de lustrar seu capacete e veio se instalar atrás da cadeira de La Mole, de forma que só Cocunás pôde vê-lo, e dali fazia-lhe sinais que o piemontês, concentrado em seu jogo e na conversa, não percebia.

— Nossa! Mas isso é milagroso! — disse La Mole. — Você tem razão em dizer que nascemos sob a mesma estrela. Eu também tenho um encontro no Louvre nesta noite, mas não é com o duque de Guisa, não, e sim com o rei de Navarra.

— E você tem uma autorização?

— Sim.

— E um sinal de reconhecimento?

— Não.

– Pois eu, sim. Minha autorização é... — a essas palavras do piemontês, La Hurière fez um gesto tão expressivo, bem no momento em que o indiscreto cavalheiro erguia a cabeça, que Cocunás parou petrificado, mais por conta desse gesto do que da cartada com a qual acabara de perder três escudos. Vendo o espanto que se pintava no rosto de seu adversário, La Mole se virou, mas não viu atrás dele nada além do hospedeiro, de braços cruzados e na cabeça o capacete que acabara de lustrar.

– O que há com você? — disse La Mole a Cocunás.

Cocunás olhava para o hospedeiro e para seu companheiro sem responder, pois não compreendia nada dos gestos do mestre La Hurière. La Hurière percebeu que devia socorrê-lo:

– É que — disse rapidamente —, como gosto muito de jogo, e como me aproximei para ver a jogada com a qual você acabou de ganhar, o senhor deve ter-me visto vestido para a guerra, e isso, da parte de um burguês, deve tê-lo surpreendido.

– Bela figura, de fato! — exclamou La Mole gargalhando.

– Ora, senhor — replicou La Hurière com uma doçura muito bem encenada e com um movimento de ombros cheio do sentimento de sua inferioridade —, nós não somos valentes, não, e nem temos boas maneiras. É bom lustrar para os corajosos cavalheiros como vocês os capacetes dourados e as finas espadas, mas desde que fiquemos exatamente de guarda.

– Ha! Ha! Ha! — disse La Mole embaralhando as cartas. — Ficar de guarda, vocês?

– Queira Deus que sim, senhor conde! Sou sargento de uma companhia de milícia burguesa.

Dito isso, e enquanto La Mole estava ocupado distribuindo as cartas, La Hurière se retirou levando aos lábios um dedo, como que solicitando discrição a Cocunás, mais sem palavras do que nunca.

Essa precaução foi a causa, sem dúvida, de ele ter perdido a segunda rodada tão rapidamente quanto perdera a primeira.

– Veja — disse La Mole — quem ganhou seus seis escudos. Quer uma revanche valendo sua fortuna futura?

– Com prazer — disse Cocunás —, com prazer.

– Mas antes que você se comprometa mais que antes, não me dizia que tinha um encontro com o senhor de Guisa?

Cocunás virou o olhar para a cozinha e viu os grandes olhos de La Hurière, que repetiam o mesmo aviso.

– Sim, mas ainda não está na hora. Aliás, vamos falar um pouco de você, senhor de La Mole.

– Seria melhor, eu acho, se falássemos de jogo, meu caro senhor Cocunás, pois ou estou muito enganado, ou acabo de ganhar novamente mais seis escudos de você.

– *Mordi*, é verdade... Sempre me disseram que os huguenotes eram felizes no jogo. Demônio, como queria ser huguenote!

Os olhos de La Hurière faiscaram como duas brasas, mas Cocunás, concentrado em seu jogo, não reparou.

– Então seja, conde, seja — disse La Mole. — Embora seja singular a forma como a vocação lhe veio, você será bem-vindo entre nós.

Cocunás coçou a orelha.

– Se eu estivesse certo de que a sua sorte vem daí — disse — responderia que sim... pois, enfim, não me importo muito com a missa, e como o rei também não se importa tanto...

– Além disso... é uma religião tão bonita — disse La Mole. — Tão simples, tão pura!

– Além disso... está na moda — disse Cocunás. — Além disso... ela dá sorte no jogo, pois, demônio! Só tem ás para você. E eu o tenho examinado desde que estamos com as cartas nas mãos: você joga correto, não rouba, não... só pode ser a religião...

– Está me devendo mais seis escudos — disse tranquilamente La Mole.

– Ah! Como você me tenta! — disse Cocunás. — E se esta noite eu não estiver contente com o senhor de Guisa...

– Então?

– Então, amanhã eu lhe peço que me apresente ao rei de Navarra. Fique tranquilo, uma vez que eu me faça huguenote, serei mais huguenote que Lutero, Calvino, Melâncton, e todos os reformistas da Terra!

– Shhh! — disse La Mole. — Vai se enrolar com nosso hospedeiro.

– Oh! Verdade! — disse Cocunás olhando para a cozinha. — Não, ele não está nos ouvindo, não. Está muito ocupado agora.

– O que está fazendo, então? — disse La Mole, que, de seu lugar, não conseguia vê-lo.

– Está conversando com... diabos! É ele!

– Quem?

– Aquela espécie de ave noturna com a qual ele conversava quando aqui chegamos, o homem de gibão amarelo e casaco amarelo pardo. *Mordi*!, como está animado! Ei, mestre La Hurière, você trabalha com política, por acaso?

Mas dessa vez a resposta do mestre La Hurière foi um gesto tão enérgico e imperioso que, apesar de seu amor pela encenação, Cocunás se levantou e foi até ele.

– O que há com você? — perguntou La Mole.

– Você quer vinho, meu cavalheiro? — disse La Hurière segurando prontamente a mão de Cocunás. — Vamos servi-lo. Gregório! Vinho para esses senhores!

Em seguida, falou no ouvido:

– Silêncio — disse baixinho. — Silêncio por sua vida! E mande embora seu companheiro.

La Hurière estava tão pálido, o homem amarelo tão lúgubre, que Cocunás sentiu um arrepio, e se virando para La Mole:

– Caro senhor La Mole — disse —, peço-lhe desculpas. Eis cinquenta escudos que acabo de perder numa só rodada. Estou sem sorte nesta noite, e temo embaraçar-me.

– Muito bem, senhor, muito bem — disse La Mole. — Como queira. Aliás, não me contraria em nada cair na cama um pouco. Mestre La Hurière!

– Senhor conde?

– Se vierem me procurar da parte do rei de Navarra, você deve me acordar. Estarei vestido, ou seja, pronto rapidamente.

– Eu também — disse Cocunás. — Para não fazer esperar sua alteza nem um minuto, vou preparar meu sinal. Mestre La Hurière, dê-me uma tesoura e um papel branco.

– Gregório! — gritou La Hurière. — Papel branco para escrever uma carta, uma tesoura para cortar o envelope!

– Ah, decididamente — disse a si mesmo o piemontês. — Aqui tem alguma coisa de extraordinário.

– Boa noite, senhor de Cocunás! — disse La Mole. — E você, hospedeiro, faça-me o favor de me mostrar o caminho do meu quarto. Boa sorte, amigo!

E La Mole desapareceu na escada em caracol, seguido por La Hurière. Então o homem misterioso, por sua vez, segurou o braço de Cocunás, e, puxando-o para perto, disse-lhe com volubilidade:

– Senhor, você quase revelou cem vezes o segredo do qual depende o destino do reino. Deus quis que sua boca fosse fechada a tempo. Uma palavra a mais e eu lhe mataria com um tiro de arcabuz. Agora estamos sozinhos, felizmente, então escute.

– Mas quem é você para falar comigo assim, nesse tom de comando? — perguntou Cocunás.

– Você ouviu, por acaso, falar de Sire Maurevel?
– O assassino do almirante?
– E do capitão de Mouy.
– Sim, sem dúvida.
– Pois então, o Sire de Maurevel sou eu.
– Oh! — fez Cocunás.
– Escute-me, então.
– *Mordi*! Mas é claro que eu escuto.
– Shhh — fez Sire de Maurevel, levando o dedo à boca. Cocunás apurou bem os ouvidos.

Ouviu-se nesse momento o hospedeiro fechar a porta de um quarto, depois a porta de um corredor, colocar cadeados, e voltar rapidamente para os dois interlocutores.

Ofereceu um assento a Cocunás, outro a Maurevel, e tomou um terceiro para si:

– Tudo está bem fechado — disse. — Senhor de Maurevel, pode falar.

Onze horas soavam na Saint-Germain-l'Auxerrois. Maurevel contou cada uma das batidas do martelo que ressoava vibrante e lúgubre na noite, e quando a última desapareceu no espaço:

– Senhor — disse, virando-se para Cocunás todo arrepiado por causa das precauções que tomavam os dois homens. — Senhor, você é um bom católico?

– Creio que sim — respondeu Cocunás.

– Senhor — continuou Maurevel —, é devoto do rei?

– De coração e de alma. Creio até que você me ofende, senhor, fazendo tal pergunta.

– Não vamos brigar por isso. Você vai somente nos seguir.

– Para onde?

– Não importa. Deixe-se conduzir. O que está em jogo é sua fortuna e sua vida.

– Previno-lhe, senhor, que à meia-noite tenho o que fazer no Louvre.

– É exatamente para lá que vamos.

– O senhor de Guisa me aguarda.

– A nós também.

– Mas tenho uma senha particular — continuou Cocunás, um pouco contrariado em dividir a honra de sua audiência com Sire Maurevel e o mestre La Hurière.

– Nós também.

– Mas tenho um sinal de reconhecimento. — Maurevel sorriu, retirou por baixo de seu gibão um punhado de cruz em pano branco, deu uma a La Hurière, outra a Cocunás, e pegou uma para ele. La Hurière pôs a sua em seu capacete, Maurevel colocou igualmente a sua em seu chapéu.

– Ah! Isso! — disse Cocunás estupefato. — O encontro, a autorização, o sinal de reconhecimento, então é para todo mundo?

– Sim, senhor, quer dizer, para todos os bons católicos.

– Então tem festa no Louvre, banquete real, é isso, não? — exclamou Cocunás. — E querem excluir esses cães de huguenotes, não é? Bom! Bom! Maravilhoso! Já faz tempo que eles ali desfilam.

– Sim, tem festa no Louvre — disse Maurevel —, tem banquete real, e os huguenotes serão convidados... e mais, eles serão os heróis da festa, pagarão o banquete, e, se quiser ser um de nós, começaremos convidando o principal campeão deles, seu Gideão, como eles dizem.

– O senhor almirante?

– Sim, o velho Gaspard, que errei como um imbecil, embora tenha atirado nele com o arcabuz do rei.

— Eis porque, meu cavalheiro, estava lustrando o meu capacete, amolando minha espada, afiando a faca — disse com uma voz estridente o mestre La Hurière, vestido para a guerra.

Com essas palavras, Cocunás estremeceu e ficou muito pálido, pois começava a entender.

— O quê? De verdade? — exclamou. — Essa festa, esse banquete... é uma... vamos...

— Demorou muito para adivinhar, senhor — disse Maurevel. — E percebe-se bem que você não está cansado como nós das insolências desses hereges.

— E você assume a tarefa de ir — disse — à residência do almirante e...? — Maurevel sorriu, e empurrou Cocunás contra a janela:

— Olhe — disse. — Está vendo, na pracinha, no final da rua, atrás da igreja, essa tropa que se prepara silenciosamente ali no escuro?

— Estou.

— Os homens que compõem aquela tropa têm, como o mestre La Hurière, eu e você, uma cruz no chapéu.

— Então?

— Pois então, aqueles homens são uma companhia de suíços dos cantões menores, comandados por Toquenot. Você sabe que esses senhores dos cantões são cúmplices do rei.

— Oh, oh! — fez Cocunás.

— Agora, está vendo essa tropa de cavaleiros que está passando à margem do rio? Reconhece o chefe?

— Como quer que eu reconheça? — disse Cocunás tremendo. — Estou em Paris só por esta noite.

— Então, é aquele com quem você tem encontro à meia-noite no Louvre. Veja, ele o aguardará lá.

— O duque de Guisa?

– O próprio. Os que o escoltam são Marcel, ex-preboste[2] dos negociantes, e J. Charon, preboste atual. Os dois últimos vão colocar em ação suas companhias de burgueses. E lá está o capitão dessa área, que vem entrando na rua: olhe bem o que vai fazer.

– Ele bate em todas as portas. Mas o que há então nas portas nas quais bate?

– Uma cruz branca, rapaz. Uma cruz igual àquela que temos em nossos chapéus. Antigamente, deixávamos a Deus o cuidado de distinguir os seus. Hoje somos mais civilizados, então Lhe poupamos esse trabalho.

– Mas de cada casa em que ele toca se abre, e de cada casa saem burgueses armados.

– Ele tocará na nossa como nas outras, e será nossa vez de sair.

– Mas — disse Cocunás, — toda essa gente de pé para ir matar um velho huguenote! *Mordi!* É vergonhoso! É um caso de assassinos e não de soldados!

– Rapaz — disse Maurevel —, se os velhos lhe repugnam, você poderá escolher jovens. Haverá para todos os gostos. Se você despreza os punhais, pode-se servir da espada, pois os huguenotes não são do tipo que se deixam degolar sem se defender. E você sabe, velhos ou jovens, os huguenotes têm vida dura.

– Mas vamos matar a todos então? — questionou Cocunás.

– Todos.

– Por ordem do rei?

– Por ordem do rei e do senhor de Guisa.

– E quando isso?

– Quando ouvir o sino da Saint-Germain-l'Auxerrois.

– Ah! Então é por isso que o gentil senhor de Besme me disse para vir para cá ao primeiro badalar do sino?

– Então você viu o senhor de Besme?

– Eu o vi e lhe falei.
– Onde isso?
– No Louvre. Foi ele quem me fez entrar, que me deu a autorização, que me...
– Olhe!
– *Mordi*! É o próprio.
– Você quer falar com ele?
– Meu Deus! Eu não acharia ruim.

Maurevel abriu lentamente a janela. Besme, de fato, passava com uns vinte homens.

– Guisa e Lorena! — disse Maurevel.

Besme se virou e, entendendo que o assunto era com ele, se aproximou.

– Ha! Ha! Ha! É focê, Sirre te Morrefel?
– Sou eu. O que você está procurando?
– Esdô brogurranto o allperrgue ta Belle-Étoile, barra brefenirr ung dal te senhor Gogunás.
– Aqui estou, senhor de Besme! — disse o rapaz.
– Ah! Pom, ah! Pem... focê esdá brondo?
– Estou. O que é preciso fazer?
– O guê tizê o senhor Morrefel. Zer ung bom gadóligo.
– Ouviu? — disse Maurevel.
– Sim — respondeu Cocunás. — Mas e você, senhor de Besme, para onde vai?
– Eu? — disse Besme rindo.
– Sim, você.
– Fou tarr um balafrinha gom o allmirrande.
– Dê-lhe duas, se for preciso — disse Maurevel. — E que dessa vez, se ele se levantar após a primeira, não se levante após a segunda.

– Figue dranguilo, senhor de Morrefel, figue dranguilo, e atesdre bein essa rabaiz aí.

– Sim, sim, não se preocupe. Os Cocunás são bons cães de caça, e bons cães caçam o que é de raça.

– Ateuz.

– Até logo.

– E focêis?

– Comecem a caça, nós pegaremos os restos.

De Besme se afastou e Maurevel fechou a porta.

– Ouviu, rapaz? — disse Maurevel. — Se tem algum inimigo particular, se ele não for de fato huguenote, coloque-o na lista, e ele passa com os outros.

Cocunás, mais atônito do que nunca com tudo o que acabara de ver e de ouvir, olhava do hospedeiro para Maurevel, que tirava tranquilamente um papel do bolso.

– Quanto a mim, aqui está minha lista — disse. — Trezentos. Que cada bom católico cumpra um décimo da difícil tarefa que cumprirei e amanhã não haverá mais um só herege no reino!

– Shhhh! — disse La Hurière.

– O quê? — repetiram juntos Cocunás e Maurevel.

Ouvia-se vibrar o primeiro toque do campanário em Saint-Germain-l'Auxerrois.

– O sinal! — exclamou Maurevel. — A hora está adiantada? Era só à meia-noite, me disseram... melhor assim! Quando se trata da glória de Deus e do rei, mais valem os relógios que adiantam que aqueles que atrasam.

De fato, ouvia-se badalar funebremente o sino da igreja. Em seguida, um primeiro tiro ressoou, e quase ao mesmo tempo o clarão de várias tochas iluminou como um raio a rua de L'Arbre-Sec.

Cocunás passou a mão úmida de suor na testa.

– Começou! — exclamou Maurevel. — Em marcha!

– Esperem um pouco, esperem um pouco! — disse o hospedeiro. — Antes de começarmos a expedição, nos asseguremos do abrigo, como se diz na guerra. Não quero que cortem o pescoço de minha mulher e dos meus filhos enquanto eu estiver fora. Há um huguenote aqui.

– O senhor de La Mole? — exclamou Cocunás, com um sobressalto.

– É! O protestante se atirou na boca do lobo.

– O quê? — disse Cocunás. — Você atacaria seu hóspede?

– Foi pensando nele que eu afiei a minha espada.

– Não! Não! — disse o piemontês, franzindo as sobrancelhas.

– Eu nunca matei ninguém além de meus coelhos, meus patos, minhas galinhas — respondeu o digno hospedeiro. — Eu não sei muito bem o que fazer para matar um homem. Pois bem! Vou me exercitar com esse daqui. Se eu fizer alguma besteira, ao menos ninguém estará lá para zombar de mim.

– *Mordi*, é difícil! — opôs-se Cocunás. — O senhor de La Mole é meu parceiro, o senhor de La Mole jantou comigo, o senhor de La Mole jogou comigo.

– Sim, mas o senhor de La Mole é um herege — disse Maurevel. — O senhor de La Mole está condenado e, se não o matarmos, outros o matarão.

– Sem contar — disse o hospedeiro — que ele ganhou cinquenta moedas de ouro de você.

– É verdade — disse Cocunás —, mas lealmente, tenho certeza.

– Vamos, vamos! Apressemo-nos, senhores — exclamou Maurevel. — Um arcabuz, um golpe de espada, de martelo, de ferro, um golpe do que vocês quiserem, mas acabemos com isso se vocês quiserem chegar a tempo, como nós prometemos, para ajudar o senhor de Guisa com o almirante.

Cocunás suspirou.

– Vou correndo! — exclamou La Hurière. — Esperem por mim.

– *Mordi*! — exclamou Cocunás. — Ele vai fazer esse pobre rapaz sofrer e talvez até roubá-lo. Quero estar lá para impedi-lo, se for preciso, e impedir que toquem em seu dinheiro.

E movido por essa feliz ideia, Cocunás subiu a escada atrás do mestre La Hurière, a quem alcançou rapidamente, pois à medida que ele subia, com certeza por causa da reflexão, La Hurière reduzia o passo.

No momento em que chegou à porta, sempre seguido por Cocunás, vários tiros ecoaram na rua. Imediatamente, ouviu-se de La Mole pular de sua cama e o assoalho gritar sob seus passos.

– Diabo! — murmurou La Hurière, um pouco atormentado. — Ele está acordado, eu acho!

– É o que me parece — disse Cocunás.

– E ele vai se defender?

– É bem capaz. Ei, mestre La Hurière, e se ele o matasse? Isso seria engraçado.

– Hum! Hum! — fez o hospedeiro.

Mas, vendo-se armado de um bom arcabuz, acalmou-se e arrombou a porta com um vigoroso chute.

Viu-se então La Mole, sem chapéu, mas todo vestido, abrigado detrás de sua cama, sua espada entre os dentes e suas pistolas à mão.

– Oh! — disse Cocunás, abrindo as narinas como um verdadeiro animal selvagem que fareja o sangue. — Agora está ficando interessante, mestre La Hurière. Vamos, vamos, avante!

– Ah! Querem me assassinar, ao que me parece! — gritou La Mole, cujos olhos flamejavam — E é você, miserável!

O mestre La Hurière respondeu a essa apóstrofe abaixando seu arcabuz e mirando no rapaz. Porém, La Mole tinha visto a demonstração e, no momento em que o tiro saiu, se ajoelhou e a bala passou por cima de sua cabeça.

– Aqui! — gritou La Mole. — Aqui, senhor de Cocunás!

– Aqui! Senhor de Maurevel, aqui! — gritou La Hurière.

– Juro, senhor de La Mole — disse Cocunás —, tudo o que posso fazer nessa história é não me opor a você. Parece que essa noite matam os huguenotes em nome do rei. Saia daqui como puder.

– Ah! Traidores! Ah! Assassinos! Então é assim! Pois bem, esperem só.

E La Mole, mirando, apertou o gatilho de uma de suas pistolas. La Hurière, que não o perdia de vista, teve tempo de se jogar para o lado, mas Cocunás, que não esperava esse contra-ataque, ficou onde estava, e a bala passou de raspão em seu ombro.

– *Mordi!* — gritou, rangendo os dentes. — Agora eu? Nós dois, então, já que você quer assim.

E tirando sua espada, foi em direção de La Mole.

É claro que se ele estivesse sozinho, La Mole o teria esperado, mas Cocunás tinha atrás de si o mestre La Hurière, que recarregava seu arcabuz, sem contar Maurevel, que, aceitando o convite do hospedeiro, subia as escadas de quatro em quatro. La Mole saltou para dentro de um gabinete e trancou a porta.

– Ah! Covarde! — exclamou Cocunás furioso, batendo à porta com o cabo de sua espada — Pode esperar, pode esperar. Eu vou furar seu corpo com tantos golpes de espada quantas moedas de ouro você ganhou de mim nesta noite! Ah! Eu vim para o impedir de sofrer! Ah! Vim para que não te roubassem e você me recompensa enviando uma bala em meu ombro! Pode esperar! Moleque! Pode esperar!

Enquanto isso, o mestre La Hurière se aproximou e, com o cabo de seu arcabuz, fez a porta voar em pedaços.

Cocunás correu para dentro do gabinete, mas deu de cara com a parede: o gabinete estava vazio e a janela aberta.

– Ele deve ter pulado — disse o hospedeiro — e como estamos no quarto andar, deve estar morto.

– Ou ele terá sido salvo pelo telhado da casa vizinha — disse Cocunás, passando uma perna por cima da barra da janela e se preparando para segui-lo por esse caminho escorregadio e íngreme.

Mas Maurevel e La Hurière se precipitaram sobre ele, trazendo-o para dentro do cômodo:

– Você está louco? — exclamaram os dois ao mesmo tempo. — Vai se matar.

– Ah! — disse Cocunás. — Sou um homem das montanhas e estou acostumado a correr nas geleiras. Aliás, quando um homem me insulta uma vez, eu subo com ele até o céu ou desço até o inferno, não importa o caminho que é preciso fazer para pegá-lo. Deixem-me fazê-lo.

– Esqueça! — disse Maurevel. — Ou ele está morto, ou já está longe. Venha conosco. E se esse daí lhe escapar, você encontrará mil outros em seu lugar.

– Tem razão — berrou Cocunás. — Morte aos huguenotes! Tenho que me vingar, e o quanto antes, melhor!

E os três desceram as escadas como uma avalanche.

– Para a casa do almirante! — gritou Maurevel.

– Para a casa do almirante — repetiu La Hurière.

– Para a casa do almirante, então! Já que vocês querem — disse por sua vez Cocunás.

Todos os três deixaram o albergue da Belle-Étoile, que ficou sob os cuidados de Gregório e dos outros jovens, e foram dirigindo-se à hospedagem do almirante, localizada na rua Béthisy. Uma chama brilhante e o barulho de tiros de arcabuzes os guiavam para aquele lado.

– Quem vem lá? — exclamou Cocunás. — Um homem sem gibão e sem lenço no pescoço.

– É alguém que está escapando — disse Maurevel.

– É com vocês! Vocês, que têm arcabuzes — exclamou Cocunás.

– Eu não! — disse Maurevel. — Guardo minha pólvora para melhor caça.

– Você, La Hurière.

– Esperem, esperem — disse o hospedeiro, se preparando.

– Ah! Claro! Esperem — disse Cocunás —, e esperando, ele vai escapar.

E saiu à caça do infeliz, alcançando-o rapidamente, pois já estava machucado. Mas, no momento em que, para não o abater por trás, gritou "vire-se, vire-se logo!", um tiro de arcabuz ressoou, uma bala assoviou aos ouvidos de Cocunás, e o fugitivo rolou, como uma lebre atingida em plena corrida pelo chumbo do caçador.

Ouviu-se um grito de triunfo atrás de Cocunás. O piemontês se virou e viu La Hurière agitando sua arma.

– Ah! — exclamou — Ao menos desta vez fui o primeiro.

– Sim, mas quase me furou de cabo a rabo.

– Tome cuidado, cavalheiro, tome cuidado — gritou La Hurière.

Cocunás deu um salto para trás. O ferido tinha se levantado sobre um joelho. E, pronto para a vingança, ia furar Cocunás com seu punhal no momento exato em que a advertência do hospedeiro preveniu o piemontês.

– Ah! Maldito! — exclamou Cocunás.

E, saltando sobre o ferido, enfiou-lhe a espada até o cabo no peito três vezes.

– E agora — exclamou Cocunás, deixando o huguenote se debater em convulsões de agonia —, para a casa do almirante! Para a casa do almirante!

– Ha! Ha! Ha! Cavalheiro — riu Maurevel —, parece que você está se empenhando.

– Pois sim! — disse Cocunás. — Não sei se o cheiro de pólvora me atiça, ou se ver o sangue me excita, mas, *mordi*, estou tomando gosto pela matança. É como se fosse uma caça ao homem. Até hoje só fiz caça a ursos, a lobos, mas, meu Deus! Caçar homens me parece muito mais divertido.

E os três retomaram o caminho.

OS MASSACRADOS

O hotel em que se hospedava o almirante ficava, como dissemos, na rua Béthisy. Era uma grande casa que se erguia no final de um pátio com duas alas que, em retorno, davam para a rua. Um muro aberto por um grande portão e duas pequenas grades dava acesso a esse pátio.

Assim que nossos três guisences[1] chegaram ao extremo da rua Béthisy, que é a continuação da rua dos Fossés-Saint-Germain-l'Auxerrois, viram o hotel rodeado de suíços, soldados e burgueses armados. Todos tinham na mão direita espadas, lanças, ou arcabuzes, e outros, na mão esquerda, tochas, que espalhavam sobre essa cena uma claridade fúnebre e vacilante, que, de acordo com o movimento, espalhava-se pelo chão, subia pelos muros ou luzia esse mar vivo onde cada arma era um brilho. Ao redor do hotel, pelas ruas Tirechappe, Étienne e Bertin-Poirée, a obra terrível se concluía. Longos gritos eram ouvidos, tiros de mosquetes estouravam, e de vez em quando algum infeliz seminu, pálido e ensanguentado passava, saltando como um cervo perseguido, num círculo de luz fúnebre onde parecia agitar-se um mundo de demônios.

Por um momento, Cocunás, Maurevel e La Hurière, vistos de longe por causa de suas cruzes brancas e acolhidos com gritos de boas-vindas, foram até o meio dessa multidão ofegante e apressada como uma matilha. Sem dúvida, eles não teriam conseguido passar, mas alguns reconheceram Maurevel e lhe abriram caminho. Cocunás e La Hurière o seguiram. Os três conseguiram assim entrar no pátio.

No centro desse pátio, cujas portas estavam arrombadas, um homem, em torno do qual os assassinos deixaram um espaço respeitoso, estava de pé apoiado numa simples espada, os olhos cravados numa sacada elevada a mais ou menos uns quinze pés na frente da janela principal do hotel. Esse homem batia o pé com impaciência e, às vezes, se virava para questionar aqueles que se encontravam mais perto dele.

– Nada ainda — murmurou. — Ninguém... ele deve ter sido avisado... fugido. O que você acha, Du Gast?

– Impossível, meu senhor.

– E por que não? Você não me disse que pouco antes de chegarmos, um homem sem chapéu, só com uma espada na mão, correndo como se estivesse sendo perseguido, tinha vindo bater na porta e que tinham aberto para ele?

– Sim, meu senhor, mas quase imediatamente o senhor de Besme chegou, as portas foram arrombadas, o hotel cercado. O homem entrou, mas com certeza não saiu.

– Ei! Mas — disse Cocunás para La Hurière — estou enganado ou é o senhor de Guisa que estou vendo ali?

– Ele mesmo, meu cavalheiro. É o grande Henrique de Guisa em pessoa, que espera sem dúvida que o almirante saia para fazer com ele o mesmo que o almirante fez com seu pai. Cada um tem sua vez, meu cavalheiro. Graças a Deus! E é hoje a nossa.

– Ei, Besme! Ei! — gritou o duque com sua voz poderosa. — Ainda não acabou?

Com a ponta da espada, impaciente como ele mesmo, tirava faíscas do chão.

Nesse momento, ouviu-se o que pareciam ser gritos no hotel, depois tiros, barulho de passos e armas, e em seguida um novo silêncio.

O duque fez um movimento em direção à casa.

– Meu senhor, meu senhor — disse-lhe Du Gast, aproximando-se e impedindo-o —, sua dignidade lhe pede para ficar e esperar.

– Você tem razão, du Gast. Obrigado! Esperarei. Mas a verdade é que estou morrendo de impaciência e preocupação. Ah! Se ele me escapa!

De repente o barulho de passos se aproximou... as janelas do primeiro andar se iluminaram com reflexos parecidos aos de um incêndio.

A janela para a qual o duque havia olhado tantas vezes se abriu, ou melhor, voou em pedaços, e um homem, de rosto pálido e gola branca toda molhada de sangue, apareceu na sacada.

– Besme! — gritou o duque. — Enfim, é você! E então? E então?

– Brondo, brondo! — respondeu friamente o alemão, que, abaixando-se, levantou-se quase em seguida, parecendo levantar um peso considerável.

– Mas e os outros? — perguntou impacientemente o duque. — Onde eles estão, os outros?

– Uzôdros estaun derrminanto uzôdros.

– E você? Você! O que fez?

– Eu... focê fai ferr. Avasde-se ung bougo.

O duque deu um passo para trás. Nesse momento pôde-se distinguir o objeto que Besme jogava para ele com tanto esforço. Era o cadáver de um velho. Ele o passou por cima da sacada, balançou-o um pouco e jogou-o aos pés de seu chefe. O barulho seco da queda, as poças de sangue que escorriam do corpo e se espalhavam pelo chão, assustaram o próprio duque. Mas tal sentimento durou pouco, e a curiosidade fez com que todos avançassem alguns passos, e que a luz de uma tocha viesse repousar sobre a vítima. Distinguiu-se então uma barba branca, um rosto venerável, e mãos enrijecidas pela morte.

– O almirante! — exclamaram juntas vinte vozes, e juntas logo se calaram.

– É, o almirante. É ele mesmo — disse o duque, aproximando-se do cadáver para contemplá-lo com uma alegria silenciosa.

– O almirante! O almirante! — repetiram à meia-voz todas as testemunhas dessa cena terrível, juntando-se uns aos outros e se aproximando timidamente desse grande idoso abatido.

– Ah! Aqui está você, Gaspard! — disse o duque de Guisa triunfante. — Você assassinou meu pai, e eu o vingo! — e ousou pôr o pé no peito do herói protestante.

Imediatamente os olhos do moribundo se abriram com esforço, a mão ensanguentada e mutilada se ergueu pela última vez, e o almirante, sem sair de sua imobilidade, disse ao sacrílego com uma voz sepulcral:

– Henrique de Guisa, um dia você também sentirá em seu peito o pé de um assassino. Não matei o seu pai. Maldito seja!

O duque, pálido e trêmulo a contragosto, sentiu um arrepio frio percorrer seu corpo. Passou a mão no rosto como para afastar a visão lúgubre, em seguida, quando a deixou cair, quando ousou dirigir o olhar para o almirante, os olhos deste tinham se fechado, sua mão estava novamente inerte e um rastro de sangue escuro escorria pela sua barba branca, partindo da boca que acabara de pronunciar aquelas terríveis palavras.

O duque reergueu sua espada com um gesto de resolução desesperada.

– E acorra, senhor — disse-lhe Besme —, focê esdá gondende?

– Estou, meu caro, estou — replicou Henrique —, pois você vingou...

– O tugue Franfizgo, non é?

– A religião — retomou Henrique com uma voz seca. — E agora — continuou, voltando-se aos suíços, aos soldados e aos burgueses que lotavam o pátio e a rua —, mãos à obra, amigos, mãos à obra!

– Ei! Boa noite, senhor de Besme — disse então Cocunás, aproximando-se com um tipo de admiração pelo alemão, que, ainda sobre o balcão, enxugava tranquilamente sua espada.

– Então foi você que o apagou? — gritou La Hurière em êxtase. — Como fez isso, meu digno cavalheiro?

– Oh, múido simbles, múido simbles: elle oufir um parrúio, apriu o borrda, und eu adrafessei elle gom o esbata. Mais non é zô isso, acho guê o Déligny esdá chamanto, esdô oufindo elle cridarr.

Realmente, nesse momento alguns gritos de desespero, que pareciam ser voz de mulher, foram ouvidos. Reflexos vermelhos iluminaram uma das alas que formavam a galeria. Avistaram dois homens que fugiam perseguidos por uma fila de massacradores. Um tiro de arcabuz matou um. O outro, em seu caminho, encontrou uma janela aberta, e, sem calcular a altura, sem se preocupar com os inimigos que o aguardavam embaixo, saltou confiantemente no pátio.

– Matem! Matem! — gritaram os assassinos ao ver sua vítima prestes a escapar.

O homem se levantou, pegando a espada que, na queda, lhe escapara das mãos, correu com a cabeça baixa por entre os assistentes, derrubou três ou quatro, furou um com a espada, e, no meio de tiros de pistolas, de imprecações dos soldados furiosos por terem-no deixado escapar, passou como um raio na frente de Cocunás, que o esperava na porta, com o punhal na mão.

– *Touché*! — gritou o piemontês, atravessando-lhe o braço com a lâmina fina e afiada.

– Covarde! — respondeu o fugitivo esfregando o rosto do inimigo com a lâmina da espada, pois não tinha espaço para lhe dar um golpe com a ponta.

– Oh! Mil demônios! — exclamou Cocunás. — É o senhor de La Mole!

– Senhor de La Mole! — repetiram La Hurière e Maurevel.

– Foi ele quem preveniu o almirante! — gritaram vários soldados.

– Matem! Matem! — gritavam de todos os lados. Cocunás, La Hurière e outros dez soldados correram atrás de La Mole, que, coberto de sangue e no grau de exaltação que é a última reserva do vigor humano, corria pelas ruas, tendo somente seu instinto como guia. Atrás dele, os passos e os gritos dos inimigos eram como esporas e pareciam lhe dar asas. Às vezes uma bala assoviava em sua orelha e dava de repente à corrida, prestes a desacelerar-se, um novo afã. Não era mais uma respiração, não era mais um fôlego que saía de seu peito, mas um gemido seco, um lamento rouco. O suor e o sangue pingavam de seus cabelos e escorriam misturados em seu rosto. E seu gibão tornou-se apertado demais para as batidas de seu coração, e então o rasgou. E sua espada tornou-se pesada demais para sua mão, e a jogou longe. Às vezes parecia que os passos se afastavam e que estava prestes a escapar dos carrascos, mas, aos gritos destes, outros massacradores que se encontravam em seu caminho e mais próximos dele largavam sua tarefa sangrenta e se juntavam à perseguição. De repente, avistou o rio correndo silenciosamente à esquerda. Pareceu-lhe que provaria, como um cervo encurralado, um indizível prazer em se jogar nele, e só a força suprema da razão pôde retê-lo. À direita estava o Louvre, sombrio, imóvel, mas cheio de sons secos e sinistros. Pela ponte levadiça,[2] entravam e saíam capacetes e couraças, que refletiam friamente a luz da lua.

De La Mole pensou no rei de Navarra como ele havia pensado em Coligny. Eram seus dois únicos protetores. Ele reuniu toda sua força, olhou para o céu fazendo baixinho o voto de abjurar se escapasse do massacre, fez se perderem, por um desvio, uns trinta passos do grupo que o perseguia, virou à direita em direção ao Louvre, se lançou na ponte no meio dos soldados, recebeu um novo golpe de punhal que entrou pelas costelas e, apesar dos gritos de: "Mate-o! Mate-o!" que ecoavam atrás e em torno dele, apesar da atitude ofensiva dos guardas, correu como uma flecha pelo pátio, lançou-se para dentro da porta principal, atravessou a escada, subiu dois andares, reconheceu uma porta e nela se apoiou, batendo com os pés e as mãos.

– Quem é? — murmurou uma voz de mulher.

– Oh, meu Deus! Meu Deus! — murmurou La Mole. — Eles estão vindo... estou ouvindo... estou vendo... sou eu! Eu!

– Você quem? — retomou a voz.

La Mole se lembrou da autorização.

– Navarra! Navarra! — ele gritou.

Imediatamente a porta se abriu. La Mole sem ver, sem agradecer a Gillonne, invadiu a entrada, atravessou um corredor, dois ou três cômodos e chegou por fim a um quarto iluminado por uma lamparina suspensa no teto.

Atrás de cortinas de veludo com motivos de flor-de-lis de ouro, numa cama de cedro trabalhado, uma mulher seminua, de bruços, arregalava os olhos de espanto.

La Mole se precipitou em sua direção:

– Madame! — exclamou. — Matam, degolam meus irmãos. Querem me matar, querem me degolar também. Ah! Você é a rainha... salve-me.

E ele se jogou a seus pés, deixando sobre o tapete uma grande mancha de sangue.

Vendo esse homem pálido, desfeito, ajoelhado diante dela, a rainha de Navarra se ergueu aterrorizada, escondendo o rosto nas mãos e gritando por socorro.

– Senhora — disse La Mole, fazendo um esforço para se levantar —, pelo amor de Deus, não grite, pois se a ouvem, estou perdido! Assassinos me perseguem, eles estavam subindo as escadas atrás de mim. Estou ouvindo... veja-os aqui! Aqui!

– Socorro! — repetiu a rainha de Navarra fora de si. — Socorro!

– Ah! Foi você quem me matou! — disse La Mole no desespero. — Morrer por uma voz tão bela, morrer por uma mão tão bela! Ah, eu teria achado impossível!

No mesmo momento a porta se abriu e um grupo de homens ofegantes, raivosos, os rostos manchados de sangue e pólvora, arcabuzes, alabardas e espadas em posição de ataque entrou no quarto.

Liderando o grupo estava Cocunás. Seus cabelos ruivos eriçados, seus olhos azuis pálidos desmesuradamente dilatados, a bochecha toda machucada pela espada de La Mole, que tinha marcado na carne fendas sangrentas. Tão desfigurado, o piemontês era horrível de se ver.

– *Mordi*! — ele gritou. — Aqui está ele! Aqui está ele! Ah, dessa vez nós o pegamos, finalmente!

La Mole procurou em torno de si uma arma e não encontrou nada. Ele olhou para a rainha e viu a mais profunda piedade estampada em seu rosto. Logo compreendeu que somente ela poderia salvá-lo, precipitou-se em sua direção e envolveu-a em seus braços.

Cocunás deu três passos para a frente, e a ponta de sua longa espada perfurou mais uma vez o ombro de seu inimigo, e algumas gotas de sangue quente e vermelho enfeitaram como orvalho os lençóis brancos e perfumados de Margarida.

Margarida viu o sangue escorrer, sentiu arrepiar-se o corpo envolvido ao seu, e jogou-se com ele no vão entre a cama e a parede. Já era tempo. De La Mole, no fim de suas forças, era incapaz de fazer qualquer movimento para fugir ou para se defender. Ele apoiou a cabeça lívida no ombro da jovem mulher e seus dedos contorcidos se contraíram, rasgando o fino tecido que cobria como um véu o corpo de Margarida.

– Ah, senhora! — ele murmurou com uma voz agonizante. — Salve-me!

Foi tudo o que pôde dizer. Seus olhos, cobertos por uma nuvem parecida com a noite da morte, se escureceram. Sua cabeça pesada caiu para trás, seus braços se estenderam, seu corpo se curvou e ele escorregou sobre o assoalho em seu próprio sangue, levando a rainha com ele.

Nesse momento, Cocunás, exaltado pelos gritos, inebriado pelo cheiro de sangue e exasperado pela ardente corrida que acabara de fazer, estendeu os braços em direção à alcova real. Mais um esforço, e sua espada perfuraria o coração de La Mole e talvez, ao mesmo tempo, o de Margarida.

À vista daquele ferro cru, e talvez ainda mais, à vista daquela insolência bruta, a filha dos reis se levantou com todas as suas forças e soltou um grito tão cheio de pavor, indignação e raiva que o piemontês ficou petrificado por um sentimento desconhecido. A verdade é que, se essa cena se prolongasse, concentrada sempre nos mesmos atores, esse sentimento se derreteria como neve matinal sob o sol de abril.

Porém, de repente, por uma porta escondida na parede, apareceu um rapaz de dezesseis para dezessete anos, vestido de preto, pálido, e os cabelos bagunçados.

– Espere, minha irmã, espere! — gritou. — Estou aqui! Estou aqui!

– Francisco! Francisco! Acuda-me! — disse Margarida.

– O duque de Alençon! — murmurou La Hurière, abaixando seu arcabuz.

– *Mordi*! Um filho da França! — grunhiu Cocunás, recuando um passo.

O duque de Alençon olhou em volta de si. Viu Margarida descabelada, mais bela que nunca, encostada à parede, rodeada de homens com fúria nos olhos, com suor na testa e espuma na boca.

– Miseráveis! — exclamou.

– Salve-me, meu irmão! — disse Margarida exausta. — Eles querem me matar.

Um lampejo passou pelo rosto pálido do duque.

Embora estivesse desarmado, amparado sem dúvida pela consciência de seu nome, ele avançou, os punhos cerrados, contra Cocunás e seus companheiros, que recuaram amedrontados diante das faíscas que jorravam de seus olhos.

– Vocês também matariam um filho de França? Vamos ver!

Depois, como eles continuavam a recuar diante dele:

– Isso, capitão da guarda, venha aqui, e que enforquem todos esses malfeitores!

Mais amedrontados com a visão desse jovem homem sem armas do que teriam ficado com a aparição de uma companhia de reiters ou lansquenetes,[3] Cocunás já tinha se dirigido à porta. La Hurière descia os degraus como se tivesse sebo nas canelas, os soldados se batiam e se esbarravam para sair do quarto o mais rápido possível, achando a porta muito estreita comparada ao desejo que tinham de estar do lado de fora.

Durante esse tempo, Margarida tinha instintivamente jogado sobre o jovem homem desmaiado seu cobertor de damasco[4] e se afastado dele.

Quando o último assassino desapareceu, o duque de Alençon se virou.

– Minha irmã — exclamou ao ver Margarida toda manchada de sangue —, você está ferida?

E se dirigiu a Margarida com uma preocupação que teria feito honra a sua ternura, se essa ternura não fosse acusada de ser maior que aquela que convinha a um irmão.

– Não — disse —, acho que não, quero dizer, talvez, um pouco.

– Mas esse sangue — disse o duque, percorrendo todo o corpo de Margarida com as mãos trêmulas —, de onde vem esse sangue?

– Não sei — disse a jovem mulher. — Um desses miseráveis colocou as mãos em mim... talvez ele estivesse ferido?

– Colocaram as mãos em minha irmã! — o duque exclamou. — Oh! Se você tivesse me mostrado quem foi, se você tivesse me dito qual deles, se eu soubesse onde encontrá-lo...!

– Shhhh — disse Margarida.

– E por que isso? — disse Francisco.

– Porque se virem você a essa hora em meu quarto...

– Um irmão não pode visitar sua irmã, Margarida?

A rainha lançou sobre o duque de Alençon um olhar tão fixo, porém tão ameaçador, que o jovem homem recuou.

– Sim, sim, Margarida — disse —, você tem razão. Vou voltar para o meu quarto. Mas você não pode ficar sozinha nessa noite tão terrível. Quer que eu chame Gillonne?

– Não, não, ninguém. Vá embora, Francisco. Vá embora por onde veio.

O jovem príncipe obedeceu. Assim que desapareceu, Margarida, ouvindo um suspiro que vinha de trás da cama, correu para a porta da passagem secreta, trancou-a com cadeado, depois correu até a outra porta, trancou-a da mesma forma, bem no momento em que um grupo de arqueiros e de soldados que perseguiam outros huguenotes hospedados no Louvre passava como um furacão no final do corredor.

Então, depois de olhar ao redor com atenção para ver se estava mesmo sozinha, voltou para o vão da cama, ergueu a coberta de damasco que escondia o corpo de La Mole do olhar do duque de Alençon, puxou a massa inerte para o meio do quarto, e, vendo que o pobre infeliz ainda respirava, sentou-se, apoiou a cabeça dele nos joelhos e jogou-lhe água no rosto para reanimá-lo.

Foi então, só depois de retirar com água o véu de poeira, de pólvora e de sangue que cobria o rosto do ferido, que Margarida reconheceu nele aquele belo cavalheiro que, cheio de vida e de esperança, três ou quatro horas antes viera pedir proteção ao rei de Navarra, e que havia partido ofuscado por sua beleza, deixando ela mesma a sonhar.

Margarida soltou um grito de espanto, pois agora o que sentia pelo ferido era mais do que piedade, era interesse. Na verdade, o ferido, para ela, não era mais um simples estranho, era quase um conhecido. Em sua mão, o belo rosto de La Mole logo reapareceu por inteiro, mas pálido, esvanecido pela dor. Ela colocou, com um tremor de morte, e quase tão pálida quanto ele próprio, a mão no coração dele, que ainda batia. Ela então esticou a mão até um frasco de sais que se encontrava numa mesa próxima e fez-lhe respirar.

La Mole abriu os olhos.

– Oh, meu Deus! — murmurou. — Onde estou?

– A salvo! Fique tranquilo, salvo! — disse Margarida.

La Mole virou com esforço seu olhar para a rainha, a devorou por um instante com os olhos e balbuciou.

– Oh! Como você é bela! — e, como ofuscado, fechou novamente as pálpebras num suspiro.

Margarida soltou um leve grito. O jovem rapaz ficara ainda mais pálido, se é que isso era possível. Ela achou por um momento que esse suspiro fora o último.

– Oh, meu Deus! Meu Deus! — disse. — Tenha piedade dele! — Nesse momento, alguém bateu com força à porta do corredor.

Margarida se ergueu um pouco, apoiando La Mole por baixo do ombro.

– Quem está aí? — gritou.

– Senhora, senhora, sou eu! — gritou uma voz de mulher. — Eu, a duquesa de Nevers.

– Henriqueta! — exclamou Margarida. — Oh! Não há perigo, é uma amiga, ouviu, senhor? — La Mole fez um esforço e se ergueu num joelho.

– Tente aguentar um pouco até que eu abra a porta — disse a rainha.

La Mole apoiou a mão no chão e conseguiu manter o equilíbrio.

Margarida deu um passo até a porta, mas parou de repente, tremendo de medo.

– Ah, você não está sozinha? — exclamou ao ouvir o barulho de armas.

– Não, estou acompanhada de doze guardas oferecidos por meu cunhado, o senhor de Guisa.

– Senhor de Guisa! — murmurou La Mole. — Ah! Assassino! Assassino!

– Silêncio — disse Margarida. — Nenhuma palavra.

E ela olhou ao redor para ver onde poderia esconder o ferido.

– Uma espada, um punhal! — murmurou La Mole.

– Para se defender? É inútil. Você não ouviu? Eles são doze, e você, um só.

– Não, não para me defender, mas para não cair vivo nas mãos deles.

– Não, não — disse Margarida. — Eu o salvarei. Ah! Esse gabinete! Venha! Venha!

La Mole fez um esforço, e apoiado em Margarida, se arrastou até o gabinete. Margarida fechou a porta. E, guardando a chave na sua esmoleira:[5]

– Nenhum grito, nenhuma queixa, nenhum suspiro — ela disse através dos lambris —, e então estará salvo.

Em seguida, colocando um casaco de noite sobre os ombros, foi abrir à sua amiga, que se jogou em seus braços.

– Ah! — disse. — Não aconteceu nada com você, não é, senhora?

– Não, nada — disse Margarida, cruzando o casaco para que não se pudessem ver as manchas de sangue que maculavam seu penhoar.

– Ainda bem, mas em todo caso, como o senhor duque de Guisa ofereceu-me doze guardas para acompanhar-me à sua residência, e não preciso de um cortejo tão grande, deixo seis com Vossa Majestade. Seis guardas do duque de Guisa valem mais nesta noite que um regimento inteiro de guardas do rei.

Margarida não ousou recusar. Ela instalou os seis guardas no corredor e beijou a duquesa que, com os outros seis, seguiu caminho à residência do duque de Guisa, onde morava na ausência do marido.

OS MASSACRADORES

Cocunás não tinha fugido, tinha se retirado. La Hurière não tinha fugido, tinha se precipitado. Um desaparecera feito tigre, o outro, feito lobo.

Aconteceu que La Hurière já se encontrava na praça Saint-Germain-l'Auxerrois quando Cocunás ainda estava saindo do Louvre.

La Hurière, vendo-se sozinho com seu arcabuz, no meio dos passantes que corriam, balas que sibilavam e cadáveres que caíam das janelas, uns inteiros, outros por pedaços, começou a ter medo e a procurar prudentemente um jeito de voltar para sua hospedaria. Mas como para entrar na rua de l'Arbre Sec era preciso passar pela rua d'Averon, ele caiu no meio de uma cavalaria e de uma tropa de suíços. Era aquela chefiada por Maurevel.

– Pois bem! — exclamou Maurevel que havia batizado a si mesmo com o nome de Matador do Rei. — Você já terminou? Vai voltar para casa, meu anfitrião? E que diabos você fez com o nosso cavalheiro piemontês? Não lhe aconteceu nenhuma desgraça? Seria uma pena, pois ele estava indo bem.

– Não, não que eu saiba — retomou La Hurière —, e tomara que ele junte-se a nós.

– De onde você vem?

– Do Louvre, onde, devo-lhe dizer, nos receberam bastante grosseiramente.

– Quem?

– O senhor duque de Alençon. Por acaso ele não se importa?

– Meu senhor duque de Alençon não se importa com nada que não o atinja pessoalmente. Proponha-lhe chamar seus dois irmãos de huguenotes e verá que se importará, mas desde que a necessidade se apresente sem o comprometer. Mas você não vai continuar com essa gente corajosa, mestre La Hurière?

– E para onde eles estão indo?

– Oh meu Deus! Para a rua Montorgueil. Lá há um ministro huguenote que eu conheço. Ele tem mulher e seis filhos. Esses hereges sabem procriar. Vai ser curioso.

– E você? Aonde vai?

– Oh eu? Tenho um assunto particular.

– Ei! Esperem por mim — disse uma voz que assustou Maurevel. — Vocês conhecem os bons lugares, e eu quero participar.

– Ah! É o nosso piemontês — disse Maurevel.

– É o senhor de Cocunás — disse La Hurière. — Achei que estivesse atrás de mim.

– Peste! Você vai muito rápido para que o acompanhe. E depois eu me desviei um pouco do caminho para jogar no rio uma criança medonha que gritava: "Abaixo os papistas, viva o almirante!". Infelizmente, acho que o engraçadinho sabia nadar. Esses protestantes miseráveis, se quisermos afogá-los, temos que jogá-los na água, como os gatos, antes que eles percebam.

– Ah, é! E você disse que está vindo do Louvre? Seu huguenote se refugiou lá, então? — perguntou Maurevel.

– Oh! Meu Deus... foi!

– Eu dei um tiro nele na hora em que ele pegava a espada no pátio do almirante, mas, não sei como, errei.

– Oh! Eu — disse Cocunás —, eu não errei: acertei suas costas com minha espada, e a lâmina ficou molhada a cinco dedos da ponta. Aliás, o vi cair nos braços da senhora Margarida, linda mulher, *Mordi*! Porém, confesso que não ficarei bravo em saber que ele está de fato morto. Aquele palhaço tinha jeito de ser bem rancoroso e seria bem capaz de me odiar por toda vida. Mas vocês não estavam dizendo que iam a algum lugar?

– Então quer vir comigo?

– O que quero é não ficar parado, *Mordi*! Só matei uns três ou quatro, e quando esfrio meu ombro dói. Vamos! Em frente!

– Capitão! — disse Maurevel para o chefe da tropa. — Dê-me três homens e vá despachar seu ministro com o resto.

Três suíços se separaram da tropa e vieram se juntar a Maurevel. Todavia, as duas tropas marcharam lado a lado até a altura da rua Tirechappe. De lá, a cavalaria e os soldados suíços pegaram a rua de la Tonnellerie, enquanto Maurevel, Cocunás, La Hurière e seus três homens seguiram pela rua de la Ferronnerie, pegaram a rua Trousse-Vache e chegaram à rua Sainte-Avoie.

– Mas aonde diabos você nos trouxe? — disse Cocunás, a quem a longa caminhada sem resultados começava a aborrecer.

– Eu lhes trouxe a uma expedição brilhante e útil ao mesmo tempo. Depois do almirante, depois de Téligny, depois dos príncipes huguenotes, eu não poderia lhes oferecer nada melhor. Esperem um pouco. É na rua du Chaume que nós temos um assunto a tratar, e em pouco tempo chegaremos lá.

– Mas diga-me — perguntou Cocunás —, a rua du Chaume não é próxima do templo?

– É, por quê?

– Ah! Então é lá que está um antigo credor de nossa família, um tal Lambert Mercandon, para o qual meu pai me pediu para entregar os cem *nobles* que estão no meu bolso para esse fim.

– Pois então — disse Maurevel —, eis uma bela ocasião para quitar a dívida com ele.

– Como assim?

– É hoje o dia em que se acertam antigas contas. O seu Mercandon é huguenote?

– Oh! — disse Cocunás. — Entendi. Acho que sim.

– Shhhh! Chegamos.

– Que residência é essa, com o pavilhão para a rua?

– A residência de Guisa.

– Na verdade — disse Cocunás — eu não podia deixar de vir até aqui, já que chego a Paris sob a proteção do grande Henrique. Mas, *Mordi!* Está tudo calmo nesse bairro aqui, meu caro, e se escutarmos o barulho de arcabuzes, acreditaria estar no interior. Todo mundo dorme ou que o diabo me carregue!

De fato, a própria residência de Guisa parecia tão tranquila quanto nos dias normais. Todas as janelas estavam fechadas e só uma luz brilhava atrás da persiana da janela principal do pavilhão que tinha, quando entrou na rua, chamado a atenção de Cocunás.

Um pouco além da residência de Guisa, ou seja, na esquina da rua du Petit-Chantier e da rua des Quatre-Fils, Maurevel parou.

– Aqui está a residência daquele que nós procuramos — disse.

– Daquele que você procura, quer dizer — disse La Hurière.

– Já que vocês estão me acompanhando, nós o procuramos.

– O quê! Essa casa que parece dormir num sono tão tranquilo...

– Exatamente! Você, La Hurière, vai usar essa cara honesta que o céu lhe deu por engano e tocar nessa casa. Dê seu arcabuz ao senhor de Cocunás. Já faz uma hora que ele não tira o olho dele. Se você entrar, peça para falar com o senhor de Mouy.

— Ha! Ha! Ha! — riu Cocunás. — Entendi. Você também tem um credor no bairro do templo, pelo que me parece.

— Exatamente — continuou Maurevel —, você vai subir, fingindo ser um huguenote, vai dizer a de Mouy o que está acontecendo. Ele é corajoso, vai descer....

— E quando ele descer? — perguntou La Hurière.

— Quando descer, exigirei que alinhe sua espada à minha.

— Juro que isso é ser um cavalheiro — disse Cocunás —, e eu pretendo fazer exatamente a mesma coisa com Lambert Mercandon. E se ele for muito velho para aceitar, vai ser com algum de seus filhos ou sobrinhos.

La Hurière foi bater à porta sem replicar. Suas batidas soaram no silêncio da noite, fizeram abrir as portas da residência de Guisa e sair algumas cabeças por essas aberturas. Foi então que se viu que a residência estava calma do jeito das cidadelas, porque ele estava cheio de soldados.

Essas cabeças entraram quase que imediatamente, sem dúvida adivinhando qual era o assunto.

— Ele então mora ali, o senhor de Mouy? — disse Cocunás, apontando para a casa onde La Hurière continuava batendo.

— Não, é a residência de sua amante.

— *Mordi*! Que galanteio você lhe faz! Dar-lhe a oportunidade de tirar a espada aos olhos de sua bela! Então seremos os árbitros de campo. Entretanto, eu mesmo queria muito lutar. Meu ombro está ardendo.

— E o seu rosto? — perguntou Maurevel. — Está bem machucado também.

Cocunás soltou um tipo de rugido.

– *Mordi*! — disse. — Tomara que ele esteja morto, caso contrário volto ao Louvre para terminá-lo.

La Hurière continuava a bater.

Logo uma janela do primeiro andar se abriu, e um homem apareceu no balcão com uma touca de dormir, de cuecas e sem armas.

– Quem está aí? — gritou o homem. — Maurevel fez um sinal aos seus suíços, que se apertaram num canto, enquanto Cocunás se espremia na parede.

– Ah! Senhor de Mouy — disse o hospedeiro com sua voz delicada. — É você?

– Sim, sou eu. E aí?

– É ele mesmo — murmurou Maurevel tremendo de alegria.

– Ei, senhor — continuou La Hurière —, você não sabe o que está acontecendo? Degolaram o senhor almirante, mataram os religionários nossos irmãos. Venha rápido ajudá-los, venha.

– Ah! — exclamou de Mouy. — Eu bem que achava que tramavam alguma coisa para esta noite. Ah! Não deveria ter deixado meus corajosos camaradas. Aqui estou, amigo, aqui estou, esperem por mim.

E sem fechar a janela, da qual saíram alguns gritos de mulher assustada, algumas súplicas adocicadas, o senhor de Mouy procurou seu gibão, seu casaco e suas armas.

– Está descendo, está descendo! — murmurou Maurevel pálido de alegria. — Fiquem atentos, vocês! — disse no ouvido dos suíços.

Depois, pegando o arcabuz das mãos de Cocunás e assoprando o pavio para garantir que estava ainda aceso:

– Tome, La Hurière — disse ao hospedeiro, que tinha se retirado na direção do conjunto da tropa —, retome seu arcabuz.

– *Mordi*! — exclamou Cocunás. — Eis a lua que sai detrás da nuvem para testemunhar esse belo encontro. Daria tudo para que

Lambert Mercandon estivesse aqui e fosse o segundo depois do senhor de Mouy.

– Esperem, esperem! — disse Maurevel. — O senhor de Mouy, sozinho, vale por dez homens. Temos talvez o suficiente, nós seis, para nos livrarmos dele. Vocês, avancem — continuou Maurevel, assinalando aos suíços para ficarem contra a porta — para atacarem-no quando sair.

– Oh! — disse Cocunás olhando esses preparativos. — Parece que as coisas não vão se passar exatamente como eu esperava.

Já se ouvia o barulho da barra da porta sendo puxada pelo senhor de Mouy. Os suíços tinham saído do esconderijo para assumirem sua posição perto da porta. Maurevel e La Hurière avançavam na ponta dos pés, enquanto, por algum resquício de cavalheirismo, Cocunás permanecia em seu lugar, quando a moça, em quem não se pensava mais, apareceu por sua vez no balcão e soltou um grito terrível ao perceber os suíços, Maurevel e La Hurière.

De Mouy, que já havia entreaberto a porta, parou.

– Suba, suba! — gritou a jovem. — Vejo luzirem espadas, vejo brilhar o pavio de um arcabuz. É uma emboscada.

– Hunf! — retomou, rosnando, a voz do rapaz. — Vejamos então um pouco o que tudo isso quer dizer — e fechou a porta, passou a barra, a tranca, e subiu.

A ordem de batalha de Maurevel foi trocada assim que viu que de Mouy não sairia. Os suíços foram se postar do outro lado da rua, e La Hurière, arcabuz à mão, aguardou que o inimigo reaparecesse na janela. Não aguardou muito tempo. De Mouy avançou precedido por duas pistolas de tamanho tão respeitável que La Hurière, mirando, percebeu subitamente que as balas do huguenote percorreriam a mesma distância para chegar até a rua que as suas balas também fariam para chegar até a sacada.

– É claro — disse para si mesmo —, posso matar esse cavalheiro, mas esse cavalheiro, da mesma forma, pode me matar também.

Ora, como, no fim das contas, o mestre La Hurière, hospedeiro de profissão, era soldado apenas pelas circunstâncias, essa reflexão foi determinante para que ele voltasse atrás e buscasse abrigo no ângulo da rua de Braque, bastante afastada para que existisse certa dificuldade em encontrar dali, com alguma certeza, sobretudo à noite, a linha que devia seguir a bala para chegar até de Mouy.

De Mouy deu uma olhada ao redor e avançou se protegendo, como um homem que se prepara para um duelo. Mas ao ver que nada acontecia:

– Bom — disse —, senhor mensageiro, parece que você esqueceu seu arcabuz à minha porta. Aqui estou, o que deseja?

– Ha! Ha! Ha! — riu para si mesmo Cocunás. — Eis um verdadeiro corajoso.

– Ora — continuou de Mouy —, amigos ou inimigos, quem quer que sejam vocês, não veem que estou esperando? — La Hurière manteve o silêncio. Maurevel não respondeu nada, e os suíços ficaram quietos.

Cocunás aguardou um instante. Em seguida, vendo que ninguém se prestava a continuar a conversa iniciada por La Hurière e seguida por de Mouy, deixou seu posto, e avançando até o meio da rua, pondo o chapéu nas mãos:

– Senhor — disse —, não estamos aqui para um assassinato, como poderia imaginar, mas para um duelo... Acompanho um de seus inimigos que gostaria de encontrá-lo para terminar elegantemente uma velha discussão. Ei! *Mordi!* Avance, então, senhor de Maurevel, em vez de virar as costas. O senhor aceita.

– Maurevel! — exclamou de Mouy. — Maurevel, o assassino de meu pai! Maurevel, o Matador do rei! Ah! Por Deus! Claro que aceito!

E, mirando em Maurevel, que fora tocar na residência de Guisa para buscar reforços, furou seu chapéu com uma bala.

Com o barulho da explosão e os gritos de Maurevel, os guardas que haviam trazido a duquesa de Nevers saíram, acompanhados de três ou quatro cavalheiros seguidos de seus pajens, e avançaram em direção à casa da amante do jovem de Mouy.

Um segundo tiro de pistola, mirando no meio da tropa, fez cair morto o soldado que se encontrava mais próximo de Maurevel, depois disso, de Mouy, encontrando-se sem armas, ou apenas com armas inúteis, já que as pistolas estavam descarregadas e seus adversários estavam fora do alcance da espada, foi se esconder atrás da galeria da sacada.

Entretanto, aqui e ali as janelas começavam a se abrir nas redondezas. E, de acordo com o humor pacífico ou belicoso dos habitantes, se fechavam ou se armavam com mosquetes e arcabuzes.

– Aqui, meu corajoso Mercandon! — exclamou de Mouy, fazendo sinal para um homem já velho que, de uma janela que acabava de se abrir em frente à residência de Guisa, procurava enxergar alguma coisa naquela confusão.

– Você chamou, Sire de Mouy? — gritou o velho. — É você que querem?

– Sou eu, é você, são todos os protestantes. E aqui está uma prova.

De fato, nesse momento de Mouy havia visto se dirigir contra ele o arcabuz de La Hurière. O tiro saiu, mas o rapaz teve tempo de se abaixar, e a bala foi quebrar uma janela acima de sua cabeça.

– Mercandon! — exclamou Cocunás que, à vista dessa briga, tremia de prazer e havia se esquecido de seu credor, de quem essa fala de Mouy o fez lembrar. — Mercandon, rua du Chaume, é isso mesmo! Ah! Ele mora aqui, que bom. Vamos resolver as pendências cada um com seu homem.

E enquanto as pessoas da residência de Guisa arrombavam as portas da casa onde estava de Mouy, enquanto Maurevel, com uma tocha na mão, tentava incendiar a casa, enquanto, depois das portas já quebradas, um combate terrível começava contra um único homem que, a cada golpe de espada, abatia o inimigo, Cocunás tentava, com a ajuda de um tijolo, arrombar a porta de Mercandon que, sem se preocupar com esse ataque solitário, atirava como podia com seu arcabuz da janela.

Então todo esse bairro deserto e escuro ficou iluminado como em pleno dia, povoado como o interior de um formigueiro, pois da residência de Montmorency, seis ou oito cavalheiros huguenotes, com seus criados e amigos, acabavam de fazer uma investida furiosa e começavam, apoiados pelo fogo das janelas, a fazer recuar a turma de Maurevel e a da residência de Guisa, que eles acabaram encurralando na residência de onde tinham saído.

Cocunás, que não havia conseguido ainda arrombar a porta de Mercandon apesar de ter se esforçado de corpo e alma, foi pego no meio dessa expulsão. Encostado ao muro e colocando a espada na mão, começou não só a se defender, mas também a atacar com gritos tão terríveis que dominava toda essa peleja. Ele esgrimia de um lado para o outro, acertando amigos e inimigos, até que um grande vazio se formasse em torno dele. À medida que sua espada furava um peito e que o sangue quente espirrava em suas mãos e em seu rosto, ele, com os olhos dilatados, narinas abertas, dentes cerrados, reganhava o terreno perdido e se aproximava da casa cercada.

De Mouy, depois de um terrível combate nas escadas e na entrada, terminou por sair como um verdadeiro herói da casa em chamas. Durante toda essa batalha não parou de gritar: "Venha, Maurevel!

Cadê você, Maurevel?", insultando-o com os epítetos mais ultrajantes. Ele apareceu finalmente na rua, segurando com um braço sua amante, metade desnuda e quase desmaiada, com um punhal entre os dentes. Sua espada, resplandecente pelos movimentos que fazia, traçava círculos brancos ou vermelhos conforme a lua que a prateava ou as tochas que faziam brilhar a umidade sanguinolenta. Maurevel havia fugido. La Hurière, recuado por de Mouy até Cocunás, que não o reconhecia e o recebia com a ponta de sua espada, pedia misericórdia aos dois lados. Nesse momento, Mercandon o viu e reconheceu seu lenço branco de massacrador. O tiro saiu. La Hurière soltou um grito, esticou os braços, deixou cair seu arcabuz e, depois de ter tentado chegar ao muro para se agarrar a algo, caiu de cara no chão.

De Mouy aproveitou essa situação, entrou na rua de Paradis e desapareceu.

A resistência dos huguenotes foi tamanha que as pessoas recuadas na residência de Guisa entraram e fecharam as portas, com medo de serem cercadas e pegas.

Cocunás, embriagado pelo sangue e pelo barulho, e chegando a essa exaltação em que, principalmente para as pessoas da região do Midi,[1] a coragem se transforma em loucura, não havia visto nem ouvido nada. Percebeu apenas que seus ouvidos zumbiam com menos intensidade, que suas mãos e rosto secavam um pouco e, baixando a ponta de sua espada, só viu perto dele um homem deitado, a cara afogada numa poça vermelha, e em torno, casas queimando.

Foi uma trégua bem curta, pois na hora em que ia se aproximar desse homem, que pensava ser La Hurière, a porta da casa que ele havia em vão tentado quebrar jogando tijolos se abriu, e o velho Mercandon, seguido de seu filho e seus dois sobrinhos, se desfizeram em cima do piemontês, ocupado em recuperar o fôlego.

– Aqui está ele! Aqui está ele! — exclamaram juntos.

Cocunás se encontrava no meio da rua, e, temendo ser cercado por esses quatro homens que o atacavam de uma só vez, deu, com o vigor de uma dessas camurças[2] que tantas vezes perseguira nas montanhas, um pulo para trás, e se encontrou encostado ao muro da residência de Guisa. Uma vez tranquilizado das surpresas, preparou-se para atacar e tornou-se novamente zombador.

– Ha! Ha! Pai Mercandon! — disse. — Não está me reconhecendo?

– Oh! Miserável! — exclamou o velho huguenote. — Pelo contrário, o reconheço muito bem. E você está contra mim, amigo e parceiro de seu pai?

– E credor dele, não é?

– Sim, credor dele, já que você está dizendo.

– Pois bem, exatamente — respondeu Cocunás. — Venho acertar nossas contas.

– Vamos pegá-lo, prendam-no — disse o velho aos jovens que o acompanhavam, e que às suas ordens correram em direção do muro.

– Um momento, um momento — disse Cocunás, rindo —, para prender as pessoas é preciso um mandado de prisão e vocês não tiveram o cuidado de pedi-lo ao oficial de justiça.

A essas palavras ele engajou a espada na luta com o jovem que estava mais próximo, e na primeira oportunidade atingiu o punho deste com sua lâmina.

O infeliz recuou berrando.

– E um! — disse Cocunás.

Na mesma hora, a janela sob a qual Cocunás se abrigara se abriu rangendo. Cocunás deu um sobressalto, temendo um ataque. Mas, em vez de um inimigo, foi uma mulher que ele viu. Em vez da arma assassina contra a qual se preparava para combater, foi um buquê que caiu a seus pés.

– Veja só! Uma mulher! — disse.

Ele saudou a dama com sua espada e se abaixou para pegar o buquê.

– Tome cuidado, valente católico, tome cuidado — exclamou a dama.

Cocunás se levantou, mas não tão rapidamente quanto o punhal do segundo sobrinho penetrando seu casaco e ferindo o outro ombro.

A dama soltou um grito cortante.

Cocunás a agradeceu e a tranquilizou com um mesmo gesto, se lançou sobre o segundo sobrinho, que parou o combate. Mas na segunda tentativa seu pé de trás escorregou no sangue. Cocunás correu em sua direção com a rapidez de um tigre e atravessou o peito dele com sua espada.

– Muito bem, valente cavalheiro! — gritou a dama da residência de Guisa. — Bem, vou lhe enviar reforços.

– Não precisa se incomodar, senhora! — disse Cocunás. — É melhor ficar olhando até o fim, se isso lhe interessa, e você vai ver como o conde Aníbal de Cocunás acomoda os huguenotes.

Nesse momento, o filho do velho Mercandon atirou quase à queima-roupa com a pistola em Cocunás e o piemontês caiu de joelhos. A dama da janela soltou um grito, mas Cocunás se levantou. Ele se ajoelhou só para desviar da bala que foi parar no muro a dois pés da bela espectadora.

Quase na mesma hora, da janela da residência de Mercandon, ouviu-se um grito de raiva, e uma velha mulher que, pela cruz e o lenço branco, reconheceu Cocunás como um católico, lhe jogou um vaso de flores que o atingiu acima dos joelhos.

– Bom — disse Cocunás —, uma me joga flores, a outra, vasos. Se isso continuar, vão demolir as casas.

– Obrigado, minha mãe, obrigado! — gritou o rapaz.

– Vai, mulher, vai! — disse o velho Mercandon. — Mas nos dê cobertura!

– Espere, senhor de Cocunás, espere — disse a jovem dama da residência de Guisa. — Vou mandar atirarem nas janelas.

– Ai, ai! É um inferno de mulheres: umas por mim e as outras contra mim! — disse Cocunás. — *Mordi*! Acabemos com isso.

A cena, de fato, havia mudado muito e caminhava claramente para seu desfecho. De frente a Cocunás, ferido, é verdade, mas no auge de seus vinte e quatro anos, e acostumado às armas, mais irritado que enfraquecido pelos três ou quatro arranhões que havia recebido, só sobravam Mercandon e o filho dele. Mercandon, velho de sessenta a setenta anos. O filho dele, garoto de dezesseis a dezoito anos: pálido, loiro e frágil, havia jogado sua pistola descarregada e, consequentemente, inútil, e tremendo agitava uma espada menor que a metade daquela do piemontês. O pai, armado só de um punhal e de um arcabuz vazio, chamava por socorro. Uma velha mulher, na janela da frente, mãe do garoto, tinha à mão um pedaço de mármore e se preparava para jogá-lo. Finalmente Cocunás, excitado por um lado pelas ameaças, por outro lado pelos encorajamentos, orgulhoso de sua dupla vitória, inebriado de pólvora e sangue, clareado pelo reflexo de uma casa em chamas, exaltado pela ideia de que combatia sob os olhares de uma mulher cuja beleza havia lhe parecido tão superior quanto sua categoria social lhe parecia incontestável; Cocunás, como o último dos Horácios, sentira duplicar suas forças e, vendo o garoto hesitar, correu até ele e cruzou com a sua espadinha sua terrível e sanguinária espada. Dois golpes bastaram para fazê-la sair das mãos dele. Então Mercandon tentou afastar Cocunás, para que os projéteis lançados da janela o atingissem em cheio. Mas Cocunás, ao contrário, para paralisar o duplo ataque do velho Mercandon, que tentava furá-lo com seu punhal, e da mãe do rapaz, que tentava acertar a cabeça dele com a pedra que se preparava para jogar, prendeu seu adversário com os braços e, direcionando-o a todos os golpes como um escudo, sufocava-o com seu aperto hercúleo.

– Ajudem-me, ajudem-me! — exclamou o garoto. — Ele vai quebrar meu peito! Ajudem-me!

E a voz dele começava a sumir num lamento surdo e estrangulado.

Então, Mercandon parou de ameaçar, e implorou:

– Piedade! Piedade! — disse. — Senhor de Cocunás! Piedade! É meu único filho.

– Meu filho! Meu filho! — gritou a mãe. — A esperança de nossa velhice! Não o mate, senhor! Não o mate!

– Ah, é?! — gritou Cocunás, morrendo de rir. — Que eu não o mate! E o que ele queria então fazer com sua espada e sua pistola?

– Senhor — continuou Mercandon, unindo as mãos —, tenho em casa a escritura assinada por seu pai, eu a devolvo. Tenho dez mil moedas de ouro, eu lhe dou. Tenho as joias de nossa família e elas serão suas, mas não o mate, não o mate!

– E eu, eu lhe dou meu amor — disse baixinho a mulher da residência de Guisa. — Prometo-lhe.

Cocunás pensou por um segundo e de repente:

– Você é huguenote? — perguntou ao garoto.

– Sou — murmurou o menino.

– Neste caso, é preciso morrer — respondeu Cocunás, franzindo as sobrancelhas e aproximando do peito de seu adversário a misericórdia afiada e penetrante.

– Morrer! — exclamou o velho. — Meu pobre filho! Morrer!

E um grito de mãe ressoou tão doloroso e tão profundo, que afastou por um instante a selvagem resolução do piemontês.

– Oh! Senhora duquesa! — exclamou o pai, se dirigindo à mulher da residência de Guisa. — Interceda por nós, e todas as manhãs, e todas as noites seu nome estará em nossas preces.

– Então, que ele se converta! — disse a dama da residência de Guisa.

– Sou protestante — disse o garoto.

– Morra, então — disse Cocunás, levantando a adaga —, já que você não quer a vida que essa linda boca lhe ofereceu.

Mercandon e sua mulher viram a lâmina terrível brilhar como um raio acima da cabeça do filho.

– Meu filho, meu Olivier — berrou a mãe. — Abjure... Abjure!

– Abjure, meu querido — gritou Mercandon, rolando aos pés de Cocunás. — Não nos deixe sozinhos na Terra.

– Abjurem vocês todos juntos! — gritou Cocunás. — Por um Credo, três almas e uma vida!

– Eu aceito — disse o rapaz.

– Aceitamos — gritaram Mercandon e sua mulher.

– De joelhos, então — fez Cocunás. — E que seu filho recite palavra por palavra do que vou dizer.

O pai foi o primeiro a obedecer.

– Estou pronto — disse o garoto.

E se ajoelhou.

Cocunás começou então a ditar em latim as palavras do Credo. Mas, ou por acaso, ou por cálculo, o jovem Olivier se ajoelhara perto do lugar onde sua espada tinha caído. Assim que viu a arma ao alcance das mãos, e sem deixar de repetir as palavras de Cocunás, esticou o braço para apanhá-la. Cocunás percebeu o movimento, embora fingisse não perceber. Mas, no momento em que o rapaz tocou com a ponta dos dedos contorcidos o cabo da espada, pulou sobre ele derrubando-o.

– Ah! Traidor — disse, e enfiou a adaga em sua garganta.

O rapaz deu um grito, se levantou convulsivamente sobre um joelho e caiu morto.

– Ah! Carrasco! — berrou Mercandon. — Você nos degola só para roubar os cem *nobles* que você nos deve.

– Claro que não — disse Cocunás. — E a prova... — dizendo essas palavras, Cocunás jogou aos pés do velho a bolsa que, antes de sua partida, seu pai lhe entregara para quitar a dívida com seu credor.

– E a prova — continuou — é que aqui está seu dinheiro.

– E você, aqui está a sua morte! — gritou a mãe da janela.

– Proteja-se, senhor de Cocunás, proteja-se — disse a dama da residência de Guisa.

Mas antes que Cocunás pudesse virar a cabeça para receber esse último conselho, ou para se proteger da primeira ameaça, uma massa pesada rompeu o ar assoviando e atingiu em cheio o chapéu do piemontês, lhe rompeu a espada na mão e o derrubou no chão, surpreso, atordoado, sem sentidos, sem que pudesse ouvir o duplo grito de alegria e de tristeza que ressoava da direita e da esquerda.

Mercandon pulou rapidamente, com o punhal na mão, sobre Cocunás esvanecido. Mas nesse momento a porta da residência de Guisa se abriu, e o velho, ao ver brilhar as partasanas e as espadas, fugiu, enquanto aquela mulher que ele chamara de senhora duquesa, bela de uma beleza terrível sob as luzes do incêndio, deslumbrante com suas joias e diamantes, se inclinava, metade do corpo fora da janela, para gritar aos recém-chegados, com o braço apontando para Cocunás.

– Ali! Ali! Na minha frente. Um rapaz vestindo um gibão vermelho. Esse aí, é, é, é, esse aí!

X

MORTE, MISSA OU BASTILHA

Margarida, como dissemos, havia fechado a porta e entrado para o quarto. Mas conforme entrava, toda palpitante, avistou Gillonne, que, abaixada e aterrorizada, contemplava, na direção do gabinete, os traços de sangue esparsos sobre a cama, sobre os móveis e sobre o tapete.

– Ah, senhora! — gritou ao ver a rainha. — Oh! Senhora, então ele está morto?

– Silêncio, Gillonne! — disse Margarida com aquele tom de voz que indica a importância da recomendação. Gillonne calou-se.

Margarida tirou então de sua esmoleira uma chavinha pequena, abriu a porta do gabinete, e com o dedo apontou o rapaz para a sua servente.

La Mole conseguira se levantar e se aproximar da janela. Um punhalzinho, desses que as mulheres carregavam nessa época, se encontrava em sua mão, e o jovem cavalheiro o empunhou ao ouvir a porta se abrir.

– Não tema nada, senhor — disse Margarida —, pois prometo que aqui você está seguro — La Mole deixou-se cair de joelhos.

– Oh, senhora! — exclamou. — Você é para mim mais que uma rainha, você é uma divindade.

– Não se agite assim, senhor! — exclamou Margarida. — Seu sangue ainda está escorrendo... Oh! Olhe, Gillonne, como ele está pálido... Vejamos, onde você está machucado?

– Senhora — disse La Mole, tentando concentrar sobre dois pontos principais a dor que se espalhava por todo o corpo —, acho que recebi uma primeira apunhalada no ombro, uma segunda no peito. Dos outros ferimentos não vale a pena se ocupar.

– Vamos ver isso — disse Margarida. — Gillonne, traga-me a minha caixa de bálsamos.

Gillonne obedeceu e voltou segurando numa mão a caixa, noutra um jarro de cobre e tecidos finos da Holanda.

– Ajude-me a erguê-lo, Gillonne — disse a rainha Margarida —, pois levantando-se sozinho, o infeliz terminou de perder suas forças.

– Mas, senhora — disse La Mole —, estou completamente confuso. Não posso sofrer, na verdade...

– Mas, senhor, você vai se deixar levar? Acredito que — disse Margarida — enquanto pudermos salvá-lo, seria um crime deixá-lo morrer.

– Oh! — exclamou La Mole. — Prefiro morrer a ver você, a rainha, sujar as mãos num sangue indigno como o meu... Oh! Nunca! Nunca!

E ele se afastou respeitosamente.

– Seu sangue, cavalheiro — retomou sorridente Gillonne. — Ora, você já sujou por sua conta a cama e o quarto de Vossa Majestade.

Margarida apertou o casaco sobre o fino penhoar, que estava todo respingado de manchas vermelhas. Esse gesto, cheio de pudor feminino, lembrou La Mole de que havia tomado em seus braços e apertado contra seu peito essa bela rainha, tão amada. E com essa lembrança uma vermelhidão fugaz passou em suas bochechas brancas.

– Senhora — balbuciou —, você não poderia me enviar aos cuidados de um cirurgião?

– De um cirurgião católico, não é? — perguntou a rainha com uma expressão que foi compreendida por La Mole e que o fez tremer.

– Você ignora, então, que — continuou a rainha com uma voz e um sorriso de uma doçura jamais vistos — nós, filhas da França, somos criadas para saber reconhecer o valor das plantas e para compor bálsamos? Pois nosso dever, como mulheres e como rainhas, sempre foi o de amenizar a dor. Assim, equivalemos aos maiores cirurgiões do mundo, pelo menos é o que nos dizem. Minha reputação, nesse sentido, nunca chegou ao seu ouvido? Vamos, Gillonne, mãos à obra!

La Mole ainda queria tentar resistir. Repetiu mais uma vez que preferia morrer a ocasionar à rainha tal trabalho, que poderia começar pela piedade e terminar pelo desgosto. Essa luta só serviu para esgotar completamente suas forças. Cambaleou, fechou os olhos, e deixou cair a cabeça para trás, desmaiado pela segunda vez.

Então Margarida, tomando o punhal que ele deixara escapar, cortou rapidamente o cordão que fechava seu gibão, enquanto Gillonne, com outra lâmina, descosturava, ou antes rasgava, as mangas de La Mole.

Gillonne, com um pano embebido em água fresca, estancou o sangue que escorria do ombro e do peito do rapaz, enquanto Margarida, com uma agulha de ouro e de ponta arredondada, examinava as feridas com toda a delicadeza e habilidade que o mestre Ambroise Paré[1] teria tido em uma tal circunstância.

A ferida do ombro era profunda, a do peito chegava até as costelas, mas só atingira a carne. Nenhuma das duas penetrara nas cavidades dessa fortaleza natural que protege o coração e os pulmões.

– Ferida dolorida, mas não letal. *Acerrimum humeri vulnus, non autem lethale*[2] — murmurou a bela e sábia cirurgiã. — Dê-me o bálsamo e prepare o curativo, Gillonne.

Entretanto, Gillonne, para quem a rainha acabara de dar essa nova ordem, já havia enxugado e perfumado o peito do rapaz, e já fizera o mesmo com os braços, modelados como num desenho antigo, com os ombros graciosamente colocados para trás, com o pescoço coberto por espessos anéis, que antes pertenciam a uma estátua de mármore de Paros que ao corpo mutilado de um homem que se extinguia.

– Pobre rapaz — murmurou Gillonne, olhando não tanto para a sua obra, e sim para o objeto dela.

– Não é que ele é bonito? — disse Margarida com uma franqueza totalmente real.

– Sim, senhora. Mas me parece que, em vez de deixá-lo assim deitado no chão, deveríamos levantá-lo e deitá-lo na cama contra a qual está apenas apoiado.

– Sim — disse Margarida —, você tem razão.

E as duas mulheres, abaixando-se e unindo suas forças, ergueram La Mole e o colocaram num tipo de sofá com o espaldar esculpido que ficava na frente da janela, a qual abriram para lhe dar um pouco de ar.

O movimento acordou La Mole, que suspirou e, reabrindo os olhos, começou a provar esse incrível bem-estar que acompanha todas as sensações do ferido assim que volta à vida e encontra o frescor no lugar das chamas destruidoras, e os perfumes do bálsamo no lugar do morno e nauseabundo cheiro de sangue.

Murmurou algumas palavras sem nexo, às quais Margarida respondeu com um sorriso colocando o dedo sobre a boca.

Nesse momento, o barulho de várias batidas numa porta ressoou.

– Estão batendo na passagem secreta — disse Margarida.

– Então quem poderia vir, senhora? — perguntou Gillonne assustada.

– Vou ver — disse Margarida. — Você, fique ao lado dele, e não o largue nem um minuto.

Margarida voltou para o quarto e, fechando a porta do gabinete, foi abrir a outra da passagem que levava aos aposentos do rei e da rainha-mãe.

– Senhora de Sauve! — exclamou, recuando bruscamente e com uma expressão que parecia, se não de terror, pelo menos de ódio, pois é verdade que uma mulher não perdoa nunca outra mulher por ter roubado até um homem que ela própria não ama. — Senhora de Sauve!

– Sim, Vossa Majestade! — disse, juntando as mãos.

– Você por aqui, senhora! — continuou Margarida cada vez mais espantada, mas também com uma voz mais imponente. Carlota caiu de joelhos.

– Senhora — disse —, me perdoe, reconheço até que ponto sou culpada com relação a você. Mas se você soubesse! A culpa não é inteiramente minha, é uma ordem expressa da rainha-mãe...

– Levante-se — disse Margarida — e como não acredito que você tenha vindo aqui na esperança de se justificar comigo, diga-me por que veio.

– Vim, senhora — disse Carlota ainda de joelhos e com um olhar quase insano —, vim para lhe perguntar se ele não está aqui.

– Aqui, quem? De quem você está falando, senhora? Pois, realmente, não entendo.

– Do rei!

– Do rei? Você o persegue até em meu quarto? Você sabe entretanto que ele não vem aqui!

– Ah! Senhora — continuou a baronesa de Sauve sem responder a esses ataques e sem parecer que os sentia —, quisesse Deus que estivesse!

– E por quê?

– Ah! Meu Deus! Senhora, porque estão degolando os huguenotes, e o rei de Navarra é o chefe dos huguenotes.

– Oh! — exclamou Margarida segurando a senhora de Sauve pela mão e a ajudando a se levantar. — Oh! Tinha esquecido! Além disso, não acreditei que um rei pudesse correr os mesmos riscos que os outros homens.

– Mais, senhora, mil vezes mais! — exclamou Carlota.

– De fato, a senhora de Lorena me havia prevenido. Eu disse a ele para não sair.

– Não, não, ele está no Louvre, mas não o encontro. E se ele não está aqui...

– Aqui não está.

– Oh! — exclamou a senhora de Sauve, com uma explosão de dor. — Então acabaram com ele, pois a rainha-mãe jurou sua morte.

– A morte dele! Ah! — disse. — Você está me assustando. Impossível!

– Senhora — retomou a senhora de Sauve, com a energia que só a paixão dá —, eu lhe digo que não se sabe onde está o rei de Navarra.

– E a rainha-mãe, onde ela está?

– A rainha-mãe me mandou buscar o senhor de Guisa e o senhor de Tavannes, que estavam em seu oratório; em seguida se despediu de mim. Então, perdoe-me, senhora! Voltei para meu quarto, e como de costume, esperei por ele.

– Meu marido, não é? — disse Margarida.

– Ele não veio, senhora. Então, o procurei por todos os lados. Perguntei a todos sobre ele. Só um soldado me respondeu que achava tê-lo visto no meio dos guardas que o acompanhavam, com a espada desembainhada, pouco antes de o massacre começar, e o massacre começou há uma hora.

– Obrigada, senhora — disse Margarida. — Embora talvez o sentimento que lhe faz agir seja uma nova ofensa contra mim, obrigada.

– Oh! Então, perdoe-me, senhora! — disse. — E voltarei para meus aposentos mais forte pelo seu perdão. Pois não ouso segui-la, mesmo de longe.

Margarida estendeu-lhe a mão.

– Vou encontrar a rainha Catarina — disse —, volte para seu quarto. O rei de Navarra está sob minha proteção, eu lhe prometi aliança e serei fiel à minha promessa.

– Mas e se você não puder ter acesso à rainha-mãe, senhora?

– Ora, então irei até meu irmão Carlos IX, e falarei com ele.

– Vamos, vamos, senhora — disse Carlota deixando o caminho livre a Margarida — e que Deus conduza Vossa Majestade.

Margarida ganhou o corredor, mas, ao chegar ao outro lado, virou-se para se assegurar de que a senhora de Sauve não tinha ficado para trás.

A senhora de Sauve a seguia.

A rainha de Navarra a viu tomar as escadas que conduziam aos seus aposentos, e seguiu caminho na direção do quarto da rainha.

Tudo havia mudado. No lugar daquele monte de cortesãos apressados que normalmente davam passagem à rainha e a saudavam respeitosamente, Margarida só encontrou guardas com suas partasanas tingidas de vermelho e as roupas manchadas de sangue, ou cavalheiros de casacos rasgados, rostos pretos de pólvora, detentores de autorizações e de mensagens, uns entrando, outros saindo: todas essas idas e vindas faziam um formigamento terrível e imenso nas galerias.

Margarida não parou de seguir em frente e chegou à antecâmara da rainha-mãe. Mas essa antecâmara estava protegida por duas fileiras de soldados que só deixavam entrar os que detinham certa senha. Margarida tentou em vão passar por essa barreira humana. Viu várias vezes a porta se abrir e se fechar, e em todas elas viu, através da fresta, Catarina rejuvenescida pela ação, ativa como se tivesse apenas vinte anos, escrevendo, recebendo cartas, abrindo-as, dando autorizações, dirigindo a alguns uma palavra, a outros um sorriso, e esses a quem ela sorria mais amigavelmente eram os que estavam cobertos de poeira e de sangue.

No meio desse grande tumulto que repercutia no Louvre, e que se ampliava com pavorosos rumores, ouviam-se cada vez mais os estouros dos tiros dos arcabuzes nas ruas.

– Nunca chegarei até ela — disse para si mesma Margarida, depois de ter feito diante dos alabardeiros[3] três tentativas inúteis. — Em vez de perder o meu tempo aqui, vamos então procurar meu irmão.

Nesse momento passou o senhor de Guisa. Ele acabava de anunciar à rainha a morte do almirante, e voltava para sua carnificina.

– Oh, Henrique! — exclamou Margarida. — Onde está o rei de Navarra? — o duque olhou para ela com um sorriso de surpresa, se abaixou, e, sem responder, saiu com seus guardas. Margarida correu até um capitão que ia sair do Louvre e que, antes de partir, carregava os arcabuzes de seus soldados.

– O rei de Navarra? — perguntou. — Senhor, onde está o rei de Navarra?

– Não sei, senhora — respondeu. — Não sou um dos guardas de Sua Majestade.

– Ah! Meu caro René! — exclamou Margarida ao reconhecer o perfumista de Catarina. — É você.... Você saiu do quarto de minha mãe... Sabe o que aconteceu ao meu marido?

– Sua Majestade o rei não é meu amigo, senhora... você deve se lembrar. Dizem até que ele ousa — completou, com uma contração que parecia mais um rangido que um sorriso —, dizem que ele ousa me acusar de ter, em cumplicidade com a senhora Catarina, envenenado sua mãe.

– Não! Não! — exclamou Margarida — Não acredite nisso, meu bom René!

– Oh! Pouco me importa, senhora! — disse o perfumista. — Tanto o rei de Navarra quanto seu povo não são nem um pouco temidos no momento.

E virou as costas a Margarida.

– Oh! Senhor de Tavannes, senhor de Tavannes! — exclamou Margarida. — Uma palavra, uma só, por favor! — Tavannes, que então passava, parou.

– Onde está Henrique de Navarra? — disse Margarida.

– Não sei! — disse alto. — Acho que está correndo pela cidade com os senhores de Alençon e Condé — em seguida, tão baixinho que só Margarida pôde ouvir:

– Bela Majestade — disse —, se quer ver aquele em cujo lugar eu daria minha própria vida para estar, vá tocar no gabinete de armas do rei.

– Oh! Obrigada, Tavannes! — disse Margarida, que, de tudo aquilo que disse Tavannes, só ouviu a indicação principal. — Obrigada, vou para lá.

E ela seguiu seu caminho murmurando:

– Oh! Depois de tudo que lhe prometi, e depois da maneira como ele se portou comigo quando aquele ingrato Henrique estava escondido no gabinete, não posso deixá-lo morrer.

E ela veio então bater à porta dos aposentos do rei, mas eles estavam cercados por dentro por duas companhias de guardas.

– Não se entra de jeito nenhum nos aposentos do rei — disse o oficial, avançando bruscamente.

– Mas e eu? — disse Margarida.

– A ordem é geral.

– Eu, a rainha de Navarra! Eu, sua irmã!

– Minha ordem não tem exceção, senhora. Queira desculpar-me — e o oficial fechou a porta.

– Oh! Ele está desorientado — exclamou Margarida, alarmada com a visão de todas aquelas figuras sinistras, que, se não respiravam vingança, expressavam inflexibilidade. — Sim, sim, entendi tudo... usaram-me como se fosse isca... sou a armadilha onde se prendem e degolam os huguenotes... Oh! Vou entrar, nem que me matem.

E Margarida correu como uma louca pelos corredores e galerias, quando de repente, passando na frente duma portinha, ouviu um canto suave, quase lúgubre de tão monótono. Era um salmo calvinista cantado por uma voz trêmula no cômodo vizinho.

– A ama de meu irmão, a criada Madelon... está ali! — exclamou Margarida, estapeando a própria testa, clareada por um pensamento súbito. — Está ali... Deus dos cristãos, ajude-me!

E Margarida, cheia de esperança, bateu ligeiramente à portinha.

Com efeito, depois do conselho que lhe fora dado por Margarida, depois do encontro com René, e de sua saída do quarto da rainha-mãe, à qual, como um bom anjo da guarda, a pequena Febe quisera se opor, Henrique de Navarra encontrara alguns cavalheiros católicos que, sob o pretexto de lhe fazer honrarias, o haviam reconduzido até seus aposentos, onde o esperavam uns vinte huguenotes reunidos nos aposentos do príncipe e, uma vez reunidos, não queriam mais deixá-lo, de tanto que o pressentimento dessa noite fatal planava sobre o Louvre há algumas horas. Eles ficaram então assim, sem que fossem incomodados. Enfim, ao primeiro badalar do sino da Saint-Germain-l'Auxerrois, que ressoou em todos os corações como um dobrar fúnebre,[4] Tavannes entrou e, no meio de um silêncio de morte, anunciou a Henrique que o rei Carlos IX queria lhe falar.

Não havia como resistir, ninguém sequer pensou nisso. Ouviam-se os tetos, as galerias e os corredores do Louvre rangerem sob os pés dos soldados reunidos tanto nos pátios como nos aposentos, um número próximo a dois mil. Henrique, depois de deixar seus amigos, os quais não voltaria a ver, seguiu então Tavannes, que o conduziu por uma pequena galeria contígua ao quarto do rei, onde o deixou sozinho, sem armas e com o coração carregado de desconfiança.

O rei de Navarra contou, assim, minuto por minuto, duas mortais horas, ouvindo com um terror crescente o barulho do sino e os tiros dos arcabuzes. Vendo passar, através de uma portinhola de vidro, sob a luz dos incêndios, o flamejar das tochas, os fugitivos e os assassinos. Não entendia nada dos clamores de morte e dos gritos de apuro. Não podia suspeitar, enfim, apesar do conhecimento que tinha de Carlos IX, da rainha-mãe e do duque de Guisa, o horrível drama que acontecia nesse momento.

Henrique não tinha coragem física. Melhor que isso, tinha o poder moral: temendo o perigo, o enfrentava sorrindo, mas o perigo do campo de batalha, o perigo ao ar livre, o perigo sob os olhos de todos, acompanhados pela estridente harmonia dos trompetes e pela voz surda e vibrante dos tambores... Mas, ali, estava sem armas, sozinho, trancado, perdido na penumbra, suficiente apenas para enxergar o inimigo que poderia se aproximar e o ferro que o perfuraria. Essas duas horas foram então para ele talvez as duas horas mais cruéis de sua vida.

No ápice do tumulto, e como Henrique começava a entender que, bem provavelmente, tratava-se de um massacre organizado, um capitão veio buscar o príncipe e o conduziu, por um corredor, aos aposentos do rei. Ao se aproximarem, a porta se abriu, e se fechou ao passarem, tudo como que por mágica; em seguida, o capitão introduziu Henrique a Carlos IX, que então estava em seu gabinete de armas.

Quando entraram, o rei estava sentado numa grande poltrona, as mãos postas nos braços do assento e a cabeça caída na direção do peito. Ao barulho que fizeram os dois recém-chegados, Carlos IX ergueu o rosto, no qual Henrique viu escorrer o suor em gotas grossas.

– Boa noite, Henrique — disse brutalmente o jovem rei. — Você, la Chaitne, deixe-nos.

O comandante obedeceu.

Fez-se um momento de silêncio sombrio.

Durante esse tempo, Henrique olhou ao redor com inquietação e viu que estava sozinho com o rei.

Carlos IX levantou-se de repente.

– Por Deus! — disse alisando com um gesto rápido os cabelos loiros e enxugando o rosto ao mesmo tempo. — Está contente de estar aqui ao meu lado, não é, Henrique?

– Sem dúvida, Sire — respondeu o rei de Navarra — é sempre com felicidade que me encontro ao lado de Vossa Majestade.

– Mais contente que se estivesse lá fora, não? — retomou Carlos IX, dando sequência mais a seu pensamento que respondendo ao cumprimento de Henrique.

– Sire, eu não entendo — disse Henrique.

– Olhe e aí vai entender.

Com um movimento rápido, Carlos IX andou, ou melhor, saltou até a janela. E, puxando para perto de si seu cunhado, cada vez mais assustado, mostrou-lhe a horrível silhueta dos assassinos, que, sobre o soalho de um barco, degolavam ou afogavam as vítimas que lhes traziam a todo instante.

– Mas meu Deus! — exclamou Henrique todo pálido. — O que está acontecendo então nesta noite?

– Esta noite, senhor — disse Carlos IX —, livram-me de todos os huguenotes. Está vendo lá longe, acima da residência de Bourbon, essa fumaça, esse fogo? É a fumaça e o fogo da casa do almirante, que está em chamas. Está vendo esse corpo que os bons católicos estão arrastando num colchão de palha rasgado? É o corpo do genro do almirante, o cadáver de seu amigo Téligny.

– Oh! O que significa isso? — exclamou o rei de Navarra, procurando inutilmente ao redor o cabo de sua adaga, e tremendo ao mesmo tempo de vergonha e de raiva, pois sentia que ao mesmo tempo zombavam dele e o ameaçavam.

– Significa — disse Carlos IX furioso, sem transição e empalidecendo de forma assustadora — significa que não quero mais nenhum huguenote perto de mim, entendeu, Henrique? Não sou o rei? Não sou o chefe?

– Mas Vossa Majestade...

– Minha Majestade mata e massacra neste instante tudo o que não for católico. É o que desejo. Você é católico? — perguntou Carlos, cuja raiva aumentava incessantemente como uma maré terrível.

– Sire — disse Henrique —, lembre-se de suas palavras: "De que importa a religião de quem me serve bem!".

– Ha! Ha! Ha! — exclamou Carlos soltando uma gargalhada sinistra. — Que eu me lembre de minhas palavras! Que está dizendo, Henrique? *Verba volant,*[5] como diz minha irmã Margot. E aqueles lá, olhe — completou apontando com o dedo a cidade —, não me serviram bem também? Não foram corajosos no combate, sábios no conselho, sempre devotos? Todos eram súditos úteis! Mas eram huguenotes, e eu só quero católicos.

Henrique permaneceu mudo.

– Isso, entenda-me então, Henrique! — exclamou Carlos IX.

– Entendi, Sire.

– Então?

– Então, Sire, não vejo por que o rei de Navarra faria o que tantos cavalheiros ou pobres coitados não fizeram. Pois, enfim, se todos esses infelizes morrem, é também porque lhes ofereceram o que Vossa Majestade me oferece, e eles recusaram como eu recuso.

Carlos segurou o braço do jovem príncipe, fixando sobre ele um olhar cuja inércia se transformava aos poucos numa feroz resplandecência:

– Ah! E você acha — disse — que eu me dei ao trabalho de oferecer a missa aos que são degolados lá fora?

– Sire — disse Henrique livrando o braço —, você não morrerá na religião de seus pais?

– Claro, por Deus! E você?

– Pois então, eu também, Sire — respondeu Henrique.

Carlos soltou um rugido de raiva, e com a mão trêmula, pegou seu arcabuz, que se encontrava sobre uma mesa. Henrique, encostado na parede, o suor da agonia no rosto, mas, graças a esse poder que conservava em si, calmo na aparência, acompanhava todos os movimentos do terrível monarca com o ávido estupor do pássaro fascinado pela serpente.

Carlos armou seu arcabuz, e batendo o pé com uma raiva cega:

– Você quer a missa? — exclamou, ofuscando Henrique com o brilho da arma fatal.

Henrique ficou mudo.

Carlos IX fez tremer as ogivas do Louvre com a mais terrível blasfêmia que jamais saíra dos lábios de um homem, e de pálido que estava, ficou lívido.

– Morte, missa ou Bastilha! — exclamou, mirando a arma no rei de Navarra.

– Oh! Sire — exclamou Henrique — você me mataria, a mim, seu irmão?

Henrique acabava de evitar, com esse espírito incomparável que era uma das mais poderosas faculdades de sua organização, a resposta exigida por Carlos IX. Pois, sem dúvida, se essa resposta fosse negativa, Henrique estaria morto.

Assim, como depois dos últimos paroxismos da raiva se encontra imediatamente o início da reação, Carlos IX não reiterou a questão que acabara de fazer ao príncipe de Navarra, e após um momento de hesitação, durante o qual ouviu um rugido surdo, se virou para a janela aberta e mirou um homem que corria na margem oposta.

– Em todo caso, tenho que matar alguém — exclamou Carlos IX, lívido como um cadáver, e cujos olhos se injetavam de sangue.

E dando um tiro, abateu o homem que corria. Henrique soltou um gemido. Então, animado por uma assustadora vivacidade, Carlos carregou e disparou sem parar seu arcabuz, soltando gritos de alegria cada vez que acertava o tiro.

– E assim será comigo — disse a si mesmo o rei de Navarra. — Quando não houver mais ninguém para matar, me matará.

– Então — disse de repente uma voz atrás dos príncipes — está feito?

Era Catarina de Médicis, que, durante a última detonação da arma, acabara de entrar sem ser ouvida.

– Não! Inferno! — berrou Carlos, jogando seu arcabuz pelo quarto. — Não, o teimoso... ele não quer!

Catarina não respondeu nada. Virou lentamente o olhar para o lado do quarto onde estava Henrique, tão imóvel quanto uma das figuras da tapeçaria à qual estava apoiado. Então direcionou a Carlos um olhar como quem dizia: "Então, por que ele está vivo?".

– Está vivo... está vivo... — murmurou Carlos IX, que entendia perfeitamente esse olhar e ao qual respondia, como se vê, sem hesitação. — Está vivo ainda, porque... é meu parente.

Catarina sorriu. Henrique viu esse sorriso e reconheceu que era ela, sobretudo, que ele devia combater.

– Senhora — disse-lhe —, tudo vem de você, vejo muito bem, e não do meu cunhado Carlos. Foi você quem teve a ideia de colocar-me numa armadilha. Foi você quem pensou em usar a sua filha como isca para nos arruinar a todos. Foi você que me separou de minha mulher, para que ela não tivesse o contratempo de me ver matar sob seus olhos...

– Ah! Sim! Mas isso não vai acontecer! — exclamou outra voz, ofegante e apaixonada, que Henrique reconheceu no ato e que fez tremer Carlos IX de surpresa e Catarina de raiva.

– Margarida! — exclamou Henrique.

– Margot! — disse Carlos IX.

– Minha filha! — murmurou Catarina.

– Senhor — disse Margarida ao rei — suas últimas palavras me acusavam, e você estava ao mesmo tempo certo e errado: certo, pois, na verdade, sou mesmo o instrumento do qual se servem para arruinar a vocês todos. Errado, pois eu ignorava que você caminhava à ruína. Eu mesma, senhor, tal como vê, devo minha vida ao acaso, ao esquecimento de minha mãe, talvez. Mas, assim que soube de seu perigo, lembrei-me de meu dever. Ora, o dever de uma mulher é dividir a fortuna de seu marido. Se o exilam, senhor, o acompanho no exílio. Se o prendem, faço-me cativa. Se o matam, eu morro.

E ela estendeu a seu marido uma mão que Henrique tomou, se não com amor, ao menos com reconhecimento.

— Ah! Pobre Margot! — disse Carlos IX. — Você faria melhor se lhe dissesse para virar católico!

— Sire — respondeu Margarida, com a alta dignidade que lhe era tão natural — Sire, acredite em mim, por você próprio, não peça uma covardia a um príncipe de sua casa.

Catarina lançou um olhar significativo a Carlos.

— Meu irmão — exclamou Margarida, que, assim como Carlos IX, entendia a horrível encenação de Catarina. — Meu irmão, pense nisso, você fez dele meu esposo.

Carlos IX, preso entre o olhar imperativo de Catarina e o olhar suplicante de Margarida como entre dois princípios opostos, ficou um instante indeciso. Finalmente, Oromase[6] venceu.

— Na verdade, senhora — disse, se aproximando do ouvido de Catarina — Margot tem razão, e Henrique é meu cunhado.

— Sim — respondeu Catarina, se aproximando por sua vez do ouvido de seu filho. — Sim... mas e se ele não fosse?

O ESPINHEIRO DO CEMITÉRIO DOS INOCENTES

De volta ao seu quarto, Margarida tentou em vão adivinhar o que Catarina de Médicis dissera baixinho a Carlos IX, e que havia posto um fim ao terrível conselho de vida e de morte que ocorria naquele momento.

Uma parte da manhã foi dedicada por ela aos cuidados de La Mole, a outra, a tentar resolver o enigma que seu espírito se recusava a entender.

O rei de Navarra ficara prisioneiro no Louvre. Os huguenotes eram mais do que nunca perseguidos. À noite terrível sucedera um dia de massacre ainda mais repugnante. Não era mais o sino que os campanários tocavam, mas sim os *Te Deum*,[1] e os tons desse bronze alegre ressoando no meio de assassinatos e incêndios eram talvez mais tristes à luz do sol do que haviam sido durante a escuridão o dobrar da noite anterior. Mas não era tudo: uma coisa estranha ocorrera. Um espinheiro, que havia dado flores na primavera e que, como de costume, perdera seus perfumados trajes no mês de junho, acabara de florir novamente durante a noite, e os católicos, que viam nesse fenômeno um milagre, e que, para popularizar o milagre, faziam de Deus seu cúmplice, iam em procissão, cruz e bandeira na cabeça, ao Cemitério dos Inocentes, onde esse espinheiro florescia. Esse tipo de consentimento dado pelo céu ao massacre em curso redobrou a vivacidade dos assassinos. E enquanto a cidade continuava a oferecer em cada rua, em cada cruzamento, em cada praça uma cena de desolação, o Louvre já havia servido de túmulo comum a todos os protestantes que nele se encontravam fechados no momento do sinal. O rei de Navarra, o príncipe de Condé e La Mole eram os únicos ali que continuavam vivos.

Tranquilizada com La Mole, cujas feridas, como havia dito na véspera, eram perigosas, mas não mortais, Margarida só se preocupava agora com uma coisa: salvar a vida de seu marido, que ainda estava ameaçada. Sem dúvida, o primeiro sentimento que tomara a esposa era um sentimento de leal piedade por um homem a quem ela acabara de, como havia dito o próprio bearnês, jurar, se não amor, pelo menos aliança. Mas, depois desse sentimento, outro menos puro penetrara o coração da rainha.

Margarida era ambiciosa, vira quase uma certeza de realeza em seu casamento com Henrique de Bourbon. A Navarra, disputada por um lado pelos reis da França, por outro, pelos reis da Espanha, que, pedaço por pedaço, haviam finalmente tomado a metade de seu território, podia, se Henrique de Bourbon cumprisse as esperanças de coragem que havia dado nas raras ocasiões em que pudera tirar a espada, se tornar um reino verdadeiro, com os huguenotes da França como súditos. Graças a seu espírito fino e tão elevado, Margarida havia previsto e calculado tudo isso. Perdendo Henrique, não era só um marido que ela perdia, mas um trono.

Ela estava no mais íntimo de suas reflexões, quando ouviu tocarem à porta do corredor secreto. Tremeu, pois três pessoas apenas chegavam por essa porta: o rei, a rainha-mãe e o duque de Alençon.

Entreabriu a porta do gabinete com o dedo, pediu silêncio a Gillonne e a La Mole, e foi abrir ao visitante.

O visitante era o duque de Alençon.

O rapaz havia desaparecido desde a véspera. Por um instante, Margarida teve a ideia de pedir sua intervenção a favor do rei de Navarra. Mas um pensamento terrível a impediu. O casamento fora feito contra sua vontade. Francisco detestava Henrique e só se manteve neutro em favor do bearnês porque estava convencido de que Henrique e sua mulher permaneceriam alheios um ao outro. Qualquer sinal de interesse dado por Margarida em favor de seu esposo poderia, consequentemente, ao invés de afastar, aproximar de seu peito um dos três punhais que o ameaçavam.

Ao perceber o jovem príncipe, Margarida então tremeu mais do que teria tremido se visse o rei Carlos IX ou a própria rainha-mãe. Aliás, não se podia dizer, ao vê-lo, que alguma coisa insólita se passava na cidade, tampouco no Louvre. Estava vestido com sua habitual elegância. Seus trajes exalavam os perfumes desprezados por Carlos IX, mas dos quais o duque de Anjou e ele faziam uso contínuo. Só um olhar exercitado como o de Margarida podia perceber que, apesar de sua palidez habitual, e apesar do leve tremor que agitava a extremidade de suas mãos, tão belas quanto mãos de mulher, ele guardava no fundo de seu coração um sentimento feliz.

Sua entrada foi como de costume. Aproximou-se de sua irmã para beijá-la. Mas, no lugar de lhe dar o rosto, como faria com o rei Carlos ou o duque de Anjou, Margarida se inclinou e lhe ofereceu a testa.

O duque de Alençon suspirou e pousou os lábios empalidecidos na testa que lhe apresentava Margarida.

Assim, sentando-se, começou a contar para sua irmã as histórias sanguinárias da noite. A morte lenta e terrível do almirante. A morte instantânea de Téligny, que, atingido por uma bala, soltou no mesmo instante o último suspiro. Parou, tornou-se pesado, deleitou-se com os detalhes sangrentos dessa noite com o amor pelo sangue próprio dele e de seus dois irmãos. Margarida deixou-o falar.

Enfim, tendo dito tudo, calou-se.

– Não foi só para me contar essa história que você veio me visitar, não é, irmão? — perguntou Margarida.

O duque de Alençon sorriu.

– Tem ainda outra coisa a me dizer?

– Não — respondeu o duque — estou esperando.

– O que está esperando?

– Você não me disse, cara Margarida, bem-amada — retomou o duque, aproximando sua poltrona à da irmã — que esse casamento com o rei de Navarra tinha sido feito contra sua vontade?

– Sim, sem dúvida. Não conhecia nada do príncipe de Béarn quando o ofereceram a mim como esposo.

– E desde que o conheceu, você não me confirmou que não provava nenhum amor por ele?

– Disse-lhe, é verdade.

– Sua opinião não era que esse casamento devia causar sua infelicidade?

– Meu caro Francisco — disse Margarida —, quando um casamento não é a suprema felicidade, é quase sempre a suprema dor.

– Então, minha cara Margarida! Como lhe dizia, estou esperando.

– Mas o que está esperando, diga?

– Que você dê o testemunho de sua felicidade.

– E com que então eu deveria me deleitar?

– Com essa ocasião inesperada que se apresenta de retomar sua liberdade.

– Minha liberdade! — retomou Margarida, que tentava forçar o príncipe a ir até fim de seu pensamento.

— Sem dúvida, sua liberdade. Você será separada do rei de Navarra.

— Separada! — disse Margarida fixando seus olhos no jovem príncipe.

O duque de Alençon tentou sustentar o olhar de sua irmã, mas logo seus olhos se afastaram dela com embaraço.

— Separada! — repetiu Margarida. — Vamos ver, então, irmão, pois estou certa de que você quer que eu mesma aprofunde a questão. E como pensam em nos separar?

— Mas — murmurou o duque — Henrique é huguenote.

— Sem dúvida. Mas nunca fez mistério sobre sua religião, e sabia-se disso quando nos casaram.

— Sim, mas desde seu casamento, irmã — disse o duque, deixando, sem querer, uma luz de alegria iluminar seu rosto —, o que fez Henrique?

— Mas você sabe melhor do que ninguém, Francisco, já que ele passou seus dias quase sempre em sua companhia, ora na caça, ora no croqué,[2] ora na pela.[3]

— Sim, seus dias, sem dúvida — retomou o duque. — Seus dias, mas e suas noites?

Margarida calou-se, e foi sua vez de baixar os olhos.

— Suas noites — continuou o duque. — Suas noites?

— Então? — disse Margarida, sentindo que precisava responder alguma coisa.

— Então, ele as passou com a senhora de Sauve.

— E como você sabe? — perguntou Margarida.

— Sei porque tinha interesse em saber — respondeu o jovem príncipe, empalidecendo e desfiando o bordado da manga.

Margarida começava a entender o que Catarina dissera baixinho a Carlos IX, mas fez de conta que permanecia em sua ignorância.

– E por que você me diz isso, irmão? — respondeu com um ar de melancolia perfeitamente encenado — É para lembrar-me que aqui ninguém me ama e nem se interessa por mim: nem aqueles que a natureza me deu como protetores, nem aquele que a Igreja me deu como esposo?

– Está sendo injusta — disse prontamente o duque de Alençon aproximando ainda mais sua poltrona da de sua irmã —, eu a amo, e eu a protejo.

– Meu irmão — disse Margarida, olhando para ele fixamente —, você tem algo a me dizer da parte da rainha-mãe.

– Eu? Está enganada, irmã, eu juro. Quem pode fazê-la crer nisso?

– O que pode me fazer crer é que você está rompendo a amizade que o unia a meu marido. Você está abandonando a causa do rei de Navarra.

– A causa do rei de Navarra! — retomou o duque de Alençon, desnorteado.

– É, sem dúvida. Olhe, Francisco, falaremos francamente. Vocês entraram em acordo vinte vezes, vocês não podem ascender e mesmo se apoiar se não for um pelo outro. Essa aliança...

– Tornou-se impossível, minha irmã — interrompeu o duque de Alençon.

– E por quê?

– Porque o rei tem projetos para seu marido. Desculpe! Dizendo seu marido, me engano: com Henrique de Navarra, queria dizer. Nossa mãe adivinhou tudo. Eu me aliava aos huguenotes porque acreditava que eles estavam a favor. Mas eis que matam os huguenotes e que, em oito dias, não restarão mais que cinquenta em todo o reino. Estendia a mão ao rei de Navarra porque ele era... seu marido. Mas eis que não é mais seu marido. O que você tem a dizer sobre isso, você, que não é só a mais bela mulher da França, mas ainda a mais forte de todo o reino?

— Tenho a dizer — retomou Margarida — que conheço nosso irmão Carlos. Ontem o vi num de seus acessos de frenesi que lhe encurtam a vida em dez anos. Tenho a dizer que esses acessos se renovam, infelizmente, com mais frequência agora, o que permite dizer, segundo toda probabilidade, que nosso irmão Carlos não tem muito tempo de vida. Tenho a dizer, enfim, que o rei da Polônia acaba de morrer e que é de forte interesse eleger em seu lugar um príncipe da casa da França. Tenho a dizer, finalmente, que, já que as circunstâncias se apresentam assim, não é hora de abandonar os aliados que, no momento do combate, poderão nos apoiar com a união de um povo e o apoio do reino.

— E você — exclamou o duque — não comete uma traição muito maior preferindo um estrangeiro a seu irmão?

— Explique-se, Francisco. Em que e como eu o traí?

— Você pediu ontem ao rei a vida do rei de Navarra?

— E daí? — perguntou Margarida, com uma inocência fingida.

O duque se levantou precipitadamente, deu duas ou três voltas no quarto com um aspecto perturbado, depois voltou e tomou a mão de Margarida. Essa mão estava dura e gelada.

— Adeus, irmã — disse — você não quis me entender. Arque você mesma com as desgraças que poderão lhe acontecer.

Margarida ficou pálida, mas se manteve imóvel em seu lugar. Viu sair o duque de Alençon sem fazer nenhum sinal para chamá-lo. Mas assim que o perdera de vista no corredor, ele voltou.

— Escute, Margarida — disse. — Esqueci-me de dizer uma coisa: amanhã, nesta mesma hora, o rei de Navarra estará morto.

Margarida deu um grito, pois essa ideia de que era um instrumento para um assassinato lhe causava um pavor que não podia suportar.

– E você não vai impedir essa morte? — disse. — Você não vai salvar seu melhor e mais fiel aliado?

– Desde ontem, meu aliado não é mais o rei de Navarra.

– Então quem é?

– É o senhor de Guisa. Destruindo os huguenotes, fizemos do senhor de Guisa o rei dos católicos.

– E é o filho de Henrique II que reconhece como seu rei o duque da Lorena!

– Você não está num bom dia, Margarida, e não está entendendo nada.

– Confesso que tento em vão ler seus pensamentos.

– Minha irmã, você é de boa casa tanto quanto a senhora princesa de Porcian, e de Guisa não é mais imortal que o rei de Navarra. Ora, Margarida, suponha então três coisas, todas as três possíveis: a primeira, que o senhor seja eleito rei da Polônia. A segunda, que você me ame como eu a amo. Então, sou o rei da França, e você... você... a rainha dos católicos.

Margarida escondeu seu rosto nas mãos, ofuscada pela profundidade das visões desse adolescente[4] que ninguém na corte ousava chamar de inteligente.

– Mas — perguntou Margarida depois de um momento de silêncio — então você não tem ciúmes do senhor duque de Guisa como você tem do rei de Navarra?

– O que está feito, está feito — disse o duque de Alençon, com uma voz surda. — E se tive que ter ciúmes do duque de Guisa, ora, eu tive.

– Há uma única coisa que pode impedir que esse bom plano dê certo.

— Qual?
— É que eu não amo mais o duque de Guisa.
— Então, quem você ama?
— Ninguém.

O duque de Alençon olhou Margarida com o espanto de um homem que, por sua vez, não entendia mais nada, e saiu do aposento suspirando e apertando com a mão gelada o rosto prestes a se desfazer.

Margarida ficou sozinha e pensativa. A situação começava a se desenhar clara e precisamente diante de seus olhos. O rei deixara acontecer a noite de São Bartolomeu, a rainha Catarina e o duque de Guisa a tinham feito acontecer. O duque de Guisa e o duque de Alençon se reuniram para tirar dela o melhor proveito possível. A morte do rei de Navarra era uma consequência natural dessa grande catástrofe. Com o rei de Navarra morto, seu reino seria tomado. Margarida ficaria viúva, sem trono, sem poder e sem ter outra perspectiva que um claustro onde não teria sequer a triste dor de chorar pelo seu esposo que nunca fora seu marido.

Ela pensava nisso quando a rainha Catarina mandou perguntarem a ela se não queria fazer com toda a corte uma peregrinação até o espinheiro do Cemitério dos Inocentes.

A primeira reação de Margarida foi recusar-se a fazer parte daquela cavalgada. Mas o pensamento de que essa saída talvez lhe oferecesse a ocasião para descobrir alguma coisa nova sobre o destino do rei de Navarra a convenceu. Respondeu então que se quisessem lhe oferecer um cavalo pronto, ela acompanharia com prazer Suas Majestades.

Cinco minutos depois, um pajem veio anunciar que, se quisesse descer, o cortejo ia partir. Margarida fez um sinal com a mão para Gillonne lhe recomendando o ferido, e desceu.

O rei, a rainha-mãe, Tavannes e os principais católicos estavam já a cavalo. Margarida deu uma olhada rápida no grupo que se compunha de cerca de vinte pessoas: o rei de Navarra não estava ali.

Mas a senhora de Sauve estava. Trocou um olhar com ela, e Margarida entendeu que a amante de seu marido tinha algo a lhe dizer.

Puseram-se a caminho ganhando a rua Saint-Honoré pela rua de l'Astruce. Ao ver o rei, a rainha Catarina e os principais católicos, o povo se espremeu seguindo o cortejo, como uma onda que cresce, gritando:

– Viva o rei! Viva a missa! Morte aos huguenotes!

Esses gritos eram acompanhados do brandir de espadas e de arcabuzes soltando fumaça, que indicavam a parte que cada um havia tomado no sinistro acontecimento que acabara de ocorrer. Chegando na altura da rua des Prouvelles, encontraram homens que arrastavam um cadáver sem cabeça. Era o cadáver do almirante. Esses homens iam pendurá-lo pelos pés em Montfaucon.[5]

Entraram no cemitério dos Santos Inocentes pela porta que se abria na frente da rua des Chaps, hoje rua des Déchargeurs. O clero, avisado da visita do rei e da rainha-mãe, aguardava Suas Majestades para um sermão.

A senhora de Sauve aproveitou-se do instante em que Catarina ouvia o discurso que lhe faziam para se aproximar da rainha de Navarra e pedir-lhe permissão para beijar sua mão. Margarida esticou o braço em sua direção, a senhora de Sauve aproximou seus lábios da mão da rainha, e beijando-a, colocou um papelzinho enrolado sem sua manga.

Embora rápida e dissimulada, a saída da senhora de Sauve foi percebida por Catarina, que se virou no momento em que sua ama beijava a mão da rainha.

As duas mulheres viram o olhar que as penetrava como um raio, mas ambas ficaram impassíveis. A senhora de Sauve apenas se afastou de Margarida, e foi retomar seu lugar perto de Catarina.

Quando acabou de responder ao discurso que lhe fora apresentado, Catarina fez com o dedo, sorrindo, um sinal para que a rainha de Navarra se aproximasse.

Margarida obedeceu.

— Ei, minha filha! — disse a rainha-mãe, em seu dialeto italiano. — Você tem grande amizade então com a senhora de Sauve?

Margarida sorriu, oferecendo ao seu belo rosto a mais amarga expressão que pôde fazer.

— Tenho, minha mãe — respondeu. — A cobra veio morder minha mão.

— Ha! Ha! Ha! — disse Catarina sorrindo. — Está com ciúmes, eu acho!

— Você se engana, senhora — respondeu Margarida. — Estou tão pouco enciumada pelo rei de Navarra quanto o rei de Navarra está apaixonado por mim. Sei apenas distinguir meus amigos de meus inimigos. Amo quem me ama, e detesto quem me odeia. Sem isso, senhora, como seria sua filha?

Catarina sorriu de forma a informar a Margarida que se ela tinha alguma suspeita, essa suspeita desaparecera.

Aliás, nesse momento, novos peregrinos chamaram a atenção da augusta assembleia. O duque de Guisa chegava escoltado por uma tropa de cavalheiros ainda quentes pela recente carnificina. Escoltavam uma liteira ricamente estofada, que parou na frente do rei.

— A duquesa de Nevers! — exclamou Carlos IX. — Isso, vamos ver! Que ela venha receber nossos cumprimentos, essa bela e rústica católica. Disseram-me, minha prima, que da sua janela, você caçou os huguenotes e que matou um com uma pedrada?

A duquesa de Nevers ficou extremamente corada.

– Sire — disse em voz baixa, e se ajoelhando perante o rei —, foi, pelo contrário, um católico ferido que tive a felicidade de recolher.

– Bom, bom, minha prima! Há dois modos de me servir: um, exterminando meus inimigos, o outro, salvando meus amigos. Fazemos o que podemos, e estou certo de que se você pudesse, teria feito muito mais.

Nesse meio-tempo, o povo, que via a boa harmonia que reinava entre a casa da Lorena e Carlos IX, gritava a plenos pulmões:

– Viva o rei! Viva o duque de Guisa! Viva a missa!

– Você vem conosco ao Louvre, Henriqueta? — disse a rainha-mãe à bela duquesa.

Margarida tocou com o ombro sua amiga, que logo entendeu o sinal, e respondeu:

– Não, senhora, a menos que Vossa Majestade ordene, pois tenho compromisso na cidade com Sua Majestade, a rainha de Navarra.

– E o que vão fazer juntas? — perguntou Catarina.

– Ver alguns livros gregos muito raros e muito curiosos que encontramos na livraria de um velho pastor protestante, e que foram transportados para a torre Saint-Jacques-la-Boucherie — respondeu Margarida.

– Seria melhor se vocês fossem ver os últimos huguenotes serem jogados no Sena do alto da ponte dos Meuniers — disse Carlos IX. — É lá o lugar dos bons franceses.

– Nós iremos, se isso agradar à Vossa Majestade — respondeu a duquesa de Nevers.

Catarina lançou um olhar desconfiado às duas mulheres. Margarida, de rabo de olho, percebeu e, virando-se e revirando-se imediatamente com um ar preocupado, olhou em torno de si.

Essa preocupação, fingida ou real, não escapou a Catarina.

– O que você está procurando? — disse.

– Estou procurando... não estou mais vendo...

– O que você está procurando? Quem não está mais vendo?

– A senhora de Sauve — disse Margarida. — Ela voltou para o Louvre?

– Quando eu falo que está com ciúmes! — disse Catarina no ouvido da filha. — *O bestia!*[6] Vamos, vamos, Henriqueta — continuou dando de ombros —, leve a rainha de Navarra.

Margarida fingiu ainda olhar em torno de si, e depois, inclinando-se no ouvido da amiga:

– Leve-me rápido — disse-lhe. — Tenho coisas importantíssimas para lhe dizer.

A duquesa fez uma reverência a Carlos IX e a Catarina, depois, inclinando diante da rainha de Navarra:

– Vossa Majestade se dignaria a subir a minha liteira? — perguntou.

– Com prazer. Porém, será obrigada a me reconduzir até o Louvre.

– Minha liteira, assim como meus criados e eu mesma — respondeu a duquesa — estamos às ordens de Vossa Majestade.

A rainha Margarida subiu na liteira, e com um sinal que fez à duquesa de Nevers, esta subiu e sentou-se respeitosamente no lugar da frente.

Catarina e seus cavalheiros voltaram ao Louvre, seguindo o mesmo caminho que haviam tomado na vinda. Apenas, durante todo o caminho, via-se a rainha-mãe falar sem descanso no ouvido do rei, mencionando várias vezes a senhora de Sauve.

E toda vez o rei ria, como ria Carlos IX, ou seja, um riso mais sinistro que uma ameaça.

Quanto a Margarida, uma vez que sentiu a liteira colocar-se em movimento, e que não tinha mais que temer a penetrante investigação de Catarina, tirou rapidamente da manga o bilhete da senhora de Sauve e leu as seguintes palavras:

Recebi a ordem de dar, esta noite, ao rei de Navarra duas chaves: uma é do quarto onde ele está trancado, a outra é do meu quarto. Quando ele chegar ao meu quarto, tenho ordens para mantê-lo lá até às seis horas da manhã.

Que Vossa Majestade reflita, que Vossa Majestade decida, que Vossa Majestade não considere minha vida por nada.

– Não há mais dúvidas — murmurou Margarida. — E a pobre mulher é o instrumento do qual querem se servir para nos arruinar a todos. Mas nós veremos se a rainha Margot, como diz meu irmão Carlos, se converterá facilmente em religiosa.

– De quem é então essa carta? — perguntou a duquesa de Nevers, mostrando o papel que Margarida acabava de ler e reler com muita atenção.

– Ah! Duquesa! Tenho muitas coisas para contar — respondeu Margarida, rasgando o bilhete em mil pedacinhos.

AS CONFIDÊNCIAS

— Aonde vamos, afinal? — perguntou Margarida. — Não à ponte des Meuniers, espero? Vi muita matança daquele tipo desde ontem, minha pobre Henriqueta!

– Tomei a liberdade de conduzir Vossa Majestade...

– Primeiramente, e antes de qualquer coisa, Minha Majestade lhe pede para esquecer "sua majestade". Então, você está me levando...?

– À residência de Guisa, a menos que decida outra coisa.

– Não, não! Não, Henriqueta! Vamos para sua casa. O duque de Guisa não está lá, e nem seu marido, não é?

– Oh, não! — exclamou a duquesa, com uma alegria que fez brilhar seus belos olhos cor de esmeralda. — Não! Nem meu cunhado, nem meu marido, nem ninguém! Estou livre, livre como o ar, como um pássaro, como uma nuvem... livre, minha rainha, está ouvindo? Entende a felicidade que existe nesta palavra: livre? Vou, volto, dou ordens! Ah! Pobre rainha! Você não é livre, mas também aspira...

– Vai, volta, dá ordens! Então é tudo? É só para que serve sua liberdade? Ora, você está muito alegre para estar somente livre.

– Vossa Majestade me prometeu começar as confidências.

– De novo com "Vossa Majestade". Vamos, Henriqueta, desse jeito nos irritaremos. Esqueceu-se de nossas convenções?

– Devo ser sua respeitosa serva diante do mundo e sua louca confidente quando estivermos a sós. Não é isso, senhora? Não é isso, Margarida?

– Sim, sim! — disse a rainha, sorrindo.

– E não deve haver nem rivalidades de casa, nem perfídias de amor. Tudo bem, tudo bom, tudo claro. Uma aliança, por fim, ofensiva e defensiva, com o único objetivo de encontrar e incentivar, se a encontrarmos, esta efeméride que chamamos felicidade.

– Muito bem, minha duquesa, é isso. E para renovar o pacto, dê-me um beijo.

E os dois rostos charmosos, um pálido e velado de melancolia, o outro rosado, loiro e risonho, se aproximaram graciosamente e uniram os lábios como uniam os pensamentos.

– E então, o que há de novo? — perguntou a duquesa, fixando em Margarida um olhar ávido e curioso.

– E não tem dois dias que tudo é novo?

– Oh! Falo de amor e não de política. Quando tivermos a idade da dama Catarina, sua mãe, faremos política. Mas só temos vinte anos, minha bela rainha. Falemos de outra coisa. Vamos, você está realmente casada?

– Com quem? — disse Margarida rindo.

– Ah! Você me tranquiliza, na verdade.

– Bem, Henriqueta, o que a tranquiliza me apavora. Duquesa, preciso estar casada.

– Quando?

– Amanhã.

– Ah! Mesmo? Pobre amiga! É realmente necessário?

– Absolutamente.

— *Mordi*, como diz alguém que conheço. Que coisa triste.
— Conhece alguém que diz: *Mordi*? — perguntou Margarida, rindo.
— Conheço.
— E quem é?
— Você sempre me interroga quando é sua vez de falar. Termine e começarei.
— Está bem; em duas palavras: o rei de Navarra está apaixonado e não quer saber de mim. Eu não estou apaixonada, mas não quero saber dele. Entretanto, seria bom se cada um de nós mudasse de ideia ou se parecêssemos ter mudado de ideia até amanhã.
— Pois então, mude você! E pode estar certa de que ele também mudará.
— Exatamente, eis o impossível, pois estou menos disposta a mudar que nunca.
— No que diz respeito somente a seu marido, espero?
— Henriqueta, tenho escrúpulo.
— Escrúpulo do quê?
— De religião. Você faz diferença entre huguenotes e católicos?
— Na política?
— Sim.
— Claro.
— E no amor?
— Minha cara amiga, nós mulheres somos tão pagãs que admitimos seitas, todas. Reconhecemos deuses, vários.
— Em um só, não é?
— Sim — disse a duquesa, com um olhar cintilante de paganismo —, sim, aquele que se chama *Eros-Cupido-Amor*. Sim, aquele que tem um arco, flechas, uma faixa e asas. *Mordi*! Viva a devoção!
— Entretanto, você tem um jeito de rezar que é todo seu. Joga pedras na cabeça dos huguenotes.

– Fazemos o que é certo sem temer a ninguém! Margarida, como as melhores ideias, como as mais belas ações se travestem ao passar pelos lábios do vulgar!

– O vulgar...! Mas era meu irmão Carlos que a felicitava, me parecia.

– Seu irmão Carlos, Margarida, é um grande caçador que toca trombeta o dia todo, o que o deixa bem magro... Rejeito até seus elogios. Além disso, eu respondi a ele, a seu irmão Carlos... Não ouviu minha resposta?

– Não, você falava tão baixo!

– Melhor, terei mais novidades para contar. E o fim de sua confidência, Margarida?

– É que... é que...

– O quê?

– É que — disse a rainha, rindo — se a pedra da qual falava meu irmão Carlos fosse histórica, eu me absteria.

– Bom! — exclamou Henriqueta. — Você escolheu um huguenote. Pois bem! Fique tranquila, para tranquilizar sua consciência, prometo escolher um na primeira oportunidade.

– Ah! Parece que desta vez escolheu um católico.

– *Mordi*! — retomou a duquesa.

– Tudo bem, eu entendo.

– E como é nosso huguenote?

– Não o escolhi. Esse rapaz não é e provavelmente nunca será nada para mim.

– Mas então, como ele é? Isso não a impede de me dizer; sabe o quanto sou curiosa.

– Um pobre rapaz belo como o Niso de Benvenuto Cellini,[1] e que veio se refugiar em meus aposentos.

– Oh! E você não o convidou?

– Pobre menino! Não ria assim, Henriqueta, pois neste momento ele está entre a vida e a morte.

– Então está doente?

– Gravemente ferido.

– Mas é muito embaraçoso um huguenote ferido! Principalmente em dias como estes em que estamos. O que você está fazendo com um huguenote ferido que não é e nunca será nada para você?

– Está em meu gabinete. Estou escondendo-o e quero salvá-lo.

– É bonito, jovem, está ferido... Você o esconde em seu gabinete e quer salvá-lo? Esse huguenote será bem ingrato se não agradecer demais!

– Ele já o fez. E eu tenho medo... mais do que gostaria.

– E ele te interessa, esse pobre rapaz?

– Somente por humanidade.

– Ah! A humanidade, minha pobre rainha! É sempre essa virtude que arruína a nós, mulheres!

– Sim, e você entende que a qualquer momento o rei, o duque de Alençon, minha mãe e até meu marido podem entrar em meus aposentos?

– E quer me pedir para tomar conta de seu jovem huguenote enquanto ele estiver doente, não é, na condição de devolvê-lo quando estiver curado?

– Muito engraçado — disse Margarida. — Não, juro que não planejo as coisas tão longe. Se ao menos você pudesse encontrar um jeito de esconder o pobre rapaz. Você poderia conservar a vida que salvei? Confesso que seria extremamente grata. Você está livre na residência de Guisa, não tem cunhado nem marido que a espionem ou atrapalhem; ninguém atrás de seu quarto, onde pessoa alguma, cara Henriqueta, felizmente para você, tem o direito de entrar; um grande gabinete assim como o meu. Pois bem! Empreste-me seu gabinete para meu huguenote. Quando estiver curado, você abrirá a gaiola e o pássaro voará.

– Só há um problema, cara rainha: a gaiola está ocupada.

– O quê? Então você também salvou alguém?

– Foi exatamente o que respondi a seu irmão.

– Ah! Entendo. Eis porque falava tão baixo que não pude ouvir.

– Veja, Margarida, é uma história admirável; não menos bela, não menos poética que a sua. Depois de lhe ter deixado seis de meus guardas, subi com os outros seis para a residência de Guisa e olhava roubarem e queimarem uma casa que está separada da residência de meu irmão só pela rua des Quatre-Fils. De repente, ouvi mulheres gritarem e homens praguejarem. Fui para a frente, na sacada, e vi primeiro uma espada cujo reflexo parecia iluminar todo o cenário sozinha. Admirei a lâmina em movimento: gosto de coisas bonitas! Depois procurei, naturalmente, distinguir quem a fazia se mexer e a qual corpo pertencia aquele braço. Em meio aos golpes e gritos, distingui finalmente o homem e vi... um herói, um Ájax Telamon.[2] Ouvi uma voz, uma voz de estentor. Fiquei entusiasmada e emocionada, tremendo a cada golpe que o ameaçava, cada agressão que sofria. Foi uma emoção de quinze minutos, entende, minha rainha, como jamais senti, como acreditava que não existisse. Então lá estava eu, ofegante, parada, muda, quando de repente meu herói desapareceu.

– Como assim?

– Debaixo de uma pedra que uma velha mulher lhe jogou. Então, como Ciro,[3] reencontrei minha voz e gritei por ajuda. Nossos guardas vieram, o pegaram, o levantaram e, por fim, o transportaram para o quarto que você me pede para seu protegido.

– Agora sim entendo melhor essa história, cara Henriqueta — disse Margarida —, pois ela é quase a minha.

– Com a diferença, minha rainha, de que servindo a meu rei e minha religião, não preciso mandar embora o senhor Aníbal de Cocunás.

– Ele se chama Aníbal de Cocunás? — retomou Margarida, soltando uma gargalhada.

– É um nome horrível, não é? — disse Henriqueta. — Pois bem, Aquele que o carrega é digno. Que campeão, *mordi*! E quanto sangue fez escorrer! Coloque sua máscara, minha rainha, chegamos à residência.

– Por que devo colocar minha máscara?

– Porque quero lhe mostrar meu herói.

– É bonito?

– Pareceu-me magnífico durante as batalhas. É verdade que era noite e à luz das chamas. Esta manhã, durante o dia, confesso que pareceu perder um pouco do esplendor. Porém, penso que gostará dele.

– Então meu protegido é recusado na residência de Guisa? Isso me chateia, pois é o último lugar onde viriam procurar um huguenote.

– De jeito nenhum. Farei com que o tragam aqui esta noite; um dormirá do lado direito e o outro do lado esquerdo.

– Mas se eles se reconhecerem como protestante e católico, vão se devorar.

– Oh! Não tem perigo. O senhor de Cocunás recebeu um golpe na cara que faz com que ele quase não veja. Seu huguenote recebeu um golpe no peito que faz com que ele quase não se mexa. E depois, você o aconselhará a guardar silêncio sobre a religião e tudo dará certo.

– Então vamos! Que assim seja!

– Entremos. Está decidido.

– Obrigada — disse Margarida, apertando a mão da amiga.

– Aqui, senhora, você volta a ser Majestade — disse a duquesa de Nevers. — Permita-me então a fazer as honras da residência de Guisa, como devem ser feitas à rainha de Navarra.

E a duquesa, descendo da liteira, quase colocou um joelho no chão para ajudar Margarida a descer. Depois, indicando com a mão a porta da residência vigiada por dois guardas, de arcabuz nas mãos, seguiu de perto a rainha que andava majestosamente precedendo a duquesa, e manteve sua humilde atitude enquanto podia ser vista. Chegando a seu quarto, a duquesa fechou a porta e chamou sua camareira, uma siciliana das mais espertas:

– Mica — disse-lhe em italiano —, como está o senhor conde?

– Cada vez melhor — respondeu a camareira.

– E o que ele está fazendo?

– Agora, eu acho, senhora, que está comendo alguma coisa.

– Bom! — disse Margarida. — Se o apetite voltou, é bom sinal.

– Ah! É verdade! Esqueci que você é aluna de Ambroise Paré. Pode ir, Mica.

– Está mandando-a embora?

– Sim, para que vigie para nós.

Mica saiu.

– Agora — disse a duquesa —, você quer entrar no quarto dele ou quer que eu o chame?

– Nem um, nem outro. Gostaria de vê-lo sem ser vista.

– O que importa? Você está de máscara.

– Mas pode me reconhecer pelo cabelo, pelas mãos, por uma joia.

– Oh! Como ficou prudente depois que se casou, minha bela rainha!

Margarida sorriu.

– Pois bem! Mas eu só vejo um jeito — continuou a duquesa.

— Qual?

— Olhando pelo buraco da fechadura.

— Pode ser! Leve-me!

A duquesa pegou Margarida pela mão, levou-a até uma porta sobre a qual caía uma tapeçaria, abaixou-se em um joelho e aproximou o olho da abertura que a chave ausente deixara.

— Como dito — disse —, ele está à mesa e com o rosto virado para o nosso lado. Venha.

A rainha Margarida tomou o lugar da amiga e aproximou por sua vez o olho do buraco da fechadura. Cocunás, como dissera a duquesa, estava sentado à mesa admiravelmente bem servida e à qual suas feridas não o impediam de fazer as honras.

— Ah! Meu Deus! — exclamou Margarida, afastando-se.

— O que houve? — perguntou a duquesa surpresa.

— Impossível! Não! Sim! Oh, juro! É ele mesmo!

— Quem? Ele o quê?

— Shhh! — disse Margarida, levantando-se e pegando a mão da duquesa. — Aquele que queria matar meu huguenote, que o perseguiu até o meu quarto, que o machucou até em meus braços! Oh! Henriqueta, que felicidade que ele não tenha me visto!

— Pois bem, já que o viu em ação, não é verdade que estava bonito?

— Não sei — disse Margarida —, pois eu olhava aquele que ele perseguia.

— E aquele que ele perseguia se chama...?

— Não vai falar o nome na frente dele?

— Não, prometo.

— Lerac de La Mole.

— E o que acha dele agora?

— Do senhor de La Mole?

– Não, do senhor de Cocunás.

– Honestamente — disse Margarida —, confesso que o acho...

Ela parou.

– Vamos, diga — disse a duquesa —, vejo que está brava pela ferida que ele deixou em seu huguenote.

– Mas me parece — disse Margarida, rindo — que meu huguenote não lhe deve nada. A cicatriz que ele lhe deixou no rosto...

– Então estão quites e podemos colocá-los juntos. Mande-me seu ferido.

– Ainda não, mais tarde.

– Quando?

– Quando você tiver dado outro quarto para o seu.

– Que quarto?

Margarida olhou sua amiga que, depois de um momento de silêncio, a olhou também e começou a rir.

– Está bem! Assim seja! — disse a duquesa. — Então a aliança vale do mais que nunca?

– Amizade sincera sempre — respondeu a rainha.

– E a senha, o sinal de reconhecimento, caso precisemos uma da outra?

– O triplo nome de seu triplo deus: *Eros-Cupido-Amor*.

E as duas mulheres se despediram depois de se beijarem pela segunda vez e de terem apertado a mão pela vigésima vez.

COMO HÁ CHAVES QUE ABREM PORTAS ÀS QUAIS ELAS NÃO FORAM DESTINADAS

A rainha de Navarra, ao voltar para o Louvre, encontrou Gillonne bastante abalada. A senhora de Sauve viera em sua ausência. Trouxera uma chave que a rainha-mãe lhe entregara. Essa chave era do quarto onde estava trancado Henrique. Era evidente que a rainha-mãe precisava, um projeto qualquer, que o bearnês passasse a noite com a senhora de Sauve.

Margarida pegou a chave, passou-a e repassou-a pelas mãos. Então se deu conta das mínimas palavras da senhora de Sauve, as ponderou letra por letra em seu espírito, e pensou ter entendido o projeto de Catarina.

Pegou uma pena, tinta, e escreveu em um papel:

Em vez de ir, nesta noite, ao quarto de senhora de Sauve, venha ao quarto da rainha de Navarra.

Margarida

Em seguida, enrolou o papel, o introduziu no buraco da chave e ordenou a Gillonne que, quando a noite viesse, passasse a chave por baixo da porta do prisioneiro.

Tendo concluído esse primeiro cuidado, Margarida pensou no pobre ferido. Fechou todas as portas, entrou em seu gabinete, e, para seu grande espanto, encontrou La Mole novamente com as antigas roupas todas rasgadas e manchadas de sangue.

Ao vê-la, ele tentou se levantar. Mas, ainda cambaleando, não pôde se manter em pé, e caiu sobre o sofá que lhe haviam feito de cama.

– Mas o que está acontecendo, senhor? — perguntou Margarida — E por que segue tão mal as ordens de seu médico? Eu lhe recomendei repouso, e você, no lugar de me obedecer, faz exatamente o contrário daquilo que ordenei!

– Oh! Senhora — disse Gillonne —, não é culpa minha. Pedi, supliquei para que o senhor conde não fizesse de jeito nenhum essa loucura, mas ele me declarou que nada o seguraria por mais tempo no Louvre.

– Deixar o Louvre! — disse Margarida, olhando com espanto o rapaz, que baixava os olhos. — Mas é impossível. Você não pode andar, está pálido e sem forças; seus joelhos tremem. Esta manhã, sua ferida do ombro ainda sangrava.

– Senhora — respondeu o rapaz —, do mesmo modo que me mostrei grato a Vossa Majestade por ter-me dado asilo ontem à noite, suplico que me permita partir hoje.

– Mas — disse Margarida surpresa — não sei como qualificar uma resolução tão insensata: é pior que a ingratidão.

– Oh! Senhora! — exclamou La Mole unindo as mãos. — Acredite que, longe de ser ingrato, há em meu coração um sentimento de reconhecimento que durará por toda a minha vida.

– Então não durará muito tempo! — disse Margarida com um tom de voz que não deixava dúvida sobre a sinceridade de suas palavras. — Pois ou suas feridas se abrirão e você morrerá pela perda de sangue, ou o reconhecerão como huguenote e não dará cem passos na rua antes que acabem com você.

– Eu preciso, no entanto, deixar o Louvre — murmurou La Mole.

– Precisa! — disse Margarida, olhando para ele com seu olhar límpido e profundo.

Em seguida, ligeiramente pálida:

– Oh! Sim! Entendo. Desculpe, senhor. Há, sem dúvida, fora do Louvre, uma pessoa para quem sua ausência cria cruéis inquietações. É justo, senhor de La Mole, é natural, e entendo isso. Deveria ter dito logo, ou melhor, por que não pensei nisso eu mesma!? É um dever, quando se exerce a hospitalidade, proteger as afeições de seu hospedeiro como se faz curativos para ferimentos; deve-se cuidar da alma como se cuida do corpo.

– Infelizmente, senhora — respondeu La Mole —, você se engana de forma estranha. Estou quase sozinho no mundo e completamente só em Paris, onde ninguém me conhece. Meu assassino é o primeiro homem com quem falei nessa cidade, e Vossa Majestade é a primeira mulher que me dirigiu a palavra.

– Então — disse Margarida surpresa — por que você quer partir?

– Porque — disse La Mole — durante a noite passada, Vossa Majestade não descansou nem um pouco, e esta noite...

Margarida corou.

– Gillonne — disse —, já é noite, acho que é o momento de você levar a chave.

Gillonne sorriu e se retirou.

– Mas — continuou Margarida — se você está sozinho em Paris, sem amigos, como fará?

– Senhora, eu terei muitos, pois, enquanto era perseguido, pensei em minha mãe, que era católica. Pareceu-me vê-la à minha frente indo em direção do Louvre, com uma cruz na mão; então fiz voto de que, caso Deus me conservasse a vida, juntar-me-ia à religião de minha mãe. Deus fez mais que conservar minha vida, senhora. Ele me enviou um de seus anjos para que eu a amasse.

– Mas você não poderá andar. Antes de concluir cem passos, cairá desmaiado.

– Senhora, tentei hoje no gabinete. Ando lentamente, com sofrimento, é verdade, mas devo ir só até a praça do Louvre. Uma vez fora, acontecerá o que vier.

Margarida apoiou a cabeça em sua mão e pensou profundamente.

– E o rei de Navarra? — disse-lhe com intento. — Não fala mais sobre ele. Ao mudar de religião, você perdeu o desejo de colocar-se a seu serviço?

– Senhora — respondeu La Mole empalidecendo —, você acaba de tocar na verdadeira causa de minha partida... Sei que o rei de Navarra corre os maiores perigos e que todo o crédito de Vossa Majestade como filha da França será pouco suficiente para salvar--lhe a cabeça.

– Como, senhor? — perguntou Margarida. — O que quer dizer? De quais perigos está falando?

– Senhora — respondeu La Mole, hesitando —, ouve-se tudo do gabinete onde me encontro.

– Verdade — murmurou Margarida para si própria —, o senhor de Guisa já me havia dito.

Em seguida, completou em voz alta:

– O que foi que ouviu?

– Primeiro, a conversa que Vossa Majestade teve com seu irmão nesta manhã.

– Com Francisco? — exclamou Margarida, corando.

– Com o duque de Alençon, sim, senhora. Em seguida, após sua saída, a outra que a senhorita Gillonne teve com a senhora de Sauve.

– E são essas duas conversas...?

– Sim, senhora. Casada há apenas oito dias, você ama seu esposo. Seu marido virá aqui como vieram o senhor duque de Alençon e a senhora de Sauve. Ele vai lhe contar seus segredos. Ora, não devo ouvi-los, estaria sendo indiscreto... e eu não posso... Não devo... Não quero ser de jeito nenhum!

Com o tom que La Mole pronunciou essas últimas palavras, a alteração de sua voz e o embaraço contido, Margarida foi iluminada por uma revelação súbita.

– Ah! — disse. — Você ouviu deste gabinete tudo o que foi dito neste quarto até agora?

– Ouvi, senhora.

Essas palavras foram apenas sussurradas.

– E você quer partir esta noite, de madrugada, para não ouvir nada mais?

– Agora mesmo, senhora! Se agradar a Vossa Majestade me permitir.

– Pobre coitado! — disse Margarida, com um singular tom de suave piedade.

Surpreso com uma resposta tão suave quando aguardava um contra-ataque brusco, La Mole ergueu timidamente a cabeça. Seu olhar encontrou o de Margarida e ficou paralisado, como por uma força magnética, no límpido e profundo olhar da rainha.

– Você se sente incapaz de guardar um segredo, senhor de La Mole? — disse docemente Margarida, que, inclinada sobre o espaldar de seu assento sobre a sombra de uma grossa cortina, deliciava-se com o prazer da leitura fluente que fazia desta alma enquanto ela própria permanecia impenetrável.

– Senhora — disse La Mole —, sou de uma natureza miserável, desconfio de mim mesmo, e o prazer do outro me faz mal.

– O prazer de quem? — disse Margarida, sorrindo. — Ah, sim! O prazer do rei de Navarra! Pobre Henrique!

– Nota-se que ele está feliz, senhora! — exclamou La Mole prontamente.

– Feliz...?

– Sim, já que Vossa Majestade lamenta por ele.

Margarida amassava a seda de sua esmoleira e desfiava suas franjas de ouro.

– Quer dizer que você se recusa a ver o rei de Navarra — disse — e assim está resolvido e decidido em seu espírito?

– Receio importunar Sua Majestade nesse momento.

– Mas e o duque de Alençon, meu irmão?

– Oh! Senhora — exclamou La Mole —, o senhor duque de Alençon! Não, não, menos ainda o duque de Alençon que o rei de Navarra.

– Por quê...? — perguntou Margarida emocionada; a voz prestes a estremecer.

– Porque embora eu já não seja um huguenote digno o bastante para ser um serviçal devoto de Sua Majestade, o rei de Navarra, ainda não sou suficientemente bom católico para ser amigo dos senhores de Alençon e de Guisa.

Foi a vez de Margarida baixar olhos, sentindo o golpe vibrar nas profundezas de seu coração. Ela não soube dizer se a fala de La Mole era para ela reconfortante ou dolorosa.

Nesse momento, Gillonne entrou. Margarida a questionou com os olhos. A resposta de Gillonne, também demonstrada com um olhar, foi afirmativa. Conseguira entregar a chave ao rei de Navarra. Margarida voltou os olhos a La Mole, que permanecia a sua frente, indeciso, com a cabeça inclinada sobre o peito, pálido como fica um homem quando sofre ao mesmo tempo do corpo e da alma.

– O senhor La Mole é orgulhoso — disse — e eu hesito em lhe fazer uma proposta que sem dúvida recusará.

La Mole se levantou, deu um passo na direção de Margarida e quis se abaixar à sua frente em sinal de que estava a suas ordens, mas uma dor profunda, aguda e ardente arrancou lágrimas de seus olhos, e, sentindo que ia cair, segurou uma tapeçaria, na qual se apoiou.

– Veja só você — exclamou Margarida, correndo na sua direção e segurando-o em seus braços —, veja, senhor, que você ainda precisa de mim!

Um movimento quase imperceptível agitou os lábios de La Mole.

– Oh! Sim! — murmurou. — Como o ar que respiro, como o dia que vejo!

Nesse momento, três batidas na porta de Margarida ressoaram.

– Está ouvindo, senhora? — disse Gillonne assustada.

– Mas já? — murmurou Margarida.

– Devo abrir?

– Espere. Talvez seja o rei de Navarra.

– Oh! Senhora! — exclamou La Mole, que ganhou forças após essas palavras, pronunciadas em uma voz tão baixa pela rainha que ela esperava que apenas Gillonne as tivesse ouvido. — Senhora! Suplico de joelhos, faça-me sair, sim, vivo ou morto, senhora! Tenha piedade de mim! Oh! Você não me responde. Então está bem, vou falar, e quando falar, você vai me libertar.

– Cale-se, infeliz — disse Margarida, que provava um charme incomparável nas reprovações do rapaz —, cale-se!

– Senhora — retomou La Mole, que sem dúvida não via no tom de Margarida o rigor esperado —, senhora, repito, ouve-se tudo deste gabinete. Oh! Não me faça morrer uma morte que nem os carrascos mais cruéis ousariam inventar!

– Silêncio! Silêncio! — disse Margarida.

– Oh! Senhora, você não tem piedade. Não quer ouvir nada, não quer entender nada. Mas compreenda então que eu a amo...

– Silêncio, então, já que lhe peço — interrompeu Margarida, colocando sua mão quente e perfumada sobre a boca do rapaz, que a segurou entre as suas e a apertou contra seus lábios.

– Mas... — murmurou La Mole.

– Cale-se, rapaz! Quem é esse rebelde que não quer obedecer à sua rainha?

Em seguida, saindo do gabinete, fechou a porta, e encostando-se à parede, a mão trêmula comprimindo as batidas de seu coração:

– Abra, Gillonne! — disse ela.

Gillonne saiu do quarto, e, um minuto depois, a cabeça fina, espirituosa e um pouco inquieta do rei de Navarra ergueu a tapeçaria.

– Você me solicitou, senhora? — disse o rei de Navarra a Margarida.

– Sim, senhor Vossa Majestade recebeu minha carta?

– Com certo espanto, devo confessar — disse Henrique, olhando ao redor com uma desconfiança logo desfeita.

– E não sem certa inquietação, não é, senhor? — completou, Margarida.

– Confesso que sim, senhora. Entretanto, rodeado como estou por inimigos implacáveis e por amigos talvez ainda mais perigosos que meus inimigos, lembrei-me que uma noite vi em seus olhos cintilar um sentimento de generosidade: era a noite de nossas núpcias. E que outro dia vi brilhar a estrela da coragem; este outro dia foi ontem, dia marcado para minha morte.

– E então, senhor? — disse Margarida, sorrindo, enquanto Henrique parecia querer ler até no fundo de seu coração.

– Pois bem, senhora, pensando nisso tudo, disse para mim mesmo enquanto lia o bilhete que escreveu para me trazer aqui: sem amigos, como está, prisioneiro, desarmado, só existe um meio do rei de Navarra morrer com brilho, uma morte que fique registrada na história; e esse meio é morrer traído por sua mulher. Então me dirigi até aqui.

– Sire — respondeu Margarida — você vai mudar sua linguagem quando descobrir que tudo o que se passa nesse momento é obra de alguém que o ama... e que você ama.

Henrique quase recuou com essas palavras, e com os olhos cinza e penetrantes sob suas sobrancelhas pretas, interrogou a rainha com curiosidade.

– Oh! Tranquilize-se, Sire! — disse a rainha sorrindo. — Não tenho a pretensão de dizer que essa pessoa seja eu!

– Porém, senhora — disse Henrique —, foi você quem me entregou esta chave: a letra é sua.

– Esta letra é minha, confesso, e não nego que o bilhete vem de mim. Já esta chave, é outra coisa. Você deve apenas saber que ela passou pelas mãos de quatro mulheres antes de chegar até você.

– Quatro mulheres! — exclamou Henrique surpreso.

– Sim, pelas mãos de quatro mulheres — disse Margarida. — Pelas mãos da rainha-mãe, pelas mãos de senhora de Sauve, pelas mãos de Gillonne e pelas minhas.

Henrique começou a refletir sobre esse enigma.

– Raciocinemos agora, senhor — disse Margarida —, e de maneira franca, sobretudo. É verdade, como hoje dizem os rumores públicos, que Vossa Majestade consente em abjurar?

– Esses rumores públicos se enganam, senhora, ainda não consenti.

– Entretanto, está decidido?

– Estou apenas refletindo. O que você quer? Quando se tem vinte anos e se é mais ou menos rei, *Ventre-saint-gris*! Há coisas que bem valem uma missa.

– Entre outras coisas, a vida, não é?

Henrique não poder reprimir um leve sorriso.

– Você não está me dizendo tudo, Sire! — disse Margarida.

– Tenho minhas reservas com meus aliados, senhora, pois, como sabe, somos ainda apenas aliados: se você fosse ao mesmo tempo minha aliada... e...

– E sua mulher?

– Pois é, sim... Minha mulher.

– Então?

– Então talvez fosse diferente. E talvez tentasse me manter rei dos huguenotes como dizem... Agora, preciso contentar-me em viver.

Margarida olhou Henrique com um olhar tão estranho que teria levantado suspeitas em um espírito menos claro do que o do rei de Navarra.

– Está certo, pelo menos, de atingir esse resultado? — disse ela.

– Mais ou menos — disse Henrique. — Saiba, senhora, que nesse mundo, nunca se está certo de nada.

– É verdade — retomou Margarida — que Vossa Majestade anuncia tanta moderação e professa tanto desinteresse que, após ter renunciado à coroa e sua religião, renunciará, provavelmente, ou ao menos é o que se espera, a sua aliança com a filha da França.

Essas palavras carregavam com elas um significado tão profundo que Henrique estremeceu contra sua vontade. Porém, disfarçando essa emoção com a rapidez de um raio, respondeu:

— Trate-se de se lembrar, senhora, que nesse momento não tenho de forma alguma meu livre arbítrio. Farei o que me ordenar o rei da França. Quanto a mim, se me consultassem o mínimo possível sobre essa questão que envolve nada mais que meu trono, minha felicidade e minha vida, mais do que calcar meu futuro nos direitos que me dão nosso casamento forçado, preferiria retirar-me como caçador num castelo, penitente num claustro.

Essa calma dada à situação, essa renúncia às coisas deste mundo, assustaram Margarida. Pensou que essa ruptura do casamento tivesse sido um acordo entre Carlos IX, Catarina e o rei de Navarra. Por que ela também não era vista como tola ou como vítima? Porque era irmã de um e esposa do outro? A experiência lhe ensinara que isso não era absolutamente um motivo sobre o qual pudesse fundamentar sua segurança. A ambição se soprepôs assim, no coração da jovem moça, ou melhor, da jovem rainha, muito acima das fraquezas vulgares para que ela se deixasse levar a um ressentimento por amor-próprio: quando uma mulher ama, mesmo as mais medíocres, não há espaço para abatimento, pois o amor verdadeiro é também ambição.

— Vossa Majestade — disse Margarida, com um tipo de desdém zombador — não confia, me parece, na estrela que brilha acima do rosto de todo rei?

— Rá! — disse Henrique. — Eu bem posso procurar a minha nesse momento, mas não irei encontrá-la, escondida como está na tempestade que se anuncia sobre mim nesse momento.

— E se o sopro de uma mulher afastasse essa tempestade, e fizesse essa estrela brilhar mais que nunca?

— É bem difícil — disse Henrique.

— Você nega a existência de tal mulher, senhor?

— Não, nego apenas seu poder.

— Quer dizer sua vontade?

– Disse seu poder, e repito a palavra. A mulher só é realmente poderosa quando o amor e o interesse se reúnem nela em um mesmo grau. E se apenas um desses dois sentimentos a preocupar, como Aquiles, torna-se vulnerável. Ora, se não for abuso dizer, não pude contar com o amor dessa mulher.

Margarida calou-se.

– Escute — continuou Henrique. — No último badalar do sino da Saint-Germain-l'Auxerrois, você deve ter pensado em reconquistar sua liberdade, que foi capturada para destruir aqueles de meu partido. Quanto a mim, tive que pensar em salvar minha vida. Era o mais importante. Perdemos Navarra, sei muito bem. Mas Navarra não é grande coisa se comparada com a liberdade que lhe foi devolvida de poder falar alto em seu quarto, o que você não ousava fazer quando havia alguém que a escutava deste gabinete.

Embora estivesse muito preocupada, Margarida não pôde deixar de sorrir. Quanto ao rei, já havia se levantado para voltar aos seus aposentos; já fazia algum tempo que soara onze horas, e todos dormiam ou pareciam dormir no Louvre.

Henrique deu três passos até a porta. Depois, parando de repente, como se só agora se lembrasse da circunstância que o levara até a rainha:

– A propósito, senhora — disse —, você não teria certas coisas para me comunicar, ou gostaria apenas de dar-me a ocasião para agradecê-la pelos benefícios de sua corajosa presença no gabinete de armas do rei ontem? Na verdade, senhora, chegou bem a tempo, não posso negar; e você apareceu como uma divindade antiga, no momento exato para salvar-me a vida.

– Infeliz! — exclamou, Margarida com uma voz surda, e, segurando o braço de seu marido, continuou: — Não vê que nada está a salvo, mas o contrário, nem sua liberdade, nem sua coroa, nem sua vida!... Cego! Louco! Pobre louco! Não viu em minha carta outra coisa, não é, além de um encontro? Pensou que Margarida, ultrajada com sua frieza, desejava uma reparação?

– Mas, senhora — disse Henrique surpreso —, confesso...

Margarida deu de ombros com uma expressão impenetrável. No mesmo instante, um barulho estranho, como um arranhar agudo e apressado soou da pequena porta secundária. Margarida levou o rei até essa porta.

– Escute — disse ela.

– A rainha-mãe está saindo de seu quarto — murmurou uma voz entrecortada de espanto e que Henrique reconheceu de imediato como sendo a da senhora de Sauve.

– E para onde está indo? — perguntou Margarida.

– Está vindo ao quarto de Vossa Majestade.

E logo o arrastar de um vestido de seda se afastando indicou que a senhora de Sauve fugia.

– Oh! — exclamou Henrique.

– Estava certa — disse Margarida.

– E eu temia — disse Henrique. — E a prova, veja.

Com um gesto rápido, abriu seu gibão de veludo, e em seu peito mostrou a Margarida uma fina túnica de malhas de aço e um longo punhal de Milão que logo brilhou em sua mão como uma serpente ao sol.

– Trata-se, aqui, de ferro e couraça! — exclamou Margarida. — Vamos, Sire, esconda esta adaga! É a rainha-mãe, é verdade, mas é a rainha-mãe sozinha.

– Entretanto...

– É ela, estou ouvindo, silêncio!

E, se inclinado ao ouvido de Henrique, disse baixinho algumas palavras que o jovem rei ouviu com uma atenção mesclada com espanto.

Henrique logo se escondeu atrás das cortinas da cama.

De sua parte, Margarida saltou como uma pantera na direção do gabinete onde La Mole aguardava trêmulo, abriu, procurou pelo rapaz e, tateando, falou apertando-lhe a mão no escuro:

– Silêncio! — disse-lhe, aproximando-se tanto dele que ele sentiu sua respiração quente e perfumada cobrir seu rosto com um vapor úmido. — Silêncio!

Em seguida, entrando em seu quarto e fechando a porta, soltou o cabelo, cortou todos os cordões de seu vestido com seu punhal e se jogou sobre a cama.

Bem a tempo, a chave girou na fechadura. Catarina tinha chaves-mestras para todas as portas do Louvre.

– Quem está aí? — exclamou Margarida, enquanto Catarina instalava na porta uma guarda composta por quatro cavalheiros que a acompanhara.

E, como se tivesse se assustado com essa brusca invasão em seu quarto, Margarida, saindo de debaixo das cortinas em seu penhoar branco, saltou da cama e, reconhecendo Catarina, veio — com uma surpresa demasiadamente dissimulada para que a florentina se enganasse — beijar a mão de sua mãe.

SEGUNDA NOITE DE NÚPCIAS

A rainha-mãe conduziu o olhar em torno de si com uma rapidez surpreendente. Os tamancos de veludo ao pé da cama, as roupas de Margarida espalhadas sobre as cadeiras e os olhos que ela esfregava para espantar o sono convenceram Catarina de que havia acordado sua filha.

Então sorriu como uma mulher que consegue o que quer e puxou sua poltrona.

– Sentemos, Margarida — disse — e conversemos.

– Estou ouvindo, senhora.

– Está na hora — disse Catarina, fechando os olhos com essa lentidão particular das pessoas que pensam ou que dissimulam profundamente —, está na hora, minha filha, de você compreender o quanto eu e seu irmão aspiramos à sua felicidade.

O exórdio[1] era assustador para quem conhecia Catarina. "O que ela vai me dizer?", pensou Margarida.

– É verdade que ao casá-la — continuou a florentina —, executamos um daqueles atos políticos comandados frequentemente pelos cruciais interesses daqueles que governam. Mas é preciso confessar, minha pobre criança, que não pensamos que a repugnância do rei de Navarra por você, tão jovem, tão bela e tão sedutora, se manteria obstinada a este ponto.

Margarida se levantou e fez, cruzando sua camisola, uma cerimoniosa reverência a sua mãe.

– Fiquei sabendo somente essa noite — disse Catarina —; de outra forma teria vindo lhe visitar antes. Soube que seu marido está longe de ter por você a consideração que se deve não somente a uma bela mulher, mas ainda mais a uma filha da França.

Margarida soltou um suspiro e Catarina, encorajada por esse mudo consentimento, continuou:

– De fato, o rei de Navarra mantém publicamente uma relação com uma de minhas damas de companhia, que o adora até o escândalo. Porém, que ele despreze por este amor a mulher que quisemos lhe oferecer é uma infelicidade a qual nós, outros pobres soberanos, não podemos remediar, mas que castigaria qualquer cavalheiro de nosso reino ao chamá-lo de genro ou se ver na obrigação de denominá-lo seu filho.

Margarida baixou a cabeça.

– Há muito tempo — continuou Catarina — estou vendo, minha filha, seus olhos vermelhos, suas amargas tiradas contra a senhora de Sauve, que a ferida de seu coração não pode sempre, apesar de seus esforços, sangrar só por dentro.

Margarida tremeu, um leve movimento havia mexido as cortinas, mas, felizmente, Catarina não percebeu.

– Essa ferida — disse, duplicando a doçura afetiva —, essa ferida, minha criança, é à mão de uma mãe que cabe curar. Aqueles que, acreditando lhe fazer feliz, decidiram seu casamento e que com atenção lhe mostram que toda noite Henrique de Navarra se engana de aposentos, aqueles que não podem permitir que um reizinho como ele ofenda o tempo todo uma mulher de sua beleza, de sua categoria e de seu prestígio pelo desdém de sua pessoa e a negligência de sua posteridade, aqueles que veem, por fim, que no primeiro vento que lhe soar favorável, esta louca e insolente criatura se virará contra nossa família e lhe expulsará de sua casa, essas pessoas não têm o direito de assegurar seu futuro de uma maneira mais digna e apropriada à sua condição ao mantê-los separados?

– No entanto, senhora — respondeu Margarida —, apesar dessas observações impregnadas de amor materno e que me enchem de alegria e de honra, ouso dizer a Vossa Majestade que o rei de Navarra é meu esposo.

Catarina fez um gesto de fúria e, aproximando-se de Margarida, disse:

– Ele, seu esposo? Então para ser marido e mulher basta que a Igreja tenha lhes abençoado e a consagração do casamento está só nas palavras do padre? Ele, seu esposo! Ah, minha filha... se você fosse a senhora de Sauve, poderia me dar essa resposta. Mas, completamente ao contrário do que esperávamos, desde que acordamos a Henrique de Navarra a honra de lhe nomear sua mulher, é a uma outra que ele deu os direitos e, neste exato momento... — Catarina ergueu a voz — Venha, venha comigo! Esta chave abre a porta dos aposentos de senhora de Sauve, e você verá.

– Oh! Mais baixo, mais baixo, senhora, por favor — disse Margarida —, pois não somente está enganada como ainda...

– Ainda o quê?

– Ainda vai acordar meu marido.

Com essas palavras, Margarida se levantou com uma graça voluptuosa e, deixando flutuar entreaberta sua camisola, cujas mangas curtas punham à mostra de maneira tão pura seus braços e suas mãos da mais legítima realeza, aproximou uma tocha de cera rosa da cama e levantou a cortina, mostrando à mãe com um sorriso e apontando com o dedo o contorno do rosto altivo, os cabelos negros e a boca entreaberta do rei de Navarra, que parecia, na cama em desordem, repousar no mais calmo e profundo sono.

Pálida, de olhos arregalados, o corpo inclinado para trás como se um abismo tivesse se aberto sob seus pés, Catarina soltou não um grito, mas um rugido surdo.

– Como pode ver, senhora, você estava mal informada.

Catarina olhou para Margarida, depois para Henrique. Ela reuniu em seu pensamento ativo a imagem desse rosto pálido e úmido, desses olhos com leves olheiras, ao sorriso de Margarida e mordeu os lábios finos com uma fúria silenciosa.

Margarida permitiu que sua mãe contemplasse por um momento o cenário que produzia nela o mesmo efeito que a cabeça da Medusa. Depois, deixou cair a cortina e, andando na ponta dos pés, voltou para perto de Catarina e tomou seu lugar na cadeira.

– O que dizia, senhora?

A florentina procurou durante alguns segundos calcular a ingenuidade da moça. Depois, como se seus olhares etéreos tivessem sido atenuados pela calma de Margarida, respondeu:

– Nada.

E saiu com passos largos dos aposentos.

Assim que o barulho dos passos foi abafado nas profundezas do corredor, a cortina da cama se abriu novamente e Henrique, com os olhos brilhando, a respiração sufocada, as mãos tremendo, veio se ajoelhar diante de Margarida. Estava vestido só com meias e com sua cota de malhas, de forma que, vendo-o assim ridículo, Margarida, apertando sua mão carinhosamente, não pôde conter o riso.

– Ah, senhora, ah! Margarida —, exclamou o rei —, como poderei lhe pagar?

E cobriu sua mão de beijos, que da mão subiam insensivelmente pelos braços da moça.

– Sire — disse, afastando-se docemente —, se esquece de que a esta hora uma pobre mulher à qual você deve a vida sofre e se lamenta por você? A senhora de Sauve — acrescentou baixinho — rendeu-se aos ciúmes enviando-o até mim e talvez, depois desse sacrifício, você deva fazer um por ela, pois você sabe melhor que ninguém que a cólera de minha mãe é terrível.

Henrique arrepiou-se e, se levantando, fez um movimento para ir embora.

– Oh! Mas — disse Margarida, com uma elegância admirável — penso e fico tranquila. A chave lhe foi dada sem indicação, e supõe-se que você quis me dar a preferência esta noite.

– E lhe dou, Margarida. Queira somente esquecer...

– Mais baixo, Sire, mais baixo — respondeu a rainha, repetindo as palavras que dez minutos antes havia endereçado à sua mãe. Ouvem-no do gabinete e, como ainda não estou totalmente livre, Sire, peço-lhe para falar menos alto.

– Oh! — disse Henrique, meio rindo, meio receoso. — É verdade. Esqueci-me de que provavelmente não sou eu o destinado a interpretar o fim desta cena interessante. Este gabinete...

– Entremos, Sire — disse Margarida —, pois quero ter a honra de apresentar a Vossa Majestade um corajoso cavalheiro ferido durante o massacre, que veio até o Louvre alertar Vossa Majestade do perigo que corria.

Margarida avançou em direção à porta. Henrique seguiu sua mulher. A porta se abriu, e Henrique ficou perplexo ao ver um homem em um gabinete destinado a guardar tantas surpresas.

Mas La Mole ficou ainda mais surpreso, encontrando-se inesperadamente à frente do rei de Navarra. O resultado foi que Henrique deu uma olhada irônica para Margarida, que ela encarou com perfeita compostura.

— Sire — disse Margarida —, tenho motivos para temer até mesmo neste abrigo a morte deste cavalheiro que é tão dedicado ao serviço de Vossa Majestade e que está sob sua proteção.

— Sire — falou o rapaz —, sou o conde Lerac de La Mole, que Vossa Majestade esperava e que lhe foi recomendado pelo pobre senhor de Téligny, que foi morto ao meu lado.

— Ah! — fez Henrique. — De fato, senhor, a rainha me deu sua carta. Mas você não tinha também uma carta do senhor governador do Languedoc?

— Sim, Sire, e a recomendação de entregá-la à Vossa Majestade assim que chegasse.

— E por que não o fez?

— Sire, vim ao Louvre na noite de ontem, mas Vossa Majestade estava tão ocupada que não pôde me receber.

— É verdade — disse o rei —, mas você poderia, pelo que me parece, ter mandado me entregarem esta carta?

— Recebi ordens, da parte do senhor d'Auriac, de entregá-la nas mãos de Vossa Majestade apenas, pois fui assegurado que continha um aviso importante que ele não ousava confiar a um mensageiro qualquer.

— De fato — disse o rei, pegando e lendo a carta —, trata-se de um aviso para deixar a corte e me retirar a Béarn. O senhor d'Auriac fazia parte de meus bons amigos, mesmo sendo católico, e é provável que, como governador de província, tenha tido alertas do que se passou. *Ventre-saint-gris*, senhor, por que não me deu essa carta há três dias em vez de hoje?

— Porque, como tive a honra de dizer a Vossa Majestade, apesar do cuidado que tive, só pude chegar ontem à noite.

– Lastimável, lastimável — murmurou o rei. — A esta hora estaríamos em segurança em La Rochelle ou em algum campo com dois ou três mil cavalos à nossa volta.

– Sire, o que está feito, está feito — disse Margarida, baixinho —; em vez de perder tempo recriminando o passado, é melhor colher o que há de melhor no futuro.

– Em meu lugar — disse Henrique, com seu olhar interrogador — você ainda teria então alguma esperança?

– Claro que sim; o jogo poderia ser considerado como uma partida de três rodadas, na qual eu só teria perdido a primeira.

– Ah! Senhora — disse Henrique, baixinho —, se ao menos pudesse ter certeza de que você estará ao menos em uma parte de meu jogo!

– Se eu quisesse passar para o lado de seus adversários — respondeu Margarida —, me parece que não teria esperado tanto tempo.

– É verdade — disse Henrique —, sou um ingrato; como diz, tudo pode ainda se reparar hoje.

– Que infelicidade! Sire — respondeu La Mole —, desejo a Vossa Majestade todos os tipos de felicidade, mas hoje não temos mais o senhor almirante.

Henrique começou a sorrir aquele sorriso de camponês matuto que só foi compreendido na corte no dia em que foi rei da França.

– Mas, senhora — retomou, olhando La Mole com atenção —, esse cavalheiro não pode ficar em seus aposentos sem a incomodar profundamente e sem ficar exposto a desagradáveis surpresas. O que você fará?

– Mas, Sire — disse Margarida —, considerando que concordo com você em todos os pontos, não podemos retirá-lo do Louvre?

– É difícil.

– Sire, o senhor de La Mole não poderia encontrar um lugar nos aposentos de Vossa Majestade?

– Ora, senhora, ainda me trata como se eu fosse o rei dos huguenotes e como se ainda tivesse um povo. Sabe muito bem que estou metade convertido e não tenho mais seguidores.

Outra que não fosse Margarida teria respondido na hora: "Ele é católico". Mas a rainha queria que Henrique lhe pedisse o que ela desejava obter dele. Quanto a La Mole, vendo essa reticência de sua protetora e ainda sem saber onde colocar os pés em um terreno escorregadio de uma corte tão perigosa como era a da França, calou-se também.

– Mas — retomou Henrique, relendo a carta trazida por La Mole — o senhor governador da Provença me escreveu que sua mãe era católica e que daí vem a amizade que ele lhe dá?

– E para mim — disse Margarida — você me falava de um voto que fizera, senhor conde, de uma mudança de religião? Meu pensamento está confuso quanto a isso. Ajude-me então, senhor La Mole. Não se trata de algo parecido àquilo que deseja o rei?

– De fato, sim. Mas Vossa Majestade acolheu tão friamente minhas explicações quanto a isso — respondeu La Mole — que eu não ousei...

– É que tudo isso não tinha nada a ver comigo, senhor. Explique ao rei. Explique.

– E então? Que voto é esse? — perguntou o rei.

– Sire — disse La Mole —, perseguido por assassinos, sem armas, quase morrendo por causa de minhas duas feridas, pensei ter visto a sombra de minha mãe que me guiava em direção do Louvre com uma cruz na mão. Então fiz o voto de que caso tivesse a vida salva, adotaria a religião de minha mãe, que teve a permissão de Deus para sair de sua tumba e me servir de guia durante esta noite horrível. Deus me conduziu até aqui, Sire. Encontro-me sob a dupla proteção de uma filha da França e do rei de Navarra. Minha vida foi salva milagrosamente. Só tenho que concluir meu voto, Sire. Estou pronto para virar católico.

Henrique franziu as sobrancelhas. Cético como era, compreendia bem a abjuração por interesse, mas duvidava muito da abjuração pela fé.

"O rei não quer se encarregar de meu protegido", pensou Margarida.

La Mole, entretanto, ficou tímido e incomodado entre as duas vontades opostas. Sentia, sem que lhe explicassem, o ridículo de sua posição. Foi novamente Margarida, com sua delicadeza feminina, que o tirou desse transtorno.

– Sire — disse —, não nos esqueceremos de que o pobre ferido precisa de repouso. Eu mesma estou caindo de sono. E olhe! Está pálido!

O rosto de La Mole havia de fato empalidecido, mas eram as últimas palavras de Margarida que havia ouvido e interpretado que o faziam empalidecer.

– Pois bem! Senhora — disse Henrique —, nada de mais simples: não podemos deixar o senhor de La Mole descansar?

O rapaz dirigiu a Margarida um olhar suplicante e, apesar da presença das duas Majestades, deixou-se cair em uma cadeira, abatido pela dor e pelo cansaço.

Margarida compreendeu todo o amor que havia naquele olhar e todo o desespero que havia naquela fraqueza.

– Sire — disse —, é conveniente que Vossa Majestade faça algo por este rapaz que arriscou a vida por seu rei, já que corria até aqui para lhe anunciar a morte do almirante e de Téligny quando foi ferido. É conveniente, digo, que Vossa Majestade o honre de forma a torná-lo grato por toda sua vida.

– E como, senhora? — disse Henrique. — Diga-me e o farei.

– O senhor de La Mole dormirá esta noite aos pés de Vossa Majestade, que dormirá nesta cama de descanso. Quanto a mim, com a permissão de meu augusto esposo — acrescentou Margarida, sorrindo —, chamarei Gillonne e voltarei para a cama, pois juro a você, Sire, que, entre nós três, não sou a que menos precisa de descanso.

Henrique tinha personalidade, talvez até um pouco demais: seus amigos e inimigos lhe criticariam por isso mais tarde. Mas entendeu que aquela que o exilava do leito conjugal havia adquirido esse direito pela própria indiferença que ele havia manifestado por ela. Aliás, Margarida acabava de se vingar dessa indiferença ao salvar-lhe a vida. Sendo assim, deixou de lado o amor-próprio em sua resposta.

– Senhora — disse —, se o senhor de La Mole estivesse em condições de ir aos meus aposentos, eu lhe ofereceria minha própria cama.

– Sim — respondeu Margarida —, mas a esta altura seus aposentos não podem proteger nem um nem outro e a prudência pede que Vossa Majestade fique aqui até amanhã.

E, sem esperar a resposta do rei, chamou Gillonne, fez preparar as almofadas para o rei e, aos seus pés, uma cama para La Mole, que parecia tão feliz e satisfeito com essa honra que poderíamos jurar que não sentia mais suas feridas.

Quanto a Margarida, fez uma respeitosa reverência ao rei, voltou para seu quarto, bem fechado de todos os lados, e estendeu-se na cama.

– Agora — disse Margarida a si mesma — é preciso que amanhã o senhor de La Mole tenha um protetor no Louvre, e se esta noite finge que não escuta, amanhã se arrependerá.

Em seguida fez sinal para que Gillonne, que esperava as últimas ordens, se aproximasse.

Gillonne aproximou-se.

– Gillonne — disse a rainha baixinho —, é preciso que amanhã, sob um pretexto qualquer, meu irmão, o duque de Alençon, deseje vir aqui antes das oito horas da manhã.

Duas horas soavam no Louvre.

La Mole falou um pouco de política com o rei, que pouco a pouco adormeceu e logo roncava alto como se estivesse deitado em sua cama de couro de Béarn.

La Mole talvez pudesse ter dormido como o rei, mas Margarida não dormia, ela rolava de um lado para o outro na cama, e este barulho incomodava os pensamentos e o sono do rapaz.

– Ele é bem jovem — murmurava Margarida, no meio de sua insônia —, muito tímido... quem sabe até ridículo. Porém tem belos olhos... corpo bem feito, muito charme, mas não é corajoso! Foge, abjura... é lamentável, o sonho tinha começado bem. Bom, vamos ver o que vai acontecer e deixemos por conta do triplo deus desta louca Henriqueta.

E com o dia amanhecendo, Margarida acabou finalmente por adormecer, murmurando: *Eros-Cupido-Amor*.

O QUE A MULHER QUER, DEUS QUER

Margarida não tinha se enganado: a cólera acumulada no fundo do coração de Catarina por essa comédia, cujo enredo ela previra sem ter nenhum poder para alterar o desfecho, tinha de transbordar sobre alguém. Em vez de voltar para o seu quarto, a rainha-mãe subiu diretamente aos aposentos de sua dama de companhia.

A senhora de Sauve aguardava duas visitas: desejava a de Henrique, e temia a da rainha-mãe. Na cama, parcialmente vestida, enquanto Dariole vigiava a antecâmara, ouviu uma chave rodar na fechadura, depois alguém se aproximando a passos lentos que teriam parecido pesados se não tivessem sido ensurdecidos pelo espesso tapete. Não reconheceu o andar leve e apressado de Henrique. Suspeitou que impediam Dariole de vir adverti-la, e, apoiada na mão, com ouvidos e olhos atentos, esperou.

A cortina se levantou e a moça, arrepiada, viu aparecer Catarina de Médicis.

Catarina parecia calma, mas a senhora de Sauve, acostumada a estudá-la havia dois anos, entendeu que aquela aparente calma escondia sombrias preocupações e talvez até mesmo cruéis vinganças.

A senhora de Sauve, vendo Catarina, quis pular para debaixo da cama, mas Catarina levantou o dedo como sinal para que não se mexesse, e a pobre Carlota ficou pregada no lugar, reunindo interiormente todas as forças de sua alma para enfrentar a tempestade que se preparava silenciosamente.

– Você fez chegar a chave até o rei de Navarra? — indagou Catarina, sem que o tom de sua voz indicasse qualquer alteração; porém suas palavras eram proferidas com os lábios cada vez mais lívidos.

– Fiz, senhora — respondeu Carlota com uma voz que tentava inutilmente parecer tão segura quanto a de Catarina.

– E você o viu?

– Quem? — perguntou senhora de Sauve.

– O rei de Navarra?

– Não, senhora. Mas o estou esperando e havia pensado, ao ouvir a chave rodar na fechadura, que era ele quem chegava.

Com essa resposta, que revelava na senhora de Sauve uma perfeita confiança ou uma suprema dissimulação, Catarina não pôde conter um leve tremor. Contraiu a mão gorda e pequena.[1]

– Porém, você sabia bem — disse com um sorriso maldoso —; sabia bem, Carlota, que o rei de Navarra não viria esta noite.

– Eu! Senhora, eu sabia disso?! — exclamou Carlota, com um tom de surpresa perfeitamente bem interpretado.

– Sim, você sabia.

– Para que ele não venha — retomou a moça, arrepiada por esta suposição —, é preciso que esteja morto!

O que dava a Carlota coragem para mentir desse jeito era a certeza de que uma terrível vingança cairia sobre ela no caso de sua pequena traição ser descoberta.

– Mas então você não escreveu ao rei de Navarra, Carlota *mia*? — perguntou Catarina, ainda com o mesmo sorriso silencioso e cruel.

– Não, senhora — respondeu Carlota, com um admirável tom de ingenuidade. — Vossa Majestade não me disse, me parece.

Houve um momento de silêncio durante o qual Catarina olhou para senhora de Sauve como a serpente que olha para o pássaro que ela quer atrair.

– Você acha que é bonita — disse então Catarina —, acha que é habilidosa, não é?

– Não, senhora — respondeu Carlota —, sei o quanto Vossa Majestade teve uma grande indulgência por mim algumas vezes quando se tratava de minhas habilidades e de minha beleza.

– Pois bem — disse Catarina, animando-se. — Estaria enganada se pensasse assim, e eu menti se lhe disse algo parecido. Você é apenas uma mulher tola e feia perto de minha filha Margot.

– Oh! Isso, senhora, é verdade! — disse Carlota. — E nem tentaria negá-lo, principalmente à senhora.

– Sendo assim — continuou Catarina — o rei de Navarra prefere de longe minha filha a você. E não é o que você queria, acho, nem o que combinamos.

– Ai de mim! Senhora — disse Carlota, caindo, desta vez, no choro sem que fosse preciso agredi-la —, se é assim, eu sou uma coitada.

– Pois é assim — disse Catarina, cravando, como um duplo punhal, o raio de seus olhos no coração da senhora de Sauve.

– Mas quem lhe faz pensar isso? — perguntou Carlota

– Desça até o quarto da rainha de Navarra, *pazza!*[2] E encontrará seu amante.

– Oh! — fez a senhora de Sauve.

Catarina deu de ombros.

– Está com ciúmes, por acaso? — perguntou a rainha-mãe.

– Eu? — disse a senhora de Sauve, reunindo todas as suas forças, que estavam prestes a abandoná-la.

– Sim, você! Estou curiosa para ver o ciúme de uma francesa.

– Mas — disse a senhora de Sauve — como quer Vossa Majestade que eu sinta ciúmes senão por amor-próprio? Amo o rei de Navarra apenas o necessário para servir a Vossa Majestade!

Catarina a olhou por um momento com os olhos pensativos.

– O que está me dizendo pode, em suma, ser verdade — murmurou.

– Vossa Majestade está lendo o meu coração.

– E esse coração é completamente devoto a mim?

– Ordene, senhora, e você o julgará.

– Pois bem, já que se sacrifica a meu serviço, Carlota, é preciso, sempre por meu serviço, que esteja muito apaixonada pelo rei de Navarra e com muito ciúme, ciumenta como uma italiana.

– Mas senhora — perguntou Carlota —, de que jeito uma italiana é ciumenta?

– Vou lhe dizer — retomou Catarina, e, depois de ter feito dois ou três movimentos com a cabeça de cima para baixo, saiu silenciosa e lentamente, assim como havia entrado.

Carlota, perturbada pelo olhar penetrante daqueles olhos, dilatados como os de um gato ou de uma pantera — dilatação essa que não os fazia perder nada de sua profundidade —, a deixou ir embora sem dizer uma só palavra, sem dar nem mesmo a um suspiro a liberdade de ser ouvido, e só respirou quando ouviu a porta se fechar e Dariole veio lhe dizer que a terrível assombração tinha finalmente ido embora.

– Dariole — disse então —, puxe uma poltrona para perto de minha cama e passe esta noite na poltrona, por favor, pois não ousaria ficar sozinha.

Dariole obedeceu, mas apesar da companhia de sua camareira e da lamparina que ordenara que fosse mantida acesa para uma maior tranquilidade, a senhora de Sauve também só adormeceu quando já era dia, pois o tom metálico da voz de Catarina ainda retinia em seus ouvidos.

Entretanto, mesmo adormecida no momento em que o dia começava a raiar, Margarida acordou com os primeiros sons das trombetas e com os primeiros latidos dos cães. Levantou-se imediatamente e começou a vestir um traje tão negligente quanto pretensioso. Então chamou suas criadas, mandou entrar em sua antecâmara os cavalheiros do serviço habitual do rei de Navarra e, abrindo a porta que trancava sob a mesma chave Henrique e de La Mole, deu com o olhar um bom dia afetuoso ao último e chamando, seu marido:

– Então, Sire — disse ela —, não é suficiente apenas fazer minha mãe acreditar no que não existe, convém ainda que você convença toda a corte sobre o perfeito entendimento que reina entre nós. Mas fique tranquilo — acrescentou, rindo — e guarde bem minhas palavras, cuja circunstância faz com que sejam quase solenes: hoje será a última vez que submeto Vossa Majestade a esta prova cruel.

O rei de Navarra sorriu e ordenou que entrassem seus cavalheiros. No momento em que se cumprimentavam, fingiu ter acabado de perceber que seu manto havia ficado em cima da cama da rainha. Pediu-lhes desculpas por recebê-los daquele jeito, pegou o manto das mãos de uma Margarida corada e o prendeu sobre o ombro. Depois, se virando em direção a eles, demandou notícias da cidade e da corte.

Margarida notou, de canto de olho, o imperceptível espanto que produziu sobre o rosto dos cavalheiros essa intimidade que acabava de se revelar entre o rei e a rainha de Navarra, quando um guarda entrou seguido de três ou quatro cavalheiros e anunciou o duque de Alençon.

Para fazer com que ele viesse, bastou a Gillonne dizer que o rei havia passado a noite no quarto de sua mulher.

Francisco entrou tão rapidamente que quase derrubou aqueles que o precediam, afastando-os. Seu primeiro olhar foi para Henrique. Margarida recebeu o segundo.

Henrique lhe respondeu com um cumprimento cortês. Margarida pôs no rosto uma expressão da mais perfeita serenidade.

Com outro olhar vago, mas minucioso, o duque enlaçou então todo o quarto. Viu a cama com os lençóis bagunçados, o segundo travesseiro amassado à cabeceira, o chapéu do rei jogado sobre uma cadeira.

Empalideceu, mas recompondo-se na mesma hora:

— Meu irmão Henrique — disse —, você estará no jogo de péla esta manhã com o rei?

— O rei me concedeu honra de ter-me escolhido — perguntou Henrique — ou é apenas uma atenção de sua parte, meu cunhado?

— Não, o rei não falou nada sobre isso — disse o duque, um pouco constrangido —, mas você não faz parte de sua equipe habitual?

Henrique sorriu, pois aconteceram tantas coisas graves desde sua última partida com o rei que não teria se surpreendido se Carlos IX tivesse mudado os jogadores habituais.

— Eu irei, meu irmão! — disse Henrique, sorrindo.

— Apareça — disse o duque.

— Você vai embora? — perguntou Margarida.

— Vou, minha irmã.

— Então está com pressa?

— Muita pressa.

— Será que eu poderia, entretanto, lhe solicitar por alguns minutos?

Tal pedido era tão raro na boca de Margarida que seu irmão a olhou corando e empalidecendo logo em seguida.

"O que ela vai lhe dizer?", pensou Henrique, não menos surpreso que o duque de Alençon.

Margarida, como se tivesse adivinhado o pensamento de seu esposo, se virou para ele.

– Senhor — disse, com um charmoso sorriso —, pode ir encontrar Sua Majestade, caso queira, pois o segredo que tenho para revelar a meu irmão já lhe é conhecido, uma vez que o pedido que lhe fiz ontem em relação a este segredo me foi negado por Vossa Majestade. Não queria então — continuou Margarida — cansar pela segunda vez Vossa Majestade com um desejo que lhe pareceu desagradável.

– Do que se trata? — perguntou Francisco, olhando os dois com surpresa.

– Ha! Ha! Ha! — disse Henrique, corando de irritação. — Sei o que quer dizer, senhora. Na verdade, lamento não estar mais disponível. Mas se não posso dar ao senhor de La Mole uma hospitalidade que não lhe ofereceria nenhuma segurança, tampouco posso recomendá-lo, depois de você, a meu irmão de Alençon a pessoa *na qual você está interessada*. Pode ser até mesmo — acrescentou para dar ainda mais força às palavras que acabamos de destacar —, pode ser até mesmo que o meu irmão encontre uma ideia que lhe permita deixar o senhor de La Mole... aqui... perto de você... o que seria melhor que tudo, não é, senhora?

– Ora, ora — disse Margarida para si mesma —, os dois vão fazer juntos o que nem um nem outro pôde fazer sozinho.

E abriu a porta do gabinete, fazendo sair o jovem ferido depois de ter dito a Henrique:

– Deixo em suas mãos, senhor, explicar a meu irmão os motivos de nosso interesse pelo senhor de La Mole.

Em resumo, Henrique, pego na armadilha, contou ao senhor de Alençon — meio protestante por oposição, assim como Henrique era meio católico por prudência — sobre a chegada do senhor de La Mole a Paris, e sobre como o rapaz havia sido ferido ao lhe trazer uma carta do senhor d'Auriac.

Quando o duque se virou, La Mole, fora do gabinete, estava em pé na frente dele.

Francisco, vendo-o tão belo, tão pálido e, consequentemente, duplamente sedutor por sua beleza e palidez, sentiu nascer uma nova repulsa no fundo de seu coração. Margarida compreendia isso como, ao mesmo tempo, ciúmes e amor-próprio.

– Meu irmão — disse ela —, esse jovem cavalheiro, garanto, será útil a quem souber empregá-lo. Se você o aceitar, ele encontrará em você um mestre poderoso, e você, um servo devoto. Nesses tempos, é preciso estar bem rodeado, meu irmão! Principalmente — acrescentou baixinho, de forma que somente o duque de Alençon pudesse ouvir — quando se é ambicioso e se tem a infelicidade de ser apenas o terceiro filho da França.

Ela pôs um dedo na boca para mostrar a Francisco que, apesar dessa honestidade, ainda guardava consigo uma parte importante de seu pensamento.

– Depois — ela acrescentou —, talvez você ache, diferentemente de Henrique, que não é conveniente que esse rapaz continue tão perto de meus aposentos.

– Minha irmã — disse Francisco rapidamente —, senhor de La Mole, se lhe convier, estará instalado dentro de meia hora em meus aposentos, onde penso que não há nada a temer. Que ele goste de mim, e gostarei dele.

Francisco mentia, pois no fundo de seu coração ele já detestava La Mole.

– Bem, bem... então não estava enganada — murmurou Margarida, que viu as sobrancelhas do rei de Navarra se franzirem. — Ah!

Para que sejam conduzidos um e outro, vejo que é preciso conduzir um pelo outro.

Depois, completou seu pensamento:

"Ora, ora... Muito bem, Margarida, como diria Henriqueta".

De fato, meia hora depois, La Mole, seriamente catequizado por Margarida, beijava a barra de seu vestido e subia, de maneira bem habilidosa para um ferido, a escada que levava aos aposentos do duque de Alençon.

Dois ou três dias se passaram durante os quais a boa harmonia parecia se consolidar cada vez mais entre Henrique e sua mulher. Henrique havia se livrado da abjuração pública, mas havia renunciado sob os cuidados do confessor do rei e assistia todas as manhãs à missa que faziam no Louvre. À noite, tomava ostensivamente o caminho para os aposentos de sua mulher, entrava pela grande porta, conversava alguns minutos com ela, depois saía pela portinha secreta e subia até o quarto de senhora de Sauve, que não deixara de preveni-lo da visita de Catarina e do perigo incontestável que o ameaçava. Henrique, informado pelos dois lados, redobrava sua desconfiança em relação à rainha-mãe, e com razão, pois pouco a pouco o rosto de Catarina começava a se distender. Henrique chegou mesmo a ver desabrochar, uma manhã em seus lábios pálidos, um sorriso de bondade. Nesse dia, ele teve todas as aflições do mundo ao decidir comer outra coisa que não fossem ovos cozidos por ele mesmo, e a beber outra coisa que não fosse a água que ele mesmo vira retirarem do Sena.

Os massacres continuaram, mas iam diminuindo. Houve uma matança tão grande de huguenotes que seu número caiu bastante. A maioria estava morta, muitos haviam fugido, alguns continuavam escondidos.

De vez em quando um grande clamor se erguia em um bairro ou outro. Era quando descobriam um desses huguenotes. A execução era então privada ou pública, dependendo se o infeliz era encurralado em algum lugar sem saída ou se podia fugir. Neste último caso, era uma grande alegria para o bairro onde o evento acontecia, pois, em vez de se acalmarem com a extinção de seus inimigos, os católicos tornavam-se cada vez mais ferozes, e quanto menos sobravam mais pareciam perseguir os desafortunados que restavam.

Carlos IX havia adquirido um grande prazer com a caça aos huguenotes. Mais tarde, quando não pôde continuar a caçar, se deleitava ao som das caças dos outros.

Um dia, voltando do jogo de croqué, que com o péla e a caça era sua atividade de lazer preferida, entrou nos aposentos da mãe com o rosto todo alegre, acompanhado de seus cortesões costumeiros.

– Minha mãe — disse, beijando a florentina que, percebendo essa alegria, já havia tentado adivinhar a causa —, minha mãe, boa notícia! Bendito seja o diabo! Você sabia? A ilustre carcaça do senhor almirante, que pensávamos perdida, foi encontrada!

– Ha! Ha! Ha! — disse Catarina.

– Oh! Meu Deus, pois é! Você também pensou, como eu, não é, mãe, que os cães o haviam feito de refeição nupcial? Mas nada disso. Meu povo, meu querido povo, meu bom povo teve uma ideia: pendurar o almirante no gancho de Montfaucon.

De cima pra baixo jogamos Gaspard,
De baixo pra cima o subimos também.

– E o que mais? — disse Catarina.

– Querida mãe! — retomou Carlos IX. — Sempre tive vontade de revê-lo desde que soube de sua morte, aquele caro homem. O tempo está bom; parece que tudo são flores hoje. O ar está cheio de vida e de perfumes. Sinto-me bem como nunca me senti. Se quiser, mãe, andaremos a cavalo e iremos até Montfaucon.

– Seria um prazer, meu filho — disse Catarina —, se eu não tivesse marcado um encontro que não quero perder. Além do mais, uma visita a um homem da importância do almirante — acrescentou — deve contar com a presença de toda a corte. Será uma ocasião para os observadores fazerem ponderações curiosas. Veremos quem virá e quem ficará.

– Você tem mesmo razão, minha mãe! Deixemos a coisa para amanhã, será melhor. Então, faça seus convites e farei os meus, ou melhor, não convidaremos ninguém. Diremos apenas que iremos, e as pessoas poderão escolher. Adeus, minha mãe, vou tocar a trombeta.

– Vai se cansar, Carlos. Ambroise Paré lhe diz o tempo todo e ele tem razão. É um exercício brusco demais para você.

– Ora! — disse Carlos. — Eu bem que queria estar certo de morrer disso. Enterrarei todos aqui e até Henrique, que segundo Nostradamus deve nos suceder um dia.

Catarina franziu as sobrancelhas.

– Meu filho — disse —, desconfie principalmente das coisas que lhe parecem impossíveis e, esperando, se cuide.

– Apenas duas ou três fanfarras para alegrar meus cachorros que estão morrendo de tédio, pobre bestas! Devia tê-los soltado em cima do huguenote, isso os teria alegrado.

E Carlos IX saiu do quarto de sua mãe, entrou no seu gabinete de armas, desamarrou uma trombeta e tocou com um vigor que teria honrado o próprio Rolando. Não se compreendia como podia sair um sopro tão poderoso daquele corpo fraco e doente e daqueles lábios pálidos.

Catarina esperava de fato alguém, como havia dito a seu filho. Um minuto depois da saída do rei, uma das criadas veio lhe falar baixinho. A rainha sorriu, se levantou, despediu-se das pessoas que lhe faziam a corte e seguiu a mensageira.

O florentino René, aquele com quem o rei de Navarra, na mesma noite de São Bartolomeu, havia conversado tão diplomaticamente, acabava de entrar no oratório da rainha.

– Ah! É você, René! — disse-lhe Catarina. — Esperava-o com impaciência.

René se inclinou.

– Recebeu ontem o bilhete que lhe escrevi?

– Tive esta honra.

– Você refez, como lhe dizia, a prova daquela previsão feita por Ruggieri[3] e que combina tão bem com a profecia de Nostradamus,[4] segundo a qual meus três filhos reinarão...? Há alguns dias, as coisas mudaram bastante, René, e pensei que fosse possível que os destinos tivessem se tornado menos ameaçadores.

– Senhora — respondeu René, balançando a cabeça —, Vossa Majestade sabe bem que as coisas não mudam o destino. É o destino, pelo contrário, que comanda as coisas.

– Você tampouco fez novamente o sacrifício, não é?

– Fiz, senhora — respondeu René —, pois lhe obedecer é meu primeiro dever.

– E o resultado?

– Continuou o mesmo, senhora.

– O quê! O carneiro negro soltou ainda seus três gritos?

– Ainda, senhora.

– Sinal de três mortes cruéis na minha família — murmurou Catarina.

– Infelizmente — disse René.

– Mas e depois?

– Depois, senhora, havia em suas entranhas aquele estranho delocamento do fígado que já havíamos percebido nos dois primeiros e que pendia do lado ao contrário.

– Mudança de dinastia. Ainda, ainda, ainda? — resmungou Catarina. — Será preciso, entretanto, combater isso, René! — continuou.

René balançou a cabeça.

– Eu disse a Vossa Majestade — continuou —; o destino comanda.

– É sua opinião? — disse Catarina.

– Sim, senhora.

– Você se lembra da previsão de Joana d'Albret?

– Lembro, senhora.

– Repita-me brevemente, vamos, eu esqueci.

– *Vives honorata* — disse René — *morieris reformidata, regina amplificabere.*

– O que creio significar — respondeu Catarina —: "Viverá honrada", e lhe faltou o necessário, a pobre coitada! "Morrerá temida", e nós zombamos dela. "Será maior do que foi enquanto rainha", e eis que está morta e sua grandeza repousa em uma tumba onde esquecemos de colocar seu nome.

– Senhora, Vossa Majestade interpreta mal o *Vives honorata*. A rainha de Navarra viveu honrada, de fato. Porque ela desfrutou, enquanto viveu, do amor de seus filhos e do respeito de seus aliados, amor e respeito tão sinceros quanto ela era pobre.

– Sim — disse Catarina —, pularei a parte "Viverá honrada"; mas como explicaria *moreris reformidata*?

– Como eu explicaria?! Nada de mais fácil. "Morrerá temida".

– E então! Ela morreu temida?

— Tão temida, senhora, que não estaria morta se Vossa Majestade não tivesse tido medo. Por fim "Como rainha, crescerá, ou será maior do que foi enquanto rainha". Ainda é verdade, senhora, pois no lugar da coroa perecível, ela tem talvez agora, como rainha e mártir, a coroa do céu, e além disso, quem sabe ainda o que o futuro reserva para seus descendentes?

Catarina era supersticiosa ao extremo. Apavorou-se talvez ainda mais com o sangue frio de René do que com essa persistência dos agouros. E como para ela uma dificuldade era a ocasião de atravessar destemidamente a situação, dirigiu bruscamente a René e sem nenhuma transição o trabalho mudo de seu pensamento:

— Chegaram os perfumes da Itália?

— Chegaram, senhora.

— Envie-me uma caixa cheia.

— Com quais?

— Com os últimos, com aqueles...

Catarina parou.

— Com aqueles dos quais gostava particularmente a rainha de Navarra? — retomou René.

— Exatamente.

— Não é preciso prepará-los, não é, senhora? Pois Vossa Majestade é, a essa altura, tão conhecedora quanto eu.

— Você acha? — disse Catarina. — A questão é que eles funcionem.

— Vossa Majestade não tem mais nada para me dizer? — perguntou o perfumista.

— Não, não — retomou Catarina pensativa —, acho que por enquanto é tudo. Se, entretanto, houver novidades sobre os sacrifícios, faça com que eu saiba. Deixemos os carneiros e tentemos as galinhas.

– Infelizmente, senhora, temo que mudando a vítima nada será alterado nos presságios.

– Faça o que digo.

René despediu-se e saiu.

Catarina ficou um momento sentada e pensativa, depois foi sua vez de se levantar e voltar para seu quarto, onde suas criadas a esperavam e onde anunciou para o dia seguinte a peregrinação a Montfaucon.

A novidade dessa pequena festa foi, durante toda a noite, o burburinho do palácio e o rumor da cidade. As damas fizerem preparar sua *toilette*s mais elegantes, os cavalheiros suas armas e cavalos de cerimônia. Os comerciantes fecharam butiques e ateliês, e os vagabundos da ralé mataram aqui e ali alguns huguenotes poupados para uma boa ocasião, a fim de dar um acompanhamento conveniente ao cadáver do almirante.

Foi uma grande balbúrdia durante toda a noite e uma boa parte da madrugada.

La Mole tinha passado o dia mais triste do mundo, e este dia tinha sucedido três ou quatro outros não menos tristes.

O senhor de Alençon, para obedecer aos desejos de Margarida, o tinha instalado em seus aposentos, mas não o havia revisto desde então. Sentia-se, de repente, como uma pobre criança abandonada, privado dos cuidados carinhosos, delicados e charmosos de duas mulheres, a lembrança de uma das quais devorava incessantemente seu pensamento. Tivera notícias dela pelo cirurgião Ambroise Paré, que ela havia lhe enviado. Porém, essas notícias, dadas por um homem de cinquenta anos, que ignorava ou fingia ignorar o interesse que La Mole tinha às mínimas coisas que se relacionavam a Margarida, eram bem incompletas e bastante insuficientes. É verdade que Gillonne viera uma vez, por conta própria, para saber notícias do ferido, é claro. Essa visita tivera o efeito de um raio de sol no calabouço, e La Mole ficara como que inebriado, esperando sempre uma segunda aparição, a qual não chegava, apesar de terem se passado dois dias desde a primeira.

Assim, quando a notícia foi trazida ao convalescente sobre a reunião esplêndida de toda a corte no dia seguinte, ele pediu ao senhor de Alençon para que o acompanhasse.

O duque sequer se perguntou se La Mole estava em estado de suportar o esforço. Apenas respondeu:

— Maravilha! Que lhe deem um de meus cavalos.

Era tudo que La Mole desejava. O mestre Ambroise Paré veio, como de costume, para fazer os curativos. La Mole expôs-lhe a necessidade que apresentava de andar a cavalo e pediu cuidado redobrado na aplicação dos curativos. As duas feridas agora estavam fechadas, tanto a do peito quanto a do ombro, e somente a do ombro o fazia sofrer. Estavam vermelhas, como convém às carnes em cicatrzação. Mestre Ambroise Paré as recobriu com um tafetá bem engomado, na moda naquela época para esses tipos de casos, e prometeu a La Mole que, contanto que não fizesse muitos movimentos durante a excursão que faria, as coisas se passariam bem.

La Mole estava no auge da alegria. A não ser por certa fraqueza causada pela perda de sangue e um leve atordoamento que se ligava a esta causa, sentia-se tão bem quanto poderia estar. Além do mais, Margarida estaria sem dúvida nessa cavalgada. Ele a reveria, e quando pensava no bem que havia lhe feito a aparição de Gillonne, não duvidava da eficácia bem maior que teria aquela de sua senhora.

La Mole empregou então uma parte do dinheiro que havia recebido de sua família ao partir na compra do mais belo gibão de cetim branco e do mais valioso casaco bordado que pôde encontrar o alfaiate da moda. Este mesmo ainda lhe forneceu as botas de couro perfumado que se usava naquela época. Tudo lhe foi entregue pela manhã, apenas meia hora depois de fazer o pedido, de modo que não teve do que se queixar. Vestiu-se rapidamente, olhou-se no espelho, achou que estava convenientemente vestido, penteado e perfumado para ficar satisfeito consigo mesmo. Por último, assegurou-se com várias voltas feitas rapidamente em seu quarto que, apesar das várias dores ainda fortes, a felicidade moral faria calar os incômodos físicos.

Um casaco cor de cereja com caimento um pouco mais longo do que se usava, e o qual ele mesmo mandara elaborar, o vestia particularmente bem.

Enquanto essa cena se passava no Louvre, outra do mesmo estilo acontecia na residência de Guisa. Um grande cavalheiro de cabelos ruivos examinava, em frente a um espelho, um risco avermelhado que lhe atravessava desagradavelmente o rosto. Penteava e perfumava seu bigode, e enquanto o perfumava, espalhava sobre esse traço infeliz que, apesar de todos os cosméticos em uso naquela época, obstinava-se em reaparecer, ele espalhava, eu dizia, uma tripla camada de pó vermelho e branco; mas, como a aplicação parecia insuficiente, teve uma ideia: o sol ardente de agosto dardejava seus raios no pátio. Desceu até ali, segurou seu chapéu na mão e, com o nariz para cima e os olhos fechados, passeou durante dez minutos, expondo-se voluntariamente à chama devoradora que caía abundantemente do céu.

Ao fim de dez minutos, graças a uma insolação de primeira ordem, o cavalheiro havia conseguido ficar com o rosto tão flamejante que agora era o traço vermelho que não estava mais em harmonia com o resto e que, em comparação, parecia amarelo. Nosso cavalheiro não se mostrou menos satisfeito com o "arco-íris" obtido; fez o melhor que pôde para harmonizá-lo com o resto do rosto, graças a uma camada de vermelhão que ele espalhou por cima da cicatriz. Depois disso, colocou sobre os ombros um traje magnífico que um alfaiate havia deixado em seu quarto antes mesmo que ele pudesse pedir por um.

Então, embelezado, almiscarado,[5] armado dos pés à cabeça, desceu uma segunda vez ao pátio e pôs-se a acariciar um grande cavalo preto cuja beleza seria sem igual se o animal não tivesse um pequeno corte que, a exemplo daquele de seu dono, tinha sido feito em uma de suas últimas batalhas civis com um sabre de reiters.

Todavia, encantado com seu cavalo como estava consigo mesmo, este cavalheiro, que nossos leitores reconhecem sem dificuldades, montou na sela quinze minutos antes de todos os demais e fez ressoar o pátio da residência de Guisa com relinchos de seu corcel, aos quais respondiam, à medida que o domava, os "*mordi*" pronunciados em todos os tons. O cavalo — completamente domado — reconhecia rapidamente, por sua flexibilidade e sua obediência, a legítima dominação de seu cavaleiro. Mas a vitória não se deu sem barulho, e esse barulho (talvez fosse com isso que contava nosso cavalheiro) atraiu às janelas uma dama que nosso domador de cavalos cumprimentou intensamente e que lhe sorriu do jeito mais agradável.

Cinco minutos depois, a senhora de Nevers chamou seu mordomo.

– Senhor — perguntou ela —, fizeram o senhor conde Aníbal de Cocunás comer adequadamente?

– Sim, senhora — respondeu o mordomo. — Esta manhã ele até comeu com melhor apetite que de costume.

– Bom, senhor! — disse a duquesa.

Depois, disse virando-se para seu primeiro cavalheiro:

– Senhor de Arguzon, partamos para o Louvre e fique de olho, lhe peço, no senhor conde Aníbal de Cocunás, pois está ferido e, consequentemente, ainda fraco. Não gostaria, por nada neste mundo, que lhe acontecesse algum infortúnio. Isso faria rir os huguenotes que lhe guardam rancor desde aquela bem-aventurada noite de São Bartolomeu.

E a senhora de Nevers, subindo por sua vez no cavalo, partiu radiante para o Louvre, onde se daria o encontro geral.

Eram duas horas da tarde quando uma fila de pessoas a cavalo, brilhando com ouro, joias e vestes esplêndidas apareceu na rua Saint-Denis, desembocando na curva do Cemitério dos Inocentes e estendendo-se sob o sol entre as duas fileiras de casas sombrias como um imenso réptil com anéis cintilantes.

O CORPO DE UM INIMIGO MORTO SEMPRE CHEIRA BEM

Nenhuma tropa, por mais rica que se mostre, pode ser comparada àquele espetáculo. As vestimentas sedosas, ricas e deslumbrantes, legadas como uma moda esplêndida por Francisco I a seus sucessores, não haviam ainda se transformado nas roupas mesquinhas e escuras que foram instituídas por Henrique III, de forma que o traje de Carlos IX, menos ornamentado, mas talvez mais elegante que aqueles de épocas precedentes, deslumbrava com sua perfeita harmonia. Em nossos dias, não há mais nenhum ponto de comparação possível com tal cortejo, pois estamos reduzidos, na grandiosidade de nossas paradas, à simetria e ao uniforme.

Pajens, escudeiros, cavalheiros de baixo escalão, cachorros e cavalos, caminhando ao lado e atrás, faziam do cortejo real um verdadeiro exército. Atrás desse exército vinha o povo, ou melhor dizendo, o povo estava por toda parte.

O povo seguia, escoltava e precedia. Gritava ao mesmo tempo Noël e Haro[1] pois, no cortejo, distinguiam-se vários calvinistas aderidos, e o povo tem rancor.

Foi de manhã, na frente de Catarina e do duque de Guisa, que Carlos IX falara, como se fosse algo totalmente natural, na frente de Henrique de Navarra sobre ir visitar a forca de Montfaucon, ou melhor, o corpo mutilado do almirante, que estava pendurado. O primeiro movimento de Henrique fora o de dispensar sua presença nessa visita. Catarina o aguardava exatamente ali. Logo às primeiras palavras que disse expressando sua repugnância, ela trocou um olhar e um sorriso com o duque de Guisa. Henrique captou tanto um quanto outro, os compreendeu e retomou a fala de repente:

– Mas, na verdade, por que eu não iria? Sou católico, e obedeço à minha nova religião — em seguida, se dirigindo a Carlos IX —, Vossa Majestade pode contar comigo, estarei sempre feliz em acompanhá-la por onde ela for.

E lançou ao redor uma olhadela rápida para ver quantas sobrancelhas se franziam.

Por isso, talvez, de todo o cortejo, aquele que despertava o maior número de olhares curiosos era esse filho sem mãe, esse rei sem reino, esse huguenote feito católico. Sua estatura longa e característica, sua aparência meio vulgar, sua familiaridade com seus inferiores — que chegava a um grau quase inconveniente para um rei, familiariade que vinha dos hábitos montanheses de sua juventude e que ele conservaria até sua morte —, o distinguiam para os espectadores, que gritavam:

– Para a missa, jovem Henrique, para a missa!

Ao que Henrique respondia:

– Fui ontem, volto hoje, e retornarei amanhã. *Ventre-saint-gris!* Parece que já é o bastante.

Já Margarida estava a cavalo, tão bela, tão jovial, tão elegante que o som de admiração fazia ao seu redor um concerto — cujas notas, algumas, deve-se confessar, se dirigiam a sua companheira, a duquesa de Nevers, que acabara de se juntar, e cujo cavalo branco, como se orgulhoso do peso que carregava, balançava furiosamente a cabeça.

— E então, duquesa — disse a rainha de Navarra —, alguma novidade?

— Não, senhora — respondeu Henriqueta bem alto —, nada que eu não saiba. Depois, acrescentou baixinho:

— E o huguenote — perguntou —, o que aconteceu com ele?

— Encontrei para ele uma habitação um tanto segura — respondeu Margarida. — E o grande massacrador de gente, o que fez dele?

— Quis participar da festa. Está montando o cavalo de batalha do senhor de Nevers, um cavalo grande como um elefante. É um cavaleiro surpreendente. Eu lhe dei a permissão para assistir à cerimônia, porque pensei que prudentemente o seu huguenote ficaria no quarto, e dessa forma não haveria nenhum encontro a temer.

— Oh! Mas é claro! — respondeu Margarida, sorrindo. — Se estivesse aqui, e não está, acho que não haveria encontro para isso. É um bom rapaz meu huguenote, mas não outra coisa. Um pombo, e não um gavião. Ele arrulha, mas não morde. Além disso — disse num tom intraduzível, ligeiramente dando de ombros —, talvez acreditemos que fosse huguenote, quando é brâmane, e sua religião o proíbe de derramar sangue.

— Mas onde está então o duque de Alençon? — perguntou Henriqueta. — Não o vejo em lugar algum.

— Se juntará a nós. Estava com dor nos olhos esta manhã e pensava em não vir, mas como sabemos que, para não ter a mesma opinião que seu irmão Carlos e seu irmão Henrique, pende para os huguenotes, fizeram-lhe perceber que o rei poderia interpretar mal sua ausência e então decidiu vir. Mas veja, estão olhando, gritando lá longe, é ele que deve ter vindo pela porta de Montmartre.

— De fato, é ele mesmo, reconheço-o — disse Henriqueta. — Aliás, está com o semblante bom hoje. Há algum tempo que está se cuidando: deve estar apaixonado. Veja então como é bom ser príncipe de sangue: ele galopa sobre todos, e todos se afastam.

– De fato — disse rindo Margarida —, ele vai nos atropelar. Deus me perdoe! Mande seus homens se afastarem, duquesa! Pois veja ali um que, se não se mover, vai ser morto.

– Ah! É o meu intrépido! — exclamou a duquesa. — Veja, veja.

Cocunás, com efeito, deixara seu grupo para se aproximar da senhora de Nevers. Mas, bem no momento em que seu cavalo atravessava um tipo de bulevar que dividia a rua do faubourg[2] Saint-Denis, um cavaleiro da junta do duque de Alençon, tentando em vão conter seu cavalo descontrolado, bateu em cheio em Cocunás. Cocunás, desequilibrado, balançou sobre sua colossal montaria, seu chapéu quase caiu; ele se segurou e se virou furioso.

– Meu Deus! — disse Margarida se inclinando à orelha de sua amiga. — Senhor de La Mole!

– Este lindo rapaz pálido! — exclamou a duquesa, incapaz de controlar sua primeira impressão.

– É, é ele! Foi ele quem por pouco derrubou o seu piemontês.

– Oh! Mas — disse a duquesa — vão acontecer coisas temerosas! Eles se olham, se reconhecem!

Realmente, ao se virar, Cocunás havia reconhecido o semblante de La Mole. E surpreso, deixou cair a rédea de seu cavalo, pois acreditava ter matado seu antigo companheiro, ou ao menos tê-lo tirado temporariamente de combate. Por sua vez, La Mole reconheceu Cocunás e sentiu um calor que lhe subia ao rosto. Durante alguns segundos, suficientes à expressão de todos os sentimentos que engendravam esses dois homens, se miraram com um olhar que fez estremecer as duas mulheres. Depois disso, La Mole, tendo olhado ao redor de si, e tendo compreendido que, sem dúvida, o local era mal escolhido para uma explicação, atiçou o cavalo e foi se juntar ao duque de Alençon. Cocunás ficou um momento imóvel enrolando seu bigode, erguendo sua ponta até ferir os olhos. Depois disso, ao ver que La Mole se afastava sem lhe dizer nada, pôs-se a caminho.

– Ah! — disse Margarida com uma desdenhosa dor. — Então não estava enganada... Oh! Desta vez é extraordinário.

E ela mordeu os lábios até sangrar.

– Ele é bem bonito — respondeu a duquesa, com comiseração.

Bem nesse momento o duque de Alençon acabava de tomar seu lugar atrás do rei e da rainha-mãe, de forma que seus cavalheiros, unindo-se a ele, eram obrigados a passar em frente a Margarida e à duquesa de Nevers. La Mole, passando por sua vez pelas duas princesas, ergueu seu chapéu, cumprimentou a rainha se inclinando até o pescoço do cavalo e permaneceu com a cabeça descoberta esperando que a rainha lhe desse a honra de um olhar.

Mas Margarida virou orgulhosamente o rosto.

La Mole leu sem dúvida a expressão de desdém impressa no rosto da rainha, e de pálido que estava ficou lívido. Além disso, para não cair de seu cavalo, foi obrigado a se segurar pela crina.

– Oh! — disse Henriqueta à rainha. — Mas olhe, então, como você é cruel! Ele vai se sentir mal.

– Bom! — disse a rainha com um sorriso esmagador. — Só nos faltava essa... Você tem sais?

A senhora de Nevers se enganava. La Mole, cambaleando, reencontrou suas forças, e, se restabelecendo em seu cavalo, foi tomar seu lugar ao lado do duque de Alençon.

Entretanto, continuavam a avançar, viam desenhar a silhueta lúgubre da forca construída e inaugurada por Enguerrand de Marigny. Ela nunca estivera tão bem adornada quanto agora.

Os porteiros e os guardas caminhavam à frente e formavam um largo círculo ao redor do conjunto. Ao se aproximarem, os corvos empoleirados na forca voaram com um grasnar de desespero.

A forca que se erguia em Montfaucon costumava oferecer, atrás das colunas, abrigo aos cachorros atraídos pelas presas frequentes e aos bandidos filósofos, que vinham meditar sob as tristes vicissitudes da fortuna.

Nesse dia não havia, pelo menos aparentemente, em Montfaucon, nem cachorro, nem bandido. Os porteiros e os guardas expulsaram os primeiros juntamente com os corvos, e os outros se misturaram à massa para operar algumas das boas ações que são as risíveis vicissitudes da profissão.

O cortejo avançava. O rei e Catarina chegaram primeiro; em seguida, o duque de Anjou, o duque de Alençon, o rei de Navarra, o senhor de Guisa com seus cavalheiros. Depois, a senhora Margarida, a duquesa de Nevers e todas as mulheres que formavam o que se chamava de esquadrão volante[3] da rainha. Por último, os pajens, escudeiros, valetes e o povo: no total, dez mil pessoas.

Na forca principal estava pendurada uma massa informe, um cadáver preto, sujo de sangue coagulado e de lama esbranquiçada por causa das novas camadas de poeira. Ao cadáver faltava a cabeça. Por isso estava pendurado pelos pés. De resto, a ralé, engenhosa como sempre, trocara a cabeça por um maço de palhas ao qual pusera uma máscara, e na boca dessa máscara algum esperto conhecedor dos costumes do senhor almirante introduzira um palito de dentes.

Era um espetáculo ao mesmo tempo lúgubre e bizarro, todos aqueles elegantes senhores e aquelas lindas damas desfilando, como numa procissão pintada por Goya, em meio a esqueletos escuros e forcas de braços longos e descarnados. Quanto mais barulhenta a alegria dos visitantes, maior era o contraste com o insípido silêncio e a fria insensibilidade daqueles cadáveres, alvos de gozações que faziam estremecer até mesmo os que zombavam.

Muitos suportavam com bastante dificuldade esse terrível espetáculo. Pela sua palidez, podia-se distinguir, no grupo dos huguenotes aderidos, Henrique, que, apesar da força que fez sobre si e do alto grau de dissimulação que o Céu lhe concedera, não pôde se conter. Tomou como pretexto o cheiro impuro que dispersavam todos aqueles restos humanos e, se aproximando de Carlos IX, que, lado a lado com Catarina, parara na frente dos restos do almirante, disse:

– Sire, Vossa Majestade não acha que esse pobre cadáver cheira bem mal para ficarmos aqui por mais tempo?

– Você acha, Henrique? — disse Carlos IX, cujos olhos brilhavam de uma alegria feroz.

– Sim, Sire.

– Ora, não concordo... O corpo de um inimigo cheira sempre bem.

– Por Deus, Sire! — disse Tavannes. — Já que Vossa Majestade sabia que viríamos fazer uma visitinha ao senhor almirante, deveria ter convidado Pierre Ronsard, seu grande mestre em poesia: teria feito, durante a sessão, o epitáfio do velho Gaspard.

– Não precisamos dele para isso — Carlos IX —, o faremos nós mesmos... por exemplo, escutem, senhores — disse Carlos IX depois de refletir um pouco.

Aqui jaz — mas está mal contado,
Não é expressão que ele mereça —
Eis aqui o almirante pendurado
Pelos pés, à falta da cabeça

– Bravo! Bravo! — exclamaram os cavalheiros católicos em uníssono, enquanto os huguenotes aderidos franziam as sobrancelhas em silêncio.

Quanto a Henrique, como conversava com Margarida e com a senhora de Nevers, fez de conta que não ouviu.

– Vamos, vamos, senhor — disse Catarina, que, apesar dos perfumes com os quais se cobria, começava a se indispor por causa do odor. — Vamos, mesmo de uma tão boa companhia deve-se se despedir. Digamos adeus ao almirante e voltemos a Paris.

Ela fez com a cabeça um sinal irônico, como quando nos despedimos de um amigo, e, tomando seu lugar à frente do desfile, seguiu o caminho de volta, enquanto o cortejo desfilava na frente do cadáver de Coligny.

O sol se punha no horizonte.

O povo se atirava aos passos de Suas Majestades para aproveitar ao máximo o esplendor do cortejo e os detalhes do espetáculo. Os ladrões seguiram o povo — de tal maneira que, dez minutos depois da partida do rei, não havia ninguém ao redor do cadáver mutilado do almirante, sobre o qual as primeiras brisas da noite começavam a cair.

Quando dizemos ninguém, nos enganamos. Um cavalheiro montado num cavalo preto, e que não pôde, sem dúvida, no momento em que estava honrado pela presença dos príncipes, contemplar tranquilamente esse tronco informe e preto, ficou ali por último, e se entretia em examinar nos mínimos detalhes as correntes, os pregos, os pilares de pedras e por fim a forca, que pareciam sem dúvida para ele — que chegara há poucos dias a Paris e desconhecia os aperfeiçoamentos que traz em tudo a capital — o modelo de tudo aquilo que o homem pode inventar de mais terrivelmente vil.

Não é preciso dizer aos nossos leitores que esse homem era nosso amigo Cocunás. Um olhar empenhado de mulher procurou em vão por ele na cavalgada, sondando as fileiras sem conseguir encontrá-lo. O senhor de Cocunás, como dissemos, estava em êxtase frente à obra de Enguerrand de Marigny.

Mas aquela mulher não era a única a procurar o senhor de Cocunás. Outro cavalheiro, notável por seu gibão de cetim branco e sua elegante pluma, depois de ter olhado para a frente e para os lados, tratou de olhar para trás e viu a alta estatura de Cocunás e a gigantesca silhueta de seu cavalo se afastarem vigorosamente sob o céu avermelhado pelos últimos reflexos do crepúsculo.

Quase imediatamente o cavalheiro de gibão de cetim branco desviou do caminho que seguia o resto da tropa, tomou um pequeno atalho, e, dando meia-volta, voltou em direção à forca.

Quase no mesmo instante, a dama, que reconhecemos ser a duquesa de Nevers — como reconhecemos ser Cocunás o grande cavalheiro no cavalo preto —, se aproximou de Margarida e lhe disse:

– Nós duas nos enganamos, Margarida, pois o piemontês ficou para trás, e senhor de La Mole o seguiu.

– *Mordi!* — respondeu Margarida rindo. — Então vai acontecer alguma coisa. Nossa! Juro que não me incomodaria se tivesse que voltar para trás por ele.

Margarida então se virou e efetivamente viu La Mole executar a manobra que descrevemos.

Foi então a vez das duas princesas deixarem a fila: a ocasião era das mais favoráveis. Estavam virando em frente a um caminho contornado por largos arbustos e que subia, passando a trinta passos da forca. A senhora de Nevers disse uma palavra no ouvido de seu capitão; Margarida fez um sinal a Gillonne, e os quatro foram por esse caminho mais curto se emboscar atrás da moita mais próxima do lugar onde se passaria a cena da qual pareciam querer ser os espectadores. Havia cerca de trinta passos, como dissemos, desse lugar até àquele onde Cocunás, em êxtase, gesticulava diante do almirante.

Margarida desceu do cavalo, a senhora de Nevers e Gillonne fizeram o mesmo. O capitão também desceu e juntou em suas mãos as rédeas dos quatro cavalos. Uma grama fresca e espessa oferecia às três mulheres um posto, como solicitam frequente e inutilmente as princesas.

Uma abertura lhes permitia não perder o mínimo detalhe.

La Mole tinha dado meia-volta. Veio rapidamente se posicionar atrás de Cocunás e, esticando a mão, bateu-lhe no ombro.

O piemontês se virou.

– Oh! – disse. – Então não era um sonho! Você ainda está vivo!

– Estou, senhor – respondeu La Mole. – Sim, estou vivo ainda. Não por culpa sua, mas, enfim, vivo.

– *Mordi*! Reconheço-o bem – retomou Cocunás –, apesar de seu rosto pálido. Você estava mais vermelho que isso da última vez que nos vimos.

– E eu – disse La Mole – reconheço-lhe também apesar da linha amarela que corta seu rosto. Você estava mais pálido que isso quando eu a fiz.

Cocunás mordeu os lábios, mas, decidido, ao que parece, a continuar a conversa em tom de ironia, prosseguiu:

– É curioso, não é, senhor de La Mole, principalmente para um huguenote, poder ver o senhor almirante pendurado neste gancho de ferro? E dizer, entretanto, que há pessoas exageradas o bastante para nos acusar de ter matado até huguenotezinhos que ainda mamam no peito!

– Conde – disse La Mole, se inclinando –, não sou mais huguenote, tenho a felicidade de ser católico.

– Ha! — exclamou Cocunás com um grande riso. — Você está convertido, senhor. Oh! Como é conveniente!

– Senhor — continuou La Mole, com a mesma seriedade e educação —, fiz voto de me converter se escapasse do massacre.

– Conde — retomou o piemontês —, é um voto muito prudente, o felicito. Não teria feito outros mais?

– Claro que sim, senhor, fiz um segundo — respondeu La Mole, acariciando sua cavalgadura com uma perfeita tranquilidade.

– Qual? — perguntou Cocunás.

– O de pendurá-lo lá em cima, neste preguinho que parece esperá-lo abaixo do senhor de Coligny.

– Como? — disse Cocunás — Completamente vivo, como estou agora?

– Não, senhor, depois de ter lhe passado a espada através do corpo.

Cocunás ficou roxo, seus olhos verdes lançaram chamas.

– Pensa então — disse zombando — neste prego!

– Sim — retomou La Mole —, neste prego...

– Você não é alto o suficiente para isso, meu pequeno senhor! — disse Cocunás.

– Então, subirei em seu cavalo, meu caro assassino! — respondeu La Mole. — Ah! Você acha, caro Aníbal de Cocunás, que pode matar as pessoas impunemente com o leal e honroso pretexto de que se é cem contra um?! Não, não! Chega um dia em que homem encontra homem, e acho que esse dia chegou hoje. Tenho vontade de acabar com essa sua cara feia com um tiro de pistola! Uma pena que miraria mal, pois ainda tenho a mão tremendo por causa das feridas que me fez em traição.

– Minha cara feia! — berrou Cocunás, saltando do cavalo. — No chão! Vamos! Vamos, senhor conde, desembainhemos.

E pôs a espada na mão.

– Acho que seu huguenote disse "cara feia" — murmurou a duquesa de Nevers no ouvido de Margarida. — Você o acha feio?

– Ele é charmoso! — disse Margarida, rindo. — E sou obrigada a dizer que a fúria torna o senhor de La Mole injusto. Mas, shhh! Vamos ver.

De fato, La Mole desceu do seu cavalo com tanta cautela quanto Cocunás, por sua vez, tinha sido rápido. Abriu seu casaco cereja, o colocou no chão, desembainhou sua espada e se pôs em guarda.

– Ai! — grunhiu ao esticar o braço.

– Ui! — murmurou Cocunás, desdobrando o seu, pois os dois, como sabemos, estavam feridos no ombro e sofriam com movimentos muito bruscos.

Uma gargalhada mal segurada escapou da moita. As princesas não puderam se conter vendo os dois campeões esfregarem os ombros, fazendo caretas. Esse riso chegou até os dois cavalheiros, que desconheciam a presença de testemunhas e que, virando-se, reconheceram suas damas.

La Mole se recolocou em guarda, duro como um autômato e Cocunás empenhou o ferro com um *mordi*! dos mais nítidos.

– Ora! Mas eles estão decididos e vão se degolar se não colocarmos ordem. Chega de brincadeiras. Basta! Senhores! Basta!

– Deixe-os! Deixe-os! — disse Henriqueta, que, tendo visto Cocunás em ação, esperava, do fundo do coração, que ele tivesse o mesmo bom resultado contra La Mole quanto tivera com os dois sobrinhos e o filho de Mercandon.

– Oh! Eles são realmente bonitos assim — disse Margarida. — Veja. Poderia-se dizer que eles soltam fogo.

Realmente, o combate, começado por zombarias e provocações, tornou-se silencioso a partir do momento em que os dois campeões cruzaram os ferros. Os dois duvidavam de suas forças e, um ou outro, a cada movimento brusco demais, era forçado a reprimir um arrepio de dor arrancado pelas antigas feridas. Entretanto, com os olhos fixos e ardentes, a boca entreaberta, os dentes cerrados, La Mole avançava a pequenos passos firmes e secos sobre seu adversário que, reconhecendo nele um mestre de armas, recuava a passos curtos, mas recuava. Ambos chegaram assim até a borda do fosso, do outro lado do qual se encontravam os espectadores. Ali, como se sua retirada fosse um simples cálculo para se aproximar de sua dama, Cocunás parou e, num movimento um pouco largo de La Mole, deu, com a rapidez de um raio, um golpe direito. No mesmo instante, o gibão de cetim branco de La Mole se embebeu de uma mancha vermelha que foi aumentando.

– Coragem! — gritou a duquesa de Nevers.

– Ah! Pobre La Mole! — disse Margarida, com um grito de dor.

La Mole ouviu esse grito, deu à rainha umas dessas olhadas que penetram mais profundamente o coração que a ponta de uma espada e, com um movimento em falso, acertou em cheio.

Dessa vez, as duas mulheres soltaram dois gritos simultâneos. A ponta da espada de La Mole aparecera cheia de sangue atrás das costas de Cocunás.

Porém, nem um nem outro caiu. Ambos ficaram de pé, se olhando, as bocas entreabertas, sentindo cada um de seu lado que, ao mínimo movimento que fizessem, perderiam o equilíbrio. Por fim, o piemontês, mais perigosamente ferido que seu adversário, sentindo que suas forças se esvaíam junto com seu sangue, deixou-se cair sobre La Mole, segurando-o com um braço, enquanto com o outro tentava desembainhar o punhal. La Mole, por sua vez, reuniu todas as suas forças, ergueu a mão e desceu o cabo de sua espada bem no meio da testa de Cocunás, que, atordoado com o golpe, caiu. E, ao cair, levou consigo seu adversário na queda, de tal forma que os dois rolaram no fosso.

Logo, Margarida e a duquesa, vendo que os dois mesmo morrendo ainda tentavam se acabar, se precipitaram, ajudadas pelo capitão da guarda. Mas antes que chegassem até eles, as mãos se relaxaram, os olhos se fecharam, e cada combatente, deixando escapar o ferro que segurava, se endureceu numa convulsão suprema.

Uma grande poça de sangue escorria.

– Oh! Corajoso! Corajoso La Mole! — exclamou Margarida, incapaz de segurar por mais tempo sua admiração. — Ah! Perdão, mil vezes perdão por ter suspeitado de você!

E seus olhos se encheram de lágrimas.

– Tarde demais, tarde demais! — murmurou a duquesa. — Estimado Aníbal... Diga, diga, senhora, você já viu alguma vez tão intrépidos leões?

Ela se desfez em soluços.

– Oh! Deus! Que golpes brutais — disse o capitão tentando estancar o sangue que escorria em abundância. — Ei! Você, que está chegando! Venha mais rápido!

De fato, um homem, sentado sobre um tipo de carroça pintada de vermelho, surgia da brisa noturna, cantando uma velha canção, da qual sem dúvida o milagre do Cemitério dos Inocentes o fizera lembrar:

Como é lindo o espinheiro floreado,
Esverdeado,
Que segue o rio e suas margens.
Te vestes de cima a baixo,
Feito longos braços,
Destas lindas vinhas selvagens.

Com seu canto o rouxinol,
Sem bemol,
Sua bem-amada vem cortejar.
E para seus amores declarar,
Vem morar,
Todo ano neste ramo pra cantar.

Então viva, gentil espinheiro!
E inteiro,
Sempre ficará, e nem tempestade,
Nem machado, nem mesmo o vento,
Ou o tempo,
Podem te arruinar...

– Ei, você! — repetiu o capitão. — Venha logo quando o chamam! Não está vendo que esses cavalheiros precisam de socorro?

O homem da charrete, cujo exterior repugnante, somado ao rosto rude, formava um contraste estranho com a doce e bucólica canção que acabamos de citar, parou seu cavalo, desceu, e, se inclinando sobre os dois corpos:

– Eis algumas belas feridas — disse —, mas eu ainda faço melhor.

– Então quem é você? — perguntou Margarida, sentindo, apesar dos esforços, certo terror contra o qual não tinha forças para lutar.

– Senhora — respondeu o homem se inclinando até o chão —, sou o mestre Caboche, carrasco do preboste de Paris, e eu estava indo pendurar nesta forca companheiros para o senhor almirante.

– Muito bem, e eu sou a rainha de Navarra — respondeu Margarida. — Jogue aí os cadáveres, espalhe em sua carroça as mantas de nossos cavalos, e traga estes dois cavalheiros ao Louvre cuidadosamente atrás de nós.

O COLEGA DO MESTRE AMBROISE PARÉ

A carroça em que foram colocados Cocunás e La Mole tomou o caminho de Paris, seguindo no escuro o grupo que lhe servia de guia. Parou no Louvre. O condutor recebeu uma boa recompensa. Transportaram os feridos aos aposentos do duque de Alençon e mandaram buscar o mestre Ambroise Paré.

Quando chegou, nem um nem outro havia ainda retomado consciência.

La Mole era o menos ferido dos dois: o golpe de espada lhe atingira abaixo da axila direita, mas não havia lesado nenhum órgão vital. Quanto a Cocunás, tinha o pulmão atravessado, e o ar que saía da ferida fazia oscilar a chama de uma vela.

O mestre Ambroise não respondia por Cocunás.

A senhora de Nevers estava desesperada. Fora ela que, confiante na força, na destreza e na coragem do piemontês, impedira Margarida de se opor ao combate. Ela bem que podia mandar transportar Cocunás até a residência de Guisa para repetir em uma segunda ocasião os cuidados da primeira. Mas a qualquer momento seu marido podia chegar de Roma e achar estranha a instalação de um intruso no domicílio conjugal.

Para esconder a causa dos ferimentos, Margarida mandou levar os dois jovens até os aposentos de seu irmão, onde um dos dois, aliás, já estava instalado, dizendo que eram cavalheiros que tinham caído de seus cavalos durante o passeio. Mas a verdade foi divulgada pela admiração do capitão que testemunhou o combate, e logo se soube na corte que dois novos espadachins haviam acabado de se tornar célebres.

Cuidados pelo mesmo cirurgião que dividia seus tratos entre eles, os dois feridos passaram por diferentes fases de recuperação que destacavam em maior ou menor grau a gravidade de seus ferimentos. La Mole, o menos gravemente atingido dos dois, retomou primeiro a consciência. Quanto a Cocunás, uma febre terrível tomou conta dele, e seu retorno à vida foi marcado por todos os sinais do mais terrível delírio.

Embora fechado no mesmo quarto que Cocunás, La Mole, ao retomar consciência, não viu seu companheiro, ou não fez nenhum sinal de que o via. Cocunás, pelo contrário, ao abrir os olhos os fixou em La Mole com uma expressão que pôde provar que o sangue que o piemontês acabara de perder não havia em nada diminuído as paixões de seu temperamento de fogo.

Cocunás pensava que estava sonhando, e que nesse sonho reencontrava o inimigo que duas vezes acreditara ter matado. O sonho, porém, se prolongava excessivamente. Após ter visto La Mole deitado como ele, ser tratado como ele pelo cirurgião, o viu se levantar da cama, à qual ele próprio ainda estava pregado pela febre, pela fraqueza e pela dor, e então descer, andar de braços dados com o cirurgião, em seguida andar com uma bengala e, por fim, caminhar sozinho.

Cocunás, ainda delirando, olhava todos esses diferentes períodos da convalescença de seu companheiro com um olhar ora atônito, ora furioso, mas sempre ameaçador.

Tudo isso oferecia ao espírito ardente do piemontês uma mistura assustadora de fantástico e real. Para ele, La Mole estava morto, bem morto, tendo sido eliminado duas vezes em vez de uma; entretanto, reconhecia a sombra desse La Mole deitada numa cama igual à sua. Em seguida, viu, como dissemos, a sombra se levantar, depois caminhar, e — coisa assustadora! — caminhar em direção à sua cama. Essa sombra, a qual Cocunás desejava que fosse até o fundo dos infernos e da qual quis fugir, veio direto até ele e parou na cabeceira, em pé, olhando. Havia até um sentimento de doçura e de compaixão em seus traços, que Cocunás compreendeu como a expressão de um deboche infernal.

Com isso, acendia nesse espírito — mais doente talvez que seu próprio corpo — uma cega vontade de vingança. Cocunás só teve uma preocupação: a de procurar uma arma qualquer e atingir o corpo ou a sombra de La Mole, que o atormentava cruelmente. Suas roupas haviam sido postas numa cadeira e em seguida levadas embora, pois, toda sujas de sangue como estavam, julgaram melhor afastá-las do ferido; no entanto, deixaram nessa mesma cadeira seu punhal, o qual não suspeitavam que poderia lhe servir em tão pouco tempo. Cocunás viu o punhal. Durante três noites, aproveitando do momento em que La Mole dormia, tentou esticar a mão até ele. Três vezes a força lhe faltou, e desmaiou. Finalmente, na quarta noite, alcançou a arma, segurou-a com a ponta dos dedos contorcidos, e, soltando um gemido provocado pela dor, escondeu-a debaixo de seu travesseiro.

No dia seguinte, notou algo extraordinário: a sombra de La Mole, que parecia ganhar novas forças a cada dia, enquanto que, sempre ocupado com a visão terrível, usava as suas na eterna trama do complô através do qual se livraria dela; a sombra de La Mole, cada vez mais alerta, deu, com um ar pensativo, duas ou três voltas no quarto. Por fim, após ajustar seu casaco, amarrar sua espada e ajeitar na cabeça um chapéu de abas largas, abriu a porta e saiu.

Cocunás respirou. Acreditou que estava livre de seu fantasma. Durante duas ou três horas, o sangue em suas veias circulou mais calmo e mais frio, como nunca havia estado desde o momento do duelo. Um dia de ausência de La Mole faria Cocunás retomar a consciência; oito dias talvez o tivessem curado. Infelizmente, La Mole voltou em duas horas.

Essa volta foi para o piemontês uma verdadeira punhalada, e, embora La Mole não tivesse voltado sozinho, Cocunás não olhou seu companheiro.

Entretanto, o sujeito que o acompanhava certamente merecia que o olhassem.

Era um homem de uns quarenta anos, baixo, robusto, vigoroso, cabelos pretos que desciam até as sobrancelhas e barba preta que, contrariamente à moda da época, cobria toda a parte de baixo do rosto. Mas o recém-chegado parecia não se preocupar muito com a moda. Vestia um tipo de gibão de couro todo maculado de manchas escuras, um casaco vermelho-sangue, uma camisa vermelha, grandes sapatos de couro que subiam acima dos tornozelos, uma touca da mesma cor do casaco e tinha a cintura marcada por um largo cinto no qual pendurava uma faca escondida na bainha.

Esse estranho personagem, cuja presença parecia uma anomalia no Louvre, jogou na cadeira o casaco escuro que o cobria e se aproximou vigorosamente da cama de Cocunás, cujos olhos, como por uma fascinação singular, permaneciam constantemente fixados em La Mole, que se mantinha a distância. O homem olhou o doente e, balançando a cabeça, falou:

– Você deixou passar muito tempo, meu cavalheiro!

– Não podia sair mais cedo — disse La Mole.

– Por Deus! Mandasse vir me buscar!

– Quem?

– Ah! É verdade! Esqueci onde estamos. Eu disse a essas mulheres, mas não quiseram me ouvir. Se tivessem seguido minhas ordens, em vez de obedecerem a esta besta que chamam de Ambroise Paré, vocês estariam há muito tempo em condições de correr aventuras juntos, ou de desferir outros golpes de espada um no outro, se isso lhes agrada. Enfim, veremos. Está consciente, seu amigo?

– Não muito.

– Mostre a língua, cavalheiro.

Cocunás mostrou a língua para La Mole fazendo uma careta tão pavorosa que o examinador balançou uma segunda vez a cabeça.

– Oh! Contração dos músculos. Não temos tempo a perder. Nesta noite, prepararei um medicamento e faremos que ele o tome três vezes, de hora em hora: uma vez à meia-noite, uma vez à uma hora e uma vez às duas horas.

– Bom.

– Mas quem o fará tomar esse remédio?

– Eu.

– Você mesmo?

– Sim.

– Você me dá sua palavra?

– Pela fé do cavalheiro!

– E se algum médico quiser retirar a mínima parcela para decompô-lo e ver com quais ingredientes ele é feito...

– Derramarei fora até a última gota.

– Pela fé do cavalheiro também?

– Eu juro!

– Por quem eu lhe enviarei o medicamento?

– Por quem você quiser.

— Mas meu enviado...
— O que tem ele?
— Como poderá penetrar até aqui?
— Está previsto. Ele dirá que vem da parte do senhor René, o perfumista.
— Aquele florentino que mora na ponte Saint-Michel?
— Exatamente. Ele entra no Louvre a qualquer hora, de dia ou de noite.

O homem sorriu.

— Na verdade — disse —, é o mínimo que lhe deve a rainha-mãe. Está certo, viremos da parte do mestre René, o perfumista. Bem que posso tomar seu nome uma vez: ele frequentemente exerceu minha profissão sem ser autorizado.

— Então — disse La Mole — conto com você?
— Pode contar.
— E o pagamento...
— Oh! Acertaremos isso com o próprio cavalheiro quando estiver em pé.
— E fique tranquilo, acredito que estará em estado de recompensá-lo generosamente.
— Também acho. Mas — completou com um sorriso singular —, como é costume das pessoas que fazem negócio comigo não me reconhecerem, não ficaria surpreso se, uma vez de pé, ele esquecesse, ou melhor, não se incomodasse de modo algum em se lembrar de mim.
— Bom, bom — disse La Mole sorrindo por sua vez. — Nesse caso, estarei ali para lhe refrescar a memória.
— Vamos, que assim seja! Em duas horas você terá o medicamento.
— Até logo.
— O que disse?

– Até logo.

O homem sorriu.

– Eu — retomou — tenho o costume de dizer sempre adeus. Então adeus, senhor La Mole. Em duas horas você terá o remédio. Entendeu? Ele deve ser ingerido à meia-noite... três doses... de hora em hora.

Dizendo isso, saiu, e La Mole ficou sozinho com Cocunás.

Cocunás ouvira toda a conversa, mas não entendera nada: um vão ruído de falas, um vão barulho de palavras chegaram até ele. De todo esse encontro ele só guardou uma palavra: meia-noite.

Continuou então seguindo com o olhar ardente La Mole, que continuou no quarto, sonhando e caminhando.

O doutor desconhecido manteve a palavra e, na dita hora, enviou o medicamento, que La Mole colocou num pequeno *réchaud* de prata. Com essa precaução tomada, foi se deitar.

Essa ação de La Mole deu um pouco de repouso a Cocunás. Tentou fechar os olhos, mas sua sonolência febril era apenas a sequência de sua vigília delirante. O mesmo fantasma que o perseguia de dia retornava à noite. Através de suas pálpebras áridas, continuava a ver La Mole sempre ameaçador; em seguida, uma voz repetia em seu ouvido: meia-noite! Meia-noite! Meia-noite!

De repente, o timbre vibrante do relógio despertou no meio da noite e tocou doze vezes. Cocunás reabriu os olhos inflamados. A respiração ardente de seu peito devorava seus lábios áridos. A sede inextinguível consumia sua garganta em brasa. A pequena lamparina da noite queimava como de costume, e sua frágil luz fazia dançar mil fantasmas sob o olhar vacilante de Cocunás.

Então ele viu — coisa pavorosa! — La Mole descer de sua cama. Em seguida, depois de dar uma ou duas voltas no quarto, como faz o gavião diante do pássaro perseguido, avançou até ele lhe mostrando o punho. Cocunás esticou a mão até seu punhal, o segurou pelo cabo e se preparou para furar seu inimigo.

La Mole continuava a avançar.

Cocunás murmurava:

— Ah! É você, você ainda, você sempre! Venha. Ah! Você me ameaça, me mostra o punho, sorri! Venha, venha! Ah! Você se aproxima calmamente, passo a passo. Venha, venha que eu o massacro!

E de fato, juntando o gesto a esta ameaça surda, no momento em que La Mole se inclinava em sua direção, Cocunás fez brilhar de debaixo dos lençóis o reflexo de uma lâmina. Mas o esforço que o piemontês fez para se erguer extinguiu suas forças: o braço esticado na direção de La Mole parou no meio do caminho, o punhal escapou de sua mão débil, e o moribundo caiu novamente em seu travesseiro.

— Ora, ora — murmurou La Mole erguendo lentamente sua cabeça e aproximando uma xícara de seus lábios —, beba isso, meu pobre camarada, pois você está queimando.

Na verdade, era uma xícara que La Mole apresentava a Cocunás e não o punho ameaçador contra o qual combateu o cérebro vazio do ferido.

Mas, ao contato aveludado do bom licor que umedecia seus lábios e refrescava seu peito, Cocunás voltou à razão, ou melhor, ao instinto: sentiu espalhar-se em si um bem-estar como nunca havia provado. Abriu um olho consciente a La Mole, que o segurava com os braços e lhe sorria, e, desse olho antes contraído por uma fúria sombria, uma pequena lágrima imperceptível escorreu sobre o rosto ardente, que a bebeu avidamente.

— *Mordi!* — murmurou Cocunás, se repousando sobre seu travesseiro — Se eu escapar dessa, senhor de La Mole, você será meu amigo.

– E vai escapar, meu camarada — disse La Mole —, se você tomar três xícaras como essa que acabei de lhe dar, e não tiver mais sonhos vis.

Uma hora depois, La Mole transformado em enfermeiro e seguindo pontualmente as ordens do doutor desconhecido, se levantou pela segunda vez, colocou outra vez o licor numa xícara, e o levou até Cocunás. Mas desta vez o piemontês, em vez de esperar com o punhal na mão, o recebeu de braços abertos e engoliu a bebida com gosto; em seguida, pela primeira vez, dormiu tranquilamente.

A terceira xícara teve um efeito não menos milagroso. O peito do doente começou a deixar passar uma respiração regular, embora ainda ofegante. Seus membros enrijecidos se distendiam, uma leve umidade se espalhou na superfície da pele ardente. E no dia seguinte, assim que o mestre Ambroise Paré veio visitar o ferido, sorriu com satisfação dizendo:

– A partir de agora, respondo pelo senhor de Cocunás, e será um dos mais belos tratamentos que já fiz.

Como resultado dessa cena meio dramática, meio burlesca (mas que no fundo exibia certa ternura e certa poesia, levando em consideração o humor esquentado de Cocunás), a amizade dos dois cavalheiros — iniciada no albergue La Belle-Étoile e violentamente interrompida pelos eventos da noite de São Bartolomeu — foi retomada com novo vigor e logo ultrapassou a de Orestes e Pílades em cinco golpes de espada e um tiro de pistola divididos em seus dois corpos.

Quer fossem feridas antigas ou novas, profundas ou leves, estavam enfim sendo curadas. La Mole, fiel à sua posição de enfermeiro, só quis deixar o quarto quando Cocunás estivesse inteiramente curado. Ele o erguia em sua cama enquanto a fraqueza o manteve preso a ela e o ajudava a caminhar quando começou a se manter em pé; enfim, teve por ele todos os cuidados que saíam de sua natureza dócil e amável, e que, apoiados pelo vigor do piemontês, conduziram a uma convalescença mais rápida do que o esperado.

Entretanto, um único pensamento atormentava os dois jovens: cada um, no delírio da febre, acreditou ver nitidamente se aproximar de si a mulher que lhe enchia todo o coração. Mas, desde que haviam retomado a consciência, nem Margarida nem a senhora de Nevers certamente entraram no quarto. De resto, isso era compreensível: será que elas — uma, mulher do rei de Navarra, outra, cunhada do duque de Guisa — poderiam dar aos olhos de todos uma marca tão pública de interesse por dois meros cavalheiros? Não. Era certamente essa a resposta que deviam se dar La Mole e Cocunás. Mas essa ausência, que significava talvez um esquecimento total, não era menos dolorosa.

É verdade que o cavalheiro que assistira ao combate viera de vez em quando, por interesse próprio, pedir notícias dos dois feridos. É verdade que Gillonne, por conta própria, fizera a mesma coisa. Mas La Mole não ousou falar a esta última sobre Margarida, e Cocunás não ousou falar ao primeiro sobre a senhora de Nevers.

XVIII

OS REGRESSADOS

Durante algum tempo, os dois jovens guardaram, cada um por si, o segredo fechado em seu peito. Finalmente, em um dia de confissões, o único pensamento que os preocupava transbordou de seus lábios e ambos fortaleceram sua amizade com esta última prova, sem a qual não há amizade: a confiança total.

Estavam perdidamente apaixonados: um por uma princesa, o outro por uma rainha.

Havia para os dois pobres suspiradores algo de assustador nessa distância quase instransponível que os separava do objeto de seus desejos. Entretanto, a esperança é um sentimento tão profundamente enraizado no coração de um homem que, apesar da loucura de suas esperanças, eles esperavam.

De resto, à medida que voltavam a si, ambos cuidavam bastante de seus rostos. Em algumas circunstâncias, todo homem — mesmo o mais indiferente às vantagens físicas — tem com seu espelho conversas mudas, sinais de reconhecimento depois dos quais se distancia quase sempre de seu confidente, satisfeito com a entrevista. Ora, nossos dois jovens não faziam parte daqueles para quem seus espelhos deviam dar pareceres cruéis demais. La Mole, magro, pálido, elegante, tinha a beleza da distinção. Cocunás, vigoroso, com bom físico, bem corado, tinha a beleza da força. E tinha mais: a doença foi uma vantagem. Havia emagrecido, empalidecido, e a famosa cicatriz no rosto que havia lhe dado tanta preocupação devido às suas ligações prismáticas com o arco-íris desaparecera, anunciando, provavelmente — como o fenômeno pós-diluviano — um longo período de dias puros e noites serenas.

De resto, os cuidados mais delicados continuavam a mimar os dois feridos. No dia em que os dois puderam se levantar, cada um encontrou um roupão em cima da poltrona mais próxima de sua cama. No dia em que puderam se vestir, um traje completo. E no bolso de cada gibão havia ainda um saquinho bem provido, que cada um deles só guardou, é claro, para que fossem devolvidos na hora e no lugar certos ao protetor desconhecido que velava por eles.

Esse protetor desconhecido não podia ser o príncipe na casa de quem se hospedavam os dois jovens, pois esse príncipe não somente não subira nem uma vez para vê-los como também não pediu que mandassem notícias.

Uma vaga esperança dizia baixinho em cada coração que o protetor desconhecido era a mulher amada.

Por isso os dois feridos esperavam com uma impaciência sem igual o momento de sua saída. La Mole, mais forte e mais bem curado que Cocunás, poderia ter tido a sua há muito tempo. Mas uma espécie de acordo silencioso o ligava ao destino do amigo. Estava combinado que a primeira saída seria dedicada a três visitas.

A primeira, ao doutor desconhecido cuja bebida aveludada produzira no peito inflamado de Cocunás uma melhora tão notável.

A segunda, ao hotel do finado mestre La Hurière, onde cada um deles deixara mala e cavalo.

A terceira, ao florentino René, que, acrescentando a seu título de perfumista o de mágico, vendia não somente cosméticos e venenos, mas também compunha poções do amor e consultava oráculos.

Por fim, passados dois meses de convalescença e reclusão, o dia tão esperado chegou.

Dissemos reclusão pois é a palavra que convém, já que várias vezes, na impaciência deles, quiseram apressar esse dia. Mas um guarda colocado à porta havia-lhes barrado constantemente o caminho, e eles entenderam que só sairiam com a alta do mestre Ambroise Paré.

Pois bem: um dia, o hábil cirurgião, tendo reconhecido que os dois doentes estavam, se não completamente curados, ao menos em processo de inteira cura, concedeu alta e, por volta das duas horas da tarde, num desses belos dias de outono que Paris oferece às vezes a seus habitantes surpresos e já resignados com o inverno, os dois colocaram os pés fora do Louvre.

La Mole — que havia encontrado com grande prazer em uma poltrona o famoso casaco cereja que dobrara com tanto cuidado antes do combate — elegeu-se guia de Cocunás, e Cocunás deixava-se guiar sem resistência e sem refletir. Ele sabia que seu amigo o levava até a casa do doutor desconhecido, cujo medicamento não autorizado o curara em uma única noite, quando todas as drogas do mestre Ambroise Paré o matavam lentamente. Havia separado o dinheiro de sua bolsa em duas partes, contando duzentos *nobles*, e destinado cem para recompensar o Esculápio[1] anônimo a quem devia sua recuperação. Cocunás não temia a morte, mas não estava menos feliz em viver. Por isso, como se vê, estava pronto a recompensar generosamente seu salvador.

La Mole seguiu a rua de l'Astruce, a grande rua Saint-Honoré, a rua des Prouvelles e logo chegou à praça des Halles. Perto da antiga fonte e no lugar que designam hoje pelo nome de *Carreau des Halles*, se erguia uma construção octogonal de alvenaria, por cima da qual ficava uma vasta lanterna[2] de madeira coberta por um teto pontudo no alto do qual rangia um cata-vento. Essa lanterna de madeira oferecia oito aberturas, cada qual atravessada — como a peça heráldica chamada *fasce* atravessa o campo do brasão — por um tipo de roda de madeira, que se dividia ao meio para se colocar na fenda talhada a cabeça e as mãos do condenado, ou dos condenados, que era exposto em uma ou em várias destas oito aberturas.

Essa construção estranha, que não tinha análogo em nenhuma das construções ao redor, se chamava pelourinho.[3]

Uma casa informe, corcunda, desfigurada, deformada, mutilada, com o teto cheio de musgo como a pele de um leproso, situava-se ao pé dessa espécie de torre, feito um cogumelo.

Essa casa era do carrasco.

Um homem estava em exposição e mostrava a língua aos passantes. Era um dos ladrões que estivera nos arredores de Montfaucon, e que por acaso fora pego em pleno exercício de suas funções.

Cocunás pensou que seu amigo lhe trazia para ver esse curioso espetáculo. Misturou-se à multidão de amadores que respondia às caretas do paciente com vociferações e vaias.

Cocunás era naturalmente cruel, e esse espetáculo o divertiu muito. Quis apenas que no lugar de vaias e vociferações, jogassem pedras no condenado bastante insolente por mostrar a língua aos nobres senhores que lhe faziam a honra de visitá-lo.

Assim, quando a lanterna giratória rodou em sua base para entreter o outro lado da praça com a vista do malfeitor, e no instante em que a multidão seguiu o movimento da lanterna, Cocunás quis seguir o movimento da multidão, mas La Mole o deteve lhe dizendo em voz baixa:

– Não é para isso que viemos aqui.

– E então por que foi? — perguntou Cocunás.

– Você vai ver — respondeu La Mole.

Os dois amigos se tratavam por "você" desde a manhã seguinte à famosa noite em que Cocunás quis furar La Mole.

Então La Mole conduziu Cocunás direto até a janelinha da casa colada à torre, e nessa janela, um homem estava apoiado nos cotovelos.

– Rá, rá! Então são vocês, meus senhores! — disse o homem, erguendo a touca vermelho-sangue e descobrindo a cabeça e seus cabelos pretos, espessos, que caíam até as sobrancelhas — Sejam bem-vindos.

– Quem é este homem? — perguntou Cocunás tentando se lembrar, pois lhe parecia ter já visto aquele rosto durante uma de suas febres.

– Seu salvador, meu caro amigo — disse La Mole —, quem trouxe ao Louvre aquela bebida refrescante que lhe fez tão bem.

– Nossa! — fez Cocunás. — Neste caso, amigo...

E lhe estendeu a mão. Mas o homem, em vez de corresponder a esse movimento com gesto semelhante, se ergueu, e ao se levantar, afastou-se dos dois amigos com toda a distância que ocupava a linha de seu corpo.

– Senhor — disse a Cocunás —, obrigado pela honra que me faz, mas é bem provável que se me conhecesse não faria isso.

– Claro que sim — disse Cocunás. — Declaro que quando você for o diabo, serei seu servo, pois sem você estaria morto neste momento.

– Não sou bem o diabo — respondeu o homem de touca vermelha — mas frequentemente muitos preferem ver o diabo do que a mim.

– Quem é o senhor? — perguntou Cocunás.

– Senhor — respondeu o homem —, sou o mestre Caboche, carrasco do preboste de Paris!

– Ah! — fez Cocunás, retirando a mão.

– Viu só? — disse o mestre Caboche.

– Que é isso! Tocarei sua mão, ou que o diabo me carregue! Estenda-a...

– De verdade?

– Absoluta.

– Aqui está.

– Estique mais... ainda mais... isso! — E Cocunás pegou no bolso o punhado de ouro preparado para seu médico anônimo e colocou na mão do carrasco.

– Preferia sua mão sozinha — disse mestre Caboche balançando a cabeça —, pois ouro não me falta, mas mãos que tocam as minhas, pelo contrário, são muito escassas. Mas não importa! Que Deus o abençoe, meu cavalheiro!

– Assim, então, meu amigo — disse Cocunás, olhando o carrasco com curiosidade — é você que tortura, roda, rasga, corta as cabeças, quebra os ossos. Ah! Ah! Estou muito contente em tê-lo conhecido.

– Senhor — disse o mestre Caboche — não faço tudo sozinho, não. Pois, assim como vocês têm seus empregados, vocês, senhores, para fazer aquilo que não desejam, eu tenho meus auxiliares, que fazem o grosso do trabalho e dão cabo do populacho. Só quando, por acaso, tenho negócio com cavalheiros, como você e seu companheiro, por exemplo, ah, aí é outra coisa! Aí eu mesmo tenho a honra de cuidar de todos os detalhes da execução, do primeiro até o último, isto é, do questionamento até a degolação.

Cocunás sentiu, mesmo sem querer, um arrepio nas veias, como se a cunha brutal pressionasse suas pernas e como se o arame tocasse seu pescoço. La Mole, sem se dar conta da causa, sentiu a mesma sensação.

Mas Cocunás venceu essa emoção da qual tinha vergonha, e querendo se aliviar de mestre Caboche com uma brincadeira, disse:

– Muito bem, mestre! Mantenho minha palavra: quando for minha vez de subir na forca de Enguerrand de Marigny ou no cadafalso do senhor de Nemours, só você poderá tocar em mim.

– Promessa feita.

– Desta vez — disse Cocunás —, eis minha mão como garantia de que aceito a promessa.

E estendeu ao carrasco uma mão que este tocou timidamente com a sua, embora fosse visível que quisesse muito tocá-la francamente.

Nesse simples toque, Cocunás ficou ligeiramente pálido, mas o mesmo sorriso permaneceu em seus lábios. Enquanto La Mole, desconfortável, vendo a multidão girar com a lanterna e se aproximar deles, o puxou pelo casaco.

Cocunás, que no fundo também desejava muito, como La Mole, pôr um fim naquela cena, na qual — por causa da queda natural de seu caráter — se encontrava mais mergulhado do que desejara, fez um gesto com a cabeça e se afastou.

– Ufa! — disse La Mole quando ele e seu companheiro chegaram à cruz do Trahoir — admita, aqui se respira melhor do que na praça des Halles, não?

– Admito — disse Cocunás — mas não estou menos contente em ter conhecido mestre Caboche. É bom ter amigos em toda parte.

– Mesmo diante da placa do Belle-Étoile — disse La Mole rindo.

– Oh! Pobre mestre La Hurière! — disse Cocunás. — Aquele ali está morto, bem morto. Vi a chama do arcabuz, ouvi o barulho da bala que ressoou como se tivesse atingido o sino da Notre-Dame, e o deixei ali, estirado na poça de sangue que saía do nariz e da boca. Supondo que se trata de um amigo, é um amigo que temos no outro mundo.

E conversando assim, os dois jovens entraram na rua de l'Arbre-Sec e seguiram em direção à placa do Belle-Étoile, que rangia no mesmo lugar e ainda oferecia aos viajantes sua chaminé gastronômica e sua legenda apetitosa.

Cocunás e La Mole esperavam encontrar a casa em desespero, a viúva em luto, os aprendizes com uma faixa preta no braço, mas, para a surpresa deles, encontraram a casa em plena atividade, a senhora La Hurière resplandecente, e os meninos mais felizes do que nunca.

– Oh! Infiel! — disse La Mole. — Deve ter se casado de novo!

Em seguida, dirigindo-se à nova Artemísia.[4]

– Senhora — disse-lhe —, somos dois cavalheiros conhecidos do pobre senhor La Hurière. Deixamos aqui dois cavalos e duas malas que viemos buscar.

– Senhores — respondeu a dona da casa, depois de tentar se lembrar deles —, como não tenho a honra de conhecê-los, vou, se me permitirem, chamar meu marido... Gregório, mande vir seu chefe.

Gregório passou da primeira cozinha, que estava um pandemônio geral, para a segunda, que era o laboratório onde se confeccionavam os pratos que o mestre La Hurière, quando vivo, julgava dignos de serem preparados por suas sábias mãos.

– Que me leve o diabo — murmurou Cocunás — se não me dá dó de ver essa casa tão alegre quando deveria estar bem triste! Pobre La Hurière, ai, ai...

– Ele quis me matar — disse La Mole — mas eu o perdoo de coração aberto.

La Mole tinha acabado de pronunciar essas palavras quando um homem apareceu segurando uma panela no fundo da qual dourava cebolas mexendo com uma colher de pau.

La Mole e Cocunás soltaram gritos de surpresa. Com os gritos, o homem ergueu a cabeça, e, respondendo com um berro igual, deixou cair a panela, só ficando na mão a colher de pau.

– *In nomine Patris* — disse o homem, agitando a colher como teria feito com um aspersório — *et Filii, et Spiritus sancti*......

– Mestre La Hurière? — gritaram os jovens.

– Senhores de Cocunás e de La Mole! — exclamou La Hurière.

– Então você não está morto? — fez Cocunás.

– Mas então vocês estão vivos? — perguntou o hospedeiro.

– Mas eu vi você cair — disse Cocunás —, ouvi o barulho da bala que lhe quebrava alguma coisa, não sei o quê. Eu o deixei deitado na poça, perdendo sangue pelo nariz, pela boca, e mesmo pelos olhos.

– Tudo isso é verdadeiro como o Evangelho, senhor de Cocunás. Mas o barulho que ouviu foi o da bala atingindo meu capacete, no qual, felizmente, se deteve, mas o tiro não foi pouco rude, e a prova — completou La Hurière erguendo sua touca e mostrando a cabeça lisa como um joelho — é que, como podem ver, não me restou um só cabelo.

Os dois jovens caíram na gargalhada ao verem essa figura grotesca.

– Ha! Ha! Ha! Vocês riem! — disse La Hurière, um pouco tranquilizado — Então não vêm com más intenções?

– E você, mestre La Hurière, está curado de seus gostos belicosos?

– Mas é claro, meus senhores, claro. E agora...

– Agora...?

– Agora, jurei que não vou mais ver outro fogo que não esse da minha cozinha.

– Parabéns! — disse Cocunás. — Isso que é prudência. Agora — completou o piemontês —, deixamos no estábulo dois cavalos, e duas malas no quarto.

– Oh, diabo! — fez o hospedeiro coçando a orelha.

– Dois cavalos, dizem?

– É, no estábulo.

– E duas malas?

– É, no quarto.

– É que, vejam... vocês achavam que eu estava morto, não é?

– Com certeza.

– Confessem que, já que vocês se enganaram, eu podia muito bem me enganar também.

– Achando que estávamos mortos também? Podia perfeitamente.

– Aí está!... Como vocês iam morrer sem testamento... — continuou mestre La Hurière.

– E depois?

– Achei, mas me enganei, estou vendo agora...

– O que você achou?

– Achei que eu podia ser herdeiro de vocês.

– Ha! Ha! — fizeram os dois jovens.

– Não estou menos feliz, aliás, não se pode estar mais contente de que estejam vivos, senhores.

– De forma que você vendeu nossos dois cavalos? — disse Cocunás.

– Infelizmente! — disse La Hurière.

– E nossas malas? — continuou La Mole.

– Ah, as malas, não! — exclamou La Hurière. — Só o que havia dentro delas.

– Veja só, La Mole... — retomou Cocunás. — Ao que me parece, este é um espertinho bem ousado... e se o estripássemos?

Essa ameaça pareceu surtir grande efeito no mestre La Hurière, que soltou estas palavras:

– Mas, senhores, podemos nos entender, me parece.

– Ouça — disse La Mole —, sou eu quem tem mais o que reclamar com você.

– Certamente, senhor conde, pois me lembro de que num momento de loucura, tive a audácia de ameaçá-lo.

– Sim, com uma bala que passou a dois dedos de minha cabeça.

– Tem certeza?

– Absoluta.

– Se você tem certeza, senhor de La Mole — disse La Hurière pegando uma panela com ar de inocência — sou seu servo e não vou desmenti-lo.

– Muito bem — disse La Mole — da minha parte, eu não reclamo nada de você.

– Como assim, meu cavalheiro?

– A não ser que...

– Ai, ai, ai... — fez La Hurière.

– A não ser um jantar para mim e para todos os meus amigos toda vez que passar no seu bairro.

– Ora, é isso então! — exclamou La Hurière, contente. — Às suas ordens, meu cavalheiro, às suas ordens!

– Estamos acertados, então?

– De todo o coração... E você, senhor de Cocunás — continuou o hospedeiro — vai se inscrever na negociação?

– Sim. Mas, como meu amigo, com uma pequena condição.

– Qual?

– Que você entregue ao senhor de La Mole os cinquenta escudos que lhe devo e que eu entreguei para você.

– Para mim, senhor? E quando isso?

– Quinze minutos antes de você vender meu cavalo e minha mala.

La Hurière fez um sinal de compreensão.

– Ah! Entendi — disse.

E dirigiu-se a um armário e retirou, um após outro, cinquenta escudos, trazendo-os a La Mole.

– Bom, senhor — disse o cavalheiro —, bom! Sirva-nos uma omelete. Os cinquenta escudos vão para Gregório.

– Oh! — exclamou La Hurière — Na verdade, meus cavalheiros, vocês têm o coração de príncipe, e podem contar comigo na vida e na morte.

– Neste caso — disse Cocunás —, faça a omelete como foi pedido, e não economize nem manteiga e nem toucinho.

Depois, se virando para o pêndulo:

– Nossa! Tem razão, La Mole — disse. — Ainda temos três horas para esperar, é melhor ficar aqui do que em outro lugar. Ainda mais porque, se não me engano, estamos na metade do caminho até a ponte Saint-Michel.

E os dois jovens retomaram à mesa, na sala dos fundos do mesmo lugar que ocuparam durante a famosa noite de 24 de agosto de 1572, em que Cocunás propusera a La Mole apostar um contra o outro a primeira amante que conseguissem.

Confessemos que, à honra da moralidade dos dois jovens, nem um nem o outro teve a ideia de propor a seu companheiro uma proposta parecida.

A MORADA DO MESTRE RENÉ, O PERFUMISTA DA RAINHA

Na época em que se passa a história que contamos aos nossos leitores, existiam apenas cinco pontes para passar de uma parte da cidade à outra, algumas de pedra, outras de madeira. Todas as cinco levavam à Cité. Eram as pontes des Meuniers, a Pont-au-Change, a de Notre-Dame, a Petit-Pont e a Saint-Michel.

Nos outros lugares onde a circulação era necessária, havia barcos, que bem ou mal substituíam as pontes.

Essas cinco pontes eram repletas de casas, como ainda hoje é a Ponte-Vecchio, em Florença. Dentre as mencionadas, cada qual com sua história, nós nos ocuparemos particularmente da ponte Saint-Michel.

A ponte Saint-Michel fora construída de pedra em 1373: apesar de sua aparente solidez, um transbordamento do Sena a derrubou parcialmente em 31 de janeiro de 1408. Em 1416, foi reconstruída em madeira, mas durante a noite de 16 de novembro de 1547 foi carregada novamente. Por volta de 1550, vinte e dois anos antes da época em que estamos, foi reconstruída em madeira e, embora já houvesse a necessidade de repará-la, parecia bastante sólida.

Entre as casas que contornavam a linha da ponte, em frente à ilhazinha onde foram queimados os templários, e onde repousa hoje a plataforma da Pont-Neuf, notava-se uma casa de madeira sobre a qual um largo teto se abaixava como a pálpebra de um olho imenso. Da única janela que se abria no primeiro andar, acima de outra abertura e de uma porta do térreo hermeticamente fechada, transparecia uma luz avermelhada que chamava a atenção dos passantes para a fachada baixa, larga, pintada de azul com ricos ornamentos dourados. Um tipo de friso, que separava o térreo do primeiro andar, representava uma multidão de diabos em atitudes umas mais grotescas que as outras, e uma larga faixa, pintada de azul como a fachada, esticada entre o friso e a janela do primeiro andar, continha a inscrição:

René, florentino, perfumista de Sua Majestade, a rainha-mãe.

Como já dito, a porta desta loja estava bem trancada. Porém, melhor que os cadeados, ela estava protegida de ataques noturnos por uma reputação tão pavorosa de seu morador que os passantes que atravessavam a ponte neste local quase sempre o faziam desenhando um contorno que os repelia para a outra linha de casas, como se temessem que o odor dos perfumes chegasse até eles através dos muros.

E ainda: os habitantes das duas casas que ocupavam a direita e a esquerda do estabelecimento, sem dúvida com medo de se comprometerem com seu vizinho, fugiram com a chegada do mestre René na ponte Saint-Michel, de forma que ambas ficaram desertas e fechadas. Entretanto, apesar da solidão e do abandono, passantes apressados tinham visto surgir alguns raios de luz através das persianas fechadas destas casas vazias e estavam certos de ter ouvido alguns barulhos parecidos a lamentações, comprovando que alguma forma de vida frequentava os locais. Só não se sabe se tais seres pertenciam a este ou ao outro mundo.

O resultado era que os moradores próximos às duas casas desertas se questionavam de tempos em tempos se não seria prudente que eles seguissem o exemplo de seus antigos vizinhos.

Era sem dúvida por causa deste privilégio de terror do qual publicamente se apropriara que o mestre René podia sozinho manter aceso o fogo depois da hora autorizada. Nem ronda, nem escuta ousava incomodar um homem duplamente caro à Sua Majestade, na qualidade de compatriota e de perfumista.

Como supomos que o leitor revestido pelo filosofismo do século XVIII não acredita nem em magia nem nos mágicos, o convidamos para entrar conosco nesta habitação que, nessa época de crenças supersticiosas, espalhava a seu redor um espanto profundo.

A loja do térreo fica sombria e deserta a partir das oito horas da noite, instante em que fecha, para só ser reaberta em algum momento do dia seguinte. É ali onde se faz a venda cotidiana dos perfumes, dos unguentos e dos cosméticos de todo tipo que o hábil químico oferece. Dois aprendizes o ajudam na venda a varejo, mas não dormem na casa. Moram na rua Calandre. À noite, eles saem da loja um minuto antes do horário de fechamento. De manhã, caminham na frente da porta até que a loja seja aberta.

Essa loja do térreo é, como dissemos, escura e deserta.

Nessa loja bastante larga e profunda, há duas portas, cada uma dando para uma escada. Uma das escadas eleva-se na própria parede e é lateral; a outra, externa, é visível do cais — hoje conhecido como cais des Augustins — e da margem — hoje conhecida como cais des Orfèvres.

Ambas conduzem ao aposento do primeiro andar.

Esse aposento tem o mesmo tamanho que o do térreo, mas uma tapeçaria esticada no sentido da ponte o separa em dois compartimentos. No fundo do primeiro compartimento abre-se a porta que leva à escada externa. Na face lateral do segundo, abre-se a porta da escada secreta. No entanto, esta porta é invisível, pois fica escondida atrás de um alto armário esculpido, fixado a ela com pregos de ferro, que se abre ao empurrar. Só Catarina e René conhecem o segredo dessa porta. É por ali que a rainha sobe e desce. É com a orelha ou o olho colado neste armário, no qual foram feitos alguns furos, que ela escuta e vê o que se passa no quarto.

Duas outras portas perfeitamente ostensíveis figuram ainda dos lados nesse segundo compartimento. Uma abre-se para um quartinho iluminado a partir do teto e tem como móveis só um vasto forno, retortas,[1] alambiques e caldeiras: é o laboratório do alquimista. A outra se abre para um cubículo mais bizarro que o resto do aposento, pois não possui iluminação alguma e não tem nem tapete nem móveis, mas somente um tipo de altar feito de pedra.

O chão é um plano inclinado do centro às extremidades, e nas extremidades corre ao pé da parede um tipo de canal que conduz a um funil, cujo furo permite que se observe a passagem das águas escuras do Sena. Nos pregos enfiados na parede estão suspensos instrumentos com formas bizarras, todos pontiagudos ou afiados. A ponta, fina como uma agulha, o fio, afiado como a lâmina de barbear. Alguns brilham como espelhos, outros, ao contrário, são de um cinza-fosco ou azul-escuro.

Num canto, duas galinhas pretas se debatem, amarradas uma à outra pelo pé; é ali o santuário do adivinho.

Voltemos ao quarto do meio, aquele com dois compartimentos.

É lá onde são introduzidos os consultores vulgares. É lá que os íbis egípcios, as múmias com faixas douradas, o crocodilo de boca aberta para o teto, as cabeças de mortos com os olhos vazios e os dentes podres e os livros empoeirados roídos pelos ratos oferecem aos olhos do visitante a desordem da qual resultam as emoções diversas que impedem o pensamento de seguir seu caminho correto. Atrás da cortina estão os frascos, caixas particulares, ânforas de aspecto sinistro. Tudo isso está iluminado por duas pequenas lamparinas de prata exatamente iguais, que parecem ter sido roubadas de algum altar da Santa Maria Novella ou da igreja Dei Servi, em Florença, e que, queimando um óleo perfumado, emanam sua claridade amarelada do alto da cúpula escura onde cada uma está suspensa por três pequenas correntes pretejadas.

René, sozinho e de braços cruzados, anda a passos largos no segundo compartimento do quarto do meio, balançando a cabeça. Depois de uma longa e dolorosa meditação, para na frente de uma ampulheta.

– Ha! Ha! — disse — Esqueci-me de virá-la e eis que talvez toda a areia tenha caído já há algum tempo.

Então, olhando a lua que sai com esforço de uma grande nuvem preta que parece pesar sobre a ponta do campanário da Notre-Dame:

– Nove horas — disse. — Se ela vier, virá como de costume: daqui uma hora ou uma hora e meia. Haverá tempo para tudo, então.

Nesse momento, ouviu-se um barulho na ponte. René colocou o ouvido no orifício de um longo cano, cuja extremidade dava para a rua na forma de uma cabeça de serpente.

– Não — disse —, não é *ela* e nem *elas*. São passos de homem. Eles param diante da minha porta, é para cá que eles vêm.

Ao mesmo tempo, três batidas secas ressoaram.

René desceu rapidamente. Porém, contentou-se em colocar seu ouvido contra a porta sem abrir ainda.

As mesmas três batidas secas se renovaram.

– Quem vem lá? — perguntou o mestre René.

– É realmente necessário dizer nossos nomes? — perguntou uma voz.

– É indispensável — respondeu René.

– Neste caso, me chamo conde Aníbal de Cocunás — disse a mesma voz que já havia falado.

– E eu, conde Lerac de La Mole — disse outra voz que pela primeira vez era ouvida.

– Um momento, um momento, senhores, estou abrindo.

E ao mesmo tempo, René, tirando as trancas, levantando as barras, abriu aos dois jovens a porta que ele se contentou em fechar à chave. Depois, conduzindo-os pela escada exterior, os introduziu no segundo compartimento.

La Mole, ao entrar, fez o sinal da cruz debaixo de seu casaco. Estava pálido, e sua mão tremia sem que ele pudesse reter essa fraqueza.

Cocunás olhou cada um dos objetos, um após o outro, e, encontrando a porta do cubículo no meio de seu processo de observação, quis abri-la.

– Permita-me, meu cavalheiro — disse René, com sua voz grave e colocando a mão em cima da de Cocunás — Os visitantes que me dão a honra de entrar aqui só têm o prazer dessa parte do quarto.

– Ah! É diferente — respondeu Cocunás. — Aliás, sinto que preciso me sentar.

E deixou-se cair sobre uma cadeira.

Houve um momento de profundo silêncio: mestre René esperava que um ou outro dos dois jovens se explicasse. Durante esse tempo, ouvia-se a respiração chiada de Cocunás, ainda mal curado.

– Mestre René — disse enfim —, você é um hábil homem, então me diga se ficarei estropiado por causa da minha ferida, quero dizer, se terei sempre essa respiração curta que me impede de andar a cavalo, de lutar e de comer omeletes de toucinho?

René aproximou o ouvido do peito de Cocunás e ouviu atentamente o movimento dos pulmões.

– Não, senhor conde — disse — vai se curar.

– Verdade?

– Estou lhe dizendo.

– Você me alegra.

Houve um novo silêncio.

– Não deseja saber ainda outra coisa, senhor conde?

– Sim — disse Cocunás. — Quero saber se estou realmente apaixonado.

– Está — disse René.

– E como sabe?

– Porque você o pergunta.

– *Mordi*! Acho que tem razão. Mas por quem?

– Por aquela que agora diz o tempo todo o palavrão que acabou de dizer.

– É verdade — disse Cocunás, perplexo. — Mestre René, você é um homem hábil. Sua vez, La Mole.

La Mole corou e ficou sem jeito.

– Ei! Que diabos! — disse Cocunás. — Diga aí!

– Fale — disse o florentino.

– Eu, senhor René — balbuciou La Mole, cuja voz se firmou pouco a pouco — eu não quero lhe perguntar se estou apaixonado, pois sei que estou e não escondo. Mas diga-me se serei amado, pois na verdade, tudo que antes me dava esperança agora está contra mim.

– Talvez você não tenha feito tudo que deveria ter sido feito para isso.

– O que é preciso fazer, senhor, além de provar pelo respeito e pela devoção à dama de meus pensamentos que ela é realmente e profundamente amada?

– Você sabe — disse René — que estas demonstrações são às vezes bastante insignificantes.

– Então, é preciso se desesperar?

– Não, é preciso recorrer à ciência. Na natureza humana há antipatias que podem ser vencidas e simpatias que podem ser reforçadas. O ferro não é um imã, mas, ao imantá-lo, ele passa a atrair o ferro.

– Sem dúvida, sem dúvida — murmurou La Mole —, mas desprezo todas essas conjurações.

– Ah! Se você as despreza — disse René —, então não precisava ter vindo.

– Vamos, vamos! — disse Cocunás. — Vai andar para trás agora? Senhor René, você pode me fazer ver o diabo?

– Não, senhor conde.

– Fico irritado, tinha duas palavrinhas a lhe dizer e talvez isso encorajasse La Mole.

– Está bem, que seja! — disse La Mole — Tratemos francamente a questão. Falaram-me de uns bonequinhos de cera modelados de modo a se parecer com o objeto amado. É um meio?

– Infalível.

– E nada, nesta experiência, pode prejudicar a vida ou a saúde da pessoa amada?

– Nada.

– Vamos tentar, então.

– Quer que eu comece? — disse Cocunás.

– Não — disse La Mole. — Já que comecei, vou até o fim.

– Você deseja muito, ardentemente, imperiosamente saber o que deve fazer, senhor de La Mole? — perguntou o florentino.

– Ah! — exclamou La Mole — eu morreria por isso, mestre René.

Na mesma hora, bateram delicadamente à porta da rua, tão delicadamente que apenas mestre René ouviu o barulho, e também porque ele já o esperava.

Aproximou, de forma natural, e fazendo algumas perguntas supérfluas a La Mole, seu ouvido do cano e reconheceu vozes que pareceram atraí-lo.

– Então, resuma agora seu desejo — continuou — e chame a pessoa que você ama.

La Mole se ajoelhou como se tivesse falado com uma divindade, e René, passando para o primeiro compartimento, esgueirou-se pela escada exterior sem fazer barulho: um minuto depois, passos suaves tocavam de leve o assoalho da loja.

La Mole, levantando-se, viu-se diante do mestre René. O florentino segurava na mão uma bonequinha de cera cujo trabalho era bem medíocre. Ela usava uma coroa e um manto.

– Você quer ainda ser amado por sua soberana real? — perguntou o perfumista.

– Sim! Mesmo que custe minha vida ou que eu perca minha alma! — respondeu La Mole.

– Está bem — disse o florentino, pegando em um jarro algumas gotas de água na ponta dos dedos e sacudindo-as sobre a cabeça da bonequinha, pronunciando algumas palavras em latim.

La Mole se arrepiou, entendeu que um sacrilégio se realizava.

– O que você está fazendo? — perguntou.

– Batizo esta bonequinha com o nome de Margarida.

– Mas com que objetivo?

– Para concluir a simpatia.

La Mole abriu a boca para impedi-lo de ir adiante, mas um olhar de deboche de Cocunás o deteve.

René, que vira o movimento, esperou.

– É preciso estar completa e inteiramente disposto — disse.

– Faça — respondeu La Mole.

René desenhou em um pedacinho de papel vermelho alguns caracteres cabalísticos, passou-os por uma agulha de aço e com essa agulha furou a estatueta no coração.

Coisa estranha! No orifício da ferida apareceu uma gotinha de sangue, depois ele pôs fogo no papel.

O calor da agulha derreteu a cera ao seu redor e secou a gotinha de sangue.

– Assim — disse René — pela força da simpatia, seu amor atravessará e queimará o coração da mulher que você ama.

Cocunás, na sua qualidade de cético, ria atrás de seu bigode e zombava baixinho, mas La Mole, apaixonado e supersticioso, sentia um suor gelado brotar na raiz dos cabelos.

– E agora — disse René — pouse seus lábios nos lábios da estatueta e diga: "Margarida, eu te amo. Venha, Margarida!"

La Mole obedeceu.

Nesse momento, ouviu-se abrir a porta do segundo quarto e passos suaves se aproximaram. Cocunás, curioso e incrédulo, apanhou seu punhal e, temendo que se tentasse levantar a tapeçaria René lhe faria a mesma observação de quando quis abrir a porta, atravessou a espessa tapeçaria com o punhal; ao colocar o olho na abertura, soltou um grito de espanto que foi respondido por dois outros gritos vindos de duas mulheres.

– O que há? — perguntou La Mole, pronto para deixar cair a bonequinha de cera, que René lhe tomou das mãos.

– O que há — retomou Cocunás — é que a duquesa de Nevers e a senhora Margarida estão aqui.

– Pois então! Incrédulos — disse René, com um sorriso austero. — Duvidam ainda da força da simpatia?

La Mole ficara petrificado ao ver sua rainha. Cocunás teve um momento de deslumbramento ao reconhecer a senhora de Nevers. Um se convenceu de que os feitiços do mestre René haviam evocado o fantasma de Margarida. O outro, ainda vendo entreaberta a porta pela qual os charmosos fantasmas haviam entrado, encontrou logo a explicação daquele prodígio no mundo trivial e material.

Enquanto La Mole fazia o sinal da cruz e soltava suspiros que fariam rachar pedaços de rochas, Cocunás, que teve todo o tempo para se fazer perguntas filosóficas e mandar embora o espírito maligno com ajuda deste aspersório chamado incredulidade, e vendo pela abertura da cortina fechada o espanto da senhora de Nevers e o sorriso um pouco cáustico de Margarida, percebeu que o momento era decisivo, e entendendo que é permitido dizer a um amigo aquilo que não ousamos dizer a nós mesmos, em vez de ir até a senhora de Nevers, foi diretamente a Margarida, e colocando um joelho no chão do mesmo jeito que era representado nos desfiles das feiras de exposição o grande Artaxerxes,[2] exclamou com uma voz à qual o chiado de sua ferida dava um tom cheio de força.

—Senhora, agora mesmo, a pedido de meu amigo conde de La Mole, mestre René evocava sua sombra. Ora, para minha grande surpresa, sua sombra apareceu acompanhada de um corpo que me é bem querido e que recomendo a meu amigo. Sombra de Sua Majestade a rainha de Navarra, queira dizer ao corpo de sua companheira para passar do outro lado da cortina?

Margarida começou a rir e fez um sinal para Henriqueta, que passou para o outro lado.

– La Mole, meu amigo! — disse Cocunás. — Seja eloquente como Demóstenes, como Cícero, como o senhor chanceler de l'Hospital, e pense que me custará a vida se você não persuadir o corpo da senhora duquesa de Nevers, que sou seu mais devoto, obediente e fiel servo.

– Mas...? — balbuciou La Mole.

– Faça o que estou te dizendo. E você, mestre René, não deixe ninguém nos incomodar.

René fez o que Cocunás pedia.

– *Mordi*! Senhor — disse Margarida —, você é um homem espirituoso. Estou lhe escutando. Vejamos... o que você tem a me dizer?

– O que tenho a lhe dizer, senhora, é que a sombra de meu amigo... pois é uma sombra, e a prova é que ela não dá nem um piu! O que tenho a lhe dizer então é que essa sombra me suplica para usar a faculdade que têm os corpos de falar inteligivelmente para lhe dizer: "Bela sombra, o cavalheiro assim excorporado perdeu todo seu corpo e todo seu fôlego pela rigidez de seus olhos". Se você fosse você mesma, pediria ao mestre René que antes me abismasse em algum buraco sulforoso do que me deixar falar com tal linguagem à filha do rei Henrique II, à irmã do rei Carlos IX e à esposa do rei de Navarra. Mas as sombras estão livres de qualquer orgulho terrestre e não se zangam quando são amadas. Ora, convide seu corpo, senhora, a amar um pouco a alma deste pobre La Mole. Alma sofrida, se jamais houve uma. Alma perseguida primeiramente pela amizade que lhe cravou, por três vezes, várias polegadas de ferro no estômago. Alma queimada pelo fogo de seus olhos, fogo mil vezes mais devorador que todos os fogos do inferno. Tenha então piedade desta pobre alma. Ame um pouco o que foi o belo La Mole, e se você não puder mais falar, use os gestos, use o sorriso. É uma alma muito inteligente a do meu amigo e ela entenderá tudo. Use tudo, *mordi*! Ou passo minha espada através do corpo de René, para que em virtude do poder que ele tem sobre as sombras, ele force a sua, que aliás já foi evocada a fazer coisas pouco convenientes a uma sombra honesta como a sua me parecer ser.

Com esse pequeno discurso de Cocunás, que havia acampado diante da rainha como Eneias descendo aos infernos, Margarida não pôde conter uma enorme gargalhada, mas, guardando o silêncio que convinha a uma sombra real em uma situação desse tipo, estendeu a mão a Cocunás.

Ele a recebeu delicadamente na sua e chamou La Mole:

– Sombra de meu amigo — exclamou —, venha aqui agora mesmo.

La Mole, completamente perplexo e emocionado, obedeceu.

– Muito bem — disse Cocunás, pegando-o por trás da cabeça —, agora aproxime o calor de seu belo rosto moreno da branca e vaporosa mão que está aqui.

E Cocunás, unindo os gestos às palavras, aproximou aquela fina mão da boca de La Mole e as conservou por um momento, respeitosamente encostadas uma à outra, sem que a mão tentasse de se livrar do doce aperto.

Margarida não parara de sorrir, mas a senhora de Nevers não sorria, ainda trêmula com a aparição inesperada dos dois cavalheiros. Sentia aumentar sua indisposição com a febre de um ciúme nascente, pois lhe parecia que Cocunás não deveria esquecer assim de seus interesses para tratar daqueles dos outros.

La Mole viu a contração de sua sobrancelha, surpreendeu o raio ameaçador de seus olhos, e, apesar da agitação inebriante na qual a volúpia o aconselhava a se embotar, entendeu o perigo que seu amigo corria e deduziu o que devia fazer para salvá-lo.

Então, se levantando e deixando a mão de Margarida na de Cocunás, foi pegar a mão da duquesa de Nevers, e, ajoelhando-se:

– Ó, a mais bela, ó, a mais adorável das mulheres! — disse — Falo das mulheres vivas, e não das sombras — deu uma olhada e um sorriso para Margarida. — Permita que uma alma livre de seu envelope grosseiro conserte as ausências de um corpo completamente absorvido por uma amizade material. O senhor de Cocunás, que você está vendo, é apenas um homem, um homem de estrutura resistente e arrojada; é uma carne bela de se ver, mas fraca como toda carne: *omnis caro fenum*.[3] Ainda que este cavalheiro me conte pela manhã até o anoitecer as litanias mais suplicantes sobre você, ainda que você o tenha visto distribuir os mais brutos golpes jamais desferidos na França, este campeão tão eloquente perto de uma sombra não ousa falar a uma mulher. É por isso que ele se dirigiu à sombra da rainha, encarregando-me de falar a seu belo corpo, de lhe dizer que ele coloca a seus pés seu coração e sua alma. Que ele pede a seus divinos olhos para olharem-no com piedade, a seus dedos rosados e quentes para chamarem-no com um gesto, a sua voz vibrante e harmoniosa para lhe dizer palavras que não se esquecem. Se isso não for possível, ele ainda me pede uma coisa: é que, caso não possa sensibilizá-la, que lhe atravesse uma segunda vez com minha espada, que é uma espada genuína: as espadas só têm sombra no sol; que eu passe, eu disse, uma segunda vez minha espada pelo seu corpo, pois ele não saberia viver se você não o autorizar existir exclusivamente por você.

Se Cocunás havia sido criativo e burlesco em seu discurso, La Mole acabava de mostrar uma sensibilidade, uma força inebriante e uma delicadeza humilde em sua súplica.

Os olhos de Henriqueta se desviaram de La Mole, cujo discurso ela havia escutado por completo, e caíram sobre Cocunás para ver se a expressão do rosto do cavalheiro estava em harmonia com a oratória de seu amigo. Parece que ficou satisfeita, pois, corada, ofegante e vencida, disse a Cocunás com um sorriso que revelava como duas fileiras de pérolas incrustadas em um coral:

– É verdade?

– *Mordi*! — exclamou Cocunás, fascinado com aquele olhar e, queimando chamas do mesmo fluido — É verdade! Oh! Sim, senhora, é verdade, verdade por sua vida, verdade por minha morte!

– Então, venha aqui! — disse Henriqueta, estendendo-lhe a mão com um abandono que traía a languidez de seus olhos.

Cocunás jogou para cima seu chapéu de veludo e em um salto se pôs ao lado da moça, enquanto La Mole, chamado por sua vez com um gesto de Margarida, fazia com seu amigo um *chassé-croisé*[4] apaixonado.

Nesse momento, René apareceu na porta do fundo.

– Silêncio...! — exclamou com um tom que apagou toda aquela chama. — Silêncio!

E ouviu-se através da parede o raspar do ferro rangendo na fechadura e o barulho da porta girando nas dobradiças.

– Mas — disse Margarida, soberbamente — me parece que ninguém tem o direito de entrar quando estamos aqui!

– Nem mesmo a rainha-mãe? — murmurou René em seu ouvido.

Margarida saiu imediatamente pela escada externa, puxando La Mole atrás de si. Henriqueta e Cocunás, meio abraçados, fugiram seguindo seus rastros.

Os quatro voaram como voam, ao primeiro barulho indiscreto, graciosos pássaros que se bicam sobre um galho em flor.

AS GALINHAS PRETAS

Já era tempo de os dois casais desparecerem. Catarina colocava a chave na fechadura da segunda porta no momento em que Cocunás e a senhora de Nevers saíam pela porta dos fundos, e Catarina, ao entrar, pôde ouvir o barulho dos passos dos fugitivos na escada.

Lançou ao redor um olhar inquisidor, e pousando os olhos desconfiados em René, que se encontrava em pé e inclinado diante dela, perguntou:

– Quem estava aqui?

– Amantes que se contentaram com a minha palavra quando lhes garanti que se amavam.

– Deixemos isso — disse Catarina dando de ombros. — Não há mais ninguém aqui?

– Ninguém além de Vossa Majestade e eu.

– Você fez o que lhe pedi?

– A respeito das galinhas pretas?

– Sim.

– Estão prontas, senhora.

– Ah, se você fosse judeu! — murmurou Catarina.

– Eu, judeu, senhora, por quê?

– Porque você poderia ler os livros preciosos que escreveram os hebreus sobre os sacrifícios. Pedi que me traduzissem um deles, e vi que não era nem no coração nem no fígado, como os romanos, que os hebreus buscavam os presságios: era na disposição do cérebro e na figuração das letras nele traçadas pela mão todo-poderosa do destino.

– Sim, senhora! Também ouvi dizer isso de um velho rabino de meus amigos.

– Há caracteres — disse Catarina — assim desenhados que abrem toda uma via profética. Apenas os sábios caldeus recomendam...

– Recomendam... o quê? — perguntou René, vendo que a rainha hesitava em continuar.

– Que a experiência seja feita em cérebros humanos, pois são mais desenvolvidos e simpáticos à vontade do consultor.

– Infelizmente, senhora — disse René —, Vossa Majestade bem sabe que isso é impossível!

– Difícil, no mínimo — disse Catarina — pois se soubéssemos disso durante a noite de São Bartolomeu... certo, René? Que bela colheita, não? No primeiro condenado... pensarei nisso. Enquanto espero, ficamos no quadro do possível. O quarto dos sacrifícios está preparado?

– Está, senhora.

– Então entremos.

René acendeu uma vela feita com elementos estranhos e cujo odor, ora sutil e penetrante, ora nauseante e esfumaçado, revelava presença de várias matérias-primas; em seguida, iluminando Catarina, passou primeiro para o cubículo.

A própria Catarina escolheu, entre todos os instrumentos de sacrifício, uma faca de aço azulada, enquanto René ia buscar uma das duas galinhas que rodavam seus olhos dourados e inquietos em um canto da sala.

– Como procederemos?

– Vamos interrogar o fígado de uma e cérebro da outra. Se as duas experiências nos derem o mesmo resultado, então teremos que acreditar, sobretudo se tais resultados combinarem com os outros já obtidos.

– Por onde começaremos?

– Pela experiência do fígado.

– Está bem — disse René.

E amarrou a galinha no pequeno altar com dois anéis colocados nas duas extremidades, de forma que o animal se debatia de costas, mas não saía do lugar.

Catarina abriu-lhe o peito com uma só facada. A galinha soltou três gritos,e expirou após se debater por um longo tempo.

– Sempre três gritos — murmurou Catarina —, três sinais de morte.

Depois abriu o corpo.

– E o fígado pendurado à esquerda — continuou —, sempre à esquerda, tripla morte depois de um desastre. Sabe, René, que isso é assustador?

– Temos que ver, senhora, se os presságios da segunda vítima coincidirão com os da primeira.

René desamarrou o cadáver da galinha e o jogou num canto. Em seguida, foi buscar a outra, que, julgando seu futuro de acordo com o de sua companheira, tentou fugir correndo em volta do cubículo e, por fim, ao ser encurralada em um canto, voou por cima da cabeça de René, de modo a apagar a vela enfeitiçada que Catarina segurava.

– Está vendo, René? — disse a rainha. — É assim que se apagará nossa raça. A morte vai assoprar sobre ela, e ela desaparecerá da superfície terra. Três filhos, entretanto, três filhos...! — murmurou tristemente.

René lhe tomou a vela apagada das mãos e foi reacendê-la no cômodo ao lado. Quando voltou, viu que a galinha havia enfiado a cabeça no funil.

– Desta vez — disse Catarina — evitarei os gritos, pois lhe cortarei a cabeça de uma só vez.

E de fato, quando a galinha foi amarrada, Catarina cortou-lhe a cabeça de uma só vez, como prometido. Mas, na convulsão suprema, o bico se abriu três vezes e se juntou para nunca mais voltar a abrir.

– Vê? — disse Catarina, apavorada. — Na falta de três gritos, três suspiros. Três, sempre três. Morrerão todos os três. Todas essas almas, antes de partir, contam até três. Vejamos agora os sinais da cabeça.

Então Catarina afastou a crista pálida do animal, abriu o crânio com cuidado e, deixando os lobos do cérebro descobertos, tentou encontrar a forma de uma letra qualquer nas sinuosidades sangrentas que a divisão da polpa cerebral traça.

– Sempre — exclamou batendo as mãos —, sempre! E desta vez o prognóstico é mais claro que nunca. Venha e veja.

René se aproximou.

– Que letra é essa? — perguntou-lhe Catarina, inidicando-lhe um sinal.

– Um H — respondeu René.

– Quantas vezes se repete?

René contou.

– Quatro — disse.

– Muito bem, muito bem, então é isso. Estou vendo, significa Henrique IV. Oh! — resmungou, jogando a faca. — Estou amaldiçoada em minha posteridade.

Era uma pavorosa figura aquela mulher pálida como um cadáver, iluminada por uma luz lúgubre e contorcendo as mãos sangrentas.

– Ele reinará — disse com um suspiro de desespero. — Reinará!

– Ele reinará — repetiu René, perdido em um profundo devaneio.

Entretanto, logo a expressão sombria se apagou dos traços de Catarina com a luz de um pensamento que parecia eclodir do fundo de seu cérebro.

– René — disse, esticando a mão ao florentino sem girar a cabeça inclinada sobre o peito. — René, não há uma terrível história de um médico da Perúgia que, de uma só vez, com a ajuda de uma pomada, envenenou sua filha e o amante da moça?

– Sim, senhora.

– E quem era esse amante? — continuou Catarina, pensativa.

– Era o rei Ladislau, senhora.

– Ah, sim, claro, verdade! — murmurou. — Você tem mais detalhes dessa história?

– Tenho um velho livro sobre o assunto — respondeu René.

– Muito bem, passemos para o outro quarto, você o emprestará a mim.

Os dois então deixaram o cubículo, e René fechou a porta em seguida.

– Vossa Majestade me ordena que eu faça ainda novos sacrifícios? — perguntou o florentino.

– Não, René, não. Por enquanto, já estou suficientemente convencida. Vamos esperar até que possamos arranjar a cabeça de um condenado, e no dia da execução você tratará disso com o carrasco.

René se inclinou em sinal de consentimento, depois se aproximou, com uma vela na mão, das prateleiras onde estavam seus livros, subiu numa cadeira, pegou um deles e o entregou à rainha.

Catarina o abriu.

– O que é isso? — disse. — "Como domesticar e criar águias, gaviões e falcões para que sejam valentes, bravos, corajosos e sempre prontos para o voo".

– Ah! Desculpe, senhora, eu me enganei. Esse aqui é um tratado de caça feito por um sábio luquês[1] para o famoso Castruccio Castracani. Estava ao lado do outro, encadernado do mesmo jeito. Foi um engano. Aliás, é um livro muito precioso, só existem três exemplares no mundo: um que pertence à biblioteca de Veneza, outro que foi comprado por seu avô Laurent e presenteado ao rei Carlos VIII por Pedro de Médicis durante sua passagem por Florença, e este é o terceiro.

– Venero-o — disse Catarina — por sua raridade, mas não me serve, então lhe devolvo.

E estendeu a mão direita a René para receber o outro, enquanto lhe entregava o que havia recebido com a mão esquerda.

Dessa vez René não se enganou, era mesmo o livro que ela desejava. René desceu, folheou um pouco e lhe entregou o livro aberto.

Catarina sentou-se a uma mesa, e René colocou a vela enfeitiçada próxima a ela; sob a luz dessa chama azulada, leu algumas linhas à meia-voz.

– Bom — disse fechando o livro —, eis tudo o que eu queria saber.

Levantou-se, deixando o livro sobre a mesa e levando no fundo de seu espírito apenas um pensamento, que havia germinado e que deveria amadurecer.

René esperou respeitosamente, com a vela na mão, que a rainha — que parecia pronta para se retirar — desse-lhe novas ordens ou lhe fizesse novas perguntas.

Catarina deu vários passos com a cabeça baixa, o dedo na boca e mantendo o silêncio. Depois, parando subitamente na frente de

René e erguendo sobre ele o olho redondo e fixo como o de uma ave de rapina, disse:

– Confesse que fez para ela alguma poção do amor.

– Para quem? — perguntou René, tremendo.

– Para a Sauve.

– Eu, senhora? — exclamou René. — Nunca!

– Nunca?

– Juro pela minha alma.

– Há, porém, alguma magia, pois ele a ama como um louco, ele, que não é conhecido por sua constância.

– Quem, senhora?

– Ele, Henrique, o maldito, aquele que será o sucessor de nossos três filhos, aquele que um dia será chamado Henrique IV, e que, entretanto, é filho de Joana d'Albret.

E Catarina acompanhou essas últimas palavras de um suspiro que fez René estremecer, pois se lembrou das famosas luvas que, por ordem de Catarina, havia preparado para a rainha de Navarra.

– Então ele continua indo? — perguntou René.

– Sempre — disse Catarina.

– Pensei que o rei de Navarra tivesse voltado inteiramente à sua mulher.

– Teatro, René, tudo teatro. Não sei qual é o propósito, mas todos se reúnem para me enganar. Até minha filha, Margarida, se declara contra mim. Talvez ela também queira a morte dos irmãos, talvez espere poder ser rainha da França.

– É, talvez — disse René, de volta ao devaneio e fazendo de si o eco da terrível dúvida de Catarina.

– Enfim — disse Catarina —, vamos ver — e seguiu em direção à porta dos fundos, julgando inútil, sem dúvida, descer pela escada secreta, já que estava certa de que não havia mais ninguém ali.

René seguiu na frente, e, alguns instantes depois, os dois se encontravam na loja do perfumista.

– Você me prometeu novos cosméticos para minhas mãos e meus lábios, René — disse. — Já é inverno, e você sabe que tenho a pele muito sensível ao frio.

– Já os estou preparando, senhora, e os entregarei amanhã.

– Amanhã à noite você não vai me encontrar antes das nove ou das dez horas. Durante o dia faço minha devoção.

– Tudo bem, senhora, estarei no Louvre às nove horas.

– A senhora de Sauve tem belas mãos e belos lábios — disse Catarina com um tom de indiferença — qual pasta ela usa?

– Para as mãos?

– Sim, para as mãos, primeiro.

– Pasta de heliotrópio.

– E para os lábios?

– Para os lábios, ela usará um novo creme que inventei e do qual pensei em levar um pote amanhã para Vossa Majestade e também para ela.

Catarina ficou um instante pensativa.

– De resto, é bela essa criatura — disse, respondendo aos seus pensamentos secretos —, e não há nada de extraordinário nessa paixão do bearnês.

– Sobretudo é devota a Vossa Majestade — disse René. — Ao menos é o que acho.

Catarina sorriu e deu de ombros.

– Quando uma mulher ama — disse —, será que ela é devota a outra pessoa além de seu amante? Você lhe fez alguma poção, René!

– Juro que não, senhora.

– Tudo bem! Não falaremos mais disso. Mostre-me então esse creme novo do qual falava, e que deixará os lábios dela ainda mais frescos e rosados.

René aproximou-se de uma prateleira e mostrou a Catarina seis potinhos de prata idênticos e redondos enfileirados.

– Eis a única poção que ela me pediu — disse René —; é verdade, como disse Vossa Majestade, que a compus exclusivamente para ela, pois tem os lábios tão finos e tão delicados que tanto o sol quanto o vento os racham.

Catarina abriu um dos potes, que continha uma pasta carmim das mais sedutoras.

– René — disse — dê-me a pasta para as mãos, levarei comigo.

René afastou-se com a vela e foi procurar num compartimento particular o que a rainha lhe solicitava. Porém, não voltou tão cedo, e pensou ter visto Catarina, com um movimento brusco, pegar um pote e escondê-lo sobre seu manto. Já estava tão familiarizado com essas subtrações da rainha-mãe que evitava transparecer que percebia. Assim, pegando a pasta solicitada embrulhada em um saco de papel de flores de lis, falou:

– Aqui está, senhora.

– Obrigada, René! — respondeu Catarina.

Em seguida, depois de um momento de silêncio, Catarina disse:

– Leve esse creme à senhora de Sauve só daqui a oito ou dez dias, quero ser a primeira a fazer o teste.

E apressou-se para sair.

– Vossa Majestade deseja que eu a reconduza? — disse René.

– Até o fim da ponte apenas. Meus cavalheiros me aguardam ali com minha liteira.

Os dois saíram e seguiram pelo canto da rua Barillerie, onde quatro cavalheiros a cavalo e uma liteira sem armários esperavam por Catarina.

Ao entrar em casa, a primeira coisa que René fez foi contar seus potes de creme. Faltava um.

OS APOSENTOS DA SENHORA DE SAUVE

Catarina não se enganara em suas suspeitas. Henrique havia retomado seus hábitos, e toda noite ia ao quarto da senhora de Sauve. No início, ele fazia essa excursão em segredo; depois, aos poucos, deixou de lado a desconfiança; negligenciou as precauções, de forma que Catarina não teve dificuldades em confirmar que a rainha de Navarra continuava sendo Margarida apenas de nome, e que a posição era de fato da senhora de Sauve.

Foram ditas duas palavrinhas, no início dessa história, sobre os aposentos de senhora de Sauve; porém, a porta aberta por Dariole ao rei de Navarra se fechou hermeticamente, de forma que esse aposento, palco dos misteriosos amores do bearnês, nos é completamente desconhecido.

Esse alojamento, do tipo que os príncipes oferecem a seus comensais nos palácios onde moram a fim de tê-los sempre por perto, era menor e menos cômodo do que teria sido certamente um alojamento na cidade. Situava-se, como se sabe, no segundo andar, mais ou menos acima dos aposentos de Henrique, e a porta dava para um corredor cuja extremidade era iluminada por uma janela ogival de pequenos quadrados contornados com chumbo, pela qual, mesmo nos mais bonitos dias do ano, não passava muita luz. Durante o inverno, a partir das três da tarde, era necessário acender uma lamparina que continha no verão e no inveno sempre a mesma quantidade de óleo, e que se apagava por voltas das dez da noite, garantindo desde o início do inverno uma segurança maior aos dois amantes.

Uma pequena antecâmara forrada de damasco de seda com grandes flores amarelas, um cômodo de recepção revestido de veludo azul, um quarto cuja cama de colunas torsas e com cortina de cetim cor de cereja dispunha de um vão enfeitado por um espelho coberto de prata e de dois quadros inspirados nos amores de Vênus e de Adônis: eis como eram os aposentos, hoje diríamos o ninho, da charmosa dama de companhia da rainha Catarina de Médicis.

Sob um olhar atento, havia ainda em frente a uma cômoda cheia de acessórios, em um canto escuro do quarto, uma portinha que dava para um tipo de oratório onde, acima de dois degraus, se elevava um genuflexório. Nesse oratório, estavam pendurados à parede, e de modo a servir de corretivo aos dois quadros mitológicos mencionados, três ou quatro pinturas do mais exaltado espiritualismo. Entre essas pinturas estavam suspensas, em pregos dourados, armas de mulher, pois nessa época de misteriosas intrigas, as mulheres usavam armas como os homens e, às vezes, se serviam delas tão habilmente quanto eles.

Na noite em questão, que era o dia seguinte àquele em que haviam acontecido as cenas descritas na casa do mestre René, a senhora de Sauve, sentada em seu quarto sobre uma cama de descanso, falava a Henrique sobre seus medos e seu amor e lhe dava como prova desses medos e desse amor a devoção que ela havia mostrado na famosa noite que sucedera aquela de São Bartolomeu, noite que Henrique, como nos lembramos, passou no quarto de sua mulher.

Henrique, por sua vez, lhe expressava seu reconhecimento. A senhora de Sauve estava charmosa nessa noite com uma simples camisola de cambraia, e Henrique estava muito grato.

No meio disso tudo, como Henrique estava realmente apaixonado, estava sonhador. Já a senhora de Sauve, que acabara por adotar com todo seu coração esse amor ordenado por Catarina, olhava Henrique o tempo todo para verificar se seus olhos combinavam com suas palavras.

— Vejamos, Henrique — dizia a senhora de Sauve — seja franco: durante a noite passada no gabinete de Sua Majestade, a rainha de Navarra, com o senhor de La Mole a seus pés, não se arrependeu que esse digno cavalheiro estivesse entre você e o quarto da rainha?

— Sim, de fato, minha querida — disse Henrique — pois era preciso sem dúvida passar por aquele quarto para vir até este no qual me sinto tão bem e onde estou tão feliz agora.

A senhora de Sauve sorriu.

— E você não voltou lá desde então?

— Só nas vezes que lhe disse.

— Você não voltará nunca mais sem me dizer?

— Nunca.

— Jura?

— Juraria, claro, se eu fosse ainda huguenote. Mas...

— Mas o quê?

— Mas a religião católica, cujos dogmas aprendo neste momento, me ensinou que não se deve nunca jurar.

— Gascão! — disse a senhora de Sauve, balançando a cabeça.

— Mas é sua vez, Carlota — disse Henrique —, se eu lhe questionasse, responderia a minhas perguntas?

— Claro — respondeu a moça. — Eu não tenho nada a lhe esconder.

– Vejamos, Carlota — disse o rei —, explique-me de uma vez por todas o porquê de, depois da resistência desesperada que precedeu meu casamento, você se tornar menos cruel comigo, que sou um esquerdista bearnês, um provinciano ridículo, um príncipe pobre demais para manter brilhantes as joias de sua coroa?

– Henrique — disse Carlota —, você me pede a solução do enigma que procuram há três mil anos os filósofos de nosso país? Henrique, não pergunte nunca a uma mulher por que ela lhe ama. Contente-se em perguntar: "Você me ama?".

– Você me ama, Carlota?

– Eu o amo — respondeu a senhora de Sauve com um charmoso sorriso, deixando cair sua bela mão naquela de seu amante.

Henrique segurou sua mão.

– Mas — retomou, continuando seu pensamento — e se eu tivesse adivinhado essa solução, que os filósofos procuram em vão há três mil anos, ao menos em relação a você, Carlota?

A senhora de Sauve corou.

– Você me ama — continuou Henrique —, consequentemente, não tenho mais nada a lhe perguntar e me considero o homem mais feliz do mundo. Mas você sabe, à felicidade sempre falta alguma coisa. Adão não estava completamente feliz no meio do Paraíso, e mordeu a miserável maçã que nos deu a todos esse desejo de curiosidade que faz com que cada um passe sua via a procura de algo desconhecido. Diga-me, minha querida, para me ajudar a encontrar o meu, não foi primeiramente a rainha Catarina que lhe pediu para me amar?

– Henrique — disse a senhora de Sauve —, fale baixo quando mencionar a rainha-mãe.

– Oh! — disse Henrique, com um abandono e uma confiança que enganaram a própria senhora de Sauve. — Antes era útil desconfiar dela, esta boa mãe, quando não estávamos bem. Mas agora que sou o marido de sua filha...

– O marido da senhora Margarida! — disse Carlota, vermelha de ciúme.

– Fale baixo você, agora — disse Henrique. — Agora que sou o marido de sua filha, somos os melhores amigos do mundo. Que queriam? Que eu virasse católico, ao que me parece. Pois bem! A graça me tocou. E pela intercessão de São Bartolomeu, fui transformado. Vivemos agora em família, como bons irmãos, como bons cristãos.

– E a rainha Margarida?

– A rainha Margarida — disse Henrique —, pois então! Ela é o elo que une todos nós.

– Mas você me disse, Henrique, que a rainha de Navarra, em recompensa de minha dedicação a ela, havia sido generosa comigo. Se tivesse me dito a verdade, se esta generosidade à qual dediquei tamanho reconhecimento for real, ela é apenas um elo fácil de se romper. Você não pode se repousar nessa ideia, pois não o impôs a ninguém com essa intimidade fingida.

– Entretanto eu me repouso, e já faz três meses que durmo sobre aquele travesseiro.

– Então, Henrique — exclamou a senhora de Sauve —, você me enganou, e a senhora Margarida é realmente sua mulher.

Henrique sorriu.

– Ai, Henrique! — disse a senhora de Sauve. — Eis um dos seus sorrisos que me irritam e que fazem que, por mais rei que você seja, me dê às vezes desejos cruéis de lhe arrancar os olhos.

– Então — disse Henrique —, eu consigo impor essa intimidade fingida, já que há momentos, por mais rei que eu seja, em que você quer me arrancar os olhos, porque você acha que ela existe.

– Henrique! Henrique! — disse senhora de Sauve. — Acho que nem Deus sabe o que você pensa.

– Acho, minha querida — disse Henrique — que Catarina lhe disse primeiramente para me amar, que em seguida seu coração lhe disse o mesmo e que quando essas duas vozes lhe falam, você só escuta aquela de seu coração. Agora, eu também a amo, e de toda a minha alma. É por isso que, quando tiver segredos, não os confiarei a você, por medo de comprometê-la, é claro... pois a amizade da rainha é instável, é aquela... de uma sogra.

Este foi o auge para Carlota. Parecia-lhe que o véu que a separava de seu amante toda vez que ela tentava sondar os abismos daquele coração sem fundo adquiria a consistência de um muro e os separava um do outro. Sentiu então as lágrimas invadirem seus olhos com essa resposta, e como nesse momento dez horas tocaram:

– Sire — disse Carlota —, eis a hora de descansar. Meu trabalho me espera amanhã bem cedo no quarto da rainha-mãe.

– Então você está me mandando embora, querida? — perguntou Henrique.

– Henrique, estou triste. Estando triste, você me achará desagradável, e sendo desagradável, não me amará mais. Você está vendo que é melhor ir embora.

– Que seja! — disse Henrique. — Vou embora se o exige, Carlota, mas *Ventre-saint-gris!* Você me daria o prazer de assistir à sua *toilette*?

– Mas, Sire, isso não faria a rainha Margarida ter de esperar?

– Carlota — respondeu Henrique sério —, nós combinamos que nunca falaríamos da rainha de Navarra, e esta noite, me parece, só falamos dela.

A senhora de Sauve suspirou e foi se sentar em frente à sua penteadeira. Henrique pegou uma cadeira, arrastou-a até a que servia de assento à sua amante e, apoiando o joelho na cadeira, segurou no espaldar:

– Vamos — disse —, minha Carlota, permita que eu a veja ficar bonita, bonita para mim, não importa o que você dizia. Meu Deus! Quantas coisas, quantos potes, perfumes, pós, frascos, quantos aromas.

– Parece muito — disse Carlota, suspirando —, porém é muito pouco, já que não encontrei ainda, com tudo isso, um meio de reinar sozinha no coração de Vossa Majestade.

– Vamos, vamos — disse Henrique —, não voltemos à política. O que é este pincelzinho tão fino e tão delicado? Não seria para pintar as sobrancelhas de meu Júpiter Olímpico?

– Sim, Sire — respondeu a senhora de Sauve, sorrindo —, e você adivinhou de primeira.

– E este belo pentezinho de marfim?

– É para separar as mechas de cabelo.

– E este charmoso potinho de ouro com a tampa trabalhada?

– Oh! Esse é uma remessa de René, Sire, é o famoso creme que me promete há muito tempo para amaciar ainda mais esses lábios que Vossa Majestade tem a bondade de encontrar algumas vezes bem tenros.

E Henrique, como que para aprovar o que acabava de dizer a charmosa mulher cujo rosto se iluminava à medida que a colocavam no terreno da vaidade, encostou seus lábios àqueles que a baronesa olhava com atenção no espelho.

Carlota levou a mão até o pote que acabava de ser objeto da explicação acima, sem dúvida para mostrar a Henrique de que jeito se usava a pasta vermelha, quando uma batida seca tocou à porta da antecâmara fazendo estremecer os dois amantes.

– Estão batendo, senhora — disse Dariole, passando a cabeça pela abertura da portinha.

– Vá olhar quem é e volte — disse a senhora de Sauve.

Henrique e Carlota se olharam com preocupação, e Henrique já pensava em ir ao oratório, onde mais de uma vez encontrara refúgio, quando Dariole reapareceu.

– Senhora — disse —, é o mestre René, o perfumista.

A este nome, Henrique franziu as sobrancelhas e mordeu involuntariamente os lábios.

– Você quer que eu lhe recuse a entrada? — disse Carlota.

– Não, não — disse Henrique —, o mestre René não faz nada sem pensar antes no que faz. Se ele vem a seus aposentos, é porque tem motivos para vir.

– Você quer se esconder, então?

– Vou me proteger — disse Henrique —, pois o mestre René sabe de tudo, e sabe que estou aqui.

– Mas Vossa Majestade não tem algum motivo para que a presença dele lhe seja dolorosa?

– Eu? — disse Henrique, fazendo um esforço que, apesar de sua força sobre si mesmo, não pôde dissimular completamente. — Eu... nenhuma. Éramos distantes, é verdade. Porém desde a noite de São Bartolomeu nos reconciliamos.

– Faça-o entrar! — disse a senhora de Sauve a Dariole.

Um minuto depois, René apareceu e lançou um olhar que abraçou todo o quarto. A senhora de Sauve continuava em frente à penteadeira. Henrique havia retomado seu lugar sobre a cama de descanso. Carlota estava à luz, e Henrique, à sombra.

– Senhora — disse René, com uma respeitosa familiaridade — venho lhe pedir desculpas.

– E pelo que, René? — perguntou a senhora de Sauve, com aquela condescendência que as belas mulheres sempre têm com o mundo de fornecedores que as rodeia e que querem torná-las mais bonitas.

– Pelo que há muito prometi fazer para estes belos lábios, e que...

– E que você só cumpriu hoje, não é? — disse Carlota.

– Só hoje! — repetiu René.

– Foi, somente hoje, e agora à noite, que recebi este pote que me enviou.

– Ah! De fato — disse René, olhando com uma expressão estranha o potinho de creme que estava sobre a mesa da senhora de Sauve e que era, em tudo, parecido àqueles que tinha em sua loja.

– Eu sabia... — murmurou. — E você o usou?

– Não, ainda não. Estava para usá-lo quando você chegou.

O rosto de René adquiriu uma expressão pensativa que não escapou a Henrique, a quem, aliás, poucas coisas escapavam.

– E então, René, o que você tem? — perguntou o rei.

– Eu? Nada, Sire — disse o perfumista. — Estou esperando humildemente que Vossa Majestade me dirija a palavra antes de me despedir da senhora baronesa.

– Vamos — disse Henrique, sorrindo. — Precisa de minhas palavras para saber que é com prazer que o encontro?

René olhou ao redor, deu uma volta no quarto como para sondar com os olhos e os ouvidos as portas e tapeçarias, depois parou novamente e se pôs a olhar do mesmo jeito a senhora de Sauve e Henrique:

– Não sei — disse.

Henrique, percebendo — graças ao instinto admirável que, como um sexto sentido, o guiou durante toda a primeira parte de sua vida em meio aos perigos que o rodeavam — que acontecia neste momento algo estranho, semelhante a uma luta no espírito do perfumista, se virou para René, e continuando à sombra, enquanto o rosto do florentino estava à luz:

– Você a esta hora aqui, René? — disse-lhe.

– Teria eu a infelicidade de incomodar Vossa Majestade? — respondeu o perfumista, dando um passo para trás.

– Não, não. Só quero saber uma coisa.

– O quê, Sire?

– Achava que me encontraria aqui?

– Tinha certeza.

– Estava me procurando, então?

– Estou feliz de encontrá-lo, ao menos.

– Você tem algo a me dizer? — insistiu Henrique.

– Talvez, Sire! — respondeu René.

Carlota corou, pois temia que a revelação que o perfumista parecia querer fazer tivesse relação com a sua conduta para com Henrique no passado. Agiu então como se, absorvida nos cuidados de sua *toilette*, não tivesse ouvido nada e, interrompendo a conversa:

– Ah! Na verdade, René — exclamou, abrindo o pote de creme —, você é um homem gentil. Esta pasta tem uma cor maravilhosa e, já que você está aqui, vou, em sua honra, experimentar na sua frente sua nova produção.

E pegou o pote com uma mão, enquanto a outra raspava com a ponta do dedo a pasta rosada que passaria do dedo aos lábios.

René estremeceu.

A baronesa aproximou, sorrindo, o creme da boca.

René empalideceu.

Henrique, sempre à sombra, mas com os olhos fixos e ardentes, não perdia nenhum movimento de um e nenhum arrepio do outro.

A mão de Carlota só tinha que percorrer mais alguns milímetros para tocar os lábios quando René segurou seu braço, no mesmo instante em que Henrique se levantava para fazer o mesmo.

Henrique caiu sem barulho sobre a cama de descanso.

— Um instante, senhora — disse René, com um sorriso sem jeito. — Não pode usar esse creme sem algumas recomendações específicas.

— E quem vai me dar essas recomendações?

— Eu.

— E quando?

— Assim que tiver terminado de dizer o que tenho a dizer ao rei de Navarra.

Carlota arregalou os olhos, sem entender a língua misteriosa que se falava perto dela, e ficou segurando o pote de creme em uma mão e olhando a extremidade de seu dedo vermelho de pasta carmim.

Henrique se levantou e — mudo por um pensamento que, como todos aqueles do jovem rei, tinha dois lados: um que parecia superficial e outro que era profundo — foi pegar a mão de Carlota e fez, toda vermelha como estava, um movimento para levá-la aos lábios dela.

— Um instante — disse rapidamente René —, um instante. Queira, senhora, lavar suas belas mãos com este sabonete de Nápoles que havia esquecido de lhe enviar junto com o creme e que tenho a honra de lhe trazer eu mesmo.

E, tirando do pacote prata uma barra de sabonete de cor esverdeada, a colocou dentro de uma bacia de cobre, derramou água e, com um joelho no chão, apresentou o conjunto à senhora de Sauve.

– Mas, na verdade, mestre René, não o reconheço mais — disse Henrique. — Você é de uma galantaria que deixa para trás todos os janotas da corte.

– Oh! Que cheiro delicioso! — exclamou Carlota, esfregando suas belas mãos com a espuma nácar que saía da barra perfumada.

René concluiu suas funções de cavaleiro servindo até o fim. Deu uma toalha de um fino tecido de Frísia à senhora de Sauve, que enxugou as mãos.

– E agora — disse o florentino a Henrique — faça como quiser, meu Senhor.

Carlota mostrou a mão a Henrique, que a beijou e, enquanto Carlota se virava em seu assento para escutar o que René ia dizer, o rei de Navarra retomou seu lugar, mais convencido do que nunca de que se passava no juízo do perfumista alguma coisa extraordinária.

– E então? — perguntou Carlota.

O florentino pareceu reunir toda sua determinação, e então virou-se para Henrique.

"SIRE, VOCÊ SERÁ REI"

— Sire — disse René a Henrique — venho lhe falar de uma coisa da qual me ocupo há muito tempo.
– De perfumes? — perguntou Henrique sorrindo.
– É... isso, Sire... de perfumes! — respondeu René com um singular sinal de consentimento.
– Fale, eu o ouço, é um assunto que sempre me interessou muito.
René olhou Henrique tentando ler, apesar dessas palavras, seu pensamento impenetrável. Mas vendo que era algo perfeitamente inútil, continuou:
– Um de meus amigos, Sire, chegou de Florença. Esse amigo sabe muito sobre astrologia.
– Sim — interrompeu Henrique —, sei que é uma paixão florentina.
– Ele tirou, junto dos primeiros sábios do mundo, os horóscopos dos principais cavalheiros da Europa.
– Ha! Ha! Ha! — fez Henrique.
– E como a casa dos Bourbon está entre as mais altas, descendendo do conde Clermont, quinto filho de São Luís, Vossa Majestade deve saber que o seu não foi esquecido.

Henrique escutava ainda mais atentamente.

– E você se lembra desse horóscopo? — disse o rei de Navarra com um sorriso que tentou deixar indiferente.

– Oh! — retomou René, balançando a cabeça — Seu horóscopo não é um desses que esquecemos.

– Verdade? — disse Henrique com um gesto irônico.

– Sim, Sire, Vossa Majestade, segundo os termos desse horóscopo, é chamado para os mais brilhantes destinos.

O olhar do jovem príncipe lançou um brilho involuntário que se apagou quase imediatamente numa nuvem de indiferença.

– Esses oráculos italianos são todos bajuladores — disse Henrique. — Ora, quem diz bajulador, diz mentiroso. Não houve um que previu que eu comandaria exércitos?

E caiu na gargalhada. Mas um observador menos preocupado consigo mesmo, o que não era o caso de René, teria visto um esforço nesse riso.

– Sire — disse René friamente —, o horóscopo anuncia destino melhor que esse.

– Anuncia que no comando de tais exércitos ainda ganharei algumas batalhas?

– Melhor ainda, Sire.

– Vamos — disse Henrique —, você vê que serei conquistador.

– Sire, você será rei.

– Ah, *Ventre-saint-gris!* — disse Henrique, reprimindo as violentas batidas de seu coração — mas eu já não sou?

– Sire, meu amigo conhece o que promete. Você não só será rei, mas também reinará.

– Então — disse Henrique, com seu mesmo tom zombador — seu amigo precisa de dez escudos de ouro, não é isso, René? Pois tal profecia é bem ambiciosa, sobretudo nestes tempos. Vamos, René, como não sou rico, darei a seu amigo cinco agora mesmo, os outros cinco quando a profecia for realizada.

— Sire — disse a senhora de Sauve —, não se esqueça que você já tem compromisso com Dariole, não se sobrecarregue com promessas.

— Senhora — disse Henrique —, se esse dia chegar, espero que me tratem como rei, e todos estarão bem satisfeitos se eu cumprir a metade do que prometi.

— Sire — retomou René —, devo continuar.

— Oh! Então ainda não é tudo? — perguntou Henrique. — Está certo: se eu for imperador, darei o dobro.

— Sire, meu amigo veio de Florença com esse horóscopo, que renovou em Paris e que deu o mesmo resultado, e ele me confiou um segredo.

— Um segredo que interessa a Sua Majestade? — perguntou Carlota.

— Creio que sim — disse o florentino.

"Ele está procurando as palavras", pensou Henrique, sem ajudar René. "Parece que a coisa é difícil de dizer."

— Então, fale — retomou a baronesa de Sauve —, de que se trata?

— Trata-se — disse o florentino, escolhendo suas palavras com cuidado — trata-se de todos esses rumores sobre envenenamento que percorrem a corte há algum tempo.

Um breve dilatar de narinas do rei de Navarra foi o único indício de sua atenção crescente a esse desvio súbito que tomava a conversa.

— E seu amigo florentino — disse Henrique — tem novidades sobre esses envenenamentos?

— Tem, Sire.

— Como então você me contaria um segredo que não é seu, René, sobretudo quando esse segredo é tão importante? — disse Henrique com o tom mais natural que pôde tomar.

– Esse amigo quer pedir um conselho a Vossa Majestade.

– Para mim?

– O que há de tão surpreendente nisso, Sire? Lembre-se do velho soldado de Áccio[1] que, sendo processado, pediu conselho a Augusto.

– Augusto era advogado, René, eu não sou.

– Sire, quando meu amigo me contou esse segredo, Vossa Majestade pertencia ainda ao partido calvinista, do qual você era o primeiro chefe, e o senhor de Condé, o segundo.

– E depois?

– Esse amigo gostaria que você usasse sua influência todo-poderosa sobre o senhor príncipe de Condé para lhe pedir que não seja hostil com ele.

– Explique isso direito, René, se quiser que eu entenda — disse Henrique sem demonstrar a mínima alteração em seus traços ou em sua voz.

– Sire, Vossa Majestade entenderá na primeira palavra: esse amigo sabe de todos os detalhes da tentativa de envenenamento do monsenhor, o príncipe de Condé.

– Tentaram envenenar o príncipe de Condé? — perguntou Henrique, com uma surpresa perfeitamente encenada. — Ah! Verdade? E quando foi?

René olhou fixamente o rei, e respondeu com essas palavras:

– Há oito dias, Majestade.

– Algum inimigo? — perguntou o rei.

– Sim — respondeu René —, um inimigo que Vossa Majestade conhece, e que conhece Vossa Majestade.

– De fato — disse Henrique —, acho que ouvi falar disso, mas ignoro os detalhes que seu amigo quer me revelar. Continue.

– Então, um pomo de cheiro[2] foi presenteado ao príncipe de Condé. Felizmente, seu médico estava em sua casa quando ele o recebeu. Ele o tomou das mãos do mensageiro e a cheirou para provar o odor e as virtudes. Dois dias depois, um inchaço gangrenoso no rosto, um escorrimento de sangue, uma ferida viva que lhe devorou o rosto foram o preço de sua devoção, ou o resultado de sua imprudência.

– Infelizmente — respondeu Henrique —, como já sou católico pela metade, perdi toda influência sobre o senhor de Condé. Seu amigo estaria errado em se dirigir a mim.

– Não é só com o conde que Vossa Majestade poderia, graças à sua influência, ser útil ao meu amigo, mas ainda com o príncipe de Porcian, irmão daquele que foi envenenado.

– Ah, isso! — disse Carlota. — Sabia, René, que suas histórias cheiram a hesitação? Está difícil prestar atenção. Já é tarde, sua conversa é mortuária. Na verdade, seus perfumes valem mais.

E Carlota esticou a mão novamente ao pote de creme.

– Senhora — disse René —, antes de prová-lo como irá fazer, ouça os cruéis efeitos que os malfeitores podem fazer dele.

– Decididamente, René — disse a baronesa —, você está fúnebre esta noite.

Henrique franziu as sobrancelhas, mas entendeu que René queria chegar a alguma conclusão que ele ainda não conseguiu entrever; então resolveu levar até o fim essa conversa, que evocava nele tão dolorosas recordações.

– E você — retomou — conhece também os detalhes do envenenamento do príncipe de Porcian?

– Conheço — disse. — Sabiam que toda noite ele deixava acesa uma lamparina perto de sua cama. Envenenaram o óleo e ele foi asfixiado pelo cheiro.

Henrique fechou os dedos úmidos de suor uns sobre os outros.

– Então — murmurou —, esse que você nomeia amigo sabe não só os detalhes desse envenenamento, mas também seu autor?

– Sim, e é por isso que ele quis saber se você teria, sobre o príncipe de Poncian que resta, influência para fazê-lo perdoar o assassino pela morte de seu irmão.

– Infelizmente — respondeu Henrique — como ainda sou huguenote pela metade, não tenho nenhuma influência sobre o senhor príncipe de Porcian. Seu amigo estaria errado em se dirigir a mim.

– Mas o que você acha das disposições do senhor príncipe de Condé e do senhor de Porcian?

– Como poderia conhecer suas disposições, René? Deus, que eu saiba, não me deu o privilégio de ler corações.

– Vossa Majestade pode questionar a si mesma — disse o florentino calmamente. — Não há na vida de Vossa Majestade algum evento tão sombrio que possa servir de prova à clemência, por mais dolorosa que seja essa prova de generosidade?

Essas palavras foram pronunciadas com um tom que fez tremer a própria Carlota: era uma alusão tão direta, tão sensível que a moça se virou para esconder o rosto corado e evitar encontrar o olhar de Henrique.

Henrique fez um supremo esforço sobre si. Desarmou o rosto, que, durante as palavras do florentino, impregnara-se com ameaças, e transformando a nobre dor parental que lhe apertava o coração por uma vaga meditação:

– Em minha vida — disse —, um evento sombrio... não, René, não, da minha juventude só me lembro da loucura e da indiferença misturadas às necessidades mais ou menos cruéis que as exigências da natureza e as provas de Deus impõem a todos.

René se limitou a percorrer a atenção de Henrique a Carlota, como para incentivar um e reter o outro, pois Carlota, retomando sua *toilette* para esconder o incômodo que lhe causava essa conversa, outra vez acabava de esticar a mão até o pote de creme.

– Mas enfim, Sire, se você fosse irmão do príncipe de Porcian, ou filho do príncipe de Condé, e tivessem envenenado seu irmão ou assassinado seu pai...

Carlota soltou um gritinho e aproximou de novo o creme dos lábios. René viu o movimento, mas dessa vez não a impediu nem com palavras nem com gestos, apenas exclamou:

– Por Deus, Sire! Responda, Sire: se estivesse no lugar deles, o que faria?

Henrique se recolheu, enxugou com a mão trêmula o rosto pelo qual escorriam gotas de suor frio e, se erguendo com toda sua estatura, respondeu, em meio ao silêncio que suspendia até a respiração de René e de Carlota:

– Se estivesse no lugar deles e se estivesse certo de que seria rei e representaria Deus na terra, faria como Deus: perdoaria.

– Senhora — exclamou René, arrancando o creme das mãos da senhora de Sauve —, senhora, devolva-me este pote. Meu aprendiz, vejo agora, se enganou ao trazê-lo: amanhã mandarei lhe entregar outro.

UM NOVO CONVERTIDO

No dia seguinte, haveria caça com cães na floresta de Saint-Germain.

Henrique ordenara que lhe deixassem pronto às oito horas da manhã um pequeno cavalo de Béarn — isto é, selado e com rédeas —, com o qual pensava em presentear a senhora de Sauve; mas antes, desejava testá-lo. Às quinze para as oito, o cavalo estava pronto. Às oito horas em ponto, Henrique desceu.

O cavalo, orgulhoso e indomável, apesar de seu porte pequeno, arrepiava a crina e trotava no pátio. Estava frio, e uma fina camada de gelo cobria o chão.

Henrique se prepara para atravessar o pátio e chegar aos estábulos, onde o esperavam o cavalo e o palafreneiro, quando um soldado suíço que fazia a guarda de uma porta à passagem do rei apresentou suas armas e disse:

– Deus guarde Sua Majestade, o rei de Navarra!

A essa saudação e, sobretudo, ao o tom de voz que acabavam de ouvir, o bearnês tremeu. Virou e deu um passo para trás.

– De Mouy! — murmurou.

– Sim, Sire, de Mouy.

— O que está fazendo aqui?
— O procurava.
— O que deseja?
— Devo falar a Vossa Majestade.
— Infeliz — disse o rei, se aproximando dele —, você não sabe que arrisca a cabeça?
— Sei.
— E então?
— Então, aqui estou.

Henrique ficou ligeiramente pálido, pois sabia que corria o mesmo perigo que o audacioso jovem. Olhou então com inquietação ao redor e recuou uma segunda vez, tão rapidamente quanto na primeira. Acabara de avistar o duque de Alençon em uma janela. Mudando logo de expressão, Henrique pegou o mosquete das mãos de de Mouy, colocado, como dissemos, em guarda, e falou como se o examinasse:

— De Mouy, certamente não é sem um bom motivo que você vem se jogar na boca do lobo.

— Não, Sire. Por isso tem oito dias que o vigio. Só ontem, descobri que Vossa Majestade devia testar esse cavalo esta manhã, então me encarreguei da porta do Louvre.

— Mas como com esta roupa?

— O capitão da companhia é protestante e meu amigo.

— Eis seu mosquete, volte à guarda. Estão nos examinando. Quando voltar, tentarei lhe falar. Mas se eu não disser nada, não me detenha. Adeus.

De Mouy retomou sua marcha, e Henrique partiu na direção do cavalo.

— Que belo animalzinho é esse? — perguntou o duque de Alençon da janela.

– Um cavalo que devo testar nesta manhã — respondeu Henrique.

– Mas não é um cavalo para homem, esse aí.

– Por isso é destinado a uma bela dama.

– Tome cuidado, Henrique, você estará sendo indiscreto, pois vamos ver essa bela dama na caça. E se não sei de quem você é cavaleiro, saberei pelo menos de quem é escudeiro.

– Ah! Meu Deus, você não saberá, não — disse Henrique com sua doçura fingida —, pois essa bela dama não poderá sair, porque está muito indisposta esta manhã.

E subiu na sela.

– Ah! Nossa! — disse o duque de Alençon rindo. — Pobre senhora de Sauve!

– Francisco! Francisco! É você que está sendo indiscreto.

– Então o que há com a bela Carlota? — retomou o duque.

– Ora — continuou Henrique lançando seu cavalo em um pequeno galope, fazendo-o desenhar um círculo de manejo —, não sei muito bem: um grande peso na cabeça, segundo o que me disse Dariole, um tipo de dormência em todo o corpo; enfim, uma fraqueza geral.

– E isso impede que você venha conosco? — perguntou o duque.

– Eu? Por quê? — perguntou Henrique. — Você sabe que sou louco por caça, e que nada me faria perder uma.

– Mas vai perder essa aqui, Henrique — disse o duque, depois de ter se virado e falado um instante com alguém que permaneceu invisível aos olhos de Henrique, visto que conversava com seu interlocutor do quarto —, pois eis aqui Sua Majestade que me pede para dizer que a caça não pode acontecer.

– Ah! — disse Henrique com o ar mais desapontado do mundo. — E por quê?

– Cartas muito importantes do senhor de Nevers, ao que me parece. Há um conselho entre o rei, a rainha-mãe e meu irmão, o duque de Anjou.

– Ah! — fez Henrique para si mesmo. — Será que chegaram notícias da Polônia? — em seguida, continuou em voz alta: — Neste caso, é inútil que eu me arrisque por mais tempo nesse gelo. Até logo, meu irmão!

Depois, parando o cavalo na frente de de Mouy.

– Meu amigo — disse —, chame um dos seus camaradas para terminar a sua guarda. Ajude o palafreneiro a tirar a sela deste cavalo; coloque a sela na cabeça e leve-a ao artesão da selaria. Há um bordado a ser feito nela que não ficou pronto para hoje. Venha depois me dar uma resposta em meu quarto.

De Mouy se apressou em obedecer, pois o duque de Alençon havia desaparecido da janela, e é evidente que suspeitou de alguma coisa.

De fato, assim que deixou o ponto, o duque de Alençon apareceu.

Um suíço verdadeiro estava no lugar de de Mouy.

De Alençon olhou com muita atenção o novo soldado. Depois, se voltando a Henri:

– Não é o mesmo homem com quem estava conversando há pouco, é, meu irmão?

– O outro é um rapaz de minha casa que fiz entrar para os suíços. Eu lhe dei uma tarefa, e ele partiu para executá-la.

– Ah! — fez o duque, como se essa resposta lhe fosse o suficiente. — E Margarida, como está?

– Vou lhe perguntar, meu irmão.

– Então nem sequer a viu desde ontem?

– Não. Apresentei-me em seu quarto essa noite por volta das onze horas, mas Gillonne me disse que estava cansada e que dormia.

– Não vai mesmo encontrá-la em seus aposentos; ela saiu.

– Sim, é possível — disse Henrique. — Ela iria ao convento da Annonciade.

Não houve jeito de prolongar mais a conversa, Henrique estava decidido a só responder.

Os dois cunhados então se afastaram; o duque para receber as notícias, dizia, e o rei de Navarra para voltar aos seus aposentos.

Assim que os dois cunhados se separaram, bateram à porta do quarto de Henrique.

– Quem está aí? — perguntou Henrique.

– Sire — respondeu uma voz que Henrique reconheceu como a de de Mouy —, é a resposta do artesão da selaria.

Henri, visivelmente emocionado, fez o rapaz entrar e fechou a porta.

– É você, de Mouy! — disse. — Achava que estivesse pensando.

– Sire — respondeu de Mouy — há três meses que venho pensando. Basta, agora é hora de agir.

Henrique fez um movimento de preocupação.

– Não tema nada, Sire, estamos sozinhos e estou com pressa, pois os minutos são preciosos. Vossa Majestade pode nos devolver com uma única palavra tudo aquilo que os acontecimentos do ano fizeram a religião perder. Sejamos claros, sejamos breves, sejamos francos.

– Estou escutando, meu corajoso de Mouy — respondeu Henrique, vendo que era impossível escapar à explicação.

– É verdade que Vossa Majestade abjurou à religião protestante?

– É verdade — disse Henrique.

– Mas é da boca ou do coração?

– Sempre somos gratos a Deus quando ele nos salva a vida — respondeu Henrique, desviando da pergunta, como tinha costume de fazer em casos semelhantes — e Deus, visivelmente, me poupou deste perigo cruel.
– Sire — retomou de Mouy —, confessemos uma coisa.
– O quê?
– Sua renúncia não é uma questão de convicção, mas de cálculo. Você renunciou para que o rei o deixasse viver, e não porque Deus lhe concedeu a vida.
– Quaisquer que sejam as causas da minha conversão, de Mouy — respondeu Henrique —, eu não sou menos católico.
– Sim, mas continuará católico para sempre? Na primeira oportunidade de reconquistar sua liberdade de existência e de consciência, você não a retomaria? Pois bem, esta oportunidade chegou: La Rochelle se revoltou, Rossilhão e Béarn esperam somente uma ordem para agir; na Guiana, tudo grita por guerra. Apenas diga que você é um católico forçado e eu responderei pelo futuro.
– Não se pode forçar um cavalheiro da minha origem, meu caro de Mouy. O que fiz, fiz livremente.
– Mas Sire — disse o jovem, o coração pesando com a resistência inesperada —, você não acha que, tomando essa atitude, estaria nos abandonando... nos traindo?
Henrique permaneceu impassível.
– Sim — continuou de Mouy —, sim, você estaria nos traindo, Sire, pois muitos de nós vieram arriscar as vidas para salvar sua honra e sua liberdade. Preparamos tudo para lhe dar um trono, Sire, está entendendo? Não apenas a liberdade, mas poder. Um trono à sua escolha, já que, dentro de dois meses, poderá optar por Navarra ou pela França.
– De Mouy — disse Henrique baixando os olhos, que, apesar de seu esforço, haviam brilhado com a proposta —, de Mouy, estou a salvo;

sou católico, sou casado com Margarida, sou cunhado do rei Carlos e genro da boa mãe, Catarina. De Mouy, ao assumir essas várias posições, calculei sim minhas chances, mas também minhas obrigações.

– Mas Sire — retomou De Mouy —, em que devemos acreditar? Ouço dizer que seu casamento não foi consumado, que você está livre do fundo do coração, que o ódio de Catarina...

– Mentiras, mentiras! — interrompeu prontamente o bearnês. — Sim, meu amigo, você foi descaradamente enganado. A querida Margarida é, sim, minha esposa; Catarina é de fato minha mãe e o rei Carlos IX é, por fim, o senhor e mestre de minha vida e de meu coração.

De Mouy arrepiou-se, e um sorriso quase de desprezo passou por seus lábios.

– Sendo assim, Sire — disse ele, deixando que os braços caíssem em desencorajamento e tentando sondar com o olhar aquela alma repleta de sombras —, eis o que direi a meus irmãos: eu lhes direi que o rei de Navarra estende sua mão e entrega seu coração àqueles que nos degolaram, eu lhes direi que ele lisonjeia a rainha-mãe e que é amigo de Maurevel...

– Meu caro de Mouy — disse Henrique —, o rei vai sair do conselho, e devo me informar com ele sobre os motivos que causaram o adiamento de algo tão importante como uma caça. Adeus, meu amigo; siga meu exemplo e deixe a política de lado. Volte para o rei e vá à missa.

E Henrique conduziu, ou melhor, empurrou de volta à antecâmara o rapaz, cuja surpresa começava a se transformar em raiva.

A porta mal havia sido fechada e, incapaz de conter o desejo de descontar sua vingança em algo à falta de alguém, de Mouy amassou o chapéu entre as mãos, atirou-o no chão e, pisando sobre ele como faria um touro com o casaco do matador, exclamou:

– Por Deus! Eis um príncipe desprezível! Eu poderia morrer aqui mesmo, apenas para manchá-lo para sempre com meu sangue.

– Depressa, senhor de Mouy! — disse uma voz que vinha de uma porta entreaberta. — Depressa! Caso contrário alguém além de mim poderá ouvi-lo.

De Mouy se virou rapidamente e viu o duque de Alençon envolto em um longo casaco, olhando com o rosto pálido pelo corredor para se assegurar de que estavam sozinhos.

– Senhor duque de Alençon! — exclamou de Mouy. — Estou perdido!

– Pelo contrário — murmurou o príncipe —, é possível que tenha encontrado o que procura, e a prova disso é que eu não desejo que você morra aqui, como você quer. Acredite, seu sangue pode servir para coisa melhor do que a de manchar a soleira do rei de Navarra.

E com essas palavras o duque de Alençon abriu completamente a porta que antes estava apenas entreaberta.

– Estes aposentos pertencem a dois de meus cavalheiros — disse o duque —, ninguém nos atrapalhará aqui; poderemos conversar livremente. Entre, senhor.

– Sim, senhor! — disse o conspirador, estupefato.

E ele entrou no quarto, cuja porta o duque de Alençon fechou atrás de si não menos prontamente do que havia feito o rei de Navarra.

De Mouy havia entrado no quarto furioso e exasperado, mas aos poucos o olhar frio e fixo do jovem duque Francisco produziu sobre o líder huguenote o mesmo efeito que teria produzido aquele espelho mágico que dissipa a embriaguez.

– Senhor, se entendi bem, Vossa Alteza deseja falar comigo?

– Sim, senhor de Mouy — respondeu Francisco. — Apesar de seu disfarce, pensei tê-lo reconhecido, e quando ofereceu suas armas a meu irmão Henrique, tive certeza. Então você não está contente com o rei de Navarra, de Mouy?

– Senhor!

– Vamos, fale honestamente. Talvez eu seja seu aliado sem mesmo que você perceba.

– Você, senhor?

– Sim, eu. Agora fale.

– Não sei o que dizer a Vossa Alteza, senhor. O que eu tinha para discutir com o rei de Navarra envolve interesses que você não poderia entender. Além disso — acrescentou de Mouy em um tom que considerou de indiferença —, trata-se de um assunto de pouca importância.

– Pouca importância? — perguntou o duque.

– Sim, senhor.

– Um assunto de pouca importância pelo qual arriscou sua vida ao retornar ao Louvre, onde, como sabe, sua cabeça vale um pote de ouro. Não é segredo que, juntamente com o rei de Navarra e o príncipe de Condé, você é um dos principais líderes dos huguenotes.

– Se acredita nisso, senhor, lide comigo como faria o irmão do rei Carlos e filho da rainha Catarina.

– Por que deseja que eu aja assim, quando disse que sou seu aliado? Diga-me então a verdade.

– Senhor — disse de Mouy —, eu juro...

– Não jure, senhor, a religião reformada não tolera juramentos, especialmente falsos juramentos.

De Mouy franziu a testa.

– Estou lhe dizendo que sei de tudo — continuou o duque.

De Mouy permaneceu em silêncio.

– Você duvida? — perguntou o príncipe com uma insistência afetuosa. — Pois bem, meu caro de Mouy, irei convencê-lo. Vamos, você julgará se estou errado. Você não propôs a meu cunhado Henrique agora mesmo, ali dentro — o duque estendeu a mão em direção aos aposentos do bearnês —, a sua ajuda e a de seu partido para restabelecê-lo na realeza de Navarra?

De Mouy olhou o duque com uma expressão aterrorizada.

– Propostas que ele recusou com terror!

De Mouy permaneceu estupefato.

– Você não apelou para sua antiga amizade, para a lembrança da religião em comum? Você não encheu o rei de Navarra com uma esperança brilhante, tão brilhante que ele ficou ofuscado, a esperança de conseguir a coroa da França? Diga-me agora, estou bem informado? Não foi o que propôs ao bearnês?

– Senhor! — gritou De Mouy. — Tanto é verdade que me pergunto neste momento se eu não deveria dizer a Vossa Alteza Real que ela foi enganada! Eu poderia provocar um combate até a morte e assim garantir com nosso decesso a extinção desse terrível segredo!

– Vá com calma, meu bravo de Mouy, vá com calma! — disse o duque de Alençon sem mudar de expressão ou fazer um mínimo movimento em resposta a essa ameaça. — O segredo ficará melhor conosco se permanecermos os dois vivos do que se um de nós morrer. Escute o que tenho a dizer e pare de atormentar o cabo de sua espada. Pela terceira vez digo que o vejo como um amigo, então me responda como tal. Vejamos, o rei de Navarra não recusou tudo o que você ofereceu?

– Sim, senhor, e eu o confesso, já que essa confissão não compromete ninguém além de mim.

– Você não gritou, ao sair dos aposentos dele e amassar seu chapéu, que ele era um príncipe covarde e indigno do nome de chefe?

– É verdade, senhor, eu disse isso.

– Ah, então é verdade! Você finalmente confessa?

– Sim.

– E ainda continua com essa opinião?

– Mais do que nunca, senhor!

– Pois bem, e quanto a mim, senhor de Mouy, eu, terceiro filho de Henrique II; eu, filho da França, seria um cavalheiro bom o suficiente para comandar seus soldados? E o senhor me considera confiável o suficiente para contar com minha palavra?

– Você, meu senhor! O chefe dos huguenotes?

– Por que não? Esta é a época das conversões; como sabe, Henrique se tornou católico. Eu poderia muito bem me tornar protestante.

– Sim, certamente, senhor, mas espero que você me explique...

– Não há nada mais simples; eu lhe direi em poucas palavras a política de todos. Meu irmão, Carlos, elimina os huguenotes para poder reinar mais amplamente. Meu irmão de Anjou os deixa morrer, pois deve suceder Carlos que, como sabe, está sempre doente. Mas comigo é diferente; nunca reinarei, ao menos não na França, com dois irmãos à minha frente e com o ódio de minha mãe e de meus irmãos me afastando do trono ainda mais do que as leis da natureza; eu, que nunca terei nenhuma afeição familiar, nenhuma glória, nenhuma soberania, e que apesar de tudo isso carrego um coração tão nobre quanto o de meus irmãos; pois bem, de Mouy, eu desejo entalhar com minha espada um reino nesta França que eles cobrem de sangue.

"Agora, eis o que eu quero, de Mouy, escute bem. Quero ser rei de Navarra, não por nascença, mas por eleição. E você pode notar que não há objeções de sua parte quanto a isso, pois não sou usurpador, considerando que meu irmão recusa suas ofertas e, imerso em sua angústia, está convencido de que o reino de Navarra não passa de uma ficção. Com Henrique de Béarn, você não tem nada; comigo, terá uma espada e um nome. Francisco de Alençon, filho da França,

cobre com sua proteção todos os seus companheiros, ou seus cúmplices, se assim preferir. O que diz dessa proposta, senhor de Mouy?"
— Digo que ela me deslumbra, senhor.
— De Mouy, de Mouy, nós teremos muitos obstáculos a enfrentar. Não se mostre logo de início tão exigente e tão difícil de agradar pelo filho de um rei e irmão de um soberano que vem até você.

— Senhor, o assunto já estaria decidido se eu tivesse apenas a mim mesmo para considerar; mas existe um conselho e, apesar de sua oferta ser brilhante, e talvez até mesmo por ela ser brilhante, os chefes do partido não aderirão sem estabelecer condições.

— Isso é outra questão, e sua resposta é de bom coração e de uma mente prudente. Considerando o modo como acabei de agir, você, de Mouy, deve ter reconhecido minha sinceridade. Trate-me então como um homem que respeita, e não como um príncipe que admira. De Mouy, tenho alguma chance?

— Tem minha palavra, senhor, e já que pede minha opinião, Vossa Alteza tem todas as chances, considerando que o rei de Navarra declinou a proposta que vim lhe fazer; mas repito, senhor, que é indispensável entrar em acordo com meus líderes.

— Então o faça, senhor — respondeu de Alençon. — Mas quando terei sua resposta?

De Mouy olhou para o príncipe em silêncio. Então, pareceu se decidir:

— Senhor — disse ele —, dê-me sua mão; a mão de um filho da França deve tocar a minha para me assegurar de que não serei traído.

O duque não apenas estendeu a mão como pegou a de de Mouy e a apertou.

— Agora, senhor, estou tranquilo — disse o huguenote. — Se formos traídos, saberei que não será por sua culpa. De outro modo, senhor, se estiver envolvido minimamente com tal traição, será desonrado.

– Por que me diz isso, de Mouy, antes de me informar quando terei a resposta de seus líderes?

– Porque, senhor, ao me perguntar quando terei uma resposta, também me pergunta onde estão meus líderes. Caso eu diga que será esta noite, saberá que estão escondidos em Paris.

E com essas palavras, de Mouy fixou de maneira ameaçadora seu olhar penetrante na expressão falsa e vacilante do jovem homem.

– Vamos, vamos — retomou o duque. — Você ainda tem dúvidas, senhor de Mouy. Mas não posso lhe exigir completa confiança logo na primeira vez. Você me conhecerá melhor depois. Vamos estar ligados por uma comunidade de interesses que o livrará de toda desconfiança. Então até esta noite, senhor de Mouy?

– Sim, senhor, pois o tempo anda rápido. Até esta noite. Mas onde será, por gentileza?

– No Louvre, aqui, neste quarto, está bom para você?

– Este quarto é de alguém? — disse de Mouy, mostrando com os olhos as duas camas que se encontravam uma de frente para a outra.

– Sim, de dois de meus cavalheiros.

– Meu senhor, acho imprudente que eu volte ao Louvre.

– Por quê?

– Porque se você me reconheceu; outros podem ter tão bons olhos quanto Vossa Alteza e me reconhecer também. Entretanto, voltarei ao Louvre se você me conceder o que vou lhe pedir.

– O quê?

– Um salvo-conduto.

– De Mouy — respondeu o duque —, um salvo-conduto para você assinado por mim é o meu fim e não o salva. Eu só posso lhe ajudar com a condição de que sejamos, aos olhos de todos, completamente estranhos um ao outro. A mínima relação de minha parte com você, testemunhada por minha mãe e meus irmãos, me custaria a vida. Você estará protegido por meu próprio interesse a partir do momento em que me comprometer com os outros, assim como me comprometo com você agora. Livre na minha esfera de ação, forte desde que desconhecido, enquanto for eu mesmo impenetrável, lhe garanto tudo. Não se esqueça disso. Faça então um novo apelo à sua coragem. Conte com minha palavra, como não pôde contar com a de meu irmão. Venha esta noite ao Louvre.

– Mas como quer que eu venha? Não posso aparecer com esta roupa nos aposentos. Ela era para os vestíbulos e pátios. A minha é ainda mais perigosa, já que todo mundo me conhece aqui e ela não me esconde em nada.

– Por isso estou procurando, espere... acho que... sim, aqui está.

De fato, o duque havia dado uma olhada a seu redor, e seus olhos pararam sobre o traje social de La Mole, por enquanto estendido sobre a cama, sobre o magnífico casaco cereja bordado de ouro a respeito do qual já falamos, sobre seu chapéu enfeitado com uma pluma branca, rodeado por um cordão de margaridas douradas e prateadas misturadas e, por fim, sobre um gibão de cetim cinza-pérola e ouro.

– Está vendo esse casaco, esse chapéu e esse gibão? — perguntou o duque. — Eles são do senhor de La Mole, um de meus cavalheiros, um janota do melhor tipo. Esse traje foi sensação na corte, e reconhecem o senhor de La Mole a cem passos quando está com ele. Vou lhe dar o endereço do alfaiate que o fez. Pagando o dobro do que ele vale, você terá o mesmo esta noite. Você gravou bem o nome do senhor de La Mole?

O duque mal acabava de dar a recomendação, quando se ouviram passos se aproximando no corredor e uma chave virando na fechadura.

– Ei! Quem está aí? — exclamou o duque, correndo em direção à porta e empurrando a tranca.

– Por Deus! — respondeu uma voz do lado de fora. — Que pergunta estranha. Quem está aí, pergunto eu! Isso sim é engraçado! Quando quero entrar em meu quarto me perguntam quem é!

– É você, senhor de La Mole?

– Ah! É claro que sou eu. Mas e você, quem é?

Enquanto La Mole expressava sua surpresa em encontrar seu quarto ocupado e tentava descobrir quem era o novo comensal, o duque de Alençon se virou com rapidez; uma mão na tranca, outra na fechadura.

– Você conhece o senhor de La Mole? — perguntou a de Mouy.

– Não, senhor.

– E ele o conhece?

– Acho que não.

– Então está tudo bem. Aliás, finja que está olhando pela janela.

De Mouy obedeceu sem responder, pois La Mole começava a perder a paciência e batia com força.

O duque de Alençon deu uma última olhada para de Mouy e, vendo que estava de costas, abriu a porta.

– Senhor duque! — exclamou La Mole, recuando surpreso. — Oh! Perdão, perdão, senhor.

– Não é nada. Precisei de seu quarto para receber alguém.

– Faça-o, senhor, faça-o. Mas permita-me, lhe peço, que eu pegue meu casaco e meu chapéu que estão sobre a cama, pois perdi ambos esta noite no cais de La Grève, onde fui atacado por ladrões.

– De fato, senhor — disse o príncipe, sorrindo e dando ele mesmo a La Mole os objetos pedidos —, eis que está em uma situação ruim. Você se meteu com tipos tenazes, pelo que parece!

E o duque passou ele mesmo o casaco e o chapéu a La Mole. O rapaz se despediu e saiu para trocar de roupa na antecâmara, não se preocupando em nada com o que o duque fazia em seu quarto, pois era bem típico no Louvre que os aposentos dos cavalheiros fossem usados pelos príncipes aos quais estavam ligados como hospedarias que serviam para todos os tipos de recepções.

De Mouy aproximou-se então do duque, e ambos apuraram os ouvidos para acompanhar o momento em que La Mole se aprontaria e sairia. Porém, quando terminou de trocar de roupa, ele mesmo os colocou em apuros, pois, aproximando-se da porta, disse:

– Desculpe, senhor, mas Vossa Alteza não encontrou em seu caminho o conde Cocunás?

– Não, senhor conde! Mas ele estava trabalhando nesta manhã.

– Então eu fui assassinado — disse La Mole a si mesmo, afastando-se.

O duque escutou o barulho dos passos, que iam diminuindo. Depois, abrindo a porta e puxando de Mouy para perto dele, falou:

– Olhe-o se afastar e trate de imitar esse jeito inimitável.

– Farei o meu melhor — respondeu de Mouy. — Infelizmente, não sou um donzel e sim um soldado.

– Em todo caso, o esperarei antes da meia-noite neste corredor. Se o quarto dos meus cavalheiros estiver livre, o receberei. Se não estiver, encontraremos outro.

– Sim, senhor.

– Então, até esta noite, antes da meia-noite.

– Até esta noite antes da meia-noite.

– Ah! A propósito, de Mouy, balance bastante o braço direito ao andar. É o jeito característico do senhor de La Mole.

A RUA TIZON E A RUA CLOCHE-PERCÉE

La Mole saiu do Louvre correndo e pôs-se a explorar Paris em busca do pobre Cocunás.

Seu primeiro cuidado foi ir até a rua de l'Arbre-Sec, na casa do mestre La Hurière, pois La Mole se lembrava de ter citado frequentemente ao piemontês a máxima latina que tentava provar que Amor, Baco e Ceres são deuses de primeira necessidade, e tinha esperança de que Cocunás, para seguir o aforismo romano, tivesse ido à Belle-Étoile, depois de uma noite que deveria ter sido para seu amigo não menos tempestuosa que havia sido a sua.

La Mole não encontrou nada na casa de La Hurière. Este último, lembrando-se de sua obrigação, ofereceu um almoço de bom grado, o qual nosso cavalheiro aceitou com grande apetite, apesar de sua preocupação.

Com o estômago tranquilizado, mas não o espírito, La Mole voltou à corrida, subindo o Sena, como o marido que procurava sua mulher afogada.[1] Chegando ao cais de Grève, reconheceu, como mencionara ao duque d'Aleçon, o lugar onde havia sido parado em meio a um de seus passeios noturnos três ou quatro horas mais cedo — um incidente nem um pouco raro em uma Paris cem anos mais velha do que aquela em que Boileau fora acordado pelo som de uma bala perfurando suas cortinas. Um pequeno pedaço de pluma de seu chapéu havia permanecido no campo de batalha. O sentimento de posse é inato ao homem. La Mole tinha dez plumas, uma mais bela que a outra. Parou para pegar esta, ou melhor, o único fragmento que sobrevivera dela, e a olhava de um jeito piedoso quando passos pesados ressoaram, aproximando-se dele, e vozes brutais lhe ordenaram que se arrumasse. La Mole levantou a cabeça e viu uma liteira precedida de dois pajens e acompanhada por um escudeiro.

La Mole pensou ter reconhecido a liteira e se arrumou rapidamente.

O rapaz não se enganara.

– Senhor de La Mole! — disse uma voz cheia de doçura que saía da liteira, enquanto uma mão branca e suave como o cetim afastava as cortinas.

– Sim, senhora, eu mesmo — respondeu La Mole se inclinando.

– Senhor de La Mole com uma pluma na mão... — continuou a dama da liteira. — Estaria você apaixonado, meu caro senhor, e achou vestígios perdidos?

– Sim, senhora — respondeu La Mole —, estou apaixonado, muito mesmo. Mas por enquanto, são meus próprios vestígios que achei, mesmo que não sejam eles que procuro. Vossa Majestade me permitirá que eu peça notícias de sua saúde?

– Excelente, senhor. Nunca estive melhor, acho. Deve ser provavelmente porque passei a noite em retiro.

– Ah! Em retiro — disse La Mole, olhando Margarida de um jeito estranho.

– Pois foi! O que há de surpreendente nisso?

– Pode-se, sem indiscrição, perguntar-lhe em qual convento?

— Certamente, senhor, não faço mistério. No convento das Annonciades. Mas e você, que está fazendo aqui com este ar assustado?

— Senhora, eu também passei a noite em retiro, e na vizinhança do mesmo convento. No momento, estou procurando um amigo que desapareceu e, em minha busca, achei esta pluma.

— Que foi feito dele? Na verdade, me preocupa seu paradeiro, este lugar não tem boa reputação.

— Que Vossa Majestade se tranquilize, a pluma vem de mim. Eu a perdi por volta das cinco e meia neste lugar, me safando das mãos de quatro bandidos que queriam me matar a todo custo, ao menos é o que acho.

Margarida reprimiu um intenso movimento de surpresa.

— Oh! Conte-me isto! — disse.

— Não há nada mais simples, senhora. Eram então, como tive a honra de dizer a Vossa Majestade, cerca de cinco horas da manhã.

— E às cinco horas da manhã — interrompeu Margarida — já havia saído?

— Vossa Majestade me perdoará — disse La Mole —, eu ainda não havia voltado.

— Ah! Senhor de La Mole, voltar às cinco horas da manhã — disse Margarida, com um sorriso que para todos era malicioso e que La Mole cometeu o erro de achar adorável —, voltar tão tarde! Você bem que mereceu este castigo.

— Por isso não me queixo, senhora — disse La Mole, inclinando-se com respeito. — Se eu tivesse sido atingido me consideraria ainda cem vezes mais feliz do que mereço ser. Mas enfim, eu voltava tarde ou cedo, como Vossa Majestade quiser, da casa na qual havia passado a noite em retiro quando quatro ladrões saíram da rua de la Mortellerie e me perseguiram com sabres-baionetas extremamente longos. É grotesco, não é, senhora? Mas enfim, foi o que aconteceu. Precisei fugir, pois havia esquecido a minha espada.

– Oh! Entendo — disse Margarida, com um admirável ar de ingenuidade. — E você voltou para buscar sua espada?

La Mole olhou Margarida como se uma dúvida pairasse em seu espírito.

– Senhora, eu realmente voltaria e com prazer, visto que minha espada é uma excelente lâmina. Mas eu não sei mais onde fica a casa.

– Como, senhor?! — exclamou Margarida. — Você não sabe onde fica a casa na qual passou a noite?

– Não, senhora, e que Satã me extermine se eu estiver enganado!

– Oh! Muito curioso! Sua história é um verdadeiro romance, não?

– Um verdadeiro romance, como diz, senhora.

– Conte-a para mim.

– É um pouco longa.

– Não importa! Tenho tempo.

– E muito inacreditável, principalmente.

– Continue. Não posso ser mais crédula.

– Vossa Majestade o ordena?

– Se for preciso, sim.

– Então obedeço. Na última noite, após nos despedirmos de duas adoráveis damas com as quais havíamos passado o fim de tarde na ponte Saint-Michel, fomos jantar na casa do mestre La Hurière.

– Primeiro — perguntou Margarida, com uma perfeita naturalidade —, quem é mestre La Hurière?

– Mestre La Hurière, senhora — disse La Mole olhando uma segunda vez Margarida com aquele ar de dúvida que já fora percebido em seu rosto anteriormente — mestre La Hurière é o chefe da hospedaria da Belle-Étoile, situada na rua de L'Arbre-Sec.

– Bem, consigo ver daqui... Jantava então ontem no mestre La Hurière com seu amigo Cocunás, sem dúvida?

– Sim, senhora, com meu amigo Cocunás, quando um homem entrou e entregou um bilhete para cada um.

– Iguais? — perguntou Margarida.

– Exatamente iguais. Com apenas esta linha: "Venha à rua Saint-Antoine, em frente à rua de Jouy".

– Sem assinatura no bilhete? — perguntou Margarida.

– Não, mas três palavras, três palavras encantadas que prometiam três vezes a mesma coisa, uma tripla felicidade, por assim dizer.

– E quais eram essas palavras?

– Éros-Cupido-Amor

– De fato, são três doces palavras. E cumpriram o que prometiam?

– Ah, senhora, cem vezes mais! — exclamou La Mole com entusiasmo.

– Continue. Estou curiosa em saber o que o aguardava na rua Saint-Antoine, em frente à rua de Jouy.

– Duas aias cada uma com um lenço na mão. Deixamos que nos vendassem os olhos. Vossa Majestade deve entender que não impusemos nenhuma dificuldade. Corajosamente esticamos o pescoço. Meu guia me fez virar à esquerda, e o guia de meu amigo o fez virar à direita, e nos separamos.

– E então? — continuou Margarida, que parecia decidida a levar a investigação até o fim.

– Não sei onde seu guia conduziu meu amigo — disse La Mole. — Ao inferno, talvez. Quanto a mim, o que sei é que fui levado a um lugar que penso ser o paraíso.

– E de onde, sem dúvida, foi expulso por conta de sua insaciável curiosidade?

– Exatamente, senhora, você tem o dom da adivinhação. Aguardava com impaciência o dia em que descobriria onde estava quando, às quatro e meia, a mesma aia voltou, me vendou de novo, fez-me prometer que não tentaria retirar a venda, conduziu-me para fora, acompanhou-me cem passos, fez-me de novo prometer que só retiraria a venda quando tivesse contado até cinquenta. Contei até cinquenta, e encontrei-me na rua Saint-Antoine, na frente da rua de Jouy.

– E então...?

– Então, senhora, voltei tão contente que nem prestei atenção aos quatro miseráveis de cujas mãos me esforcei tanto para sair. Ora, senhora — continuou La Mole —, encontrando aqui um pedaço da minha pluma, meu coração encheu-se de alegria; eu o segurei prometendo a mim mesmo que o guardaria como lembrança dessa feliz noite. Mas, no lugar da felicidade, uma coisa me atormenta: o que pode ter acontecido com meu companheiro.

– Ele não voltou ao Louvre?

– Infelizmente, não, senhora! Procurei por ele em toda parte onde poderia estar, na Belle-Étoile, no jogo de péla e em vários outros lugares respeitáveis, mas nada de Aníbal e menos ainda de Cocunás.

Dizendo essas palavras acompanhadas de um gesto de lamento, La Mole abriu os braços e afastou o casaco, sob o qual se podia ver perfurações em vários lugares do gibão, que exibia, como tantos bons panos furados, o forro através dos rasgos.

– Mas você foi perfurado? — disse Margarida.

– Perfurado, é a palavra! — disse La Mole, que não se incomodava em se orgulhar do perigo pelo qual passara — Veja, senhora, veja!

– Como é que você não trocou de gibão no Louvre, já que voltou para lá? — perguntou a rainha.

– Ah! — disse La Mole — É que havia alguém em meu quarto.

– Como, alguém em seu quarto? — disse Margarida cujos olhos expressaram o mais vivo espanto — E quem estava lá?

– Sua Alteza...

– Shhh! — interrompeu Margarida.

O jovem obedeceu.

– *Qui ad lecticam meam stant?* — disse a La Mole.

– *Duo pueri et unus eques.*

– *Optime, barbari!* — disse ela. — *Dic, Moles, quem inveneris in cubiculo tuo?*

– *Franciscum ducem.*

– *Agentem?*

– *Nescio quid.*

– *Quocum?*

– *Cum ignoto.*[2]

– Estranho — disse Margarida. — Assim, não pôde encontrar Cocunás? — continuou, evidentemente sem pensar naquilo que dizia.

– Por isso, senhora, como tive a honra de dizer a Vossa Majestade, realmente morro de inquietação.

– Bem — disse Margarida com um suspiro —, não quero lhe distrair por mais tempo com sua busca, mas não sei porque, mas tenho a impressão que ele vai se virar sozinho! Não importa, continue a busca.

E a rainha levou o dedo à boca. Ora, como a bela Margarida não havia contado nenhum segredo, não fizera nenhuma confissão a La Mole, o jovem entendeu que esse charmoso gesto, não podendo ter como objetivo recomendar-lhe silêncio, devia ter algum outro significado.

A liteira pôs-se novamente a caminho, e La Mole, no intuito de seguir sua missão, continuou a subir o cais até a rua Long-Pont, que o conduziu à rua Saint-Antoine.

Chegando em frente à rua de Jouy, parou.

Fora ali que, na véspera, as duas aias vendaram seus olhos e os de Cocunás. Ele virou à esquerda, depois contou vinte passos. Recomeçou o manejo e parou na frente de uma casa, ou melhor, de um muro atrás do qual se erguia uma casa. No meio desse muro havia uma porta coberta com grandes pregos e balestreiros.

A casa ficava situada à rua Cloche-Percée, ruazinha estreita que começa na rua Saint-Antoine e termina na Roi-de-Sicile.

– Por Deus! — disse La Mole. — É aqui mesmo... juraria... Ao esticar a mão, quando saía, senti os pregos da porta, depois desci dois degraus. O homem que gritava por socorro e que foi morto na rua Roi-de-Sicile passava no momento em que eu colocava o pé no primeiro degrau. Vejamos.

La Mole foi até a porta e bateu. A porta abriu, e um tipo de porteiro de bigodes atendeu:

– *Was ist das?*[3] — perguntou o porteiro.

– Ha! Ha! Ha! — fez La Mole. — Parece que somos suíços. Amigo — continuou, adotando seu ar mais charmoso —, queria pegar minha espada que deixei nesta casa, onde passei a noite.

– *Ich verstehe nicht*[4] — respondeu o porteiro.

– Minha espada... — continuou La Mole.

– *Ich verstehe nicht* — repetiu o porteiro.

– ... que deixei aqui... minha espada, que deixei...

– *Ich verstehe nicht...*

– ... nesta casa, onde passei a noite.

– *Gehe zum Teufel!*[5] — e bateu-lhe a porta na cara.

– Céus! — exclamou La Mole. — Se estivesse com a espada que estou pedindo, passava com muita vontade no corpo desse engraçadinho. Mas não estou com ela, ficará para outro dia.

Assim, de La Mole continuou seu caminho até a rua Roi-de-Sicile, virou à direita, deu mais ou menos cinquenta passos e chegou à rua Tizon, uma ruazinha paralela à rua Cloche-Percée, ambas muito parecidas. Após dar mais trinta passos, encontrou outra porta com grandes pregos, cobertura e balestreiros, bem como os dois degraus e o muro. Poderia-se dizer que a rua Cloche-Percée havia virado para vê-lo passar.

La Mole então pensou que poderia muito bem ter confundido direita com esquerda, e foi bater à porta para fazer o mesmo pedido que fizera à outra. Porém, desta vez, por mais que batesse ninguém atendia.

La Mole fez e refez duas ou três vezes o mesmo caminho que acabava de fazer, o que o levou a pensar, naturalmente, que a casa possuía duas entradas: uma na rua Cloche-Percée, outra na rua Tizon.

Mas esse pensamento, embora tão lógico, não lhe devolveu sua espada, e não lhe dizia onde estava seu amigo.

Teve por um instante a ideia de comprar outra espada e de cortar o miserável porteiro que se obstinava a só falar alemão. Mas pensou que se o porteiro fosse de Margarida e se Margarida o tivesse escolhido assim, era porque tinha seus motivos, e poderia ser desagradável ver-se privada dele.

Ora, La Mole, por nada no mundo, pensaria em fazer algo desagradável a Margarida.

Com medo de ceder à tentação, retomou então às duas horas da tarde o caminho do Louvre.

Como seus aposentos não estavam mais ocupados dessa vez, pôde entrar. A urgência era grande em relação a seu gibão, que, como observou a rainha, estava consideravelmente deteriorado.

Então avançou imediatamente para sua cama a fim de substituir o gibão que vestia pelo cinza-pérola. Mas, para sua grande surpresa, a primeira coisa que avistou ao lado do gibão cinza-pérola foi a famosa espada que havia deixado na rua Cloche-Percée.

La Mole a tomou, a girou e a virou: era mesmo ela.

– Ha! Ha! — fez. — Será que tem alguma magia por trás disso? — em seguida, com um suspiro: — Ah! Se eu pudesse encontrar o pobre Cocunás como minha espada!

Duas ou três horas depois de La Mole cessar sua ronda circular em torno das duas casinhas, a porta da rua Tizon se abriu. Eram cerca de cinco horas da tarde e, consequentemente, noite escura.[6]

Uma mulher, enrolada em um longo manto coberto de peles, acompanhada de outra, saiu pela porta que lhe mantinha aberta uma aia de aproximadamente quarenta anos de idade, precipitou-se rapidamente até a rua Roi-de-Sicile, bateu numa pequena porta na rua d'Argenson que abriu-se diante dela, saiu pela grande porta da mesma residência que dava para a Vieille-rue-du-Temple, chegou à pequena entrada da residência de Guisa, entrou com uma chave que tinha no bolso e desapareceu.

Meia hora depois, um rapaz, de olhos vendados, saía pela mesma porta da mesma casinha, guiado por uma mulher que o levou até a esquina da rua Geoffroy-Lasnier e da Mortellerie. Então, ela pediu que ele contasse até cinquenta e tirasse a venda.

O rapaz obedeceu escrupulosamente a recomendação e no número combinado tirou o lenço que lhe cobria os olhos.

– *Mordi*! — exclamou, olhando em torno de si. — Se sei onde estou, quero ser enforcado!... Seis horas! — exclamou, ouvindo tocar o relógio da Notre-Dame. — E o pobre La Mole, que pode ter lhe acontecido? Vamos até o Louvre, talvez lá terão notícias.

Dizendo isso, Cocunás desceu correndo a rua de la Mortellerie e chegou aos portões do Louvre em menos tempo que teria sido necessário para um cavalo comum. Ele desarrumou e destruiu em sua passagem a fileira de elegantes burgueses que passeavam tranquilamente em torno das lojas da praça Boudoyer, e entrou no palácio.

Ali, interrogou um soldado suíço e um guarda. O soldado suíço pensava ter visto o senhor de La Mole naquela manhã, mas não o vira sair. O guarda havia chegado uma hora e meia antes e não tinha visto nada.

Cocunás subiu correndo até o quarto e abriu a porta de uma vez, mas só encontrou o gibão de La Mole todo rasgado, o que fez aumentar ainda mais suas preocupações.

Então pensou em La Hurière e correu até o digno hospedeiro da Belle-Étoile. La Hurière havia visto La Mole: ele havia almoçado na hospedaria. Cocunás ficou então inteiramente sossegado e, como estava com muita fome, pediu para jantar também.

Cocunás cumpria duas condições necessárias para se jantar bem: tinha o espírito tranquilo e o estômago vazio. Jantou tão bem que sua refeição se estendeu até às oito horas. Então, consolado por duas garrafas de um vinho de Anjou de que gostava muito e que acabava de engolir com um prazer reforçado pelo piscar de olhos e pelos estalos repetitivos da língua, voltou à procura de La Mole, dando início a uma nova exploração ao atravessar a multidão com chutes e socos proporcionais ao aumento da amizade que lhe inspirara o bem-estar proveniente de uma boa refeição.

Isso durou uma hora. Durante uma hora Cocunás percorreu todas as ruas vizinhas ao cais de la Grève, do porto de carvão, da rua Saint-Antoine e das ruas Tizon e Cloche-Percée, para onde pensava que seu amigo pudesse ter voltado. Por fim, entendeu que havia um lugar pelo qual ele deveria passar: a guarita do Louvre. E resolveu esperar na guarita até sua volta.

Ele estava apenas a cem passos do Louvre, e punha de pé e uma mulher cujo marido já derrubara na praça Saint-Germain-

-l'Auxerrois, quando no horizonte viu em sua frente — à luz duvidosa de um grande lampião colocado perto da ponte levadiça do Louvre — o casaco de veludo cereja e a pluma branca de seu amigo que, assim como uma sombra, desaparecia pela guarita ao cumprimentar o soldado.

O famoso casaco cereja havia feito tanto sucesso com todo mundo que ele não poderia se enganar.

– Ei! *Mordi*! — exclamou Cocunás. — É ele dessa vez. E eis que está voltando. Ei! Ei! La Mole, ei, amigo! Peste! E tenho uma boa voz. O que acontece que ele não me ouviu? Mas felizmente tenho pernas tão boas quanto a minha voz. Vou alcançá-lo.

Com esta esperança, Cocunás correu com todas as forças de suas pernas, chegou rapidamente ao Louvre. Apesar do esforço feito, no momento em que colocou os pés no pátio, o casaco vermelho, que também parecia bem apressado, desapareceu pelo corredor.

– La Mole! — exclamou Cocunás, voltando a correr. — Espere por mim! Sou eu, Cocunás. Mas por que diabos está correndo assim? Está fugindo, por acaso?

De fato, o casaco vermelho, como se tivesse asas, mais escalava o segundo andar do que subia.

– Ah! Você não quer me ouvir — gritou Cocunás. — Ah! Está bravo comigo! Ah! Está chateado! Então vá para o inferno, *mordi*! Porque eu já não aguento mais.

Foi do pé da escada que Cocunás soltou essa repreensão para o fugitivo, o qual recusou-se a seguir com as pernas, embora continuasse a segui-lo com os olhos através do vão da escada; havia chegado à altura dos aposentos de Margarida. De repente, uma mulher saiu desses aposentos e pegou pelo braço aquele que Cocunás perseguia.

– Oh! — fez Cocunás. — Acho que é a rainha Margarida. Ele era aguardado. Então é outra coisa. Entendo que não tenha respondido. Deitou-se na rampa, mergulhando o olhar pela brecha da escada. Então, depois de algumas palavras cochichadas, ele viu o casaco cereja seguir a rainha a seus aposentos.

– Bem, bem! — disse Cocunás. — É isso. Não me enganei. Há momentos em que a presença de nosso melhor amigo nos é importuna, e o caro de La Mole está em um destes momentos.

E Cocunás, subindo calmamente as escadas, sentou-se em um banco de veludo que se encontrava no patamar, dizendo a si mesmo:

– Que seja! Em vez de alcançá-lo, vou esperar. Vou, mas — acrescentou — estou pensando... ele está com a rainha de Navarra, e eu teria que esperar muito tempo... Está frio, *mordi*! Andemos. Esperarei melhor em meu quarto. Quando o diabo chegar, ele vai ter que voltar.

Ele mal tinha acabado de falar essas palavras e começava a executar sua decisão quando um passo leve e animado ressoou acima de sua cabeça, acompanhado de uma pequena canção tão familiar a seu amigo que Cocunás esticou na hora o pescoço em direção ao lado do qual vinha o barulho dos passos e a música. Era La Mole, que descia do andar de cima, aquele onde estava o quarto dele, e ao ver Cocunás, começou a descer de quatro em quatro os degraus que os separavam ainda dele; ao terminar essa operação, se jogou em seus braços.

– Oh, *mordi*! É você! — disse Cocunás. — E por onde diabos você saiu?

– Ora! Pela rua Cloche-Percée, por Deus!

– Não, não estou falando daquela casa...

– De onde, então?

– Do quarto da rainha.

– Do quarto da rainha?
– Do quarto da rainha de Navarra.
– Eu não entrei lá.
– Vamos!
– Meu caro Aníbal — disse La Mole —, está delirando. Estou saindo do meu quarto, onde o esperei por duas horas.
– Você está saindo do seu quarto?
– Estou.
– Então não foi você que segui na praça do Louvre?
– Quando?
– Agora mesmo.
– Não.
– Não foi você quem entrou pela guarita há dez minutos?
– Não.
– E também não foi você que subiu esta escada como se estivesse sendo perseguido por uma legião de diabos?
– Não.
– *Mordi*! — exclamou Cocunás. — O vinho da Belle-Étoile não é tão forte a ponto de fazer minha cabeça rodar desse jeito. Estou dizendo que acabei de ver o seu casaco cereja e a sua pluma branca sob a guarita do Louvre, que os segui até o pé desta escada e que o seu casaco, a sua pluma e até mesmo o seu braço, que balança quando você anda, eram esperados aqui por uma dama que muito desconfio ser a rainha de Navarra, a qual levou tudo por aquela porta que, se não me engano, é a da bela Margarida.
– Por Deus! — disse La Mole, empalidecendo. — Já haveria, então, uma traição?
– Até que enfim! — disse Cocunás. — Xingue o quanto você quiser, mas não me diga que estou enganado.

La Mole hesitou um momento, apertando a cabeça entre as mãos, dividido entre sua honra e seu ciúme, mas o ciúme venceu e ele correu em direção à porta, contra a qual começou a bater com toda força, o que produziu um alvoroço pouco apropriado considerando a majestade do lugar onde se encontravam.

– Vão nos prender — disse Cocunás —, mas não importa, é engraçado. Então diga, La Mole, existem fantasmas no Louvre?

– Não sei nada a esse respeito — disse o rapaz, tão pálido quanto a pluma que cobria seu rosto — mas sempre desejei ver um, e como a ocasião se apresenta, farei o possível para ficar cara a cara com este.

– Eu não me oponho — disse Cocunás —, bata apenas um pouco menos forte se não quiser espantá-lo.

La Mole, apesar de muito exasperado, compreendeu a veracidade da observação e continuou a bater, mas mais calmamente.

O CASACO CEREJA

Cocunás não se enganara. A mulher que havia parado o cavaleiro de casaco cereja era mesmo a rainha de Navarra. Quanto ao cavaleiro de casaco cereja, nosso leitor já terá adivinhado, creio, não era outro que o corajoso de Mouy.

Reconhecendo a rainha de Navarra, o jovem huguenote compreendeu que havia ali um engano; entretanto, mas não ousou dizer nada, com medo de que um grito de Margarida o traísse. Deixou-se então levar até os aposentos, pronto para, uma vez que chegasse lá, dizer a sua bela condutora: "Silêncio por silêncio, senhora".

De fato, Margarida havia apertado levemente o braço daquele que, na penumbra, achou que fosse La Mole, e, se inclinando na direção de sua sua orelha, disse-lhe em latim:

– *Sola sum; introito, carissime.*[1]

De Mouy, sem responder, deixou-se guiar. Mas assim que a porta se fechou, e que se encontrou na antecâmara, mais bem iluminada que a escada, Margarida reconheceu que não era La Mole.

O grito do qual receava o prudente huguenote escapou nesse momento de Margarida. Felizmente, não precisava mais temê-lo.

– Senhor de Mouy! — disse ela, recuando um passo.

— Sim, senhora, e suplico a Vossa Majestade para deixar-me livre para continuar meu caminho sem dizer nada a ninguém sobre minha presença no Louvre.

— Oh! Senhor de Mouy — repetiu Margarida —, então me enganei!

— Sim — disse de Mouy —, entendo. Vossa Majestade pensou que fosse o rei de Navarra: mesmo tamanho, mesma pluma branca, e muitos que quiseram me bajular, sem dúvida, disseram-me a mesma coisa.

Margarida olhou fixamente de Mouy.

— Você sabe latim, senhor de Mouy? — perguntou.

— Soube em algum momento — respondeu o jovem —, mas esqueci.

Margarida sorriu.

— Senhor de Mouy — disse —, pode contar com minha discrição. Entretanto, como acho que sei o nome da pessoa que está procurando no Louvre, eu lhe ofereço meus serviços para levá-lo até ela.

— Sinto muito, senhora — disse de Mouy —, acho que você se engane, ao contrário, ignora completamente...

— Como?! — exclamou Margarida. — Não procura o rei de Navarra?

— Ai de mim, senhora! — disse de Mouy. — Lamento em lhe dizer, mas queira sobretudo esconder minha presença no Louvre de Sua Majestade o rei, seu esposo.

— Escute, senhor de Mouy — disse Margarida surpresa —, eu o julgava, até este momento, como um dos mais consistentes chefes do partido huguenote, como um dos mais fiéis partidários do rei, meu marido. Então me enganei?

— Não, senhora, pois esta manhã eu ainda era tudo o que disse.

— O que mudou nesta manhã?

— Senhora — disse de Mouy se inclinando —, queira dispensar-me da resposta, e peço-lhe que aceite meus respeitos.

E de Mouy, com uma atitude respeitosa, porém rígida, deu alguns passos para trás na direção da porta por onde entrara. Margarida o impediu.

— Entretanto, senhor — disse ela —, e se ousasse pedir uma palavra de explicação? Minha palavra é boa, ao que parece.

— Senhora, — respondeu de Mouy —, devo calar-me; deve saber que o dever do qual me encarrego é de grande seriedade, considerando que ainda não forneci uma resposta a Vossa Majestade.

— Mas, senhor...

— Vossa Majestade pode me perder, senhora, mas não pode exigir que eu traia meus novos amigos.

— E os antigos, senhor, não teriam também algum direito sobre você?

— Os que permaneceram fiéis, sim. Os que não só nos abandonaram, mas ainda abandonaram a si próprios, não.

Margarida, pensativa e inquieta, ia sem dúvida responder com uma nova pergunta, quando de repente Gillonne entrou no quarto.

— O rei de Navarra! — gritou.

— Está vindo por onde?

— Pelo corredor secreto.

— Conduza de Mouy pela outra porta.

— Impossível, senhora, está ouvindo?

— Estão batendo?

— Estão na porta pela qual gostaria que fizesse sair este senhor.

— E quem está batendo?

— Não sei.

— Vá ver, e volte para me dizer.

– Senhora — disse de Mouy —, ousaria dizer a Vossa Majestade que se o rei de Navarra me vir a esta hora e com essa roupa no Louvre, estou perdido?

Margarida segurou de Mouy e o arrastou até o famoso gabinete.

– Entre aqui, senhor — disse ela —, aqui você estará bem escondido e sobretudo mais bem protegido do que em sua própria casa, porque está sob a fé de minha palavra.

De Mouy entrou rapidamente, e assim que a porta fechou, Henrique apareceu. Dessa vez, Margarida não se deu o trabalho de disfarçar. Estava toda sombria, e o amor estava a cem léguas de seu pensamento. Quanto a Henrique, entrou com essa minuciosa desconfiança que, até mesmo nos momentos menos perigosos, o fazia reparar em detalhes mínimos. Além disso, Henrique estava profundamente mais observador nas circunstâncias em que se encontrava.

Por isso ele viu no mesmo instante a nuvem que escurecia o rosto de Margarida.

– Estava ocupada, senhora?

– Eu? Mas é claro, Sire, estava sonhando.

– Tem razão, senhora, sonhar lhe convém. Eu também estava sonhando, mas ao contrário de você, que busca a solidão, desci de propósito para lhe contar os meus sonhos.

Margarida fez ao rei um sinal de boas-vindas, e, mostrando-lhe uma poltrona, sentou-se ela própria numa cadeira de ébano esculpida, fina e forte como aço.

Fez-se entre os dois esposos um instante de silêncio, o qual Henrique foi o primeiro a romper:

– Lembrei-me, senhora, de que meus sonhos com o futuro tinham isso em comum com os seus, que, separados como esposos, desejamos contudo tanto um quanto outro unir nossa fortuna.

– Verdade, Sire.

– Acho que também entendi que, em todos os planos que poderei fazer envolvendo uma elevação de nossa posição, você me disse que encontraria em você, não só uma fiel, mas ainda uma ativa aliada.

– Sim, Sire, e só lhe peço que, executando o mais rápido possível a obra, você me dê também a ocasião de em breve poder fazer o mesmo.

– Estou contente por encontrá-la em tais disposições, senhora, e acho que não duvidou nem um instante que perderia de vista o plano cuja execução resolvi no dia mesmo em que, graças a sua corajosa intervenção, fiquei mais ou menos certo de ter a vida salva.

– Senhor, acho que em você a desconfiança não passa de uma máscara, e tenho fé não só nas previsões dos astrólogos, como em seu gênio.

– O que você diria então, senhora, se alguém se metesse nos nossos planos e nos ameaçasse de reduzir-nos, você e eu, a um estado medíocre?

– Diria que estou pronta para lutar com você, seja na escuridão, seja abertamente, contra esse tal alguém, quem quer que seja.

– Senhora — continuou Henrique — é possível para você entrar à qualquer hora no quarto do seu irmão, o senhor d'Alençon, certo? Você tem a confiança dele e ele tem por você uma forte amizade. Ousaria lhe pedir para se informar se neste momento ele não estaria em conferência secreta com alguém?

Margarida estremeceu.

– Com quem, senhor? — perguntou.

– Com de Mouy.

– E por que isso? — perguntou Margarida retendo sua emoção.

– Porque se assim for, senhora, diga adeus a todos os nossos projetos, pelo menos aos meus.

– Sire, fale baixo — disse Margarida fazendo ao mesmo tempo um sinal com os olhos e com os lábios, indicando com o dedo o gabinete.

– Ah! — disse Henrique. — De novo alguém? Na verdade, esse gabinete é tão frequentemente ocupado que deixa seu quarto inabitável.

Margarida sorriu.

– É pelo menos ainda o senhor de La Mole? — perguntou Henrique.

– Não, Sire, é o senhor de Mouy.

– Ele? — exclamou Henrique com uma surpresa misturada a alegria. — Então não está no quarto do duque de Alençon? Ah! Faça-o vir aqui, devo falar com ele...

Margarida correu até o gabinete, o abriu e, pegando de Mouy pela mão, o levou sem preâmbulos até o rei de Navarra.

– Ah, senhora — disse o jovem huguenote com um tom de repreensão mais triste do que amargo —, você me trai apesar da promessa, isso é ruim. O que diria se eu me vingasse dizendo...

– Não vai se vingar, de Mouy — interrompeu Henrique apertando a mão do rapaz —, ou pelo menos me escutará antes. Senhora — continuou Henrique, dirigindo-se à rainha — peço, por favor, que ninguém nos ouça.

Henrique mal terminara de dizer essas palavras quando Gillonne chegou toda assustada e sussurou no ouvido de Margarida algumas palavras que a fizeram saltar de seu assento. Enquanto corria para a antecâmara com Gillonne, Henrique, sem se preocupar com a causa que a chamava para fora dos aposentos, inspecionava a cama, a alcova, as tapeçarias; e investigava com os dedos as paredes. Quanto a de Mouy, espantado com todos esses preâmbulos, assegurava-se antecipadamente de que sua espada não estava enroscada na bainha.

Margarida, saindo de seu quarto, passou para a antecâmara e se encontrou encarando La Mole, que, apesar de todos os pedidos de Gillonne, queria de todo jeito entrar no quarto de Margarida.

Cocunás estava atrás dele, pronto para empurrá-lo para a frente ou para segurá-lo por trás.

– Ah! É você, senhor de La Mole! — exclamou a rainha. — Mas o que há com você, e por que está tão pálido e trêmulo?

– Senhora — disse Gillonne —, o senhor de La Mole bateu à porta de tal forma que, apesar das ordens de Vossa Majestade, fui forçada a abri-la.

– Ah, mas então o que é isso? — perguntou a rainha de modo severo. — É verdade o que me dizem, senhor de La Mole?

– Senhora, vim avisar Vossa Majestade a respeito de um estranho, um desconhecido, talvez até um ladrão, que entrou em seu quarto com meu casaco e meu chapéu.

– Você esta louco, senhor — disse Margarida —, pois vejo seu casaco em seus ombros, e acho que, Deus me perdoe, vejo também seu chapéu em sua cabeça, muito embora esteja falando a uma rainha.

– Oh! perdão, senhora, perdão! — exclamou La Mole, descobrindo a cabeça rapidamente. — De toda forma, não é, Deus é testemunha, o respeito que me falta.

– Não, é a fé, não é mesmo? — disse a rainha.

– O que você queria? — exclamou La Mole. — Quando um homem está nos aposentos de Vossa Majestade, quando ali entra com meus trajes, e talvez meu nome, quem sabe...?

– Um homem! — disse Margarida apertando levemente o braço do pobre apaixonado. — Um homem!... Você é modesto, senhor de

La Mole. Aproxime a cabeça da abertura da tapeçaria e verá dois homens.

E Margarida, assim, entreabriu a cortina de veludo bordada de ouro, e La Mole reconheceu Henrique conversando com o homem de casaco vermelho. Cocunás, curioso como se o incidente envolvesse ele próprio, também olhou, e reconheceu de Mouy. Os dois ficaram estupefatos.

– Agora que está tranquilizado, ou ao menos assim espero — disse Margarida —, fique à porta de meus aposentos, e, por sua vida, meu caro La Mole, não deixe entrar ninguém. Se alguém se aproximar, mesmo no patamar, avise.

La Mole, fraco e obediente como uma criança, saiu olhando para Cocunás, que o olhava também, e os dois se encontraram do lado de fora sem se recuperarem do espanto.

– De Mouy! — exclamou Cocunás.

– Henri! — murmurou La Mole.

– De Mouy com seu casaco cereja, sua pluma branca e seu braço que balança.

– É! Mas — retomou La Mole — já que não se trata de amor, trata-se certamente de um complô.

– Ah! *Mordi*! E aqui estamos nós na política! — disse Cocunás resmungando — Felizmente não vejo a senhora de Nevers envolvida nisso tudo.

Margarida voltou e sentou-se perto dos dois interlocutores. Seu desaparecimento só durara um minuto, e ela usara bem seu tempo. Gillonne, à espreita na passagem secreta, e os dois cavalheiros de guarda na entrada principal lhe davam toda segurança.

– Senhora — disse Henrique — você acha que é possível, por um meio qualquer, nos ouvirem e nos entenderem?

– Senhor — disse Margarida — este quarto é forrado, e duplos lambris conferem-me isolamento.

– Minha confiança está em você — respondeu Henrique sorrindo. Em seguida, se virando para de Mouy:

– Vejamos... — disse o rei em voz baixa e como se, apesar da segurança de Margarida, seus receios não tivessem se dissipado completamente. — O que você veio fazer aqui?

– Aqui? — perguntou de Mouy.

– É, aqui, neste quarto — repetiu Henrique.

– Ele não vinha fazer nada — disse Margarida —, fui eu quem o puxou para cá.

– Você sabia então...?

– Adivinhei tudo.

– Como vê, de Mouy, nós podemos adivinhar.

– O senhor de Mouy — continuou Margarida — esteve nesta manhã com o duque Francisco no quarto de dois de seus cavalheiros.

– Como vê, de Mouy — repetiu Henrique — sabemos tudo.

– Verdade — disse de Mouy.

– Estava certo — disse Henrique — de que senhor de Alençon se ocuparia de você.

– O erro é seu, Sire. Por que recusou tão obstinadamente o que lhe ofereci?

– Você recusou? — exclamou Margarida — Essa recusa que eu pressentia então é real?

– Senhora — disse Henrique balançando a cabeça — e você, meu corajoso de Mouy, na verdade vocês me fazem rir com suas exclamações! Como é possível! Um homem entra em meu quarto, fala-me de trono, de revolta, de reviravolta; para mim, eu, Henrique, príncipe tolerado desde que exiba um rosto humilde, huguenote poupado na condição de que encene o católico! Como poderia aceitar quando tais propostas me são feitas em um quarto não forrado e sem duplos lambris? *Ventre-saint-gris*! Vocês são ou crianças, ou loucos!

– Mas, Sire, Vossa Majestade não poderia ter-me deixado alguma esperança? Se não uma palavra, ao menos um gesto, um sinal?

– O que lhe disse meu cunhado, de Mouy? — perguntou Henrique.

– Ah, Sire, este segredo não é meu.

– Ora, meu Deus — retomou Henrique com certa impaciência em tratar com um homem que entendia tão mal suas palavras —, não lhe pergunto quais foram as propostas que ele lhe fez, peço somente para saber se ele estava à escuta, se pôde compreender.

– Sim, Sire, estava à escuta e pôde compreender.

– Estava à escuta e compreendeu! Você mesmo admite, de Mouy! Pobre conspirador você é! Se eu tivesse dito uma palavra, você estaria perdido, pois embora eu não soubesse que ele estava ali, de certo desconfiava! E se não fosse ele, seria algum outro: o duque de Anjou, Carlos IX, a rainha-mãe. Você não conhece as paredes do Louvre, de Mouy. É para elas que foi feito o provérbio "as paredes têm ouvidos". E conhecendo essas paredes, eu falaria! Vamos, vamos, de Mouy, você faz pouca honra ao bom senso do rei de Navarra, e fico surpreso que, não o posicionando tão alto em seu espírito, você tenha vindo lhe oferecer uma coroa.

– Mas, Sire — disse de Mouy —, você não poderia, mesmo rescusando a coroa, fazer um sinal? Se assim fosse, eu não teria perdido as esperanças, não pensaria que tudo estava perdido.

– Ora, *Ventre-saint-gris*! — exclamou Henrique. — Se ele escutava, não podia muito bem também ver? E então não estaríamos tão perdidos por um sinal quanto por uma palavra? Ouça, de Mouy — continuou o rei olhando ao redor —, nesta hora, e tão perto de você que minhas palavras não saem do círculo de nossas três cadeiras, ainda assim temo ser ouvido quando digo: de Mouy, repita suas propostas.

– Mas, Sire — exclamou de Mouy em desespero —, agora já estou engajado com o senhor de Alençon.

Margarida bateu com desdém as belas mãos, uma contra a outra.

– Então é tarde demais? — perguntou ela.

– Pelo contrário — murmurou Henrique — entendam que mesmo agora a proteção de Deus é visível. Continue engajado, de Mouy, pois o duque Francisco é a salvação de todos nós. Então você acredita que o rei de Navarra garantiria sua segurança? Pelo contrario, infeliz! Eu mandarei matar até o último de vocês, à menor suspeita. Mas quando se trata de um filho de França, é outra coisa; tenha provas, de Mouy, peça garantias. Mas, ingênuo como você é, terá se engajado de coração, e uma palavra só terá sido suficiente.

– Oh, Sire! Foi o desespero de seu abandono, acredite, que me lançou aos braços do duque. Foi também o medo de ser traído, pois ele conhecia nosso segredo.

– Conheça então o dele por sua vez, de Mouy, isso depende de você. O que ele deseja? Ser rei de Navarra? Promete-lhe a coroa. O que ele quer? Deixar a coroa? Forneça-lhe os meios para fugir, trabalhe para ele, de Mouy, como se trabalhasse para mim, segure o escudo de modo a defender todos os ataques que nos desferirão. Quando ele for fugir, fugiremos a dois, quando for combater e reinar, reinarei sozinho.

– Desconfie do duque — disse Margarida —, é um espírito escuro e penetrante, sem ódio e sem amizade, sempre pronto para tratar seus amigos como inimigos, e seus inimigos como amigos.

– E ele — disse Henrique — o aguarda, de Mouy?

— Sim, Sire.

— Onde?

— No quarto de seus dois cavalheiros.

— A que horas?

— Até meia-noite.

— São quase onze horas — disse Henrique — não há tempo a perder. Vá, de Mouy.

— Temos sua palavra, senhor? — perguntou Margarida.

— Ora, senhora! — disse Henrique com a confiança que ele sabia tão bem demonstrar para certas pessoas e em certas ocasiões. — Com o senhor de Mouy, essas coisas nem sequer se perguntam.

— Tem razão, Sire — respondeu o rapaz — mas eu preciso da sua, pois preciso dizer aos chefes que a recebi. Você não é nem um pouco católico, não é?

Henrique deu de ombros.

— Não renuncia à realeza de Navarra?

— Não renuncio a nenhuma realeza, de Mouy. Só reservo-me o direito de escolher a melhor, ou seja, aquela que convier para mim e para você.

— E se, enquanto aguarda, Vossa Majestade for presa, Vossa Majestade promete não revelar nada, mesmo caso violassem com a tortura Vossa Majestade real?

— De Mouy, juro em nome de Deus.

— Uma palavra mais, Sire: como faço para revê-lo?

— Você terá, a partir de amanhã, uma chave de meu quarto. Entrará, de Mouy, quantas vezes for necessário e no momento que quiser. Caberá ao duque de Alençon responder por sua presença no Louvre. Enquanto aguarda, suba por esta escadinha, eu serei seu guia. Nesse meio tempo, a rainha fará entrar o casaco vermelho, semelhante ao seu, que estava há pouco na antecâmara. Não devemos conseguir diferenciá-los e deixar que descubram que vocês são dois, não é, de Mouy? Não é, senhora?

Henrique pronunciou essas ultimas palavras rindo e olhando para Margarida.

– Sim — disse sem emocionar-se —, pois, afinal, o senhor de La Mole serve ao meu irmão.

– Muito bem, trate de ganhá-lo para nós, senhora — disse Henrique com uma seriedade perfeita —, não economize nem ouro, nem promessas. Coloco todos os meus tesouros à sua disposição.

– Então — disse Margarida com um desses sorrisos que pertencem apenas às mulheres de Boccaccio —, já que esse é seu desejo, farei o melhor para secundá-lo.

– Ótimo, senhora. E você, de Mouy? Volte para o duque e ferre-o.[2]

MARGARIDA

Durante a conversa que acabamos de relatar, La Mole e Cocunás montavam guarda: La Mole meio magoado, Cocunás meio inquieto.

La Mole havia tido tempo para pensar e Cocunás havia-lhe ajudado imensamente com isso.

– O que você acha de tudo isso, amigo? — perguntara La Mole a Cocunás.

– Acho — respondera o piemontês — que em tudo isso tem alguma intriga da corte.

– E, se a oportunidade se apresentasse, você estaria disposto a fazer parte dessa intriga?

– Meu caro — respondeu Cocunás —, escute bem o que vou lhe dizer e trate de tirar algum proveito. Em todos esses enredos principescos, em todas essas maquinações reais, só podemos e principalmente só devemos ser sombras: onde o rei de Navarra deixará um pedaço de sua pluma e o duque de Alençon uma aba de seu casaco, nós deixaremos nossa vida. A rainha possui afeição por você, e você uma atração por ela, nada mais. Perca a cabeça por amor, meu caro, mas não a perca por política.

Era um sábio conselho. Por isso foi escutado por La Mole com a tristeza de um homem que sente que, estando entre a razão e a loucura, é a loucura que ele vai seguir.

— O que sinto pela rainha não é uma mera atração, Aníbal, eu a amo; por bem ou por mal, a amo de toda minha alma. É loucura, você me dirá, e admito: eu sou louco. Mas você que é sensato, Cocunás, não deve sofrer com minhas besteiras e meu infortúnio. Vá encontrar nosso mestre e não se comprometa.

Cocunás pensou por um momento, depois levantou a cabeça:

— Meu caro — respondeu —, tudo que você diz é perfeitamente correto, você está apaixonado, age como apaixonado. Eu, por minha vez sou ambicioso e penso que a vida vale mais que o beijo de uma mulher. Quando arriscar minha vida, farei minhas condições. Você, do seu lado, meu pobre Medoro,[1] trate de fazer as suas.

E com isso, Cocunás estendeu a mão a La Mole e foi embora, depois de ter trocado com seu companheiro um último olhar e um último sorriso.

Já tinha mais ou menos dez minutos que ele havia deixado seu posto quando a porta se abriu, e Margarida, aparecendo com precaução, veio pegar La Mole pela mão. Sem dizer uma só palavra, o puxou do corredor para o ponto mais profundo de seus aposentos, fechando ela mesma as portas com um cuidado que indicava a importância da conferência que aconteceria.

Chegando no quarto, ela parou, se sentou em uma cadeira de ébano, puxou La Mole para perto de si e fechou suas mãos entre as dele:

— Agora que estamos sozinhos — disse-lhe — falemos seriamente, meu grande amigo.

— Seriamente, senhora? — disse La Mole.

— Ou amorosamente, se preferir! Assim é melhor para você? Pode haver coisas sérias no amor, principalmente no amor de uma rainha.

– Falemos então... dessas coisas sérias, mas sob a condição de que Vossa Majestade não se irrite com as coisas loucas que vou lhe dizer.

– Só me irritarei com uma coisa, La Mole: se você me chamar de "senhora" ou "Majestade". Para você, meu amigo, sou somente Margarida.

– Sim, Margarida, sim, Margarita! Sim, minha pérola — disse o rapaz, devorando a rainha com os olhos.

– Está melhor assim — disse Margarida. — Então quer dizer que você está com ciúmes, meu belo cavalheiro?

– Ah! A ponto de perder a cabeça.

– Tanto assim!

– E de ficar louco, Margarida.

– E ciúmes de quem?

– De todo mundo.

– Mas resumidamente?

– Primeiro, do rei.

– Pensava que depois do que você viu e ouviu, pudesse estar tranquilo quanto a isso.

– Desse senhor de Mouy que vi hoje de manhã pela primeira vez e que encontro nesta noite tão íntimo de você.

– Do senhor de Mouy?

– É.

– E quem lhe dá essas desconfianças sobre senhor de Mouy?

– Veja bem... reconheci seu tamanho, a cor de seus cabelos, seu sentimento natural de ódio. Foi ele que, hoje de manhã, estava com o senhor de Alençon.

– E o que isso tem a ver comigo?

– O senhor de Alençon é seu irmão; dizem que você o ama muito, você deve ter confessado a ele um vago desejo em seu coração, e ele, segundo o costume da corte, seguiu sua vontade ao lhe apresentar o senhor de Mouy. Mas como tive a felicidade de encontrar aqui o rei ao mesmo tempo que ele? É o que não pude saber. De toda forma, senhora, seja franca. Na falta de outro sentimento, um amor como o meu tem muito bem o direito de exigir a franqueza em troca. Veja, me coloco a seus pés. Se o que você sentiu por mim foi apenas um sentimento passageiro, lhe devolvo sua fé, suas promessas, seu amor; devolvo ao senhor de Alençon suas boas ações e meu cargo de cavalheiro e morrerei no cerco de La Rochelle,[2] se o amor não me matar antes que eu possa chegar até lá.

Margarida escutou essas palavras cheias de charme com um sorriso e seguiu com os olhos seus gestos repletos de graça; em seguida, apoiando a bela cabeça sonhadora sobre a mão ardente, perguntou:

– Você me ama?

– Oh, senhora! Mais que minha vida, mais que minha redenção, mais que tudo. Mas você, você... Você não me ama.

– Pobre louco — ela murmurou.

– Sim, senhora — exclamou La Mole, ainda a seus pés —, eu lhe disse que eu era.

– O primeiro interesse de sua vida é então seu amor, caro La Mole!

– É um só, senhora, é o único.

– Então, que assim seja. Farei de todo o resto somente um acessório para esse amor. Você me ama, então você quer ficar perto de mim?

– Minha única oração a Deus é que ele não me afaste nunca de você.

– Pois você nunca me deixará. Preciso de você, La Mole.

– Você precisa de mim? O sol precisa do vaga-lume?

– Se eu disser que o amo, você será completamente dedicado a mim?

– Ah, mas eu já não sou, senhora, e totalmente?

– Sim, mas você ainda tem dúvidas, Deus me perdoe!

– Ah! Estou enganado, sou um ingrato, ou melhor, como já lhe disse e como você repetiu, sou um louco. Mas por que o senhor de Mouy estava em seu quarto esta noite? Por que o vi hoje de manhã com o senhor duque de Alençon? Por que o casaco cereja, a pluma branca, e essa maneira de imitar o meu jeito? Ah, senhora, não é de você que eu desconfio, é do seu irmão.

– Infeliz! — disse Margarida. — Infeliz que acredita que o duque Francisco teria a inconveniência de introduzir um amante nos aposentos de sua irmã! Insensível que diz estar com ciúmes e que ainda não adivinhou! Você sabia, La Mole, que o duque de Alençon lhe mataria amanhã com sua própria espada se ele soubesse que está aqui, nesta noite, a meus pés e que em vez de o mandar embora deste lugar, eu lhe digo: fique aqui como você está, La Mole, pois eu o amo, meu belo cavalheiro. Está ouvindo? Eu o amo! Pois sim, repito, ele lhe mataria!

– Deus! — exclamou La Mole, caindo para trás e olhando Margarida com pavor. — Isso seria possível?

– Tudo é possível, amigo, na nossa época e nesta corte. Agora, mais uma coisa: não foi por mim que o senhor de Mouy, vestido com seu casaco, o rosto escondido debaixo do chapéu, veio ao Louvre. Foi pelo senhor de Alençon. Mas eu o trouxe até aqui achando que fosse você. Ele sabe nosso segredo, La Mole. É preciso cuidar disso.

– Prefiro matá-lo — disse La Mole. — É mais rápido e mais seguro.

– E eu, meu corajoso cavalheiro — disse a rainha —, prefiro que ele viva e que você saiba de tudo, pois a vida dele não nos é somente útil como também necessária. Escute e pense bem em suas palavras antes de me responder: você me ama suficientemente, La Mole, para se alegrar se eu virasse uma verdadeira rainha, sendo dona de um verdadeiro reino?

— Ai de mim! Senhora, eu a amo o bastante para desejar o que você deseja, mesmo que este desejo cause a infelicidade de toda a minha vida.

— Pois então você quer me ajudar a realizar este desejo, que o fará ainda mais feliz?

— Ah, eu a perderei, senhora! — exclamou La Mole, escondendo a cabeça entre as mãos.

— Não, não, pelo contrário. Em vez de ser o primeiro de meus serviçais, você se tornaria o primeiro de meus súditos. Isso é tudo.

— Oh! Sem interesse... sem ambição, senhora... Não suje você mesma o sentimento que tenho por você... Devoção, nada mais que devoção.

— Nobre natureza! — disse Margarida. — Aceito sua devoção e saberei reconhecê-la.

E ela lhe estendeu as duas mãos, as quais La Mole cobriu de beijos.

— E então? — perguntou ela.

— Pois bem! Sim — respondeu La Mole. — Sim, Margarida, começo a entender o vago projeto do qual já falávamos entre nós, huguenotes, antes da São Bartolomeu. O projeto para cuja execução fui, como tantos outros mais dignos do que eu, mandado a Paris. A realeza verdadeira de Navarra que substituiria uma realeza fictícia, você a cobiça: o rei Henrique a incentiva a isso. De Mouy conspira com você, não é? Mas o duque de Alençon, o que ele está fazendo nessa história toda? Onde é que tem um trono para ele nisso tudo? Não consigo ver. Ora, o duque de Alençon possui tanta... afeição por você a ponto de lhe ajudar nisso tudo sem exigir nada em troca do perigo que corre?

– O duque, amigo, conspira por conta própria. Deixemos que se perca: sua vida garante as nossas.

– Mas e eu, eu que estou a seu serviço, posso traí-lo?

– Traí-lo! E em que o trairia? O que ele lhe confiou? Não foi ele quem o traiu ao dar a de Mouy seu casaco e seu chapéu como um meio de acesso até ele? Você está a seu serviço, como diz. Mas não foi primeiro meu antes de ser dele, meu cavalheiro? Ele lhe deu uma prova de amizade maior que a prova de amor que eu lhe ofereço?

La Mole se levantou pálido, como se tivesse sido atingido por um raio.

– Oh! — murmurou. — Cocunás bem que me dizia. A intriga me envolve em suas sinuosidades. Ela irá me sufocar.

– E então? — perguntou Margarida.

– Então — disse La Mole — aqui está minha resposta. Acredita-se, e eu ouvi dizer do outro lado da França, onde seu nome tão ilustre, sua beleza de reputação tão universal vieram até mim acariciar o coração como um vago desejo do desconhecido, acredita-se que você amou algumas vezes. E que seu amor sempre foi fatal aos objetos amados, tanto que a morte, certamente por ciúmes, os levou quase sempre.

– La Mole...

– Não me interrompa, ó minha Margarita, pois dizem também que você guarda em caixas de ouro[3] os corações de seus fiéis amigos, e que às vezes você entrega a esses tristes restos um pensamento melancólico, um olhar piedoso. Você está suspirando, minha rainha, seus olhos se dissimulam, é verdade. Pois bem! Faça de mim o mais amado e o mais feliz de seus favoritos. Dos outros, você perfurou o coração e os guarda. De mim, faça mais: exponha minha cabeça... Margarida, jure diante da imagem desse Deus que me salvou a vida aqui mesmo, jure que se eu morrer por você, como um sombrio pressentimento me anuncia, que você guardará, para apoiar de vez em quando os lábios, essa cabeça que o carrasco terá separado de meu corpo. Jure, Margarida, e a promessa de tal recompensa, feita por minha rainha, me fará mudo, traidor ou covarde se preciso, completamente dedicado, como deve ser seu amante e seu cúmplice.

– Ó, loucura lúgubre, minha querida alma! — disse Margarida.

— Ó, pensamento fatal, meu doce amor!

– Jure...

– Quer que eu jure?

– Sim, sobre esta caixa de prata com a cruz em cima. Jure.

– Pois bem — disse Margarida —, se isso agradar a Deus! Caso seus pressentimentos sombrios se realizem, meu belo cavalheiro, eu lhe juro sobre esta cruz que você estará perto de mim, vivo ou morto, enquanto eu viver. E se eu não puder o salvar do perigo em que você se coloca por mim, somente por mim, eu sei, darei ao menos à sua pobre alma a consolação que você me pede e que terá tão bem merecido.

– Mais uma coisa, Margarida. Posso morrer agora, estou seguro quanto à minha morte. Mas também posso viver, nós podemos conseguir. O rei de Navarra pode ser rei, você pode ser rainha, e então o rei a levará. O voto de separação feito entre vocês será rompido algum dia e causará a nossa. Vamos, Margarida, cara Margarida bem-amada, com uma palavra você me tranquilizou sobre minha morte, agora com uma palavra tranquilize-me sobre minha vida.

– Oh! Não tema nada, sou sua de corpo e alma! — exclamou Margarida, estendendo novamente a mão sobre a cruz da pequena caixa. — Se eu for embora, você virá comigo, e se o rei se recusar a levá-lo, então serei eu quem não irá embora.

– Mas você não ousaria se opor!

– Meu amado jacinto — disse Margarida —, você não conhece Henrique. Ele só pensa em uma coisa neste momento: ser rei. E por esse desejo sacrificaria agora tudo que possui e mais ainda o que não possui. Adeus.

– Senhora — disse La Mole sorrindo —, estou dispensado?

– Está tarde — disse Margarida.

– Certamente; mas para onde deseja que eu me dirija? O senhor de Mouy está em meus aposentos com o duque de Alençon.

– Ah! É verdade — disse Margarida com um adorável sorriso. — Afinal, tenho inúmeras outras coisas para lhe dizer a respeito de nossa conspiração.

A partir daquela noite, La Mole não foi mais um favorito ordinário e pôde caminhar erguendo a cabeça para a qual, viva ou morta, estava reservado um futuro tão doce.

Algumas vezes, entretanto, seu pesado crânio se inclinava em direção à terra, suas bochechas empalideciam e uma austera reflexão cavava uma ruga entre as sobrancelhas do rapaz, tão alegre outrora, tão feliz agora!

XXVII

A MÃO DE DEUS

Ao deixá-la, Henrique disse à senhora de Sauve:

– Fique na cama, Carlota. Finja que está gravemente doente, e sob nenhum pretexto receba alguém aqui amanhã durante todo o dia.

Carlota obedeceu sem perceber o motivo que levou o rei a lhe fazer essa recomendação. Ela estava começando a se habituar a suas excentricidades, como diríamos hoje em dia, e a seus caprichos, como diriam na época.

Além disso, ela sabia que Henrique trancava em seu coração segredos que não dizia a ninguém, e nos pensamentos, projetos que temia revelar até mesmo em seus sonhos. Dessa forma, ela obedecia a todas as suas vontades, certa de que mesmo suas ideias mais estranhas tinham um objetivo.

Na mesma noite, ela se queixou a Dariole de um grande peso na cabeça acompanhado de vertigens. Eram os sintomas que Henrique recomendou que mencionasse.

No dia seguinte, fingiu querer se levantar, mas assim que colocou o pé no chão, reclamou de uma fraqueza geral e se deitou novamente.

Essa indisposição, que Henrique já havia anunciado ao duque de Alençon, foi a primeira notícia que informaram a Catarina quando perguntou com um ar tranquilo o porquê de a senhora de Sauve não ter aparecido como de costume para auxiliá-la ao se levantar.

– Doente! — respondeu a senhora de Lorena, que ali se encontrava.

– Doente! — repetiu Catarina sem que um músculo de seu rosto denunciasse o interesse que dava à resposta — Algum cansaço de preguiçosa.

– Não, senhora — retomou a princesa. — Ela reclama de uma violenta dor de cabeça e de uma fraqueza que a impede de andar.

Catarina não respondeu, mas, sem dúvida para esconder sua felicidade, se virou para a janela, e, olhando Henrique atravessar o pátio após seu encontro com de Mouy, se ergueu para vê-lo melhor; então, dominada por aquela consciência que sempre borbulha — embora invisivelmente no fundo dos mais duros corações propícios ao crime, perguntou a seu capitão da guarda:

– Não parece que meu filho Henrique está mais pálido nesta manhã do que de costume?

Não estava nem um pouco. Henrique estava muito preocupado em espírito, mas seu físico estava bastante saudável.

Pouco a pouco, as pessoas que assistiam costumadamente a levantar da rainha se retiraram. Três ou quatro ficaram; aquelas de maior intimidade. Catarina as dispensou com impaciência, alegando que gostaria de ficar sozinha.

Assim que o último cortesão saiu, Catarina fechou a porta, dirigindo-se a um armário secreto, oculto em um dos painéis de seu quarto, correu a porta por uma ranhura da madeira e retirou dali um livro cujas folhas amassadas denunciavam a frequência com que era aberto.

Ela colocou o livro sobre a mesa e o abriu com a ajuda de um marcador de páginas, apoiando o cotovelo na mesa e a cabeça sobre a mão.

– É isso mesmo — murmurou enquanto lia —, dor de cabeça, fraqueza geral, dores nos olhos, inchaço do palato. Só falaram até agora de dores de cabeça e de fraqueza... os outros sintomas não vão se atrasar.

Continuou a leitura:

– Depois a inflamação toma conta da garganta, desce para o estômago, cobre o coração com um círculo de fogo e faz estourar o cérebro como um relâmpago.

Releu baixinho. Em seguida, continuou à meia-voz.

– Para a febre, seis horas, para a inflamação geral, doze horas, para a gangrena, doze horas, para a agonia, seis horas. No total, trinta e seis horas. Agora, suponhamos que a absorção seja mais lenta que a ingestão, e que em vez de trinta e seis horas, tenhamos quarenta, ou até quarenta e oito. Sim, quarenta e oito devem ser o suficiente. Mas e ele, Henrique, como pode ainda estar em pé? Porque é homem, porque tem um temperamento robusto, porque talvez tenha bebido após tê-la beijado, e deve ter enxugado os lábios depois que bebeu.

Catarina esperou a hora do jantar com impaciência. Henrique ceava todos os dias à mesa do rei. Ao chegar, reclamou, por sua vez, de dores agudas no cérebro, não comeu nada e se retirou logo após a refeição dizendo que, como ficara acordado durante uma parte da noite anterior, sentia uma grande necessidade de dormir.

Catarina ouviu Henrique se afastar com o passo cambaleante e mandou segui-lo. Foi informada de que o rei de Navarra havia tomado a direção do quarto da senhora de Sauve.

– Henrique — disse para si mesma —, ao colocar-se ao lado dela esta noite, completará a obra de uma morte que um acaso infeliz deixou, talvez, incompleta.

O rei de Navarra de fato havia se dirigido ao quarto da senhora de Sauve, mas era para lhe dizer para continuar com a encenação.

No dia seguinte, Henrique não saiu de seu quarto durante toda a manhã e não apareceu no jantar do rei. A senhora de Sauve, dizia-se, ia de mal a pior, e o rumor da doença de Henrique, espalhado pela própria Catarina, corria como um daqueles pressentimentos cuja causa ninguém explica, mas que se expandem pelo ar.

Catarina se felicitava; na manhã da véspera ela havia afastado Ambroise Paré, ordenando que fosse prestar socorro a um de seus criados favoritos, doente em Saint-Germain.

Era preciso, então, que um de seus homens fosse chamado ao quarto da senhora de Sauve e ao de Henrique. E esse homem só diria o que ela quisesse que ele dissesse. Se, contra todas as expectativas, algum outro doutor se encontrasse ali misturado, e se outra declaração de envenenamento viesse assombrar essa corte onde já haviam ressoado tantas outras declarações parecidas, ela contava firmemente com os rumores que corriam a respeito dos ciúmes de Margarida diante dos amores de seu marido. Lembremos que a rainha-mãe sem ter certeza falara muito desses ciúmes, que surgiram em várias circunstâncias, como foi o caso do passeio ao espinheiro, onde perguntara à sua filha na presença de várias pessoas:

– Então você é bem ciumenta, Margarida?

Ela então aguardava com um rosto dissimulado o momento em que a porta se abriria e algum serviçal completamente pálido e assustado entraria gritando:

– Majestade, o rei de Navarra está morrendo e a senhora de Sauve está morta!

Quatro horas da tarde soaram. Catarina terminava seu lanche no viveiro, onde esmigalhava biscoitos para alguns pássaros raros aos quais dava de comer com as próprias mãos. Embora seu rosto, como sempre, estivesse calmo e até abatido, seu coração batia violentamente ao mínimo barulho.

A porta abriu-se de uma vez:

– Senhora — disse o capitão da guarda —, o rei de Navarra está...

– Doente? — interrompeu Catarina rapidamente.

– Não, senhora, graças a Deus! Sua Majestade parece estar maravilhosamente bem.

– O que está dizendo então?

– Que o rei de Navarra está aqui.

– O que ele quer comigo?

– Está trazendo para Vossa Majestade um pequeno macaco da mais rara espécie.

Nesse momento, Henrique entrou segurando um cesto contendo um mico, o qual o rei acariciava.

Henrique sorria ao entrar e parecia estar com toda a atenção voltada ao charmoso animalzinho que trazia. No entanto, tão preocupado como parecesse, não deixou de dar aquela primeira olhadela que lhe era suficiente nas circunstâncias difíceis. Quanto a Catarina, estava muito pálida, uma palidez que crescia conforme via circular nas faces do rapaz que se aproximava a cor rosada da saúde.

A rainha-mãe ficou atordoada com esse golpe. Aceitou maquinalmente a presença de Henrique, ficou confusa, fez-lhe cumprimentos a respeito de sua boa aparência e completou:

– Estou tão reconfortada em vê-lo assim tão bem, meu filho, pois ouvi dizer que estava doente e, se me lembro bem, você reclamou em minha presença de indisposição, mas entendo agora — completou, tentando sorrir —, era um pretexto qualquer para ser deixado em paz.

– Estava muito doente, de fato, senhora — respondeu Henrique —, mas um costume específico de nossas montanhas, e que vem de minha mãe, curou essa indisposição.

– Ah! Vai me ensinar a receita, não é, Henrique? — disse Catarina, sorrindo de verdade dessa vez, mas com uma ironia que não pôde disfarçar.

– Algum antídoto — murmurou ela —, é o que veremos. Ou melhor, não. Ao ver a senhora de Sauve doente, ele deve ter desconfiado. Na verdade, é de se acreditar que a mão de Deus está sobre este homem.

Catarina esperou impacientemente pelo cair da noite, mas a senhora de Sauve não apareceu. Durante o jogo de cartas, pediu notícias dela. Responderam-lhe que estava cada vez mais doente.

Durante toda a noite ficou inquieta, e as pessoas perguntavam-se com ansiedade quais eram os pensamentos que podiam agitar esse rosto normalmente tão impassível.

Todos se retiraram. Catarina foi despida e preparada para dormir por suas criadas. Em seguida, quando todos dormiam no Louvre, levantou-se, cobriu-se com uma longa camisola preta, pegou uma lamparina, escolheu entre todas as chaves aquela que abria a porta da senhora de Sauve, e subiu ao quarto da moça.

Henrique teria previsto essa visita? Estaria ocupado em seu quarto? Escondido em algum lugar? A verdade é que a moça estava sozinha.

Catarina abriu a porta com precaução, atravessou a antecâmara, entrou na sala, colocou a lamparina sobre um móvel, pois uma vela queimava próximo à doente e, como uma sombra, introduziu-se no quarto.

Dariole, deitada em uma grande poltrona, dormia perto da cama de sua senhora.

A cama tinha as cortinas inteiramente fechadas.

A respiração da moça era tão leve que por um momento Catarina achou que ela não respirava mais.

Por fim, pôde ouvir um leve suspiro e, com uma alegria maligna, preparou-se para erguer a cortina e constatar ela própria o efeito do terrível veneno, tremendo antecipadamente com a expectativa de um aspecto de palidez lívida ou da cor púrpura devorante de uma febre mortal. Mas em vez de tudo isso, encontrou-a calma, os olhos levemente fechados sob as pálpebras brancas, a boca rosada entreaberta, a face hidratada levemente apoiada em um dos braços graciosamente dobrado, enquanto o outro, fresco e cor de nácar, se esticava sobre o damasco carmesim que lhe servia de coberta; a bela moça dormia ainda quase sorrindo. Pois sem dúvida, algum charmoso sonho fazia eclodir em seus lábios o sorriso, e sua face exibia a cor de um bem-estar que nada turva.

Catarina não pôde conter um grito de surpresa que acordou Dariole por um instante.

A rainha-mãe lançou-se atrás da cortina da cama.

Dariole abriu os olhos. Mas, caindo de sono, e sem sequer procurar em seu embotado espírito a causa de seu despertar, a jovem deixou recaírem as pesadas pálpebras e dormiu novamente.

Catarina então saiu de trás da cortina, e, voltando o olhar para os outros pontos do quarto, viu sobre uma mesinha um frasco de vinho da Espanha, frutas, doces e dois copos. Henrique devia ter jantado no quarto da baronesa, que visivelmente estava tão bem quanto ele.

Logo Catarina, caminhando até a penteadeira, pegou o pote de prata, que estava um terço vazio. Era exatamente o mesmo, ou pelo menos parecia com o que havia mandado entregar a Carlota. Retirou uma quantia da espessura de uma pérola com a ponta de uma agulha de ouro, voltou para seu quarto e a entregou ao macaquinho que lhe dera Henrique naquela mesma noite. O animal, atraído pelo odor aromático, a devorou avidamente e, ajeitando-se em seu cesto, dormiu novamente. Catarina esperou quinze minutos.

– Com a metade do que ele acabou de comer — disse Catarina —, meu cachorro Brutus morreu inchado em um minuto. Fui enganada. Teria sido René? René! Impossível. Então foi Henrique! Oh, fatalidade! Mas é claro, já que deve reinar, não pode morrer. Mas talvez seja só o veneno que esteja fraco; tentaremos o ferro.

E Catarina deitou-se retorcendo em seu espírito um novo pensamento que se encontraria sem dúvida completo no dia seguinte. Pois, no outro dia, chamou seu capitão da guarda, entregou-lhe uma carta e mandou que a levasse ao endereço correspondente e entregá-la apenas às mãos daquele a quem a carta se destinava.

Estava endereçada a Sire de Louviers de Maurevel, capitão dos petardeiros do rei, rua Cerisaie, próximo ao Arsenal.

XXVIII

A CARTA DE ROMA

Alguns dias se passaram desde os acontecimentos que acabamos de contar quando, em uma manhã, uma liteira escoltada por vários cavalheiros com as cores do senhor de Guisa entrou no Louvre, e vieram anunciar à rainha de Navarra que a duquesa de Nevers solicitava a honra de lhe fazer a corte.

Margarida recebia a visita da senhora de Sauve. Era a primeira vez que a bela baronesa saía desde a sua fingida doença. Ela soubera que a rainha manifestara a seu marido uma grande preocupação com essa indisposição, que foi durante quase uma semana o assunto da corte, e vinha agradecê-la.

Margarida a felicitava por sua convalescença e pela felicidade que ela tivesse de escapar da explosão súbita desse estranho mal cuja gravidade, na qualidade de filha da França, ela não poderia deixar de reconhecer.

— Você virá, espero, a esta grande caça cancelada já uma vez — disse Margarida — e que deve acontecer realmente amanhã. O tempo está ameno para um dia de inverno. O sol deixou a terra mais mole e nossos caçadores estimam que será um dia dos mais favoráveis.

– Mas, senhora — disse a baronesa —, não sei se estarei curada o suficiente.

– Ah! — respondeu Margarida. — Você fará um esforço. E depois, como sou amazona, autorizei o rei a preparar um pequeno cavalo de Béarn que eu deveria montar e que lhe servirá perfeitamente. Você não ouviu falar disso?

– Ouvi, senhora, mas ignorava que esse pequeno cavalo estivesse destinado à honra de ser oferecido à Vossa Majestade: de outro modo eu não teria aceitado.

– Por orgulho, baronesa?

– Não, senhora, pelo contrário, por humildade.

– Então você virá?

– Vossa Majestade me enche de alegria. Virei, já que ordena.

Foi nesse momento que anunciaram a duquesa de Nevers. A este nome, Margarida deixou escapar um gesto de tanta alegria que a baronesa entendeu que as duas mulheres tinham assuntos a tratar e se levantou para se retirar.

– Até amanhã, então — disse Margarida.

– Até amanhã, senhora.

– A propósito, você sabe, baronesa — continuou Margarida, despedindo-se dela com a mão — que em público eu a detesto; espere me encontrar com um terrível ciúmes.

– Mas e em particular? — perguntou a senhora de Sauve.

– Oh! Em particular, não somente a perdoo, mas ainda lhe agradeço.

– Então Vossa Majestade permitirá...

Margarida lhe estendeu a mão: a baronesa a beijou com respeito, fez uma longa reverência e saiu.

Enquanto a senhora de Sauve subia a escada pulando como um cabrito que teve a corrente solta, a senhora de Nevers trocava com a rainha alguns cumprimentos cerimoniais que deram tempo para que os cavalheiros que a haviam acompanhado até lá se retirassem.

— Gillonne — exclamou Margarida, quando a porta se fechou depois do último sair —, Gillonne, faça com que ninguém nos interrompa.

— Sim — disse a duquesa —, pois temos assuntos muito sérios a tratar.

E, tomando uma cadeira, ela se sentou sem modos, certa de que ninguém viria incomodar essa intimidade estabelecida entre ela e a rainha de Navarra, acomodando-se no melhor lugar perto do fogo e ao sol.

— E então? — disse Margarida, com um sorriso. — Como está indo nosso famoso massacrador?

— Minha cara rainha — disse a duquesa —, pela minha alma, ele é como um ser mitológico. Tem um espírito incomparável e não se cansa nunca. Possui gracejos que fariam rir um santo no relicário. De resto, é o mais furioso pagão jamais costurado na pele de um católico. Eu o adoro! E você, que está fazendo de seu Apolo?

— Ai de mim! — fez Margarida, com um suspiro.

— Oh! Esse "ai, de mim" me assusta, cara rainha! Então ele é respeitoso ou sentimental demais, o gentil La Mole? Seria, sou obrigada a confessar, completamente o contrário de seu amigo Cocunás.

— Não, ele tem seus momentos — disse Margarida —, digo "ai, de mim!" apenas em relação a mim.

— O que quer dizer, então?

— Quer dizer, cara duquesa, que tenho um medo horrível de amá-lo de verdade.

— Mesmo?

— Tem a minha palavra.

– Oh! Ainda bem! Que vida feliz esta que teremos agora! — exclamou Henriqueta. — Amar um pouco, este era meu sonho; amar muito, este era o seu. É tão doce, cara e douta rainha, descansar a razão com o coração, não é? E também sorrir após o delírio. Ah! Margarida, tenho o pressentimento de que vamos passar um bom ano.

– Você acha? — disse a rainha. — Eu, pelo contrário, não sei por que, vejo as coisas através de um véu. Toda esta política me preocupa horrivelmente. Aliás, procure saber se o seu Aníbal é tão dedicado a meu irmão como parece ser. Procure saber, é importante.

– Ele, dedicado a alguém ou a alguma coisa?! Vê-se bem que você não o conhece como eu. Se ele, por acaso, se dedicar a alguma coisa, será somente à sua ambição. Seu irmão é homem de lhe fazer grandes promessas? Oh! Então, muito bem, ele será dedicado a seu irmão. Mas que ele tome cuidado, pois, por mais que seja um filho da França, se não cumprir as promessas que lhe fez, seu irmão terá que pagar caro!

– Mesmo?

– É o que digo. Na verdade, Margarida, há momentos em que esse tigre que domei me causa medo. Outro dia, estava lhe dizendo: Aníbal, tome cuidado, não me engane, pois se você me enganar...! Entretanto, eu dizia isso com meus olhos de esmeralda que fizeram Ronsard dizer:

Os olhos verdes
Da duquesa de Nevers
De cujas pálpebras
Loiras lançam raios os quais
Júpiter sequer se assemelha
Quando em seus céus
A tempestade se anuncia

— E então?

— E então?! Achei que ele fosse responder: "Eu, enganá-la! Nunca!", etc, etc. Sabe o que ele me respondeu?

— Não.

— Pois bem, julgue o homem: "E você", ele respondeu, "se você me enganar, tome cuidado também, pois mesmo sendo a princesa que você é..."; e dizendo essas palavras me ameaçava não apenas com os olhos, mas também com o dedo, seu dedo seco e pontudo com uma unha feita de ferro de lança e que ele quase enfiou em meu nariz. Nesse momento, minha pobre rainha, confesso que ele tinha uma fisionomia tão pouco tranquilizadora que eu tremi e, você sabe no entanto que não sou de tremer.

— Ameaçar você! Henriqueta, ele ousou?

— *Mordi*! Eu o ameaçava também. No fim das contas, ele teve razão. Você vê: dedicado até certo ponto, ou melhor, até um ponto incerto.

— Então, veremos — disse Margarida sonhadora. — Falarei com La Mole. Você não tinha outra coisa para me dizer?

— Sim, claro. Uma coisa das mais interessantes e pela qual eu vim. Mas o que você queria, você tinha assuntos ainda mais fascinantes a tratar! Recebi notícias...

— De Roma?

— É, uma carta de meu marido.

— Bom! A questão da Polônia?

— Tudo perfeito, e você vai, provavelmente dentro de poucos dias, ficar livre do seu irmão de Anjou.

— Então o papa ratificou a eleição dele?

— Ratificou, minha cara.

— E você não me disse! — exclamou Margarida. — Ah! Rápido, rápido, conte detalhes!

– Oh! Mas juro que não sei de mais nada além do que acabo de dizer. Espere, vou lhe dar a carta do senhor de Nevers. Aqui está. Ah! Não, não... são versos de Aníbal, versos horríveis, minha pobre Margarida. E ele não faz outros. Tome, desta vez aqui está. Não, ainda não é esta. É um bilhete meu que eu trouxe para você dar para La Mole. Ah! Finalmente, agora é a carta certa.

E a senhora de Nevers deu a carta à rainha.

Margarida a abriu rapidamente e a percorreu, mas, de fato, ela não dizia além do que ela já tinha descoberto pela boca de sua amiga.

– E como você recebeu essa carta? — continuou a rainha.

– Por um enviado de meu marido que tinha a ordem de ir à residência de Guisa antes de vir ao Louvre e de me dar essa carta antes de entregar a do rei. Eu sabia da importância dessa carta para minha rainha e escrevi ao senhor de Nevers para que fizesse isso. Você vê, ele obedeceu. Ele não é como o monstro do Cocunás. Agora, em toda Paris, apenas o rei, você e eu sabemos dessa notícia. A não ser que o homem que seguia nosso mensageiro...

– Que homem?

– Oh! Que trabalho horrível! Imagine você que o infeliz mensageiro chegou exausto, acabado, coberto de poeira. Correu durante sete dias, dia e noite, sem parar um instante.

– Mas e o homem do qual você falava há pouco?

– Espere e chegarei lá. Constantemente seguido por um homem com cara fechada que também montava um cavalo e que correu as quatrocentas léguas tão rapidamente quanto ele, o pobre mensageiro esperava um tiro de pistola nos rins a qualquer momento. Os dois chegaram à barreira Saint-Marcel ao mesmo tempo, desceram a rua Mouffetard a grande galope e atravessaram a Cité. Mas, no fim da ponte Notre-Dame, nosso enviado foi para a direita, enquanto o outro virava à esquerda na direção da praça du

Chatelet e seguia pelas margens ao lado do Louvre como um tiro de arbalestra.[1]

— Obrigada, minha boa Henriqueta, obrigada — disse Margarida. — Você estava certa, são realmente notícias interessantes. Para quem estava destinada essa outra correspondência? Eu saberei. Mas deixe-me. Nos veremos nesta noite, na rua Tizon, não é? E também amanhã, na caça. Lembre-se de escolher um cavalo bastante indomável para que ele dispare e fiquemos sozinhas. Eu lhe direi esta noite o que deve descobrir a respeito de seu Cocunás.

— Então não vai esquecer minha carta? — disse a duquesa de Nevers rindo.

— Não, não, fique tranquila. Ele a terá, e em tempo.

A senhora de Nevers saiu, e imediatamente Margarida pediu que buscassem Henrique, que veio prontamente e a quem ela entregou a carta do duque de Nevers.

— Oh! — fez ele.

Depois Margarida contou a história dos dois mensageiros.

— De fato — disse Henrique — eu o vi entrar no Louvre.

— Talvez fosse para a rainha-mãe?

— Não, não. Tenho certeza, pois em todo caso me coloquei no corredor e não vi ninguém passar.

— Então — disse Margarida, olhando seu marido — só pode ser...

— Para seu irmão de Alençon, não é? — disse Henrique.

— É, mas como saber?

— Não poderíamos — perguntou Henrique negligentemente — mandar buscar um desses dois cavalheiros e saber por ele?

— Tem razão, Sire! — disse Margarida, satisfeita com a proposta de seu marido. — Vou mandar buscar o senhor de La Mole. Gillonne! Gillonne!

A moça apareceu.

— Preciso falar agora mesmo com o senhor de La Mole — disse-lhe a rainha — Trate de encontrá-lo e de trazê-lo até aqui.

Gillonne se retirou. Henrique se sentou em frente a uma mesa onde estava um livro alemão com gravuras de Albert Dürer que ele se pôs a olhar com tanta atenção que quando La Mole veio, pareceu não ouvir e nem sequer ergueu o rosto.

Por sua vez, o rapaz, vendo o rei no quarto de Margarida, ficou em pé na soleira da porta, mudo de surpresa e pálido de preocupação.

Margarida foi até ele.

— Senhor de La Mole — perguntou —, poderia me dizer quem está hoje de guarda nos aposentos do senhor de Alençon?

— Cocunás, senhora — disse La Mole.

— Trate de saber dele se ele deixou entrar nos aposentos de seu senhor um homem coberto de lama e parecendo ter feito uma longa viagem a cavalo.

— Ah, senhora, temo que ele não me diga nada. Já há alguns dias tem estado muito taciturno.

— Mesmo? Mas lhe dando este bilhete, me parece que ele lhe deverá algo em troca.

— Da duquesa! Dê-me, senhora, dê-me! — disse La Mole com agitação. — Com este bilhete lhe garanto tudo.

— Acrescente — disse Margarida em voz baixa — que este bilhete lhe servirá de salvo-conduto para entrar naquela casa esta noite.

— E quanto a mim, senhora — perguntou La Mole baixinho —, qual será o meu?

— Informe seu nome e será o suficiente.

— Dê-me o bilhete, senhora, dê-me o bilhete — disse La Mole, palpitante de amor. — Responderei por tudo.

E ele se retirou.

– Saberemos amanhã se o duque de Alençon está sabendo da questão da Polônia[2] — disse tranquilamente Margarida, virando-se na direção de seu marido.

– Esse senhor de La Mole é realmente um servo gentil — disse o bearnês, com seu sorriso peculiar — e, pela missa! Farei sua fortuna.

XXIX

A PARTIDA

Quando no dia seguinte um belo sol vermelho — porém sem raiar, como é costume nos dias privilegiados de inverno —, se ergueu atrás das colinas de Paris, tudo já estava em movimento havia duas horas no pátio do Louvre.

Um magnífico cavalo berbere, nervoso, porém esguio, de pernas de cervo nas quais as veias se cruzavam como uma rede, aguardava Carlos IX no pátio batendo o casco, com as orelhas erguidas e bufando pelas narinas. No entanto, o animal estava menos impaciente que seu mestre, retido por Catarina, que o havia parado em seu caminho para tratar, segundo ela, de um assunto importante.

Os dois estavam na galeria envidraçada, Catarina fria, pálida e impassível como de costume; Carlos IX agitado, roendo as unhas e chicoteando seus dois cães favoritos, revestidos por uma couraça de malha de ferro para que as presas do javali não os ferissem, de modo que pudessem enfrentar o terrível animal de maneira impune. Um pequeno brasão com as armas da França estava costurado em seus peitos, mais ou menos como no dos pajens, que mais de uma vez haviam invejado os privilégios desses afortunados favoritos.

– Preste bem atenção, Carlos — dizia Catarina —, ainda somos os únicos a saber da chegada próxima dos poloneses; entretanto, o rei de Navarra age — Deus me perdoe! —, como se soubesse. Apesar de sua abjuração, da qual sempre desconfiei, ele tem conversado com os huguenotes. Você reparou como tem saído com frequência nos últimos dias? Ele tem dinheiro; ele, que nunca teve. Compra cavalos, armas e, nos dias de chuva, de manhã até a noite, se dedica à esgrima.

– Ah, meu Deus! Minha mãe — exclamou Carlos IX impaciente —, você acredita mesmo que ele tenha a intenção de matar a mim ou a meu irmão de Anjou? Se assim for, é preciso que ele aprenda mais algumas lições, pois ontem contei com meu florete onze casas de botão em seu gibão, onde só há, porém, seis. E quanto a meu irmão de Anjou, você sabe que ele atira melhor ou tão bem quanto eu; ao menos é o que diz.

– Então escute, Carlos — retomou Catarina —, e não trate levemente as coisas que sua mãe lhe diz. Os embaixadores vão chegar, e então você verá! Uma vez que estiverem em Paris, Henrique fará tudo o que puder para cativar-lhes a atenção. Ele é insinuante, dissimulado. Sem contar que sua mulher, que o apoia não sei por que, irá tagarelar com eles, falar em latim, grego, húngaro e sabe-se mais o quê! Estou lhe dizendo, Carlos, e você sabe que eu não me engano nunca! Estou lhe dizendo que há alguma coisa em jogo.

Neste momento soou a hora, e Carlos IX parou de ouvir a mãe para contar as badaladas.

– Diabos! Sete horas! — exclamou. — Uma hora de percurso, isso fará oito. E mais uma hora para chegar no ponto de encontro e partir, só poderemos começar a caça às nove horas. Na verdade, minha mãe, está me fazendo perder meu tempo! Vamos, Risquetout!... Diabos! Vamos, malfeitor!

E uma vigorosa chicoteada com a cilha nos rins do molosso[1] arrancou do pobre animal — surpreso por receber uma punição em troca de um carinho — um alto grito de dor.

– Carlos — retomou Catarina —, escute-me então, por Deus! E não jogue ao acaso assim sua fortuna e a da França. A caça é só no que pensa! Ah! Você terá todo o tempo para caçar quando sua tarefa de rei estiver feita.

– Vamos, vamos, minha mãe! — disse Carlos, pálido de impaciência. — Explique rápido, pois está me enraivecendo. Na verdade, há dias em que eu não a entendo.

E parou batendo o cabo de seu chicote em sua bota. Catarina julgou que ali estava uma boa oportunidade, e que não poderia perdê-la.

– Meu filho — disse ela —, temos provas de que de Mouy voltou a Paris. O senhor de Maurevel, que você conhece bem, o viu. Só pode ser pelo rei de Navarra. Isso é o suficiente, espero, para torná-lo mais suspeito do que nunca.

– Ora, aí está você de novo seguindo o pobre Henrique! Quer matá-lo para mim, é isso?

– Oh, não!

– Exilá-lo? Mas não entende que exilado ele se torna ainda mais temeroso do que se ficar aqui, sob nossos olhos, no Louvre, onde não pode fazer nada sem que saibamos no mesmo instante?

– Por isso não quero exilá-lo.

– Mas então o que você quer? Diga logo!

– Quero que o mantenham em segurança enquanto os poloneses estiverem aqui. Na Bastilha, por exemplo.

– Ah, claro que não! — exclamou Carlos IX. — Vamos caçar javali nesta manhã, o jovem Henrique é um dos meus melhores seguidores. Sem ele, a caça está perdida. Por Deus, mãe! Você só está querendo me contrariar.

– Ah, meu caro filho, não estou dizendo nesta manhã. Os enviados só chegam amanhã ou no dia seguinte. Detemo-lo depois da caça somente, esta tarde... esta noite.

– Nesse caso, a história é outra. Está bem, voltaremos a isso e veremos. Depois da caça, talvez. Adeus! Vamos! Por aqui, Risquetout. Você também não vá ficar emburrado, hein?

– Carlos — disse Catarina, segurando-o pelo braço sob risco do ataque que poderia resultar desse novo atraso —, acho que o melhor seria, mesmo que a execução seja feita à tarde ou mesmo à noite, assinar o pedido de detenção agora.

– Eu, assinar, escrever uma ordem, ir buscar o selo do pergaminho quando me aguardam para a caça? Eu, que nunca me faço esperar? Ao inferno com isso!

– Não, eu o amo demais para atrasá-lo. Já preparei tudo; entre aqui, em meus aposentos, pegue isto!

E Catarina, ágil como se tivesse apenas vinte anos, empurrou uma porta que dava para seu gabinete, mostrou ao rei um tinteiro, uma pena, um pergaminho, um selo e uma vela acesa.

O rei pegou o pergaminho e o percorreu rapidamente. "Ordem, etc., para deter e conduzir à Bastilha nosso irmão Henrique de Navarra."

– Bem, está feito! — disse ele assinando de uma vez. — Adeus, minha mãe.

E lançou-se para fora do gabinete seguido por seus cachorros, contente por ter se livrado tão facilmente de Catarina.

Carlos IX era aguardado com impaciência, e, como sua exatidão em matéria de caça era conhecida, todos se surpreenderam com esse atraso. Por isso, quando apareceu, os caçadores o saudaram dizendo "viva!", os cavaleiros com suas fanfarras, os cavalos com seus relinchos, os cachorros com seus latidos. Todo esse barulho e tumulto fez suas faces pálidas corarem, seu coração inchou-se, Carlos ficou jovial e feliz durante um segundo.

O rei mal teve tempo para saudar a brilhante sociedade reunida no pátio. Fez um sinal com a cabeça para o duque de Alençon, acenou para sua irmã Margarida, passou na frente de Henrique fingindo não vê-lo e subiu em seu cavalo berbere que, impaciente, saltou sob ele. Mas depois de três ou quatro empinadas, entendeu com qual escudeiro tinha acordo e se acalmou.

Assim que as fanfarras tocaram de novo, o rei saiu do Louvre seguido pelo duque de Alençon, pelo rei de Navarra, por Margarida, pela senhora de Nevers, pela senhora de Sauve, por Tavannes e pelos principais senhores da corte.

Não é preciso dizer que La Mole e Cocunás também faziam parte do grupo.

Quanto ao duque de Anjou, há três meses estava no cerco de La Rochelle.

Enquanto esperavam pelo rei, Henrique foi saudar sua mulher, que, respondendo ao seu cumprimento, informou em seu ouvido:

— A carta vinda de Roma foi introduzida pelo próprio senhor de Cocunás no quarto do duque de Alençon, quinze minutos antes que o enviado do duque de Nevers fosse introduzido nos aposentos do rei.

— Então ele sabe tudo — disse Henrique.

— Deve saber — respondeu Margarida. — Além disso, olhe para ele e veja como, apesar de sua dissimulação costumeira, seus olhos brilham.

— *Ventre-saint-gris!* — murmurou o bearnês. — Também o vejo! Está caçando hoje três presas: França, Polônia e Navarra; sem contar o javali.

Saudou sua mulher, voltou para a fila e, chamando um bearnês cujos antepassados serviam como serviçais dos seus havia mais de um século e que ele empregava como mensageiro comum para seus casos de galanteio, disse-lhe:

– Orthon, pegue esta chave e leve-a àquele primo da senhora de Sauve que você conhece, que mora com sua senhora, na esquina da rua Quatre-Fils; diga a ele que sua prima quer lhe falar esta noite e para entrar em meu quarto; caso eu não esteja, diga que me espere. Se eu me atrasar, que ele se jogue em minha cama enquanto espera.

– Não devo trazer uma resposta, Sire?

– Nenhuma, só me dizer se o encontrou. A chave é só para ele, está entendendo?

– Sim, Sire.

– Espere um pouco, não vá ainda! Antes de sair de Paris, chamarei você com o pretexto de que reate meu cavalo; você ficará para trás de maneira natural, fará sua tarefa e se juntará a nós em Bondy.

O criado fez um sinal de obediência e se afastou.

Iniciou-se a cavalgada pela rua Saint-Honoré; seguiu-se pela rua Saint-Denis e depois pelo subúrbio. Chegando à rua Saint-Laurent, o cavalo do rei de Navarra desatou, Orthon apressou-se e tudo ocorreu como combinado entre ele e seu mestre, que continuava a seguir com o cortejo real pela rua des Récollets, enquanto seu fiel serviçal tomava a rua du Temple.

Quando Henrique juntou-se ao rei, Carlos estava engajado com o duque de Alençon numa conversa interessante sobre o tempo, sobre a idade do javali cercado — que era um solitário — e, por fim, sobre o local onde ele havia estabelecido seu abrigo, de modo que não percebeu ou fingiu não perceber que Henrique ficara para trás dele por um instante.

Nesse meio-tempo, Margarida observava de longe a postura de cada um, e pensava reconhecer nos olhos de seu irmão certo embaraço todas as vezes que seu olhar caía sobre Henrique. A senhora de Nevers se entregava a uma louca alegria, pois Cocunás, eminentemente feliz nesse dia, fazia muita graça em torno dela, tentando arrancar risos das damas.

Quanto a La Mole, encontrara já duas vezes a ocasião para beijar o lenço branco de franjas de ouro de Margarida sem que essa ação, comummente executada por amantes, fosse vista por mais de três ou quatro pessoas.

Chegaram por volta das oito e quinze em Bondy.

O primeiro compromisso de Carlos IX foi o de se informar se o javali havia resistido.

O javali estava em seu abrigo, e o cavaleiro que o havia cercado respondeu que sim.

Uma refeição estava pronta. O rei bebeu uma taça de vinho da Hungria. Carlos IX convidou as damas para virem à mesa e, com toda sua impaciência, saiu para ocupar o tempo e foi visitar os canis e os poleiros, recomendando que não desatassem seu cavalo, já que, dizia, nunca havia montado outro melhor e tão forte.

Enquanto o rei dava sua volta, o duque de Guisa chegou. Estava armado mais para a guerra do que para a caça, e vinte ou trinta cavalheiros equipados como ele o acompanhavam. Informou-se logo sobre onde o rei estava, foi ao seu encontro e voltou conversando com ele.

Exatamente às nove horas, o próprio rei deu o sinal de partida e cada um, montando seu cavalo, partiu em direção ao ponto de encontro.

Durante o caminho, Henrique encontrou um meio de se aproximar mais uma vez de sua esposa.

– Então — perguntou —, alguma novidade?

– Não — respondeu Margarida —; apenas que meu irmão Carlos olha para você de um jeito estranho.

– Percebi — disse Henrique.

– Você tomou suas precauções?

– Tenho no peito minha cota de malhas e carrego uma excelente faca de caça espanhola, afiada como com uma navalha e pontuda como uma agulha, a qual furaria moedas.

– Então — disse Margarida — Que Deus o guarde!

O cavaleiro que dirigia o cortejo fez um sinal: haviam chegado ao abrigo.

MAUREVEL

Enquanto toda essa juventude alegre e despreocupada, ao menos na aparência, espalhava-se como um turbilhão dourado pela estrada de Bondy, Catarina, enrolando o pergaminho precioso no qual o rei Carlos acabara de colocar sua assinatura, introduzia em seu gabinete o homem para o qual seu capitão da guarda havia entregado, alguns dias antes, uma carta na rua de la Cerisaie, bairro do Arsenal.

Uma venda larga de tafetá, como um selo mortuário, escondia um olho desse homem, deixando apenas o outro descoberto e tornando possível ver entre as duas salientes maçãs do rosto o nariz curvo como o bico de um urubu, enquanto uma barba grisalha cobria-lhe a parte de baixo do rosto. Estava vestindo um longo e grosso casaco que parecia cobrir todo um arsenal. Além disso, trazia ao lado, embora não fosse o costume das pessoas chamadas à corte, uma espada de expedição longa, larga e com duplo guarda-mão. Uma de suas mãos estava escondida e não largava por nada o cabo de um longo punhal sob o casaco.

– Ah! Está aqui, senhor — disse a rainha sentando-se. — Sabe que eu lhe prometi após a São Bartolomeu, na qual você nos prestou tarefas de grande importância, que não o deixaria sem serviço. Agora a situação se apresenta; ou melhor, eu a criei. Agradeça-me por isso.

— Senhora, agradeço humildemente Vossa Majestade — respondeu o homem com a venda preta, com uma reserva ao mesmo tempo baixa e insolente.

— É uma bela oportunidade, senhor, do tipo que não encontraria duas vezes em sua vida; aproveite-a.

— Estou aguardando, senhora. Apenas temo que, após esse preâmbulo...

— A tarefa seja violenta? Não são essas tarefas que aqueles que querem avançar apreciam? Esta de que falo seria invejada pelos Tavannes e até pelos de Guisa.

— Ah! Senhora — retomou o homem —, acredite, qualquer que seja ela, estou às ordens de Vossa Majestade.

— Neste caso, leia — disse Catarina.

E ela apresentou-lhe o pergaminho. O homem o percorreu e ficou pálido.

— O quê?! — exclamou — Ordem para deter o rei de Navarra!

— Ora, o que há de extraordinário nisso?

— Mas um rei, senhora! Na verdade, tenho dúvidas, temo que eu não seja um cavalheiro tão bom.

— Minha confiança fez de você o primeiro cavalheiro de minha corte, senhor de Maurevel — disse Catarina.

— Que as graças sejam dadas a Vossa Majestade — disse o assassino tão emocionado que parecia hesitar.

— Então você obedecerá?

— Se Vossa Majestade ordena, não é esse o meu dever?

— Sim, eu ordeno.

— Então obedecerei.

— Como você o fará?

– Eu não sei, senhora; gostaria muito de ser guiado por Vossa Majestade.

– Receia os rumores?

– Confesso que sim.

– Junte doze homens de confiança, ou mais, se for preciso.

– Sem dúvida, eu entendo, Vossa Majestade me permite obter vantagens, e sou-lhe grato. Mas onde deterei o rei de Navarra?

– Onde acharia melhor detê-lo?

– Em algum lugar onde a própria majestade dele me garantisse, se possível.

– Sim, entendo, em algum palácio real. Que acha do Louvre, por exemplo?

– Oh! Se Vossa Majestade me permitisse, seria um grande favor.

– Você o deterá então no Louvre.

– E em que parte do Louvre?

– Em seu próprio quarto.

Maurevel inclinou-se.

– E quando, senhora?

– Esta tarde, ou melhor, esta noite.

– Bom, senhora. Agora, que Vossa Majestade queira informar-me sobre uma coisa.

– Sobre o quê?

– Sobre a estima dada à posição do homem a ser detido.

– Estima...! Posição! — disse Catarina. — Mas então você ignora, senhor, que o rei da França não deve estima a quem quer que seja em seu reinado, não reconhecendo ninguém cuja posição seja equivalente à sua?

Maurevel fez uma segunda reverência.

– Insisto entretanto neste ponto, senhora — disse — se Vossa Majestade permitir.

– Permito, senhor.

– Se o rei contestar a autenticidade da ordem, o que não é provável, mas enfim...

– Pelo contrário, senhor, é certo.

– Ele contestará?

– Sem dúvida.

– E consequentemente se recusará a obedecer?

– É o que temo.

– Então resistirá?

– É provável.

– Ah! Diabo! — disse Maurevel — E nesse caso...

– Em qual caso? — perguntou Catarina com seu olhar fixo.

– Caso haja resistência, o que deve ser feito?

– O que você faz quando está encarregado de uma ordem do rei e quando, agindo em seu nome, há resistência, senhor de Maurevel?

– Pois, senhora — disse o algoz —, quando sou honrado por tal ordem e essa ordem diz respeito a um mero cavalheiro, eu o mato.

– Eu lhe disse, senhor — disse Catarina —, e não acho que tenha passado tanto tempo assim para que você já tenha se esquecido, que o rei da França não reconhece nenhuma posição dentro de seu reino. Isso significa que o rei da França é o único rei, e que depois dele todos os grandes são simples cavalheiros.

Maurevel empalideceu, pois começava a entender.

– Oh! Matar o rei de Navarra...?

– Mas quem está falando em matá-lo? Onde está a ordem para matá-lo? O rei quer que o levem para a Bastilha, e a ordem indica apenas isso. Caso ele se permita ser detido, ótimo. Mas como não se deixará deter, como resistirá e tentará matá-lo...

Maurevel empalideceu.

– Você vai se defender — continuou Catarina. — Não se pode pedir a um valente como você que se deixe matar sem defesa alguma. E se defendendo, o que será, será. Está entendendo, não?

– Sim, senhora. Só que...

– Vamos, quer que, depois das palavras: *Ordem para deter*, eu escreva à mão: *morto ou vivo*?

– Confesso, senhora, que isso afastaria meus escrúpulos.

– Vejamos, se é necessário, já que não acredita que a tarefa seja executável sem isso.

E Catarina dando de ombros, desenrolou o pergaminho com uma mão, e com a outra escreveu: *morto ou vivo*.

– Tome — disse ela. — Acredita agora que a ordem está suficientemente dentro da lei?

– Sim, senhora — respondeu Maurevel —, porém peço a Vossa Majestade para deixar-me inteiramente à disposição da empreitada.

– De que modo minhas palavras impedem a execução agora?

– Vossa Majestade disse-me para juntar doze homens?

– Sim, para ficar mais seguro.

– Pois bem! Peço permissão para juntar apenas seis.

– E por quê?

– Porque, senhora, se acontecer algum mal ao príncipe, como é provável, desculpariam facilmente seis homens por terem tido medo de não deter um prisioneiro, ao passo que ninguém desculparia doze guardas por não terem deixado morrer a metade de seus camaradas antes de colocar a mão numa Majestade.

– Bela Majestade, que não tem reinado!

– Senhora — disse Maurevel —, não é o reinado que faz o rei, é o nascimento.

– Está bem — disse Catarina —, faça como lhe agrada. Devo apenas avisá-lo que desejo que não deixe mais o Louvre.

– Mas, senhora, e para reunir meus homens?

– Você não teria algum tipo de sargento que possa se encarregar disso?

– Tenho meu lacaio, que não é só um garoto fiel, mas que até me ajudou já algumas vezes nesses tipos de empreitadas.

– Mande buscá-lo e se arranje com ele. Você conhece o gabinete de armas do rei, não? Servirão ali o seu almoço, ali dará suas ordens. O local reconstituirá seus sentidos, se estiverem abalados. Em seguida, quando meu filho voltar da caça, passe em meu oratório, onde aguardará a hora.

– Mas como entraremos no quarto? O rei sem dúvida deve ter alguma suspeita, e vai se trancar lá dentro.

– Tenho uma cópia de todas as chaves — disse Catarina — e retiraram a tranca da porta de Henrique. Adeus, Maurevel, até breve. Mandarei que o conduzam até o gabinete de armas do rei. A propósito, lembre-se de que o que um rei ordena deve ser, antes de qualquer coisa, executado. Nenhuma desculpa será admitida. Uma falha, até um insucesso, comprometeriam a honra do rei. É grave.

E Catarina, sem deixar Maurevel responder, chamou o senhor de Nancey, capitão da guarda, e ordenou que conduzisse Maurevel até o gabinete de armas do rei.

– Céus! — dizia Maurevel, seguindo seu guia. — Estou subindo na hierarquia do assassinato: de um simples cavalheiro a um capitão, de um capitão a um almirante, de um almirante, a um rei sem coroa. E quem sabe não chegarei um dia a um rei coroado...?

XXXI

A CAÇA COM CÃES

O cavaleiro que havia cercado o javali e que afirmara ao rei que o animal não deixara o cerco não se enganara. O cão mal havia começado a seguir as pistas e, entrando na mata, fez sair de um espesso espinheiro o javali que, como o cavaleiro havia reconhecido por seus rastros, era um solitário,[1] o que significava uma besta das mais ferozes.

O animal disparou na frente dele e atravessou a estrada a cinquenta passos do rei, seguido apenas pelo cão que o havia encurralado. Um primeiro grupo de cerca de vinte cães foi solto e correu ao seu alcance.

A caça era a paixão de Carlos. O animal mal havia atravessado a estrada e o rei se lançou atrás dele, tocando a trombeta e seguido pelo duque de Alençon e por Henrique, ao qual Margarida sinalizava, indicando que não deveria se afastar de Carlos.

Todos os outros caçadores seguiram o rei.

As florestas reais estavam longe, na época em que se passa a história que contamos, de serem, como são hoje, grandes parques cortados por alamedas carroçáveis. Não havia quase nenhuma exploração do lugar. Os reis ainda não haviam tido a ideia de se tornar comerciantes e dividir suas madeiras em descampados, matas, bosques. As árvores — de forma alguma semeadas por silvicultores experientes, mas pela mão de Deus, que jogava sementes aos caprichos do vento — não eram dispostas em quincunce,[2] mas cresciam em liberdade, como fazem ainda hoje em algumas florestas virgens da América. Em suma, uma floresta, naquela época, era um refúgio onde havia javalis, cervos, lobos e ladrões em abundância. E apenas uma dúzia de trilhas, saindo de um ponto, percorriam a floresta de Bondy, que era envolvida por uma estrada circular, como um círculo de uma roda envolve um aro.

Levando a comparação mais adiante, o eixo representava bem o único cruzamento situado no centro do bosque, onde os caçadores perdidos se reuniam para seguir em direção ao ponto onde ressurgia a caça perdida.

Ao fim de quinze minutos, aconteceu o que acontecia sempre neste caso: obstáculos quase inultrapassáveis foram opondo-se à corrida dos caçadores, os latidos dos cães foram se apagando ao longe, e o próprio rei voltou ao cruzamento, blasfemando e xingando, como era seu costume.

– Olhe aí, de Alençon!, olhe aí, Henrique! — disse ele. — Diabo, vocês estão calmos e tranquilos como religiosas que seguem a abadessa. Não, isso não é caçar. Você, de Alençon, você parece ter saído de uma caixinha, e está tão perfumado que se passar entre a besta e meus cachorros é capaz de fazê-los perder o rastro. E você, Henrique? Cadê sua lança, cadê seu arcabuz?

– Sire — disse Henrique —, para que um arcabuz? Sei que Vossa Majestade gosta de atirar no animal quando ele está encurralado pelos cães. Quanto à lança, eu manejo muito desastrosamente essa arma, que não é de jeito nenhum usada em nossas montanhas, onde caçamos ursos com simples punhais.

– Por Deus, Henrique! Quando você voltar para os seus Pireneus, precisa me enviar uma charretada de urso, pois deve ser uma bela caça a que se faz corpo a corpo com um animal que pode nos sufocar. Escutem! Acho que ouço meus cachorros. Não, me enganei.

O rei pegou sua trombeta e tocou uma fanfarra. Várias fanfarras lhe responderam. De repente um cavaleiro apareceu e tocou outra melodia.

– Lá está ele! Lá está ele! — gritou o rei.

E ele disparou galopando, seguido de todos os caçadores que haviam se juntado a ele.

O cavaleiro não se enganara. À medida que o rei avançava, começaram a ouvir os latidos da matilha, agora composta por mais de sessenta cães, pois haviam soltado sucessivamente todos os grupos que percorreram os lugares por onde o javali já havia passado. O rei o viu passar uma segunda vez e, aproveitando uma alta mata, correu para o bosque atrás do animal, seguindo-o e tocando a trombeta com todas as suas forças.

Os príncipes o seguiram por algum tempo. Mas o rei tinha um cavalo tão vigoroso e, dominado por seu ardor, passava por caminhos tão íngremes e por matas tão espessas que, primeiro as mulheres, depois o duque de Guisa e seus cavalheiros, em seguida os dois príncipes, foram forçados a abandoná-lo. Tavannes aguentou ainda por um tempo, mas por fim também desistiu.

Todos, exceto Carlos e alguns cavaleiros — que, incentivados por uma recompensa prometida, não queriam deixar o rei —, encontraram-se nas redondezas do cruzamento.

Os dois príncipes estavam perto um do outro em uma longa alameda. A cem passos deles, o duque de Guisa e seus cavalheiros haviam parado. No cruzamento estavam as mulheres.

– Não parece — perguntou o duque de Alençon para Henrique, mostrando-lhe com o canto do olho o duque de Guisa — que este homem, com sua escolta banhada de ferro, é o verdadeiro rei? Pobres príncipes que somos, ele não nos honra nem mesmo com um olhar.

– Por que ele deveria nos tratar com mais respeito que nossos próprios parentes? — respondeu Henrique. — Ah, irmão! Não somos, eu e você, prisioneiros da corte da França, reféns de nosso partido?

O duque Francisco estremeceu com essas palavras e olhou Henrique como que querendo explicações, mas Henrique havia avançado mais do que estava acostumado a fazer e ficou em silêncio.

– O que você quer dizer, Henrique? — perguntou o duque Francisco, visivelmente contrariado pelo fato de seu cunhado, sem continuar, encarregá-lo do início das explicações.

– Estou dizendo, irmão — retomou Henrique —, que esses homens tão bem armados, que parecem ter recebido a tarefa de não nos perder de vista de forma alguma, aparentam o jeito de guardas que pretendem impedir duas pessoas de escapar.

– Escapar?! Por quê? Como? — perguntou de Alençon, fingindo admiravelmente surpresa e ingenuidade.

– Você tem aqui um magnífico cavalo espanhol, Francisco — disse Henrique, seguindo seu pensamento ao mesmo tempo que parecia mudar de assunto. — Tenho certeza de que ele faria sete léguas em uma hora até meio-dia. O dia está bonito; nos convida a galopar. Olhe para aquele belo atalho. Não é tentador, Francisco? Quanto a mim, estou louco para usar minha espora.

Francisco não respondeu. Apenas corou e empalideceu sucessivamente. Depois, apurou os ouvidos como se escutasse a caça.

– A notícia da Polônia tem seu efeito — disse Henrique —, e meu caro cunhado tem seu plano. Ele bem que gostaria que eu fugisse, mas não fugirei sozinho.

Mal acabara essa reflexão quando vários novos convertidos, que haviam retornado à corte havia dois ou três meses, chegaram trotando e cumprimentaram os dois príncipes com sorrisos dos mais convidativos.

O duque de Alençon, provocado por Henrique, havia apenas uma palavra a dizer e um gesto a fazer, e era evidente que trinta ou quarenta cavaleiros, reunidos neste momento em torno deles como que para fazer oposição à tropa do senhor de Guisa, favoreciam sua fuga. Porém, ele virou a cabeça, e levando a trombeta à boca, tocou o sinal de reagrupamento.

Entretanto, os recém-chegados, como se tivessem pensado que a hesitação do duque de Alençon vinha da vizinhança e da presença dos guisences, foram pouco a pouco entrando no meio destes e dos príncipes e se organizaram com uma habilidade estratégica que denunciava o costume das disposições militares. De fato, para chegar até o duque de Alençon e o rei de Navarra, teria sido preciso passar pelo grupo, enquanto diante dos dois cunhados se estendia, a perder de vista, uma estrada perfeitamente livre.

De repente, entre as árvores, a dez passos do rei de Navarra, apareceu um cavalheiro que os dois príncipes ainda não haviam visto. Henrique tentava adivinhar quem era, quando o cavalheiro, levantando seu chapéu, se mostrou para Henrique como sendo o visconde de Turenne,[3] um dos chefes do partido protestante que pensavam estar em Poitou.

O visconde até ousou um gesto que queria dizer claramente: "Você vem?".

Mas Henrique, depois de ter consultado bem o rosto impassível e o olho inerte do duque de Alençon, virou duas ou três vezes a cabeça em direção aos ombros como se alguma coisa o incomodasse no colarinho de seu gibão.

Era uma resposta negativa. O visconde entendeu, esporou seu cavalo e desapareceu no matagal.

No mesmo instante, ouviu-se a matilha se aproximar; em seguida, à extremidade da alameda onde se encontravam, viram passar o javali e os cães imediatamente atrás dele, seguidos por um Carlos IX sem chapéu e parecendo um caçador dos infernos, com a trombeta à boca, tocando a estourar os pulmões. Três ou quatro cavaleiros o seguiam. Tavannes havia desaparecido.

– O rei! — exclamou o duque de Alençon.

E pôs-se em seu rastro.

Henri, tranquilizado pela presença de seus bons amigos, fez sinal para que eles não se afastassem e foi em direção às damas.

– Então? — disse Margarida, dando alguns passos na direção dele.

– Então, senhora — disse Henrique —, estamos caçando o javali.

– Só isso?

– Só, o vento mudou desde a manhã de ontem. Mas creio que eu lhe havia dito que seria assim.

– Essas mudanças de vento são ruins para a caça, não é, senhor? — perguntou Margarida.

– Sim — disse Henrique —, isso bagunça algumas vezes as decisões tomadas; o plano deve ser refeito.

Naquele momento, os latidos da matilha começaram a ser ouvidos e aproximavam-se rapidamente, e um tipo de nevoeiro barulhento alertou os caçadores para ficarem em seus lugares. Cada um levantou a cabeça e prestou atenção.

Quase imediatamente o javali apareceu, e, em vez de se jogar no meio das árvores, seguiu a estrada em direção ao cruzamento onde se encontravam as damas, os cavalheiros que lhe faziam a corte e os caçadores que haviam se perdido da caça.

Atrás dele, fungando em suas costas, vinham trinta ou quarenta cães dos mais robustos; atrás dos cães, a no máximo vinte passos, o rei Carlos sem chapéu, sem casaco, com as roupas todas rasgadas pelos espinhos, o rosto e as mãos sangrando.

Somente um ou dois cavaleiros o seguiam.

O rei só largava sua trombeta para animar seus cães. Só parava de animar seus cães para retomar sua trombeta. O mundo inteiro havia desaparecido para ele. Se o cavalo dele parasse, ele teria gritado como Ricardo III: "Minha coroa por um cavalo!".

Mas o cavalo parecia tão envolvido quanto o dono; seus pés não tocavam o solo e suas narinas soltavam fogo.

O javali, os cães e o rei passaram em um piscar de olhos.

– *Hallali! Hallali!*[4] — exclamou o rei passando e levando a trombeta aos lábios sangrentos.

A alguns passos dele vinha o duque de Alençon e dois cavaleiros; os cavalos dos demais haviam desistido ou estavam perdidos.

Todos saíram atrás do rastro, pois era evidente que o javali não aguentaria por muito tempo.

De fato, no fim de apenas dez minutos, o javali deixou o canteiro onde estava e entrou na floresta, mas chegando a uma clareira ele se viu encurralado e ficou de frente para os cães.

Aos gritos de Carlos, que o havia seguido, todos correram até o local.

Chegaram no momento mais interessante da caça. O animal parecia decidido a uma defesa desesperada. Os cães, animados por uma corrida de mais de três horas, se jogavam em cima dele com uma fúria que aumentava os gritos e as injúrias do rei.

Todos os caçadores se posicionaram em círculo, o rei pouco mais adiante, tendo atrás dele o duque de Alençon armado com um arcabuz e Henrique, que só tinha sua simples faca de caça.

O duque de Alençon desamarrou seu arcabuz do suporte e acendeu o pavio. Henrique soltou sua faca de caça dentro da bainha.

Quanto ao duque de Guisa, bastante desdenhoso com aqueles exercícios de caça, se mantinha um pouco afastado com todos os seus cavalheiros.

As mulheres, reunidas em grupo, formavam uma pequena tropa que se juntava à do duque de Guisa.

Todos os caçadores continuavam com os olhos fixos no animal, em uma espera cheia de ansiedade.

Um pouco afastado estava um cavaleiro que se esticava com força para segurar os dois cães enormes do rei que, com seus coletes de malha de ferro, esperavam — berrando e se jogando de forma a aparentar que a qualquer momento arrebentariam as correntes — a hora de imobilizar o javali.

O animal era excepcional: atacado ao mesmo tempo por uns quarenta cães que o cercavam como uma maré berrante e o cobriam como um grande tapete tentando por todos os lados furar sua pele rugosa com pelos eriçados, a cada focinhada atirava no ar a cerca de dez pés de altura um cão, que caía estripado e que, arrastando as tripas, se enfiava novamente na algazarra enquanto Carlos, com os cabelos em pé, os olhos em chamas, as narinas abertas, curvado sobre o pescoço de seu cavalo encharcado de suor, tocava um *hallali* furioso.

Em menos de dez minutos, vinte cães ficaram fora do combate.

– Os mastins! — gritou Carlos. — Os mastins...!

A este grito, o cavaleiro soltou a trava das correntes e dois cães se enfiaram no meio da carnagem, derrubando e afastando tudo, abrindo com seus coletes de malha de ferro um caminho até o animal que eles pegaram cada um por uma orelha.

O javali, sentindo-se imobilizado, rangeu os dentes de raiva e de dor ao mesmo tempo.

– Muito bem, Duredent! Muito bem, Risquetout! — gritou Carlos. — Aguentem firme! Uma lança! Uma lança!

– Não quer meu arcabuz? — perguntou o duque de Alençon?

– Não — gritou o rei —, não dá para sentir entrar a bala, não há prazer. Uma lança sentimos entrar. Uma lança! Uma lança!

Apresentaram ao rei uma lança de caça endurecida no fogo e armada por uma ponta de ferro.

– Meu irmão, tome cuidado! — gritou Margarida.

– Vá! Vá! — gritou a duquesa de Nevers. — Não erre, Sire! Acerte em cheio esse protestante![5]

– Fique tranquila, duquesa! — disse Carlos.

E, colocando sua lança em posição de ataque, partiu para cima do javali que, imobilizado pelos dois cachorros, não pode evitar o golpe. Entretanto, à vista da lança brilhante, fez um movimento para o lado, e em vez da arma atingir seu peito, escorregou sobre o ombro e acertou a rocha contra a qual o animal estava encurralado.

– Diabo do inferno! — gritou o rei. — Errei... Uma lança! Uma lança!

E, recuando como faziam os cavaleiros que se afastavam, jogou a dez passos dele sua lança estragada.

Um cavaleiro se aproximou para lhe entregar outra.

Mas na mesma hora, como se previsse o destino que lhe esperava e quisesse evitá-lo, o javali, com um violento esforço, tirou dos dentes dos cães suas orelhas rasgadas e, com os olhos vermelhos, eriçado, medonho, a respiração barulhenta como fole de forja, batia seus dentes uns contra os outros, dirigindo-se de cabeça baixa ao cavalo do rei.

Carlos era um caçador bom demais para não ter previsto este ataque. Ele levantou seu cavalo, que empinou, mas calculou mal a pressão: o cavalo, excessivamente reprimido pelo freio ou talvez até cedendo a seu pânico, virou para trás.

Todos os espectadores soltaram um grito horrível: o cavalo havia tombado, e o rei tinha a coxa presa sob ele.

– A rédea, Sire, solte a rédea — disse Henrique.

O rei soltou a rédea do cavalo, segurou a sela com a mão esquerda, tentando pegar com a direita sua faca de caça, mas a faca, pressionada pelo peso de seu corpo, não quis sair de sua bainha.

– O javali! O javali! — gritou Carlos. — Aqui, de Alençon, me ajude!

Entretanto, o cavalo, por conta própria, como se tivesse entendido o perigo que corria seu mestre, esticou os músculos e já tinha conseguido se levantar em três pernas quando, a chamado de seu irmão, Henrique viu o duque Francisco empalidecer horrivelmente e aproximar o arcabuz do ombro; mas em vez da bala atingir o javali, que estava apenas a dois passos do rei, acertou o joelho do cavalo, que caiu novamente no chão. Na mesma hora o javali rasgou com o focinho a bota de Carlos.

– Oh! — murmurou o duque de Alençon de seus lábios trêmulos. — Acho que o duque de Anjou é o rei da França e eu, o rei da Polônia.

De fato, o javali lavrava a coxa de Carlos, quando este último sentiu que alguém levantava seu braço; em seguida, viu brilhar uma lâmina fina e cortante que se enfiava e desaparecia até o cabo no pescoço do animal, enquanto uma mão com uma luva de ferro separava a cabeça já fumegante debaixo de suas roupas.

Carlos, que no movimento que fizera o cavalo conseguira liberar a perna, se levantou com dificuldade e, se vendo todo coberto de sangue, ficou pálido como um cadáver.

— Sire — disse Henrique que, ainda ajoelhado, segurava o javali atingido no coração. — Sire, não é nada. Eu afastei o dente e Vossa Majestade não está ferida.

Depois se levantou, largou a faca e o javali caiu, deixando escorrer ainda mais sangue pela sua boca do que pela ferida.

Carlos, rodeado por respirações ofegantes, atormentado pelos gritos de terror que teriam atordoado a mais calma coragem, esteve por um instante a ponto de cair perto do animal que agonizava. Mas se recompôs, e, virando-se em direção do rei de Navarra, apertou-lhe a mão com um olhar no qual brilhava o primeiro impulso de sensibilidade a bater em seu coração em vinte e quatro anos.

— Obrigado, Henrique — disse.

— Meu pobre irmão! — exclamou o duque de Alençon, aproximando-se de Carlos.

— Ah! É você, de Alençon! — disse o rei. — Pois bem, famoso atirador, o que aconteceu com sua bala?

— Deve ter se achatado contra o javali — disse o duque.

— Meu Deus! — exclamou Henrique, com uma surpresa de interpretação admirável. — Veja só, Francisco, sua bala quebrou a perna do cavalo de Sua Majestade. Estranho!

— O quê?! — disse o rei. — É verdade?

— É possível — disse o duque consternado. — Minha mão tremia tanto!

— O fato é que, para um atirador hábil, você conseguiu uma proeza estranha, Francisco — disse Carlos, franzindo as sobrancelhas. Obrigado mais uma vez, Henrique! Senhores — continuou o rei —, vamos voltar. Já tive o bastante com isso.

Margarida se aproximou para parabenizar Henrique.

— Ah! Por Deus, sim, Margot — disse Carlos —, parabenize-o e bem sinceramente, pois sem ele o rei da França se chamaria Henrique III.

– Ai de mim, senhora — disse o bearnês —, o senhor duque de Anjou, que já é meu inimigo, vai me detestar ainda mais. Mas faremos o possível. Pergunte ao duque de Alençon.

E, se abaixando, retirou do corpo do javali sua faca de caça, que havia enfiado duas ou três vezes na terra para fazer secar o sangue.

FRATERNIDADE

Ao salvar a vida de Carlos, Henrique fizera mais do que salvar um homem: ele impediu que três reinos mudassem de soberanos.

De fato, com Carlos IX morto, o duque de Anjou se tornaria rei da França, e o duque de Alençon, segundo toda a probabilidade, se tornaria rei da Polônia. Quanto à Navarra, como o senhor duque de Anjou era amante da senhora de Condé, sua coroa provavelmente pagaria o marido pela cortesia de sua mulher.

Frente a toda essa grande reviravolta, nada de bom aconteceria a Henrique. Ele mudaria de chefe, e apenas isso. No lugar de Carlos IX, que o tolerava, Henrique veria subir ao trono da França o duque de Anjou, que, fazendo com sua mãe Catarina um só coração e uma só cabeça, havia jurado sua morte e não deixaria de manter sua promessa.

Todas essas ideias se apresentaram ao mesmo tempo no espírito de Henrique quando o javali foi para cima de Carlos IX, e vimos o que resultou dessa reflexão rápida como um raio: sua vida estava ligada à vida de Carlos IX.

Carlos IX fora salvo por uma força cujo motivo era impossível ao rei compreender. Mas Margarida havia entendido tudo, e admirara essa coragem estranha de Henrique que, como um raio, só brilhava na tempestade.

Infelizmente, escapar ao reinado do duque de Anjou não era tudo: era preciso que ele próprio fosse o rei. Precisava disputar Navarra com o duque de Alençon e com o príncipe de Condé. Precisava, sobretudo, deixar aquela corte onde só se caminhava entre dois precipícios, e deixar a corte protegida por um filho da França.

Enquanto voltava de Bondy, Henrique refletiu profundamente sobre a situação. Ao chegar ao Louvre, seu plano estava pronto.

Sem descalçar-se e tal como estava, cheio de poeira e ainda coberto de sangue, foi ao quarto do duque de Alençon, o qual encontrou muito agitado, caminhando pelo quarto com passos largos.

Ao percebê-lo, o príncipe fez um movimento.

– É — disse-lhe Henrique, tomando-lhe as mãos —, eu o entendo, meu caro irmão: está irritado comigo porque fui o primeiro a avisar o rei que sua bala havia atingido a perna do cavalo em vez de atingir o javali, como era sua intenção. Mas o que você queria? Não pude conter minha surpresa. Aliás, o rei sempre percebe, não é?

– Sem dúvida, sem dúvida — murmurou de Alençon. — Entretanto, eu só pude atribuir a uma má intenção esse tipo de denúncia que você fez, e que, você viu, deixou meu irmão Carlos desconfiado das minhas intenções. Você colocou uma sombra entre nós.

– Voltaremos a isso daqui a pouco. Agora, quanto à boa ou à má intenção que tenho com relação a você, venho aqui justamente para lhe dar minha opinião.

– Bem — disse de Alençon, com sua reserva costumeira —, então diga, Henrique, estou ouvindo.

– Depois que eu falar, Francisco, verá bem quais são as minhas intenções, pois a confissão que venho fazer exclui toda reserva e toda prudência. E, quando eu fizer, com uma só palavra você poderá me arruinar!

– O que é, então? — perguntou Francisco, que começava a inquietar-se.

– E, mesmo assim — continuou —, hesitei bastante em vir lhe falar sobre a coisa que me traz aqui, ainda mais depois do jeito como fez ouvidos moucos hoje.

– Na verdade — disse Francisco empalidecendo —, não sei o que você está querendo dizer, Henrique.

– Meu irmão, seus interesses me são muito caros para que eu não o advirta que os huguenotes tomaram algumas medidas quanto a mim.

– Medidas?! — perguntou de Alençon. — Que medidas?

– Um deles, o senhor de Mouy de Saint-Phale, filho do corajoso de Mouy assassinado por Maurevel...

– Sim...

– ... veio me encontrar arriscando sua vida para me mostrar que eu estava aprisionado.

– Ah, é mesmo? E o que você lhe respondeu?

– Irmão, você sabe que amo Carlos ternamente, ele salvou minha vida, e que a rainha-mãe foi uma figura materna para mim. Logo, recusei todas as ofertas que ele me fazia.

– E quais eram essas ofertas?

– Os huguenotes querem reconstituir o trono de Navarra, e, como na verdade esse trono me pertence por herança, eles me ofereceram essa reconstituição.

– Sim. E o senhor de Mouy, em vez da adesão que acabara de solicitar, recebeu sua desistência?

– Sim, foi uma desistência formal, por escrito. Mas, desde então... — continuou Henrique.

– Você está arrependido, meu irmão? — interrompeu de Alençon.

– Não, percebi apenas que o senhor de Mouy, descontente comigo, transferiria seus planos.

– E para onde? — perguntou rapidamente Francisco.

– Não sei... Ao príncipe de Condé, talvez.

– Sim, é provável — disse o duque.

– Aliás — retomou Henrique —, acho que tenho uma forma infalível de descobrir o chefe que ele escolheu.

Francisco ficou lívido.

– Mas — continuou Henrique — os huguenotes estão divididos, e de Mouy, embora muito corajoso e leal, só representa metade do grupo. Ora, a outra metade, que de modo algum devemos desdenhar, não perdeu a esperança de levar ao trono este Henrique de Navarra que, depois de ter hesitado em um primeiro momento, pode ter pensado na ideia desde então.

– Você acha?

– Oh, todos os dias recebo testemunhos. Essa tropa que se uniu a nós na caçada, você percebeu de quais homens ela se formava?

– Sim, de cavalheiros convertidos.

– Você reconheceu o chefe dessa tropa, o que me fez um sinal?

– Reconheci. É o visconde de Turenne.

– E você entendeu o que eles queriam?

– Sim, eles lhe propuseram fugir.

– Então — disse Henrique inquieto a Francisco —, fica evidente que há um segundo partido, que quer outra coisa, diferente do que de Mouy quer.

– Um segundo partido?

– É, e muito forte. De tal forma que, para realmente conseguir o trono de Navarra, eu precisaria reunir os dois partidos: Turenne e de Mouy. A conspiração funciona, as tropas estão formadas, aguarda-se apenas um sinal. Ora, em toda situação suprema que solicita de minha parte uma solução pronta, formulo duas resoluções entre as quais flutuo. Venho apresentar essas duas resoluções a você como a um amigo.

– Diga melhor: como a um irmão.

– Sim, como a um irmão — retomou Henrique.

– Fale, então. Estou ouvindo.

– Antes, devo lhe expor o estado de minha alma, meu caro Francisco. Nenhum desejo, nenhuma ambição, nenhuma capacidade. Sou um bom cavalheiro do campo, pobre, sensível e tímido. O trabalho de conspirador me apresenta desgraças mal-compensadas pela perspectiva mesmo que certa de uma coroa.

– Ah, meu irmão! — disse Francisco. — Você se engana. É uma situação triste esta de um príncipe cuja fortuna está limitada por uma fronteira no campo paterno ou por um homem no caminho das honras![1] Não acredito no que você me diz.

– Mas o que lhe digo é tão verdadeiro, meu irmão — retomou Henrique —, que, se eu acreditasse ter realmente um amigo, renunciaria a seu favor o poder que quer me conferir o partido que se ocupa de mim. Porém — completou com um suspiro —, não tenho nenhum.

– Talvez. Mas sem dúvida você se engana.

– Não! *Ventre-saint-gris!* — disse Henrique. — Exceto você, irmão, não vejo ninguém que seja ligado a mim. Por isso, em vez de deixar abortar em sofrimentos horríveis uma tentativa que traria à luz algum homem... indigno, prefiro, na verdade, advertir o meu irmão, o rei, sobre o que está acontecendo. Não nomearei ninguém, não citarei nem país nem data. Mas prevenirei a catástrofe.

– Oh, meu Deus! — exclamou de Alençon, não podendo reprimir seu terror. — O que você está dizendo? Como? Você, a única esperança do partido desde a morte do almirante! Você, um huguenote convertido, mal convertido, imagina-se pelo menos, levantaria a faca contra seus irmãos? Henrique, Henrique..., sabia que, agindo assim, você entrega todos os calvinistas do reino a uma segunda São Bartolomeu? Sabia que Catarina só aguarda uma ocasião semelhante para exterminar todos os que sobreviveram?

E o duque, trêmulo, com o rosto matizado por placas vermelhas e lívidas, apertava a mão de Henrique para suplicar que renunciasse a essa resolução, que o arruinava.

– Como? — disse Henrique com uma expressão de perfeita doçura. — Você acha, Francisco, que tantos males ocorreriam? Acho que, com a palavra do rei, porém, me parece que garantiria os imprudentes.

– A palavra do rei Carlos IX, Henrique...! Ei, o almirante não a tinha? Téligny não a tinha? Você mesmo não a tinha? Oh, Henrique, sou eu quem lhe diz: se fizer o que diz, arruinará todos. Não apenas eles, mas todos os que tiveram relações diretas ou indiretas com eles.

Henrique pareceu refletir um momento.

– Se eu fosse um príncipe importante na corte — disse —, agiria de outro jeito. Em seu lugar, por exemplo, em seu lugar, Francisco, você, filho da França, herdeiro provável da coroa...

Francisco balançou ironicamente a cabeça.

– Em meu lugar — disse —, o que você faria?

– Em seu lugar, meu irmão — respondeu Henrique —, eu ficaria à frente do movimento para dirigi-lo. Meu nome e meu crédito responderiam à minha consciência pela vida dos sediciosos, e eu tiraria proveito antes para mim, e para o rei em seguida, talvez, de uma empreitada que, sem minha interferência, pode causar um dano maior à França.

De Alençon escutou essas palavras com uma felicidade que dilatou todos os músculos de seu rosto.

– Você acredita — disse — que esse modo seja praticável e que ele nos protegeria de todos esses desastres que você prevê?

– Acredito — disse Henrique. — Os huguenotes amam você: seu exterior modesto, sua posição elevada e, ao mesmo tempo, interessante... Enfim, a bondade que sempre testemunharam em você aqueles da religião os levam a servi-lo.

– Mas — disse de Alençon —, há uma cisma no partido. Quem são aqueles que são por você e os que são por mim?

– Encarrego-me de reconciliá-los por duas razões.

– Quais?

– Primeiramente, pela confiança que os chefes têm em mim. Depois, pelo medo que provariam se Vossa Alteza, conhecendo seus nomes...

– Mas quem revelaria os nomes?

– Eu, é claro!

– Você faria isso?

– Escute, Francisco. Eu já lhe disse que — continuou Henrique —, da corte, é só você quem amo: isso provém, sem dúvida, do fato de que você é perseguido como eu sou. Além disso, minha mulher tem um afeto sem igual por você.

Francisco corou de prazer.

– Acredite em mim, irmão — continuou Henrique. — Segure esse caso nas mãos e reine em Navarra. Desde que você conserve um lugar para mim em sua mesa e uma bela floresta para caçar, estarei feliz.

– Reinar em Navarra! — disse o duque — Mas e se...

– Se o duque de Anjou for nomeado rei da Polônia? É isso? Completei seu pensamento...

Francisco olhou Henrique com certo medo.

– Escute, Francisco — continuou Henrique. — Já que nada lhe escapa, penso exatamente na seguinte hipótese: se o duque de Anjou for nomeado rei da Polônia, e nosso irmão Carlos, — que Deus nos livre! —, morrer, são só duzentas léguas[2] entre Pau e Paris, mas quatrocentas entre Paris e Cracóvia. Você então estaria aqui para garantir a herança bem no momento em que o rei da Polônia fosse informado sobre a vacância do trono. Então, se você estivesse contente comigo, Francisco, você me daria o reino de Navarra, que seria apenas mais um dos florões de sua coroa. Se fosse desse modo, eu o aceitaria. O pior que pode acontecer a você é permanecer rei lá e dar origem a uma linhagem real vivendo comigo e com minha família. Aqui, quem é você? Um pobre príncipe perseguido, um pobre terceiro filho de rei e escravo dos dois mais velhos e que, por um capricho, pode ser enviado à Bastilha a qualquer momento.

– Sim, sim — disse Francisco —, sei bem disso. Tão bem que não entendo que você renuncie a esse plano que me propõe. Não há nada batendo aqui, então?

E o duque de Alençon colocou a mão sobre o coração do irmão.

– Há — disse Henrique, sorrindo —, mas é um fardo muito pesado para certas mãos. Não tentarei levantar esse. Meu medo do cansaço faz passar a vontade da possessão.

– Então, Henrique, de verdade: você renuncia?

– Já o disse a de Mouy e o repito a você.

– Mas, em tal situação, caro irmão — disse de Alençon —, não se diz, se prova.

Henrique respirou como um lutador que sente os rins de seu adversário dobrarem sob seu golpe.

– Provarei esta noite — disse. — Às nove horas a lista dos chefes e o plano da empreitada estarão com você. Eu até já enviei meu ato de renúncia a de Mouy.

Francisco pegou a mão de Henrique e a apertou com efusão entre as suas.

No mesmo instante, Catarina entrou no quarto do duque de Alençon como era de seu costume: sem ser anunciada.

– Juntos! — disse sorrindo. — Dois bons irmãos, de verdade!

– Assim espero, senhora — disse Henrique com sangue frio, enquanto o duque de Alençon empalidecia de angústia.

Em seguida, deu alguns passos para trás a fim de deixar Catarina livre para falar com seu filho.

A rainha-mãe retirou então de sua esmoleira uma joia magnífica.

– Esta fivela vem de Florença — disse. — Fique com ela para colocá-la no cinturão de sua espada — em seguida, continuou baixinho:

– Se ouvir qualquer barulho no quarto de seu irmão Henrique esta noite, não se mexa.

Francisco apertou a mão de sua mãe e disse:

– Permitiria que eu mostrasse a ele o belo presente que acaba de me oferecer?

– Faça melhor: dê-lhe em seu e em meu nome, pois eu já havia solicitado uma segunda fivela com essa intenção.

– Está ouvindo, Henrique? — disse Francisco. — Minha boa mãe trouxe esta joia e multiplica seu valor permitindo que eu a ofereça a você.

Henrique extasiou-se com a beleza da fivela e agradeceu inúmeras vezes.

Quando sua excitação se amenizou, ouviu:

– Meu filho — disse Catarina —, me sinto um pouco indisposta e vou me deitar. Seu irmão Carlos está bem cansado com a queda que sofreu e fará o mesmo. Não jantaremos em família esta noite. Seremos servidos cada um em seu quarto. Ah, Henrique, estava me esquecendo de agradecê-lo pela coragem e perspicácia hoje. Você salvou seu rei e seu irmão e será recompensado por isso.

– Já estou sendo, senhora! — respondeu Henrique, inclinando-se.

– Pelo sentimento de que você fez seu dever — retomou Catarina —, mas isso não é o suficiente. Carlos e eu pensamos em fazer algo que nos deixe quitados com você.

– Tudo o que vier de você e de meu bom irmão será bem-vindo, senhora.

Em seguida, inclinou-se e saiu.

– Ah, meu irmão Francisco — pensou Henrique ao sair —, agora estou certo de não partir sozinho. A conspiração, que tinha apenas um corpo, encontra uma cabeça e um coração. Apenas tomemos cuidado. Catarina me deu um presente e me prometeu uma recompensa... Tem alguma diabrura por trás disso. Vou consultar Margarida esta noite.

O RECONHECIMENTO DO REI CARLOS IX

Maurevel havia passado parte do dia no gabinete de armas do rei. Quando Catarina percebeu que o momento de retorno da caça se aproximava, passou o homem e os algozes que vieram juntar-se a ele para seu oratório.

Ao chegar, avisado por sua criada de que um homem havia passado parte do dia em seu gabinete, Carlos IX ficou colérico por terem permitido a entrada de um estranho em seus aposentos. Mas quando sua ama lhe disse que o homem era o mesmo que ela própria se encarregara de trazer uma noite ao Louvre, o rei reconheceu Maurevel. E, lembrando-se da ordem que sua mãe lhe arrancara pela manhã, entendeu tudo.

– Oh, oh... — murmurou Carlos. — No mesmo dia em que ele salvou minha vida? O momento foi mal escolhido.

Em seguida, deu alguns passos para descer ao quarto de sua mãe, mas um pensamento o reteve:

– Que diabos! — disse. — Se lhe falar disso, será uma discussão sem fim. O melhor é cada um agir por si.

– Ama! — disse — Feche bem todas as portas e avise a rainha Elizabeth[1] que ainda estou um pouco mal pela queda que sofri e dormirei sozinho esta noite.

A criada obedeceu. Mas, como a hora de executar seu plano não chegava, Carlos começou a fazer versos.

Essa era a ocupação durante a qual o tempo passava mais rápido para o rei. Assim, quando soaram nove horas, Carlos achava que ainda fossem sete. Contou uma batida do relógio após a outra e, na última delas, se levantou.

– Que diabos! — exclamou. — Estou em cima da hora!

Pegando seu casaco e seu chapéu, o rei saiu por uma porta secreta que abrira na parede decorada e que a própria Catarina não sabia existir. Carlos foi direto para o quarto de Henrique, que, ao deixar o duque de Alençon, só havia entrado ali para trocar de roupa, saindo logo em seguida.

– Ele deve ter ido jantar com Margot — disse o rei. — Estava de bom humor com ela hoje..., pelo menos foi o que me pareceu — e partiu em direção dos aposentos de Margarida.

Margarida havia trazido para seu quarto a duquesa de Nevers, Cocunás e La Mole, e fazia com eles um lanche com geleias e pães.

Carlos bateu à porta de entrada e Gillonne foi abrir. Ela ficou tão espantada com o aspecto do rei que mal encontrou forças para fazer a reverência. E, em vez de correr para prevenir sua senhora da augusta visita que chegava, deixou Carlos passar sem dar outro sinal que não o grito que soltara.

O rei atravessou a antecâmara e, guiado pelas gargalhadas, avançou para a sala de jantar.

"Pobre Henri", pensou, "se diverte sem saber do mal".

– Sou eu — disse, erguendo a tapeçaria e mostrando um rosto risonho.

Margarida soltou um grito horrível. Risonho como estava, o rosto do rei produziu nela o efeito da cabeça da Medusa. De frente para a cortina, ela acabava de reconhecer Carlos.

Os dois homens presentes nos aposentos deram as costas ao rei.

– Majestade! — exclamou ela com pavor, levantando-se.

Enquanto os outros três convivas de algum modo sentiam suas cabeças vacilarem sobre os ombros, Cocunás foi o único que não perdeu a sua. Levantando-se também, mas de um modo desastradamente hábil, virou a mesa, derrubando louças, cristais e velas. Em um instante, havia uma escuridão completa e um silêncio de morte.

– Fuja! — disse Cocunás a La Mole. — Vá, vá, vá!

La Mole não precisou ouvir duas vezes. Jogou-se contra a parede, orientando-se com as mãos e procurando o quarto para se esconder no gabinete que conhecia tão bem. Mas, ao colocar o pé no quarto, colidiu com um homem que acabara de entrar pela passagem secreta.

– O que significa tudo isso? — disse Carlos na escuridão, com uma voz que começava a tomar um pesado tom de impaciência. — Então eu sou um estraga-festa? Fazem tal algazarra na minha frente? Vamos! Henrique! Henrique, onde você está? Responda.

– Estamos salvos...! — murmurou Margarida, segurando a mão que acreditou ser de La Mole. — O rei acha que meu marido é um de nossos convivas.

– Deixarei que ele acredite, senhora, fique tranquila — disse Henrique, respondendo à rainha no mesmo tom.

– Deus meu! — exclamou Margarida, largando rapidamente a mão que segurava. Era a mão do rei de Navarra.

– Silêncio! — disse Henrique.

– Oh, que diabos! O que há com vocês para cochicharem assim? — exclamou Carlos. — Henrique, responda: onde você está?

– Estou aqui, Sire — disse o rei de Navarra.

– Diabos! — disse Cocunás, que segurava a duquesa de Nevers num canto. — Agora tudo se complicou.

– Estamos duas vezes perdidos! — disse Henriqueta.

Corajoso até a imprudência, Cocunás pensou que teria de reacender as velas mais cedo ou mais tarde. Pensando que mais cedo seria melhor, soltou a mão da senhora de Nevers, pegou no meio dos escombros um candelabro, aproximou-se do *chauffe-doux*[2] e assoprou um carvão que logo queimou o pavio de uma vela. O quarto se iluminou. Carlos IX lançou um olhar interrogador ao redor de si.

Henrique estava perto de sua mulher. A duquesa de Nevers estava sozinha num canto, e Cocunás, em pé no meio do quarto com um candelabro na mão, iluminava toda a cena.

– Desculpe-nos, meu irmão — disse Margarida —, não o aguardávamos.

– Por isso Vossa Majestade nos deu um susto tão grande, como pode ver! — disse Henriqueta.

– Da minha parte — disse Henrique adivinhando tudo —, acho que o susto foi tão verdadeiro que acabei derrubando a mesa ao levantar.

Cocunás deu uma olhada para o rei querendo dizer: "Ainda bem! Eis um marido que entende meia palavra".

– Que terrível algazarra! — repetiu Carlos IX. — Eis seu jantar virado, Henrique. Venha comigo, você o terminará em outro lugar. Vou empanturrá-lo esta noite.

– Como, Sire? — disse Henrique. — Vossa Majestade me daria essa honra...?

– Sim, Minha Majestade lhe dá a honra de levá-lo para fora do Louvre. Margot, empreste-o para mim. Devolvo-o amanhã de manhã.

– Ah, meu irmão! — disse Margarida. — Vossa Majestade não precisa de minha permissão para isso. Você é o rei.

– Sire — disse Henrique —, vou apenas pegar outro casaco no meu quarto e volto já.

– Não precisa, Henrique. Esse aí está bom.

– Mas, Sire... — tentou o bearnês.

– Disse para não ir ao seu quarto, que diabos! Não ouve o que estou dizendo? Vamos, vamos logo!

– É, vão, vão! — disse Margarida de uma vez, apertando o braço de seu marido, pois um olhar peculiar de Carlos acabava de lhe informar que algo estava errado.

– Aqui estou, Sire — disse Henrique.

Mas Carlos desviou o olhar para Cocunás, que continuava seu trabalho de iluminador, reacendendo outras velas.

– Quem é este cavalheiro? — perguntou Carlos para Henrique, medindo o piemontês. — Ele não seria, por acaso, o senhor de La Mole?

– Quem lhe falou sobre La Mole? — perguntou-se Margarida baixinho.

– Não, Sire — respondeu Henrique. — O senhor de La Mole não está aqui, sinto muito. Eu teria a honra de apresentá-lo à Vossa Majestade, assim como também lhe apresentaria Cocunás, seu amigo. Os dois são inseparáveis e ambos pertencem ao senhor de Alençon.

– Ah, nosso grande atirador! — disse Carlos. — Bom! — em seguida, franziu a testa. — Esse senhor de La Mole — completou — não é huguenote?

– Convertido, Sire — disse Henrique —, e respondo por ele como respondo por mim.

– Quando você responde por alguém, Henrique, depois do que fez hoje... Não tenho mais o direito de duvidar. Mas, pouco importa, só queria ter visto esse senhor de La Mole. Fica para depois.

E, fazendo com seus grandes olhos uma última investigação pelo quarto, Carlos beijou Margarida e levou o rei de Navarra segurando-o por baixo do braço.

Na porta do Louvre, Henrique quis parar para falar com alguém.

– Vamos, vamos, saia rápido, Henrique! — disse-lhe Carlos. — Quando digo que o ar do Louvre não está bom para você esta noite, que diabos, acredite em mim!

– *Ventre-saint-gris!* — murmurou Henrique. — E de Mouy? O que vai acontecer com ele sozinho em meu quarto...? Tomara que esse ar que não está bom para mim não esteja ainda pior para ele!

– Ah, isso! — disse o rei assim que atravessaram a ponte levadiça. — Então lhe convém que as pessoas do senhor de Alençon façam a corte para sua mulher?

– Como assim, Sire?

– Esse senhor de Cocunás não está de olho em Margot?

– Quem lhe disse isso?

– Oras! — disse o rei — Apenas me disseram.

– Isso é pura brincadeira, Sire. O senhor de Cocunás está de olho, sim, em alguém, mas é na senhora de Nevers.

– Ah, sei!

– Posso garantir o que acabo de dizer à Vossa Majestade.

Carlos soltou uma gargalhada.

– Ora — disse —, então que o duque de Guisa venha me contar ainda mais histórias; vou fazê-lo arrancar suavemente os cabelos contando-lhe as façanhas de sua cunhada. Depois disso que você me diz — disse o rei voltando a si —, não sei mais se ele me falou do senhor de Cocunás ou do senhor de La Mole.

– Nem um, nem outro, Sire — disse Henrique. — E eu respondo pelos sentimentos de minha mulher.

– Bom, Henrique! Bom! — disse o rei. — Gosto de vê-lo assim, não de outro jeito. E, por minha honra, você é um homem tão corajoso que acho que não poderei mais deixar de tê-lo ao meu lado.

Dizendo essas palavras, o rei começou a assobiar de um modo particular, e quatro cavalheiros que aguardavam no final da rua de Beauvais vieram juntar-se a ele. Juntos, penetraram na cidade.

Soaram dez horas.

– E então — disse Margarida —, quando o rei e Henrique saíram, voltamos à mesa?

– Não, claro que não! — disse a duquesa. — Fiquei com muito medo. Um viva à casinha da rua Cloche-Percée! Não se pode entrar ali sem que um cerco seja feito, e nossos corajosos homens têm o direito de usar suas espadas. Mas o que está procurando nos móveis e nos armários, senhor de Cocunás?

– Estou procurando meu amigo La Mole — disse o piemontês.

– Procure em meu quarto, senhor — disse Margarida. — Lá tem um gabinete...

– Bom, já que aqui estou... — e entrou no quarto.

– Muito bem! — disse uma voz na escuridão. — Onde estamos?

– Ei! *Mordi*! Estamos na sobremesa.

– E o rei de Navarra?

– Não viu nada, é um marido perfeito, e eu desejo um assim à minha mulher. Entretanto, creio que ela apenas o terá se se casar novamente.

– E o rei Carlos?

– Ah, o rei Carlos é diferente... Ele levou o marido.

– Verdade?

– Sim. Além disso, fez a honra de me olhar de lado quando soube que pertenço ao senhor de Alençon e de me olhar atravessado quando soube que era seu amigo.

– Você acha então que falaram de mim para ele?

– Pior: temo que não lhe falaram coisas tão boas. Mas esse não é o ponto, pois acho que essas damas têm uma peregrinação para fazer pelos lados da rua Roi-de-Sicile, e nós conduziremos as peregrinas.

– Mas, isso é impossível, você sabe muito bem disso.

– Impossível como?

– Ora, estamos a serviço de sua Alteza Real.

– *Mordi*, é mesmo, verdade. Sempre me esqueço de que estamos presos: de cavalheiros que éramos passamos a ter a honra de ser criados.

E os dois amigos foram então expor à rainha e à duquesa a obrigação que tinham de pelo menos assistir ao recolher do senhor duque.

– Está bem — disse a senhora de Nevers. — Partiremos sozinhas.

– E podemos saber para onde vão? — perguntou Cocunás.

– Oh, você é muito curioso — disse a duquesa. — *Quaere et invenies*.[3]

Os dois rapazes se despediram e subiram rapidamente para o quarto do senhor de Alençon.

O duque parecia aguardá-los no gabinete.

– Ah! — disse. — Aí estão vocês! Já é bem tarde, senhores.

– São apenas dez horas, meu senhor — disse Cocunás.

O duque retirou seu relógio.

– É verdade — disse. — Entretanto, todo mundo já está deitado no Louvre.

– Sim, meu senhor, mas cá estamos às suas ordens. Devemos introduzir no quarto de Vossa Alteza os cavalheiros do médio--recolher?[4]

– Não, pelo contrário: passem para a salinha e dispensem todo mundo.

Os dois jovens obedeceram e executaram a ordem dada, o que não surpreendeu ninguém, em razão do caráter bem conhecido do duque. Em seguida, voltaram para perto dele.

– Meu senhor — disse Cocunás —, Vossa Alteza certamente vai para a cama ou trabalhar...?

– Não, senhores. Vocês estão dispensados até amanhã.

– Vamos, vamos! — disse baixinho Cocunás na orelha de La Mole. — Ao que parece, toda a corte dormirá fora esta noite. A noite será como o diabo gosta! Vamos aproveitar nossa parte dela.

E os dois jovens subiram as escadas de quatro em quatro degraus, pegaram seus casacos e suas espadas de noite, saíram do Louvre em busca das duas damas e juntaram-se a elas na esquina da rua Coq-Saint-Honoré.

Durante esse tempo, o duque de Alençon, com os olhos bem abertos e o ouvido à espreita, aguardava trancado em seu quarto os eventos imprevistos que lhe haviam sido prometidos.

XXXIV

DEUS DISPÕE

Como o duque havia dito aos jovens, o mais profundo silêncio reinava no Louvre.

Margarida e a senhora de Nevers haviam partido para a rua Tizon. Cocunás e La Mole as seguiam. O rei e Henrique percorriam a cidade. O duque de Alençon permanecia ansioso em seu quarto à espera dos eventos que lhe haviam sido previstos pela rainha-mãe. Catarina fora para a cama, e a senhora de Sauve, sentada em sua cabeceira, lia para ela alguns contos italianos dos quais a boa rainha ria muito.

Há muito tempo Catarina não estava de tão bom humor. Depois de ter lanchado com muito apetite com suas damas e de ter acertado as contas cotidianas da casa, ordenara uma reza pelo sucesso de uma importante empreitada para a felicidade de seus filhos, como dizia. Era um costume de Catarina, um costume aliás bem florentino, mandar fazer rezas e missas em certas circunstâncias cujo motivo só ela e Deus sabiam.

Ela revira René e escolhera várias novidades entre seus odoríficos saquinhos e sua rica variedade.

– Informe-se — disse Catarina — se minha filha, a rainha de Navarra, está em seu quarto. Se estiver, peça-lhe para vir me fazer companhia.

O criado para quem a ordem fora endereçada saiu e, num instante, voltou acompanhado por Gillonne.

– Muito bem — disse a rainha-mãe. — Eu pedi a senhora, não a servente.

– Senhora — disse Gillonne —, achei que eu mesma deveria vir dizer à Vossa Majestade que a rainha de Navarra saiu com uma amiga, a duquesa de Nevers.

– Saiu a esta hora!? — retomou Catarina, franzindo as sobrancelhas. — E aonde pode ter ido?

– A uma sessão de alquimia — respondeu Gillonne — que deve ocorrer na residência de Guisa, no pavilhão habitado pela senhora de Nevers.

– E quando voltará? — perguntou a rainha-mãe.

– A sessão se prolongará até tarde da noite — respondeu Gillonne —, de tal forma que provavelmente Sua Majestade ficará com a amiga até amanhã de manhã.

– Ela é feliz... A rainha de Navarra — murmurou Catarina — tem amigas, é rainha, porta uma coroa, a chamam Vossa Majestade e não tem súditos. Ela é muito feliz.

Após esse capricho que fez os ouvintes sorrirem por dentro, disse:

– De resto — murmurou Catarina —, já que saiu! Pois ela realmente saiu, não é?

– Há cerca de meia hora.

– Está tudo bem, pode ir.

Gillonne despediu-se e saiu.

– Continue a leitura, Carlota — disse a rainha.

A senhora de Sauve continuou. Depois de dez minutos, Catarina interrompeu a leitura.

– Ah, a propósito — disse —, liberem os guardas da galeria.

Era o sinal que Maurevel aguardava. Executaram a ordem da rainha-mãe, e a senhora de Sauve continuou a história.

Havia lido por mais ou menos quinze minutos sem interrupção quando um grito longo, prolongado e terrível chegou até o quarto real e fez arrepiar os cabelos dos assistentes.

Um tiro de pistola o seguiu imediatamente.

– O que é isso? — disse Catarina. — Por que não lê mais, Carlota?

– Senhora — disse a moça, pálida —, não ouviu nada?

– O quê? — perguntou Catarina.

– Esse grito?

– E o tiro de pistola? — completou o capitão da guarda.

– Um grito, um tiro de pistola... — completou Catarina —, não, não ouvi nada... Aliás, há algo de extraordinário em um grito e um tiro de pistola no Louvre? Leia, leia, Carlota.

– Mas, senhora, escute — disse de Sauve enquanto o senhor de Nancey permanecia em pé com a mão no cabo da espada e sem ousar sair sem a permissão da rainha. — Escute: ouvem-se passos, xingamentos...

– Devo sair para me informar sobre o que está havendo, senhora? — disse o senhor de Nancey.

– Não, senhor, fique aí — disse Catarina, erguendo-se sobre uma única mão para dar ainda mais força à sua ordem. — Se você sair, quem me guardará em caso de perigo? São apenas alguns suíços bêbados que estão brigando.

Oposta ao terror que planava sobre toda a assembleia, a calma da rainha formava um contraste tão grande que, mesmo tímida, a senhora de Sauve fixou um olhar interrogador na rainha.

– Mas, senhora — exclamou —, parece que estão matando alguém.
– E quem poderiam estar matando?
– Ora, o rei de Navarra, senhora. O barulho vem do lado de seus aposentos.
– Que boba! — murmurou a rainha, cujos lábios, apesar do esforço que faziam, começavam a se agitar estranhamente, pois ela balbuciava uma reza. — A boba vê seu rei de Navarra em tudo.
– Meu Deus, meu Deus! — disse a senhora de Sauve, caindo em sua poltrona.
– Acabou, acabou! — disse Catarina. — Capitão — continuou, se dirigindo ao senhor de Nancey —, espero que, se houver escândalo no palácio, você puna severamente os culpados amanhã. Retome a leitura, Carlota.

Catarina também caiu em seu travesseiro com uma impassibilidade que mais parecia fraqueza, pois os assistentes observavam que grossas gotas de suor rolavam em seu rosto.

A senhora de Sauve obedeceu a essa ordem formal. Mas seus olhos e seu rosto funcionavam sozinhos. Seu pensamento errante em outros objetos lhe indicava que havia um perigo terrível suspenso sobre alguém querido. Depois de alguns minutos de combate, viu-se enfim tão oprimida entre a emoção e a etiqueta que sua voz parou de ser inteligível. O livro caiu-lhe das mãos, e ela desmaiou.

De repente, ouviu-se um estrondo mais violento. Passos pesados e apressados abalaram o corredor, e dois tiros fizeram os vidros vibrarem. Assustada com essa luta prolongada além da medida, Catarina se ergueu reta, pálida, com os olhos dilatados e, no momento em que o capitão da guarda ia partir, ela o deteve, dizendo:

– Que todo mundo fique aqui! Eu mesma irei ver o que está acontecendo.

Eis o que estava acontecendo, ou melhor, o que aconteceu.

Pela manhã, de Mouy havia recebido das mãos de Orthon a chave dos aposentos de Henrique. Nessa chave, que era oca, viu um papel enrolado. Retirou o papel da chave com um alfinete.

Era a palavra de ordem do Louvre para a noite seguinte. Além disso, Orthon lhe havia transmitido verbalmente as palavras de Henrique, que convidava de Mouy para encontrar o rei às dez horas no Louvre. Às nove e meia, de Mouy se revestiu com uma armadura cuja solidez já tivera a oportunidade de comprovar mais de uma vez. Por cima, abotoou um gibão de seda, juntou a espada, passou no cinturão duas pistolas e recobriu-se com o famoso casaco cereja de La Mole.

Já vimos como, antes de voltar para seu quarto, Henrique julgou oportuno fazer uma visita a Margarida, e como chegara pela escada secreta bem a tempo de chocar-se com La Mole no quarto de Margarida e apresentar-se aos olhos do rei na sala de jantar.

Bem nesse momento — e graças à palavra de ordem enviada por Henrique e, sobretudo, ao famoso casaco cereja —, de Mouy atravessava a guarita do Louvre.

O rapaz subiu direto para o quarto do rei de Navarra, imitando da melhor forma possível o andar costumeiro de La Mole. Encontrou Orthon, que o aguardava na antecâmara.

– Sire de Mouy — disse-lhe o montanhês —, o rei saiu, mas ordenou-me introduzi-lo em seu quarto e dizer-lhe para o aguardar. Se ele demorar demais, sinta-se convidado, como sabe, a jogar-se em sua cama.

De Mouy entrou sem pedir outra explicação, pois o que Orthon lhe dizia era apenas a repetição do que já lhe dissera pela manhã.

Para passar o tempo, de Mouy pegou pena e tinta e, aproximando-se de um ótimo mapa da França suspenso na parede, começou a contar e a anotar as cidades localizadas entre Paris e Pau.

Essa tarefa o ocupou por apenas quinze minutos. Com o trabalho terminado, de Mouy não soube mais com o que se ocupar.

Deu duas ou três voltas no quarto, coçou os olhos, bocejou, sentou-se, levantou-se, sentou-se novamente. E, aproveitando enfim o convite de Henrique — desculpado, aliás, pelas leis de familiaridade que existiam entre os príncipes e seus cavalheiros —, colocou sobre a mesinha de cabeceira suas pistolas e a lamparina, alongou-se sobre a vasta cama com tapeçarias escuras que forravam o fundo do quarto, posicionou sua espada desembainhada ao longo da coxa e, seguro de não ser surpreendido — já que um serviçal guardava o cômodo anterior —, deixou-se levar por um sono pesado cujo barulho fez logo ressoar os vastos ecos do baldaquino. De Mouy roncava como um verdadeiro ogro e, nesse aspecto, poderia até disputar com o próprio rei de Navarra.

Foi então que seis homens, de espada na mão e punhal na cintura, penetraram silenciosamente no corredor que, por uma portinha, ligava-se aos aposentos de Catarina e, por uma porta grande, dava nos aposentos de Henrique.

Um dos seis homens caminhava à frente. Além de sua espada nua e seu punhal forte como uma faca de caça, carregava ainda suas fiéis pistolas amarradas na cintura com grampos de prata. Esse homem era Maurevel.

Quando chegou à porta de Henrique, parou.

– Vocês se certificaram de que os guardas do corredor desapareceram? — perguntou àquele que parecia comandar a pequena tropa.

– Nenhum deles está mais em seu posto — respondeu o tenente.

– Bom — disse Maurevel —, agora só falta nos informarmos sobre uma coisa: se aquele que procuramos está em seu quarto.

– Mas — disse o tenente retendo a mão que Maurevel colocava na maçaneta da porta —, capitão, esses são os aposentos do rei de Navarra.

– E quem lhe diz o contrário? — respondeu Maurevel.

Os algozes se olharam muito surpresos, e o tenente deu um passo para trás.

– Ei! — fez o tenente. — Vamos deter alguém a essa hora, no Louvre, e nos aposentos do rei de Navarra?

– E o que você responderia então — disse Maurevel — se eu lhe dissesse que quem você vai deter é o próprio rei de Navarra?

– Eu diria, capitão, que a coisa é grave e que, sem uma ordem assinada pela mão do rei Carlos IX...

– Leia — disse Maurevel.

E, retirando de seu gibão a ordem que Catarina lhe dera, entregou-a ao tenente.

– Está bem — respondeu este último após ler o papel. — Não tenho mais nada para lhe dizer.

– Está pronto?

– Estou pronto.

– E vocês? — continuou Maurevel, dirigindo-se aos outros cinco algozes.

Estes o saudaram com respeito.

– Escutem-me, então, senhores — disse Maurevel —, este é o plano: dois de vocês ficarão nesta porta, dois ficarão na porta do quarto, e dois entrarão comigo.

– E depois? — disse o tenente.

– Ouçam bem: a ordem é não deixar o prisioneiro pedir socorro, gritar ou resistir. Toda infração contra essa ordem deve ser punida com a morte.

– Vamos, vamos, ele tem carta branca — disse o tenente ao homem designado com ele para seguir Maurevel ao quarto do rei.

– Exatamente — disse Maurevel.

– Pobre diabo esse rei de Navarra! — disse um dos homens. — Estava escrito lá em cima que ele não poderia escapar de jeito nenhum.

– E também aqui embaixo — disse Maurevel, tirando das mãos do tenente a ordem de Catarina, que guardou no peito.

Maurevel introduziu na fechadura a chave que Catarina lhe entregara e, deixando dois homens na porta externa como tinham combinado, entrou com os outros quatro na antecâmara.

– Ah, ah! — disse Maurevel ao ouvir a barulhenta respiração do adormecido, cujo barulho chegava até ele. — Parece que encontraremos o que buscamos.

Achando que era seu mestre quem voltava, Orthon foi imediatamente para a frente dos aposentos e deu de cara com cinco homens armados que ocupavam o primeiro quarto.

Com a visão do rosto sinistro de Maurevel, que era chamado de "o matador de reis", o fiel serviçal recuou e se colocou na frente da segunda porta:

– Quem são vocês? — disse Orthon. — O que querem?

– Em nome do rei — respondeu Maurevel —, onde está seu mestre?

– Meu mestre?

– Sim, o rei de Navarra.

– O rei de Navarra não está em casa — disse Orthon, guardando a porta como nunca —, assim, vocês não podem entrar.

– Isso é uma desculpa, uma mentira — disse Maurevel. — Vamos, para trás!

Os bearneses são teimosos. Este rosnou como um cão de suas montanhas e, sem se deixar intimidar, disse:

– Vocês não vão entrar. O rei está ausente.

E cravou-se à porta.

Maurevel fez um gesto. Os homens encarregaram-se do obstinado criado arrancando-o do batente no qual estava. Como ele já ia começar a gritar, Maurevel lhe tampou a boca com a mão.

Orthon mordeu furiosamente o assassino, que retirou a mão com um grito surdo e bateu com o cabo de sua espada na cabeça do serviçal. Orthon cambaleou e caiu gritando:

– Perigo! Perigo! Perigo...! —, mas sua voz logo expirou e ele desmaiou.

Os assassinos passaram por cima de seu corpo e, em seguida, dois deles ficaram guardando a segunda porta. Os outros dois entraram no quarto conduzidos por Maurevel. À luz da lamparina acesa sobre a mesinha da cabeceira, viram a cama. As cortinas estavam fechadas.

– Oh, oh! — disse o tenente. — Ao que parece, não está mais roncando.

– Vamos, agora! — disse Maurevel.

Com esse comando, um grito rouco que parecia mais com o rugir de um leão do que com o de um humano saiu de debaixo das cortinas, que se abriram violentamente. Um homem armado com uma couraça e com o rosto coberto por um desses capacetes que escondem a cabeça até os olhos apareceu sentado, com duas pistolas na mão e a espada sobre os joelhos. Assim que percebeu essa figura, Maurevel reconheceu de Mouy e sentiu seus cabelos se arrepiarem. Ficou com uma palidez pavorosa. Sua boca se encheu de espuma e, como se estivesse diante de um espectro, deu um passo para trás.

De repente, a figura armada se levantou e deu um passo para a frente igual ao que Maurevel dera para trás, de tal modo que o ameaçado parecia agora perseguir, e aquele que ameaçava parecia agora fugir.

– Ah, criminoso! — disse de Mouy com uma voz surda. — Você vem para me matar como matou meu pai!

Os dois algozes que entraram com Maurevel no quarto do rei ouviram apenas essas palavras terríveis, e, ao mesmo tempo que eram ditas, a pistola era sacada na altura da testa de Maurevel, que caiu de joelhos no instante em que de Mouy apertou o gatilho. Um dos guardas que estava atrás de Maurevel — e que ficou exposto com seu movimento — caiu, atingido no coração. Em seguida, Maurevel respondeu à afronta da mesma forma, mas a bala achatou-se na couraça de de Mouy.

Então, num só impulso e medindo rapidamente a distância, de Mouy abriu com sua larga espada uma fenda no crânio do segundo guarda sem fazer esforço e, virando-se para Maurevel, partiu para lutar com ele.

O combate foi terrível, porém curto. No quarto movimento, Maurevel sentiu o frio do aço em sua garganta. Ele soltou um grito sufocado, caiu para trás e, com a queda, derrubou a lamparina, que se apagou.

Aproveitando a escuridão, e vigoroso e ágil como um herói de Homero, de Mouy partiu imediatamente com a cabeça baixa na direção da antecâmara. Derrubou um dos guardas, empurrou o outro, passou como um raio entre os algozes que guardavam a porta externa e desviou de dois tiros de pistola cujas balas arranharam as paredes do corredor. A partir de então, ficou a salvo, pois ainda lhe sobravam uma pistola carregada e sua espada, que desferia golpes terríveis.

Por um momento, de Mouy hesitou, não sabendo se devia fugir para o quarto do senhor de Alençon, cuja porta acabava de se abrir, ou se tentava sair do Louvre. Decidiu pela saída do palácio. Retomou a corrida, antes desacelerada, e saltou dez degraus de uma só vez. Chegando à guarita, pronunciou as duas palavras que serviam como senha e partiu gritando:

– Corram lá em cima, estão matando em nome do rei! — e, aproveitando-se da estupefação que essas palavras somadas ao barulho dos tiros provocaram no posto, deu no pé e desapareceu pela rua du Coq, sem ter recebido um arranhão.

Foi nesse o mesmo momento que Catarina retivera o capitão da guarda, dizendo-lhe:

– Que todo mundo fique aqui! Eu mesma irei ver o que está acontecendo.

– Mas, senhora — respondeu o capitão da guarda —, o perigo que Vossa Majestade pode correr ordena-me a segui-la.

– Fique, senhor! — disse Catarina com um tom ainda mais imperioso que o anterior. — Fique! Há em torno dos reis uma proteção mais poderosa do que a da espada humana.

O capitão ficou onde estava.

Catarina pegou então uma lamparina, pôs seus pés nus nos tamancos de veludo, saiu do quarto, chegou ao corredor ainda cheio de fumaça e avançou fria e impassível como uma sombra na direção dos aposentos do rei de Navarra.

Tudo voltara a ser silencioso.

A rainha-mãe chegou à porta de entrada, passou pela soleira e viu primeiro Orthon desmaiado na antecâmara.

– Ah! — disse. — Aqui está o lacaio. Mais adiante com certeza encontraremos o mestre — e passou pela segunda porta.

Ali seu pé tocou num corpo caído. Abaixou a lamparina: era o guarda com a cabeça fendida. Estava morto.

Três passos adiante estava o tenente, atingido por uma bala e agonizando o último suspiro.

Na frente da cama, por fim, havia um homem que, com a cabeça pálida como a de um morto, perdia sangue por uma dupla ferida que lhe cortava o pescoço e, endurecendo as mãos contorcidas, tentava se levantar.

Era Maurevel.

Um calafrio passou pelas veias de Catarina. Ela viu a cama deserta, olhou ao redor do quarto e procurou em vão entre aqueles três homens deitados em sangue o cadáver que esperava encontrar. Maurevel reconheceu Catarina. Seus olhos se dilataram horrivelmente e ele se esticou na direção dela num gesto desesperado.

– E então — disse ela à meia-voz —, onde ele está? O que aconteceu? Infeliz! Será que você o deixou escapar?

Maurevel tentou articular algumas palavras, mas só um sopro ininteligível saiu de sua ferida, e uma espuma avermelhada escorreu de seus lábios. Ele balançou a cabeça em sinal de impotência e dor.

– Fale! — exclamou Catarina. — Fale! Nem que seja para dizer só uma palavra!

Maurevel mostrou seu ferimento e fez ouvir de novo alguns sons inarticulados. Tentou um esforço que resultou apenas numa rouca agonia e desmaiou.

Catarina então olhou o ambiente: estava rodeada de cadáveres e moribundos. O sangue escorria aos rios pelo quarto, e um silêncio de morte plainava sobre toda a cena.

Ela dirigiu novamente a palavra a Maurevel, mas sem conseguir acordá-lo. Dessa vez, ele ficara não só mudo; estava também imóvel. Um papel saía de seu gibão: era a ordem de detenção assinada pelo rei. Catarina pegou o papel e o escondeu no seio.

Nesse instante, Catarina ouviu atrás de si um leve arrastar. Virou-se e viu, em pé, na porta do quarto, o duque de Alençon, atraído pelo barulho contra sua vontade. O espetáculo que via o fascinava.

– Você, aqui? — disse Catarina.

– Sim, senhora. O que está acontecendo, meu Deus? — perguntou o duque.

– Volte para o seu quarto, Francisco. Você receberá a notícia muito em breve.

De Alençon não era tão ignorante da aventura que ali ocorrera quanto supunha Catarina. Ele havia ouvido os primeiros passos ecoando no corredor e, ao ver homens entrarem no quarto do rei de Navarra, juntou o fato às palavras de Catarina e adivinhou o que iria acontecer. Alegrou-se em ver um amigo tão perigoso como Henrique sendo destruído por uma mão mais forte do que a sua.

Logo soaram os tiros, e os passos rápidos de um fugitivo chamaram sua atenção. De Alençon viu desaparecer no espaço luminoso projetado pela abertura da porta da escadaria um casaco vermelho que lhe era muito familiar para que não o reconhecesse.

– De Mouy! — exclamou. — De Mouy nos aposentos de meu cunhado de Navarra?! Claro que não! É impossível! Seria então o senhor de La Mole...?

A inquietação o dominou. Lembrou-se de que o rapaz havia sido recomendado pela própria Margarida e, querendo se assegurar de que era ele mesmo quem acabava de ver passar, subiu rapidamente ao quarto dos dois rapazes: estava vazio. Mas, num canto desse quarto, encontrou pendurado o famoso casaco cereja. Suas dúvidas foram sanadas: não era de La Mole, mas de Mouy.

Com a palidez estampada no rosto e temendo que o huguenote fosse descoberto e traísse os segredos da conspiração, precipitou-se então até a guarita do Louvre. Ali descobriu que o casaco cereja escapara são e salvo, anunciando que estavam matando no Louvre em nome do rei.

– Ele se enganou — murmurou de Alençon. — É em nome da rainha-mãe.

E, voltando à cena do combate, encontrou Catarina errando como uma hiena entre os mortos.

À ordem que lhe dera a mãe, o rapaz voltou para seu quarto demonstrando calma e obediência, apesar das ideias tumultuosas que agitavam seu espírito.

Desesperada ao ver essa nova tentativa fracassada, Catarina chamou o capitão de sua guarda, mandou retirar os corpos do aposento, exigiu que Maurevel, que estava apenas ferido, fosse levado para casa e ordenou que não acordassem o rei por nada.

– Oh! — murmurou, voltando para seus aposentos com a cabeça baixa apoiada no peito. — Escapou mais uma vez! A mão de Deus está sobre aquele homem. Ele reinará! Ele reinará!

Em seguida, ao abrir a porta de seu quarto, passou a mão pelo rosto e compôs um sorriso banal.

– O que aconteceu, senhora? — perguntaram todos os assistentes, exceto a senhora de Sauve, assustada demais para fazer perguntas.

– Nada — respondeu Catarina. — Foi só um barulho.

– Oh! — exclamou de repente a senhora de Sauve, indicando com o dedo a passagem de Catarina — Vossa Majestade diz que não aconteceu nada, mas a cada passo deixa um rastro de sangue no tapete!

A NOITE DOS REIS

Enquanto isso, Carlos IX andava ao lado de Henrique, apoiado em seu braço, seguido de seus quatro cavalheiros e precedido de dois guarda-tochas.

– Quando saio do Louvre — dizia o pobre rei —, sinto um prazer análogo àquele que tenho quando entro em uma bela floresta: eu respiro, me sinto vivo, sou livre.

Henrique sorriu.

– Vossa Majestade então se sentiria bem nas montanhas de Béarn! — disse Henrique.

– Sim, e sei que você tem vontade de voltar para lá. Mas, se o desejo ficar forte demais, Henrique — acrescentou Carlos, sorrindo —, tome cuidado. Esse é um conselho que lhe dou, pois minha mãe Catarina gosta tanto de você que não poderia perdê-lo nunca!

– O que Vossa Majestade fará esta noite? — perguntou Henrique, desviando-se da conversa perigosa.

– Quero que você conheça uma pessoa, Henrique. Preciso da sua opinião.

– Estou às ordens, Vossa Majestade.

– À direita, à direita! Vamos à rua dos Barres.

Seguidos da escolta, os dois reis já haviam passado pela rua da Savonnerie quando, na altura da residência de Condé, viram dois homens com grandes casacos saindo por uma porta falsa, que um deles fechou sem fazer barulho.

– Oh, oh! — disse o rei a Henrique que, seguindo seu costume, também olhava, mas sem dizer nada. — Isso merece a devida atenção.

– Por que está dizendo isso, Sire? — perguntou o rei de Navarra.

– Não é por você, Henrique. Você pode confiar em sua mulher — acrescentou Carlos com um sorriso —, mas seu primo de Condé, que o diabo me carregue! Não pode confiar na dele ou, se confia, está enganado.

– Mas o que lhe garante, Sire, que esses senhores estavam visitando a senhora de Condé?

– Um pressentimento. A imobilidade desses dois homens que estão na porta desde que nos viram, sem se mexer, o corte do casaco do menor deles... Só por Deus! Isso seria estranho.

– O quê?

– Nada. Só uma ideia que me ocorreu. Vamos continuar.

Carlos IX caminhou diretamente para os dois homens que, vendo que era com eles que o rei queria falar, deram alguns passos para se distanciarem.

– Senhores! — disse o rei. — Parem!

– Está falando conosco? — perguntou uma voz que fez Carlos e seu companheiro estremecerem.

– E então, Henrique — disse Carlos —, está reconhecendo esta voz agora?

– Sire — disse Henrique —, se o duque de Anjou, seu irmão, não estivesse em La Rochelle, juraria que foi ele quem acabou de falar.

– Pois bem — disse Carlos —, isso é porque ele não está em La Rochelle. Simples assim.

– Mas quem está com ele?

– Não está reconhecendo o companheiro dele?

– Não, Sire.

– E olhe que seu porte é inconfundível... Espere, você vai reconhecê-lo. Ô! Que diabos! Ei! Eu falei com vocês! — repetiu o rei. — Por Deus, vocês não ouviram?

– Quem são vocês? São a patrulha para nos mandar parar? — disse o mais alto dos dois homens, tirando o braço de dentro do casaco.

– Digamos que somos realmente a patrulha — disse o rei. — Assim, parem quando lhes é ordenado.

Depois, se inclinando no ouvido de Henrique:

– Você vai ver o vulcão cuspir fogo — disse-lhe.

– Vocês estão apenas em oito — disse o maior dos dois homens, mostrando dessa vez não só o braço, mas também o rosto. — Mesmo que estivessem em cem, sumam!

– Ah! O duque de Guisa! — disse Henrique.

– Ah, nosso primo da Lorena — disse o rei —, você finalmente se mostra! Que alegria!

– O rei! — exclamou o duque.

Diante dessas palavras, foi possível notar o outro personagem da cena se enterrar em seu casaco e ficar imóvel depois de ter descoberto a cabeça por respeito.

– Sire — disse o duque de Guisa —, vim visitar minha cunhada, a senhora de Condé.

– Sei... E você trouxe consigo um de seus cavalheiros? Quem é ele?

– Sire — respondeu o duque —, Vossa Majestade não o conhece.

– Então vamos conhecê-lo — disse o rei.

Andando diretamente até o outro homem, o rei fez sinal para um de seus dois empregados se aproximar com a tocha.

– Perdão, meu irmão! — disse o duque de Anjou, descruzando seu casaco e se inclinando com um despeito mal disfarçado.

– Ah! Henrique, é você! Mas não pode ser, estou enganado... Meu irmão de Anjou não teria ido visitar alguém sem ter me visto antes. Ele já sabe que, para os príncipes de sangue que chegam à capital só existe uma porta em Paris: a guarita do Louvre.

– Desculpe-me, Sire — disse o duque de Anjou. — Peço que Vossa Majestade perdoe a minha inconsequência.

– Está bem, está bem! — respondeu o rei com um tom zombador. — E então o que você estava fazendo, meu irmão, na residência de Condé?

– Ora, exatamente o que Vossa Majestade estava dizendo há pouco — disse o rei de Navarra com tom de malícia.

E, inclinando-se no ouvido do rei, terminou sua frase com uma grande gargalhada.

– Que foi? — perguntou o duque de Guisa com superioridade, pois, como todos na corte, se acostumara a tratar rudemente o pobre rei de Navarra. — Por que eu não iria ver minha cunhada? O senhor duque de Alençon não visita a dele?

Henrique corou levemente.

– Que cunhada? — perguntou Carlos. — Eu não conheço outra que não seja a rainha Elizabeth.

– Perdão, Sire, eu deveria ter dito que era a irmã dele, a senhora Margarida, que vimos passar por aqui há cerca de meia hora em sua liteira, acompanhada de dois janotas que trotavam cada um ao lado de uma das portinholas.

– Verdade?! — disse Carlos. — O que você acha disso, Henrique?

– A rainha de Navarra é livre para ir aonde ela quiser, mas duvido que tenha saído do Louvre.

– Tenho certeza disso — disse o duque de Guisa.

– E eu também — disse o duque de Anjou. — Tanto é verdade que a liteira parou na rua Cloche-Percée.

– É preciso que sua cunhada, não esta aqui — disse Henrique, mostrando a residência de Condé —, mas aquela de lá — e virou o dedo em direção da residência de Guisa —, também faça parte disso, pois as deixamos juntas e, como sabem, elas são inseparáveis.

– Não estou entendendo o que Vossa Majestade quer dizer — respondeu o duque de Guisa.

– Pelo contrário — disse o rei —, não há nada de mais claro, e eis porque havia dois janotas, e não apenas um, correndo ao lado de cada portinhola.

– Pois bem! — disse o duque. — Se há escândalo por parte da rainha e por parte de minhas cunhadas, invoquemos a justiça real para acabar com ele.

– Ei! Pelo amor de Deus — disse Henrique —, deixem quietas as senhoras de Condé e de Nevers. O rei não se preocupa com a irmã dele... E eu confio em minha mulher.

– Não, não! — disse Carlos. — Quero ter o coração sossegado, mas cuidemos disso nós mesmos. Você disse que a liteira parou na rua Cloche-Percée, meu primo?

– Foi, Sire.

– Você reconheceria o lugar?

– Sim, Sire.

– Pois bem, então vamos! Se for preciso queimar a casa para saber quem está dentro, a queimaremos.

E foi com essa disposição bem pouco tranquilizadora para os mencionados que os quatro principais senhores do mundo cristão pegaram o caminho da rua Saint-Antoine.

Os quatro príncipes logo chegaram à rua Cloche-Percée. Carlos, que queria tratar de seus assuntos em família, mandou embora os cavalheiros que o acompanhavam dizendo-lhes para disporem do resto da noite e para estarem perto da Bastilha às seis horas da manhã com dois cavalos.

Só havia três casas na rua Cloche-Percée. A busca foi facilitada porque duas portas não se recusaram a abrir. Eram as casas que ficavam na esquina da rua Saint-Antoine com a Roi-de-Sicile.

Quanto à terceira casa, a história foi outra: era esta a vigiada pelo porteiro alemão, e ele não era nada amigável. Paris parecia destinada a oferecer os exemplos mais memoráveis de fidelidade doméstica naquela noite.

No mais puro saxão, o senhor de Guisa ameaçou o porteiro sem sucesso. Henrique de Anjou ofereceu-lhe em vão um saco cheio de ouro. Carlos chegou até a dizer ao porteiro que era comandante da patrulha. Mas o corajoso alemão não levou em consideração nem a declaração, nem a oferta, nem as ameaças. Vendo que insistiam de um jeito inoportuno, ele enfiou a extremidade de um arcabuz entre as barras de ferro, demonstração essa que fez rir três dos quatro visitantes. Henrique de Navarra se mantinha a distância, como se aquilo tudo não lhe interessasse... Já a arma, que quase não podia ser movida entre as barras, só era realmente perigosa para um cego que se colocasse exatamente à sua frente.

Vendo que não poderiam intimidar, corromper ou amolecer o porteiro, o duque de Guisa fingiu ir embora com seus companheiros, mas a retirada não durou muito. Na esquina da rua Saint-Antoine, o duque encontrou o que procurava: era uma dessas pedras como as que eram movidas, três mil anos antes, por Ájax, Télamon e Diomedes. Ele a colocou em seu ombro e voltou fazendo um sinal aos companheiros para que o seguissem. Nesse momento o porteiro, que vira aqueles que ele pensava serem malfeitores se distanciarem, já fechava a porta, sem ter tido ainda tempo de recolocar as trancas. O duque de Guisa aproveitou aquele instante e, como uma verdadeira catapulta viva, jogou a pedra contra a porta. A fechadura voou, levando a parte do muro na qual estava embutida, e a porta se abriu, derrubando o alemão, que ao cair alertou, com um grito terrível, a guarnição que, sem esse grito, corria o risco de ser surpreendida.

Exatamente nesse momento, La Mole traduzia com Margarida um idílio de Teócrito, e, com o pretexto de que também era grego, Cocunás bebia bastante vinho de Siracusa com Henriqueta. Mas as conversas científicas e báquicas[1] do grupo foram interrompidas violentamente.

Após apagar as velas e abrir as janelas, La Mole e Cocunás correram até a sacada, distinguindo quatro homens no escuro e atirando em suas cabeças todos os objetos que lhes caíam nas mãos. La Mole e Cocunás faziam ainda um barulho horroroso com golpes de espada que só atingiam a parede. Carlos, o mais insistente dos atacantes, recebeu um jarro de prata no ombro; o duque de Anjou, uma bacia de compota de laranja e cidra; e o duque de Guisa, um pedaço de carne.

Henrique não foi atingido. Ele interrogava baixinho o porteiro, amarrado à porta pelo senhor de Guisa, e o alemão lhe respondia com seu eterno:

—*Ich verstehe nicht.*

As mulheres encorajavam os que estavam cercados e davam-lhes coisas que eram atiradas como uma chuva de granizo.

– Mas que inferno! Que diabo! — gritou Carlos IX, recebendo um banquinho na cabeça que fez seu chapéu entrar até o nariz. — Abram logo isso aqui, ou mandarei enforcar todo mundo!

– Meu irmão! — disse Margarida baixinho a La Mole.

– O rei! — disse La Mole baixinho a Henriqueta.

– O rei! O rei! — disse Henriqueta a Cocunás, que arrastava um baú em direção à janela e continha-se para não exterminar o duque de Guisa, com quem, sem conhecê-lo, tinha assuntos a tratar. — É o rei! Estou lhe dizendo.

Cocunás largou o baú e a olhou com surpresa.

– O rei? — disse.

– É, o rei.

– Então vamos embora!

– Sim! La Mole e Margarida já foram. Venha!

– Por onde?

– Venha, estou lhe dizendo.

E pegando-o pela mão, Henriqueta levou Cocunás até a porta secreta que dava na casa vizinha. E todos os quatro, depois de terem fechado a porta, fugiram pela saída que dava na rua Tizon.

– Oh, oh! — disse Carlos — Acho que a guarnição está se retirando.

Esperaram alguns minutos, mas nenhum barulho chegou até eles.

– Estão preparando algum truque — disse o duque de Guisa.

– Ou reconheceram a voz de meu irmão e estão se safando — disse o duque de Anjou.

– De todo modo, é preciso que passem por aqui — disse Carlos.

– Sim — retomou o duque de Anjou —, isso se a casa não tiver duas saídas.

– Primo — disse o rei —, pegue de novo sua pedra e faça com a segunda porta o que fez com a primeira.

O duque pensou que era inútil recorrer a tais medidas e, como havia reparado que a segunda porta era menos forte que a primeira, derrubou-a com um simples chute.

– As tochas! As tochas! — disse o rei.

Os criados se aproximaram. Elas estavam apagadas, mas eles tinham tudo o que era preciso para reacendê-las. Acenderam uma chama. Carlos pegou uma e deu a outra ao duque de Anjou.

O duque de Guisa andava à frente, com a espada na mão.

Henrique era o último.

Chegaram ao primeiro andar.

Na sala, o jantar estava servido ou, melhor, desservido, pois foi particularmente o jantar que havia fornecido os projéteis. Os candelabros estavam derrubados, os móveis, revirados, e tudo o que não era louça de prata estava em pedaços.

Entraram no salão. Ali não havia mais informações do que as fornecidas pelo primeiro cômodo sobre a identidade dos personagens. Livros em grego ou em latim, alguns instrumentos de música: eis tudo o que encontraram.

O quarto estava ainda mais quieto. Uma lamparina queimava num globo de alabastro suspenso no teto, mas parecia que ninguém havia entrado no aposento.

– Há uma segunda saída — disse o rei.

– Provavelmente — disse o duque de Anjou.

– Mas onde? — perguntou o duque de Guisa.

Procuraram em todos os cantos. Não a encontraram.

– Onde está o porteiro? — perguntou o rei.

– Eu o amarrei na grade — disse o duque de Guisa.

– Interrogue-o, primo.

– Ele não vai querer responder.

– Ah! Faremos um foguinho seco ao redor das pernas dele — disse o rei, rindo —, daí ele terá que falar.

Henrique olhou bruscamente pela janela.

– Ele não está mais lá.

– Diabo! — exclamou o rei — Não saberemos de mais nada.

– Na verdade — disse Henrique —, como você está vendo, Sire, nada prova que minha mulher e a cunhada do senhor de Guisa estiveram nesta casa.

– É verdade — disse Carlos —, a Escritura nos ensina: há três coisas que não deixam rastros: o pássaro no ar, o peixe na água e a mulher... não, errei, o homem na...

– Por isso — interrompeu Henrique —, o melhor que temos a fazer...

– Sim — disse Carlos —, é cuidarmos eu da minha contusão; você, de Anjou, de limpar esse xarope de laranja; e você, de Guisa, precisa fazer desaparecer essa gordura de javali.

Com isso, eles saíram sem se dar ao trabalho de fechar a porta.

Chegando à rua Saint-Antoine:

– Aonde vocês vão, senhores? — disse o rei ao duque de Guisa e ao duque de Anjou.

– Sire, eu e meu primo da Lorena vamos à casa de Nantouillet, que está nos esperando para jantar. Vossa Majestade quer vir conosco?

– Não, obrigado. Nós vamos para o lado oposto. Querem um dos meus guarda-tochas?

– Obrigado, Sire — disse prontamente o duque de Anjou.

– Bom, ele tem medo que eu mande espioná-lo — sussurrou Carlos no ouvido do rei de Navarra.

Depois, pegando-o pelo braço:

– Venha, Henrique! — disse. — Levo você para jantar essa noite.

– Então não vamos voltar para o Louvre? — perguntou Henrique.

– Não, estou dizendo, seu teimoso! Venha comigo, já disse pra vir. Venha!

E assim Carlos IX carregou Henrique pela rua Geoffroy-Lasnier.

XXXVI

ANAGRAMA

A rua Garnier-sur-l'Eau terminava na metade da rua Geoffroy-Lasniere, e no fim da rua Garnier-sur-l'Eau, a rua dos Barres continuava à direita e à esquerda.

Ali, a alguns passos em direção à rua da Mortellerie, encontrava-se à direita uma casinha isolada no meio de um jardim fechado por altas paredes e para o qual uma única porta sólida servia de entrada.

Carlos tirou uma chave de seu bolso e abriu a porta. Ela logo cedeu, pois estava fechada apenas com o trinco. Depois, dando passagem a Henrique e ao criado que carregava a tocha, fechou a porta atrás de si.

Só uma pequena janela da casa estava iluminada. Carlos, sorrindo, mostrou-a com o dedo para Henrique.

– Sire, não estou entendendo — disse Henrique.

– Você já vai entender, Henrique.

O rei de Navarra olhou para Carlos surpreso. Sua voz e seu rosto tomaram uma expressão de doçura tão distante do caráter habitual da fisionomia do rei que Henrique não o reconhecia.

– Henrique — disse-lhe o rei —, eu lhe disse que, quando saio do Louvre, saio do inferno. Quando entro aqui, entro no paraíso.

– Sire — disse Henrique —, fico feliz que Vossa Majestade me ache digno de fazer ao seu lado a viagem ao céu.

– O caminho é estreito — disse o rei chegando a uma escadinha —, mas é para não faltar nada à comparação.

– E qual é o anjo que guarda a entrada de seu Éden, Sire?

– Você vai ver — respondeu Carlos IX.

E, acenando para Henrique segui-lo sem fazer barulho, empurrou uma primeira porta, depois outra, e parou na soleira.

– Olhe — disse.

Henrique se aproximou, e seu olhar permaneceu fixo sobre uma das cenas mais charmosas que jamais vira. Uma mulher entre dezoito e dezenove anos dormia com a cabeça encostada no pé da cama de uma criança, também adormecida, cujos pezinhos segurava entre as mãos, próximos de seus lábios, e os longos cabelos oscilavam, espalhados como uma onda de ouro.

Parecia um quadro de Albani representando a Virgem com o menino Jesus.

– Oh, Sire — disse o rei de Navarra —, quem é essa charmosa criatura?

– O anjo do meu paraíso, Henrique, o único que me ama por quem eu sou.

Henrique sorriu.

– Sim, por quem eu sou — disse Carlos —, pois ela me amou antes de saber que eu era rei.

– E depois que ela soube?

– Ora, mesmo depois que ela soube — disse Carlos com um suspiro que provava que aquela realeza sangrenta às vezes lhe era pesada —, ela continuou a me amar. Assim julgo eu.

O rei se aproximou com calma e pousou no rosto em flor da moça um beijo tão leve como o de uma abelha numa flor-de-lis. A jovem acordou.

– Carlos! — murmurou a moça, abrindo os olhos.

– Está vendo — disse o rei —, ela me chama de Carlos. A rainha diz Sire.

– Oh! — exclamou a moça. — Meu rei, você não está sozinho.

– Não, minha cara Marie. Quis trazer até você outro rei mais feliz que eu, pois ele não tem coroa. Porém, mais infeliz que eu, pois não tem uma Marie Touchet. Deus compensa tudo.

– Sire, é o rei de Navarra? — perguntou Marie.

– O próprio, minha criança. Aproxime-se, Henrique.

O rei de Navarra aproximou-se. Carlos pegou-lhe a mão direita.

– Olhe esta mão, Marie — disse —, é a mão de um irmão bom e de um amigo leal. Sem esta mão, veja...

– O que, Sire?

– Sem esta mão, hoje, Marie, nosso filho não teria mais um pai.

Marie soltou um grito, caiu de joelhos, segurou a mão de Henrique e a beijou.

– Tudo bem, Marie, tudo bem — disse Carlos.

– E o que fez para agradecê-lo, Sire?

– Eu lhe dei algo parecido — Henrique olhou para Carlos com surpresa.

– Saberá um dia o que quero dizer, Henrique. Enquanto isso, venha ver.

E aproximou-se da cama onde a criança continuava dormindo.

– É — disse —, se este meninão aí dormisse no Louvre em vez de dormir aqui,[1] nesta casinha da rua dos Barres, isso mudaria muito as coisas no presente e talvez no futuro.[6]

– Sire — disse Marie —, não quero desagradar Vossa Majestade, mas prefiro que ele durma aqui, ele dorme melhor.

– Então não atrapalhemos seu sono — disse o rei. — É tão bom dormir quando não se sonha...

– Muito bem, Sire — fez Marie estendendo a mão para uma das portas que dava para o quarto.

– É, tem razão, Marie — disse Carlos. — Jantemos.

– Meu bem-amado Carlos — disse Marie —, você diria ao rei seu irmão para me desculpar, não é?

– Pelo quê?

– Por eu ter despedido nossos serviçais. Sire — continuou Marie dirigindo-se ao rei de Navarra —, saiba que Carlos só quer ser servido por mim.

– *Ventre-saint-gris*! — disse Henrique — Eu acredito.

Os dois homens passaram para a sala de jantar, e a mãe, preocupada e cuidadosa, cobria com um tecido quente o pequeno Carlos, que, graças ao sono de criança invejado pelo pai, não havia acordado.

Marie veio juntar-se a eles.

– Só há dois pratos — disse o rei.

– Permitam — disse Marie — que eu sirva Vossas Majestades.

– Ora — disse Carlos —, está me dando azar, Henrique.

– Como, Sire?

– Não ouviu o que ela disse?

– Desculpe, Carlos, desculpe.

– Está desculpada. Mas venha para cá, para perto de mim, entre nós dois.

– Claro — disse Marie.

Ela trouxe um prato, sentou-se entre os dois reis e os serviu.

– Henrique — disse Carlos —, não é que é bom ter um lugar no mundo onde se ousa beber e comer sem haver a necessidade de alguém provar seu vinho e sua carne antes de você?

– Sire — disse Henrique sorrindo e respondendo com um sorriso à eterna apreensão de seu espírito —, saiba que aprecio sua felicidade mais do que ninguém.

– Por isso, diga-lhe, Henrique, que, para que fiquemos felizes assim, ela não deve se misturar à política. Não deve acima de tudo conhecer minha mãe.

– Na verdade, a rainha Catarina ama Vossa Majestade com tanta paixão que poderia ficar com ciúmes de qualquer outro amor — respondeu Henrique, encontrando um subterfúgio para escapar à perigosa confiança do rei.

– Marie — disse o rei —, apresento-lhe um dos homens mais finos e espirituosos que conheço. Veja, na corte, e não é pouco afirmar isso, ele enganou todo mundo. Só eu talvez tenha visto claramente, não digo em seu coração, mas em seu espírito.

– Sire — disse Henrique —, lamento que o exagero de Vossa Majestade quanto a um o faça duvidar do outro.

– Não estou exagerando em nada, Henrique — disse o rei. — Aliás, as pessoas ainda vão conhecê-lo de verdade um dia.

Em seguida, virando-se para a moça:

– Ele faz sobretudo anagramas encantadores, Marie! Diga para ele fazer um com o seu nome e garanto que ele fará.

– Oh, mas o que vocês querem encontrar no nome de uma pobre coitada como eu? Que pensamento gracioso pode sair da mistura de letras com as quais o acaso escreveu Marie Touchet?

– O anagrama desse nome — disse Henrique — é fácil demais, Sire, e não tenho tanto mérito em encontrá-lo.

– Ah! Já está feito! — disse Carlos. — Está vendo, Marie?

Henrique tirou do bolso de seu gibão uma pequena caderneta, rasgou uma folha e embaixo do nome Marie Touchet escreveu: "*Je charme tout*". Depois, entregou o papel à moça.

– É incrível!

– O que ele encontrou? — perguntou Carlos.

– Não ouso repetir, Sire.

– Sire — disse Henrique —, transformando uma consoante repetida em vogal, como é o hábito, há letra por letra no nome de Marie Touchet os dizeres *"Je charme tout"*.[2]

– Verdade! Letra por letra! — exclamou Carlos. — Eu quero que esta seja sua máxima, Marie, está ouvindo? Nunca uma máxima foi tão adequada. Obrigado, Henrique. Eu lhe entregarei essa máxima escrita com diamantes, Marie.

O jantar terminava. Soaram duas horas da manhã na Notre-Dame.

– Agora — disse Carlos —, em recompensa pelo elogio que recebeu, Marie, você vai arrumar para ele uma poltrona onde possa dormir, só que bem longe de nós, pois ele ronca de fazer medo. Além disso, se você acordar antes de mim, Henrique, me chame, pois devemos estar às seis horas da manhã na Bastilha. Boa noite, Henrique. Faça como quiser, mas — completou aproximando-se do rei de Navarra e colocando a mão em seu ombro —, por sua vida... Está me ouvindo, Henrique? Por sua vida, não saia daqui sem mim, principalmente para voltar ao Louvre.

Henrique desconfiou de coisas demais naquilo que não havia entendido para não seguir tal recomendação.

Carlos IX entrou em seu quarto, e Henrique, o duro montanhês, acomodou-se na poltrona na qual logo justificou a precaução que seu cunhado havia tomado de se afastar dele.

No dia seguinte ao amanhecer, foi acordado por Carlos. Como dormira todo vestido, sua *toilette* não foi longa. O rei estava feliz e sorridente como nunca era visto no Louvre. As horas que passava nesta casinha da rua dos Barres eram horas iluminadas.

Os dois passaram pelo quarto. A moça dormia em sua cama. A criança, em seu berço. Os dois dormiam sorrindo.

Carlos olhou-os um instante, com infinita ternura. Em seguida, virando-se para o rei de Navarra:

– Henrique — disse-lhe —, se você nunca descobrir o favor que lhe fiz essa noite, e se algo de ruim acontecer comigo, lembre-se dessa criança que repousa no berço.

Depois, o rei foi beijar Marie e o bebê no rosto, sem dar tempo a Henrique para interrogá-lo:

– Adeus, meus anjos — disse.

E saiu. Henrique o seguiu pensativo. Nas mãos dos cavalheiros com os quais Carlos IX havia marcado encontro havia cavalos que os aguardavam na Bastilha. Carlos fez um sinal para Henrique montar em um dos cavalos, subiu em sua na cela, saiu pelo jardim de l'Arbalète e seguiu os bulevares exteriores.

– Para onde vamos? — perguntou Henrique.

– Vamos — respondeu Carlos — ver se o duque de Anjou voltou somente por causa da senhora de Condé, e se há naquele coração tanta ambição quanto amor, o que duvido muito.

Henrique não entendeu a explicação e seguiu Carlos sem dizer uma palavra.

Chegando ao Marais, e como ao abrigo das paliçadas, via-se tudo o que chamavam de subúrbios Saint-Laurent. Carlos mostrou para Henrique, através da bruma cinza da manhã, homens que, envoltos em grandes casacos e vestindo capuzes de pele, avançavam a cavalo, na frente de uma carruagem longa e bem carregada. À medida que avançavam, os homens ganhavam um contorno preciso, e foi possível distinguir outro homem, também a cavalo e conversando com eles, vestindo um longo casaco escuro e com o rosto coberto por um chapéu à francesa.

– Ah — disse Carlos sorrindo —, já esperava.

– Ei! Sire — disse Henrique —, se não estou enganado, este cavaleiro de casaco escuro é o duque de Anjou.

– O próprio — disse Carlos IX. — Afaste-se um pouco, Henrique, não quero que ele nos veja.

– Mas — perguntou Henrique — quem são os homens de casaco cinzento e capuzes de pele? E o que tem nesta carroça?

– Esses homens — disse Carlos — são os embaixadores poloneses, e nesta carroça há uma coroa. Agora venha, Henrique — continuou partindo a galope com seu cavalo e retomando o caminho da porta do Temple —, já vi tudo o que queria ver.

XXXVII

A VOLTA AO LOUVRE

Quando Catarina pensou que tudo havia acabado no quarto do rei de Navarra, que os guardas mortos haviam sido retirados, que Maurevel havia sido levado para a casa e que os tapetes haviam sido lavados, despediu-se de suas criadas e tentou dormir, pois já era cerca de meia-noite. Mas o abalo havia sido muito violento e a decepção, forte demais. Esse Henrique detestável escapando eternamente de suas emboscadas — em geral mortais — parecia protegido por alguma força invisível que Catarina teimava em chamar de acaso, mesmo que, no fundo de seu coração, uma voz lhe dissesse que era apenas o destino. A ideia de que o rumor da nova tentativa expandiria-se pelo Louvre e para fora dele e daria a Henrique e aos huguenotes uma confiança ainda maior no futuro a exasperava. Nesse momento, se o acaso contra o qual lutava tão desgraçadamente tivesse lhe oferecido seu inimigo, teria impedido essa fatalidade tão a favor do rei de Navarra com o punhalzinho florentino que carregava na cintura.

As horas da noite, tão lentas para aquele que espera e vigia, soaram uma após a outra sem que Catarina conseguisse pregar os olhos. Um mundo inteiro de novos projetos se desenrolara nessas horas noturnas em seu espírito cheio de visões. Por fim, se levantou na alvorada, vestiu-se sozinha e foi em direção aos aposentos de Carlos IX.

Os guardas, que tinham o costume de vê-la visitar o quarto do rei a qualquer hora do dia ou da noite, deixaram-na passar. Ela então atravessou a antecâmara e chegou à porta do gabinete de armas. Lá, porém, encontrou a ama de Carlos. Ela vigiava.

– Meu filho? — disse a rainha.

– Senhora, ele proibiu que entrassem em seu quarto antes das oito horas.

– Essa proibição não é para mim, ama.

– Ela é para todos, senhora.

Catarina sorriu.

– É. Eu sei — retomou a ama —, sei bem que ninguém tem o direito de criar um obstáculo à Vossa Majestade. Desse modo, lhe suplicarei para que escute o pedido de uma pobre mulher e, assim, não vá mais adiante.

– Ama, preciso falar com meu filho.

– Senhora, só abrirei esta porta com uma ordem formal de Vossa Majestade.

– Abra, ama! — disse Catarina. — Eu quero.

Ao ouvir essa voz mais respeitada e, sobretudo, mais temida no Louvre que a do próprio Carlos, a ama apresentou a chave a Catarina, que, na verdade, não precisava dela. Tirou do bolso a própria chave que abria a porta do filho e, sob uma rápida pressão, a porta cedeu.

O quarto estava vazio, e o leito de Carlos, intacto. Seus dois galgos, deitados sobre a pele de urso estendida na beira da cama, levantaram-se e vieram lamber as mãos de marfim de Catarina.

– Ah! — disse a rainha, franzindo as sobrancelhas — Ele saiu. Esperarei.

E com ar pensativo e assustadoramente concentrado, sentou-se à janela que dava para o pátio do Louvre e da qual via-se a guarita principal.

Ela já estava ali havia duas horas, pálida e imóvel como uma estátua de mármore, quando viu finalmente entrar no Louvre uma tropa de cavaleiros à frente da qual reconheceu Carlos e Henrique de Navarra.

Então entendeu tudo. Carlos, em vez de discutir com ela a prisão de seu cunhado, o tirou do Louvre, salvando-o.

– Cega, cega, cega! — murmurou ela, e esperou.

Um momento depois, passos ressoaram ao lado, no gabinete de armas.

– Mas, Sire — dizia Henrique —, agora que enfim voltamos ao Louvre, diga-me: por que me tirou daqui e que favor me fez?

– Não, não, Henrique — respondeu Carlos, rindo. — Um dia talvez você saberá, mas, por enquanto, que continue um mistério. Por ora, saiba apenas que provavelmente você vai me custar uma grande briga com minha mãe.

Ao terminar de dizer essas palavras, Carlos ergueu a tapeçaria e viu-se cara a cara com Catarina.

– Ah! Você está aqui, senhora! — disse Carlos, franzindo as sobrancelhas.

– Estou, meu filho — disse Catarina. — Tenho que lhe falar.

– Comigo?

– Com você sozinho.

– Vamos, vamos — disse Carlos, virando-se para seu cunhado —, já que não há como escapar, quanto mais cedo, melhor.

– Eu os deixo, Sire — disse Henrique.

– Sim, sim, deixe-nos — respondeu Carlos. — E já que você é católico, Henrique, vá assistir à missa por mim, eu vou ficar no sermão.

Henrique se despediu e saiu.

Carlos IX se adiantou às questões que ja mãe vinha lhe fazer:

– Pois é, senhora — disse, tentando levar a situação com bom humor. — Por Deus! Você estava me esperando para me dar uma bronca, não é? Fiz seu planinho dar errado. Ah, para o inferno! Eu não podia deixar que prendessem e levassem para a Bastilha o homem que tinha acabado de salvar minha vida. Eu também não queria brigar com você, sou um bom filho. E, além disso — acrescentou baixinho —, o bom Deus castiga as crianças que brigam com suas mães, meu irmão Francisco II é testemunha disso. Perdoe-me sinceramente, então, e confesse que foi uma ótima brincadeira.

– Sire — disse Catarina —, Vossa Majestade está enganada. Não se trata de uma brincadeira.

– Claro, claro que é! Você vai acabar por enxergar isso também ou o diabo que me carregue!

– Sire, é sua a culpa de ter feito fracassar um plano que deveria nos levar a uma grande descoberta.

– Ah! Um plano... E você, minha mãe, está constrangida por ter tido um plano abortado?! Você fará outros vinte e tantos. Pois bem! Nesses, prometo que vou apoiá-la.

– Ah, agora você me oferece apoio. Agora é muito tarde! Ele está prevenido e ficará na defensiva.

– Vejamos — disse o rei —, vamos direto ao assunto. O que você tem contra Henrique?

– O que tenho contra ele é que sei que ele conspira.

– Sim, entendo, essa é a sua eterna acusação. Mas todo mundo não conspira um pouco ou muito nesta charmosa residência real que chamam de Louvre?

– Mas ele conspira mais do que ninguém e é bem mais perigoso do que qualquer pessoa possa imaginar.

– Vamos... O Lorenzino![1] — disse Carlos.

– Escute — disse Catarina de modo sombrio, ao ouvir o nome que a lembrava de uma das catástrofes mais sangrentas da história florentina —, há um jeito de me mostrar que estou errada.

– E qual é, minha mãe?

– Pergunte a Henrique quem estava no quarto dele essa noite.

– No quarto dele... Essa noite?

– Sim. E se ele lhe disser...

– O quê?

– Então estarei pronta a admitir que estava enganava sobre ele.

– Mas se tiver sido uma mulher, não podemos exigir...

– Uma mulher?

– É.

– Uma mulher que matou dois de seus guardas e que feriu, talvez mortalmente, o senhor de Maurevel!

– Oh! — disse o rei. — Isso está ficando sério! Houve derramamento de sangue?

– Três homens ficaram caídos no chão.

– E o que aconteceu com aquele que os deixou nesse estado?

– Foi embora são e salvo.

– Por Gogue e Magogue! — disse Carlos — Esse homem teve coragem! Você tem razão, minha mãe, quero saber quem ele é.

– Pois bem, eu já lhe digo, você não conseguirá saber quem é, ao menos por Henrique.

– Mas saberei por você, minha mãe? Esse homem não fugiu desse jeito sem deixar nenhuma pista, sem que tenham reparado em sua roupa ou em qualquer outro detalhe.

– Repararam apenas que ele estava vestindo um casaco cereja muito elegante.

– Ah! Um casaco cereja! — disse Carlos. — Só conheço um casaco notável o bastante na corte para saltar assim aos olhos.

– Exatamente — disse Catarina.

– E então? — perguntou Carlos.

– Então — disse Catarina —, me espere em seus aposentos, meu filho, pois vou ver se minhas ordens foram executadas.

Catarina saiu e Carlos ficou sozinho andando de um lado para o outro distraidamente, assobiando uma canção de caça, com uma mão no gibão e deixando cair a outra, que era lambida por seu galgo cada vez que parava.

Henrique saíra do quarto de seu cunhado bastante preocupado e, em vez de entrar no corredor de sempre, pegou a escadinha secreta que mais de uma vez utilizara e que levava ao segundo andar. Porém, mal acabava de subir o quarto degrau quando viu uma sombra na primeira curva. Parou levando a mão ao punhal. Imediatamente reconheceu uma mulher que pegou sua mão e com uma voz charmosa e de timbre familiar disse:

– Deus seja louvado, Sire! Eis você aqui são e salvo. Temi por você, mas com certeza Deus ouviu minha prece.

– O que aconteceu? — disse Henrique.

– Você saberá quando entrar em seu quarto. Não se preocupe com Orthon, eu o recolhi.

E a moça desceu rapidamente, cruzando com Henrique como se fosse por acaso que ela o tivesse encontrado na escada.

– Isso é estranho... — disse Henrique a si mesmo. — O que aconteceu? O que aconteceu com Orthon?

Infelizmente a pergunta dele não pôde ser ouvida pela senhora de Sauve, que já estava longe.

No alto da escada, Henrique viu aparecer de repente outra silhueta, desta vez a de um homem.

– Shhh! — fez o homem.
– Ah! É você, Francisco?
– Não me chame pelo nome.
– E então, o que aconteceu?
– Volte para o seu quarto e você saberá. Depois, vá para o corredor, olhe bem para todos os lados para verificar se ninguém o espia e entre no meu quarto, a porta estará apenas encostada.

O homem desapareceu pela escada como um desses fantasmas que, no teatro, somem por um alçapão.

– *Ventre-saint-gris*! — murmurou o bearnês. — O enigma continua, mas já que a resposta está em meu quarto, vamos encontrá-la.

Entretanto, não foi sem emoção que Henrique continuou seu caminho. Tinha sensibilidade, essa superstição da juventude. Tudo refletia claramente em sua alma com se fosse a superfície de um espelho, e tudo o que acabava de ouvir lhe indicava um presságio de agouro.

Chegou à porta de seus aposentos e tentou ouvir algo. Nenhum barulho se distinguia. Além disso, como Carlota lhe dissera para entrar em seu quarto, era evidente que não havia nada a temer. Assim, deu uma olhada rápida em volta da antecâmara: estava vazia. Mas nada ainda lhe indicava o que acontecera.

– Realmente — disse —, Orthon não está aqui.

E passou para o quarto.

Ali tudo foi explicado.

Apesar da água que haviam jogado abundantemente no chão, grandes manchas avermelhadas marmoreavam o assoalho. Um móvel estava quebrado, a roupa de cama havia sido rasgada por golpes de espada e um espelho de Veneza estava quebrado pelo choque de uma bala. A marca de uma mão sangrenta que fora apoiada contra a parede anunciava que o quarto havia testemunhado uma luta mortal.

Com o olhar desnorteado, Henrique reuniu todos esses detalhes, passou a mão na testa molhada de suor e murmurou:

– Ah, agora compreendo qual foi o favor que o rei me fez... Vieram para me assassinar e... Ah! De Mouy! O que fizeram com de Mouy? Os miseráveis! Devem tê-lo assassinado!

Tão apressado em saber notícias quanto o duque de Alençon estava em informá-lo, Henrique deu uma última olhada triste para os móveis que o rodeavam e saiu do quarto apressado.

Chegando ao corredor, se assegurou de que estava sozinho e empurrou a porta entreaberta, que fechou com cuidado atrás de si. Estava enfim nos aposentos do duque de Alençon.

O duque o esperava no primeiro cômodo. Pegou prontamente a mão de Henrique, puxou-o com um dedo sobre a boca para um gabinetezinho na torre, completamente isolado, a fim de escapar de qualquer espionagem.

– Ah, meu irmão — disse —, que noite horrível!

– O que aconteceu? — perguntou Henrique.

– Quiseram prendê-lo.

– A mim?

– Sim.

– E por quê?

– Não sei. Onde você estava?

– O rei me levou com ele pela cidade ontem à noite.

– Então ele sabia — disse o duque de Alençon. — Mas já que você não estava em seus aposentos, quem estava então?

– Havia alguém em meus aposentos? — perguntou Henrique como se ignorasse o fato.

– Havia um homem. Quando ouvi o barulho, corri para ajudá-lo, mas já era tarde demais.

– O homem foi preso? — perguntou Henrique, com ansiedade.

– Não, fugiu depois de ter ferido gravemente Maurevel e matado dois guardas.

– Ah! Corajoso de Mouy! — exclamou Henrique.

– Então era de Mouy? — perguntou rapidamente de Alençon.

Henrique percebeu que havia cometido um erro.

– Pelo menos é o que presumo — disse —, pois marquei um encontro com ele para tratar de sua fuga e dizer que havia concedido a você todos os meus direitos ao trono de Navarra.

– Então uma coisa é certa: estamos perdidos — disse de Alençon, empalidecendo.

– Sim, pois Maurevel vai falar.

– Maurevel levou um golpe de espada na garganta e me informei junto ao cirurgião que fez o curativo: ele só poderá pronunciar qualquer palavra daqui a oito dias.

– Oito dias! É mais do que o necessário para de Mouy se colocar em segurança.

– Bem, apesar de tudo — disse —, pode ser que outro homem estivesse em seu quarto, e não de Mouy.

– Você acha? — disse Henrique.

– Acho. Esse homem sumiu muito rápido e só viram seu casaco cereja.

– Na verdade — disse Henrique —, um casaco cereja cai bem em um janota, não em um soldado. Nunca desconfiarão de de Mouy com um casaco cereja.

– Não. Se desconfiarem de alguém — disse de Alençon —, seria mais fácil desconfiarem de...

Ele parou.

– Do senhor de La Mole — disse Henrique.

– Certamente. Já que eu mesmo o vi fugir e duvidei por um momento.

– Você duvidou! De fato poderia muito bem ser o senhor de La Mole.

– Ele não sabe de nada? — perguntou de Alençon.

– Absolutamente nada. Pelo menos nada de importante.

– Meu irmão — disse o duque —, agora eu acredito que realmente era ele.

– Que diabos! — disse Henrique — Se tiver sido ele, isso vai causar um grande sofrimento à rainha, que tanto o estima.

– Estima? O que está dizendo? — perguntou de Alençon desconcertado.

– Sim, isso mesmo. Você não se lembra, Francisco, que foi sua irmã quem o recomendou a você?

– Foi — disse o duque, com a voz abafada. — Por isso quis agradá-la. A prova é que, com medo de que o casaco cereja o comprometesse, subi até o quarto dele e o trouxe para meu quarto.

– Oh! — disse Henrique — Isso é que é dupla prudência. E agora eu não só apostaria, mas juraria que foi ele.

– Até diante da justiça? — perguntou Francisco.

– Juro que sim — respondeu Henrique. — Ele teria vindo me trazer alguma mensagem da parte de Margarida.

– Se eu estivesse certo de ser apoiado por seu depoimento — disse de Alençon —, eu quase o acusaria.

– Se você o acusasse — respondeu Henrique —, você entende, meu irmão, que não lhe desmentiria.

– Mas, e a rainha? — disse de Alençon.

– Ah, é! A rainha.

– Precisamos saber o que ela fará.

– Eu me encarrego disso.

– Nossa, irmão! Ela estaria errada se nos desmentisse, pois aí está uma brilhante reputação de valente dada a esse rapaz, e que não lhe terá custado caro, pois terá comprado a crédito. É verdade que poderá reembolsar juros e capital ao mesmo tempo.

– Ótimo! O que querem? — disse Henrique — Nada vem de graça neste mundo.

E, despedindo-se de de Alençon com um gesto e um sorriso, colocou a cabeça com precaução no corredor e, assegurando-se de que não havia ninguém à escuta, saiu rapidamente e desapareceu pela escada secreta que levava aos aposentos de Margarida.

A rainha Margarida não estava nem um pouco mais tranquila que o marido. A investida noturna feita contra ela e a duquesa de Nevers pelo rei, pelo duque de Anjou, pelo duque de Guisa e por Henrique, que ela havia reconhecido, a preocupava muito. Claro que não havia nenhuma prova que pudesse comprometê-la, já que o porteiro desamarrado do portão por La Mole e Cocunás afirmara que não havia dito nada. Mas quatro senhores daquela importância, contra os quais dois simples cavalheiros como La Mole e Cocunás haviam se confrontado, desviaram de seu caminho ao acaso e sem saber por quem o faziam. Margarida voltou então para o Louvre no alvorecer, depois de ter passado o resto da noite na casa da duquesa de Nevers. Deitou-se logo, mas não pôde dormir e qualquer barulho a sobressaltava.

Foi no meio dessas ansiedades que ouviu baterem à porta secreta e, depois de ter feito Gillonne reconhecer o visitante, ordenou que o deixasse entrar.

Henrique parou à porta: nada nele mostrava o marido ferido. Seu sorriso costumeiro aparecia sobre os lábios finos e nenhum músculo de seu rosto demonstrava as terríveis emoções que acabara de sentir.

Pareceu questionar Margarida com o olhar para saber se ela permitia que eles ficassem a sós. Ela entendeu e fez um sinal para que Gillonne se retirasse.

– Senhora — disse Henrique —, sei o quanto você é apegada a seus amigos e sinto lhe trazer uma notícia desagradável.

– Que notícia, senhor? — perguntou Margarida.

– Um de nossos criados mais estimados encontra-se neste momento bastante comprometido.

– Qual deles?

– O querido conde de La Mole.

– O senhor conde de La Mole comprometido! Por quê?

– Por causa da aventura dessa noite.

Apesar de seu autocontrole, Margarida não pôde deixar de corar. Finalmente, ela fez um esforço:

– Que aventura? — perguntou.

– O quê? — disse Henrique. — Você não ouviu todo o barulho que tomou conta do Louvre essa noite?

– Não, senhor.

– Oh! Eu a parabenizo, senhora! — disse Henrique, com uma charmosa ingenuidade. — Isso só prova que você tem um excelente sono.

– Mas o que aconteceu?

– Nossa boa mãe havia dado uma ordem ao senhor de Maurevel e a seis de seus guardas para me prenderem.

– Prenderem você, senhor? Você?

– Sim.

– E por quê?

– Ah, e quem é que pode saber as razões de um espírito profundo como o de nossa mãe? Eu respeito essas razões, mas as desconheço.

– E você não estava em seus aposentos?

– Não, por um acaso eu não estava. Você adivinhou, senhora, eu realmente não estava em meus aposentos. Ontem à noite o rei me convidou para acompanhá-lo, mas, se eu não estava em meu quarto, algum outro homem estava.

— E quem era esse outro?

— Parece que era o conde de La Mole.

— O conde de La Mole! — disse Margarida surpresa.

— Ave, Deus! Que valentão é esse pequeno provençal! — continuou Henrique. — Você sabia que ele feriu Maurevel e matou dois guardas?

— Feriu Maurevel e matou dois guardas... Impossível!

— O quê? Você duvida da coragem dele, senhora?

— Não, mas digo que o senhor de La Mole não podia estar em seu quarto.

— Por que ele não podia estar em meu quarto?

— Porque... Porque... — respondeu Margarida, perturbada. — Porque ele estava em outro lugar.

— Ah! Se ele puder provar um álibi — respondeu Henrique —, a história será outra. Ele dirá onde estava e tudo estará acabado.

— Onde ele estava? — disse rapidamente Margarida.

— Com certeza... O dia não terminará sem que ele seja preso e interrogado. Mas, infelizmente, como há provas...

— Provas... Que provas?

— O homem que se defendeu dessa forma desesperada vestia um casaco vermelho.

— Mas o senhor de La Mole não é o único que tem um casaco vermelho... Eu conheço outro homem que também tem.

— Com certeza. Eu também conheço esse outro homem. Mas eis o que acontecerá: se não foi o senhor de La Mole quem esteve em meu quarto, será esse outro homem de casaco vermelho que será preso. Ora, você sabe a quem me refiro, certo?

— Céus!

– Aí está o perigo. Você o viu como eu, senhora, e sua reação o prova. Conversemos agora como duas pessoas que falam da coisa mais procurada do mundo: de um trono; do bem mais precioso..., da vida... De Mouy preso nos arruinaria.

– Sim, compreendo isso.

– Ao passo que a prisão do senhor de La Mole não compromete ninguém, a menos que você o ache capaz de inventar alguma história, como dizer, por acaso, que ele estava na companhia de algumas damas... Sei lá.

– Senhor — disse Margarida —, se você teme apenas isso, fique tranquilo. Ele não dirá nada.

– O quê?! — disse Henrique. — Ele se calará mesmo se a morte for o preço a ser pago por seu silêncio?

– Ele se calará, senhor.

– Você tem certeza?

– Eu garanto.

– Então está bem — disse Henrique, levantando-se.

– Você vai embora, senhor? — perguntou Margarida prontamente.

– Oh, meu Deus, sim, vou. Isso era tudo o que eu tinha para lhe dizer.

– E você vai...

– Tratar de nos tirar dessa situação em que esse diabo de homem com casaco vermelho nos meteu.

– Oh! Meu Deus! Meu Deus! Pobre rapaz! — exclamou dolorosamente Margarida, torcendo as mãos.

– Na verdade — disse Henrique, saindo —, é um gentil criado esse querido senhor de La Mole!

XXXVIII

O CORDÃO DA RAINHA-MÃE

Carlos havia voltado risonho e brincalhão para casa, mas, depois de uma conversa de dez minutos com sua mãe, seria possível dizer que ela lhe cedeu sua palidez e sua raiva, tendo tomado para si o bom humor do filho.

– Senhor de La Mole — dizia Carlos —, senhor de La Mole... É preciso chamar Henrique e também o duque de Alençon — Henrique porque o rapaz era huguenote. O duque de Alençon porque está a serviço dele.

– Chame-os se quiser, meu filho. Você não saberá de nada. Henrique e Francisco estão mais ligados um ao outro do que você pode imaginar pelas aparências. Interrogá-los é dar-lhes desconfianças. Acho que seria melhor a prova lenta e certa de alguns dias. Se você deixar os culpados respirarem, meu filho, se você deixá-los pensar que escaparam de sua vigilância, encorajados e triunfantes, nos darão uma ocasião melhor para puni-los. Então, saberemos tudo.

Carlos andava indeciso, roendo sua cólera como um cavalo rói seu freio e apertando com a mão tensa seu coração *Mordi*do pela desconfiança.

– Não, não — disse enfim —, não esperarei. Você não sabe o que é esperar, escoltado como estou por fantasmas. Além disso, a cada dia esses janotas ficam mais insolentes. Essa noite mesmo dois cavalheiros não ousaram nos confrontar e se revoltar contra nós?! Se o senhor de La Mole é inocente, tudo bem, mas não acho de todo mal saber onde ele estava essa noite enquanto batiam em meus guardas no Louvre e em mim na rua Cloche-Percée. Que tragam então o duque de Alençon, depois Henrique. Quero interrogá-los separadamente. Quanto a você, minha mãe, pode ficar.

Catarina sentou-se. Para um espírito fechado e inflexível como o seu, todo incidente podia, dobrado por sua mão poderosa, conduzi-la a seu objetivo, ainda que ele parecesse afastar-se. De todo choque nasce um barulho ou uma faísca. O barulho guia, a faísca clareia.

O duque de Alençon entrou. Sua conversa com Henrique o havia preparado para o encontro. Assim, estava muito calmo.

Suas respostas foram bastante precisas. Prevenido por sua mãe para ficar em seu quarto, ele ignorava completamente os acontecimentos da noite. Todavia, como seus aposentos eram no mesmo corredor que os do rei de Navarra, ele pensou inicialmente ter ouvido um barulho como o de uma porta sendo arrombada, depois injúrias e, por fim, tiros. Então, no momento em que ousou entreabrir a porta, viu fugir um homem de casaco vermelho.

Carlos e sua mãe trocaram um olhar.

– De casaco vermelho? — disse o rei.

– De casaco vermelho — respondeu de Alençon.

– E esse casaco vermelho não lhe faz desconfiar de ninguém?

De Alençon reuniu toda sua força para mentir o mais naturalmente possível.

– À primeira vista — disse —, devo confessar à Vossa Majestade que achava ter reconhecido o casaco de um de meus cavalheiros.

– E qual seria o nome desse cavalheiro?

– Senhor de La Mole.

– Por que o senhor de La Mole não estava a seu lado como o dever dele exige?

– Eu o havia liberado — disse o duque.

– Muito bem. Vá! — disse Carlos.

O duque de Alençon se aproximou da porta pela qual havia entrado.

– Não por esta aí — disse Carlos. — Vá por esta aqui.

E indicou-lhe a porta que dava para os aposentos de sua ama. Carlos não queria que Francisco e Henrique se encontrassem. Ele ignorava que eles haviam se visto por um instante, e que esse instante fora suficiente para que os dois cunhados combinassem suas versões dos fatos.

Atrás de Alençon, e com um sinal de Carlos, Henrique entrou.

Ele não esperou que Carlos o interrogasse.

– Sire — disse —, Vossa Majestade fez bem em mandar me buscar, pois eu ia descer para lhe pedir justiça.

Carlos franziu a sobrancelha.

– É, justiça! — disse Henrique — Começo por agradecer a Vossa Majestade por ter me levado consigo ontem à noite; porque, me levando, sei agora que salvou minha vida. Mas o que eu fiz para que tentassem me assassinar?

– Não era um assassinato — disse Catarina com vivacidade —, era uma captura.

– Pois bem! Que seja! — disse Henrique. — Qual foi o crime que cometi para ser preso? Se eu sou culpado, sou agora como era ontem à noite. Diga-me meu crime, Sire.

Carlos olhou para a mãe bastante perturbado com a resposta que tinha a dar.

– Meu filho — disse Catarina —, você recebe pessoas suspeitas.

– Bom — disse Henrique —, e essas pessoas suspeitas me comprometem, não é, senhora?

– Sim, Henrique.

– Diga-me nomes! Quero saber os nomes! Quem são? Confronte-os comigo!

– Na verdade — disse Carlos —, Henrique tem o direito de pedir uma explicação.

– E estou pedindo! — retomou Henrique que, sentindo a superioridade de sua posição, queria tirar proveito. — Estou pedindo a meu irmão Carlos e à minha boa mãe Catarina. Desde o meu casamento com Margarida, não tenho me comportado como um bom marido? Perguntem a Margarida. Como um bom católico? Perguntem a meu confessor. Como um bom parente? Perguntem a todos os que assistiam à caça ontem.

– É, é verdade, Henrique... — disse o rei. — Mas o que você quer? Dizem que você conspira.

– Contra quem?

– Contra mim.

– Sire, se eu conspirasse contra você, eu só teria que ter deixado o destino agir quando seu cavalo, com a perna quebrada, não conseguia se levantar, ou quando o javali furioso atacava Vossa Majestade.

– Que diabos, mãe! Sabe que ele tem razão.

– Mas, enfim, quem estava em seus aposentos essa noite?

– Senhora — disse Henrique —, em uma época em que tão poucos respondem por si mesmos, não ousarei responder pelos outros. Deixei meus aposentos às sete horas da noite. Às dez, meu irmão Carlos me levou com ele. Eu não saí de perto dele durante toda a noite. Eu não podia estar com Sua Majestade e, ao mesmo tempo, saber o que acontecia em meu quarto.

– Mas — disse Catarina — não é menos verdade que um de seus homens matou dois guardas de Sua Majestade e feriu o senhor de Maurevel.

– Um de meus homens? — disse Henrique. — Quem era esse homem, senhora? Diga o nome dele...

– Todo mundo acusa o senhor de La Mole.

– O senhor de La Mole não é um de meus homens, senhora. Ele é do senhor de Alençon e foi recomendado a ele por sua filha.

– Mas, enfim — disse Carlos —, o senhor de La Mole estava em seu quarto, Henrique?

– Como quer que eu saiba disso, Sire? Não posso confirmar nem negar. O senhor de La Mole é um criado muito gentil, completamente dedicado à rainha de Navarra, e que frequentemente me traz mensagens de Margarida, a quem é grato por tê-lo recomendado ao senhor duque de Alençon, de quem também traz mensagens. Não posso dizer que não seja o senhor de La Mole.

– Foi ele — disse Catarina. — Reconheceram o casaco vermelho.

– Então o senhor de La Mole tem um casaco vermelho?

– Tem.

– E o homem que deu um bom jeito em meus dois guardas e no senhor de Maurevel...

– Tinha um casaco vermelho? — perguntou Henrique.

– Exatamente — disse Carlos.

– Não tenho nada a dizer — retomou o bearnês. — Mas me parece que, nesse caso, em vez de me trazerem aqui, a mim, que nem estava em meus aposentos, é o senhor de La Mole quem deveria ser interrogado, pois, como vocês dizem, ele estava lá. Porém — disse Henrique —, devo dizer uma coisa à Vossa Majestade.

– O quê?

– Se, vendo uma ordem assinada por meu rei, eu tivesse me defendido no lugar de obedecer à ordem, eu seria culpado e mereceria todos os tipos de castigo. Porém, não fui eu, mas um desconhecido a quem a ordem não dizia respeito: quiseram prendê-lo injustamente, ele se defendeu, e muito bem por sinal, pois estava em seu direito.

– Entretanto... — murmurou Catarina.

– Senhora — disse Henrique —, a ordem dizia para me prender?

– Sim — disse Catarina —, e foi Sua Majestade quem a assinou.

– Mas a ordem dizia para, além de me prender, prender algum outro em meu lugar se acaso não me encontrassem?

– Não — disse Catarina.

– Pois bem — retomou Henrique. — A menos que provem que eu conspiro e que o homem que estava em meu quarto conspira comigo, esse homem é inocente.

Depois, virando-se em direção a Carlos IX:

– Sire — continuou Henrique —, não deixarei o Louvre. Com uma simples ordem de Vossa Majestade, estou mesmo pronto para ir a uma prisão do Estado que lhe agradará em me indicar. Mas, esperando a prova do contrário, tenho o direito de me declarar e me declararei muito como servo fiel, súdito e irmão de Vossa Majestade.

E, com uma dignidade que ainda não tinham visto, Henrique se despediu de Carlos e saiu.

– Bravo, Henrique! — disse Carlos depois que o rei de Navarra havia saído.

– Bravo?! Porque ele nos venceu? — disse Catarina.

– E por que eu não o aplaudiria? Quando treinamos com as espadas e ele me toca, eu também não falo "bravo"? Minha mãe, você está errada em desprezar esse garoto como está fazendo.

– Meu filho — disse Catarina, apertando a mão de Carlos —, eu não o desprezo, eu o temo.

– Que seja! Está errada, minha mãe. Henrique é meu amigo e, como ele mesmo disse, se estivesse conspirando contra mim, era só ter deixado o javali continuar.

– Ah, é! — disse Catarina — Para que o senhor duque de Anjou, o inimigo pessoal dele, virasse o rei da França.

– Minha mãe, não importa o motivo pelo qual Henrique salvou minha vida. O fato é que foi ele quem me salvou. Mas que inferno! Não quero que o prejudiquem. Quanto ao senhor de La Mole, pois bem! Vou falar com meu irmão de Alençon, a quem ele pertence.

Essa foi a despedida que Carlos IX deu a sua mãe. Ela se retirou, tentando dar certa consistência a suas errantes suspeitas. O senhor de La Mole, por sua pouca importância, não respondia a suas necessidades.

Voltando para seu quarto, Catarina encontrou Margarida, que a esperava.

– Ah! — disse — É você, minha filha! Mandei chamarem você ontem à noite.

– Eu sei, senhora, mas eu havia saído.

– E hoje de manhã?

– Hoje de manhã venho encontrá-la para dizer à Vossa Majestade que vai cometer uma grande injustiça.

– Que injustiça?

– Vai mandar prender o senhor conde de La Mole.

– Você está enganada, minha filha, eu não mando prender ninguém. É o rei que manda prender, não eu.

– Não joguemos com as palavras, senhora, quando as circunstâncias são graves. Vão prender o senhor de La Mole, não é?

– É provável.

– Acusado de ter sido encontrado essa noite no quarto do rei de Navarra e de ter matado dois guardas e ferido o senhor de Maurevel?

– De fato é o crime que lhe imputam.

– Imputam-lhe erroneamente, senhora! — disse Margarida — O senhor de La Mole não é culpado.

– O senhor de La Mole não é culpado! — disse Catarina, dando um sobressalto de alegria e adivinhando que iria se aproveitar de alguma ideia vinda do que Margarida vinha lhe dizer.

– Não — retomou Margarida —, ele não é culpado, não pode ser, pois não estava nos aposentos do rei.

– E onde ele estava?

– Em meus aposentos, senhora.

– Nos seus aposentos!

– Sim, em meus aposentos.

Catarina devia lançar um olhar fulminante a essa confissão de uma filha da França, mas se contentou em cruzar as mãos sobre a cintura.

– E... — disse, depois de um momento de silêncio — se prenderem o senhor de La Mole e o interrogarem...

– Ele dirá onde estava e com quem estava, minha mãe — respondeu Margarida, mesmo certa de que ocorreria o contrário.

– Já que é assim, você tem razão, minha filha, não podemos deixar que o senhor de La Mole seja preso.

Margarida sentiu sua pele se arrepiar: pareceu-lhe que havia um sentido misterioso e terrível no jeito como sua mãe pronunciara aquelas palavras. Mas ela não tinha nada a dizer, pois o que viera pedir à mãe lhe fora concedido.

– Mas, então — disse Catarina —, se não era o senhor de La Mole quem estava nos aposentos do rei, quem estava?

Margarida se calou.

– Você conhece esse outro homem, minha filha? — perguntou Catarina.

– Não, minha mãe — disse Margarida, com uma voz insegura.

– Vamos, não faça confidências pela metade.

– Eu lhe repito, senhora, que não o conheço — respondeu Margarida pela segunda vez, empalidecendo contra sua vontade.

– Bem, bem... — disse Catarina, com um jeito indiferente. — Vamos nos informar. Vá, minha filha, fique tranquila, sua mãe protegerá sua honra.

Margarida sorriu.

– Ah! — murmurou Catarina. — São aliados! Henrique e Margarida se entendem: desde que a mulher seja muda, o marido é cego. Ah! Vocês são muito habilidosos, crianças, e pensam ser tão fortes... Mas a força está na união de vocês, e eu os esmagarei um após o outro. Além do mais, chegará o dia em que Maurevel poderá falar ou escrever, pronunciar um nome ou formar seis letras e, nesse dia, saberemos de tudo. Sim, mas, daqui até lá, o culpado estará a salvo. O melhor é separá-los imediatamente.

Em virtude desse raciocínio, Catarina retomou o caminho para os aposentos de seu filho, e o encontrou em conferência com de Alençon.

– Ah! — disse Carlos, franzindo a sobrancelha. — É você, minha mãe?

– Por que não disse "de novo"? A palavra estava em seu pensamento, Carlos.

– O que está em meu pensamento só pertence a mim, senhora — disse o rei, com o tom brutal que usava algumas vezes até mesmo para falar com Catarina. — O que você quer de mim? Diga logo.

– Pois bem! Você tinha razão, meu filho. — disse Catarina para Carlos — E você, de Alençon, você estava errado.

– Em que, senhora? — perguntaram os dois príncipes.

– Não era o senhor de La Mole que estava nos aposentos do rei de Navarra.

– Ah! — disse Francisco, empalidecendo.

– E quem estava então? — perguntou Carlos.

– Não sabemos ainda, mas saberemos quando Maurevel puder falar. Por isso, deixemos esse assunto, que pode esperar para ser esclarecido, e voltemos ao senhor de La Mole.

– Pois então! O que você quer do senhor de La Mole, minha mãe, já que ele não estava nos aposentos do rei de Navarra?

– Não — disse Catarina —, ele não estava nos aposentos do rei, mas sim nos... da rainha.

– Nos aposentos da rainha! — disse Carlos, caindo num riso nervoso.

– Nos aposentos da rainha! — murmurou de Alençon, ficando pálido como um cadáver.

– Mas não, não — disse Carlos —, Guisa me disse ter visto a liteira de Margarida.

– É o seguinte — disse Catarina —: ela tem uma casa no centro da cidade.

– Na rua Cloche-Percée! — exclamou o rei.

– É, acho que é na rua Cloche-Percée — disse Catarina.

– Oh! Isso já é demais! — disse de Alençon, enfiando as unhas na pele do peito — E ela o recomendou a mim!

– Ah! Mas estou aqui pensando... — disse o rei, parando de repente. — Então foi ele quem se defendeu contra nós essa noite e me jogou um jarro de prata na cabeça! Miserável!

– Oh! Sim! — repetiu Francisco. — Miserável!

– Vocês têm razão, meus filhos — disse Catarina, sem parecer compreender o sentimento que fazia cada um de seus filhos falar —, vocês têm razão. Uma única indiscrição desse cavalheiro pode gerar um escândalo horrível. Perder uma filha da França! Basta um momento de embriaguez para isso.

– Ou de vaidade — disse Francisco.

– Com certeza, com certeza — disse Carlos. — Mas não podemos, entretanto, levar a causa aos juízes, a menos que Henrique concorde em fazer uma queixa.

– Meu filho — disse Catarina, colocando a mão de um jeito bastante significativo a fim de chamar toda a atenção do rei ao que ela ia propor —, ouça bem o que estou lhe dizendo: existe um crime e pode existir um escândalo. Mas não é com juízes e carrascos que se pune esse tipo de delito da majestade real. Se vocês fossem simples cavalheiros, eu não teria nada a lhes ensinar, pois os dois são corajosos. Mas vocês são príncipes, não podem cruzar as espadas de vocês com a de um fidalgote provinciano. Pensem em se vingar como príncipes.

– Que diabos! — disse Carlos. — Tem razão, minha mãe, vou pensar.

– E eu lhe ajudarei, meu irmão! — exclamou Francisco.

– E eu — disse Catarina, desamarrando de sua cintura as três voltas do cordão de seda preta que ia até seus joelhos e cujas pontas terminavam por uma esfera —, eu me retiro, mas deixo isso aqui para me representar.

E jogou o cordão aos pés dos dois príncipes.

– Ah! — disse Carlos — Entendi.

– Esse cordão... — disse de Alençon, pegando-o.

– É a punição e o silêncio — disse Catarina vitoriosa. — Apenas — acrescentou —, eu não teria dificuldade nenhuma em colocar Henrique em tudo isso.

E saiu.

– Só por Deus! — disse de Alençon. — Não há nada mais fácil, e quando Henrique souber que sua mulher o trai... — acrescentou, virando-se para o rei. — Você concorda com a opinião de nossa mãe?

– Em cada ponto — disse Carlos, não duvidando de que enfiava mil punhais no coração de de Alençon.

– Isso vai contrariar Margarida, mas alegrará Henrique.

Em seguida, chamou um oficial de seus guardas e ordenou que fizessem Henrique descer, mas, de repente, mudou de ideia:

– Não, não — disse —, eu mesmo vou encontrá-lo. Você, de Alençon, previna de Anjou e de Guisa.

E, saindo de seus aposentos, tomou a escadinha circular pela qual se subia ao segundo andar e que terminava à porta de Henrique.

PROJETOS DE VINGANÇA

Henrique aproveitou o momento de repouso que o interrogatório tão bem defendido por ele lhe dera para correr até a senhora de Sauve. Encontrara Orthon completamente recuperado de seu desmaio, mas pudera lhe revelar nada, exceto que alguns homens irromperam em seu quarto e que o chefe desses homens lhe dera um golpe com o cabo da espada e isso o atordoara. Quanto a Orthon, não se inquietavam, pois Catarina o havia visto desmaiado e acreditava que estivesse morto.

E, como havia se recuperado no intervalo entre a partida da rainha-mãe e a chegada do capitão da guarda encarregado de limpar o local, Orthon se refugiara no quarto da senhora de Sauve.

Henrique pediu para Carlota guardar o rapaz até que tivesse notícias de de Mouy, que não podia deixar de lhe escrever do lugar para onde havia se retirado. Ele enviaria Orthon para levar sua resposta a de Mouy, e, em vez de contar com um só homem devoto, poder então contar com dois.

Concluído o plano, voltara para seu quarto e refletia caminhando de um lado para o outro quando, de repente, a porta se abriu e o rei apareceu.

— Vossa Majestade! — exclamou Henrique, se apresentando ao rei.

— Eu mesmo... Na verdade, Henrique, você é um excelente rapaz e sinto que gosto cada vez mais de você.

— Sire — disse Henrique —, Vossa Majestade me alegra.

— Você só tem um defeito, Henrique.

— Qual? Aquele pelo qual Vossa Majestade já me criticou várias vezes? — perguntou Henrique. — O de preferir a caça com cães à caça com aves?

— Não, não, não estou falando desse aí, Henrique, falo de outro.

— Vossa Majestade queira se explicar — disse Henrique, que viu no sorriso de Carlos que o rei estava de bom humor. — Eu tratarei de corrigi-lo.

— É que, como tem bons olhos, você não vê além do que pode enxergar.

— Ah — disse o rei de Navarra —, será que, sem perceber, sou míope, Sire?

— Pior ainda, Henrique, pior ainda: você é cego.

— Mesmo? — disse o bearnês. — Mas será que não é quando fecho os olhos que esse mal aparece?

— Pode ser — disse Carlos —, você é bem capaz disso. Em todo caso, vou abri-los para você!

— Deus disse: haja luz, e houve luz. Vossa Majestade é o representante de Deus neste mundo, então pode fazer na terra o que Deus faz no céu: sou todo ouvidos.

— Quando Guisa disse ontem que sua mulher tinha acabado de passar, escoltada por um sedutor, você não quis acreditar nele.

— Sire — disse Henrique —, como acreditar que a irmã de Vossa Majestade cometa tal imprudência?

— Quando ele disse que sua mulher tinha ido à rua Cloché-Percée, você também não quis acreditar!

— Como supor, Sire, que uma filha da França arrisque publicamente sua reputação?

— Quando cercamos a casa da rua Cloche-Percée e recebi um jarro de prata no ombro, de Anjou, uma compota de laranja na cabeça, e de Guisa, um presunto de javali na cara, você viu dois homens e duas mulheres?

— Eu não vi nada, Sire. Vossa Majestade deve se lembrar que eu estava interrogando o porteiro.

— Sim, homem! Mas eu, eu vi!

— Ah! Se Vossa Majestade viu, aí é outra coisa.

— Digo que vi dois homens e duas mulheres. Sei agora sem sombra de dúvida que uma dessas duas mulheres era Margot e que um desses homens era o senhor de La Mole.

— Ah! Mas — disse Henrique — se o senhor de La Mole estava na rua Cloche-Percée, então não estava aqui.

— Não — disse Carlos —, não, não estava aqui. Mas a questão não é mais quem estava aqui, vamos saber sobre isso quando o imbecil do Maurevel puder falar ou escrever. A questão é que Margot o está traindo.

— Bobagem. — disse Henrique — Não acredite em fofocas.

— Você é mais que míope, é cego, que inferno! Acredite em mim uma vez, seu teimoso! Estou lhe dizendo que Margot o trai e que esta noite vamos estrangular o objeto de seus afetos.

Henrique deu um pulo de surpresa e olhou seu cunhado com um ar estupefato.

— Isso no fundo não lhe enfurece, Henrique, confesse. Margot vai gritar como cem mil gralhas, mas, paciência. Eu não quero que façam você infeliz. Faço vista grossa que Condé seja traído pelo duque de Anjou. Condé é meu inimigo. Mas, você, você é meu irmão, e, mais que irmão, é meu amigo.

– Mas, Sire...

– Eu não quero que o maltratem ou desdenhem de você. Faz muito tempo que você é motivo de chacota para todos esses mocinhos que chegam da província a fim de juntar nossas migalhas e cortejar nossas mulheres. Que eles cheguem, ou, melhor ainda, que voltem, diabos! Enganaram você, Henrique. Isso pode acontecer com todo mundo, mas você terá, garanto, uma grande satisfação e, amanhã, vão dizer: "Que diabos, hein? Parece que o rei Carlos adora mesmo seu irmão Henrique, pois essa noite fez literalmente o senhor de La Mole botar a língua para fora!".

– Vamos, Sire — disse Henrique. — Isso é realmente coisa certa?

– Certa, resolvida e decidida. O safado não terá do que reclamar. Faremos a expedição eu, de Anjou, de Alençon e Guisa: um rei, dois filhos da França e um príncipe soberano, isso sem contar você.

– Como sem me contar?

– É, você virá também.

– Eu?

– É, você. Você vai furar aquele espertinho para mim de um jeito à altura da realeza enquanto nós o estrangulamos.

– Sire — disse Henrique —, sua bondade me confunde. Mas, como você ficou sabendo disso tudo?

– Ô, Belzebu! Parece que o palhaço se vangloria. Ele vai ora ao quarto dela no Louvre, ora à rua Cloche-Percée. Eles fazem versos juntos. Eu bem que queria ver os versos desse safado. Fazem pastorais. Conversam sobre Bíon de Esmirna e Mosco de Siracusa,[1] alternam Dáfnis e Coridão.[2] Por tudo isso, escolha pelo menos uma boa misericórdia!

– Sire... — disse Henrique, refletindo.

– O quê?

– Vossa Majestade compreenderá que não posso participar de tal expedição. Estar ali em pessoa me parece inconveniente. Tudo isso é muito de meu interesse para que minha intervenção não seja vista como ferocidade. Vossa Majestade vinga a honra de sua irmã contra um covarde que se vangloriou caluniando minha mulher, nada de mais simples, e Margarida, que mantenho inocente, Sire, não será desonrada por isso. Mas, se faço parte da investida, isso passa a ser outra coisa. Minha cooperação transforma um ato de justiça em um ato de vingança. Não é mais execução, é assassinato. Minha esposa não é mais uma mulher caluniada, mas culpada.

– Por deus, Henrique! Suas palavras valem ouro. Eu dizia ainda há pouco a minha mãe que você é espirituoso como o demônio.

E Carlos olhou com admiração para seu cunhado, que se inclinou com resposta ao elogio.

– Mas — completou Carlos —, está contente que livraremos você daquele safado?

– Tudo que Vossa Majestade faz é bem feito — respondeu o rei de Navarra.

– Está bem, está bem, deixe-me então fazer seu trabalho. Fique tranquilo, ele será bem executado.

– Confio em você, Sire — disse Henrique.

– Por último: a que horas ele normalmente vai ao quarto de sua mulher?

– Por volta das nove horas da noite.

– E ele sai?

– Antes que eu chegue, pois não o encontro nunca.

– Por volta das...?

– Por volta das onze horas.

– Bom. Desça esta noite à meia-noite, e a coisa estará feita.

E Carlos, apertando cordialmente a mão de Henrique e renovando-lhe suasas promessas de amizade, saiu assobiando sua canção de caça favorita.

– *Ventre-saint-gris!* — disse o bearnês, seguindo Carlos com os olhos. — Estou muito enganado se toda essa diabrura não veio novamente da rainha-mãe. Ela não sabe mais o que inventar para deixar eu e minha mulher enrascados. Mas que belo trabalho!

E Henrique então começou a rir como ria quando ninguém podia vê-lo ou ouvi-lo.

Por volta das sete horas da noite do mesmo dia em que todos esses eventos se passaram, um belo moço, que tinha acabado de tomar seu banho, aparava a barba, caminhando complacentemente e cantarolando uma canção diante de um espelho em um quarto do Louvre.

Ao lado dele dormia, ou melhor, se esticava numa cama outro jovem.

Um desses homens era nosso amigo La Mole, de quem haviam se ocupado tanto durante o dia e de quem ainda se ocupavam muito sem que ele desconfiasse, e o outro era seu companheiro, Cocunás.

Na verdade, toda essa tempestade havia passado ao redor dele sem que tivesse ouvido o estrondo do trovão ou o brilho do relâmpago. De volta ao Louvre às três horas da manhã, ficara deitado até às três da tarde, meio dormindo, meio sonhando, construindo castelos nessa areia movediça que se chama futuro. Depois, se levantou, passou uma hora nos balneários da moda, comeu na hospedaria do mestre La Hurière e, de volta ao Louvre, terminava sua *toilette* para ir fazer sua visita costumeira à rainha.

– Você estava dizendo que já comeu, então? — perguntou Cocunás.

– Claro, e com muito apetite.

– E por que você não me levou junto, seu egoísta?

– Ora, você estava dormindo tão pesado que não quis acordá-lo. Mas sabe de uma coisa? Você vai cear em vez de jantar. Sobretudo, não se esqueça de pedir ao mestre La Hurière o vinho de Anjou que chegou esses dias.

– É bom?

– Peça, estou dizendo.

– E você, vai aonde?

– Eu? — disse La Mole, surpreso que seu amigo lhe fizesse tal pergunta — Irei fazer minha corte à rainha.

– Olhe, na verdade — disse Cocunás —, se eu for jantar na nossa casinha na rua Cloche-Percée, jantarei as sobras ontem e lá tem um tal vinho de Alicante que é revigorante.

– Isso seria imprudente, Aníbal, meu amigo, depois do que aconteceu essa noite. Aliás, não nos fizeram dar nossa palavra de que não voltaríamos lá sozinhos? Passe meu casaco.

– Claro, é verdade — disse Cocunás —, tinha me esquecido. Diabos! Onde está o seu casaco?... Ah! Aqui!

– Não, você me passou o preto, é o vermelho que lhe peço. A rainha prefere aquele.

– Ah! Nossa! — disse Cocunás depois de ter olhado em todos os cantos. — Procure então você mesmo, eu não estou achando.

– Como — disse La Mole — você não o está achando? Onde ele está?

– Você pode tê-lo vendido...

– Para fazer o quê? Ainda me restam seis escudos.

– Vista o meu então.

– Ah, claro...! Um casaco amarelo com um gibão verde: vou ficar parecendo um papagaio.

– Puxa, como você é difícil! Então se arrume como quiser.

Depois de ter virado tudo pelo avesso, La Mole já começava a espalhar insultos contra os ladrões que penetravam até no Louvre quando um pajem do duque de Alençon apareceu com o precioso casaco tão solicitado.

– Ah! — exclamou La Mole. — Aqui está, finalmente!

– Seu casaco, senhor... — disse o pajem. — Meu Senhor pediu para pegá-lo em seu quarto para esclarecer uma aposta que fizera sobre a nuança.

– Oh! — disse La Mole. — Só o pedi porque quero sair, mas se Sua Alteza deseja ficar com ele...

– Não, senhor conde, não é mais necessário.

O pajem saiu. La Mole agarrou seu casaco.

– E então — disse La Mole —, já se decidiu?

– Não sei de nada.

– Encontro você aqui esta noite?

– Como é que você quer que eu saiba disso?

– Você não sabe o que vai fazer em duas horas?

– Sei bem o que vou fazer, só não sei o que vão me mandar fazer.

– A duquesa de Nevers?

– Não, o duque de Alençon.

– É, realmente — disse La Mole —, reparo que ele o adula bastante há algum tempo.

– Pois é — disse Cocunás.

– Então sua fortuna está feita! — disse rindo La Mole.

– Não — disse Cocunás. — Ele é o caçula!

– Oh! — disse La Mole. — Ele tem tanta vontade de se tornar o mais velho que o céu talvez faça um milagre em seu favor. Então você não sabe onde estará esta noite?

– Não.

– Ao inferno então! Ou, melhor, adeus.

– Este La Mole é terrível — disse Cocunás. — Sempre quer que lhe diga onde estaremos! E pode-se saber? Aliás, acho que quero voltar a dormir.

E se deitou novamente. La Mole, por sua vez, correu para os aposentos da rainha. Ao chegar ao corredor que já conhecemos, encontrou o duque de Alençon.

– Ah! É você, senhor de La Mole? — disse-lhe o príncipe.

– Sim, meu senhor — respondeu La Mole, cumprimentando-o com respeito.

– Está saindo do Louvre?

– Não, Vossa Alteza. Vou apresentar minhas homenagens a Sua Majestade, a rainha de Navarra.

– Por volta de que horas você sairá do quarto dela, senhor de La Mole?

– Meu senhor teria ordens a me dirigir?

– Não, por enquanto não, mas preciso falar com você esta noite.

– Por volta de que horas?

– Das nove às dez.

– Terei a honra de apresentar-me a Sua Alteza nesse horário.

– Muito bem, conto com você.

La Mole cumprimentou-o e continuou seu caminho.

– Esse duque... — disse. — Há momentos em que ele está pálido como um cadáver. É um sujeito singular.

E bateu à porta da rainha. Gillonne, que parecia espionar sua chegada, conduziu-o até Margarida.

A rainha de Navarra estava ocupada com um trabalho que parecia cansá-la muito. Um papel cheio de rasuras e um volume de Isócrates estavam à sua frente. Ela fez um sinal a La Mole para que a deixasse terminar um parágrafo. Depois, logo que terminou, largou a pluma e convidou o rapaz para sentar-se perto dela.

La Mole resplandecia. Nunca estivera tão bonito, tão contente.

– Grego! — exclamou correndo os olhos sobre o livro. — Um sermão de Isócrates! O que vai fazer com isso? Oh! Neste papel, latim: "*Ad Sarmatiae legatos reginae Margaritae concio*"![3] Então você vai fazer o sermão para esses bárbaros em latim?

– Tem que ser em latim — disse Margarida —, já que eles não falam francês.

– Mas como você pode fazer a resposta antes de ter o discurso?

– Outra mulher mais manhosa do que eu o faria acreditar em improviso, mas, para você, meu Jacinto, não faço esse tipo de enganação: comunicaram-me o discurso com antecedência, e estou respondendo-o.

– Então esses embaixadores estão para chegar?

– Melhor que isso: chegaram nesta manhã.

– Mas ninguém sabe?

– Chegaram sem alarde. A chegada solene ficou para depois de amanhã, acho. De resto, você verá — disse Margarida com um arzinho satisfeito que não era isento de pedantismo. — O que faço esta noite é bastante ciceroniano, mas deixemos de lado as futilidades. Vamos falar do que lhe aconteceu.

– Comigo?

– Sim.

– O que aconteceu comigo?

– Ah, pode até dar uma de corajoso, mas estou achando você um pouco pálido.

– É porque dormi demais. Peço-lhe humildes desculpas.

– Vamos, vamos, não dê uma de brincalhão, eu sei de tudo.

– Minha pérola, tenha a bondade de me informar, pois eu realmente não sei de nada.

– Vamos ver. Diga com sinceridade: o que a rainha-mãe lhe pediu?

– A rainha-mãe, para mim? Então ela tinha algo a me dizer?

– Como? Então você não a viu?
– Não.
– E o rei Carlos?
– Não.
– E o rei de Navarra?
– Não.
– Mas, e o duque de Alençon, então, você o viu?
– Sim, eu o encontrei no corredor há pouco.
– E o que ele lhe disse?
– Que tinha algumas ordens para me passar entre as nove e as dez da noite.
– Não disse mais nada?
– Mais nada.
– Estranho.
– O que você acha estranho?
– Que você não tenha ouvido falar de nada.
– Mas o que aconteceu?
– Aconteceu que durante todo o dia de hoje, seu infeliz, você esteve à beira de um abismo.
– Eu?
– É, você.
– Por qual razão?
– Ouça: queriam prender o rei de Navarra essa noite e, na operação, De Mouy foi surpreendido no quarto dele. Ao se safar, ele matou três homens. Ele conseguiu fugir sem que reconhecessem dele outra coisa além do famoso casaco vermelho.
– E daí?
– E daí que esse casaco vermelho que me enganou uma vez enganou outros também: você esteve sob suspeita, até acusado desse triplo assassinato. Nessa manhã queriam deter, julgar,

quem sabe até condenar você. E, para se salvar, você não ia dizer onde estava, não é?

— Dizer onde estava?! — exclamou La Mole. — Comprometê-la, você, minha bela Majestade! Oh! Você tem razão. Que eu morra cantando para poupar uma lágrima de seus belos olhos.

— Infelizmente, meu pobre cavalheiro! — disse Margarida — Meus belos olhos teriam chorado muito.

— Mas como essa tempestade se acalmou?

— Adivinhe.

— Como poderia saber?

— Só havia um jeito de provar que você não estava no quarto do rei de Navarra.

— Qual?

— Dizendo onde você estava.

— E então?

— Então eu disse!

— Para quem?

— Para minha mãe.

— E a rainha Catarina...

— A rainha Catarina sabe que você é meu amante.

— Oh! Senhora, depois de ter feito tanto por mim, pode exigir o que quiser deste seu serviçal. É belo, é grande o que você fez, Margarida! Oh, Margarida, minha vida pertence a você!

— Espero, pois eu a arranquei daqueles que queriam tomá-la de mim, e agora você está salvo.

— E por você! — exclamou o rapaz. — Por minha rainha adorada!

No mesmo instante, um barulho estrondoso os fez tremer. La Mole se jogou para trás cheio de medo. Margarida soltou um grito e ficou com os olhos fixos no vidro quebrado de uma janela.

Acabara de passar pelo vidro uma pedra do tamanho de um ovo. Ela ainda rolava pelo chão. La Mole olhou a vidraça quebrada e reconheceu a causa do barulho.

– Quem foi o insolente...? — exclamou La Mole indo em direção à janela.

– Um momento — disse Margarida. — Parece que tem algo grudado na pedra.

– Verdade — disse La Mole. — Parece um papel.

Margarida pegou o estranho projétil e arrancou a folha fina dobrada como uma fita estreita que envolvia a pedra pela metade. O papel estava preso por uma corda que saía da abertura do vidro quebrado.

Margarida desdobrou a folha e leu.

– Infeliz! — exclamou.

Esticou o papel a La Mole, que estava em pé, imóvel como uma estátua, pálido de medo. La Mole, com o coração apertado por uma dor pressentida, leu essas palavras:

O senhor de La Mole é aguardado com longas espadas no corredor que conduz até o senhor de Alençon. Talvez ele prefira sair pela janela e juntar-se ao senhor de Mouy em Mantes...

– Essas espadas são mais longas que a minha? — perguntou La Mole depois de ler a mensagem.

– Não, mas talvez sejam dez contra uma.

– E quem é o amigo que nos envia este bilhete? — perguntou La Mole.

Margarida pegou o papel das mãos do rapaz e fixou sobre ele um olhar ardente.

– A letra é do rei de Navarra! — exclamou. — Se ele está nos prevenindo é porque o perigo é real. Fuja, La Mole, fuja! Sou eu quem está pedindo.

– E como quer que eu fuja? — disse La Mole.

– Por esta janela, não estão falando da janela?

– Ordene, minha rainha, e saltarei por esta janela para obedecê-la, mesmo que eu me quebre em vinte pedaços ao cair.

– Espere, então espere — disse Margarida. — Olhe, parece que esta corda suporta algum peso.

– Vamos ver — disse La Mole.

Os dois puxaram para cima o objeto suspenso pela corda e viram com uma alegria indizível aparecer a extremidade de uma escada de ráfia e seda.

– Ah! Você está salvo! — exclamou Margarida.

– É um milagre dos céus!

– Não, é uma boa ação do rei de Navarra.

– E se, na verdade, for uma armadilha? — disse La Mole. — E se esta escada tiver sido feita para rebentar sob meus pés? Você não confessou hoje mesmo seu afeto por mim, senhora?

Margarida, que havia reencontrado o rubor natural da pele com a felicidade, ficou novamente pálida.

– Você tem razão, é possível — disse.

E partiu em direção à porta.

– O que vai fazer? — exclamou La Mole.

– Assegurar-me de que realmente estão aguardando você no corredor.

– Nunca, nunca! Para que a cólera deles recaia sobre você?

– O que você acha que eles podem fazer contra uma filha da França? Sou mulher e princesa de sangue, sou duas vezes inviolável.

A rainha disse essas palavras com tanta dignidade que La Mole compreendeu que ela não arriscava nada e que ele devia deixá-la agir como queria.

Margarida deixou La Mole sob a guarda de Gillonne e com ele também a decisão de fugir ou esperar seu retorno de acordo com o que acontecesse.

Ela avançou no corredor que, por uma bifurcação, conduzia à biblioteca e a vários salões. Continuando por ele, chegava aos aposentos do rei e da rainha-mãe e à escadinha escondida pela qual se subia ao quarto do duque de Alençon e de Henrique.

Embora fossem nove horas da noite, todas as luzes estavam apagadas, e o corredor, na mais perfeita escuridão, exceto por uma fraca claridade que vinha da bifurcação. A rainha de Navarra avançou com passo firme. Mas, mal tinha percorrido um terço do corredor quando ouviu um murmúrio. Eram vozes baixas que tomavam tanto cuidado para não serem ouvidas que o resultado era um tom de mistério e medo. Mas rapidamente o murmúrio cessou, como se extinto por uma ordem superior, e tudo voltou à escuridão. A claridade, já tão fraca, pareceu diminuir mais ainda.

Margarida continuou seu percurso, caminhando direto para o perigo, que, se existisse, a aguardava ali. Aparentava calma, embora suas mãos crispadas indicassem uma violenta tensão nervosa. À medida que se aproximava, o silêncio sinistro redobrava, e uma sombra parecida com a de uma mão escurecia a claridade trêmula e incerta.

De repente, ao chegar à bifurcação do corredor, um homem deu dois passos para a frente, mostrou um candelabro de cobre com o qual se iluminava e gritou:

– Ele está aqui!

Margarida encontrou-se cara a cara com seu irmão Carlos. Atrás dele, em pé, com um cordão de seda na mão, o duque de

Alençon. No fundo, na escuridão, duas sombras apareciam de pé, uma ao lado da outra, refletindo apenas a luz da espada desembainhada que tinham em mãos.

Margarida captou todo o quadro com um só olhar. Fez um esforço supremo e respondeu sorrindo para Carlos:

– Você quis dizer "ela está aqui", Sire!

Carlos recuou um passo. Todos os outros permaneceram imóveis.

– É você, Margot! — disse — E para onde você vai a esta hora?

– A essa hora! — disse Margarida — Então é tão tarde assim?

– Pergunto aonde você vai.

– Buscar um livro de discursos de Cícero, que acho que deixei com nossa mãe.

– Assim, sem luz?

– Imaginei que o corredor estaria iluminado.

– E está vindo de seu quarto?

– Sim.

– E o que então está fazendo esta noite?

– Estou preparando meu sermão aos enviados poloneses. Não haverá um conselho amanhã e não está combinado que cada um entregará seu sermão à Vossa Majestade?

– E não tem ninguém que ajude você nesse trabalho?

Margarida juntou todas as forças.

– Sim, meu irmão — disse. — O senhor de La Mole. Ele é muito sábio.

– Tão sábio — disse o duque de Alençon — que pedi a ele para vir me dar conselhos quando terminasse com você, minha irmã, eu, que não tenho o seu poder.

– E você o estava aguardando? — disse Margarida, com o tom mais natural possível.

– Estava — disse de Alençon. — E com impaciência.

– Nesse caso — fez Margarida —, vou enviá-lo a você, meu irmão, pois já acabamos.

– E seu livro? — disse Carlos.

– Mandarei Gillonne pegá-lo.

Os dois irmãos trocaram um sinal.

– Vamos! — disse Carlos. — Continuemos nossa ronda.

– Ronda? — perguntou Margarida. — E o que estão procurando?

– O homenzinho vermelho — disse Carlos. — Não ficou sabendo que há um homenzinho vermelho que retornou ao velho Louvre? Meu irmão de Alençon acredita tê-lo visto, e estamos à procura dele.

– Boa caça — disse Margarida.

Ela se retirou dando uma olhada para trás. Viu na parede do corredor as quatro sombras reunidas e que pareciam conversar. Em um segundo, chegou à porta de seus aposentos.

– Abra, Gillonne! — disse. — Abra!

Gillonne obedeceu. Margarida se precipitou para dentro do quarto e encontrou La Mole, que a aguardava calmo e resoluto, mas com a espada na mão.

– Fuja! — disse ela. — Fuja sem perder um segundo! Eles o aguardam no corredor para assassiná-lo.

– Está ordenando? — disse La Mole.

– É o que eu quero. Temos que nos separar agora para podermos nos rever depois.

Durante a saída de Margarida, La Mole havia amarrado a escada na barra da janela. Ele passou uma perna por ela e, antes de colocar o pé no primeiro degrau, beijou ternamente a mão da rainha.

– Se esta escada for uma armadilha e eu morrer por você, Margarida, lembre-se de sua promessa.

– Não é uma promessa, La Mole, é um juramento. Não tema nada. Adeus!

Audacioso, La Mole deixou-se mais escorregar pela escada do que propriamente descê-la. Naquele instante, bateram à porta.

Com o olhar, Margarida acompanhou La Mole em sua perigosa operação, e só se virou quando estava bem segura de que os pés dele tocavam o chão.

– Senhora — dizia Gillonne —, senhora!

– O quê? — perguntou Margarida.

– O rei bate à porta.

– Abra.

Gillonne obedeceu à ordem. Os quatro príncipes, sem dúvida impacientes por esperar, estavam em pé na soleira.

Carlos entrou.

Margarida pôs-se em diante de seu irmão com um sorriso nos lábios.

O rei lançou um olhar rápido ao redor.

– O que está procurando, meu irmão? — perguntou Margarida.

– Mas — disse Carlos —, estou procurando... Procurando... Que inferno! Estou procurando o senhor de La Mole.

– O senhor de La Mole!

– É! Onde ele está?

Margarida pegou seu irmão pela mão e o conduziu à janela.

Naquele momento, dois homens se distanciavam a grande galope com seus cavalos e chegavam à torre de madeira. Um dos dois pegou seu lenço e fez o cetim branco flutuar na noite em sinal de adeus: os dois homens eram La Mole e Orthon. Margarida apontou-os a Carlos.

– Ora — perguntou o rei —, o que isso quer dizer?

– Isso quer dizer — respondeu Margarida — que o senhor duque de Alençon pode colocar de volta seu cordão no bolso e os senhores de Anjou e de Guisa, suas espadas na bainha. O senhor de La Mole não passará pelo corredor esta noite.

XL

OS ÁTRIDAS

Desde que voltara a Paris, Henrique de Anjou ainda não havia visto livremente sua mãe Catarina, de quem, como cada um sabia, era o filho querido.

A visita não era para ele a vã satisfação da etiqueta nem um cerimonial difícil de cumprir. Era a realização de um dever muito terno para este filho que, se não amava sua mãe, pelo menos estava seguro de ser carinhosamente amado por ela.

Catarina realmente preferia este filho, fosse por sua bravura, fosse antes por sua beleza, pois, além de mãe, havia uma mulher dentro de Catarina. Segundo alguns boatos escandalosos, Henrique de Anjou fazia a florentina lembrar-se da época feliz de amores misteriosos.

Apenas Catarina sabia da volta do duque de Anjou a Paris, volta que Carlos IX teria ignorado se o acaso não o tivesse levado para a frente da residência de Condé no momento em que seu irmão saía de lá. Carlos aguardava sua chegada só no dia seguinte. Henrique de Anjou esperava se apropriar das duas ocasiões que haviam adiantado sua chegada em um dia: sua visita à bela Marie de Clèves, princesa de Condé, e seu encontro com os embaixadores poloneses.

Era esta última ocasião, de cuja intenção Carlos estava incerto, que o duque de Anjou devia explicar para sua mãe. E o leitor que, como Henrique de Navarra, certamente estava errado no que diz respeito a essa ocasião, aproveitará a explicação.

Quando o longamente esperado duque de Anjou entrou nos aposentos de sua mãe, Catarina — normalmente tão fria e soberba, Catarina que, desde a partida de seu filho, só havia abraçado com efusão Coligny, que seria morto no dia seguinte —, abriu os braços ao filho amado e o apertou contra o peito com um ímpeto de afeto materno que surpreendentemente ainda exista naquele coração ressecado.

Depois, ela se afastou dele, o olhou e voltou a abraçá-lo.

– Ah, senhora — disse —, já que o céu me dá a satisfação de abraçar minha mãe sem testemunha, console o homem mais infeliz do mundo.

– Ah, meu Deus! Meu querido filho — exclamou Catarina —, o que aconteceu com você?

– Nada que você já não saiba, minha mãe. Estou apaixonado e sou amado, mas esse amor causa minha infelicidade.

– Explique-me isso, meu filho — disse Catarina.

– Ah, minha mãe..., esses embaixadores, essa partida...

– Sim — disse Catarina —, os embaixadores chegaram e a partida se acelera.

– Ela não se acelera, minha mãe, mas meu irmão vai acelerá-la. Ele me detesta. Eu lhe faço sombra. Ele quer se livrar de mim.

Catarina sorriu.

– Dando-lhe um trono, pobre coitado coroado!

– Ah, pouco importa, minha mãe! — retomou Henrique, com angústia. — Não quero ir embora. Eu, um filho da França, criado no refinamento dos costumes educados, perto da melhor mãe, amado por uma das mulheres mais charmosas da terra, irei lá para aquelas neves, no fim do mundo, morrer lentamente no meio daquelas pessoas grosseiras que se embriagam o dia inteiro e julgam as capacidades do rei como as de um tonel, de acordo com o que ele contém. Não, minha mãe, não quero ir embora de jeito nenhum... Eu morreria!

—Vamos, Henrique — disse Catarina, apertando as mãos de seu filho. — Vamos. Esse é o verdadeiro motivo?

Henrique baixou o olhar como se não ousasse confessar à própria mãe o que se passava em seu coração.

– Não há outro motivo — perguntou Catarina — menos romanesco, mais racional... Mais político?

– Minha mãe, não é culpa minha se essa ideia ficou na minha cabeça e se talvez ela tome mais espaço do que deveria. Mas não foi você mesma quem me disse que o horóscopo tirado no nascimento de meu irmão Carlos o condenava a morrer jovem?

– Foi — disse Catarina —, mas um horóscopo pode estar errado, meu filho. Hoje eu mesma espero que todos os horóscopos estejam errados.

– Mas, enfim, o horóscopo dele não dizia isso?

– Sim, falava de um quarto de século, mas não dizia se era de sua vida ou de seu reinado.

– Então! Minha mãe, faça com que eu fique. Meu irmão está perto dos vinte e quatro anos. Em um ano o assunto estará resolvido.

Catarina pensou profundamente.

– Sim, claro — disse —, seria melhor se pudesse ser assim.

– Oh, então reconsidere, minha mãe! — exclamou Henrique. — Que desespero seria para mim trocar a coroa da França pela da Polônia! Ficar lá atormentado com a ideia de que eu poderia reinar no Louvre, no meio desta corte elegante e letrada e perto da melhor mãe do mundo, cujos conselhos teriam me poupado metade do trabalho e do cansaço e que, acostumada a carregar com meu pai uma parte do fardo do Estado, teria desejado ainda carregá-lo comigo. Ah, minha mãe, eu teria sido um grande rei!

– Filho querido — disse Catarina, a quem esse futuro sempre fora a esperança mais doce —, não se lamente. Você pensou em algum meio de providenciar tudo isso?

– Ah, claro que sim! Foi sobretudo por isso que vim dois ou três dias mais cedo do que me esperavam e, ao mesmo tempo, deixei meu irmão Carlos pensar que foi por causa da senhora de Condé. Depois me encontrei com Lasco, o mais importante dos enviados. Deixei que ele me conhecesse e, nesse primeiro encontro, fiz tudo o que era possível para me tornar detestável. Espero ter conseguido.

– Ah, meu filho querido — disse Catarina—, isso é ruim. É preciso colocar o interesse da França à frente dessas suas pequenas reservas.

– Minha mãe, o que a França quer caso aconteça um infortúnio a meu irmão Carlos: que reine o duque de Alençon ou o rei de Navarra?

– Oh, o rei de Navarra nunca... Nunca... — murmurou Catarina, deixando a agitação cobrir seu rosto com o véu de preocupação que surgia cada vez que essa pergunta se apresentava a ela.

– Garanto — continuou Henrique — que meu irmão de Alençon não vale muito mais e não a ama mais que Henrique.

– Enfim — retomou Catarina. — O que Lasco disse a você?

– Ele hesitou quando o pressionei para pedir uma audiência. Ah, e se ele pudesse escrever à Polônia e romper essa eleição?

– Isso é loucura, meu filho, loucura... O que uma Dieta consagrou é sagrado.

– Mas, minha mãe, não poderíamos fazer esses poloneses aceitarem meu irmão no meu lugar?

– Isso é bem difícil, se não for impossível — respondeu Catarina.

– Não importa! Experimente, tente, fale com o rei, minha mãe. Conte-lhe tudo sobre meu amor pela senhora de Condé. Diga que estou louco, perdendo a cabeça. Ele justamente me viu sair da residência do príncipe com Guisa, que me faz todos os favores de um bom amigo.

– Sim, para fazer a Liga. Você não enxerga isso, mas eu enxergo.

– Claro, minha mãe, claro. Mas, enquanto isso, eu o utilizo. Ei, nós não somos felizes quando alguém nos serve servindo a si mesmo?

– E o que o rei disse quando viu vocês?

– Ele pareceu acreditar no que eu lhe afirmei, ou seja, que apenas o amor me trazia de volta a Paris.

– Mas, e pelo resto da noite, ele não lhe pediu nenhuma satisfação?

– Pediu, mãe, mas fui cear na casa de Nantouillet, onde fiz um escândalo horrível a fim de que o barulho se espalhasse e o rei não duvidasse de que eu estava lá.

– Então ele ignora sua visita a Lasco?

– Totalmente.

– Bom, melhor assim. Então tentarei falar com ele, filho querido. Mas, você já sabe, nenhuma influência é verdadeira sob aquela natureza rude.

– Ah, minha mãe, minha mãe, como eu a amaria mais ainda e que felicidade seria se eu pudesse ficar!

– Se você ficar, vão mandá-lo de novo para a guerra.

– Oh, desde que eu não deixe a França, isso não importa!

– Você será morto.

– Minha mãe, não morremos com tiros... Morremos de dor, de tédio... Mas Carlos não me deixará ficar, ele me detesta.

– Ele tem ciúmes de você, meu belo vencedor, isso é coisa certa. Também, por que você é tão feliz e corajoso? Por que com meros vinte anos ganhou batalhas como Alexandre e César? Mas, enquanto espera essa decisão, não se revele a ninguém, finja estar conformado e faça a corte ao rei. Hoje mesmo todos se reúnem em um conselho privado para ler e discutir os discursos que serão pronunciados na cerimônia. Seja o rei da Polônia e deixe o resto comigo. Aliás, e sua expedição ontem à noite, como foi?

– Não deu certo, minha mãe. O sedutor foi prevenido e fugiu pela janela.

– Bem — disse Catarina —, um dia saberei quem é o gênio mau que contraria desse jeito todos os meus planos... Por enquanto, penso que seja... Enfim, pior para ele!

– Que seja...? — disse o duque de Anjou.

– Deixe-me cuidar desse assunto.

E assim ela beijou carinhosamente os olhos de Henrique, colocando-o para fora de seu gabinete.

Logo os príncipes e princesas de sua casa chegaram aos aposentos da rainha. Carlos estava de ótimo humor, pois a audácia de sua irmã Margot o havia deixado mais alegre que afetado. Ele não tinha nada contra La Mole. Só o havia esperado com tanto ardor no corredor porque a situação era como a de uma tocaia de caça.

De Alençon, pelo contrário, estava muito preocupado. A repulsão que sempre tivera por La Mole se transformou em ódio no momento em que soube que ele era amado por sua irmã.

Margarida sonhava e espreitava. Tinha, ao mesmo tempo, do que se lembrar e com o que se preocupar.

Os deputados poloneses haviam enviado o discurso que deviam pronunciar. Margarida — a quem não falaram mais da cena da véspera, como se nunca tivesse existido — leu os discursos e cada um discutiu o que iria responder, exceto Carlos. Ele deixou Margarida responder como bem entendesse. A escolha dos termos por de Alençon foi bastante difícil, mas, quanto ao discurso de Henrique de Anjou, Carlos contribuiu mais do que com sua má vontade: ficou obstinado em corrigi-lo e refazê-lo.

Sem nenhum choque, a sessão tinha envenenado pesadamente os espíritos. Henrique de Anjou, que devia refazer quase que inteiramente seu discurso, saiu para cumprir a tarefa. Margarida, que não havia tido notícias do rei de Navarra desde que as havia recebido em detrimento dos vidros de sua janela, voltou a seus aposentos na esperança de vê-lo chegar. De Alençon, que tinha lido a hesitação nos olhos de seu irmão de Anjou e surpreendera entre ele e sua mãe um olhar astuto, retirou-se para sonhar com o que considerava ser o nascimento de uma quadrilha. Por fim, Carlos já estava pronto para passar em sua ferraria a fim de terminar uma lança que ele mesmo estava fabricando quando Catarina o reteve.

Pressentindo que encontraria nela alguma oposição a sua vontade, o rei parou e a olhou fixamente:

– E então? — disse — O que temos agora?

– Uma última palavra a ser trocada, Sire. Esquecemos disso e, entretanto, o assunto tem certa importância. Para que dia fixaremos a sessão pública?

– Ah! É verdade! — disse o rei, sentando-se novamente. — Falemos disso, minha mãe. Pois então, para quando lhe agrada que fixemos o dia?

– Eu pensei que — respondeu Catarina —, no silêncio de Vossa Majestade, nesse aparente esquecimento, havia algo de muito calculado.

– Não — disse Carlos. — Por que isso, minha mãe?

– Porque — acrescentou Catarina, muito docemente — não seria necessário ao que me parece, meu filho, que os poloneses nos vissem correr atrás dessa coroa com tanta avidez.

– Pelo contrário, minha mãe — disse Carlos. — Eles estão apressados, vindo a marchas forçadas de Varsóvia até aqui... Honra por honra, educação por educação.

– Vossa Majestade pode ter razão por um lado, mas, por outro, eu posso não estar errada. Então sua opinião é a de que a sessão pública deve ocorrer o quanto antes?

– Sim, minha mãe. Não seria essa também a sua opinião?

– Você sabe que só tenho opiniões que possam cooperar com sua glória. Por isso lhe direi que, se apressando assim, eu temeria que o acusassem de se aproveitar da ocasião que se apresenta para aliviar a casa da França do peso que seu irmão impõe a você, mas que certamente ele devolve em glória e devoção.

– Minha mãe — disse Carlos —, quando meu irmão partir da França, eu o dotarei com tantas riquezas que ninguém ousará pensar isso que você teme.

– Então — disse Catarina — desisto. Já que você tem uma resposta tão boa para cada uma de minhas objeções... Mas, para receber esse povo guerreiro, que julga a força dos Estados por sinais exteriores, você precisa de um contingente considerável de tropas, e não acho que as tenha suficientemente convocadas em Île-de-France.

– Perdoe-me, minha mãe, pois previ o evento e me preparei. Chamei dois batalhões da Normandia e um da Guiana. Minha companhia de arqueiros chegou ontem da Bretanha. A cavalaria, espalhada pela Touraine, estará em Paris ao longo do dia. Enquanto pensam que mal disponho de quatro regimentos, tenho vinte mil homens prontos para aparecer a qualquer momento.

– Ah! — exclamou Catarina, surpresa. — Então só lhe falta uma coisa, mas nós a arranjaremos.

– O quê?

– Dinheiro. Acho que você não está abastecido o suficiente.

– Pelo contrário, senhora, pelo contrário — disse Carlos IX. — Tenho cento e quarenta mil escudos na Bastilha, minha poupança particular me rendeu há alguns dias oitocentos mil escudos que enterrei nas minhas câmaras do Louvre e, em caso de penúria, Nantouillet possui trezentos mil escudos à minha disposição.

Catarina estremeceu, pois até então havia visto Carlos violento e colérico, nunca cauteloso.

– Ora — disse —, Vossa Majestade pensou em tudo, é admirável! Se os alfaiates, as bordadeiras e os joalheiros se apressarem só um pouco, Vossa Majestade poderá ter a sessão antes de seis semanas.

– Seis semanas! — exclamou Carlos.— Minha mãe, os alfaiates, as bordadeiras e os joalheiros trabalham desde o dia em que soubemos da nomeação de meu irmão. Na melhor das hipóteses, tudo poderia ficar pronto hoje mesmo, mas o mais correto é afirmar que tudo estará pronto em três ou quatro dias.

– Oh... — murmurou Catarina. — Você está com mais pressa do que eu pensava, meu filho.

– Honra por honra, estou lhe dizendo.

– Bem, então essa é a honra feita à casa da França que o lisonjeia, não é?

– Com certeza.

– E ver um filho da França no trono da Polônia é seu mais caro desejo?

– Você diz a verdade.

– Então é o fato, a coisa em si, e não o homem que o preocupa. Para você, pouco importa quem reinará lá...

– Não, não, minha mãe. Só por Deus! Fiquemos onde estamos! Os poloneses escolheram bem. Eles são habilidosos e fortes! São uma nação militar, um povo de soldados. Pegaram um capitão como príncipe, é lógico! De Anjou resolve o problema deles. O herói de Jarnac e de Moncontour lhes serve como uma luva... Quem você queria que eu lhes enviasse? De Alençon, um covarde?! Isso lhes daria uma boa ideia dos Valois...! De Alençon! Fugiria à primeira bala que assobiasse em seus ouvidos. Já Henrique de Anjou é um soldado, oras! Sempre com a espada na mão, sempre marchando na frente a pé ou a cavalo...! É um destemido! Ele fura, empurra, acaba, mata! Meu irmão de Anjou é um homem habilidoso, um corajoso que os fará lutar de manhã até a noite, do primeiro até o último dia do ano. Ele não sabe beber, é verdade, mas os fará matar a sangue frio e pronto. Ele estará em casa, o caro Henrique! À frente! À frente, ao campo de batalha! Bravo com trombetas e tambores! Viva o rei! Viva o vencedor! Viva o general! Vão proclamá-lo imperador três vezes por ano! Será admirável para a casa da França e para a honra dos Valois... Talvez ele seja morto, mas, oh, Deus meu! Será uma morte linda!

Catarina se arrepiou e um raio jorrou de seus olhos.

– Diga! — exclamou. — Diga que você quer afastar Henrique de Anjou, que você não ama seu irmão!

– Ha! Ha! Ha! — fez Carlos, soltando um riso nervoso. — Você adivinhou que eu queria afastá-lo? Você adivinhou que eu não o amava? E quando foi isso, vamos? Amar meu irmão? E por que eu o amaria? Rá, rá, rá! Faz-me rir! — À medida que ia falando, suas bochechas pálidas iam se exaltando com um vermelho febril. — E ele me ama? E você? Você me ama? Tirando meus cachorros, Marie Touchet e minha ama, existe alguém que já tenha me amado? Não, não, eu não amo meu irmão. Eu só amo a mim, está ouvindo? E não impeço meu irmão de fazer como eu faço.

– Sire — disse Catarina, exaltando-se por sua vez —, já que você me mostra seu coração, é preciso que eu lhe mostre o meu. Você está agindo como um rei fraco, como um monarca mal-aconselhado. Você está mandando embora seu segundo irmão, o apoio natural do trono, aquele que é totalmente digno de lhe suceder caso uma desgraça lhe acometa. Se isso chegasse a acontecer, você estaria deixando sua coroa abandonada, pois, como você mesmo disse, de Alençon é jovem, incapaz, fraco e, mais que fraco, é um covarde! E o bearnês vem logo atrás, está ouvindo?

– Diabo dos infernos! — exclamou Carlos. — O que vai acontecer quando eu não estiver mais aqui? O bearnês vem logo atrás de meu irmão na sucessão, você disse? Meu Deus, ainda bem! Eu dizia que não amo ninguém, mas estava enganado: amo Henrique. Sim, eu o amo. O bom Henrique tem o jeito sincero, as mãos quentes. Ao meu redor vejo apenas olhos falsos, toco só em mãos geladas. Ele é incapaz de me trair, tenho certeza disso. E eu devo a ele uma indenização: envenenaram a mãe dele, pobre homem! Foram pessoas da minha família, pelo que ouvi dizer. Aliás, eu estou bem, mas, se ficasse doente, o chamaria e não gostaria que me deixasse. Pegaria somente em sua mão e, quando morresse, o faria rei da França e de Navarra. E, pelo papa! Em vez de rir da minha morte como faria meus irmãos, ele choraria, ou pelo menos fingiria estar chorando.

Um raio caindo aos pés de Catarina a amedrontaria menos que essas palavras. Ela ficou aterrada, olhando para Carlos com os olhos arregalados. Só depois de alguns segundos, por fim, exclamou:

– Henrique de Navarra!? Henrique de Navarra!? Rei da França!? No lugar de meus filhos!? Ah, Nossa Senhora! Vamos ver! Então é por isso que você quer afastar meu filho de mim...?

– Seu filho...!? E eu sou o quê? O filho de uma loba como Rômulo? — esbravejou Carlos, tremendo de cólera e com os olhos brilhando como se tivessem sido acesos por uma chama. — Seu filho! Você tem razão, o rei da França não é seu filho, não. O rei da França não tem irmãos, o rei da França não tem mãe: o rei da França só tem súditos. O rei da França não precisa ter sentimentos, ele só tem vontades. Ele não se importa que não o amem, mas quer que o obedeçam.

– Sire, você interpretou mal minhas palavras. Eu chamei de meu filho aquele que ia me deixar. Eu o amo mais agora porque agora é ele quem mais temo perder. É um crime para uma mãe desejar que seu filho não a deixe?

– Pois eu lhe digo que ele irá deixá-la, que ele deixará a França, que irá para a Polônia e que isso ocorrerá dentro de dois dias. E se você disser mais uma palavra, ele irá embora amanhã mesmo. E se você não abaixar a cabeça, se você não apagar a ameaça de seus olhos, eu o estrangulo hoje à noite como você queria que eu estrangulasse ontem o preferido de sua filha. Só que dessa vez eu não perderei o alvo de vista como perdemos La Mole.

Com essa primeira ameaça, Catarina baixou a cabeça, mas logo a levantou novamente.

– Ah, meu pobre filho! — disse. — Seu irmão quer matá-lo! Mas fique tranquilo, sua mãe o defenderá.

– Ah, está me afrontando!? — exclamou Carlos. — Pois bem! Pelo sangue do Cristo! Ele vai morrer não hoje à noite, não daqui a pouco, mas agora mesmo! Quero uma arma! Uma adaga! Uma faca! Ah...!

E Carlos, depois de ter olhado inutilmente em torno de si procurando o que pedia, viu o pequeno punhal que sua mãe trazia à cintura. Pulou em cima dele, o desamarrou de sua bainha de chagrém[1] incrustada de prata e correu para fora do quarto a fim de golpear Henrique de Anjou onde quer que o encontrasse. Mas chegando ao vestíbulo, suas forças, em um êxtase que superava a capacidade humana, o abandonaram de repente: ele estendeu o braço, deixou cair a arma pontiaguda que ficou espetada no chão de tacos, soltou um grito horrível, caiu sobre si mesmo e rolou sobre o assoalho.

No mesmo instante, o sangue jorrou abundantemente de seus lábios e de seu nariz.

– Jesus! — disse. — Estão me matando. Me ajudem! Me ajudem!

Catarina, que o havia seguido, viu-o cair. Ela o olhou por um momento impassível e inerte, depois, voltando a si, não por amor materno, mas pela dificuldade da situação, rompeu gritando:

– O rei está ferido! Socorro! Socorro!

Com esse grito, um mundo de servos, oficiais e cortesões reuniu-se em volta do jovem rei. Mas, diante de todo mundo, uma mulher se precipitou, afastando os espectadores e levantando Carlos pálido como um cadáver.

– Estão me matando, ama, estão me matando... — murmurou o rei banhado de suor e sangue.

– Estão sim, meu Carlos! — exclamou a boa mulher, percorrendo todos os rostos com um olhar que teria afastado até mesmo Catarina. — E quem é? Quem o está matando?

Carlos soltou um leve suspiro e desmaiou de vez.

– Oh, oh! — disse o médico Ambroise Paré, a quem tinham ido buscar rapidamente. — Eis o rei em grave estado.

– Agora, de grado ou à força — disse a implacável Catarina para si mesma —, vai preciso que ele conceda um prazo.

E assim ela deixou o rei para juntar-se seu segundo filho, que esperava com ansiedade no oratório pelo resultado desse encontro tão importante para ele.

O HORÓSCOPO

Saindo do oratório onde havia acabado de contar a Henrique de Anjou tudo o que tinha ocorrido, Catarina encontrou René em seu quarto.

Era a primeira vez que a rainha e o astrólogo se reviam desde a visita que ela lhe fizera em sua loja da ponte Saint-Michel. Na véspera, a rainha havia lhe escrito, e era a resposta desse bilhete que René trazia pessoalmente.

– E então — perguntou-lhe a rainha —, você o viu?

– Vi.

– E como está?

– Antes melhor do que pior.

– E pode falar?

– Não, a espada atravessou a laringe.

– Eu lhe disse que, nesse caso, fizesse ele escrever.

– Eu tentei. Ele mesmo reuniu todas as forças, mas sua mão só pôde traçar duas letras quase ilegíveis e, em seguida, ele desmaiou: a veia jugular abriu, e o sangue que ele perdeu retirou-lhe todas as forças.

– Você viu essas letras?

– Aqui estão.

René retirou um papel do bolso e o apresentou a Catarina, que o desdobrou rapidamente.

– Um M e um O... — disse. — Seria decididamente La Mole, e todo esse teatro de Margarida só seria um meio de desviar as suspeitas?

– Senhora — disse René —, se eu ousasse emitir minha opinião em um assunto no qual Vossa Majestade hesita em formar a sua, diria que imagino o senhor de La Mole apaixonado demais para se ocupar seriamente de política.

– Você acha?

– Sim, sobretudo apaixonado demais pela rainha de Navarra para conseguir servir com devoção ao rei. Não há amor verdadeiro sem ciúmes.

– E você acha que ele está mesmo apaixonado?

– Tenho certeza.

– Ele recorreu a você?

– Sim.

– E lhe pediu alguma bebida, alguma poção?

– Não, nós nos contentamos com a figura de cera.

– Furada no coração?

– Furada no coração.

– Essa figura ainda existe?

– Sim.

– Está na sua casa?

– Está na minha casa.

– Seria curioso — disse Catarina — que essas preparações cabalísticas tivessem realmente o efeito que lhes atribuem.

– Vossa Majestade poderia julgar isso melhor do que eu.

– A rainha de Navarra também ama o senhor de La Mole?

– Ela o ama a ponto de se perder por ele. Ontem ela o salvou da morte arriscando sua honra e sua vida. Está vendo, senhora? Mesmo assim você ainda duvida.

– Do quê?

– Da ciência.

– É porque a ciência também me traiu — disse Catarina olhando fixamente para René, que suportava admiravelmente bem aquele olhar.

– Em que ocasião?

– Oh, você sabe o que quero dizer. A menos que seja o sábio, não a ciência.

– Não sei o que quer dizer, senhora — respondeu o florentino.

– René, seus perfumes perderam o cheiro?

– Não quando são empregados por mim, senhora. Mas é possível que, ao passar pelas mãos de outros...

Catarina sorriu e balançou a cabeça.

– Seu creme fez maravilhas, René! — disse. — A senhora de Sauve está com os lábios mais frescos e vermelhos do que nunca.

– Não é ao meu creme que deve agradecer, senhora. Usando o direito que toda mulher bela tem de ser caprichosa, a baronesa de Sauve não mencionou mais esse creme, e eu, da minha parte, julguei melhor não enviá-lo mais a ela depois da recomendação que Vossa Majestade me fez. Os potes estão todos em casa, tal como você os deixou, menos um, que desapareceu sem que eu saiba quem o pegou nem o que essa pessoa quis fazer dele.

– Está bem, René — disse Catarina. — Talvez voltemos ao assunto mais tarde. Enquanto aguardamos, falemos de outra coisa.

– Estou ouvindo, senhora.

– O que é preciso para se estimar a duração provável da vida de uma pessoa?

– Saber primeiro o dia de seu nascimento, sua idade e sob qual signo ela viu o dia.

– E depois?

– Uma amostra de seu sangue e de seu cabelo.

– E se eu lhe trouxer o sangue e o cabelo e lhe disser sob qual signo viu o dia, a idade que tem e a data de seu nascimento você me dirá a época provável de sua morte?

– Sim, direi o dia aproximado.

– Que bom. Tenho o cabelo, obterei o sangue.

– A pessoa nasceu durante o dia ou à noite?

– Às cinco horas e vinte e três minutos da tarde.

– Esteja amanhã às cinco horas em minha casa. A experiência deve ser feita na hora exata do nascimento.

– Está bem — disse Catarina —, *estaremos lá*.

René se despediu e saiu sem parecer ter notado o "estaremos lá". A frase indicava que, contrariando seu costume, Catarina não iria sozinha.

No dia seguinte, na alvorada, Catarina passou pelo quarto do filho. À meia-noite pedira notícias dele, e haviam lhe informado que mestre Ambroise Paré estava a seu lado e se preparava para sangrá-lo[1] se a mesma agitação nervosa continuasse.

Ainda tremendo em seu sono e pálido do sangue que perdera, Carlos dormia no ombro de sua ama fiel que, apoiada na cama, não mudara de posição por três horas, com medo de incomodar o repouso de sua querida criança.

Uma ligeira espuma aparecia de vez em quando nos lábios do doente, e a ama a enxugava com uma fina cambraia bordada. Na cômoda havia um lenço todo maculado com grandes manchas de sangue.

Por um momento, Catarina teve a ideia de se aproveitar daquele lenço, mas pensou que o sangue, misturado como estava à saliva enxugada, não teria a mesma eficácia. Perguntou à ama se o médico não tinha sangrado seu filho como haviam lhe dito que seria feito. A ama respondeu que sim e que a sangria fora tão abundante que Carlos desmaiara duas vezes.

A rainha-mãe, que tinha certo conhecimento de medicina como todas as princesas da época, pediu para ver o sangue. Nada mais fácil: o médico havia recomendado que fosse conservado para estudo de seus fenômenos.

O sangue estava em uma bacia no gabinete ao lado do quarto. Catarina passou ali para examiná-lo, encheu com o licor vermelho um frasquinho que trouxera para esse fim e, depois, voltou, escondendo no bolso os dedos cujas extremidades denunciariam a profanação que acabara de cometer.

No momento em que reaparecia na porta do gabinete, Carlos abriu os olhos e se assustou com a visão de sua mãe. Então, lembrando-se, como na continuação de um sonho, de todos os pensamentos impregnados de rancor:

– Ah! É você, senhora! — disse. — Muito bem, anuncie para o seu filho bem-amado, o seu Henrique de Anjou, que vai ficar para amanhã.

– Meu Carlos — disse Catarina —, vai ficar para o dia que você quiser. Tranquilize-se e durma.

Como se cedesse ao conselho, Carlos efetivamente fechou os olhos, e Catarina, que havia dado esse conselho como para consolar um doente ou uma criança, saiu do quarto. Mas, atrás dela, assim que ouviu fechar a porta, Carlos se ergueu e, de repente, com uma voz abafada pelo acesso do qual ainda sofria, gritou:

– Meu chanceler! Os selos, a corte... Traga-me tudo!

A ama, com uma terna violência, deitou novamente a cabeça do rei em seu ombro e, para fazê-lo dormir, tentou balançá-lo como quando era um bebê.

– Não, ama, não, não dormirei mais! Chame meus homens, quero trabalhar nesta manhã.

Quando Carlos falava assim, era preciso obedecê-lo. E, apesar dos privilégios que seu bebê real lhe conservava, a própria ama não ousava ir contra seus comandos. Fizeram vir quem o rei pediu, e a sessão foi fixada, não no dia seguinte, pois era impossível, mas dali a cinco dias.

Entretanto, na hora estabelecida, ou seja, às cinco horas, a rainha-mãe e o duque de Anjou encontravam-se na casa de René, que, como se sabe, avisado da visita, já havia preparado tudo para a misteriosa sessão.

No cômodo da direita, ou cômodo dos sacrifícios, ardia em um braseiro intenso uma lâmina de aço destinada a representar, pelos seus caprichosos arabescos, os eventos do destino a serem consultados no oráculo. No altar estava o livro dos destinos. Durante a noite, que fora muito clara, René pôde estudar as atitudes e o movimento das constelações.

Henrique de Anjou entrou primeiro. Estava com cabelos falsos, uma máscara cobria-lhe o rosto e um grande casaco de noite disfarçava seu corpo. Sua mãe veio em seguida. Se não soubesse de antemão que era seu filho quem a aguardava ali, ela própria não o teria reconhecido. Catarina tirou sua máscara. O duque de Anjou, ao contrário, manteve a sua.

– Fez suas observações essa noite? — perguntou Catarina.

– Sim, senhora — disse —, e a resposta dos astros já me mostrou o passado. Aquele sobre o qual você me interroga tem, como todas as pessoas nascidas sob o signo de câncer, o coração ardente e um orgulho sem igual. Ele é forte. Viveu quase um quarto de século. Até o presente, obteve glória e riqueza dos céus. Não é isso, senhora?

– Talvez — disse Catarina.

– Você tem o cabelo e o sangue?

– Aqui está.

Catarina entregou ao necromante um cacho de cabelo loiro avermelhado e um frasquinho de sangue.

René pegou o frasco, sacudiu para reunir bem a fibrina e a serosidade, e deixou cair sobre a lâmina avermelhada uma grande gota dessa carne líquida, que ferveu no mesmo instante e logo escorreu em fantásticos desenhos.

– Oh, senhora! — exclamou René. — Vejo-o se retorcer em dores atrozes. Está ouvindo como ele geme, como grita por socorro? Está vendo como tudo vira sangue ao redor dele? Está vendo, enfim, como preparam-se grandes combates em volta de seu leito de morte? Olhe! Eis as lanças, eis as espadas.

– Vai ser demorado? — perguntou Catarina, palpitante com uma emoção indizível e segurando a mão de Henrique de Anjou, que, em sua ávida curiosidade, inclinava-se sobre o braseiro.

René se aproximou do altar e repetiu uma reza cabalística, colocando em cena uma ardência e uma convicção que estufavam suas veias e têmporas e lhe davam essas convulsões proféticas e esses tremores nervosos que tomavam as Pítias antigas em seu tripé e as acompanhavam até o leito de morte.

Finalmente, ergueu-se e anunciou que estava tudo pronto. Com uma mão pegou o frasco ainda com três quartos de sangue e, com a outra, o cacho de cabelo. Em seguida, mandando Catarina abrir o livro ao acaso e deixar seu olhar cair sobre o primeiro ponto que surgisse, ele derramou sobre a lâmina de aço todo o sangue e jogou no braseiro o cabelo, pronunciando uma frase cabalística composta de palavras hebraicas que nem ele sabia o que significavam.

Logo o duque de Anjou e Catarina viram se espalhar pela lâmina uma figura branca como a de um cadáver envolto em seu sudário. Depois, outra figura, que parecia a de uma mulher, inclinava-se sobre a primeira.

No mesmo instante o cabelo pegou fogo e lançou uma só chama, clara, rápida, direta como uma língua vermelha.

– Um ano! — exclamou René. — Em apenas um ano esse homem estará morto, e só uma mulher chorará sobre ele. Mas, não, ali, no final da lâmina, há outra mulher, segurando como se fosse uma criança em seus braços.

Catarina olhou para o filho e, bem mãe que era, parecia perguntar a ele quem poderiam ser aquelas duas mulheres.

Mas René mal havia terminado e a placa de aço tornou-se novamente branca; tudo foi gradualmente se esvaindo.

Então Catarina abriu o livro ao acaso e leu o seguinte dístico, com uma voz que, apesar dos esforços, não conseguia esconder a alteração:

Duvidava, foi prudente, mas
Pereceu cedo, cedo demais.

Um profundo silêncio reinou por algum tempo em volta do braseiro.

– E, para aquele que você já sabe — perguntou Catarina —, quais são os sinais deste mês?

– Florescentes como sempre, senhora. A menos que o destino seja vencido em uma luta de Deus contra Deus, o futuro pertence mesmo a esse homem, a não ser que...

– A não ser que?

– Durante o tempo de minhas observações, uma das estrelas que compõem sua plêiade ficou coberta por uma nuvem negra.

– Ah! — exclamou Catarina. — Uma nuvem negra... Então existe alguma esperança?

– De quem estão falando, senhora? — perguntou o duque de Anjou.

Catarina levou seu filho para longe da luz do braseiro e lhe falou à meia-voz. Nesse intervalo, René se ajoelhou e, sob a claridade da chama, derramou em sua mão uma última gota de sangue que ficara no fundo do frasco:

– Bizarra contradição — dizia —, e que prova como são pouco sólidos os depoimentos da ciência simples que os homens vulgares praticam! Para qualquer um além de mim, para um médico, para um sábio, para o próprio mestre Ambroise Paré, eis um sangue puro, fecundo, tão cheio de vida e de substâncias animais que promete longos anos ao corpo do qual saiu. Entretanto, todo esse vigor deve desaparecer em breve, toda essa vida deve se apagar em menos de um ano!

Catarina e Henrique de Anjou já tinham se virado e ouviam o que René dizia. Os olhos do príncipe brilhavam através da máscara.

– Ah! — continuou René. — É que só o presente pertence aos sábios comuns. Mas, a nós, são o passado e o futuro que nos pertencem.

– Assim — continuou Catarina —, você insiste em acreditar que ele morrerá em menos de um ano?

– Isso é tão certo como somos aqui três pessoas vivas que um dia repousarão por sua vez em um caixão.

– Mas você não dizia há pouco que esse sangue era puro e fecundo, que prometeria uma vida longa?

– Sim, isso se as coisas seguissem seu curso natural. Mas é possível que um acidente...

– Ah, sim...! Está ouvindo? — disse Catarina a Henrique. — Um acidente...

– Ai de mim! — disse o príncipe. — Mais uma razão para ficar.

– Oh, não pense mais sobre isso, é algo impossível.

Henrique se virou para René:

– Obrigado — disse o rapaz, disfarçando o timbre da voz. — Obrigado. Pegue essa bolsa.

– Venha, "conde" — disse Catarina, dando propositalmente a seu filho um título cujo objetivo era desnortear as conjeturas de René. E partiram.

– Oh, minha mãe, você ouviu — disse Henrique. — Um acidente...! E se esse acidente acontecer, não estarei mais aqui. Estarei a quatrocentas léguas de você...

– Quatrocentas léguas se fazem em oito dias, meu filho.

– Sim, mas sabemos se aquela gente vai me deixar voltar? O que devo esperar deles, mãe?

– Quem sabe? — disse Catarina. — Esse acidente do qual René fala não é o que derrubou o rei em sua cama de dor desde ontem? Escute, volte para o castelo, meu filho, pois vou atravessar a portinha do claustro das Augustinas, meu futuro me aguarda nesse convento. Vá, Henrique, vá! E evite irritar seu irmão se o vir.

AS CONFIDÊNCIAS

A primeira coisa que o duque de Anjou descobriu ao chegar ao Louvre foi que a entrada solene dos embaixadores havia sido fixada para dali a cinco dias. Os alfaiates e os joalheiros aguardavam o príncipe com roupas magníficas e adornos soberbos que o rei encomendara para ele.

Enquanto o duque de Anjou os experimentava com uma cólera que molhava seus olhos de lágrimas, Henrique de Navarra se sentia muito contente com o belíssimo colar de esmeraldas, a espada de punho de ouro e o anel precioso que Carlos lhe enviara naquela manhã.

De Alençon havia acabado de receber uma carta e se fechara em seu quarto para lê-la com liberdade.

Cocunás, por sua vez, perguntava por seu amigo em todos os cantos do Louvre. Ele ficara pouco surpreso na verdade em não ver La Mole voltar durante toda a noite; no entanto, pela manhã, começou a sentir certa inquietação e logo iniciou uma busca pelo amigo. A investigação teve início no hotel da Belle-Étoile e passou do hotel Belle-Étoile à rua Cloche-Percée, da rua Cloche-Percée à rua Tizon, da rua Tizon à ponte Saint-Michel e, por fim, da ponte Saint-Michel ao Louvre.

Essa investigação foi feita, de acordo com as pessoas às quais se dirigia, de uma forma ora original, ora exigente, o que é fácil conceber quando se conhece o caráter excêntrico de Cocunás. A busca chegou até mesmo a suscitar entre ele e três senhores da corte explicações que acabaram à moda da época, isto é, em um duelo. Cocunás dedicara a esses encontros a consciência que constumava dedicar a esse tipo de coisa: ele havia matado o primeiro e ferido os outros dois senhores dizendo:

– Pobre La Mole, sabia tão bem latim!

E foi nesse ponto que o último dos senhores, o barão de Boissey, lhe disse caindo:

– Ah, pelo amor de Deus, Cocunás! Varie um pouco! Diga ao menos que ele sabia grego.

Enfim, o barulho da aventura no corredor se fez ouvir: Cocunás se encheu de dor, pois por um instante pensou que todos aqueles reis e príncipes haviam matado seu amigo e o jogado em qualquer masmorra ou o enterrado em algum canto.

Descobriu que de Alençon fizera parte da trupe e, passando por cima da realeza que envolvia o príncipe de sangue, foi encontrá-lo e pediu uma explicação, como teria feito com um simples cavalheiro.

Inicialmente, de Alençon teve muita vontade de expulsar porta afora o impertinente que vinha tirar satisfação de suas ações. Mas Cocunás falava com um tom de voz tão breve e seus olhos reluziam com tanto brilho e a aventura dos três duelos em menos de vinte e quatro horas havia colocado o piemontês tão fora de si que de Alençon refletiu e, em vez de se deixar levar pelo primeiro impulso, respondeu a seu cavalheiro com um charmoso sorriso.

– Meu caro Cocunás, é verdade que o rei, furioso por ter recebido no ombro um jarro de prata; o duque de Anjou, descontente por ter tomado um banho de compota de laranja; e o duque de Guisa, humilhado por ter sido esbofeteado com um pedaço de javali, resolveram matar o senhor de La Mole, mas um amigo do seu amigo o salvou. O plano falhou, dou-lhe minha palavra de príncipe.

– Ah...! — fez Cocunás, suspirando tranquilizado como um fole.

— Ah, *Mordi*, meu senhor, isso é bom! Eu queria conhecer esse amigo para lhe mostrar meu reconhecimento.

O senhor de Alençon não respondeu nada, mas sorriu, ainda mais agradavelmente do que antes, o que deu a entender a Cocunás que esse amigo salvador nada mais era que o próprio de Alençon.

– Meu senhor — retomou —, já que fez tanto ao me contar o começo da história, vá até o fim de suas boas ações e me conte o desfecho disso tudo. Queriam matá-lo, mas não o mataram, é o que me diz. Então o que fizeram? Sou corajoso, vamos! Vamos, diga! Eu sei suportar uma má notícia. Jogaram La Mole no fundo de alguma fossa, não é? Melhor assim, isso o fará prudente. Ele nunca quer ouvir meus conselhos. Aliás, podem ir tirá-lo de lá, *mordi*!! As pedras não são duras para todos.

De Alençon balançou a cabeça.

– O pior disso tudo — disse —, meu caro Cocunás, é que desde essa aventura seu amigo desapareceu sem que se possa saber para onde foi.

– *Mordi*! — exclamou o piemontês, empalidecendo novamente. — Se ele tivesse ido para o inferno ao menos saberíamos onde estaria.

– Ouça — disse de Alençon, que, como Cocunás, também tinha muita vontade de saber onde estava La Mole, mas por motivos muito diferentes —, lhe darei um conselho de amigo.

– Dê, meu senhor — disse Cocunás —, dê.

– Vá encontrar a rainha Margarida. Ela deve saber o que aconteceu com aquele por quem você chora.

– Se eu tivesse que confessar à Vossa Alteza — disse Cocunás —, eu diria que já havia pensado nisso, mas não ousei ir até ela porque, além da senhora Margarida me impor mais respeito do que pode imaginar, tive medo de encontrá-la em lágrimas. Mas, já que Vossa Alteza me assegura que La Mole não está morto e que Sua Majestade deve saber onde está, vou encher-me de coragem e ir encontrá-la.

– Vá, meu amigo, vá — disse o duque Francisco. — E, quando tiver notícias, passe-as para mim, pois, na verdade, estou tão inquieto quanto você. Lembre-se apenas de uma coisa, Cocunás...

– O quê?

– Não diga que você vai em meu nome, pois, cometendo essa imprudência, você pode não conseguir descobrir nada.

– Meu senhor — disse Cocunás —, já que Vossa Alteza me recomenda o silêncio, ficarei mudo como uma tenca[1] ou como a rainha-mãe.

"Príncipe bom, príncipe excelente, príncipe magnânimo!", murmurava Cocunás ao se dirigir ao quarto da rainha de Navarra.

Margarida já o aguardava, pois os rumores de seu desespero haviam chegado até ela. Ao descobrir as façanhas pelas quais esse desespero se mostrara, ela quase o perdoara pelo modo um tanto brutal com o qual tratava sua amiga, a senhora duquesa de Nevers, a quem o piemontês não tinha mais se dirigido devido a uma grande briga que ocorrera entre eles havia dois ou três dias.

Assim que anunciado, Cocunás foi então introduzido no quarto da rainha.

Ele entrou sem conseguir disfarçar o constrangimento do qual falara a de Alençon e que provava sempre que se via diante da rainha. Era algo muito mais inspirado pela superioridade de espírito do que pela posição real dela. Mas Margarida o acolheu com um sorriso que logo o tranquilizou.

– Senhora — disse —, devolva meu amigo, eu lhe rogo, ou diga-me ao menos o que aconteceu com ele, pois sem ele não posso viver. Imagine Euríalo sem Niso, Damão sem Pítias ou Orestes sem Pílades e tenha piedade do meu infortúnio em favor de um dos heróis que acabo de citar. Eu lhe juro que os corações deles não ganhariam do meu em ternura.

Margarida sorriu e, depois de fazer Cocunás prometer segredo, contou-lhe sobre a saída pela janela. Quanto ao paradeiro de La Mole, por mais insistentes que fossem as preces do piemontês, ela guardou o mais profundo silêncio. Isso só satisfazia Cocunás pela metade. Por isso, ele se deixou levar a observações diplomáticas da mais alta esfera. O resultado disso foi que Margarida viu claramente que o duque de Alençon estava por trás da metade do desejo que seu cavalheiro demonstrava por saber o que acontecera a La Mole.

– Muito bem — disse a rainha —, se quer realmente saber alguma coisa sobre seu amigo, pergunte ao rei de Navarra. Ele é o único que tem o direito de falar. Quanto a mim, tudo o que posso lhe dizer é que quem você procura está vivo: acredite na minha palavra.

– Eu acredito em algo ainda mais certeiro, senhora — respondeu Cocunás. — Acredito em seus belos olhos, que não choraram sequer uma lágrima.

Depois, achando que não havia mais nada a acrescentar a uma frase que tinha a dupla vantagem de expressar seu pensamento e a admiração que tinha do mérito de La Mole, Cocunás se retirou ruminando uma reconciliação com a senhora de Nevers, não por ela em si, mas para saber dela o que ele não pudera saber de Margarida.

As grandes dores são situações anormais das quais o espírito se liberta o mais rápido possível. A ideia de deixar Margarida, antes de mais nada, machucara o coração de La Mole. E foi mais para salvar a reputação da rainha que para preservar sua própria vida que ele consentira em fugir.

Por isso, já no dia seguinte à fuga, La Mole voltou para Paris para rever Margarida na varanda. Margarida, por sua vez, como se uma voz secreta lhe informasse do retorno do rapaz, passou a noite toda à janela. O resultado foi que se viram com a felicidade indizível que acompanha os prazeres proibidos. Mais que isso: o espírito melancólico e romanesco de La Mole encontrava um certo charme nesse contratempo. Mas, como o verdadeiro amante só é feliz durante o momento em que vê ou possui o ser amado, e sofre durante sua ausência, La Mole, ansioso por rever Margarida, se ocupava em organizar o mais breve possível o evento que a entregaria a ele, ou seja, a fuga do rei de Navarra.

Quanto a Margarida, ela se deixava levar pelo prazer de ser amada com uma devoção tão pura. Normalmente se irritaria com aquilo que, para ela, era uma fraqueza. Seu espírito viril desprezava as misérias do amor vulgar e era insensível às minúcias que faziam dele o mais doce, o mais delicado, o mais desejável de todos os prazeres para as almas ternas. Mas, agora, ela achava seu dia se não felizmente preenchido, pelo menos felizmente terminado quando, por volta das nove horas, aparecendo na varanda com seu penhoar branco, avistava no escuro um cavaleiro cuja mão repousava nos lábios e no coração. Era então uma tosse significativa que oferecia ao amante a lembrança da voz da amada. Era também, às vezes, um bilhete lançado vigorosamente por uma mãozinha e que envolvia alguma joia preciosa, ainda mais preciosa por ter pertencido àquela que a arremessava do que pelo material que lhe dava seu valor e que ia ressoar no chão a alguns passos do rapaz.

Como um falcão, La Mole então lançava-se sobre sua presa, a cerrava em seu peito e respondia pela mesma via. E Margarida só deixava a varanda depois de ouvir se perderem na noite os passos do cavalo que havia sido conduzido a toda velocidade na vinda, e que, na volta, parecia feito de um material tão inerte quanto o famoso colosso que arruinou Troia.

Eis por que a rainha não estava inquieta com o destino de La Mole. Com medo de que seus passos fossem espiados, ela recusava obstinadamente qualquer outro encontro além dessas espiadas à espanhola, que persistiam desde a fuga e se renovavam na noite de cada um daqueles dias passados à espera da recepção dos embaixadores, recepção que, como vimos, fora adiada em alguns dias por ordens expressas de Ambroise Paré.

Na véspera dessa recepção, por volta das nove horas da noite, como todo mundo no Louvre estava preocupado com os preparativos para o dia seguinte, Margarida abriu a janela e avançou até a varanda. Porém, assim que ela chegou, La Mole mais apressado que de costume enviou sua carta sem esperar a de Margarida. Por causa de sua destreza habitual, a carta dele veio cair nos pés da amante real. Margarida entendeu que a mensagem devia conter algo de especial e entrou para ler.

A primeira página da carta continha estas palavras:

Senhora, preciso falar com o rei de Navarra. O assunto é urgente. Aguardo.

E, na segunda, estas outras, isoladas das primeiras por estarem em outra folha:

Minha dama e minha rainha, faça que eu possa lhe dar pessoalmente um desses beijos que lhe envio. Aguardo.

Margarida mal terminara de ler essa segunda parte da mensagem quando ouviu a voz de Henrique de Navarra que, com sua reserva habitual, batia à porta comum e perguntava a Gillonne se poderia entrar.

A rainha logo dividiu a carta, pôs uma das páginas no corpete e a outra no bolso, correu até a janela e a fechou, e avançou até a porta:

– Entre, Sire — disse.

Por mais calma e habilidosa que Margarida tivesse sido ao prontamente fechar a janela, a comoção chegara a Henrique, cujos sentidos sempre retesados haviam, em meio àquela sociedade da qual muito desconfiava, adquirido quase o refinamento delicado dos que vivem em estado selvagem. Mas o rei de Navarra não era um desses tiranos que impediriam a mulher de tomar um ar e contemplar as estrelas.

Henrique estava sorridente e gracioso como de costume.

– Senhora, enquanto as pessoas da corte provam suas roupas para a cerimônia, pensei em vir até aqui trocar algumas palavras sobre meus negócios, que você continua a ver como seus, não é?

– Certamente, senhor — respondeu Margarida. — Nossos interesses não são ainda os mesmos?

– Sim, senhora, e é por isso que gostaria de lhe perguntar o que acha da atitude que o senhor duque de Alençon tomou há alguns dias de me evitar a ponto de, desde anteontem, se retirar a Saint-Germain. Isso não seria para ele um meio de partir sozinho, pois é pouco vigiado, ou um meio de não partir mais? Qual sua opinião sobre isso, senhora, por favor? Confesso que ela terá um grande peso para reforçar a minha.

– Vossa Majestade tem razão de se inquietar com o silêncio de meu irmão. Pensei nisso hoje o dia todo. Minha opinião é que, como as circunstâncias mudaram, ele mudou com elas.

– Quer dizer então que, vendo o rei Carlos doente, o duque de Anjou, rei da Polônia, não se incomodaria em permanecer em Paris para não perder de vista a coroa da França?

– Justamente.

– Certo — disse Henrique. — Não peço para ele não ficar. Só que isso muda todo nosso plano, pois, para partir sozinho, preciso do triplo de garantias que pediria para partir com seu irmão, cujo nome e presença na empreitada me protegeriam. O que me espanta é não ouvir falar do senhor de Mouy. Não é seu costume ficar assim sem se mexer. Você, senhora, não teria alguma notícia dele?

– Eu, Sire?! — disse Margarida — E como você quer que eu...?

– Ei, por Deus, querida, nada de mais natural. Você bem quis, para me agradecer, salvar a vida do pobre La Mole... Esse menino deve ter ido a Mantes e, quando alguém vai a Mantes, pode muito bem voltar de Mantes...

– Ah! Eis quem me dá a chave de um enigma cuja solução procurava em vão — respondeu Margarida. — Havia deixado a janela aberta e, voltando, encontrei um tipo de bilhete no tapete.

– É mesmo? — perguntou Henrique.

– Um bilhete que de início não entendi e ao qual não dei a menor importância — continuou Margarida. — Talvez eu estivesse errada e pode ser que venha de lá.

– É possível — disse Henrique. — Ousaria até dizer que é bem provável. Posso ver o bilhete?

– Certamente, Sire — respondeu Margarida, entregando ao rei a folha de papel que tinha colocado no bolso.

O rei correu os olhos no papel.

– Esta não é a letra do senhor de La Mole? — disse.

– Não sei — respondeu Margarida —, a letra me pareceu falsificada.

– Não importa, vamos ler — disse Henrique.

E leu: "Senhora, preciso falar com o rei de Navarra. O assunto é urgente. Aguardo".

– Ah! Ah! — continuou o rei. — Está vendo, disse que me aguarda!

– Certamente, estou vendo... — disse Margarida. — Mas o que você quer?

– *Ventre-saint-gris*, quero que ele venha!

– Que ele venha?! — exclamou Margarida, fixando em seu marido seus belos olhos espantados. — Como pode dizer tal coisa, Sire? Um homem que o rei quis matar, que está marcado, ameaçado... "Que ele venha!", você diz. Seria possível...? As portas são mesmo feitas para os que foram...

– Obrigados a fugir pela janela... É isso o que você quer dizer, não?

– Exatamente, você completou meu pensamento.

– Ora, se eles conhecem o caminho da janela, que retornem por esse caminho, já que não podem absolutamente entrar pela porta. Isso é muito simples.

– Você acha? — disse Margarida, corando de prazer com a ideia de se aproximar de La Mole.

– Tenho certeza.

– Mas como subir? — perguntou a rainha.

– Então você não guardou aquela escada que eu lhe enviei? Ah, se assim for eu não reconheceria sua previdência habitual.

– Eu a guardei, sim, Sire — disse Margarida.

– Então perfeito! — disse Henrique.

– O que Vossa Majestade então ordena?

– É bem simples — disse Henrique. — Amarre-a na varanda e deixe-a pendurada. Se for de Mouy que aguarda... o que eu gostaria de acreditar... Se for o digno amigo de Mouy que aguarda e quiser subir, ele vai subir.

E sem perder o ânimo, Henrique pegou a vela para iluminar Margarida na busca que ela iniciava pela escada. A procura não foi longa, pois a escada estava fechada em um armário de seu famoso gabinete.

– Isso! — disse Henrique. — Agora, senhora, se não for pedir muito de sua cortesia, amarre, por favor, esta escada na varanda.

– Por que eu e não você, Sire? — disse Margarida.

– Porque os melhores conspiradores são os mais prudentes. Talvez a visão de um homem afaste nosso amigo, entende?

Margarida sorriu e amarrou a escada.

– Agora — disse Henrique se escondendo em um canto do quarto —, mostre-se bem. Faça a escada ser vista. Excelente! Tenho certeza que de Mouy vai subir.

E de fato, dez minutos depois, um homem ébrio de felicidade passou pela varanda e, percebendo que a rainha não vinha até ele, hesitou por alguns instantes. Mas, na falta de Margarida, Henrique avançou.

– Veja só! — disse graciosamente. — Não é de Mouy, é o senhor de La Mole. Boa noite, senhor de La Mole, entre, por favor.

De La Mole permaneceu inerte um instante, estupefato.

Talvez, se continuasse suspenso na escada, em vez de ter plantado o pé firme na varanda, *tivesse* caído de costas.

– Você desejava falar com o rei de Navarra sobre assuntos urgentes — disse Margarida. — Eu o avisei e aqui ele está.

Henrique foi fechar a janela.

– Eu o amo — disse Margarida, apertando prontamente a mão do rapaz.

– E então, senhor? — disse Henrique, apresentando uma cadeira a La Mole. — O que nos diz?

– Sire — respondeu La Mole —, deixei o senhor de Mouy nos portões. Ele deseja saber se Maurevel falou e se a presença dele no quarto de Vossa Majestade é conhecida.

– Ainda não, mas isso não vai demorar a acontecer. É preciso que nos apressemos.

– Sua opinião também é a dele, Sire. Se amanhã à noite o senhor de Alençon estiver pronto para partir, de Mouy estará na porta Saint-Marcel com cento e cinquenta homens. Quinhentos aguardarão você em Fontainebleau e então você ganhará Blois, Angoulême e Bordeaux.

– Senhora — disse Henrique virando-se para sua mulher —, eu estarei pronto para amanhã. Você estará?

Os olhos de La Mole se fixaram nos de Margarida com uma profunda ansiedade.

– Dou-lhe minha palavra — disse a rainha. — Irei com você aonde quer que for. Mas, como você sabe, o senhor de Alençon deve partir conosco ao mesmo tempo. Nada de meio-termo com ele: ou nos serve, ou nos trai. Se ele hesitar, não nos moveremos.

– Ele sabe alguma coisa sobre essa empreitada, senhor de La Mole? — perguntou Henrique.

– Ele deve ter recebido uma carta de de Mouy há alguns dias.

– Ah! — disse Henrique. — E ele não me disse nada!

– Desconfie, senhor — disse Margarida —, desconfie.

– Fique tranquila, estou me protegendo. E como enviar uma resposta ao senhor de Mouy?

– Não se preocupe com nada, Sire. À direita ou à esquerda de Vossa Majestade, visível ou invisível, durante a recepção dos embaixadores amanhã ele estará lá. Basta uma palavra no discurso da rainha que o faça compreender se você consente ou não com a investida, se ele deve fugir ou aguardá-lo. Se o duque de Alençon se recusar a acompanhá-los, de Mouy pede apenas quinze dias para reorganizar tudo em seu nome.

– Na verdade — disse Henrique —, de Mouy é um homem precioso. Será que você poderia intercalar a frase esperada em seu discurso, senhora?

– Nada de mais simples — respondeu Margarida.

– Então — disse Henrique —, verei o senhor de Alençon amanhã. Que de Mouy esteja em seu posto e entenda o recado de Margarida.

– Ele estará lá, Sire.

– Muito bem, senhor de La Mole — disse Henrique —, vá levar a ele minha resposta. Você sem dúvida tem um cavalo e um serviçal nos arredores, certo?

– Orthon me aguarda no cais.

– Vá juntar-se a ele, senhor conde. Oh, não, não pela janela. É bom nas ocasiões extremas, mas você pode ser visto. Como não saberiam que é por mim que você se expõe assim, você comprometeria a rainha.

– Mas então por onde, Sire?

– Se você não pode entrar sozinho no Louvre, pode sair comigo, que tenho a palavra de ordem. Você tem seu casaco, eu tenho o meu. Vamos nos cobrir e atravessar a guarita sem dificuldade. Aliás, ficarei grato em dar algumas ordens particulares a Orthon. Aguarde aqui, vou ver se há alguém no corredor.

Henri, com o ar mais natural do mundo, saiu para explorar o caminho.

La Mole ficou sozinho com a rainha.

– Oh, quando verei você de novo? — disse La Mole.

– Se fugirmos, amanhã à noite. Se não fugirmos, em uma noite dessas na casa da rua Cloche-Percée.

– Senhor de La Mole — disse Henrique ao voltar —, pode vir, não tem ninguém.

La Mole se inclinou respeitosamente diante da rainha.

– Dê a mão a seu beijo, senhora — disse Henrique. — O senhor de La Mole não é um serviçal comum.

Margarida obedeceu.

– A propósito — disse Henrique —, guarde a escada com cuidado. É uma peça preciosa para os conspiradores e, no momento em que menos se espera, pode-se precisar dela. Venha, senhor de La Mole, venha.

XLIII

OS EMBAIXADORES

No dia seguinte, toda a população de Paris dirigiu-se ao *faubourg* Saint-Antoine, pelo qual fora decidido que os embaixadores poloneses entrariam. Uma barreira de suíços continha a multidão, e piquetes de cavaleiros protegiam a circulação dos senhores e das damas da corte que iam à frente do cortejo.

Na altura da abadia Saint-Antoine, logo apareceu uma tropa de cavaleiros vestidos de vermelho e amarelo, com gorros e capuzes forrados e trazendo à mão sabres grandes e curvados como as cimitarras dos turcos.

Os oficiais caminhavam ao lado das linhas.

Atrás dessa primeira tropa vinha uma segunda, equipada de um luxo completamente oriental. Ela precedia os quatro embaixadores que magnificamente representavam o mais mitológico dos reinos cavalheirescos do século XVI.

Um desses embaixadores era o bispo da Cracóvia. Ele usava um traje meio pontífice, meio guerreiro, mas deslumbrante em ouro e pedrarias. Seu cavalo branco de crinas longas flutuantes trotava parecendo soprar fogo pelas narinas. Ninguém pensaria que fazia um mês que o nobre animal percorria quinze léguas todos os dias por caminhos que o mau tempo tornara quase impenetráveis.

Perto do bispo vinha o palatino Lasco, um poderoso senhor muito próximo da coroa e rico como um rei. O que ele tinha de riqueza tinha de orgulho.

Depois dos dois embaixadores principais, que eram acompanhados por outros dois palatinos de linhagem nobre, vinha uma quantidade de senhores poloneses cujos cavalos, arreados de seda, ouro e pedrarias, excitaram a aprovação barulhenta do povo. De fato, apesar da riqueza de suas equipagens, os cavaleiros franceses foram completamente eclipsados pelos recém-chegados, aos quais chamavam desdenhosamente de bárbaros.

Catarina havia esperado até o último instante que a recepção fosse adiada mais uma vez e que a decisão do rei cedesse à fraqueza dele, que persistia. Porém, quando o dia chegou e ela viu Carlos, pálido como um espectro, vestir seu esplêndido manto real, compreendeu que era preciso ceder em aparência àquela vontade de ferro e começar a acreditar que a melhor decisão para Henrique de Anjou era o exílio magnífico ao qual estava condenado.

Com exceção das poucas palavras que havia pronunciado quando reabriu os olhos no momento em que sua mãe saía do gabinete, Carlos não havia mais falado com Catarina desde o episódio que o levara à crise à qual quase sucumbiu. Todos no Louvre sabiam que ocorrera uma altercação terrível entre eles sem saber qual seria a causa dela; até os mais corajosos, como pássaros diante da calma ameaçadora que precede a tempestade, sentiam medo diante de toda aquela frieza e de todo aquele silêncio.

Mas tudo estava preparado no Louvre. Não para uma festa, é verdade, mas para algo parecido com uma cerimônia lúgubre. A obediência de cada um fora morna ou passiva. Sabia-se que Catarina estava abalada, e isso abalava todo mundo.

A grande sala de recepção do palácio havia sido preparada e, como esse tipo de sessão era ordinariamente pública, os guardas e soldados tinham recebido a ordem de deixar entrar com os embaixadores todos os populares que os aposentos e os pátios pudessem acomodar.

Quanto a Paris, seu aspecto era sempre aquele que uma grande cidade apresenta em tal circunstância, ou seja, o de entusiasmo e curiosidade. Todavia, qualquer pessoa que observasse a população da capital naquele dia reconheceria entre os grupos compostos pelas figuras honestas de burgueses ingenuamente boquiabertos um número considerável de homens envolvidos em grandes casacos. Eles respondiam uns aos outros com olhares e com sinais quando estavam longe e trocavam em voz baixa algumas palavras rápidas e significativas toda vez que se aproximavam. De resto, esses homens pareciam bem preocupados com o cortejo, seguindo-o de perto, e pareciam receber ordens de um distinto senhor cujos olhos negros e vivos, apesar da barba branca e das sobrancelhas grisalhas, deixavam transparecer o frescor da juventude. Esse senhor, na verdade, fosse por seus meios, fosse por ter sido ajudado pelos esforços de seus companheiros, conseguiu se infiltrar com um grupo no Louvre e, graças à complacência do chefe dos suíços — um digno huguenote muito pouco católico apesar de sua conversão —, encontrou um jeito de ficar atrás dos embaixadores, bem de frente a Margarida e Henrique de Navarra.

Prevenido por La Mole de que de Mouy assistiria à sessão sob um disfarce qualquer, Henrique olhava para todos os lados. Quando finalmente seus olhares encontraram os do senhor, não o deixaram mais: um sinal de de Mouy apagara todas as dúvidas do rei de Navarra, já que de Mouy estava tão bem disfarçado que o próprio Henrique duvidara que aquele senhor de barba branca pudesse ser na verdade o intrépido chefe dos huguenotes, que havia feito, cinco ou seis dias antes, uma defesa tão feroz.

Uma palavra de Henrique, pronunciada ao ouvido de Margarida, fez a rainha fixar o olhar em de Mouy. Depois, seus belos olhos se afastaram para as profundezas da sala. Ela procurava La Mole, mas era inútil: ele não estava lá.

Os discursos começaram. O primeiro foi o do rei. Em nome da dieta, Lasco pediu seu consentimento para que a coroa da Polônia fosse oferecida a um príncipe da casa da França.

Carlos respondeu-lhe com uma adesão precisa e curta, apresentando seu irmão, o duque de Anjou, cuja coragem elogiou longamente aos enviados poloneses. O rei falava em francês e um intérprete traduzia sua resposta depois de cada período. Enquanto o intérprete falava, podia-se ver o rei aproximar da boca um lenço que, a cada vez, era afastado com uma mancha de sangue.

Quando a resposta de Carlos acabou, Lasco se virou em direção ao duque de Anjou, inclinou-se e começou seu discurso em latim, no qual lhe oferecia o trono em nome da nação polonesa.

O duque respondeu na mesma língua e com uma voz que tentava em vão esconder a emoção: ele aceitava legitimamente a honra que lhe era dada. Durante todo o tempo em que de Anjou falou, Carlos ficou de pé, com os lábios comprimidos e o olhar fixo nele, imóvel e ameaçador como o olhar de uma águia.

Quando o duque de Anjou acabou, Lasco pegou a coroa dos Jaguelões[1] colocada sobre um travesseiro de veludo vermelho e, enquanto dois senhores poloneses cobriam o duque de Anjou com o manto real, colocou a coroa entre as mãos de Carlos.

Carlos fez um sinal a seu irmão. O duque de Anjou ajoelhou-se diante dele e, com suas próprias mãos, Carlos colocou a coroa sobre a cabeça do irmão. Os dois reis então trocaram um dos beijos mais odiosos que jamais foram trocados por dois irmãos.

Imediatamente um arauto gritou:

Alexandre-Édouard-Henri de France, duque de Anjou, acaba de ser coroado rei da Polônia. Viva o rei da Polônia!

Toda a assembleia repetiu em um único grito:

— *Viva o rei da Polônia!*

Então Lasco se virou para Margarida. O discurso da bela rainha tinha sido guardado para o fim. Como diziam que isso era um galanteio que lhe fora concedido para fazer brilhar seu belo gênio, todos prestaram muita atenção na resposta, que devia ser em latim. Nós já vimos que Margarida havia ela mesma redigido a resposta.

O discurso de Lasco foi mais um elogio do que um discurso. Sármata como era, ele havia sucumbido à admiração que a bela rainha de Navarra inspirava a todos. Pegando emprestados a língua de Ovídio e o estilo de Ronsard, Lasco disse que, saídos de Varsóvia no meio da mais profunda noite, não saberiam encontrar o caminho se, como os reis magos, não tivessem tido duas estrelas para guiá-los. Estrelas essas que se tornavam cada vez mais brilhantes à medida que se aproximavam da França e que reconheciam agora não ser outra coisa que os lindos olhos da rainha de Navarra. Por fim, passando do Evangelho ao Corão, da Síria à Arábia Pétrea, de Nazaré à Meca, terminou dizendo que estava completamente pronto para fazer o que faziam os sectários do Profeta que, uma vez que haviam tido a felicidade de contemplar sua tumba, furavam os olhos, julgando que depois de terem desfrutado de uma visão tão bela, nada mais neste mundo valia mais a pena ser admirado.

O discurso de Lasco foi coberto de aplausos por parte daqueles que falavam latim, pois compartilhavam da opinião do orador, e também por parte daqueles que não entendiam nada, pois queriam ter o ar de entendê-lo.

Inicialmente, Margarida fez uma graciosa reverência ao galante sármata. Depois, respondendo ao embaixador, mas também fixando os olhos em de Mouy, começou nestes termos:

Quod nunc hac in aulâ insperati adestis exultaremus ego et conjux, nisi ideo immineret calamitas, scilicet non solum fratris sed etiam amici orbitas.[2]

As palavras da rainha possuíam um duplo sentido: embora endereçadas a de Mouy, podiam ser endereçadas a Henrique de Anjou. Por isso, o duque fez um cumprimento em sinal de reconhecimento.

Carlos não se lembrava de ter lido essa frase no discurso que a rainha havia lhe comunicado alguns dias antes. Mas não dava muita importância às palavras de Margarida, pois sabia que era um discurso de simples cortesia. Além do mais, ele não entendia muito bem latim.

Margarida continuou:

Adeo dolemur a te dividi ut tecum proficisci maluissemus. Sed idem fatum quo nunc sine ullâ morâ Lutetiâ cedere juberis, hac in urbe detinet. Proficiscere ergo, frater; proficiscere, amice; proficiscere sine nobis; proficiscentem sequentur spes et desideria nostra.[3]

Supõe-se com facilidade que de Mouy ouvia com uma profunda atenção essas palavras que, endereçadas aos embaixadores, foram pronunciadas somente para ele. Henrique já havia virado a cabeça negativamente duas ou três vezes para fazer o jovem huguenote entender que de Alençon havia recusado a proposta; mas esse gesto, que poderia ser fruto do acaso, teria sido insuficiente para de Mouy se as palavras de Margarida não o tivessem confirmado. Ora, enquanto olhava Margarida e a ouvia com toda a sua alma, seus dois olhos negros, tão brilhantes sob as sobrancelhas grisalhas, chamaram a atenção de Catarina, que estremeceu como se tivesse recebido um choque elétrico e não desviou mais o olhar daquele lado da sala.

– Eis uma figura estranha... — murmurou a rainha-mãe, continuando a compor o rosto como pediam as leis do cerimonial. — Quem é esse homem que olha com tanta atenção para Margarida e que Margarida e Henrique, por sua vez, olham tão atenciosamente?

Enquanto a rainha de Navarra continuava seu discurso, que, a partir desse momento, respondia às gentilezas do enviado polonês, Catarina vasculhava a mente procurando que nome poderia ter aquele belo senhor. Naquele mesmo momento, o mestre de cerimônias se aproximou dela por trás e lhe entregou um sachê de cetim perfumado com um papel dobrado em quatro. Ela abriu o sachê, tirou o papel e leu essas palavras:

Com a ajuda de um tônico que acabei de lhe dar, Maurevel retomou finalmente alguma força e conseguiu escrever o nome do homem que se encontrava no quarto do rei de Navarra. Era o senhor de Mouy.

– De Mouy! — pensou a rainha. — Pois bem! Eu tinha esse pressentimento. Mas este velho... Ah, *cospetto!*[4] Este velho é...

Catarina tinha o olhar parado e a boca aberta.

Depois, inclinando-se no ouvido do capitão da guarda que estava ao seu lado:

– Olhe — disse-lhe —, mas discretamente. Observe o senhor Lasco, este que está falando agora. Olhe atrás dele... Isso. Está vendo um velho de barba branca e traje de veludo preto?
– Estou, senhora — respondeu o capitão.
– Bom. Não o perca de vista.
– Esse para quem o rei de Navarra fez um sinal?
– Exatamente. Fique à porta do Louvre com dez homens e, quando ele sair, convide-o da parte do rei para jantar. Se ele o seguir, conduza-o a um cômodo onde você o manterá prisioneiro. Se ele resistir, detenha-o morto ou vivo. Vá, vá!

Felizmente Henrique, muito pouco preocupado com o discurso de Margarida, tinha o olhar cravado sobre Catarina e não perdera uma única expressão de seu rosto. Vendo os olhos da rainha-mãe fixados com tanta pertinência em de Mouy, ele se inquietou. Ao vê-la dar uma ordem ao capitão da guarda, compreendeu tudo.

Foi nesse momento que ele fez o gesto que chamara a atenção do senhor de Nancey e que, na língua dos gestos, queria dizer: "Você foi descoberto, dê o fora agora!".

De Mouy entendeu esse gesto, que coroava tão bem a parte do discurso de Margarida que lhe era endereçada. Ele não esperou Henrique dizer uma segunda vez: se perdeu na multidão e desapareceu.

Henrique só tranquilizou-se quando viu o senhor de Nancey voltar para perto de Catarina e, pela contração no rosto da rainha-mãe, compreendeu que ele tinha lhe anunciado que havia chegado muito tarde.

A audiência enfim acabou. Margarida trocou ainda algumas palavras não oficiais com Lasco. O rei se levantou cambaleando, acenou e saiu apoiado no ombro de Ambroise Paré, que não o deixava desde o acidente que lhe acontecera.

Catarina, pálida de cólera, e Henrique, mudo de dor, os seguiram.

Já o duque de Alençon se apagou completamente durante a cerimônia. E nenhuma vez o olhar de Carlos, que não se afastara um instante do duque de Anjou, se fixou sobre ele.

O novo rei da Polônia se sentia perdido. Longe de sua mãe e tomado por aqueles bárbaros do norte, ele parecia Anteu, o filho da Terra que perdia suas forças ao ser levantado nos braços de Hércules. Uma vez fora da fronteira, o duque de Anjou se via excluído para sempre do trono da França.

Por isso, em vez de seguir o rei, se retirou para os aposentos da mãe.

Ele a encontrou não menos sombria e não menos preocupada que ele mesmo, pois ela pensava naquela cabeça astuta e zombeteira que não havia perdido de vista durante a cerimônia, naquele bearnês a quem o destino parecia ceder lugar, varrendo do entorno dele os reis, príncipes, assassinos, inimigos e obstáculos.

Ao ver o filho querido pálido sob a coroa, arrasado sob o manto real, juntando sem nada dizer e em sinal de súplica as belas mãos que herdara dela, Catarina se levantou e foi até ele.

– Oh, minha mãe! — exclamou o rei da Polônia. — Aqui estou, condenado a morrer no exílio.

– Meu filho — disse Catarina —, você já se esqueceu da previsão de René? Fique tranquilo, você não ficará longe por muito tempo.

– Mãe, eu lhe imploro — disse o duque de Anjou —, ao primeiro sinal, à primeira desconfiança de que a coroa da França possa ficar vaga, me avise...

– Fique tranquilo, meu filho — disse Catarina. — Até esse dia, que nós dois esperamos, haverá sempre em meu estábulo um cavalo selado e em minha antecâmara um mensageiro pronto para ir até a Polônia.

ORESTES E PÍLADES

Com a partida de Henrique de Anjou, foi possível dizer que a paz e a felicidade haviam voltado a reinar no Louvre, lar dessa família de Átridas.

Esquecendo-se da melancolia, Carlos retomava sua vigorosa saúde, caçando com Henrique e falando de caça com ele nos dias em que não podia caçar. Só reprovava uma coisa em Henrique: sua apatia pela caça com aves. Ele dizia que seria um príncipe perfeito se soubesse adestrar falcões, gaviões e águias como sabia adestrar *pointers*[1] e galgos.

Catarina voltara a ser uma boa mãe: doce com Carlos e com de Alençon, carinhosa com Henrique e Margarida e graciosa com a senhora de Nevers e com a senhora de Sauve. Com o pretexto de que Maurevel se ferira cumprindo uma ordem sua, levou sua bondade de alma a tal ponto que visitara o convalescente duas vezes em sua casa na rua Cerisaie.

Margarida continuava seus amores à espanhola. Abria a janela todas as noites e se correspondia com La Mole por gestos e por escrito. Em cada carta que enviava, o rapaz lembrava sua bela rainha de que ela lhe prometera alguns instantes na rua Cloche-Percée, em recompensa por seu exílio.

Só uma pessoa estava sozinha e sem par no Louvre, que voltava agora a ficar tão calmo e tão em paz. Essa pessoa era o nosso amigo conde Aníbal de Cocunás.

Claro que já era alguma coisa saber que La Mole estava vivo e já era bastante ser sempre o preferido da senhora de Nevers, a mais risonha e a mais extravagante das mulheres. Mas toda a felicidade desse cara a cara que a duquesa lhe concedia e toda a tranquilidade de espírito dada a Cocunás por Margarida sobre o destino desse amigo comum a eles valiam menos para o piemontês do que uma hora passada com La Mole no La Hurière diante de uma jarra de vinho suave, ou até mesmo do que uma dessas andanças degeneradas feitas em todos os cantos de Paris, nas quais um cavalheiro honesto podia arranhar a pele, a bolsa ou a roupa.

É preciso confessar, para a vergonha da humanidade, que a senhora de Nevers suportava com impaciência a rivalidade de La Mole. Não é que detestasse o provençal, pelo contrário: conduzida por esse instinto irresistível que leva toda mulher a ser involuntariamente vaidosa com o amante de outra mulher, sobretudo quando essa mulher é sua amiga, a senhora de Nevers não poupara La Mole do brilho de seus olhos de esmeralda. Cocunás mesmo pôde invejar os francos apertos de mão e os sinais de amabilidade feitos pela duquesa em favor de seu amigo durante aqueles dias de capricho nos quais o astro do piemontês parecia se apagar do céu de sua amante. Mas Cocunás, que degolaria quinze pessoas por um simples piscar de olhos de sua dama, tinha tão pouco ciúme de La Mole que, depois dessas inconsequências da duquesa, frequentemente lhe fizera ao ouvido certas ofertas que deixavam o provençal corado.

O que resulta de toda essa situação é que Henriqueta, a quem a ausência de La Mole privava de todas as vantagens que a companhia de Cocunás lhe proporcionava — ou seja, sua incontrolável felicidade e seus insaciáveis caprichos de prazer —, veio um dia encontrar Margarida para lhe suplicar a devolução de La Mole, amigo sem o qual o espírito e o coração de Cocunás evaporavam-se dia após dia.

Sempre compassível e pressionada pelos pedidos de La Mole e pelos desejos de seu próprio coração, Margarida marcou um encontro com Henriqueta para o dia seguinte na casa com duas portas, a fim de tratar a fundo desses assuntos em uma conversa que ninguém poderia interromper.

Cocunás recebeu com bastante descrença o bilhete de Henriqueta que o convocava à rua Tizon às nove e meia. Ele não se dirigiu mais cedo ao lugar do encontro e, ao chegar lá, encontrou Henriqueta já alterada por ter chegado primeiro.

– Ih, senhor — disse —, como é malvisto fazer esperar assim... Eu não diria uma princesa, mas uma mulher!

– Ô! Esperar — disse Cocunás —, essa é uma palavra bem sua! Aposto que estamos adiantados.

– Eu estou.

– Ora! Eu também. São dez horas no máximo, aposto.

– Muito bem, meu bilhete dizia às nove e meia.

– Foi por isso que parti do Louvre às nove horas. Estou a serviço do senhor duque de Alençon, diga-se de passagem. O que faz que eu seja obrigado a deixá-la em uma hora.

– E isso lhe agrada?

– Não, claro que não! O senhor de Alençon é um chefe muito desagradável e muito instável. Se for para arrumar briga, prefiro brigar com uns lábios lindos como os seus do que com uma boca torta como a dele.

– Isso! — disse a duquesa. — Agora você melhorou um pouco, entretanto... Você estava dizendo que saiu do Louvre então às nove horas?

– Ô, meu Deus, sim! E com a intenção de vir direto para cá. Porém, na esquina da rua Grenelle, avistei um homem parecido com La Mole.

– Bom! La Mole de novo.

– Sempre, com ou sem sua permissão.

– Seu bruto!

– Bom — disse Cocunás —, vamos recomeçar com nossos galanteios.

– Não, mas termine sua história.

– Não sou eu quem pede para contá-la, você é quem me perguntou por que estou atrasado.

– Sem dúvida. Sou eu quem deve chegar primeiro?

– Ei, você não tem ninguém para buscar, não é?

– Você está sendo agressivo, meu caro, mas continue. Enfim, na esquina da rua Grenelle, você avistou um homem que parecia La Mole... Mas o que é isso no seu gibão? Sangue!

– Nossa! Mais um que espirrou sangue em mim ao cair.

– Vocês lutaram?

– Sim.

– Por seu La Mole?

– Por quem acha que eu lutaria? Por uma mulher?

– Obrigada!

– Eu segui então esse homem que teve a imprudência de pegar emprestados os trejeitos do meu amigo. Eu o alcancei na rua Coquillière. Depois de ultrapassá-lo, sob a claridade de uma loja olhei-o bem no nariz. Não era ele.

– Bom, fez muito bem.

– Sim, mas ele não gostou do gesto. "Senhor", eu lhe disse, "você é um tolo por se deixar parecer mesmo que de longe com o meu amigo La Mole. Ele é um pleno cavaleiro, enquanto, de perto, vê-se bem que você é só um bandido." Nisso ele pôs a mão na espada e eu também. No terceiro passo, veja, ele caiu espirrando sangue em mim.

– E você pelo menos prestou-lhe socorro?

– Eu ia fazê-lo, mas um cavaleiro passou. Ah, e dessa vez, duquesa, eu tenho certeza de que era La Mole. Infelizmente o cavalo corria a galope. Comecei a correr atrás do cavalo, e as pessoas que se juntaram para me ver lutar correram atrás de mim. Ora, como poderiam me confundir com um ladrão, seguido como estava por toda aquela escória que gritava atrás de mim, fui obrigado a me virar e colocar todo mundo para correr, o que me fez perder certo tempo. Nesse ínterim, o cavaleiro desapareceu. Continuei a procurá-lo, me informei, perguntei, dei a cor do cavalo, mas era inútil: ninguém o tinha visto. Enfim, desistindo da guerra, vim para cá.

– Desistindo da guerra! — disse a duquesa. — Como você é servil!

– Ouça, cara amiga — disse Cocunás, caindo com lassidão em uma poltrona —, você não vai parar de me perseguir por causa desse pobre La Mole. Tudo bem! Você vai se enganar, pois, enfim, a amizade... Veja, eu gostaria de ter o espírito e a ciência desse meu pobre amigo. Encontraria alguma comparação que lhe faria captar meu pensamento... A amizade é uma estrela, enquanto o amor... O amor... Ora, mantenho a comparação, o amor não passa de uma vela. Você me dirá que há vários tipos...

– De amores?

– Não! De velas. E que nesses tipos há as preferidas: a rosa, por exemplo... Vamos de rosa, é a melhor. Mas, mesmo que seja rosa, a vela se gasta, mas a estrela brilha sempre. A isso você responderia dizendo que, quando uma vela está gasta, coloca-se outra no castiçal.

– Senhor de Cocunás, você é um tolo.

– Ei!

— Senhor de Cocunás, você é um impertinente.
— Ei! Ei!
— Senhor de Cocunás, você é um palhaço.
— Senhora, previno-lhe que você me fará lamentar três vezes mais La Mole.
— Você não me ama mais.
— Pelo contrário, duquesa, você não reconhece, mas eu a idolatro. Mas eu posso amá-la, desejá-la, idolatrá-la e, em meus momentos perdidos, louvar meu amigo.
— Então você chama de momentos perdidos os que passa perto de mim?
— E o que você quer?! Esse pobre La Mole está presente em meu pensamento sem cessar.
— Você o prefere! Isso é indigno! Olhe, Aníbal, eu detesto você! Ouse ser franco: me diga que você prefere ele em vez de mim. Aníbal, eu lhe previno que, se você preferir alguma coisa no mundo a mim...
— Henriqueta, a mais bela das duquesas! Para sua tranquilidade, acredite em mim, não me faça mais perguntas indiscretas. Eu amo você mais que a todas as mulheres, mas amo La Mole mais que a todos os homens.
— Bem respondido — disse de repente uma voz estranha. E uma tapeçaria de damascos erguida em frente a um painel que, escorregando na largura da parede, abria uma comunicação entre os dois aposentos, deixou ver La Mole emoldurado pela porta, como um belo retrato de Ticiano com bordas douradas.
— La Mole! — gritou Cocunás sem prestar atenção em Margarida e sem se dar o tempo de agradecê-la pela surpresa que lhe proporcionara. — La Mole, meu amigo, meu caro La Mole! — E se

jogou nos braços do amigo, derrubando a poltrona na qual estava sentado e a mesa que se encontrava no caminho.

La Mole retribuiu-lhe com efusão esses abraços, e, enquanto os retribuía:

– Perdoe-me, senhora — disse, dirigindo-se à duquesa de Nevers —, se a menção ao meu nome incomodou o charmoso encontro de vocês algumas vezes. Não dependia de mim o fato de conseguir vê-los mais cedo — completou, lançando um olhar de indizível ternura a Margarida.

– Está vendo — disse por sua vez Margarida —, está vendo, Henriqueta, que mantive minha palavra? Aqui está ele.

– Então devo essa felicidade apenas às preces da senhora duquesa? — perguntou La Mole.

– Apenas às preces dela — respondeu Margarida.

Depois, virando-se para La Mole:

– La Mole — continuou —, permito-lhe que não acredite em uma só palavra que eu digo.

Durante esse tempo, Cocunás, que havia apertado dez vezes seu amigo contra o coração, que havia girado vinte vezes em torno dele, que havia aproximado um candelabro de seu rosto para olhá-lo à vontade, foi enfim se ajoelhar na frente de Margarida e beijar a barra de seu vestido.

– Ah, que felicidade! — disse a duquesa de Nevers. — Você vai me achar suportável agora.

– *Mordi*! Vou achar você adorável como sempre achei! — exclamou Cocunás. — Direi isso simplesmente de coração aliviado. E eu poderia ter aqui uns trinta poloneses, sármatas e outros bárbaros hiperbóreos para fazê-los confessar que você é a rainha das belas.

– Ei, devagar, Cocunás, devagar... — disse La Mole. — E a senhora Margarida?

– Oh, não a desdenho, não! — exclamou Cocunás com esse sotaque meio bufo que só a ele pertencia. — A senhora Henriqueta é a rainha das belas, e a senhora Margarida é a bela das rainhas.

Independentemente do que pudesse dizer ou fazer, o piemontês estava completamente feliz por ter encontrado seu caro amigo La Mole e só tinha olhos para ele.

– Vamos, vamos, minha linda rainha — disse a senhora de Nevers —, venha, deixemos esses perfeitos amigos conversarem juntos por uma hora. Eles têm mil coisas a dizer e iriam atrapalhar nossa conversa. Isso é difícil para nós, mas é o único remédio que pode devolver por completo a saúde do senhor Aníbal, eu lhe garanto. Faça isso por mim, minha rainha, já que faço a besteira de amar esse carrancudo aí, como diz seu amigo La Mole.

Margarida soprou algumas palavras no ouvido de La Mole que, embora estivesse tão desejoso por rever seu amigo, preferiria que a ternura de Cocunás fosse menos exigente... Durante esse intervalo, Cocunás tentava, com declarações, levar um sorriso franco e uma palavra doce aos lábios de Henriqueta, resultado ao qual não tinha dificuldade de alcançar.

Assim as duas mulheres passaram para o quarto ao lado, onde o jantar as aguardava.

Os amigos ficaram sozinhos.

Os primeiros detalhes que Cocunás perguntou a seu amigo foram aqueles da tal noite fatal que quase lhe custara a vida. À medida que La Mole avançava sua narração, o piemontês, que, como se sabe, não se emocionava fácil, arrepiava-se por todo o corpo.

– E por que — perguntou —, em vez de correr pelos campos como você fez e me dar as inquietações que me deu, você não se refugiou perto de nosso mestre? O duque, que defendeu você, o teria escondido. Eu teria vivido perto de você e minha tristeza, embora fingida, não teria abusado tanto dos tolos da corte.

— Nosso mestre! — disse La Mole em voz baixa. — O duque de Alençon?

— É. Segundo o que ele me disse, você deve a vida a ele.

— Devo a vida ao rei de Navarra — respondeu La Mole.

— Oh! — fez Cocunás. — Tem certeza disso?

— Sem dúvida nenhuma.

— Ah! O bom, o excelente rei! Mas, e o duque de Alençon, o que fez nisso tudo?

— Ele segurou a corda para me estrangular.

— *Mordi*! — exclamou Cocunás. — Tem certeza do que está dizendo, La Mole? Como? Aquele príncipe pálido, mesquinho e miserável queria estrangular meu amigo! Ah, *Mordi*! Amanhã mesmo quero dizer a ele o que penso disso.

— Você está louco?

— Verdade, ele recomeçaria... Mas e daí? Isso não pode ficar assim.

— Vamos, vamos, Cocunás, acalme-se, e trate de não se esquecer de que acabaram de soar onze e meia e você está a serviço dele esta noite.

— Ah, eu me preocupo muito com esse serviço! Ah, é! Que ele conte comigo! Meu serviço... Eu? Servir a um homem que segurou a corda?! Está brincando, não?... É providencial: dizem que devia encontrar você para não mais o deixar. Assim, eu fico aqui.

— Mas, infeliz, pense melhor então, você nem está bêbado.

— Felizmente! Pois, se estivesse, botaria fogo no Louvre.

— Vamos, Aníbal — retomou La Mole —, seja racional. Volte para lá, o serviço é algo sagrado.

— Você voltaria comigo?

– Impossível.

– Ainda pensam em matá-lo?

– Acho que não. Sou muito pouco importante para que haja um complô formado contra mim, uma resolução dessas. Quiseram me matar em um momento de capricho, só isso: os príncipes estavam animados naquela noite.

– O que vai fazer, então?

– Eu? Nada. Eu passeio, estou errante.

– Bem, então vou passear como você e ser errante com você. É um estado charmoso. Daí, se atacarem você, pelo menos seremos dois, e então eles estarão enrolados. Ah, deixe esse inseto de duque vir! Vou pregá-lo na parede como se fosse uma borboleta.

– Mas peça ao menos uma folga!

– Sim, uma definitiva.

– Avise nesse caso que você o deixará.

– Nada mais justo. Concordo. Vou escrever a ele.

– É ousadia demais escrever a um príncipe de sangue!

– Sim, de sangue, sangue do meu amigo! Tome cuidado! — exclamou Cocunás virando seus grandes olhos trágicos. — Tome cuidado porque eu me divirto com essas coisas de etiqueta!

– Na verdade — disse La Mole —, em alguns dias não haverá mais a necessidade do príncipe nem de ninguém, pois, se ele quiser vir conosco, nos o levaremos.

Cocunás pegou então a pena sem mais oposições de seu amigo e, bem fluentemente, compôs a peça de eloquência que vamos ler.

Meu senhor,

Certamente Vossa Alteza, versada em autores da Antiguidade como é, conhece a história tocante de Orestes e Pílades, dois heróis famosos por suas misérias e sua amizade. Meu amigo La Mole não é menos in-

feliz que Orestes, e eu, não menos doce que Pílades. Há, nesse momento, grandes ocupações que exigem minha ajuda. É, então, impossível que eu me separe do meu amigo. O que faz que, com o consentimento de Vossa Alteza, eu tire uma pequena folga, determinado como estou a acompanhar o destino dele aonde quer que me conduza: isso para dizer à Vossa Alteza o quanto é grande a violência que me arranca de seu serviço, razão pela qual estou certo de obter seu perdão e ouso continuar a assinar com respeito,

*De Vossa Alteza real, meu senhor,
o muito humilde e muito obediente,*

Aníbal, conde de Cocunás,
amigo inseparável do senhor de La Mole.

Com essa obra-prima terminada, Cocunás leu a carta em voz alta para La Mole, que deu de ombros.
– E então, o que diz? — perguntou Cocunás, que não viu o movimento ou fez de conta que não o viu.
– Digo — respondeu La Mole — que o senhor de Alençon vai rir de nós.
– De nós?
– Sim, de nós dois.
– Isso me parece ainda bem melhor do que nos estrangular separadamente.
– Ora! — disse La Mole rindo. — Talvez uma coisa não impeça a outra.
– Então, paciência! Aconteça o que acontecer, vou enviar a carta amanhã de manhã. Onde vamos dormir ao sair daqui?

– No mestre La Hurière. Sabe aquele quartinho onde você quis me enfiar a adaga quando ainda não éramos Orestes e Pílades?

– Muito bem. Vou enviar a carta ao Louvre pelo nosso hospedeiro.

Nesse momento, o painel se abriu.

– E então — perguntaram juntas as duas princesas, — onde estão Orestes e Pílades?

– *Mordi*, senhora! — respondeu Cocunás. — Pílades e Orestes estão mortos de fome e de amor.

E foi efetivamente o mestre La Hurière que, no dia seguinte, às nove horas da manhã, levou ao Louvre a respeitosa missiva de mestre Aníbal de Cocunás.

XLV

ORTHON

Mesmo depois da recusa do duque de Alençon, que recolocava tudo em questão, até mesmo sua existência, Henrique tornou-se ainda mais amigo do príncipe do que antes.

A partir dessa intimidade, Catarina concluiu que os dois príncipes não apenas se entendiam, mas também conspiravam juntos. Ela interrogou Margarida sobre o assunto, mas Margarida era sua digna filha, e a rainha de Navarra, cujo principal talento era o de evitar uma explicação complicada, se esquivou tão bem das perguntas de sua mãe que, depois de ter respondido a todas, deixou a rainha-mãe mais confusa do que antes.

A florentina então teve como único condutor esse instinto intrigante que trouxera da Toscana, o mais intrigante dos pequenos Estados de então, e sentimento de ódio que havia conseguido na corte da França, que era a corte mais dividida da época entre interesses e opiniões.

De início, compreendeu que uma parte da força do bearnês vinha de sua aliança com o duque de Alençon e resolveu isolá-lo. No dia em que tomou essa resolução, mimou seu filho com a paciência e o talento do pescador que, quando atira a rede longe do peixe, a arrasta pouco a pouco até que de todos os lados tenha envolvido a presa.

O duque Francisco percebeu os carinhos redobrados e, por sua vez, deu um passo em direção a sua mãe. Quanto a Henrique, fingiu nada ver e vigiou seu aliado mais de perto do que nunca.

Cada um esperava algo acontecer.

Enquanto aguardavam esse acontecimento, certo para uns, provável para outros, em uma manhã em que o sol havia nascido rosáceo e destilava o calor morno e o perfume doce que anunciavam um belo dia, um homem pálido, apoiado em uma bengala e andando com dificuldade, saiu de uma casinha situada atrás do Arsenal e seguiu pela rua do Petit-Musc.

Ele foi em direção à porta de Saint-Antoine e, depois de ter percorrido o passeio que evoluía como um prado pantanoso em torno das fossas da Bastilha, deixou o grande bulevar à esquerda e entrou no jardim do Arbalestre, cujo porteiro o recebeu com grandes cumprimentos.

Não havia ninguém no jardim que, como o nome indicava, pertencia a uma sociedade particular: a dos balestreiros.[1] Mas, se houvesse frequentadores, o homem pálido seria digno de todo o interesse deles, pois seu longo bigode e seu caminhar de aspecto militar, ainda que vagaroso pelo sofrimento, indicavam que se tratava de um oficial ferido em uma ocasião recente que buscava suas forças por meio de um exercício moderado e do retorno à vida ao sol.

Entretanto, que coisa estranha! Quando o casaco com o qual esse homem estava vestido, apesar do calor nascente, se abria, deixava ver o vislumbre de duas longas pistolas penduradas nas fivelas de prata de seu cinto, que prendia ainda um grande punhal e segurava uma espada que ele parecia incapaz de empunhar, de tão colossal. Completando esse arsenal vivo, batiam em sua bainha duas pernas magras e trêmulas. Além disso, por excesso de precaução, o passeador, sozinho como estava, lançava a cada passo um olhar inquisidor, como se interrogasse cada desvio, cada arbusto, cada fosso da alameda.

Foi assim que esse homem entrou no jardim, chegou com dificuldade a um pequeno caramanchão que dava para os bulevares, dos quais estava separado apenas por uma cerca viva espessa e por um pequeno fosso que formavam uma dupla barreira. Ali estendeu-se em um monte de grama, perto de uma mesinha onde o guarda do estabelecimento, que agregava ao seu título de zelador a fabricação de gororoba, veio logo depois trazer-lhe um tipo de licor.

O doente estava ali há dez minutos e, por várias vezes, havia levado à boca sua xícara de faiança cujo conteúdo degustava a pequenos goles quando, de repente, seu rosto tomou uma expressão assustada, apesar da interessante palidez que o cobria. Ele acabava de ver, vindo da Croix-Faubin, por um caminho que hoje é a rua de Naples, um cavaleiro vestido com um grande casaco. Ele parou perto do baluarte e esperou.

Estava ali fazia cinco minutos, e o homem de rosto pálido, que o leitor talvez já tenha reconhecido como sendo Maurevel, mal tivera tempo de se recompor da emoção que aquela presença havia causado, quando um rapaz com o gibão apertado como o de um pajem chegou pelo caminho que viria a ser a rua dos Fossés-Saint-Nicolas e juntou-se ao cavaleiro.

Perdido em seu caramanchão de folhagens, Maurevel podia ver e até mesmo ouvir sem dificuldade, e quando soubermos que o cavaleiro era de Mouy e o rapaz do gibão apertado era Orthon, julgaremos se seus olhos e ouvidos estavam ou não ocupados.

Ambos olharam ao redor com a mais minuciosa atenção. Maurevel prendia a respiração.

– Pode falar, senhor — disse Orthon. Sendo o mais novo, era o mais confiante. — Ninguém nos vê nem nos escuta.

– Está bem — disse de Mouy. — Você irá aos aposentos da senhora de Sauve. Se você encontrá-la em seu quarto, entregará este bilhete em suas mãos. Se ela não estiver, você o deixará atrás do espelho onde o rei costumava deixar os dele. Depois, você esperará no Louvre. Se lhe derem uma resposta, você a levará você sabe aonde, se não a tiver, você virá me buscar hoje à noite com um petrinal no local em que lhe indiquei e de onde saí.

– Está bem — disse Orthon —, eu sei.

– Eu vou deixá-lo agora. Tenho muito o que fazer durante todo o dia. Não precisa se apressar, seria inútil. Você não precisa chegar ao Louvre antes que *ele* esteja lá, e acho que *ele* está tendo uma aula de caça com aves agora de manhã. Vá e se mostre corajoso. Você está recuperado e vai agradecer à senhora de Sauve pelas bondades que teve com você durante sua convalescença. Vá, garoto, vá!

Maurevel ouvia com os olhos fixos, os cabelos arrepiados e o suor na testa. Seu primeiro pensamento foi desamarrar uma pistola de sua fivela e mirar em de Mouy. Mas um movimento entreabriu o casaco e mostrou uma couraça dura e sólida. Era então provável que uma bala se achatasse sobre aquela couraça ou que atingisse algum lugar do corpo onde o ferimento não seria mortal. Além disso, pensou que, para de Mouy, vigoroso e bem armado, seria muito fácil derrotá-lo, ferido como estava. Então, com um suspiro, guardou a pistola que já estava estendida na direção do huguenote.

– Que infortúnio — murmurou — não poder abater aqui esse bandidinho a quem meu segundo golpe cairia tão bem, ainda mais sem uma testemunha.

Mas, nesse momento, Maurevel pensou que o bilhete dado a Orthon e que deveria ser entregue à senhora de Sauve talvez fosse mais importante que a vida do chefe huguenote.

– Ah! — disse. — Você pode me escapar hoje de manhã, que seja. Pode se afastar são e salvo, mas terei minha vez amanhã, mesmo que tenha que o seguir até o inferno de onde saiu para me arruinar se eu não o arruinar antes.

Nesse momento, de Mouy fechou o casaco sobre o rosto e se afastou rapidamente na direção dos pântanos[2] do Temple. Orthon retomou os fossos que o conduziam às margens do rio.

Então Maurevel, levantando-se com mais vigor e mais agilidade do que ousava esperar, retomou a rua de La Cerisaie, entrou em casa, fez selarem um cavalo e, mesmo fraco como estava e arriscando reabrir suas feridas, galopou até a rua Saint-Antoine, passou pela margem do rio e correu para dentro do Louvre.

Cinco minutos depois de Maurevel ter desaparecido sob a guarita, Catarina já sabia de tudo o que acabara de acontecer, e Maurevel recebia os mil escudos de ouro que lhe haviam sido prometidos pela prisão do rei de Navarra.

– Oh! — disse então Catarina. — Ou muito me engano, ou esse de Mouy é a mancha negra que René encontrou no horóscopo desse maldito bearnês.

Quinze minutos depois da chegada de Maurevel, Orthon entrava no Louvre mostrando-se como de Mouy havia lhe recomendado. Ele chegou aos aposentos da senhora de Sauve depois de ter falado com vários comensais do palácio.

Somente Dariole estava nos aposentos de sua senhora, mas Catarina acabava de chamar esta última para transcrever algumas cartas importantes e já fazia cinco minutos que se encontrava nos aposentos da rainha.

– Está bem — disse Orthon. — Esperarei.

E, aproveitando-se de sua familiaridade com a casa, o rapaz entrou no quarto da baronesa e, depois de ter se assegurado de que estava realmente sozinho, colocou o bilhete atrás do espelho.

No exato instante em que afastava sua mão do espelho, Catarina entrou.

Orthon empalideceu, pois lhe pareceu que o olhar rápido e perspicaz da rainha recaíra inicialmente sobre o espelho.

– O que você está fazendo aqui, meu menino? — perguntou Catarina. — Não está por acaso procurando a senhora de Sauve?

– Estou, senhora. Há muito tempo que não a vejo e, se demorasse mais para vir agradecê-la, temia passar por um ingrato.

– Então você gosta bastante dela, da querida Carlota?

– Com toda a minha alma, senhora.

– E você é fiel, pelo que me disseram.

– Vossa Majestade entenderá que isso é algo bem natural quando souber que a senhora de Sauve teve por mim cuidados que eu não merecia sendo apenas um simples servo.

– E em qual ocasião ela teve esses cuidados com você? — perguntou Catarina, fingindo ignorar o evento ocorrido ao rapaz.

– Senhora, quando fui ferido.

– Ah! Pobre menino! — disse Catarina — Você foi ferido?

– Fui, senhora.

– E quando foi isso?

– Na noite em que vieram prender o rei de Navarra. Tive tanto medo ao ver os soldados que gritei e chamei... Então um deles me deu um golpe na cabeça e eu caí desmaiado.

– Pobre menino! E você está bem recuperado agora?

– Sim, senhora.

– De modo que agora você está procurando o rei de Navarra para voltar aos seus serviços?

– Não, senhora. Sabendo que eu havia ousado resistir às ordens de Vossa Majestade, o rei de Navarra me mandou embora sem misericórdia.

– Verdade? — disse Catarina com uma entonação cheia de interesse. — Pois bem, vou cuidar desse assunto. Mas, se você está esperando a senhora de Sauve, esperará inutilmente. Ela está ocupada aqui em cima, nos meus aposentos, no meu gabinete.

E Catarina, pensando que Orthon talvez não tivesse tido tempo de esconder o bilhete atrás do espelho, entrou no gabinete da senhora de Sauve para dar toda a liberdade ao rapaz.

Como Orthon ficara inquieto com a chegada inesperada da rainha-mãe, se perguntava se ela não escondia algum complô contra seu chefe. De repente, ele ouviu três batidinhas no teto. Esse era o sinal que ele mesmo devia dar a seu chefe em caso de perigo quando Henrique estivesse no quarto da senhora de Sauve, sob a vigia de Orthon.

Essas três batidas fizeram Orthon estremecer, e uma revelação misteriosa o iluminou. Ele pensou que, dessa vez, o aviso tinha sido dado para ele mesmo. Correu então até o espelho e retirou de lá o bilhete que já havia colocado.

Por uma abertura na tapeçaria, Catarina seguia todos os movimentos do menino. Ela o viu dirigir-se ao espelho, mas não sabia se era para esconder o bilhete ou se para retirá-lo.

– Pois bem — murmurou a impaciente florentina —, por que ele agora demora para ir embora?

E prontamente voltou ao quarto, com um sorriso no rosto.

– Ainda aqui, meu menino? — disse. — O que você ainda está esperando? Eu não disse a você que tomaria conta de sua pequena fortuna, de seu futuro? Você duvida quando eu digo uma coisa?

– Oh, senhora, Deus me livre! — respondeu Orthon.

E o menino, aproximando-se da rainha, colocou um joelho no chão, beijou a barra de seu vestido e saiu rapidamente. Ao sair, viu na antecâmara o capitão da guarda, que esperava Catarina. Essa visão não afastou sua desconfiança, mas só fez aumentá-la.

Catarina, por sua vez, mal viu a tapeçaria da cortina se fechar atrás de Orthon e correu em direção ao espelho. Mas foi inutilmente que ela enfiou a mão trêmula de impaciência atrás dele: ela não encontrou nenhum bilhete.

Porém, tinha certeza de ter visto o menino se aproximar do espelho. Era então para pegar o bilhete, não para deixá-lo! A fatalidade dava forças iguais a seus adversários. Um menino se tornava um homem no momento em que lutava contra ela.

Ela remexeu, olhou, procurou... E nada!

– O infeliz! — exclamou. — E eu não o queria mal..., mas, eis que, retirando o bilhete, ele vai ao encontro de seu destino. Ei! Senhor de Nancey, ei!

A voz vibrante da rainha-mãe atravessou o salão e penetrou na antecâmara onde estava o capitão da guarda.

O senhor de Nancey acorreu.

– Aqui estou — disse —, senhora! O que Vossa Majestade deseja?

– Você está na antecâmara?

– Estou, senhora.

– Você viu sair um rapaz, um garoto?

– Agora mesmo.

– Não pode estar muito longe?

– Mal chegou na metade da escada.

– Chame-o.

– Como ele se chama?

– Orthon. Se ele se recusar a vir, traga-o à força. Mas não o assuste se ele não indicar resistência. Preciso falar com ele agora mesmo.

O capitão da guarda correu.

Como havia previsto, Orthon mal estava na metade da escada. Ele descia lentamente na esperança de encontrar na escada ou de ver em algum corredor o rei de Navarra ou a senhora de Sauve.

Ouviu seu nome ser chamado e estremeceu.

Seu primeiro movimento foi o de fugir, mas, com uma força e uma reflexão acima de sua idade, compreendeu que, se fugisse, perderia tudo.

Então parou.

– Quem está me chamando?

– Eu, senhor de Nancey — respondeu o capitão da guarda, aparecendo nos degraus.

– Estou com muita pressa — disse Orthon.

– É da parte de Sua Majestade, a rainha-mãe — respondeu o senhor de Nancey se aproximando dele.

O menino enxugou o suor que escorria em seu rosto e subiu.

O capitão o seguiu.

O primeiro plano no qual Catarina havia pensado era o de prender o rapaz, revistá-lo e tomar o bilhete que sabia estar com ele. Por consequência, o próximo passo seria acusá-lo de furto. Ela já havia tirado da penteadeira um broche de diamantes para atribuir o sumiço ao menino. Mas essa artimanha era perigosa e despertaria as suspeitas do rapaz, que poderia prevenir seu chefe, e este, por sua vez, ficaria desconfiado, e na desconfiança não seria possível colocá-lo em perigo algum.

Ela podia com certeza mandar conduzir o rapaz até uma masmorra, mas o rumor dessa prisão, por mais secreta que fosse, logo se espalharia pelo Louvre, e uma única palavra sobre ela deixaria Henrique na defensiva.

Entretanto, Catarina precisava daquele bilhete, pois um bilhete do senhor de Mouy para o rei de Navarra, um bilhete recomendado com tanto cuidado devia conter toda uma conspiração. Ela recolocou então o broche onde o havia pegado.

– Não, não — disse —, essa é uma ideia de algoz, uma má ideia. Mas por um bilhete... que talvez não tenha valor nenhum... — continuou, franzindo as sobrancelhas e falando tão baixo que ela mesma mal podia ouvir o som de suas palavras. — Ah, juro que a culpa não é minha, é dele. Por que o bandidinho não colocou o bilhete onde devia colocar? Eu preciso daquele bilhete.

Nesse momento, Orthon entrou.

O rosto de Catarina certamente tinha uma expressão terrível, pois o rapaz parou sobre a soleira, empalidecendo. Ele ainda era jovem demais para dominar-se perfeitamente.

– Senhora — disse —, você me deu a honra de ser chamado. Em que posso ser útil à Vossa Majestade?

O rosto de Catarina se iluminou, como se um raio de sol tivesse vindo emprestar-lhe sua luz.

– Eu te chamei, menino — disse —, porque o seu rosto me agrada e porque, tendo feito uma promessa a você, a de cuidar de seu futuro, quero cumprir essa promessa sem atraso. Acusam as rainhas de serem esquecidas. Nosso coração não é de jeito nenhum assim, é apenas o nosso espírito que é ocupado pelos acontecimentos. Ora, eu me lembrei de que os reis guardam nas mãos deles os destinos dos homens, e por isso chamei você aqui. Venha, meu menino, siga-me.

O senhor de Nancey, que levava a cena a sério, olhava esse enternecimento de Catarina com grande surpresa.

– Você sabe montar a cavalo, menino? — perguntou Catarina.

– Sei, senhora.

– Nesse caso, venha até meu gabinete. Vou lhe dar uma mensagem para você levar até Saint-Germain.

– Estou às ordens de Vossa Majestade.

– Prepararem-lhe um cavalo, Nancey.

O senhor de Nancey sumiu.

– Vamos, criança — disse Catarina.

Ela foi à frente. Orthon a seguiu. A rainha-mãe desceu um andar, depois entrou em um corredor onde ficavam os aposentos do rei e do duque de Alençon, chegou à escada em caracol, desceu mais um andar, abriu uma porta que dava para uma galeria circular cuja chave apenas ela e o rei possuíam, fez Orthon entrar, entrou em seguida e fechou a porta. Essa galeria rodeava algumas partes dos aposentos do rei e da rainha-mãe como uma muralha. Era como a galeria do castelo de Santo Ângelo, em Roma, e aquela do palácio Pitti, em Florença: um esconderijo caso houvesse perigo.

Com a porta fechada, Catarina agora se encontrava trancada com o rapaz naquele corredor escuro. Ambos deram uns vinte passos, Catarina andando à frente, Orthon seguindo Catarina.

De repente, Catarina se virou e Orthon viu em seu rosto a mesma expressão sombria que vira dez minutos antes. Seus olhos, redondos como os de uma gata ou de uma pantera, pareciam lançar fogo na escuridão.

– Pare! — ela disse.

Orthon sentiu um arrepio percorrer seus ombros: um frio mortal parecido com um casaco de gelo caía da abóbada. O assoalho parecia quente, como a laje de uma sepultura. O olhar de Catarina era agudo e penetrava no peito do rapaz.

Ele recuou, tremendo, e se colocou contra a parede.

– Cadê o bilhete que você estava encarregado de entregar ao rei de Navarra?

– O bilhete? — balbuciou Orthon.

– É, o mesmo que você devia colocar atrás do espelho caso ele estivesse ausente.

– Eu, senhora? — disse Orthon. — Não sei do que está falando.

– O bilhete que de Mouy deu a você, há uma hora, atrás do jardim Arbalète.

– Eu não tenho bilhete nenhum — disse Orthon. — Vossa Majestade certamente está enganada.

– Você está mentindo — disse Catarina. — Dê-me o bilhete e eu mantenho a promessa que fiz a você.

– Que promessa, senhora?

– A promessa de enriquecê-lo.

– Não tenho bilhete nenhum, senhora — continuou o menino.

Catarina começou um ranger de dentes que terminou em um sorriso.

– Você quer me entregá-lo? — ela disse. — Você terá mil escudos de ouro.

– Não tenho bilhete nenhum, senhora.

– Dois mil escudos.

– Impossível. Já que não tenho o bilhete, não posso dá-lo a você.

– Dez mil escudos, Orthon.

Ao ver que a cólera subia como uma maré do coração à cabeça da rainha, Orthon pensou que só havia um jeito de salvar seu mestre: engolindo o bilhete. Ele levou a mão ao bolso, mas Catarina adivinhou sua intenção e parou-lhe a mão.

– Vamos, menino! — disse, rindo. — Bom..., você é fiel. Quando os reis querem se afeiçoar a um servo, não há nada de errado em verificar se ele tem um coração dedicado. Eu sei em que acreditar sobre você agora. Tome, aqui está meu porta-moedas como primeira recompensa. Vá levar esse bilhete a seu mestre e diga-lhe que, a partir de hoje, você está a meu serviço. Vá, pode sair sozinho pela porta que nos deu passagem. Ela abre por dentro.

E Catarina, colocando o porta-moedas na mão do rapaz perplexo, deu alguns passos à frente e pousou a mão sobre a parede.

Contudo, o rapaz continuava em pé, hesitante. Ele não podia acreditar que o perigo que tinha sentido cair sobre sua cabeça se afastara.

– Vamos, não trema assim — disse Catarina. — Eu não lhe disse que você é livre para ir embora e que, se quiser voltar, ainda terá sua fortuna?

– Obrigado, senhora — disse Orthon. — Assim, você me agracia?

– Mais do que isso, eu o recompenso. Você é um bom portador de bilhetes, um gentil mensageiro do amor. Só se esquece que seu mestre o está esperando.

– Ah! É verdade! — disse o rapaz, indo em direção à porta.

Porém, mal ele dera três passos e o assoalho cedeu sob seus pés. Ele caiu, esticou as mãos, soltou um grito horrível e desapareceu abismado na masmorra do Louvre. Catarina havia acabado de empurrar a alavanca.

– Ah — murmurou Catarina —, agora graças à obstinação desse engraçadinho vou ter que descer cento e cinquenta degraus.

Catarina entrou em seus aposentos, acendeu uma lamparina, voltou pelo corredor, colocou a alavanca no lugar, abriu a porta de uma escada circular que parecia se enfiar nas entranhas da terra e, apressada pela sede insaciável da curiosidade que regia seu ódio, chegou a uma porta de ferro que se abria para trás e dava no fundo da masmorra.

Ali, sangrando, arrebentado, quebrado por uma queda de mais de trinta metros, mas ainda vivo, jazia o pobre Orthon. Atrás da espessura do muro, ouvia-se correr a água do Sena que uma infiltração subterrânea levava até o fundo da escada.

Catarina entrou no fosso úmido e nauseabundo que, desde que ela existia, havia sido testemunha de muitas quedas parecidas com aquela que ela acabava de ver. Revistou o corpo, pegou a carta, assegurou-se de que era exatamente a que desejava ter, empurrou com o pé o cadáver e apertou um botão com o polegar: o chão se mexeu e o cadáver, escorregando, levado por seu próprio peso, desapareceu em direção ao rio.

Depois, fechando a porta, ela subiu, se trancou em seu gabinete e leu o bilhete:

Esta noite, às dez horas, rua Arbre-Sec, hotel Belle-Étoile. Se vier, não responda. Se não vier, diga não ao mensageiro.
De Mouy de Saint-Phale

Ao lê-lo, nada havia além de um sorriso nos lábios de Catarina. Ela pensava apenas na vitória que teria, esquecendo-se completamente a que preço comprava essa vitória.

Mas também, quem era esse Orthon? Era um coração fiel, uma alma dedicada, um garoto jovem e bonito, só isso.

Pensando bem, essas características não podiam fazer inclinar nem por um instante o prato dessa fria balança com a qual se pesam os destinos dos impérios.

Com o bilhete lido, Catarina subiu imediatamente aos aposentos da senhora de Sauve e o colocou atrás do espelho.

Ao descer, encontrou o capitão da guarda na entrada do corredor.

– Senhora — disse o senhor de Nancey —, de acordo com as ordens dadas por Vossa Majestade, o cavalo está pronto.

– Meu caro barão — disse Catarina —, o cavalo é inútil. Falei com esse menino e ele é realmente bobo demais para que eu o encarregue da tarefa que queria confiar a ele. Achava que fosse um lacaio, mas não passa de um palafreneiro. Eu lhe dei um dinheiro e o mandei embora pela guarita secundária.

– Mas — disse o senhor de Nancey —, e a missão?

– A missão? — repetiu Catarina.

– Sim, que ele deveria fazer em Saint-Germain. Vossa Majestade quer que eu a faça ou que mande algum de meus homens fazê-la?

– Não, não — disse Catarina —, você e seus homens terão outra coisa para fazer hoje à noite.

E Catarina voltou para seu quarto, esperando ter em suas mãos naquela noite o destino daquele maldito rei de Navarra.

XLVI

A HOSPEDARIA LA BELLE-ÉTOILE

Duas horas depois do acontecimento que acabamos de relatar e do qual nenhum rastro sobrara, nem mesmo no rosto de Catarina, a senhora de Sauve subiu novamente aos seus aposentos após terminar seu trabalho com a rainha. Atrás dela entrou Henrique. Sabendo por Dariole que Orthon tinha vindo, foi direto ao espelho e pegou o bilhete.

Era, como dissemos, concebido nestes termos:

Esta noite, às dez horas, rua Arbre-Sec, hotel Belle-Étoile. Se vier, não responda. Se não vier, diga não ao mensageiro.

Não havia mais assinatura.

– Henrique não vai deixar de ir ao encontro — disse Catarina —, pois, caso não queira ir, não encontrará mais o mensageiro para lhe fornecer uma resposta negativa.

Nesse ponto, Catarina não se enganara. Henrique se informou sobre Orthon, e Dariole disse-lhe que havia saído com a rainha-mãe, mas, como encontrara o bilhete em seu lugar e sabia que o pobre menino era incapaz de traição, não se inquietou.

Jantou como de costume à mesa do rei, que ria muito de Henrique e dos erros que cometera naquela manhã na caça com aves. Henrique se desculpou dizendo que era um homem da montanha, não da planície, e prometeu a Carlos estudar a falcoaria.[1]

Catarina esteve afável e, levantando-se da mesa, pediu a Margarida para ficar em sua companhia durante a noite.

Às oito horas, Henrique pegou dois cavalheiros, saiu pela porta Saint-Honoré e fez um longo desvio; entrou pela Tour du Bois, passou o Sena pela bacia de Nesle, subiu até a rua Saint-Jacques e ali os dispensou, como se estivesse em uma aventura amorosa. No canto da rua Mathurins, encontrou um homem a cavalo enrolado em um casaco. Aproximou-se dele.

– Mantes — disse o homem.

– Pau[2] — respondeu o rei.

O homem apeou prontamente. Henrique enrolou-se no casaco cheio de barro, montou o zangado cavalo, voltou pela rua La Harpe, atravessou a ponte Saint-Michel, entrou na rua Barthélemy, passou de novo o rio pela Pont-aux-Meuniers, desceu o cais, tomou a rua Arbre-Sec e foi bater à porta do mestre La Hurière. La Mole estava na sala que conhecemos, e escrevia uma longa carta de amor para sabemos quem. Cocunás estava na cozinha com La Hurière, observando três perdizes girarem e conversando com seu amigo hospedeiro sobre o tempo de cozimento apropriado para retirá-las do espeto.

Foi nesse momento que Henrique bateu na porta. Gregório foi abrir e conduziu o cavalo ao estábulo, enquanto o viajante entrou fazendo ressoar suas botas no assoalho como que para esquentar os pés adormecidos.

– Mestre La Hurière! — disse La Mole, ainda escrevendo. — Tem um cavalheiro que o solicita.

La Hurière avançou, mediu Henrique dos pés à cabeça e, como seu casaco de malha grossa não lhe inspirava grande veneração, perguntou ao rei:

– Quem é você?

– Ora, Deus meu! — disse Henrique, apontando La Mole. — Este senhor acabou de lhe dizer: sou um cavalheiro da Gasconha que veio a Paris para se apresentar à corte.

– E o que quer?

– Um quarto e jantar.

– Bem — fez La Hurière. — Você tem um lacaio?

Essa era, como sabemos, a questão habitual.

– Não — respondeu Henrique —, mas pretendo arrumar um assim que tiver feito fortuna.

– Não alugo quarto de mestre sem o quarto de lacaio — disse La Hurière.

– Mesmo que eu lhe ofereça um bom pagamento pelo jantar e esteja decidido a fazer nosso preço amanhã?

– Oh! Você é bem generoso, meu cavalheiro! — disse La Hurière, olhando Henrique com desconfiança.

– Não. Mas na esperança de passar a tarde e a noite em seu hotel, intensamente recomendado por um senhor de minha região, que mora aqui, convidei um amigo para vir jantar comigo. Você tem um bom vinho de Arbois?

– Nenhum bearnês bebe um tão bom quanto o que oferecemos.

– Bom! Eu o pago à parte. Ah, exatamente, eis o meu conviva.

Efetivamente, a porta acabara de se abrir e dar passagem a um segundo cavalheiro alguns anos mais velho que o primeiro e que arrastava ao seu lado uma imensa espada.

– Ah! — disse. — Você é pontual, meu jovem amigo. Para um homem que acabou de fazer duzentas léguas, é um feito chegar bem na hora.

– É o seu conviva? — perguntou La Hurière.

– É — disse o que chegou primeiro, indo até o rapaz de espada e apertando-lhe a mão. — Sirva-nos o jantar.

– Aqui ou no quarto?

– Onde quiser.

– Mestre — disse La Mole, chamando La Hurière —, livre-nos desses caras de huguenotes. Eu e Cocunás não poderemos dizer uma só palavra sobre nossos negócios na frente deles.

– Preparem o jantar no quarto número dois, no terceiro — disse La Hurière. — Subam, senhores, subam.

Os dois viajantes seguiram Gregório, que caminhava à frente deles, iluminando-os.

La Mole os seguiu com os olhos até que desaparecessem. E então, virando-se, viu Cocunás, cuja cabeça saía da cozinha. Dois grandes olhos fixos e uma boca aberta davam a essa cabeça um incrível ar de espanto.

La Mole aproximou-se dele.

– *Mordi!* — disse-lhe Cocunás. — Você viu?

– O quê?

– Esses dois cavalheiros?

– O que tem?

– Juraria que são...

– Quem?

– Ora, o rei de Navarra e o homem de casaco vermelho.

– Jure se quiser, mas não muito alto.

– Então você também os reconheceu?

– Com certeza.

– O que vêm fazer aqui?

– Tratar de algum namorico.

– Você acha?

– Absolutamente.

– La Mole, prefiro golpes de espada a esses namoricos. Se há pouco queria jurar, agora eu aposto.

– Aposta o quê?

– Que se trata de alguma conspiração.

– Ah, você é louco.

– E eu lhe digo que...

– Digo que, se eles conspiram, isso é assunto deles.

– Ah, é, verdade! Realmente — disse Cocunás —, eu não sirvo mais ao senhor de Alençon. Que se virem então como acharem melhor.

E como as perdizes pareciam ter chegado ao ponto de cozimento que Cocunás gostava, o piemontês, que esperava fazer deles melhor porção de seu jantar, chamou mestre La Hurière para que as tirasse do espeto.

Durante esse tempo, Henrique e de Mouy instalavam-se no quarto.

– E então, Sire — disse de Mouy quando Gregório pôs a mesa —, você viu Orthon?

– Não, mas recebi o bilhete que ele colocou no espelho. Eu presumo que o menino deve ter tido medo, pois a rainha Catarina chegou quando ele estava lá, tanto que foi embora sem me esperar. Por um instante fiquei inquieto, pois Dariole me disse que a rainha-mãe o fez falar longamente.

– Oh, não há perigo, o rapaz é duro. E mesmo que a rainha-mãe saiba sobre seu trabalho, ele conseguiu enganá-la, tenho certeza.

– E você, de Mouy, você o viu de novo? — perguntou Henrique.

– Não, mas vou vê-lo esta noite. À meia-noite ele deve vir me buscar aqui com um bom petrinal e me contará tudo no caminho.

– E o homem que estava na esquina da rua Mathurins?

– Que homem?

– O homem de quem tenho o cavalo e o casaco. Você tem confiança nele?

– É um dos nossos mais devotos. Aliás, ele não conhece Vossa Majestade, sendo assim, ignora com quem fez negócio.

– Podemos então falar de nossos negócios com toda a tranquilidade?

– Certamente. Além disso, La Mole está vigiando.

– Perfeito.

– E então, Sire, o que o senhor de Alençon disse?

– O senhor de Alençon não quer mais partir, de Mouy. Ele se explicou claramente sobre esse assunto. A eleição do duque de Anjou ao trono da Polônia e a indisposição do rei mudaram todos os objetivos dele.

– Então foi ele quem fez nosso plano dar errado?

– Foi.

– Ele então nos traiu?

– Ainda não. Mas vai nos trair na primeira ocasião que encontrar.

– Um coração covarde! Um espírito pérfido! Por que não respondeu às cartas que eu lhe escrevi?

– Para ter provas e não as dar. Enquanto isso, tudo está perdido, não é, de Mouy?

– Pelo contrário, Sire, tudo está ganho. Você bem sabe que o partido inteiro, menos a fração do príncipe de Condé, estava com você e só se servia do conde, com quem pareceu começar a se relacionar, como garantia. Assim, desde o dia da cerimônia, refiz tudo,

tudo relacionado a você. Cem homens lhe eram suficientes para fugir com o duque de Alençon: consegui mil e quinhentos. Em oito dias eles estarão prontos, escalonados na estrada de Pau. Não será mais uma fuga, será uma retirada. Mil e quinhentos homens lhe serão suficientes, Sire, e você se sentirá seguro com um exército?

Henrique sorriu e, batendo em seu ombro:

– Sabe, de Mouy — disse-lhe —, e você é o único a saber: o rei de Navarra não é por sua natureza tão temeroso como normalmente acreditam.

– Ora, meu Deus, eu sei, Sire! E espero que a França inteira saiba disso em pouco tempo.

– Mas, quando se conspira, deve-se ter êxito. A primeira condição do êxito é a decisão. E, para que a decisão seja rápida, franca e incisiva, deve-se estar convencido de que haverá êxito.

– Muito bem! Sire, quais são os dias em que há caça?

– A cada oito ou dez dias, seja com cães ou com aves.

– Quando caçaram?

– Hoje mesmo.

– De hoje a oito ou dez dias então, vão caçar novamente?

– Sem dúvida alguma, talvez até antes disso.

– Ouça, tudo me parece perfeitamente calmo: o duque de Anjou partiu. Não se pensa mais nele. O rei se recupera dia após dia de sua indisposição. As perseguições contra nós cessaram, de certo modo. Faça bons olhos à rainha-mãe e faça bons olhos ao senhor de Alençon. Continue lhe dizendo que você não pode partir sem ele: faça-o acreditar, o que é mais difícil.

– Fique tranquilo, ele vai acreditar.

– Você acredita que ele tenha tanta confiança assim em você?

– Claro que não, Deus me livre! Mas ele acredita em tudo o que a rainha lhe diz.

– E a rainha nos serve francamente?

– Oh, eu tenho a prova. Além disso, ela é ambiciosa, e essa ausente coroa de Navarra esquenta-lhe a cabeça.

– Muito bem! Três dias antes da caça, mande-me avisar onde ela ocorrerá: se em Bondy, em Saint-Germain ou em Rambouillet. Diga ainda que você está pronto e, quando vir La Mole aparecer em sua frente, siga-o, e costurem bem o caminho. Uma vez fora da floresta, se a rainha-mãe quiser vê-lo, ela terá que correr atrás de você. Ora, os cavalos normandos dela nem verão, espero, as ferraduras de nossos berberes e *gênets* da Espanha.

– Combinado, de Mouy.

– Você tem dinheiro, Sire?

Henrique fez a careta que sempre fazia a essa questão.

– Não muito — disse —, mas acho que Margot tem.

– Bem, seja o seu, seja o dela, tragam quanto puderem.

– O que vai fazer enquanto aguarda?

– Depois de ter me ocupado bastante dos assuntos de Vossa Majestade, como pode ver, Vossa Majestade permitiria que eu me ocupasse um pouco dos meus?

– Claro, de Mouy, claro. Mas quais são seus assuntos?

– Ouça, Sire, ontem Orthon me disse, e destaco que ele é um rapaz muito inteligente que recomendo à Vossa Majestade, que encontrou próximo do Arsenal o malfeitor Maurevel, que se recuperou graças aos cuidados de René e que se esquenta ao sol como a serpente que é.

– Ah, sim, entendo — disse Henrique.

– Ah, você entende, bom... Você será rei um dia, Sire, e, se tiver alguma vingança parecida com a minha para cumprir, você a cumprirá como rei. Eu sou um soldado, e devo me vingar como um soldado. Então, quando todos os nossos pequenos assuntos forem resolvidos, o que dará a esse malfeitor cinco ou seis dias ainda para se restabelecer, eu também darei uma volta pelo Arsenal e o pregarei à grama com quatro bons golpes de espada. Depois disso, deixarei Paris com o coração menos carregado.

– Ocupe-se de suas questões, meu amigo, ocupe-se de suas questões — disse o bearnês. — A propósito, está contente com La Mole, não é?

– Ah, é um rapaz agradável que lhe é devoto de corpo e alma, Sire, e com quem pode contar como conta comigo... É muito bravo...

– E, sobretudo, discreto. Por isso ele nos seguirá até Navarra, de Mouy. Uma vez lá, vamos ver o que devemos fazer para recompensá-lo.

Henrique finalizava essas palavras com seu sorriso maroto quando a porta se abriu, ou melhor dizendo, foi arrombada, e aquele a quem se faziam elogios apareceu no mesmo instante, pálido e agitado.

– Cuidado, Sire! — exclamou. — Cuidado! A casa está cercada.

– Cercada?! — exclamou Henrique, levantando-se. — Por quem?

– Pelos guardas do rei.

– Oh! — disse de Mouy, tirando suas pistolas da cintura. — Batalha, ao que parece.

– Ah, claro! — disse La Mole. — Trata-se mesmo de pistolas e de batalha! O que quer fazer contra cinquenta homens?

– Ele tem razão — disse o rei. — Se houvesse algum meio de fugir...

– Há um meio que já serviu para mim e, se Vossa Majestade quiser me acompanhar...

– E de Mouy?

– O senhor de Mouy pode nos acompanhar também, caso queira: mas têm de se apressar!

Ouviram passos na escada.

– Tarde demais — disse Henrique.

– Ah, se ao menos tivéssemos como ocupá-los por cinco minutos! — exclamou La Mole. — Eu cuidaria do rei.

– Então ocupe-se dele, senhor — disse de Mouy. — Eu me encarrego de ocupá-los. Vá, Sire, vá!

– Mas... O que você vai fazer?

– Não se preocupe, Sire. Vá em frente!

E de Mouy começou por fazer desaparecer o prato, o guardanapo e o copo do rei, de forma que só podiam acreditar que ele estava sozinho à mesa.

– Venha, Sire, venha! — exclamou La Mole, pegando o rei pelo braço e arrastando-o pela escada.

– De Mouy! Meu valente de Mouy! — exclamou Henrique, esticando a mão ao rapaz.

De Mouy beijou essa mão, empurrou Henrique para fora do quarto e fechou a porta com o trinco.

– Sim, sim, entendo — disse Henrique —, ele vai se deixar prender enquanto nós vamos nos salvar. Mas que diabos! Quem pode ter nos traído?

– Venha, Sire, venha! Eles estão subindo, estão subindo.

De fato, a luz das tochas começava a subir pela escada estreita, enquanto se ouvia embaixo algo semelhante a um barulho de espada.

– Cuidado, Sire! Cuidado! — disse La Mole.

E, guiando o rei na escuridão, La Mole o fez subir dois andares, empurrou a porta de um quarto que fechou novamente com o trinco e, indo abrir a janela de um gabinete:

– Sire — disse —, Vossa Majestade teme as excursões pelos telhados?

– Eu? — disse Henrique. — Vamos logo! Eu, um caçador de camurças?!

– Então, que Vossa Majestade me siga. Conheço o caminho e servirei de guia.

– Vamos, vamos — disse Henrique —, estou lhe seguindo.

E La Mole alcançou o primeiro telhado e seguiu uma grande calha que servia de goteira e ao fim da qual encontrou um vão formado por dois telhados. Nesse vão, abria-se uma mansarda sem janela que dava para um sótão desabitado.

– Sire — disse La Mole —, aqui é o seu porto.

– Ah, ah... — disse Henrique —, ainda bem.

E enxugou seu rosto pálido de onde escorriam gotas de suor.

– Agora — disse La Mole —, tudo é mais simples. O sótão dá para uma escada, a escada termina numa passagem, essa passagem conduz à rua. Fiz esse mesmo caminho, Sire, em uma noite muito mais terrível que esta.

– Então vamos, vamos! — disse Henrique. — Em frente!

La Mole passou primeiro pela janela escancarada, chegou à porta mal fechada e a abriu. Encontrou-se no alto de uma escada em caracol e, colocando nas mãos do rei a corda que servia de rampa, exclamou:

– Venha, Sire!

No meio da escada, Henrique parou. Tinha chegado à frente de uma janela. Essa janela dava para o pátio da hospedaria Belle-Étoile. Viam-se na escada da frente soldados correrem, uns carregando espadas, outros, tochas.

De repente, no meio de um grupo, o rei de Navarra avistou de Mouy. Ele havia entregue sua espada e descia tranquilamente.

– Pobre rapaz... — disse Henrique. — Bravo de coração! E tão devoto!

– Mas, Sire — disse La Mole —, Vossa Majestade deve notar que ele está com um ar bastante calmo. Veja só, está até rindo! Provavelmente já está pensando em algum bom plano, pois, como sabe, ele raramente ri.

– E aquele rapaz que estava com você?

– O senhor de Cocunás? — perguntou La Mole.

– É, o senhor de Cocunás, o que aconteceu com ele?

– Oh, Sire, não estou nem um pouco inquieto com ele. Ao perceber os soldados, ele me disse só uma frase: "Arriscamos alguma coisa?". "A cabeça", respondi. "Mas e você, você vai se salvar?", perguntou ele. "Espero que sim", respondi. "Então eu também", respondeu ele. Logo, Sire, juro que ele se salvará. Quando prendem Cocunás, eu lhe garanto, é porque lhe convém se deixar prender.

– Então — disse Henrique —, está tudo bem. Tratemos de voltar para o Louvre.

– Ah! — fez La Mole — Nada de mais fácil, Sire. Cobriremo-nos com nossos casacos e sairemos. A rua estará cheia de gente atraída pelo barulho. Pensarão que somos curiosos.

Com efeito, Henrique e La Mole encontraram a porta aberta, e a única dificuldade com que se depararam em sua saída foi a massa de gente que entupia a rua.

Porém, os dois logo conseguiram entrar na rua d'Averon. Chegando à rua Poulies, eles viram, atravessando a praça Saint-Germain-l'Auxerrois, de Mouy e sua escolta conduzidos pelo capitão da guarda, o senhor de Nancey.

– Ah! — disse Henrique. — Pelo que parece, estão conduzindo-o ao Louvre. Que diabos! As guaritas estarão fechadas... Vão anotar os nomes de todos que entram. Se me virem entrar depois dele, é provável que pensem que eu estava com ele.

– Ora, Sire! — disse La Mole. — Mas então entre no Louvre de outro modo que não seja pela guarita!

– Céus! E como quer que eu entre?

– Não há a janela da rainha de Navarra, Vossa Majestade?

– *Ventre-saint-gris,* senhor de La Mole! — disse Henrique. — Você tem razão. Eu nem tinha pensado nisso...! Mas como avisar a rainha?

– Oh! — disse La Mole, se inclinando em um respeitoso reconhecimento. — Vossa Majestade lança pedras tão bem!

XLVII

DE MOUY DE SAINT-PHALE

Desta vez, Catarina havia se precavido tão bem que acreditava estar certa de seu feito.

Por conseguinte, ela liberara Margarida por volta das dez horas, muito convencida de que a rainha de Navarra ignorava o que se tramava contra seu marido — o que, aliás, era verdade. Depois, a rainha-mãe passara pelo quarto do rei pedindo que atrasasse seu recolher.

Intrigado com o ar de triunfo que, apesar de sua dissimulação habitual, dominava o rosto de Catarina, Carlos questionou a mãe, que lhe respondeu apenas:

– Só posso dizer uma coisa a Vossa Majestade: esta noite estará livre de seus dois inimigos mais cruéis.

Carlos fez o movimento de sobrancelhas de um homem que diz para si mesmo: "Muito bem, vamos ver". E, assobiando para seu grande galgo, que vinha até ele se arrastando sobre a barriga como uma serpente e colocando sua cabeça fina e esperta no joelho do dono, aguardou.

Dentro de poucos minutos, durante os quais Catarina manteve os olhos fixos e os ouvidos atentos, ouviu-se um tiro de pistola no pátio do Louvre.

– Que barulho é esse? — perguntou Carlos, franzindo a sobrancelha enquanto seu galgo se levantava bruscamente e punha as orelhas em pé.

– Nada — disse Catarina. — É um sinal, só isso.

– E o que esse sinal significa?

– Significa que, a partir desse momento, Sire, seu único e verdadeiro inimigo não pode mais prejudicá-lo.

– Acabaram de matar um homem? — perguntou Carlos, olhando para a mãe com o olhar de um superior que indicava que o assassinato e a graça eram dois atributos inerentes ao poder real.

– Não, Sire. Apenas acabaram de deter dois homens.

– Oh...! — murmurou Carlos. — Sempre essas tramas escondidas, sempre esses complôs dos quais o rei não sabe nada. Que diabos! Minha mãe, sou um homem crescido o suficiente para cuidar de mim mesmo, não preciso mais de uma babá. Se quiser reinar, vá para a Polônia com seu filho Henri: está errada de fazer esse jogo aqui.

– Meu filho — disse Catarina —, é a última vez que me envolvo em seus negócios. Foi uma empreitada iniciada há muito tempo e na qual você sempre disse que eu estava errada. E eu me empenhei para provar a Vossa Majestade que eu tinha razão.

Nesse momento, vários homens pararam no vestíbulo e ouviu-se colocarem sobre o pavimento os cabos dos mosquetes de uma pequena tropa.

O senhor de Nancey logo pediu permissão para entrar no quarto do rei.

– Entre — disse Carlos com rapidez.

O senhor de Nancey entrou, saudou o rei e, virando-se para Catarina:

– Senhora — disse —, as ordens de Vossa Majestade foram executadas: ele foi capturado.

– Como assim "ele"? — perguntou Catarina muito aflita. — Vocês só pegaram um deles?

– Ele estava sozinho, senhora.

– E ele se defendeu?

– Não. Ele estava jantando tranquilamente em um quarto e entregou a espada na primeira intimação.

– Quem foi preso? — perguntou o rei.

– Você verá — disse Catarina. — Faça entrar o prisioneiro, senhor de Nancey.

Cinco minutos depois, de Mouy foi introduzido no recinto.

– De Mouy? — disse o rei. — O que houve, senhor?

– Ora, Sire — disse de Mouy perfeitamente tranquilo —, se Vossa Majestade me concede a permissão, eu lhe faria a mesma pergunta.

– Em vez de fazer essa pergunta ao rei — disse Catarina —, tenha a bondade, senhor de Mouy, de contar a meu filho quem era o homem que se encontrava no quarto do rei de Navarra certa noite e que, naquela ocasião, resistindo às ordens de Sua Majestade como rebelde que é, matou dois guardas e feriu Maurevel?

– Sim... — disse Carlos, franzindo a sobrancelha. — Você sabe o nome desse homem, senhor de Mouy?

– Sei, Sire. Vossa Majestade deseja conhecê-lo?

– Confesso que isso me daria prazer.

– Ele se chama de Mouy de Saint-Phale.

– Era você?

– Eu mesmo.

Catarina, espantada com a audácia, recuou um passo na direção do rapaz.

– E como ousou resistir às ordens do rei? — disse Carlos IX.

– Primeiramente, Sire, eu desconhecia a existência de uma ordem de Vossa Majestade. Depois, só vi uma coisa, ou melhor, um homem, o senhor de Maurevel, o assassino de meu pai e do senhor almirante. Lembrei-me então de que há um ano e meio, neste mesmo quarto onde agora estamos, durante a noite do dia 24 de agosto, Vossa Majestade me prometera fazer justiça contra o assassino. Ora, como desde aquele dia graves acontecimentos ocorreram, pensei que o rei fora desviado de seus desejos sem querer. Vendo Maurevel em minhas mãos, acreditei que o céu o enviava a mim. Vossa Majestade conhece o resto, Sire. Parti para cima dele como se partisse para cima de um assassino, e atirei em seus homens como se atirasse em bandidos.

Carlos não respondeu. Sua amizade por Henrique lhe fazia ver, havia algum tempo, muitas coisas sob outro ponto de vista, diferente daquele que tinha inicialmente, e mais de uma vez com terror.

A propósito da noite de São Bartolomeu, a rainha-mãe havia gravado em sua memória palavras saídas da boca de seu filho que pareciam remorsos.

– Mas — disse Catarina — o que você veio fazer no quarto do rei de Navarra àquela hora?

– Oh! — respondeu de Mouy. — Isso é outra história, bem longa para contar. Mas, se Sua Majestade tiver paciência para ouvir...

– Eu tenho — disse Carlos. — Eu quero saber, fale.

– Obedeço, Sire — disse de Mouy, inclinando-se.

Catarina se sentou, fixando um olhar inquieto no jovem chefe.

– Estamos ouvindo — disse Carlos. — Actéon, aqui.

O cachorro voltou ao lugar onde estava antes de o prisioneiro chegar.

– Sire — disse de Mouy —, eu tinha vindo até o rei de Navarra como deputado de nossos irmãos, seus súditos fiéis da religião.

Catarina fez um sinal para Carlos IX.

– Fique tranquila, minha mãe — disse o rei —, não perco uma única palavra. Continue, senhor de Mouy, continue. Por que você tinha vindo?

– Para alertar o rei de Navarra — continuou senhor de Mouy — de que sua abjuração lhe havia feito perder a confiança do partido huguenote. Mas que, entretanto, à lembrança de seu pai, Antoine de Bourbon, e, sobretudo, à memória de sua mãe, a corajosa Joana d'Albret, cujo nome é caro entre nós, aqueles da religião lhe deviam a marca de deferência para pedir que ele desistisse de seus direitos à coroa de Navarra.

– E o que ele disse? — perguntou Catarina que, apesar de seu autocontrole, não pôde receber o golpe inesperado que a atingia sem um pequeno grito.

– Ah! — fez Carlos. — Mas parece que essa coroa de Navarra, que fazem girar assim sem minha permissão em todas as cabeças, me pertence um pouco.

– Os huguenotes, Sire, reconhecem melhor do que ninguém o princípio de suserania que o rei acaba de apontar. Por isso, eles esperavam convencer Vossa Majestade a fixá-la sobre uma cabeça que lhe seja cara.

– Convencer a mim? — disse Carlos. — Sobre uma cabeça que me seja cara? Que diabos! A que cabeça você está se referindo, senhor? Não estou entendendo.

– Eu me refiro à cabeça do senhor duque de Alençon.

Catarina tornou-se pálida como a morte e devorou de Mouy com um olhar inflamado.

– E meu irmão de Alençon sabia disso?

– Sim, Sire.

– E ele aceitou essa coroa?

– Só sob a aprovação de Vossa Majestade, para quem ele nos enviava.

– Oh! — disse Carlos. — Realmente é uma coroa que irá muito bem ao nosso irmão de Alençon. E eu nem pensei nisso! Obrigado, de Mouy. Muito obrigado. Quando você tiver ideias semelhantes, será bem-vindo no Louvre.

– Sire, você já estaria instruído há muito tempo sobre esse projeto se não fosse a infeliz ação de Maurevel, que me fez temer ter caído em desgraça diante de Vossa Majestade.

– Sim, mas e o que diz Henrique sobre esse projeto? — perguntou Catarina.

– O rei de Navarra, senhora, se submeteria ao desejo de seus irmãos, e sua renúncia já estava pronta.

– Nesse caso — disse Catarina —, essa renúncia está com você?

– Sim, senhora — disse de Mouy. — Por acaso, tenho comigo a renúncia assinada por ele e datada.

– Com uma data anterior ao que ocorreu no Louvre? — perguntou Catarina.

– Sim, do dia anterior, acredito.

E o senhor de Mouy retirou do bolso uma renúncia em favor do duque de Alençon, escrita e assinada pela mão de Henrique e levando a data indicada.

– Oh! É verdadeira — disse Carlos —, está tudo correto.

– E o que Henrique pedia em troca dessa renúncia?

– Nada, senhora. Ele nos disse que a amizade do rei Carlos o compensaria amplamente pela perda de uma coroa.

Catarina mordeu os lábios de cólera e retorceu as belas mãos.

– Tudo isso é perfeitamente correto, de Mouy — completou o rei.

– Então — retomou a rainha-mãe —, se tudo isso estava combinado entre você e o rei de Navarra, qual era o fim do encontro que você teve com ele esta noite?

– Eu, senhora, com o rei de Navarra? — perguntou de Mouy. — O senhor de Nancey, que me deteve, é testemunha de que eu estava sozinho. Vossa Majestade pode chamá-lo.

– Senhor de Nancey! — chamou o rei.

O capitão da guarda reapareceu.

– Senhor de Nancey — disse rapidamente Catarina —, o senhor de Mouy estava completamente sozinho no albergue da Belle-Étoile?

– No quarto, sim, senhora, mas no albergue, não.

– Ah! — exclamou Catarina. — E quem era seu companheiro?

– Não sei se era um companheiro do senhor de Mouy, senhora. Sei apenas que ele escapou pela porta dos fundos depois de ter derrubado dois de meus guardas.

– Mas, sem dúvida, você reconheceu esse cavalheiro, não?

– Não, senhora, eu não o reconheci, mas meus guardas, sim.

– E quem era ele? — perguntou Carlos IX.

– O senhor conde Aníbal de Cocunás.

– Aníbal de Cocunás... — repetiu o rei parecendo procurar algo na mente. — Aquele que fez um terrível massacre de huguenotes na noite de São Bartolomeu.

– Sim, foi o senhor de Cocunás, cavalheiro de senhor de Alençon — disse senhor de Nancey.

– Muito bem, muito bem — disse Carlos IX. — Retire-se, senhor de Nancey, e, mais uma vez, lembre-se de uma coisa...

– De que, Sire?

– De que você está a meu serviço, e que só deve obedecer a mim.

O senhor de Nancey se retirou de costas, saudando todos respeitosamente. De Mouy deu um sorriso irônico para Catarina. Fez-se um instante de silêncio.

A rainha enrolava a fita de seu cordão, e Carlos acariciava seu cão.

– Mas então qual era o seu objetivo, senhor? — continuou Carlos. — Você agia contra alguém?

– Contra quem, Sire?

– Contra Henrique, contra Francisco ou contra mim.

– Sire, tínhamos a renúncia de seu cunhado e a aprovação de seu irmão. E, como tive a honra de lhe dizer, estávamos prestes a solicitar a autorização de Vossa Majestade quando ocorreu aquela decisiva ação no Louvre.

– Então, mãe — disse Carlos —, não vejo mal nenhum nisso tudo. Você estava em seu direito, senhor de Mouy, ao solicitar um rei. Sim, Navarra pode e deve ser um reino separado. Além disso, esse reino parece ter sido feito para dotar meu irmão de Alençon, que sempre quis ter uma coroa, tanto que, quando coloco a minha, ele não consegue desviar os olhos dela. A única coisa que se oporia a essa coroação seria o direito de Henrique. Mas, já que ele renuncia voluntariamente à coroa...

– Voluntariamente, Sire.

– Parece ser então a vontade de Deus! Senhor de Mouy, você está livre para voltar a seus irmãos, os quais talvez eu tenha castigado um tanto severamente... Mas isso é um assunto entre mim e Deus. Diga a eles que, já que desejam meu irmão de Alençon como rei de Navarra, o rei da França se rende a seus desejos. A partir de agora, Navarra é um reino, e seu soberano se chama Francisco. Só peço oito dias para que meu irmão deixe Paris com o brilho e a pompa que convêm a um rei. Vá, senhor de Mouy, vá! Senhor de Nancey, deixe passar o senhor de Mouy, ele está livre.

– Sire — disse de Mouy, dando um passo à frente —, Vossa Majestade me permite?

– Sim — disse o rei.

Carlos estendeu a mão ao jovem huguenote. De Mouy colocou um joelho no chão e beijou a mão do rei.

– A propósito — disse Carlos, retendo-o no momento em que de Mouy ia se erguer —, você não havia solicitado justiça contra o malfeitor Maurevel?

– Sim, Sire.

– Não sei onde ele está para que a justiça seja feita, pois ele se esconde. Mas, se encontrá-lo, faça a justiça você mesmo, de Mouy, eu o autorizo de todo o coração.

– Ah, Sire! — exclamou de Mouy. — Eis algo que me traz uma verdadeira realização: que Vossa Majestade confie isso a mim. Eu também não sei onde ele está, mas o encontrarei, fique tranquilo.

E, depois de ter saudado respeitosamente o rei e a rainha Catarina, de Mouy se retirou sem que os guardas que o trouxeram dificultassem sua saída. Atravessou os corredores, ganhou rapidamente a guarita e, uma vez fora, em um só passo foi da praça Saint-Germain-l'Auxerrois ao albergue da Belle-Étoile, onde encontrou seu cavalo, graças ao qual, três horas depois da cena que acabamos de contar, o rapaz respirava em segurança atrás dos muros de Mantes.

Devorando sua cólera, Catarina voltou a seus aposentos, de onde passou para os de Margarida. Ali, encontrou Henrique com suas vestes noturnas, parecendo pronto para se deitar.

– Diabo — murmurou ela —, ajude uma pobre rainha por quem Deus não quer fazer mais nada!

DUAS CABEÇAS PARA UMA COROA

— Peçam que o senhor de Alençon venha me ver — disse Carlos, despedindo-se de sua mãe.

O senhor de Nancey, disposto, segundo solicitação do rei, a obedecer a partir de então apenas a ele, foi em uma só passada dos aposentos de Carlos até os de seu irmão, transmitindo-lhe sem nenhuma suavização a ordem que acabara de receber.

O duque estremeceu como sempre fazia diante de Carlos, e havia razões ainda maiores para tal desde sua consipiração.

Com uma pressa calculada, ele não chegou menos preocupado até seu irmão.

Carlos estava de pé e assobiava entre os dentes uma canção de caça.

Ao entrar, o duque de Alençon surpreendeu no olho vítreo de Carlos um desses olhares envenenados de ódio que conhecia tão bem.

– Vossa Majestade me solicitou. Aqui estou, Sire — disse. — O que Vossa Majestade deseja de mim?

– Desejo lhe dizer, meu bom irmão, que para recompensar a grande amizade que tem por mim, decidi fazer hoje por você aquilo que mais deseja.

– Por mim?

– Sim. Procure em seu espírito a coisa com a qual você mais sonha há algum tempo sem ousar pedi-la a mim e esta coisa lhe darei.

– Sire — disse Francisco —, juro a meu irmão, só desejo a continuação da boa saúde do rei.

– Então você deve estar satisfeito, de Alençon. A indisposição que tive na época da vinda dos poloneses passou. Escapei, graças a Henrique, de um javali furioso que queria me descosturar, e estou bem a ponto de não invejar nem mesmo o mais saudável de meu reino. Você pode então, sem ser um mau irmão, desejar outra coisa que não seja a continuação de minha saúde, que é excelente.

– Não desejaria nada, Sire.

– Deseja sim, Francisco — retomou Carlos, ficando impaciente. — Você deseja a coroa de Navarra, visto que entrou em acordo com Henrique e de Mouy: o primeiro para que renunciasse, e o segundo para que o fizesse tê-la. Pois bem! Henrique renuncia! De Mouy me transmitiu seu pedido, e essa coroa que você ambiciona...

– O que tem ela? — perguntou de Alençon com uma voz trêmula.

– O que tem ela! Diabos, ela é sua!

De Alençon empalideceu horrivelmente. Então, de repente, o sangue chamado a seu coração, que faltou se partir, dirigiu-se às extremidades e uma vermelhidão ardente lhe queimou as bochechas. O favor que o rei lhe fazia o desesperava naquele momento.

– Mas, Sire — retomou o duque, o coração palpitando de emoção e tentando, em vão, se recompor —, eu não desejei nada e principalmente não pedi nada parecido.

– É possível — disse o rei —, pois você é bem discreto, meu irmão. Mas desejaram, pediram por você.

– Sire, juro que nunca...

– Não jure.

– Mas Sire, então está me exilando?

– Chama isso de exílio, Francisco? Peste! Você é difícil... O que esperaria de melhor?

De Alençon mordeu os lábios de desespero.

– Mas é claro! — continuou Carlos, fingindo ser bondoso. — Eu o achava menos popular, Francisco, e, principalmente, menos próximo dos huguenotes. Mas eles pedem você, é preciso que eu admita a mim mesmo que me enganava. Além do mais, não poderia desejar nada melhor que ter um homem meu, meu irmão que me ama e que é incapaz de me trair, à frente de um partido que há trinta anos nos faz guerra. Isso vai acalmar tudo como por encanto, sem contar que seremos todos reis na família. Haverá somente o pobre Henrique, que não será nada além de meu amigo. Mas ele não é ambicioso e esse título, que ninguém demanda, ele tomará para ele.

– Oh! Sire, está enganado; esse título, eu o demando... Quem tem mais direito a ele do que eu? Henrique é apenas seu cunhado por aliança. Sou seu irmão de sangue e principalmente de coração... Sire, lhe imploro, deixe-me ficar perto de você.

– Não, não, Francisco — respondeu Carlos. — Seria fazer sua infelicidade.

– Por quê?

– Por mil razões.

– Mas veja bem, Sire, você nunca encontrará um companheiro tão fiel como eu. Desde minha infância nunca deixei Vossa Majestade.

– Sei bem, sei bem disso, e algumas vezes quis vê-lo mais longe.

– O que Vossa Majestade quer dizer?

– Nada, nada... Estou falando sozinho... Oh! Como você terá belas caças ali! Francisco, tenho inveja de você! Você sabia que caçam ursos naquelas montanhas dos infernos como caçamos javalis aqui? Você vai nos dar peles magníficas. A caça é feita com um punhal, você sabia? Esperam o animal, o excitam, o irritam, ele vem para cima do caçador e, a quatro passos dele, fica de pé sobre as patas traseiras. É neste momento que lhe enfiam o aço no coração, como Henrique fez com o javali na última caça. É perigoso, mas você é corajoso, Francisco, e esse perigo será para você um verdadeiro prazer.

– Ah! Vossa Majestade aumenta meu desgosto, pois não caçarei mais com ela.

– Céus! Ainda bem! — disse o rei. — Caçar juntos não nos ajuda, nem a um nem ao outro.

– O que Vossa Majestade quer dizer?

– Que caçar comigo lhe causa tanto prazer e lhe dá tamanha emoção que você, que é a destreza em pessoa, você que, no primeiro tiro de arcabuz, abate uma gralha a cem passos, você errou, na última vez em que caçamos juntos, com sua arma, uma arma que lhe é familiar, a vinte passos, um grande javali e quebrou a perna de meu melhor cavalo. Diabos! Francisco, isso dá no que pensar, sabia?!

– Oh! Sire, perdoe a emoção — disse de Alençon, ficando lívido.

– Ah, sim! — retomou Carlos — A emoção... Sei bem, e é por causa dessa emoção que aprecio seu justo valor e lhe digo: Francisco, é melhor irmos caçar um longe do outro, principalmente quando se têm emoções desse tipo. Pense nisso, meu irmão, não em minha presença, minha presença o perturba, estou vendo, mas quando estiver sozinho, e você há de convir que tenho toda razão em temer que em uma nova caça uma outra emoção venha lhe surpreender, pois não há nada que faça levantar tão bem a mão como a emoção, e assim você mataria o cavaleiro em vez do cavalo, o rei em vez da besta. Peste! Uma bala que vai alto demais ou baixo demais, isso muda muito a cara de um governo, e nós temos um exemplo em nossa família. Quando Montgomery matou nosso pai Henrique II por acidente, por emoção, talvez, o tiro levou nosso irmão Francisco II para o trono e nosso pai para Saint-Denis. É preciso uma coisa tão pouca para Deus fazer tanto!

O duque sentiu o suor escorrer em sua testa durante esse abalo tão temível quanto inesperado. Era impossível que o rei dissesse mais claramente a seu irmão que adivinhara tudo. Carlos, escondendo sua cólera sob uma penumbra de zombaria, era talvez mais terrível ainda que se deixasse a lava de ódio que devorava seu coração se espalhar borbulhando para fora. Sua vingança parecia proporcional a seu rancor. À medida que uma azedava o outro crescia, e pela primeira vez de Alençon conheceu o remorso, ou melhor, o arrependimento de ter planejado um crime que não dera certo.

Ele havia suportado a luta o quanto pôde, mas com esse último golpe baixou a cabeça, e Carlos viu brotar de seus olhos a chama devoradora que, nos seres de natureza dócil, cava a fenda por onde jorram as lágrimas.

Mas de Alençon era desses que só choram de raiva.

Carlos mantinha fixos sobre ele seus olhos de abutre, aspirando, por assim dizer, cada uma das sensações que se sucediam no coração do rapaz. E todas essas sensações lhe apareciam muito claras, graças ao estudo minucioso que havia feito de sua família, como se o coração do duque fosse um livro aberto.

Ele o deixou assim um instante: destruído, imóvel e mudo; em seguida, disse com uma voz marcada por uma odiosa firmeza:

– Meu irmão, nós lhe dissemos nossa resolução e nossa resolução é imutável: você partirá.

De Alençon fez um movimento. Carlos pareceu não notar e continuou:

– Quero que Navarra fique orgulhosa de ter como príncipe um irmão do rei da França. Ora, poder, honras, você terá tudo que convém ao seu nascimento, como seu irmão Henrique teve, e como ele — acrescentou, rindo — você me abençoará de longe. Mas não importa, as bênçãos não conhecem a distância.

– Sire...

– Aceite, ou melhor, renda-se. Uma vez rei, encontrarão uma mulher digna de um filho da França. Quem sabe alguém que lhe trará talvez outro trono.

– Mas — disse o duque de Alençon — Vossa Majestade esquece seu bom amigo Henrique.

– Henri! Já disse que ele não quer saber do trono de Navarra! Já disse que ele o abandona. Henrique é um menino jovial, e não um desmancha-prazeres como você. Ele quer se divertir tranquilamente, e não murchar como estamos condenados a fazer debaixo de coroas.

De Alençon soltou um suspiro.

– Mas — disse — Vossa Majestade ordena então que eu cuide de...

– Não, não. Não se preocupe com nada, Francisco, cuidarei de tudo eu mesmo. Conte comigo como um bom irmão. E agora que tudo está decidido, vá. Conte ou não conte nossa conversa a seus amigos: quero tomar medidas para que a coisa se torne pública em breve. Vá, Francisco.

Não havia nada a responder; o duque despediu-se e saiu, com raiva no coração.

Desejava ardentemente encontrar Henrique para repassar tudo o que acabara de acontecer. Mas encontrou apenas Catarina: na verdade Henrique fugia da conversa e a rainha-mãe a procurava.

O duque, ao ver Catarina, abafou imediatamente suas dores e tentou sorrir. Menos feliz que Henrique de Anjou, não era uma mãe que ele buscava em Catarina, mas simplesmente uma aliada. Ele começou então por dissimular com ela, pois, para fazer boas alianças, é preciso se enganar um pouco mutuamente.

Aproximou-se de Catarina com um rosto no qual sobrara apenas uma leve marca de preocupação.

– Bem, senhora — disse —, eis grandes notícias. Está sabendo?

– Sei que se trata de fazer de você um rei, senhor.

– É muita bondade da parte de meu irmão, senhora.

– Não é?

– E estou quase tentado a acreditar que devo transferir uma parte de meu reconhecimento a você; pois, enfim, se foi você que lhe deu o conselho de me doar um trono, é a você que devo condecoração. Mas confesso que no fundo me dá pena de despojar assim o rei de Navarra.

– Você gosta muito de Henrique, meu filho, pelo que parece?

– Mas é claro. Há algum tempo nos unimos intimamente.

– Você acha que ele gosta tanto de você quanto você gosta dele?

– Espero que sim, senhora.

– É edificante uma amizade quanto essa, sabe? Principalmente entre príncipes. As amizades de corte costumam ser pouco sólidas, meu caro Francisco.

– Minha mãe, saiba que não somos só amigos, mas também quase irmãos.

Catarina exibiu um sorriso curioso.

– Que bom! — disse. — E existem irmãos entre reis?

– Oh! Quanto a isso, não éramos rei nem um, nem outro, minha mãe, quando nos unimos assim. Não deveríamos nem mesmo sê-lo. Eis porque nos entendemos.

– Mas as coisas mudaram bastante agora.

– Mudaram bastante?

– Pois bem, certamente; quem lhe diz agora que vocês dois não serão reis?

Ao sobressalto nervoso do duque, à vermelhidão que invadiu seu rosto, Catarina viu que o golpe lançado por ela atingira em cheio o coração.

– Ele? — disse. — Henrique, rei? E de que reino?

– De um dos mais magníficos da cristandade, meu filho.

– Ah! Minha mãe — disse de Alençon, empalidecendo —, o que está dizendo?

– O que uma boa mãe deve dizer a seu filho; o que você pensou mais de uma vez, Francisco.

– Eu? — disse o duque. — Eu não pensei em nada, senhora, juro.

– Gostaria muito acreditar, pois seu amigo, seu irmão Henrique, como o chama, é, debaixo de sua inocente aparência, um senhor bem habilidoso e esperto, que guarda os segredos dele melhor do que você guarda os seus, Francisco. Por exemplo, ele nunca lhe disse que de Mouy foi seu homem de negócios?

E, dizendo essas palavras, Catarina mergulhou seu olhar como um estilete na alma de Francisco.

Mas o duque tinha apenas uma virtude, ou melhor, um vício: a dissimulação. Dessa forma, suportou perfeitamente o olhar.

– De Mouy! — disse com surpresa e como se esse nome tivesse sido pronunciado pela primeira vez diante dele em tal circunstância.

– Sim; o huguenote de Mouy de Saint-Phale, aquele mesmo que quase matou o senhor de Maurevel e que, clandestinamente e correndo a França e a capital sob trajes diferentes, fascina e reúne um exército para apoiar seu irmão Henrique contra sua família.

Catarina, que desconhecia o fato de seu filho Francisco saber tanto — e até mais — desse assunto quanto ela, se levantou com essas palavras preparando-se para fazer uma saída majestosa.

Francisco a reteve.

– Minha mãe — disse — uma palavra ainda, por favor. Já que você digna-se a me iniciar em sua política, diga-me como, com tão poucos recursos e tão pouco conhecido como é, Henrique conseguiria fazer uma guerra séria o suficiente para preocupar minha família?

– Minha criança! — disse a rainha, sorrindo. — Saiba que ele é apoiado por talvez mais de trinta mil homens; no dia em que disser uma palavra, esses trinta mil homens aparecerão de repente como se saíssem da terra, e esses trinta mil homens são huguenotes. Pense nisso; estamos falando dos mais corajosos soldados do mundo. E depois, ele tem a proteção de alguém com quem você não soube ou não quis se conciliar.

– Qual proteção?

– Ele tem o rei, o rei que o ama, que o impulsiona. O rei, que por ciúmes de seu irmão da Polônia e por desprezo por você, procura sucessores a seu redor. Só sendo cego como você para não ver; ele os procura em outro lugar que não seja sua família.

– O rei... Você acha, minha mãe?

– Então você não percebeu que ele bajula Henrique, seu Henrique?

– Sim, minha mãe, claro.

– E que essa bajulação é retribuída? Pois esse mesmo Henrique, esquecendo que seu cunhado queria abatê-lo no dia de São Bartolomeu, deita de barriga para cima como um cachorro que lambe a mão que lhe bateu.

— Sim, sim — murmurou Francisco —, já percebi; Henrique é bem humilde com meu irmão Carlos.

— Engenhoso em agradá-lo em qualquer coisa.

— A ponto de, irritado de ser sempre zombado pelo rei sobre sua ignorância da caça com falcão, quer começar a estudar a falcoaria. Tanto que ontem me pediu — sim, ontem mesmo —, se eu não tinha alguns bons livros que tratassem dessa arte.

— Espere um instante — disse Catarina, cujos olhos brilharam como se uma ideia súbita lhe passasse pela cabeça. — Espere um instante... O quê você lhe respondeu?

— Que procuraria em minha biblioteca.

— Muito bem — disse Catarina —, muito bem, é preciso que ele tenha esse livro.

— Mas eu procurei, senhora, e não encontrei nada.

— Eu encontrarei, encontrarei... e você lhe dará o livro como se viesse de você.

— E o que acontecerá?

— Você confia em mim, de Alençon?

— Confio, minha mãe.

— Você me obedecerá rigorosamente no que diz respeito a Henrique, de quem você não gosta, mesmo que diga o contrário?

De Alençon sorriu.

— E a quem eu detesto — continuou Catarina.

— Sim, obedecerei.

— Depois de amanhã, venha buscar o livro aqui; eu lhe darei, você o levará para Henrique... e...

— E...?

— Deixe a Deus, à Providência ou ao acaso fazer o resto.

Francisco conhecia o suficiente sua mãe para saber que ela não costumava deixar a Deus, à Providência ou ao acaso o cuidado de servir suas amizades ou seus ódios, mas se conteve e não acrescentou nenhuma palavra e, despedindo-se como homem que aceita a missão que lhe foi dada, retirou-se para seus aposentos.

"O que ela quer dizer?", pensou o rapaz, subindo a escada, "não sei." Mas o que é claro para mim nisso tudo é que ela age contra um inimigo comum. Deixemo-la fazer."

Enquanto isso, Margarida, por intermédio de La Mole, recebia uma carta de de Mouy endereçada ao rei de Navarra. Como em questões políticas os dois ilustres cônjuges não tinham nenhum segredo, ela rompeu o lacre da a carta e a leu.

Certamente essa carta lhe interessara, pois na mesma hora Margarida, aproveitando-se da escuridão que começava a descer ao longo da extensão das muralhas do Louvre, entrou na passagem secreta, subiu a escada em caracol e, depois de ter olhado para todos os lados com atenção, correu rápida como uma sombra, e desapareceu na antecâmara do rei de Navarra.

Essa antecâmara não era mais vigiada por ninguém desde o desaparecimento de Orthon.

Esse desaparecimento, do qual não falamos mais desde o momento em que o leitor o viu se dar de um jeito tão trágico para o pobre Orthon, havia preocupado muito Henrique. Ele se abriu à senhora de Sauve e à sua mulher, mas nenhuma das duas sabia mais que ele. Somente a senhora de Sauve havia lhe dado algumas informações, depois das quais ficou perfeitamente claro na cabeça de Henrique que o pobre rapaz havia sido vítima de alguma maquinação da rainha-mãe, e que era devido ao prosseguimento dessa maquinação que ele quase fora preso com de Mouy no albergue da Belle-Étoile.

Outra pessoa que não Henrique teria guardado silêncio, pois não ousaria dizer nada. Mas Henrique calculava tudo: entendeu que seu silêncio o trairia; normalmente, não se perde assim um de seus servos, um de seus confidentes, sem se informar a seu respeito, sem fazer buscas. Assim. Henrique se informou, fez buscas, na presença do rei e da própria rainha-mãe. Perguntou a todos sobre Orthon, do soldado que passeava diante da guarita do Louvre até o capitão da guarda que ficava de vigília na antecâmara do rei. Mas todas as perguntas e todas as iniciativas foram inúteis. E Henrique pareceu visivelmente tão afetado com esse acontecimento e tão ligado a esse pobre servo ausente que declarou que só o substituiria quando tivesse certeza de que havia desaparecido para sempre.

A antecâmara, como dissemos, estava então vazia quando Margarida chegou aos aposentos de Henrique.

Mesmo tão leves como foram os passos da rainha, Henrique os ouviu e se virou.

– Você, senhora! — exclamou.

– Sim — respondeu Margarida — Leia logo.

E ela lhe apresentou o papel completamente aberto.

Ele continha as seguintes linhas:

"Sire, chegou a hora de colocar nosso plano de fuga em ação. Depois de amanhã haverá a caça com aves ao longo do Sena, de Saint-Germain até Maisons, ocupando toda a extensão da floresta.

Vá a essa caça, mesmo que seja uma caça com aves. Vista por baixo de sua roupa uma boa cota de malhas. Prepare sua melhor espada. Monte o cavalo mais rápido de seu estábulo.

Por volta do meio-dia, no auge da caça, quando o rei estiver perseguindo o falcão, afaste-se sozinho caso esteja desacompanhado, ou com a rainha de Navarra se ela estiver presente.

Cinquenta de nossos homens estarão escondidos no pavilhão de Francisco I, do qual temos a chave. Todos desconhecerão a presença deles ali, pois terão vindo de madrugada e as persianas estarão fechadas.

Vocês passarão pela alameda das Violetas, no fim da qual estarei vigiando. À direita dessa alameda, em uma pequena clareira, estarão os senhores de La Mole e Cocunás com dois cavalos a mais. Esses cavalos descansados estarão destinados a substituir os de vocês se, por acaso, estiverem cansados.

Adeus, Sire. Estejam preparados, nós estaremos."

E Margarida pronunciou depois de mil e seiscentos anos as mesmas palavras que César havia pronunciado às margens do Rubicão.

– Estarão preparados.

– Assim seja, senhora — respondeu Henrique. — Não sou eu quem a desmentirei.

– Vamos, Sire, vire um herói. Não é difícil. Você só tem que seguir seu caminho. E faça-me um belo trono — disse a filha de Henrique II.

Um sorriso imperceptível desabrochou no lábio fino do bearnês. Beijou a mão de Margarida e foi o primeiro a sair, para explorar a passagem, cantando o refrão de uma velha canção.

Quem a melhor muralha ergue
Nem entrar no castelo consegue

A precaução não havia sido em vão: no momento em que abria a porta do quarto, o duque de Alençon abria a da antecâmara. Ele fez um gesto com a mão para Margarida, depois disse em voz alta:

– Ah! É você, meu irmão. Seja bem-vindo.

Ao sinal de seu marido, a rainha compreendeu tudo e entrou em um gabinete de *toilette* de cuja porta pendia uma enorme tapeçaria.

O duque de Alençon entrou com um passo temeroso, olhando tudo à sua volta.

— Estamos sozinhos, meu irmão? — perguntou à meia-voz.
— Perfeitamente. O que há? Parece perturbado.
— Fomos descobertos, Henrique.
— Como?
— De Mouy foi preso.
— Eu sei.
— Pois bem; de Mouy disse tudo ao rei.
— O que ele disse?
— Que eu desejava o trono de Navarra e que conspirava para obtê-lo.
— Ah, Deus! — disse Henrique. — Agora você está comprometido, meu pobre irmão! Como ainda não foi preso?
— Nem mesmo eu sei. O rei zombou de mim fingindo me oferecer o trono de Navarra. Ele esperava sem dúvida arrancar uma confissão do meu coração, mas eu não disse nada.
— E você fez bem, *ventre-saint-gris* — disse o bearnês. — Aguentemos firme, nossas vidas dependem disso.
— Sim — retomou Francisco —, o caso é delicado. Por isso vim pedir sua opinião, meu irmão. O que acha que devo fazer: fugir ou ficar?
— Assumo que você viu o rei, já que foi com você que ele falou?
— Vi, certamente.
— Pois então deve ter lido no pensamento dele! Siga sua inspiração.
— Eu acharia melhor ficar — respondeu Francisco.
Tão mestre de si como era, Henrique deixou escapar um movimento de alegria: tão imperceptível como foi esse movimento, Francisco o surpreendeu de passagem.
— Então fique — disse Henrique.
— Mas e você?

– Virgem! — respondeu Henrique. — Se você ficar, não tenho nenhum motivo para ir embora. Iria apenas para lhe seguir, por devoção, para não abandonar um irmão que amo.

– Assim — disse de Alençon —, estão acabados todos os nossos planos? Você se abandona sem luta, no primeiro obstáculo da má sorte?

– Eu — disse Henrique — não vejo como má sorte ficar aqui. Graças a meu caráter despreocupado, estou bem em todos os lugares.

– Pois então, que assim seja! — disse de Alençon. — Não falemos mais. Apenas, se você tomar alguma decisão nova, faça-me sabê-la.

– Diabos! Não deixarei de fazê-lo, pode acreditar — respondeu Henrique. — Não está combinado que não temos segredos um com o outro?

De Alençon não insistiu mais e se retirou pensativo, pois, em certo momento, pensou ter visto a tapeçaria do gabinete de *toilette* tremer.

De fato, de Alençon mal acabara de sair quando tapeçaria se levantou e Margarida reapareceu.

– O que você acha dessa visita? — perguntou Henrique.

– Há algo de novo e de importante.

– E o que acha que há?

– Ainda não sei, mas descobrirei.

– E enquanto isso?

– Enquanto isso, não deixe de vir a meus aposentos amanhã à noite.

– Terei o cuidado de não faltar, senhora! — disse Henrique, beijando galantemente a mão de sua mulher.

E com as mesmas precauções com as quais havia saído, Margarida voltou para seu quarto.

XLIX
O LIVRO DE CAÇA

Trinta e seis horas haviam se passado desde os eventos que acabamos de contar. O dia começava a raiar, mas o Louvre já estava todo acordado, como era o costume nos dias de caça, quando o duque de Alençon se apresentou à rainha-mãe, segundo o convite que havia recebido.

A rainha-mãe não estava em seu quarto, mas ordenara que o fizessem esperar caso viesse.

Depois de alguns instantes, ela saiu de um gabinete secreto onde ninguém além dela entrava, e para onde se retirava para fazer suas operações químicas.

Fosse pela porta entreaberta, fosse colado em suas roupas, entrou ao mesmo tempo que a rainha-mãe o cheiro penetrante de um perfume acre, e, pela abertura da porta, de Alençon notou um vapor espesso, como o de ervas aromáticas queimadas, que flutuava feito nuvem branca nesse laboratório de onde saía a rainha.

O duque não pôde reprimir um olhar de curiosidade.

– Sim — disse Catarina de Médicis — sim, queimei alguns velhos pergaminhos, e eles exalavam um odor tão desagradável que joguei zimbro na brasa: por isso este cheiro.

De Alençon inclinou-se

— E então — disse Catarina, escondendo nas compridas mangas da camisola as mãos, nas quais leves manchas amarelo-avermelhadas apareciam aqui e ali — alguma novidade de ontem para hoje?

— Nada, minha mãe.

— Você viu Henrique?

— Vi.

— Ainda se recusa a partir?

— Absolutamente.

— Ah, insolente!

— O que diz, senhora?

— Digo que ele vai partir.

— Você acha?

— Tenho certeza.

— Então ele vai escapar.

— Vai — disse Catarina.

— E vai deixá-lo partir?

— Não só o deixo partir, mas lhe digo mais, ele tem que partir.

— Não estou entendendo, mãe.

— Escute bem o que vou lhe dizer, Francisco. Um médico muito hábil, o mesmo que me deu o livro de caça que você levará até ele, me disse que o rei de Navarra estava prestes a ser atingido por uma doença de consumição,[1] uma dessas doenças que não perdoam e para as quais a ciência ainda não tem remédio. Ora, entende que se ele deve morrer de um mal tão cruel, é melhor que morra longe de nós que sob nossos olhos, na corte.

— De fato — disse o duque. — isso nos causaria muita pena.

— E sobretudo a seu irmão Carlos — disse Catarina. — Enquanto se Henrique morrer após tê-lo desobedecido, o rei verá essa morte como uma punição do céu.

– Tem razão, minha mãe — disse Francisco com admiração —, ele tem que partir. Mas você está certa de que ele vai partir?

– Todas suas medidas foram tomadas. O encontro é na floresta de Saint-Germain. Cinquenta huguenotes devem servir-lhe de escolta até Fontainebleau, onde outros quinhentos o aguardam.

– E — disse de Alençon com uma leve hesitação e uma palidez visível — minha irmã Margot parte com ele?

– Sim — respondeu Catarina. — É o combinado. Mas com a morte de Henrique, Margot voltará à corte, viúva e livre.

– E Henrique morrerá, senhora, está certa disso?

– Ao menos é o que me assegurou o médico que me entregou o livro em questão.

– E esse livro, senhora, está onde?

Catarina voltou com passos lentos ao gabinete misterioso, abriu a porta, ali penetrou e reapareceu um instante depois, com o livro na mão.

– Aqui está — disse.

De Alençon olhou o livro que lhe apresentava sua mãe com certo terror.

– O que é este livro, senhora? — perguntou o duque, arrepiando-se.

– Eu já lhe disse, meu filho, é um trabalho sobre a arte de criar e domesticar águias, gaviões e falcões, feito por um homem muito sábio, o senhor Castruccio Castracani, tirano de Lucca.

– E o que devo fazer dele?

– Leve-o a seu bom amigo Henrique, que o pediu a você, ou algum semelhante, como me disse, para se instruir na ciência da caça com aves. Como caçará com aves hoje com o rei, ele não vai deixar de ler algumas páginas a fim de provar a Carlos que segue seus conselhos tomando lições. É só entregá-lo para ele próprio.

– Oh! Eu não ousaria! — disse de Alençon arrepiando-se.
– Por quê? — disse Catarina. — É um livro como os outros, exceto que ficou tanto tempo fechado que as páginas estão coladas umas às outras. Você então nem tente lê-las, Francisco, pois só se pode ler molhando os dedos, abrindo as páginas folha por folha, o que toma muito tempo e muito esforço.
– E só existe um homem que desejaria tanto se instruir a ponto de perder esse tempo e fazer esse esforço? — disse de Alençon.
– Exatamente, meu filho, você entendeu.
– Oh! Eis Henrique já no pátio. Dê-me, senhora, dê-me. Vou aproveitar sua ausência para levar o livro a seu quarto: quando voltar, vai encontrá-lo.
– Seria preferível que o entregasse para ele próprio, Francisco, é mais certo.
– Eu já disse que não ousaria, senhora — retomou o duque.
– Então vá. Mas ao menos o coloque num lugar bem à vista.
– Aberto...? Tem algum inconveniente se ficar aberto?
– Não.
– Então me dê.
De Alençon pegou com a mão trêmula o livro, que, com a mão firme, Catarina lhe estendia.
– Tome, tome — disse Catarina. — Não tem perigo, já que eu o toco. Além disso, você está de luvas.
Essa precaução não bastou para de Alençon, que envolveu o livro em seu casaco.
– Rápido — disse Catarina — rápido, de uma hora para outra Henrique pode subir.
– Tem razão, senhora, eu vou.
E o duque saiu cambaleando com o nervosismo.

Já introduzimos várias vezes o leitor aos aposentos do rei de Navarra, e o fizemos assistir às sessões que ali se passaram, felizes ou terríveis, segundo sorria ou ameaçava o gênio protetor do futuro rei da França.

Mas nunca talvez essas paredes, sujas de sangue por um assassinato, regadas de vinho por uma orgia, embalsamadas de perfumes por um amor; nunca esse recanto do Louvre, enfim, havia visto aparecer um rosto mais pálido que o do duque de Alençon, que abria, com o livro na mão, a porta do quarto do rei de Navarra.

E entretanto, como esperava o duque, ninguém estava nesse quarto para interrogar com um olhar curioso ou inquieto a ação que ia cometer. Os primeiros raios do dia clareavam os aposentos perfeitamente vazios.

Na parede pendia já pronta a espada que de Mouy aconselhara Henrique a carregar. Alguns anéis de um cinto de malhas estavam dispersos pelo assoalho. Uma bolsa bem munida e um pequeno punhal estavam colocados sobre um móvel, e cinzas leves e flutuantes na chaminé, unidas a esses outros indícios, diziam claramente a de Alençon que o rei de Navarra havia vestido uma cota de malhas, pedido dinheiro a seu tesoureiro e queimado papéis comprometedores.

– Minha mãe não se enganou — disse de Alençon —, o insolente me traía.

Sem dúvida essa convicção dava nova força ao rapaz, pois, depois de ter sondado com o olhar todos os cantos do quarto, depois de ter erguido as tapeçarias das cortinas, e depois que um grande barulho que ressoava nos pátios e um grande silêncio que reinava no quarto lhe provaram que ninguém podia espioná-lo, retirou o livro de debaixo do casaco e o colocou rapidamente na mesa onde estava a bolsa, apoiando-o em uma estante de carvalho esculpido;

em seguida, afastando-se apressadamente, esticou o braço e, com uma hesitação que traía seus receios e vestindo as luvas, abriu o livro em uma gravura de caça.

Aberto o livro, de Alençon deu em seguida três passos para trás. E retirando as luvas, jogou-as no braseiro ainda quente que acabava de devorar as cartas. A pele maleável chiou no carvão, se retorceu e estalou como o cadáver de um grande réptil, e depois nada restou além de um resíduo preto e contorcido.

De Alençon ficou ali até que a chama tivesse consumido inteiramente a luva; em seguida, enrolou o casaco que havia envolvido o livro, o jogou sobre o braço e voltou para seu quarto. Quando estava entrando, o coração palpitante, ouviu passos na escada em caracol e, sem duvidar mais que era Henrique que voltava, fechou rapidamente a porta.

Em seguida lançou-se à janela; mas dali avistava-se apenas uma parte do pátio do Louvre. Henrique não estava mais nessa parte, e sua convicção reforçou-se de que era ele que acabava de voltar.

O duque sentou-se, abriu um livro e tentou ler. Era uma história da França de Faramundo até Henrique II, para a qual, alguns dias após sua chegada ao trono, havia dado privilégio.

Mas o espírito do duque não estava presente. A febre da espera queimava suas artérias. As batidas de suas têmporas ressoavam até o fundo de seu cérebro. Como se vê em sonho ou em êxtase magnético,[2] parecia que Francisco via através das paredes. Seu olhar mergulhava no quarto de Henrique, apesar do triplo obstáculo que o separava de seus aposentos.

Para afastar o terrível objeto que ele acreditava ver com os olhos do pensamento, o duque tentou fixar sua consciência em outra coisa além do terrível livro aberto na estante de carvalho esculpido em uma página com ilustração. Mas foi inútil pegar uma após a outra suas armas, uma após a outra suas joias, percorrer cem vezes a mesma linha do assoalho; cada detalhe da ilustração do livro, que o duque no entanto só havia entrevisto, permanecera em seu espírito. Era um senhor a cavalo que, preenchendo ele mesmo o trabalho de um assistente de falcoaria, lançava o lure chamando o falcão e correndo em grande galope com seu cavalo pela vegetação de um pântano. Tão violenta fosse a vontade do duque, a lembrança triunfava sobre o desejo.

Logo, não era apenas o livro que ele via, mas o rei de Navarra se aproximando desse livro, olhando a imagem, tentando virar as páginas e sendo impedido pelos obstáculos que as impediam, superados com o molhar do polegar que forçava as páginas a se descolarem.

Com essa visão, toda fictícia e toda fantástica que fosse, de Alençon, cambaleante, teve que se apoiar com a mão sobre um móvel, enquanto com a outra cobria os olhos como se, com os olhos cobertos, não visse ainda melhor o espetáculo do qual queria fugir.

Esse espetáculo era seu próprio pensamento.

De repente, de Alençon viu Henrique atravessando o pátio. Parou por um instante na frente de homens que empilhavam sobre duas mulas provisões para a caça, que nada mais eram que dinheiro e roupas de viagem; depois, dadas as suas ordens, cortou diagonalmente o pátio e se dirigiu visivelmente para a porta de entrada.

De Alençon ficou imóvel em seu lugar. Então não era Henrique que havia subido pela escada secreta. Todas essas angústias que ele experimentava há quinze minutos eram experimentadas inutilmente. O que acreditava terminado, ou prestes a terminar, estava então recomeçando.

De Alençon abriu a porta de seu quarto; em seguida, mantendo-a fechada, foi ouvir àquela do corredor. Desta vez, não podia se enganar, era mesmo Henrique. De Alençon reconheceu seu caminhar e mesmo o barulho particular do girar das esporas.

A porta dos aposentos de Henrique se abriu e se fechou.

De Alençou voltou para seu quarto e caiu sobre uma poltrona.

— Bom — disse para si mesmo —, eis o que acontece a esta hora: ele atravessou a antecâmara, o primeiro cômodo, depois foi até o quarto. Ali, terá procurado com os olhos sua espada, em seguida a bolsa, o punhal, e finalmente terá encontrado o livro aberto em sua cômoda. "Que livro é este?", vai se perguntar; "quem trouxe este livro?". Depois, terá se aproximado, verá a figura do cavaleiro chamando seu falcão, terá vontade de ler o livro e tentará virar as páginas.

Um suor frio passou sobre o rosto de de Alençon.

— Será que ele vai chamar? — disse. — Será que é um veneno de efeito imediato? Não, sem dúvida que não, já que minha mãe disse que ele devia morrer lentamente de consumição.

Esse pensamento o tranquilizou um pouco. Dez minutos se passaram assim, um século de agonia segundo após segundo, e cada um desses segundos forneciam tudo o que a imaginação inventa de terrores insensatos, um mundo de visões.

De Alençon não pôde se conter mais. Levantou-se e atravessou a antecâmara, que começava a se encher de cavalheiros.

— Até logo, senhores — disse —; desço para o quarto do rei.

E para enganar sua inquietação devoradora, para preparar um álibi talvez, de Alençon efetivamente desceu ao quarto de seu irmão. Por que descia? Ele não sabia... O que tinha para lhe dizer?... Nada! Não era Carlos que ele procurava, era de Henrique que ele fugia.

Tomou a pequena escada em caracol e encontrou a porta do rei entreaberta.

Os guardas deixaram o duque entrar sem nenhum impedimento: em dias de caça, não havia nem etiqueta e nem ordem.

Francisco atravessou sucessivamente a antecâmara, a sala e o quarto sem encontrar ninguém. Finalmente imaginou que Carlos estivesse em seu gabinete de armas, e empurrou a porta que dava do quarto para o gabinete.

Carlos estava sentado de frente para uma mesa, em uma grande poltrona esculpida com respaldo alto. Ele estava de costas para a porta pela qual entrara Francisco.

Ele parecia mergulhado em uma ocupação que o dominava.

O duque se aproximou na ponta dos pés. Carlos lia.

– Por Deus! — exclamou de repente. — Eis um livro admirável. Eu bem que ouvi falar dele, mas não achei que existisse na França.

De Alençon, de ouvidos apurados, deu mais um passo.

– Malditas folhas — disse o rei, levando o polegar dos lábios ao livro para separar a página já lida daquela que queria ler —, até parece que as colaram para esconder dos olhares dos homens as maravilhas que elas contêm.

De Alençon deu um pulo para frente.

O livro sobre o qual Carlos estava curvado era o mesmo que ele havia colocado no quarto de Henrique!

Um grito surdo lhe escapou.

– Ah! É você, de Alençon? — disse Carlos. — Seja bem-vindo. Venha ver o mais belo livro de caça já saído da pluma de um homem.

O primeiro movimento de de Alençon foi arrancar o livro das mãos de seu irmão. Mas um pensamento terrível pregou-o em seu lugar, e um sorriso assustador passou por seus lábios pálidos. Passou a mão nos olhos como um homem ofuscado.

Em seguida, voltando um pouco a si, mas sem dar nem um passo para a frente ou para trás:

– Sire — perguntou de Alençon —, como este livro se encontra nas mãos de Vossa Majestade?

– Nada mais simples. Esta manhã, subi ao quarto de Henrique para ver se ele estava pronto. Não estava mais ali: sem dúvida, já corria pelos canis, pelos estábulos. Mas em seu lugar, encontrei este tesouro que trouxe até aqui para ler tranquilamente.

E o rei mais uma vez levou o polegar aos lábios, e mais uma vez fez virar a página teimosa.

– Sire — balbuciou de Alençon, cujos cabelos se erguiam, sentindo todo o corpo tomado por uma angústia terrível. — Sire, eu vim para dizer...

– Deixe-me terminar este capítulo, Francisco — disse Carlos —, e depois me dirá tudo o que quiser. Aqui vão cinquenta páginas que leio; digo, que devoro.

"Provou vinte e cinco vezes o veneno", pensou Francisco, "Meu irmão está morto!"

Então pensou que havia mesmo um Deus no céu que talvez não fosse apenas acaso.

Francisco enxugou com sua mão trêmula a fria gota que pingava de seu rosto, e aguardou silenciosamente, como lhe ordenara seu irmão, que o capítulo terminasse.

L
A CAÇA COM AVES

Carlos continuava a ler. Curioso, devorava as páginas. E cada página, como dissemos, por causa da umidade à qual foram por muito tempo expostas — ou por outro motivo qualquer —, aderia à página seguinte.

De Alençon considerava com um olhar perdido aquele terrível espetáculo, do qual somente ele via o desfecho.

– Oh! — murmurou. — O que vai acontecer? Eu partirei em exílio à procura de um trono imaginário, enquanto Henrique, à primeira notícia da doença de Carlos, voltará para alguma cidade forte a vinte léguas da capital, de olho nessa presa que o acaso nos oferece, podendo em uma só viagem estar em Paris, de tal forma que, antes mesmo que o rei da Polônia fique sabendo da notícia da morte de meu irmão, a dinastia já estará trocada? Impossível!

Foram esses pensamentos que dominaram o primeiro sentimento de horror involuntário que levava Francisco a deter Carlos. Era contra essa fatalidade perseverante que parecia proteger Henrique e perseguir os Valois que o duque ia tentar mais uma vez reagir.

Em um instante todo seu plano em relação a Henrique acabava de mudar. Era Carlos e não Henrique que havia lido o livro envenenado. Henrique deveria partir, mas partir condenado. Uma vez que a fatalidade acabava de salvá-lo novamente, Henrique tinha que ficar, pois era menos perigoso enquanto prisioneiro em Vincennes ou na Bastilha do que enquanto rei de Navarra no comando de trinta mil homens.

O duque de Alençon então deixou Carlos terminar o capítulo. E disse assim que o rei ergueu a cabeça:

– Meu irmão, aguardei porque Vossa Majestade assim ordenou, mas foi a duras penas, porque tinha coisas da mais alta importância para lhe dizer.

– Ah! Ao diabo! — disse Carlos, cujas bochechas tornavam-se pouco a pouco púrpuras, fosse porque realizara com muito ardor sua leitura ou porque o veneno começava a agir. — Ao diabo! Se você vem para me dizer o mesmo que os outros, partirá como partiu o rei da Polônia. Eu me livrei dele, me livrarei de você, e não se fala mais nisso.

– Por isso, meu irmão — disse Francisco —, não é sobre minha partida que quero discorrer, mas sobre a de outro. Vossa Majestade toca-me naquilo que é meu sentimento mais profundo, mais delicado, que é minha devoção por ela como irmão, minha fidelidade como súdito, e devo lhe provar que não sou um traidor.

– Vamos — disse Carlos, apoiando os cotovelos sobre o livro, cruzando as pernas uma sobre a outra e olhando de Alençon como um homem que faz contra seus costumes provisão de paciência —, vamos, algum novo rumor, alguma acusação matinal?

– Não, Sire. Uma certeza: um complô que apenas minha ridícula delicadeza impediu que eu lhe revelasse.

– Um complô! — disse Carlos. — E qual seria?

– Sire — disse Francisco —, enquanto Vossa Majestade estiver caçando às margens do rio e na planície do Vésinet, o rei de Navarra tomará a floresta de Saint-Germain; uma tropa de amigos o aguarda ali e ele deve fugir com eles.

– Ah! Eu sabia! — disse Carlos. — Mais uma boa calúnia contra meu pobre Henrique. Vocês não acabarão com ele?

– Vossa Majestade não vai precisar aguardar muito tempo para pelo menos avaliar se o que tenho a honra de lhe dizer é ou não uma calúnia.

– E por quê?

– Porque esta noite nosso cunhado terá partido.

Carlos se levantou.

– Ouça — disse —, eu quero pela última vez fingir que acredito em suas intenções, mas aviso a você e à sua mãe que esta vez é a última.

Depois, completou erguendo a voz:

– Chamem o rei de Navarra!

Um guarda fez um movimento para obedecer, mas Francisco o impediu com um aceno.

– Mau método, meu irmão — disse. — Dessa forma você não saberá de nada. Henrique negará, dará um sinal, seus cúmplices serão avisados e desaparecerão. Em seguida, eu e minha mãe seremos acusados não só de sermos visionários, mas também de sermos caluniadores.

– O que está querendo, então?

– Que em nome de nossa fraternidade, Vossa Majestade me ouça, que em nome de minha devoção que ela reconhecerá, ela não se precipite. Faça com que o verdadeiro culpado, aquele que há dois anos trai no pensamento Vossa Majestade, aguardando o momento de traí-la de fato, seja finalmente reconhecido como tal com uma prova infalível e punido como merece.

Carlos não respondeu. Foi a uma janela e a abriu: o sangue invadia seu cérebro. Por fim, disse virando-se com rapidez:

– E você, o que faria? Diga, Francisco.

– Sire — disse de Alençon —, faria um cerco na floresta Saint-Germain com três divisões da cavalaria, que a uma hora combinada, às onze horas por exemplo, começariam a marchar e a espantar tudo o que estiver na floresta dentro do pavilhão de Francisco I, o qual eu teria, supostamente por acaso, designado como ponto de encontro para o jantar. Em seguida, ao ver Henrique se afastar, correria como se estivesse perseguindo meu falcão para o ponto de encontro, onde ele seria detido com seus cúmplices.

– A ideia é boa — disse o rei. — Mandem vir meu capitão da guarda.

De Alençon tirou de seu gibão um apito de prata pendurado por uma corrente de ouro e o soprou. De Nancey apareceu. Carlos foi até ele e lhe deu ordens em voz baixa.

Nesse meio tempo, seu grande galgo Actéon havia apanhado uma presa que ele rolava pelo quarto e dilacerava mostrando os dentes e saltando com animação.

Carlos se virou e soltou uma blasfêmia terrível. A presa pega por Actéon era aquele precioso livro de caça do qual só existiam, como dissemos, três exemplares no mundo.

O castigo foi igual ao crime.

Carlos pegou um chicote, e a correia assoviante envolveu o animal com um triplo nó. Actéon soltou um grito e desapareceu debaixo de uma mesa coberta por um imenso tapete que lhe servia de abrigo.

Carlos pegou o livro e viu com alegria que só faltava uma folha, que não era uma página de texto, mas uma gravura.

Ele o ajeitou com cuidado numa prateleira onde Actéon não pudesse alcançá-lo. De Alençon o observou com inquietação. Queria muito que esse livro, agora que já havia cumprido sua terrível missão, saísse das mãos de Carlos.

Seis horas soaram.

Era a hora em que o rei devia descer até o pátio cheio de cavalos ricamente enfeitados e homens e mulheres vestidos com elegância. Os caçadores carregavam no punho os falcões encapuzados. Alguns cavaleiros levavam a trombeta no pescoço caso o rei, cansado da caça com aves, como ocorria às vezes, quisesse perseguir uma camurça ou um cabrito.

O rei fechou a porta de seu gabinete de armas ao descer.

De Alençon seguia cada um de seus movimentos com um olhar atento e o viu colocar a chave no bolso.

Descendo a escada, parou, levou a mão à testa.

As pernas do duque de Alençon tremiam não menos que as do rei.

– Na verdade — balbuciou de Alençon — parece que o tempo está chamando tempestade.

– Tempestade, no mês de janeiro? — disse Carlos — está louco? Não, estou com tontura, minha pele está seca. Estou fraco, é só isso.

Em seguida, continuou à meia-voz:

– Vão me matar com seus ódios e seus complôs.

Mas, ao pôr o pé no pátio, o ar fresco da manhã, os gritos dos caçadores e as saudações ruidosas de cem pessoas reunidas produziram em Carlos o efeito habitual.

Respirou livre e feliz.

Seu primeiro olhar foi para procurar Henrique. Henrique estava perto de Margarida. Esses dois excelentes esposos pareciam não poder se separar, de tanto que se amavam. Ao avistar Carlos,

Henrique fez saltar seu cavalo, e em três passos do animal chegou perto de seu cunhado.

– Ha! Ha! — disse Carlos. — Você está preparado como apanhador de camurça, Henrique. No entanto, sabe que é uma caça com aves que fazemos hoje, certo?

Em seguida, continuou sem esperar a resposta:

– Vamos, senhores, vamos. Temos que estar caçando às nove horas! — disse o rei com a sobrancelha franzida e um tom de voz quase ameaçador.

Catarina olhava tudo isso por uma janela do Louvre. Uma cortina erguida dava passagem a sua cabeça pálida e velada; todo o seu corpo, vestido de preto, desaparecia na penumbra.

Sob a ordem de Carlos, toda aquela massa dourada, bordada e perfumada, com o rei no comando, estirou-se para passar pela guarita do Louvre e rolou como uma avalanche pela rota de Saint-Germain, entre gritos do povo que saudava o jovem rei, apreensivo em seus pensamentos, sobre seu cavalo mais branco que a neve.

– O que ele lhe disse? — perguntou Margarida a Henrique.

– Felicitou-me pela fineza de meu cavalo.

– Só isso?

– Só.

– Então ele sabe de alguma coisa.

– É o que temo.

– Sejamos prudentes.

Henrique clareou seu rosto com um dos finos sorrisos que lhe eram habituais e que queriam dizer, principalmente para Margarida: "Fique tranquila, querida".

Quanto a Catarina, todo esse cortejo mal havia terminado no pátio do Louvre e a rainha-mãe já deixou recair a cortina. Mas não permitiu que nada escapasse: a palidez de Henrique, seu estremecer nervoso, as conversas em voz baixa com Margarida. Henrique estava pálido porque, não tendo a coragem sanguínea, seu sangue, em todas as circunstâncias em que sua vida estivera em jogo, em vez de subir para a cabeça, como acontece normalmente, descia para o coração.

O rei de Navarra experimentava estremecimentos nervosos porque o modo com que Carlos o havia recebido, tão diferente da recepção habitual que lhe fazia, o impressionara vivamente.

Enfim, havia conversado com Margarida, porque, assim como sabemos, o marido e a mulher haviam estabelecido uma aliança ofensiva e defensiva em questões políticas.

Mas Catarina havia interpretado as coisas de outro modo.

– Desta vez — murmurou com seu sorriso florentino — acho que ele vai pagar, esse caro Henrique.

Em seguida, para se assegurar do feito, após ter esperado quinze minutos para dar tempo a toda a caça de deixar Paris, saiu de seus aposentos, seguiu o corredor, subiu a escadinha em caracol e, com sua cópia da chave, abriu os aposentos do rei de Navarra.

Mas sua busca pelo livro foi em vão. Seu olhar ardente passou inutilmente por todos os cantos; das mesas às cômodas, das cômodas às prateleiras, das prateleiras aos armários. Em lugar algum avistou o livro que procurava.

– De Alençon já deve tê-lo removido — disse —, é uma precaução.

Desceu para seu quarto, quase certa de que desta vez seu plano havia funcionado.

Entretanto, o rei seguia a rota para Saint-Germain, onde chegou depois de uma hora e meia de cavalgada rápida. Nem subiram ao velho castelo, que se erguia sombrio e majestoso no meio de casas dispersas na montanha. Em vez disso, atravessaram a ponte de madeira situada, na época, em frente à árvore que ainda hoje chamam de "O carvalho de Sully". Em seguida, acenaram para os barcos decorados que seguiam a caça, para facilitar ao rei e às pessoas que o seguiam a travessia do rio e começar o movimento.

No mesmo instante, toda aquela alegre juventude, animada por interesses tão diversos, se pôs a caminho — o rei no comando — pela magnífica pradaria que pende do pico arvorejado de Saint-Germain, e que de repente tomou o aspecto de uma grande tapeçaria, com personagens espalhados em mil cores e da qual o rio espumando nas margens simulava a franja prateada.

À frente do rei, sempre em seu cavalo branco e segurando seu falcão favorito no punho, caminhavam os assistentes de caça vestidos com gibão verde e calçados com grandes botas, que, atiçando com a voz uma meia dúzia de cães, exploravam os juncos à beira do rio.

Nesse momento, o sol — até então escondido atrás das nuvens — saiu de uma vez do oceano escuro onde estava mergulhado. Um raio de sol clareou todo aquele ouro, aquelas joias e olhos ardentes, formando com toda essa luz uma corrente de fogo.

Então, como se tivesse esperado que um belo sol iluminasse sua derrota, uma garça preta[1] ergueu-se do meio dos juncos soltando um grito doloroso e longo.

– Ôô! Ôô! — gritou Carlos, retirando o capuz do falcão e lançando-o no encalço do fugitivo.

– Ôô! Ôô! — gritaram todas as vozes para encorajar o pássaro.

O falcão, por um instante ofuscado pela luz, girou em torno de si, descrevendo um círculo sem avançar nem recuar. Depois, avistou de repente a garça, e voou velozmente até ela.

Entretanto, a garça, que havia — sendo pássaro prudente — voado a mais de trinta metros acima dos assistentes de caça, havia também (enquanto o rei retirava o capuz de seu falcão, que se acostumava com a luz) ganhado espaço, e principalmente altura. A conclusão foi que, assim que o inimigo a avistou, ela já estava a mais de cem metros de altura, e como encontrara nas zonas elevadas o ar necessário para suas poderosas asas, ela subia rapidamente.

– Ôô! Ôô! Bico de ferro! — gritou Carlos, encorajando seu falcão. — Prove que você é de raça. Ôô! Ôô!

Como se tivesse entendido esse incentivo, o nobre animal partiu como uma flecha, percorrendo uma linha diagonal que devia terminar na linha vertical que adotava a garça, que subia ainda como se quisesse desaparecer no éter.

– Ah! Seu covarde! — gritou Carlos, como se o fugitivo pudesse entendê-lo, pondo seu cavalo a galopar e seguindo a caça completamente absorto; a cabeça virada para trás para não perder um instante de vista os dois pássaros. — Ah, covarde! Está fugindo. Meu Bico de Ferro é de raça! Espere só! Ôô! Bico de Ferro!

De fato a luta foi curiosa. Os dois pássaros se aproximaram um do outro, ou melhor, o falcão se aproximou da garça.

A única questão era saber quem nesse primeiro ataque sairia por cima.

O medo teve melhores asas que a coragem.

O falcão, levado pelo seu voo, passou por baixo da barriga da garça que devia dominar. A garça aproveitou de sua superioridade e lhe desferiu um golpe com seu longo bico.

O falcão, golpeado como por uma punhalada, deu três voltas ao redor de si mesmo, como se estivesse desnorteado, e por um instante se acreditou que iria cair.

Mas, como um guerreiro ferido que se ergue ainda mais terrível, soltou uma espécie de grito agudo e ameaçador, e retomou o voo para cima da garça.

A garça havia aproveitado sua vantagem e, mudando a direção do voo, fizera uma curva voltando-se para a floresta, tentando dessa vez ganhar espaço e escapar pela distância em vez de escapar pela altura.

Mas o falcão era um animal de raça nobre, que tinha um olhar de águia.

Repetiu a mesma manobra, partiu diagonalmente em direção à garça, que soltou dois ou três gritos de apuro e tentou subir perpendicularmente como fizera da primeira vez.

Ao final de alguns segundos dessa nobre luta, os dois pássaros pareceram estar a ponto de desaparecer nas nuvens. A garça não era maior que uma cotovia, e o falcão parecia um ponto preto que a cada instante tornava-se mais imperceptível.

Nem Carlos nem a corte seguiam mais os dois pássaros. Cada qual permanecera em seu lugar, olhos fixados no fugitivo e no perseguidor.

– Bravo! Bravo! Bico de Ferro! — gritou Carlos de repente. — Vejam, vejam, senhores, ele está por cima! Ôô! Ôô!

– Nossa, confesso que não vejo mais nem um nem outro — disse Henrique.

– Eu também não — disse Margarida.

– Sim, mas se não pode mais ver, Henrique, ainda pode ouvir — disse Carlos. — A garça, pelo menos. Está ouvindo? Está ouvindo? Está pedindo misericórdia!

De fato, dois ou três gritos sofridos, que só uma orelha aguçada podia ouvir, desciam do céu à terra.

– Escute, escute — gritou Carlos — e você os verá descer mais rapidamente do que subiram.

De fato, quando o rei pronunciou essas palavras, os dois pássaros começaram a reaparecer.

Eram apenas dois pontos pretos, mas pela diferença de tamanho desses dois pontos, era fácil perceber que o falcão estava por cima.

– Vejam! Vejam! — gritou Carlos. — O Bico de Ferro a pegou.

Com efeito, dominada pela ave de rapina, a garça nem tentava mais se defender. Descia rapidamente, atingida pelo falcão de maneira incessante e só respondendo com gritos. De repente, dobrou as asas e deixou-se cair como uma pedra. Mas seu adversário fez igual, e quando o fugitivo quis retomar voo, uma última bicada o abateu. Continuou sua queda girando em torno de si e, no momento em que tocou o chão, o falcão subiu sobre a outra ave, soltando um grito de vitória que cobria o clamor de derrota do animal vencido.

– Ao falcão! Ao falcão! — gritou Carlos.

E pôs seu cavalo a galopar em direção ao lugar onde os dois pássaros haviam caído. Mas de repente, parou de uma vez sua montaria, soltou ele mesmo um grito, largou a rédea e agarrou com uma das mãos a crina do cavalo, enquanto segurava com a outra o estômago como se quisesse rasgar suas entranhas. A esse grito, todos os cortesãos apressaram-se até ele.

– Não é nada, não é nada — disse Carlos, o rosto inflamado e o olho perdido —, parece que acabaram de passar um ferro quente em meu estômago. Vamos, vamos, não é nada.

E Carlos retomou o galope com seu cavalo.

De Alençon empalideceu.

– Mas o que está acontecendo de novo? — perguntou Henrique a Margarida.

– Não sei — respondeu ela —, mas você viu? Meu irmão estava púrpuro.

– Não é bem seu costume — disse Henrique.

Os cortesãos se entreolharam assustados e seguiram o rei. Chegaram ao lugar onde os dois pássaros haviam caído. O falcão já roía o cérebro da garça. Ao chegar, Carlos pulou do cavalo para ver de perto o combate.

Mas ao tocar o solo, foi obrigado a segurar-se à sela; o solo girava sob seus pés. Sentiu uma violenta vontade de dormir.

– Meu irmão! Meu irmão! — exclamou Margarida. — O que há?

– Sinto... — disse Carlos — sinto o que deve ter sentido Pórcia quando teve que engolir seus carvões ardentes. Sinto que estou queimando, e que meu hálito está em chamas.

Ao mesmo tempo, Carlos forçava seu sopro para fora, e pareceu espantado em não ver sair fogo de seus lábios. Entretanto, haviam pegado e encapuzado novamente o falcão, e todos se juntaram ao redor de Carlos.

– Ora, ora, mas o que é isso? Só por Deus! Não é nada, e se for alguma coisa, é o sol que racha minha cabeça e queima meus olhos. Vamos, vamos, à caça, senhores! Eis um grupo todo de patos ali. Soltem todos, soltem todos. Ah, como vamos nos divertir!

Retiraram o capuz e no mesmo instante cinco ou seis falcões foram soltos, partindo em direção à caça, enquanto o grupo de caçadores continuava às margens do rio com Carlos no comando.

– O que diz, senhora? — perguntou Henrique a Margarida.

– Que o momento é bom — disse Margarida. — E que se o rei não se virar, podemos daqui ganhar a floresta facilmente.

Henrique chamou o assistente de caça que carregava a garça. E enquanto a avalanche barulhenta e dourada andava ao longo da escarpa que hoje serve de terraço, ficou para trás sozinho como se examinasse o cadáver do derrotado.

LI

O PAVILHÃO DE FRANCISCO I

Era uma bela atração a caça ao pássaro feita por reis em uma época em que os monarcas eram quase semideuses e a caça não era apenas um lazer, mas também uma arte.

No entanto, devemos deixar esse espetáculo real para penetrar em um lugar da floresta onde todos os atuantes da cena que acabamos de contar juntar-se-ão a nós em breve.

À direita da alameda das Violettes — uma longa arcada de folhagem, um esconderijo musgoso onde, entre as lavandas e azaleias, uma lebre agitada estica de vez em quando as orelhas, enquanto a camurça errante levanta a cabeça cheia de chifres, abre o focinho e escuta — existe uma clareira distante demais para ser vista da estrada, mas não o bastante para que dessa clareira não se veja a estrada.

No meio dela, dois homens estavam deitados sobre o mato, cobertos por um casaco de viagem e ladeados por uma longa espada; perto de cada um, um mosquete de cano boca de sino, que chamavam então de petrinal. De longe, os homens pareciam — pela elegância de seus trajes — com aqueles divertidos contistas do Decamerão. De perto, pela ameaça de suas armas, lembravam mais os bandidos dos bosques que cem anos mais tarde Salvator Rosa pintaria inspirado na natureza em suas paisagens.

Um deles estava apoiado em uma das mãos, o cotovelo sobre o joelho, e apurava os ouvidos como uma dessas lebres ou camurças das quais falamos há pouco.

— Parece-me — disse — que a caça se aproximou particularmente de nós não há muito tempo. Até ouvi os gritos dos caçadores encorajando o falcão.

— E agora — disse o outro, que parecia esperar os eventos com muito mais filosofia que seu camarada —, agora não ouço mais nada. Devem ter se afastado... Eu disse que era um lugar ruim para observação. Não somos vistos, é verdade, mas também não vemos.

— Que diabos! Meu caro Aníbal — disse o primeiro interlocutor —, era preciso achar um lugar para nossos cavalos, para os dois cavalos sobressalentes e ainda para essas duas mulas tão carregadas que não sei como elas farão para nos seguir. Ora, só conheço estas velhas faias e estes carvalhos seculares que podem se encarregar convenientemente dessa difícil tarefa. Ousaria então dizer que, longe de criticar o senhor de Mouy como você faz, eu reconheço, em todos os preparativos dessa empreitada que ele dirigiu, o sentido profundo de um conspirador nato.

— Bom! — disse o segundo cavalheiro, o qual nosso leitor certamente reconheceu como sendo Cocunás. — Eis a palavra solta, eu estava esperando. Peguei você. Conspiramos então.

— Não conspiramos. Estamos servindo ao rei e à rainha.

— Que conspiram, o que é exatamente o mesmo para nós.

— Cocunás, como eu disse — retomou La Mole —, não o forço por nada neste mundo a me seguir nessa aventura, que apenas um sentimento particular o qual você não compartilha comigo, não pode compartilhar, me leva a fazer.

– *Mordi!* Quem disse que estou sendo forçado? Não conheço um único homem que poderia forçar Aníbal de Cocunás a fazer o que ele não quer. Mas você acha que o deixarei ir sem segui-lo, principalmente quando vejo que está indo para o diabo?

– Aníbal, Aníbal! — disse La Mole. — Acho que vejo ali o cavalo branco dela. Oh! É estranho como, só de pensar que ela está vindo, meu coração bate.

– Sim, sim, engraçado — disse Cocunás, bocejando. — Meu coração não bate nem um pouco.

– Não é ela — disse La Mole. — O que aconteceu? Era para terem chegado por volta do meio-dia, me parece?

– Aconteceu que não é meio-dia — disse Cocunás. — Isso é tudo, e temos ainda tempo de tirar um cochilo, ao que parece.

E com essa convicção, Cocunás deitou sobre seu casaco como homem que vai reunir o preceito às palavras. Mas assim que sua orelha tocou o chão, ele ergueu o dedo, fazendo sinal para La Mole se calar.

– O que foi? — perguntou esse último.

– Silêncio! Desta vez estou ouvindo alguma coisa e não me engano.

– É estranho. Tento ouvir, mas não escuto nada.

– Você não escuta nada?

– Não.

– Pois então! — disse Cocunás, se levantando e colocando a mão sobre o braço de La Mole. — Olhe aquela camurça.

– Onde?

– Ali.

E Cocunás apontou o animal para La Mole.

– E daí?

– Você vai ver.

La Mole olhou o animal, que tinha a cabeça inclinada, como se estivesse se preparando para pastar. A camurça escutava imóvel. Logo levantou a cabeça cheia de chifres magníficos, e ficou com os ouvidos atentos para o lado de onde, sem dúvida, vinha o barulho. De repente, sem causa aparente, foi embora como um raio.

– Oh! — disse La Mole. — Acho que você tem razão, pois a camurça fugiu.

– Então, se ela fugiu — disse Cocunás — é porque ouve o que você não ouve.

De fato, um barulho surdo e quase imperceptível vibrava vagamente no mato. Para os ouvidos menos treinados, teria sido o vento. Para cavaleiros, era o galope distante de cavalos.

La Mole ficou de pé imediatamente.

– Eles estão vindo — disse — atenção!

Cocunás se levantou, porém mais tranquilamente. A vivacidade do piemontês parecia ter passado para o coração de La Mole, enquanto, em oposição, a preocupação deste parecia por sua vez ter tomado seu amigo. É que nessa circunstância, um agia por entusiasmo, o outro a contragosto.

Logo um barulho regular e cadenciado atingiu o ouvido dos dois amigos. Um relincho fez erguer as orelhas dos cavalos que os dois mantinham prontos a dez passos de onde estavam, e na alameda, como uma sombra branca, passou uma mulher que, virando para o lado deles, fez um sinal estranho e desapareceu.

– A rainha! — exclamaram juntos.

– O que o sinal significa? — disse Cocunás.

– Ela fez assim — disse La Mole — Que significa: "Daqui a pouco"...

– Ela fez assim — disse Cocunás — Que significa: "Vão embora"...

– O sinal quer dizer: "Esperem por mim".

– O sinal quer dizer: "Salvem-se".

– Pois bem — disse La Mole —, façamos cada um de acordo com o que pensamos. Vá embora, eu ficarei.

Cocunás deu de ombros e voltou a se deitar.

Na mesma hora, no sentido contrário do caminho que a rainha havia tomado, mas pela mesma alameda, uma tropa de cavaleiros que os dois amigos reconheceram ser protestantes passou em disparada; ardentes, quase furiosos, seus cavalos saltavam como os gafanhotos dos quais fala Jó: eles apareceram e desapareceram.

– Droga! Está ficando ruim — disse Cocunás, se levantando. — Vamos ao pavilhão de Francisco I.

– Pelo contrário, não podemos ir lá! — disse La Mole. — Se nos descobriram, é para o pavilhão que a atenção do rei irá primeiro, já que era lá o encontro geral.

– Desta vez, você bem que pode ter razão — resmungou Cocunás.

Ele mal havia pronunciado essas palavras quando um cavaleiro passou como um raio no meio das árvores e, atravessando fossos, arbustos, obstáculos, chegou perto dos dois cavalheiros. Ele segurava uma pistola em cada mão e guiava, apenas com os joelhos, seu cavalo nessa corrida furiosa.

– Senhor de Mouy! — exclamou Cocunás preocupado e ficando agora mais atento que La Mole. — O senhor de Mouy fugindo! Estamos salvos?

– Rápido, rápido! — gritou o huguenote. — Apressem-se! Está tudo perdido! Fiz um desvio para lhes dizer. A caminho!

E como ele não havia parado de correr para pronunciar essas palavras, já estava longe quando terminou e, consequentemente, quando La Mole e Cocunás compreenderam completamente o sentido delas.

– E a rainha? — gritou La Mole.

Mas a voz do rapaz se perdeu no espaço. De Mouy já estava longe demais para ouvi-lo e principalmente para responder.

Cocunás decidiu logo de que lado estava. Enquanto La Mole ficava parado e seguia com os olhos de Mouy desaparecer entre os galhos que se abriam diante dele e voltavam a se fechar atrás dele, correu até os cavalos, os trouxe, saltou sobre o seu, jogou a rédea do outro nas mãos de La Mole e se preparou para sair em disparada.

– Vamos! Vamos! — disse. — Vou repetir o que de Mouy disse: a caminho! E de Mouy é um senhor que fala bem. A caminho, a caminho, La Mole!

– Espere um pouco — disse La Mole — Viemos aqui por uma razão.

– A menos que queira que nos enforquem — respondeu Cocunás —, aconselho não perder tempo. Vou adivinhar: você vai fazer retórica, parafrasear a palavra fugir, falar de Horácio que jogou seu escudo e de Epaminondas que foi trazido sobre o dele. Quanto a mim, direi uma só palavra: quando o senhor de Mouy de Saint--Phale foge, todos podem fugir.

– O senhor de Mouy de Saint-Phale — disse La Mole — não está encarregado de conduzir a rainha. Ele nem gosta da rainha Margarida.

– *Mordi*! E ele faz bem, se este amor o fizesse fazer besteiras parecidas a esta que você acaba de pensar. Que quinhentos mil diabos do inferno carreguem o amor que pode custar a cabeça a dois corajosos cavalheiros! Diabos! Como diz o rei Carlos, estamos conspirando, meu caro. E quando conspiramos mal, é preciso se salvar bem. Monte o cavalo, La Mole, monte o cavalo!

– Fuja você, meu caro, não o estou impedindo e até o convido. Sua vida é mais preciosa que a minha. Então defenda-a.

– Tem que me dizer assim: Cocunás, vamos ser enforcados juntos, e não: Cocunás, fuja sozinho.

– Ora! Meu amigo — respondeu La Mole —, a corda é feita para os boçais, e não para cavalheiros como nós.

– Começo a acreditar — disse Cocunás com um suspiro — que a precaução que tomei não é ruim.

– Qual?

– De ficar amigo do carrasco.

– Você está sinistro, meu caro Cocunás.

– Afinal, o que vamos fazer? — perguntou impaciente.

– Vamos encontrar a rainha.

– E onde?

– Não sei... devemos encontrar o rei!

– E onde?

– Não sei... Mas os encontraremos e faremos o que cinquenta pessoas não puderam ou não ousaram fazer.

– Você me pega pelo amor-próprio, Jacinto. É um mau sinal.

– Pois então, veremos. Aos cavalos! E vamos embora.

– Disse bem!

La Mole se virou para segurar na patilha da sela. Mas na hora em que colocava o pé no estribo, ouviu-se uma voz imperiosa.

– Parados! Rendam-se — disse a voz.

Na mesma hora a figura de um homem apareceu atrás de um carvalho, depois outro, depois trinta: era a cavalaria que, transformada em infantaria, havia se escondido nos arbustos de barriga no chão e revistava a floresta.

– O que eu lhe disse? — murmurou Cocunás.

Um tipo de rugido surdo foi a resposta de La Mole.

A cavalaria ainda estava a trinta passos dos dois amigos.

– Ora, vejam! — continuou o piemontês, falando bem alto ao tenente da cavalaria e em voz baixa a La Mole. — Senhores, o que está acontecendo?

O tenente ordenou que mirassem nos dois amigos.

Cocunás continuou baixinho:

– Monte! La Mole, ainda dá tempo: pule no cavalo como o vi fazer cem vezes e vamos embora.

Depois, se virando para a cavalaria:

– Ei! Que diabos, senhores, não atirem, poderiam matar amigos.

Depois para La Mole:

– Através das árvores, se mira mal. Eles vão atirar e vão errar.

– Impossível — disse La Mole. — Não podemos levar conosco o cavalo de Margarida e as duas mulas, esses animais a comprometeriam, enquanto com minhas respostas eu afastaria qualquer desconfiança. Vá embora! Meu amigo, vá!

– Senhores — disse Cocunás, tirando a espada e levantando-a —, nos rendemos completamente.

A cavalaria levantou seus mosquetes.

– Mas antes, por que é preciso que nos rendamos?

– Vocês perguntarão ao rei de Navarra.

– Que crime cometemos?

– O senhor de Alençon lhes explicará.

Cocunás e La Mole se olharam: a menção de seu inimigo em um momento como aquele não bastava para se tranquilizarem.

Entretanto, nenhum dos dois resistiu. Cocunás foi convidado a descer do cavalo, manobra que executou sem observação. Depois os dois foram colocados no centro da cavalaria e pegaram a estrada do pavilhão de Francisco I.

– Você não queria ver o pavilhão de Francisco I? — disse Cocunás a La Mole, vendo, através das árvores, os muros de uma charmosa construção gótica. — Pois então! Parece que vai vê-lo.

La Mole não respondeu, e apenas estendeu a mão para Cocunás.

Ao lado desse charmoso pavilhão, construído no tempo de Luís XII, e que chamavam de pavilhão de Francisco I pelo fato de sempre ser escolhido por esse rei para seus encontros de caça, estava uma espécie de cabana erguida pelos cavaleiros, e que de alguma forma desaparecia debaixo dos mosquetes e das alabardas e das espadas reluzentes, como uma toca sob a moita dourada.

Foi para essa cabana que foram levados os prisioneiros.

Agora esclareçamos a situação muito nebulosa, principalmente para os dois amigos, contando o que aconteceu.

Os cavalheiros protestantes se reuniram, como a coisa havia sido combinada, no pavilhão de Francisco I, cuja chave, como se sabe, de Mouy havia conseguido.

Mestres de floresta — ou ao menos é o que supunham —, colocaram em vários cantos alguns soldados, que a cavalaria (organizando uma troca de lenços brancos por lenços vermelhos, precaução devida ao zelo engenhoso do senhor de Nancey) havia tomado sem resistência através de uma vigorosa surpresa.

A cavalaria havia continuado seu ataque, cercando o pavilhão. Mas de Mouy que, como dissemos, esperava o rei no fim da alameda das Violettes, havia visto as figuras de lenços vermelhos andarem na ponta dos pés, e a partir de então os lenços vermelhos lhe pareceram suspeitos. Dessa forma, se jogou de lado para não ser visto e percebeu que o vasto círculo se fechava de forma a tomar a floresta e cercar o lugar de encontro.

Depois, ao mesmo tempo, no fundo da alameda principal, viu despontarem as plumas brancas e brilharem os arcabuzes da guarda do rei.

Por fim, ele reconhecera o próprio rei, enquanto do lado oposto vira o rei de Navarra. Então ele cortou o ar em cruz com seu chapéu, que era o sinal combinado para dizer que tudo estava perdido.

Com esse sinal o rei recuou e desapareceu.

Imediatamente de Mouy fugiu, enfiando as duas grandes rosetas de suas esporas na barriga do cavalo, e ao fugir gritara para La Mole e Cocunás as palavras de aviso que relatamos.

Ora, o rei, que havia percebido o sumiço de Henrique e Margarida, chegava escoltado pelo senhor de Alençon, na esperança de que ambos saíssem da cabana onde ele ordenara que prendessem todos que se encontrassem não somente no pavilhão, como também na floresta.

De Alençon, cheio de confiança, galopava perto de rei, cujas dores agudas aumentavam o mau humor. Duas ou três vezes ele quase desmaiou, e uma vez vomitou até sair sangue.

– Vamos! Vamos! — disse o rei, ao se aproximar. — Vamos logo, devo voltar ao Louvre: arranquem todos estes huguenotes da terra, hoje é dia de São Brás, primo de São Bartolomeu.

Às palavras do rei, todo aquele formigueiro de lanças e arcabuzes se colocou em movimento e forçou os huguenotes capturados na floresta ou no pavilhão a saírem, um após o outro, da cabana.

Mas nada do rei de Navarra, Margarida ou de Mouy.

– E então! — disse o rei. — Onde está Henrique? Onde está Margot? Você os prometeu, de Alençon, que diabo! Precisam encontrá-los.

– Nós nem mesmo vimos o rei e a rainha de Navarra, Sire — disse o senhor de Nancey.

– Estão vindo — disse a senhora de Nevers.

De fato, naquele exato momento, à extremidade de uma alameda que dava para o rio, apareceram Henrique e Margot, ambos calmos como se nada tivesse acontecido. Os dois levavam falcões nos punhos e cavalgavam amorosamente tão próximos um do outro que os cavalos, que galopavam juntos, não menos unidos que seus mestres, pareciam se acariciar com as cabeças.

Foi então que de Alençon, furioso, fez revistarem as redondezas e assim encontraram La Mole e Cocunás sobre o berço de suas trepadeiras.

Os dois também foram comandados a entrar — com um fraterno abraço — no círculo que formavam os guardas. Entretanto, como estavam longe de serem reis, não puderam se mostrar tão bem contidos com Henrique e Margarida: La Mole estava excessivamente pálido, e Cocunás, excessivamente vermelho.

LII

AS INVESTIGAÇÕES

O espetáculo que atingiu os dois rapazes ao entrarem no círculo foi desses que não se esquecem mais, mesmo que visto uma única vez em um só instante.

Carlos IX assistira, como dissemos, olhado ao desfile de todos os cavalheiros presos na cabana e retirados um a um pelos guardas.

Ele e de Alençon seguiam cada movimento com um olho ávido, aguardando ver sair por sua vez o rei de Navarra.

A espera deles foi um engano.

Mas isso não era o suficiente, era preciso saber por onde andavam.

Por isso, quando no final da alameda viram aparecer os dois jovens esposos, de Alençon ficou pálido, Carlos sentiu o coração dilatar-se, pois, instintivamente desejava que tudo aquilo que seu irmão o forçara a fazer recaísse sobre ele.

— Ele vai escapar de novo — murmurou Francisco, empalidecendo.

Nesse momento, o rei foi tomado por dores nas entranhas tão violentas que largou as rédeas, segurou os flancos com as duas mãos e soltou um grito como um homem em delírio. Henrique aproximou-se apressadamente, mas durante o tempo que levou para percorrer os duzentos passos que o separavam de seu irmão, Carlos já estava recomposto.

— De onde você vem, senhor? — perguntou o rei com uma dureza na voz que afetou Margarida.

— Ora... da caça, meu irmão — respondeu ela.

— A caça era às margens do rio, e não na floresta.

— Meu falcão foi para cima de um faisão, Sire, no momento em que ficamos para trás para ver a garça.

— E onde está o faisão?

— Aqui. É uma bela ave, não é?

E Henrique, com o ar mais inocente, apresentou a Carlos seu pássaro púrpura, azul e ouro.

— Ah! — disse Carlos — E assim que o pegaram, por que não se juntaram a mim?

— Porque ele voou em direção do parque, Sire, de forma que, quando descemos para a margem do rio, vimos você a cerca de meia légua à nossa frente, já subindo para a floresta: então começamos a galopar seguindo seu rastro, pois, pertencendo à caça de Vossa Majestade, não quisemos perdê-la.

— E todos esses cavalheiros — retomou Carlos — foram convidados também?

— Quais cavalheiros? — respondeu Henrique, lançando um olhar circular e interrogativo à sua volta.

— Ora! Seus huguenotes, diabo! — disse Carlos. — Em todo caso, se alguém os convidou, não fui eu.

— Não, Sire — respondeu Henrique — mas talvez tenha sido o senhor de Alençon.

— O senhor de Alençon?! Como assim?

— Eu? — fez o duque.

– Ah, sim, meu irmão — retomou Henrique. — Você não anunciou ontem que era o rei de Navarra? Ora, os huguenotes que queriam você como rei vieram agradecê-lo, sim, você, por ter aceitado a coroa, e o rei por tê-la entregado. Não é isso, senhores?

– Sim! Sim! — gritaram vinte vozes. — Viva o duque de Alençon! Viva o rei Carlos!

– Não sou o rei dos huguenotes — disse Francisco, branco de raiva. Em seguida, lançando um olhar disfarçado a Carlos — e espero muito — completou — nunca sê-lo.

– Não importa! — disse Carlos. — Sabe, Henrique, eu acho tudo isso estranho.

– Sire — disse o rei de Navarra com segurança —, parece até, que Deus me perdoe, que estou sofrendo um interrogatório.

– E se eu dissesse que o estou interrogando, o que responderia?

– Que sou rei como você, Sire — disse orgulhosamente Henrique —, pois não é a coroa, mas a nascença, que faz a realeza, e que eu responderia a meu irmão e a meu amigo, mas nunca a meu juiz.

– Gostaria muito de saber, entretanto — murmurou Carlos — o que de fato se passa, uma vez em minha vida.

– Tragam o senhor de Mouy — disse de Alençon —, você saberá. O senhor de Mouy deve estar preso.

– O senhor de Mouy está entre os prisioneiros? — perguntou o rei.

Henrique fez um movimento de inquietação e trocou um olhar com Margarida. Mas esse movimento foi de curta duração. Nenhuma voz respondeu.

– O senhor de Mouy não está entre os prisioneiros — disse o senhor de Nancey. — Alguns de nossos homens acreditam tê-lo visto, mas nenhum tem certeza.

De Alençon murmurou uma blasfêmia.

– Ei! — disse Margarida, mostrando La Mole e Cocunás, que haviam ouvido todo o diálogo, e com a inteligência dos quais acreditava poder contar. — Sire, ali estão dois cavalheiros de senhor de Alençon, interrogue-os, eles responderão.

O duque sentiu o golpe.

– Eu mandei detê-los exatamente para provar que não são meus — disse o duque.

O rei olhou os dois amigos e tremeu ao rever La Mole.

– Oh! De novo esse provençal! — disse.

Cocunás saudou graciosamente.

– O que estavam fazendo quando foram detidos? — disse o rei.

– Sire, papeávamos sobre feitos de guerra e de amor.

– A cavalo?! Armados até os dentes?! Prontos para fugir?!

– Não, não, Sire — disse Cocunás. — Vossa Majestade está mal informada. Estávamos deitados à sombra de uma faia: *sub tegmine fagi*.[1]

– Ah! Estavam deitados à sombra de uma faia?

– E nós poderíamos até ter fugido, se acreditássemos que, de algum modo, tínhamos incorrido na cólera de Vossa Majestade. Ora, senhores, por suas palavras de soldados — disse Cocunás, virando-se para a cavalaria —, vocês acreditam que se nós quiséssemos, poderíamos ter escapado de vocês?

– O fato é — disse o capitão — que esses senhores não fizeram um movimento para fugir.

– Porque seus cavalos estavam longe — disse o duque de Alençon.

– Peço humildemente perdão a meu senhor — disse Cocunás —, mas estava com o meu entre as pernas, e meu amigo conde Lérac de la Mole segurava o seu pela rédea.

– É verdade, senhores? — disse o rei.

– Verdade, Sire — respondeu o capitão. — O senhor de Cocunás, ao nos perceber, até desceu de seu cavalo.

Cocunás careteou um sorriso que significava: "Está vendo, Sire!".

– Mas e os dois cavalos à mão, as mulas, os baús que elas carregam? — perguntou Francisco.

– Ora — disse Cocunás —, e nós somos criados da cavalariça? Mande buscar o palafreneiro que os vigiava.

– Não há nenhum — disse o duque furioso.

– Então deve ter ficado com medo e deve ter se salvado — retomou Cocunás —, não se pode pedir a um camponês para ter a calma de um cavalheiro.

– Sempre o mesmo sistema — disse de Alençon, rangendo os dentes — Felizmente, Sire, eu lhe avisei que esses senhores há alguns dias já não estão mais a meu serviço.

– Eu! — disse Cocunás. — Teria a infelicidade de não pertencer mais a Vossa Alteza?

– Mas que diabo! Senhor, você sabe melhor que ninguém, já que pediu demissão com uma carta bastante impertinente que conservei, graças a Deus, e que por sorte está comigo.

– Oh! — disse Cocunás. — Achava que Vossa Alteza me perdoaria uma carta escrita num primeiro movimento de mau humor. Eu havia descoberto que Vossa Alteza quisera, num corredor do Louvre, estrangular meu amigo La Mole.

– Ora — interrompeu o rei —, o que ele está dizendo?

– Acreditei que Vossa Alteza estava sozinha — continuou ingenuamente La Mole —, mas desde que soube que outras três pessoas...

– Silêncio! — disse Carlos. — Já estamos suficientemente informados. Henrique — disse ao rei de Navarra —, sua palavra de que não vai tentar fugir?

– Dou minha palavra à Vossa Majestade, Sire.

– Volte a Paris com o senhor de Nancey e fique de plantão em seu quarto. Vocês, senhores — continuou, dirigindo-se aos dois cavalheiros —, entreguem as espadas.

La Mole olhou para Margarida. Ela sorriu. Então La Mole rendeu a espada ao capitão que estava mais próximo dele. Cocunás fez igual.

– E quanto ao senhor de Mouy, o encontraram? — perguntou o rei.

– Não, Sire — disse senhor de Nancey —, ou não estava na floresta, ou se salvou.

– Paciência — disse o rei. — Voltemos. Estou com frio, estou ofuscado.

– Sire, é sem dúvida a cólera — disse Francisco.

– Sim, talvez. Meus olhos oscilam. Onde estão os prisioneiros? Não vejo mais. Então já é noite? Oh! Misericórdia! Estou queimando... Socorro, socorro!

E o infeliz rei, largando as rédeas de seu cavalo e estendendo os braços, caiu para trás, apoiado pelos cortesãos assustados com esse segundo ataque.

Francisco, afastado, enxugava o suor do rosto, pois só ele conhecia a causa do mal que torturava seu irmão.

Do outro lado, o rei de Navarra, já sob a guarda do senhor de Nancey, considerava toda essa cena com um espanto crescente.

– Eh, eh! — murmurou, com aquela prodigiosa intuição que, em certos momentos, fazia dele um homem iluminado, por assim dizer. — Não é que estou feliz de ter sido detido em minha fuga?

Olhou Margot, cujos grandes olhos, dilatados pela surpresa, passavam dele ao rei e do rei a ele.

Dessa vez o rei perdera a consciência. Aproximaram uma maca na qual o deitaram. Cobriram-no com um casaco, que um dos cavaleiros retirou dos ombros, e o cortejo retomou tranquilamente a rota para Paris, da qual haviam partido pela manhã conspiradores alegres e um rei jovial, e pela qual voltavam um rei moribundo rodeado por rebeldes prisioneiros.

Margarida, que naquilo tudo não perdera nem a liberdade de corpo, nem a liberdade de espírito, fez um último sinal de inteligência a seu marido; em seguida, passou tão perto de La Mole que este pôde colher as duas palavras gregas que ela deixou cair.

– *Mê déidé.*

Ou seja:

– Não tema nada.

– O que ela disse? — perguntou Cocunás.

– Disse para não temer nada — respondeu La Mole.

– Paciência — murmurou o piemontês —, paciência, isso significa que a coisa não está boa para nós. Todas as vezes que essas palavras me foram endereçadas como maneira de encorajamento, recebi no mesmo instante seja uma bala em algum lugar, seja um golpe de espada no corpo, seja um vaso de flores na cabeça. Não tema nada; seja em hebraico, seja em grego, seja em latim, seja em francês, sempre significou para mim: fique bem atento!

– Em marcha, senhores! — disse o capitão da cavalaria.

– Perdoe minha indiscrição, senhor — perguntou Cocunás —, mas para onde nos leva?

– Para Vincennes, acredito — disse o capitão.

– Preferia ir a outro lugar — disse Cocunás. — Mas, enfim, não se vai sempre para onde se quer ir.

Durante o caminho, o rei se restabeleceu do desmaio e retomou alguma força. Em Nanterre, ele até quis montar seu cavalo, mas o impediram.

– Chamem mestre Ambroise Paré — disse Carlos ao chegar ao Louvre.

Ele desceu de sua liteira, subiu as escadas apoiado pelo braço por Tavannes e adentrou seus aposentos, onde proibiu que o seguissem.

Todos perceberam que ele parecia gravemente doente; ao longo de todo o percurso, refletiu profundamente, sem dirigir nenhuma palavra a ninguém, e sem se ocupar nem de conspiração, nem de conspiradores. Era evidente que aquilo que o preocupava era sua doença.

Doença tão súbita, tão estranha, tão aguda, e cujos sintomas eram os mesmos que haviam percebido em seu irmão Francisco II algum tempo antes de sua morte.

Por isso a proibição feita a quem quer que fosse, exceto a Paré, de entrar no quarto do rei, não espantou ninguém. Sabia-se que a misantropia era o cerne do caráter do príncipe.

Carlos passou para seu quarto, sentou-se sobre um tipo de cadeira comprida, apoiou a cabeça nos travesseiros e, pensando que mestre Ambroise Paré poderia não estar em sua casa e demorar a vir, quis usar o tempo de espera.

Consequentemente, bateu com as mãos. Um guarda apareceu.

– Avise o rei de Navarra que quero falar com ele — disse Carlos.

O guarda se inclinou e obedeceu.

Carlos jogou a cabeça para trás; um peso assustador no cérebro mal lhe deixava a faculdade de unir as ideias umas às outras, um tipo de nuvem sangrenta flutuava frente a seus olhos. A boca estava árida, e ele já havia, sem saciar a sede, esvaziado toda uma garrafa de água.

No meio dessa sonolência, a porta se abriu e Henrique apareceu. O senhor de Nancey o seguiu, mas parou na antecâmara.

O rei de Navarra aguardou que a porta se fechasse novamente. Então avançou.

– Sire — disse —, fui solicitado. Aqui estou.

O rei tremeu com essa voz, e fez um movimento automático de estender a mão.

– Sire — disse Henrique, deixando as duas mãos penduradas ao lado do corpo —, Vossa Majestade está esquecendo que não sou mais seu irmão, mas seu prisioneiro.

– Ah, sim! Verdade — disse Carlos. — Obrigado por ter lembrado. Além do mais, lembro-me de que você prometeu, assim que estivéssemos a sós, me responder francamente.

– Estou pronto para manter essa promessa. Interrogue-me.

O rei jogou água fria em sua mão e a levou à testa.

– O que há de verdade na acusação do duque de Alençon? Vamos, responda, Henrique.

– Apenas metade: era o senhor de Alençon que devia fugir, e eu que devia acompanhá-lo.

– E por que você devia acompanhá-lo? — perguntou Carlos. — Você então está descontente, aqui comigo, Henrique?

– Não, Sire, pelo contrário. Eu só tenho o que louvar a Vossa Majestade. E Deus, que lê nos corações, vê no meu qual profunda afeição eu tenho por meu irmão e por meu rei.

– Parece-me — disse Carlos — que não está na natureza fugir das pessoas que amamos e que nos amam!

– Por isso não fugia dos que me amam, fugia dos que me detestam. Vossa Majestade me permite que eu fale de coração aberto?

– Fale, senhor.

– Quem me detesta aqui, Sire, é o duque de Alençon e a rainha-mãe.

– Do senhor de Alençon não digo nada — retomou Carlos —, mas a rainha-mãe enche-lhe de atenções.

– É exatamente por isso que desconfio dela, Sire. E muito bem fiz em desconfiar!

– Dela?

– Dela ou daqueles que a rodeiam. Você sabe que a infelicidade dos reis, Sire, não é sempre serem demasiadamente maus, mas demasiadamente bem servidos.

– Explique-se: é uma promessa sua dizer-me tudo.

– E Vossa Majestade vê que eu a cumpro.

– Continue.

– Vossa Majestade ama-me, disse?

– Na verdade amava, antes de sua traição, Henrique.

– Suponha que você me ame ainda, Sire.

– Certo.

– Se ainda me ama, deve desejar que eu viva, não é?

– Entraria em desespero se lhe acontecesse alguma desgraça.

– Pois bem, Sire; duas vezes Vossa Majestade deixou de cair em desespero.

– Como assim?

– Sim, pois duas vezes só a Providência salvou minha vida. É verdade que, na segunda vez, a Providência tomo a fisionomia de Vossa Majestade.

– E da primeira vez, qual fisionomia ela havia tomado?

– A de um homem que ficaria muito espantado ao ver-se confundido com ela: a de René. Sim, você, Sire, você salvou-me do ferro.

Carlos franziu as sobrancelhas, pois se lembrava da noite em que levara Henrique à rua des Barres.

– E René? — disse.

– René salvou-me do veneno.

— Peste! Você tem sorte, Henrique — disse o rei, ensaiando um sorriso que uma dor aguda transformou em contração nervosa —, não é bem o normal dele.

— Dois milagres então me salvaram, Sire. Um milagre de arrependimento da parte do florentino, um milagre de bondade de sua parte. Então, confesso à Vossa Majestade, temo que o céu se farte de fazer milagres, quis fugir em razão deste axioma: "Ajude-se, e o céu o ajudará".

— Por que não me disse isso antes, Henrique?

— Dizendo essas mesmas palavras ontem, eu seria um denunciador.

— E dizendo-as hoje?

— Hoje, é outra coisa. Sou acusado e me defendo.

— E você está certo dessa primeira tentativa, Henrique?

— Tanto quanto da segunda.

— Então tentaram envenená-lo?

— Tentaram.

— Com o quê?

— Com creme.

— E como se envenena com creme?

— Céus! Sire, pergunte a René. Envenenam até com luvas...

Carlos franziu a sobrancelha. Em seguida, aos poucos seu semblante descontraiu-se.

— Sim, sim — disse, como se falasse para si mesmo — está na natureza dos seres vivos fugir da morte. Por que então a inteligência não faria o que faz o instinto?

— Ora, Sire — perguntou Henrique —, Vossa Majestade está contente com minha franqueza, e acredita que eu lhe disse tudo?

– Sim, jovem Henrique, sim, e você é um garoto admirável. E você acredita que aquele que o odeia ainda não se fartou, e que novas tentativas seriam feitas.

– Sire, todas as noites, fico surpreso por ainda estar vivo.

– Mas é porque sabem que eu o amo, entende, Henrique, que querem matá-lo. Mas fique tranquilo. Serão punidos por esse mau desejo. Enquanto isso, você está livre.

– Livre para deixar Paris, Sire? — perguntou Henrique.

– Não, não. Você sabe muito bem que para mim é impossível ficar sem você. Por Deus, é preciso que eu tenha alguém que me ame.

– Então, Sire, se Vossa Majestade me mantém perto dela, queira conceder-me uma graça...

– Qual?

– De não me manter como amigo, mas como prisioneiro.

– Como prisioneiro?

– Sim. Vossa Majestade não vê que é sua amizade que me arruína?

– E você ama mais minha raiva?

– Uma raiva aparente, Sire. Essa raiva vai me salvar: enquanto acreditarem que estou em desgraça, terão menos pressa em me ver morto.

– Henrique — disse Carlos —, não sei o que você deseja, não sei qual é seu objetivo, mas se seus desejos não se realizarem, se não conseguir o objetivo ao qual se propõe, ficarei muito surpreso.

– Então posso contar com a severidade do rei?

– Pode.

– Fico mais tranquilo... E agora, o que ordena Vossa Majestade?

– Volte para seus aposentos, Henrique, estou doente, vou ver meus cachorros e ir para a cama.

– Sire — disse Henrique —, Vossa Majestade deveria ter mandado vir um médico. Sua indisposição hoje é talvez mais grave do que pensa.

– Mandei chamar o mestre Ambroise Paré, Henrique.

– Então, afasto-me mais tranquilo.

– Por minha alma — disse o rei —, acho que de toda a minha família, você é o único a me amar de verdade.

– É mesmo sua opinião, Sire?

– Palavra de cavalheiro.

– Então, confie-me ao senhor de Nancey como um homem a quem sua cólera não dá um mês de vida: é o meio para eu amá-lo por mais tempo.

– Senhor de Nancey! — gritou Carlos.

O capitão da guarda entrou.

– Confio o maior culpado do reino às suas mãos — continuou o rei. — Você responde por ele com a sua cabeça.

E Henrique, com o rosto consternado, saiu atrás do senhor de Nancey.

LIII

ACTÉON

Carlos, ficando sozinho, se surpreendeu de não ter visto aparecer algum de seus dois fiéis companheiros: sua ama Madeleine e seu galgo Actéon.

– A ama deve ter ido cantar seus salmos na casa de algum huguenote conhecido — disse a si mesmo — e Actéon ainda está emburrado comigo da chicotada que lhe dei esta manhã.

De fato, Carlos pegou uma vela e foi aos aposentos da empregada. Ela não estava. Uma porta dos aposentos de Madeleine dava, lembremos, para o gabinete de armas. Ele se aproximou dessa porta.

Mas, no caminho, foi tomado por uma dessas crises das quais ele já havia provado e que pareciam se abater sobre ele de repente. O rei sofria como se revistassem suas entranhas com um ferro em brasa. Uma sede inextinguível o devorava. Viu uma xícara de leite em cima de uma mesa; engoliu de uma só vez e se sentiu um pouco melhor.

Então pegou novamente a vela que havia colocado sobre um móvel e entrou no gabinete.

Para sua grande surpresa, Actéon não veio a seu encontro: teriam-no trancado? Nesse caso, ele saberia pelo faro que seu mestre voltara da caça e latiria.

Carlos chamou, assobiou. Não apareceu nada.

Deu quatro passos para a frente. Como a luz da vela chegava até o canto do gabinete, percebeu nesse canto uma massa inerte estendida no chão.

– Ei! Actéon! Ei! — disse Carlos.

E assobiou novamente.

O cão não se mexeu.

Carlos correu até ele e o tocou. O pobre animal estava duro e frio. De sua garganta, contraída pela dor, algumas gotas de bílis saíram, misturadas a uma baba espumosa e sangrenta. O cão havia encontrado no gabinete um broche de seu mestre e quis morrer encostando a cabeça nesse objeto, que para ele representava um amigo.

Com esse espetáculo que o fez esquecer suas próprias dores e lhe devolveu toda sua energia, a cólera ferveu nas veias de Carlos. Quis gritar. Mas acorrentados como estão a suas grandezas, os reis não estão livres desse primeiro movimento que qualquer homem faria em benefício de sua paixão ou de sua defesa. Carlos pensou que havia ali alguma traição e se calou.

Depois, se ajoelhou diante de seu cão e examinou o cadáver com um olhar técnico. O olho estava sem brilho, a língua vermelha e cheia de feridas. Era uma estranha doença, o que fez Carlos se arrepiar.

O rei colocou novamente suas luvas, que havia retirado e colocado à cintura, ergueu o lábio lívido do cão para examinar os dentes e notou nos espaços alguns fragmentos esbranquiçados presos às pontas dos caninos.

Arrancou esses fragmentos e os reconheceu como pedaços de papel.

Perto do papel, o inchaço era mais violento, as gengivas estavam inchadas e a pele roída como se tivesse sido despedaçada por vitríolo.

Carlos olhou com atenção ao redor. Em cima do tapete se encontravam dois ou três pedaços de papel parecido com aquele que já havia reconhecido na boca do cão. Um desses pedaços, maior que os outros, mostrava traços de uma gravura em madeira.

Os cabelos de Carlos arrepiaram-se: reconheceu um pedaço dessa imagem representando um senhor caçando com aves, que Actéon arrancara do livro de caça.

– Ah! — disse, empalidecendo. — O livro estava envenenado.

Depois se lembrando de repente:

– Mil demônios! — exclamou. — Toquei cada página desse livro com o meu dedo, e a cada página levei meu dedo à boca para molhá-lo. Esses desmaios, essas dores, esses vômitos...! Estou morto!

Carlos ficou por um momento imóvel sob o peso dessa terrível ideia. Depois, levantando-se com um rugido surdo, correu até a porta do gabinete:

– Mestre René! — gritou. — Mestre René! Que corram até a ponte Saint-Michel e me tragam o florentino. É preciso que ele esteja aqui em dez minutos. Que um de vocês vá a cavalo e leve uma montaria a mais para chegarem mais rápido. Quanto ao mestre Ambroise Paré, se ele vier, façam-no esperar.

Um guarda saiu correndo para obedecer à ordem recebida.

– Oh! — murmurou Carlos. — Quando eu tiver torturado a todos, saberei quem deu esse livro a Henrique.

E, com o suor no rosto, as mãos contorcidas, o peito ofegante, Carlos permaneceu com os olhos fixados sobre o cadáver de seu cão.

Dez minutos depois, o florentino bateu timidamente, e não sem preocupação, na porta do rei. Há certas consciências para as quais o céu nunca é puro.

– Entre! — disse Carlos.

O perfumista apareceu. Carlos andou até ele com um ar imperial e os lábios crispados.

– Vossa Majestade mandou chamar-me — disse René estremecendo.

– Mandei. Você é um hábil químico, não é?

– Sire...

– E você sabe tudo o que sabem os mais hábeis médicos?

– Vossa Majestade exagera.

– Não, minha mãe me disse. Além do mais, confio em você, e preferi consultá-lo a qualquer outro. Aqui! — disse, revelando o cadáver do cão. — Olhe, eu lhe peço, o que este animal tem entre os dentes, e diga-me do que ele morreu.

Enquanto René, com a vela na mão, se abaixava até o chão muito mais para dissimular sua emoção do que para obedecer ao rei, Carlos, de pé, os olhos fixos no homem, esperava, com uma impaciência fácil de entender, a palavra que devia ser sua sentença de morte ou sua garantia de redenção.

René tirou um tipo de bisturi do bolso, o abriu e, com a ponta, tirou da goela do galgo os pedaços de papel presos às gengivas e olhou longamente e com atenção a bílis e o sangue que destilava cada ferida.

– Sire — disse, tremendo —, eis sintomas bem tristes.

Carlos sentiu um arrepio gelado correr em suas veias e penetrar seu coração.

– Sim — disse —, o cão foi envenenado, não é?

– Temo que sim, Sire.

– E com que tipo de veneno?

– Com um veneno mineral, suponho.

– Você poderia se certificar de que foi envenenado?

– Sim, claro, abrindo e examinando o estômago.

– Abra-o, não quero ter nenhuma dúvida.
– Seria preciso chamar alguém para me ajudar.
– Eu o ajudarei — disse Carlos.
– Você, Sire!
– Sim. E se estiver envenenado, que sintomas encontraremos?
– Vermelhidão e ramificações no estômago.
– Vamos! — disse Carlos. — Ao trabalho.

René, com um movimento de bisturi, abriu o peito do galgo e o afastou com força com as mãos, enquanto Carlos, um joelho no chão, iluminava com uma mão contorcida e trêmula.

– Veja, Sire — disse René —, veja aqui as marcas evidentes. As vermelhas são aquelas que lhe disse antes. Quanto a estas veias sanguinolentas que parecem raízes de uma planta, é o que eu designava com o nome de ramificações. Encontro aqui tudo que procurava.

– Então o cão foi envenenado?
– Foi, Sire.
– Com um veneno mineral?
– Segundo toda probabilidade.
– E o que sentiria um homem que, por descuido, tivesse engolido esse mesmo veneno?
– Uma grande dor de cabeça, queimações internas como se tivesse comido carvões em brasa, dores nas entranhas, vômitos.
– E ele teria sede? — perguntou Carlos.
– Uma sede inextinguível.
– É bem isso, é bem isso — murmurou o rei.
– Sire, procuro em vão o objetivo de todas essas perguntas.
– E por que o procurar? Você não precisa saber. Responda às perguntas e fará sua parte.
– Que Vossa Majestade me interrogue.

— Que antídoto se administraria a um homem que tivesse engolido a mesma substância que meu cão?

René pensou por um momento.

— Há vários venenos minerais — disse —; queria muito, antes de responder, saber de qual se trata. Vossa Majestade tem alguma ideia da forma como o cão foi envenenado?

— Tenho — disse Carlos. — Ele comeu uma folha de um livro.

— Uma folha de um livro?

— Sim.

— E Vossa Majestade tem este livro?

— Aqui está — disse Carlos, pegando o manuscrito de caça em cima da prateleira onde o havia colocado e mostrando-o a René.

René fez um gesto de surpresa que não escapou ao rei.

— Ele comeu uma folha deste livro? — balbuciou René.

— Esta aqui.

E Carlos mostrou a folha rasgada.

— Permite-me que eu rasgue outra, Sire?

— Faça-o.

René rasgou a folha, aproximou a vela. O papel pegou fogo e um forte cheiro aliáceo se espalhou pelo gabinete.

— Ele foi envenenado com uma mistura de arsênico — disse.

— Tem certeza?

— Como se tivesse eu mesmo preparado.

— E o antídoto...?

René sacudiu a cabeça.

— O quê?! — disse Carlos com a voz rouca. — Você não conhece o remédio?

— O melhor e mais eficaz são claras de ovos batidas no leite. Mas...

— Mas...?

— Mas seria preciso que fosse administrado imediatamente, sem isso...

— Sem isso?

— Sire, é um veneno terrível — retomou mais uma vez René.

— Entretanto ele não mata imediatamente — disse Carlos.

— Não, mas certamente mata, pouco importa o tempo que se leva para morrer, e algumas vezes o momento da morte é até calculado.

Carlos se apoiou na mesa de mármore.

— Agora — disse, colocando a mão sobre o ombro de René —, você conhece este livro?

— Eu, Sire? — disse René, empalidecendo.

— Sim, você. Ao vê-lo, você se traiu.

— Sire, juro que...

— René — disse Carlos —, escute bem: você envenenou a rainha de Navarra com luvas. Envenenou o príncipe Porcian com a fumaça de uma lamparina. Tentou envenenar o senhor de Condé com um pomo de cheiro. René, mandarei arrancar-lhe a pele fiapo por fiapo com uma tenaz em brasa se não me disser a quem pertence este livro.

O florentino viu que não devia brincar com a cólera de Carlos IX, e resolveu arriscar tudo.

— Se eu disser a verdade, Sire, quem me garantirá que não serei punido ainda mais cruelmente do que se ficasse calado?

— Eu.

— Eu teria sua palavra real?

— Palavra de cavalheiro; você terá a vida salva — disse o rei.

— Neste caso, o livro me pertence — disse.

— É seu! — disse Carlos, afastando-se e olhando o envenenador com um olhar assustado.

— Sim, é meu.

— E como saiu de suas mãos?

— Foi Sua Majestade a rainha-mãe que o pegou em minha casa.

— A rainha-mãe! — exclamou Carlos.

— Sim.

— Mas com que objetivo?

— Com o objetivo, acho, de entregá-lo ao rei de Navarra, que havia pedido ao duque de Alençon um livro desse tipo para estudar a caça com aves.

— Oh! — exclamou Carlos. — É isso: entendi tudo. Este livro, de fato, estava no quarto do Henrique. Havia um destino, eu o cumpri.

Nesse momento, Carlos foi tomado por uma tosse seca e forte, à qual sucedeu uma nova dor nas entranhas, soltou dois ou três gritos abafados e desabou sobre uma cadeira.

— O que há com você, Sire? — perguntou René com uma voz alarmada.

— Nada — disse Carlos — Apenas estou com sede, dê-me o que beber.

René encheu um copo d'água e o apresentou com a mão trêmula a Carlos, que o tomou de uma só vez.

— Agora — disse Carlos, pegando uma pena e mergulhando-a na tinta — escreva neste livro.

— O que preciso escrever?

— O que vou lhe ditar: "Este manual de caça com aves foi dado por mim à rainha-mãe Catarina de Médicis".

René pegou a pena e escreveu.

— E agora assine.

O florentino assinou.

— Você me prometeu a vida salva — disse o perfumista.

— E, de meu lado, manterei minha palavra.

— Mas — disse René — e do lado da rainha-mãe?

– Oh! Daquele lado — disse Carlos — não é mais da minha conta: se o atacarem, defenda-se.

– Sire, posso deixar a França quando achar que minha vida está ameaçada?

– Eu lhe responderei a isso dentro de quinze dias.

– Mas enquanto isso...

Carlos levou, franzindo as sobrancelhas, o dedo aos lábios lívidos.

– Oh! Fique tranquilo, Sire.

E, muito feliz por ter se livrado tão facilmente, o florentino se inclinou e saiu. Depois dele, a ama apareceu à porta do quarto.

– O que aconteceu, meu pequeno Carlos? — disse.

– Ama, acontece que eu andei descalço no orvalho e isso me fez mal.

– De fato, você está muito pálido, jovem Carlos.

– É porque estou muito fraco. Dê-me o braço, ama, para ir até a cama.

A ama se adiantou prontamente. Carlos se apoiou nela e chegou até o quarto.

– Agora — disse Carlos — vou me colocar na cama sozinho.

– E se o mestre Ambroise Paré vier?

– Diga-lhe que estou melhor e que não preciso dele.

– Mas enquanto isso, o que vai tomar?

– Oh! Um remédio bem simples — disse Carlos —: claras de ovos batidas no leite. A propósito, ama — continuou —, o pobre Actéon morreu. É preciso, amanhã de manhã, enterrá-lo em um canto do jardim do Louvre. Era um de meus melhores amigos... Farei uma tumba para ele, se tiver tempo.

LIV
O BOSQUE DE VINCENNES

Assim que a ordem foi dada por Carlos IX, Henrique foi conduzido na mesma noite até o bosque de Vincennes. É assim que chamavam naquela época o famoso castelo do qual só resta hoje uma ruína, um fragmento colossal suficiente para dar uma ideia de sua grandeza passada.

A viagem foi feita em liteira. Quatro guardas andavam de cada lado. O senhor de Nancey, encarregado da ordem de abrir para Henrique as portas da prisão protetora, andava na frente.

À poterna da torre, pararam. O senhor de Nancey desceu do cavalo, abriu a portinha fechada com cadeado e convidou respeitosamente o rei a descer.

Henrique obedeceu sem fazer nenhuma observação. Qualquer moradia lhe parecia mais segura que o Louvre, e dez portas se fechando sobre ele se fechavam ao mesmo tempo entre ele e Catarina de Médicis.

O prisioneiro real atravessou a ponte levadiça entre dois soldados, as três portas da parte de baixo da torre e as três portas sob a escada, em seguida, sempre precedido pelo senhor de Nancey, subiu um andar. Chegando lá, o capitão da guarda, vendo que ele ainda se preparava para subir, disse-lhe:

– Meu senhor, pare aí.

– Rá, rá, rá! — fez Henrique, parando. — Parece que me fazem a honra do primeiro andar.

– Sire — respondeu senhor de Nancey —, vamos tratá-lo como cabeça coroada.

– Diabo! Diabos! — disse Henrique a si mesmo. — Dois ou três andares a mais não teriam me humilhado de forma alguma. Estarei demasiadamente bem aqui, vão duvidar de alguma coisa.

– Vossa Majestade gostaria de me seguir? — disse o senhor de Nancey.

– *Ventre-saint-gris*! — disse o rei de Navarra. — Você sabe bem, senhor, que aqui não se trata do que eu quero ou do que não quero, mas do que ordena meu irmão Carlos. Ele ordena que eu o siga?

– Sim, Sire.

– Neste caso, o seguirei.

Entraram em uma espécie de corredor, ao fim do qual encontraram uma sala bastante vasta, com as paredes escuras e um aspecto perfeitamente lúgubre.

Henrique olhou em volta com um olhar que não estava isento de preocupação.

– Onde estamos? — perguntou.

– Estamos atravessando a sala de tortura, meu senhor.

– Ah! — fez o rei.

E olhou com mais atenção.

Havia um pouco de tudo nesse cômodo: jarros e cavaletes para a tortura com água, cunhas e marretas para a tortura com botas.[1] Além disso, assentos de pedra destinados aos infelizes que aguardavam a tortura contornavam quase a sala toda, e acima, sobre e ao pé desses assentos ficavam argolas de ferro embutidas na parede sem outra simetria que a da arte da tortura. A proximidade entre as argolas e os assentos indicava que estavam ali para atingir os membros daqueles que ali se sentassem.

Henrique continuou seu caminho sem dizer nenhuma palavra, mas sem perder nenhum detalhe de toda aquela aparelhagem medonha que escrevia, por assim dizer, a história da dor naquelas paredes.

Essa atenção toda ao entorno fez com que Henrique não olhasse por onde pisava e tropeçasse.

– Ei! — disse. — O que é isto aqui?

E mostrou um tipo de fenda cavada no ladrilho úmido que formava o pavimento.

– É a calha, Sire.

– Então chove aqui?

– Chove, Sire, sangue.

– Ha! Ha! — fez Henrique — Muito bem. Não vamos chegar logo ao meu quarto?

– Claro, meu senhor, já chegamos — disse uma sombra que se desenhava na escuridão e se tornava, à medida que os outros dois se aproximavam, mais visível e mais palpável.

Henri, que pensou conhecer a voz, deu alguns passos e reconheceu a figura.

– Ora! É você, Beaulieu — disse. — Que diabos faz aqui?

– Sire, acabo de receber minha nomeação para o governo da fortaleza de Vincennes.

– Pois bem, meu caro amigo, seu início lhe faz honra. Um rei por prisioneiro, não é nada mal.

– Perdão, Sire — retomou Beaulieu. — Mas antes de você já recebi dois cavalheiros.

– Quem? Ah, sinto muito, cometo, talvez, uma indiscrição. Neste caso, façamos como se não tivesse dito nada.

– Meu senhor, não me pediram segredo. São os senhores de La Mole e de Cocunás.

– Ah! É verdade, vi os prenderem, pobres cavalheiros. E como eles suportam esse infortúnio?

– De um jeito completamente oposto: um está feliz, o outro triste. Um canta, o outro geme.

– E qual deles geme?

– O senhor de La Mole, Sire.

– Sei bem — disse Henrique. — Entendo mais o que geme do que o que canta. Pelo que estou vendo, a prisão não é coisa muito alegre. E em que andar estão alojados?

– Lá no alto, no quarto andar.

Henrique soltou um suspiro. Era lá que queria ter ficado.

– Vamos, senhor de Beaulieu, tenha a bondade de indicar meu quarto, estou louco para chegar, estou muito cansado do dia que acabei de ter.

– Aqui está, senhor — disse Beaulieu, mostrando a Henrique uma porta aberta.

– Número dois — disse Henrique. — E por que não o número um?

– Porque está ocupado, meu senhor.

– Parece então que você está esperando um prisioneiro de melhor nobreza que eu?

– Não disse, senhor, que era um prisioneiro.

– E quem é então?

– Que meu senhor não insista, pois seria forçado a faltar, ficando em silêncio, com a obediência que lhe devo.

– Ah! Isso é outra questão — disse Henrique.

E ficou ainda mais pensativo do que estava. Esse número um o intrigava visivelmente.

De resto, o governador não desmentiu sua primeira cortesia. Com mil precauções retóricas, alojou Henrique em seu quarto, pediu-lhe todas as desculpas pelas comodidades que poderiam lhe faltar, colocou dois soldados à porta e saiu.

– Agora — disse o governador, falando a um dos carcereiros — passemos aos outros.

O carcereiro foi na frente. Tomaram o mesmo caminho que acabamos de descrever, atravessaram a sala de tortura, passaram pelo corredor, chegaram à escada e, seguindo sempre seu guia, o senhor de Beaulieu subiu três andares.

Ao chegar no alto dos três andares, que, contando com o primeiro, faziam quatro, o carcereiro abriu sucessivamente três portas decoradas cada uma com duas fechaduras e três cadeados enormes.

Ele mal tocou a terceira porta quando se ouviu uma voz alegre que exclamava:

– Ei! *Mordi!* Então abra, nem que seja para entrar um ar. A salamandra está tão quente que estamos sufocando.

E Cocunás, o qual, com seu palavrão favorito, o leitor já reconheceu sem dúvida, foi em um passo do lugar onde estava até a porta.

– Um momento, meu cavalheiro — disse o carcereiro. — Não venho para lhe fazer sair, mas para entrar. O senhor governador está comigo.

– Senhor governador! — disse Cocunás. — E o que ele vem fazer aqui?

– Visitá-los.

– É muita honra que me faz — respondeu Cocunás. — Que o senhor governador seja bem-vindo.

E de fato, Beaulieu entrou, fazendo o sorriso cordial de Cocunás desinflar imediatamente com uma cortesia gelada, própria dos governadores de fortalezas, dos carcereiros e dos carrascos.

– Você tem dinheiro, senhor? — perguntou ao prisioneiro.
– Eu?! — disse Cocunás. — Nem um escudo.
– Joias?
– Tenho um anel.
– Permita que eu o reviste?
– *Mordi*! — exclamou Cocunás, ficando vermelho de raiva — Cai-lhe bem estar na prisão, e a mim também.
– É preciso sofrer tudo a serviço do rei.
– As pessoas distintas que furtam na Pont-Neuf estão, como você, a serviço do rei? — questionou o piemontês. — *Mordi*! Fui muito injusto, senhor, pois até o presente momento eu os julgava como ladrões.
– Senhor, lhe saúdo — disse Beaulieu. — Carcereiro, tranque o cavalheiro.

O governador foi embora levando o anel de Cocunás, o qual carregava uma bela esmeralda que a senhora de Nevers havia lhe dado para que se lembrasse da cor de seus olhos.

– Ao outro — disse ao sair.

Atravessaram um quarto vazio e o esquema das três portas, seis fechaduras e nove cadeados recomeçou.

A última porta se abriu, e um suspiro foi o primeiro barulho que surpreendeu os visitantes.

O cômodo tinha um aspecto ainda mais lúgubre que aquele de onde senhor de Beaulieu acabava de sair. Quatro longos e estreitos balestreiros que diminuíam à medida que se aproximavam do exterior iluminavam fracamente esse triste ambiente. Além disso, barras de ferros cruzadas artisticamente para que a visão fosse o tempo todo interrompida por uma linha opaca impediam que, pelos balestreiros, o prisioneiro pudesse até ver o céu.

Linhas ogivais saíam de cada ângulo da sala e se encontravam no meio do teto, onde desabrochavam em rosácea.

La Mole estava sentado em um canto e, apesar da visita e dos visitantes, continuou como se não tivesse ouvido nada.

O governador parou na soleira e olhou por um momento o prisioneiro, que continuava imóvel, a cabeça apoiada nas mãos.

– Boa tarde, senhor de La Mole — disse Beaulieu.

O rapaz levantou lentamente a cabeça.

– Boa tarde, senhor — disse.

– Senhor — continuou o governador —, venho revistá-lo.

– É desnecessário — disse La Mole — vou lhe dar tudo que tenho.

– O que você tem?

– Cerca de trezentos escudos, estas joias, estes anéis.

– Entregue-os, senhor — disse o governador.

– Aqui estão.

La Mole esvaziou os bolsos, tirou os anéis dos dedos e arrancou o broche de seu chapéu.

– Você não tem mais nada?

– Não que eu saiba.

– E este cordão de seda amarrado em seu pescoço, o que ele traz? — perguntou o governador.

– Senhor, não é uma joia, é uma relíquia.

– Dê.

– O quê?! Você exige...

– Tenho ordens de lhe deixar somente com suas roupas, e relíquia não é roupa.

La Mole fez um movimento de raiva que, em meio à calma dolorosa e digna que o distinguia, pareceu ainda mais assustador a essas pessoas acostumadas às emoções rudes.

Mas se recuperou quase na mesma hora.

– Está bem, senhor — disse —, você vai ver o que pede.

Então, virando-se como que para se aproximar da luz, desamarrou a suposta relíquia, que não era mais que um medalhão com um retrato, que tirou da moldura e levou aos lábios. Após tê-lo beijado várias vezes, fingiu deixá-lo cair. E, apertando violentamente o salto de sua bota, o fez em pedaços.

– Senhor...! — disse o governador.

E se abaixou para ver se não poderia salvar da destruição o objeto desconhecido que La Mole queria guardar. Mas a miniatura estava literalmente pulverizado.

– O rei queria ter esta joia — disse La Mole —, mas ele não tem nenhum direito sobre o retrato que ela guardava. Agora aqui está o medalhão, pode pegá-lo.

– Senhor — disse Beaulieu —, darei queixa ao rei.

E sem se despedir do prisioneiro com uma única palavra, retirou-se tão enfurecido que deixou para o carcereiro o cuidado de fechar as portas, sem presidir ao fechamento.

O carcereiro deu alguns passos para ir embora e, vendo que senhor de Beaulieu já descia os primeiros degraus da escada, disse ao se virar:

– Senhor, ainda bem que o convidei a me dar logo os cem escudos mediante os quais consinto que fale com seu companheiro. Pois se não os tivesse me dado, o governador os teria tomado com os outros trezentos escudos e minha consciência não me permitiria fazer mais nada por você. Mas fui pago adiantado e prometi-lhe que veria seu companheiro... Venha. Um homem honesto só tem sua palavra... Apenas peço que, se possível, tanto pelo bem de vocês quanto pelo meu, não falem de política.

La Mole saiu de seu quarto e se encontrou frente a frente com Cocunás, que caminhava sobre os ladrilhos da cela do meio.

Os dois amigos se jogaram nos braços um do outro.

O carcereiro fingiu enxugar o canto do olho e saiu para assegurar-se de que não surpreenderiam os prisioneiros, ou melhor, que não surpreenderiam ele próprio.

– Ah! Aqui está você — disse Cocunás. — Pois então! Esse governador horroroso lhe visitou?

– Assim como a você, presumo.

– E pegou todos os seus pertences?

– Do mesmo modo que pegou os seus.

– Oh! Eu não tinha muita coisa; apenas um anel de Henriqueta.

– E dinheiro vivo?

– Dei tudo o que tinha a este corajoso carcereiro para que nos arranjasse esse encontro.

– Ha! Ha! — disse La Mole. — Parece que ele recebe das duas mãos.

– Também o pagou?

– Cem escudos.

– É melhor que nosso carcereiro seja um miserável!

– Sem dúvida, faremos o que quisermos com dinheiro e, é preciso acreditar, o dinheiro não nos faltará.

– Agora, você entende o que está acontecendo conosco?

– Perfeitamente. Fomos traídos.

– Por esse execrável duque de Alençon. Eu tinha razão em querer quebrar seu pescoço.

– Acha que nosso caso é grave?

– Temo que sim.

– Desse modo, devemos temer... a tortura.

– Não vou esconder que já pensei nela.

– E o que dirá se vierem aqui?

– O que você dirá?

– De minha parte, ficarei em silêncio — respondeu La Mole com uma vermelhidão febril.

– Vai se calar?! — exclamou Cocunás.

– Sim; tenho força.

– Pois eu — disse Cocunás —, se me fizerem essa infâmia, garanto que direi bastante coisa.

– Mas quais coisas? — perguntou La Mole rapidamente.

– Oh! Fique tranquilo. Coisas que impedirão por algum tempo o sono do senhor de Alençon.

La Mole ia replicar, quando o carcereiro, que com certeza ouvira algum barulho, acudiu, empurrou cada um dos amigos para dentro de seus quartos e fechou a porta ao sair.

LV

O BONECO DE CERA

Fazia oito dias que Carlos estava pregado em sua cama em decorrência de uma febre de languidez entrecortada por acessos violentos que pareciam ataques de epilepsia. Durante esses acessos, ele soltava às vezes gritos ouvidos com pavor pelos guardas que velavam sua antecâmara, e que em suas profundezas repetiam os ecos do velho Louvre, despertos havia algum tempo por tantos barulhos sinistros. Depois, quando esses acessos passavam, tomado pelo cansaço e com os olhos fracos, ele caía nos braços de sua ama com silêncios oriundos, ao mesmo tempo, do desprezo e do terror.

Dizer que, cada um de um lado, sem falar sobre suas sensações, pois mãe e filhos antes se evitavam mais do que se procuravam; dizer que Catarina de Médicis e o duque de Alençon remoíam pensamentos sinistros no fundo de seus corações, seria querer pintar o formigamento medonho que vemos arrastar-se no fund de um ninho de víboras

Henrique fora trancado em seu quarto e, de acordo com sua própria recomendação a Carlos, ninguém tinha a permissão de visitá-lo, nem mesmo Margarida: era aos olhos de todos uma desgraça completa. Catarina e de Alençon respiravam aliviados, imaginando-o arruinado, e Henrique bebia e comia mais tranquilamente, esperando estar esquecido.

Na corte ninguém desconfiava da causa da doença do rei. Ambroise Paré e Mazille, seu colega de trabalho, haviam identificado uma inflamação no estômago, confundindo a causa com o resultado. Haviam, consequentemente, prescrito um regime calmante que só podia ajudar juntamente com a bebida indicada por René, que Carlos recebia três vezes ao dia da mão de sua ama e a qual compunha seu principal alimento.

La Mole e Cocunás estavam em Vincennes, no mais absoluto segredo. Margarida e a senhora de Nevers haviam feito dez tentativas para chegar até eles, ou para ao menos lhes entregar um bilhete, mas não obtiveram sucesso algum.

Uma manhã, em meio à eterna alternância entre bem e mal-estar que provava, Carlos se sentiu um pouco melhor e quis que deixassem entrar toda a corte que, como de costume, ainda que o rei não se levantasse mais, se apresentava todos os dias para o levantar. As portas foram então abertas, e puderam reconhecer, pela palidez das bochechas, pelo amarelo da testa de marfim, pela chama febril que jorrava dos olhos fundos e cercados de olheiras, os horríveis estragos que a doença desconhecida fizera no jovem monarca.

O quarto real logo estava repleto de cortesãos curiosos e interessados.

Catarina, de Alençon e Margarida foram avisados de que o rei estava recebendo.

Os três entraram a curtos intervalos um do outro: Catarina calma, de Alençon sorridente e Margarida abatida.

Catarina sentou-se na cabeceira da cama de seu filho, sem perceber o olhar com o qual ele a havia visto se aproximar.

O senhor de Alençon se colocou ao pé da cama e não se sentou.

Margarida apoiou-se em um móvel e, vendo a testa pálida, o rosto magro e os olhos fundos de seu irmão, não pôde conter um suspiro e uma lágrima.

Carlos, a quem nada escapava, viu essa lágrima, ouviu esse suspiro e fez um sinal imperceptível a Margarida com a cabeça.

Esse sinal, por mais imperceptível que fora, iluminou a rosto da pobre rainha de Navarra, a quem Henrique não tivera tempo de dizer nada — ou talvez nem quisera. Ela temia por seu marido; tremia por seu amante.

Nada temia quanto a si própria; conhecia bem demais La Mole e sabia que podia contar com ele.

– E então, meu querido filho — disse Catarina —, como está se sentindo?

– Melhor, minha mãe, melhor.

– E o que os médicos dizem?

– Meus médicos? Ah! São grandes doutores, minha mãe — disse Carlos rindo. — Tenho um prazer supremo, confesso, em ouvi-los discutir sobre minha doença. Ama, dê-me o que beber.

A ama deu a Carlos uma xícara da bebida usual.

– E o que eles lhe fazem tomar, meu filho?

– Oh! Senhora, quem conhece alguma coisa de suas preparações? — respondeu o rei, engolindo a bebida com rapidez.

– O que meu irmão precisava — disse de Alençon — era poder se levantar e tomar um belo sol. A caça, que ama tanto, lhe faria muito bem.

– Sim — disse Carlos com um sorriso, cujo significado foi impossível ao duque adivinhar. — Entretanto, a última me fez muito mal.

Carlos havia dito essas palavras de um jeito tão estranho que a conversa, que não havia sido interrompida pelos presentes em nenhum instante, acabou ali. Depois, ele fez um sinal com a cabeça.

Os cortesãos entenderam que a recepção havia acabado e se retiraram um após o outro.

De Alençon fez um movimento para se aproximar de seu irmão, mas um sentimento interior o deteve. Ele saudou e saiu.

Margarida se jogou sobre a mão descarnada que seu irmão lhe estendia, a apertou e beijou e foi embora também.

– Boa Margot! — murmurou Carlos.

Apenas Catarina ficou, guardando seu lugar à cabeceira da cama. Carlos, ao se ver a sós com ela, recuou em direção ao vão da cama com o mesmo sentimento de terror que faz recuar diante de uma cobra.

É que Carlos, instruído pelas confissões de René, e depois talvez ainda mais pelo silêncio e pela meditação, não tinha mais a felicidade de duvidar.

Sabia perfeitamente a quem e a que atribuir sua morte.

Por isso, quando Catarina se aproximou da cama e esticou na direção de seu filho uma mão fria como seu olhar, Carlos arrepiou-se e ficou com medo.

– Você vai ficar, senhora? — disse.

– Vou, meu filho — respondeu Catarina. — Temos coisas importantes para tratar.

– Diga, senhora — disse Carlos, se afastando ainda mais.

– Sire — disse a rainha —, ouvi, há pouco, afirmar que seus médicos são grandes doutores...

– E afirmo de novo, senhora.

– Entretanto, o que eles fizeram desde que está doente?

– Nada, é verdade. Mas se ouvisse o que eles dizem... Na verdade, senhora, tem gente que gostaria de ficar doente só para ouvir essas dissertações tão sábias.

– Bem, meu filho, você quer que eu lhe diga uma coisa?

— Claro! Diga, minha mãe.

— Pois bem! Desconfio que todos esses grandes doutores não sabem nada de sua doença.

— Mesmo, senhora?

— Que eles veem talvez o resultado, mas que a causa lhes escapa.

— É possível — disse Carlos, não entendendo aonde sua mãe queria chegar.

— De modo que tratam o sintoma em vez de tratar o mal.

— Pela minha alma! — retomou Carlos surpreso. — Acho que está certa, minha mãe.

— Bem, meu filho — disse Catarina —, como não convém nem a meu coração, nem ao bem do Estado que você fique doente por tanto tempo, sabendo que seu moral poderia acabar afetado, reuni os mais sábios doutores.

— Na arte médica, senhora?

— Não, em uma arte mais profunda, na arte que permite não apenas ler o corpo, mas ainda os corações.

— Ah! Bela arte, senhora — disse Carlos. — E que têm razão de não ensinar aos reis! Suas buscas deram resultado? — continuou.

— Deram.

— Quais são?

— Aquele que eu esperava. Trago a Vossa Majestade o remédio que vai curar seu corpo e seu espírito.

Carlos estremeceu. Acreditava que sua mãe, pensando que ele já havia vivido tempo demais, resolvera completar aquilo que começara involuntariamente.

— E onde está esse remédio? — disse Carlos, levantando-se sobre um cotovelo e olhando sua mãe.

— Ele está na própria doença — respondeu Catarina.

— E então onde está a doença?

– Escute, meu filho — disse Catarina —, você já ouviu falar, às vezes, que há inimigos secretos cuja vingança assassina a vítima à distância?

– Pelo ferro ou pelo veneno? — perguntou Carlos sem perder de vista a fisionomia impassível de sua mãe por instante algum.

– Não, por outros meios mais certos e mais terríveis — disse Catarina.

– Explique-se.

– Meu filho — perguntou a florentina —, você tem fé nas práticas da cabala e da magia?

Carlos segurou um sorriso de desprezo e incredulidade.

– Muita — disse.

– Bem — disse rapidamente Catarina —, é daí que vêm seus sofrimentos. Um inimigo de Vossa Majestade, que não ousou atacá-lo de frente, conspirou às escondidas. Ele conduziu contra a pessoa de Vossa Majestade uma conspiração tanto mais terrível por não ter cúmplices, e os fios misteriosos dessa conspiração ficaram inatingíveis.

– Meu Deus! — disse Carlos, revoltado com tanta astúcia.

– Procure bem, meu filho — disse Catarina. — Lembre-se de alguns projetos de fuga que deveriam assegurar a impunidade do assassino.

– Assassino! — exclamou Carlos. — Assassino! Está dizendo que tentaram me matar, mãe?

Os olhos cintilantes de Catarina giraram hipocritamente sob as pálpebras dobradas.

– Sim, meu filho. Você talvez duvide, mas eu tive certeza.

– Não duvido nunca do que me diz — respondeu amargamente o rei. E como tentaram me matar? Estou curioso em saber.

– Pela magia, filho.

– Explique-se, senhora — disse Carlos levado pela aversão ao seu papel de observador.

– Se esse conspirador que quero nomear, e que Vossa Majestade já nomeou no fundo do coração, depois de ter preparado toda sua artilharia, estando certo do sucesso, conseguisse se esquivar, ninguém talvez pudesse ter chegado à causa dos sofrimentos de Vossa Majestade. Mas felizmente, Sire, seu irmão cuidava de você.

– Que irmão?

– Seu irmão de Alençon.

– Ah, é verdade. Sempre esqueço que tenho um irmão — murmurou Carlos, rindo com amargura. — Então você diz, senhora...

– Que ele revelou felizmente o lado material da conspiração contra Vossa Majestade. Mas enquanto ele procurava, como um garoto inexperiente, apenas as marcas de um complô comum, apenas as provas do deslize de um rapaz, eu procurava evidências de uma ação bem mais importante, pois conhecia a capacidade do espírito do culpado.

– Mas, minha mãe, diriam que você está falando do rei de Navarra? — disse Carlos, querendo ver até onde ia essa dissimulação florentina.

Catarina baixou hipocritamente os olhos.

– Mandei prendê-lo, pelo que me parece, e conduzi-lo a Vincennes pela fuga em questão — continuou o rei. — Então ele seria ainda mais culpado do que desconfio?

– Você está sentindo a febre que o devora? — perguntou Catarina.

– Sim, claro, senhora. — disse Carlos, franzindo a sobrancelha.

– Está sentindo o calor ardente que corrói seu coração e suas entranhas?

– Estou, senhora — respondeu Carlos, tornando-se cada vez mais sombrio.

– E as dores de cabeça agudas que passam pelos olhos para chegar ao cérebro, como se fossem flechadas?

– Sim, sim, senhora. Estou sentindo tudo isso! Oh, você sabe descrever bem o meu mal!

– Bem, isso é muito simples — disse a florentina. — Olhe...

E retirou de debaixo de seu manto um objeto que ela apresentou ao rei.

Era um pequeno boneco de cera amarelada, com cerca de seis polegadas. Estava vestido com vestes estreladas de ouro, de cera, como ele. Por cima das vestes, usava um manto real do mesmo material.

– E então? — perguntou Carlos. — O quê que é essa pequena estátua?

– Veja o que ela tem sobre a cabeça — disse Catarina.

– Uma coroa — respondeu Carlos.

– E no coração?

– Uma agulha.

– Bem, Sire, você se reconhece?

– Eu?

– Sim; com sua coroa e seu manto?

– E quem fez então esse boneco? — disse Carlos a quem aquela farsa cansava. — O rei de Navarra, certamente?

– Não, Sire.

– Não...! Então não a estou compreendendo mais.

– Estou dizendo *não* — retomou Catarina — porque Vossa Majestade poderia se apegar ao fato exato. Teria dito *sim* se Vossa Majestade tivesse elaborado a pergunta de outro modo.

Carlos não respondeu. Tentava penetrar todos os pensamentos dessa alma tenebrosa que se fechava para ele cada vez mais quando ele pensava estar pronto para decifrá-la.

– Sire — continuou Catarina —, esta estátua foi encontrada, pelos esforços de seu procurador-geral Laguesle, nos aposentos do homem que, no dia da caça com aves, mantinha um cavalo extra pronto para o rei de Navarra.

– Nos aposentos de senhor La Mole? — disse Carlos.

– Exatamente. E, por favor, olhe ainda esta agulha de aço que fura o coração e veja que letra está escrita no papel que ela segura.

– Estou vendo um M — disse Carlos.

– Significa morte. É a fórmula mágica, Sire. O autor escreve seu desejo sobre a ferida que ele mesmo cria. Se ele quisesse que sofresse de loucura, como o duque de Bretagne fez com o rei Carlos VI, teria enfiado o alfinete na cabeça e escrito um L no lugar de M.

– Então — disse Carlos IX —, para você, senhora, aquele que quer o fim dos meus dias é senhor de La Mole?

– Sim, como o punhal quer o coração. No entanto, atrás do punhal há a mão que o empurra.

– E eis toda a causa do mal do qual sofro? Somente quando o feitiço for quebrado a doença irá embora? O que devo fazer? — perguntou Carlos. — Você sabe, minha boa mãe, mas eu, bem ao contrário de você que se dedicou a vida toda a isso, não sei nada de cabala e de magia.

– A morte do autor quebra o feitiço; isso é tudo. No dia em que o feitiço for destruído, o mal acabará — disse Catarina.

– Verdade?! — disse Carlos com um jeito surpreso.

– O que, não sabia disso?

– Por Deus! Não sou feiticeiro — disse o rei.

– Bem — disse Catarina —, agora Vossa Majestade está convencida, não é?

– Certamente.

– A convicção vai levar embora a preocupação.

– Por completo.

– Não é para me agradar que você está dizendo isso?

– Não, mãe. É do fundo de meu coração.

O rosto de Catarina se descontraiu.

– Deus seja louvado! — exclamou ela, como se algum dia tivesse acreditado em Deus.

– Deus seja louvado! — repetiu Carlos ironicamente. — Agora sei, como você, a quem atribuir o estado no qual me encontro e, consequentemente, quem punir.

– E vamos punir...

– O senhor de La Mole. Você não disse que ele era o culpado?

– Disse que era o instrumento.

– Bem — disse Carlos —, o senhor de La Mole primeiro; é o mais importante. Todas essas crises das quais sofro podem fazer nascer em torno de nós suspeitas perigosas. É importante que venha a luz, e que à claridade lançada por essa luz a verdade seja descoberta.

– Então, o senhor de La Mole...?

– Me convém admiravelmente como culpado: o aceito. Comecemos por ele primeiro. E se ele tiver um cúmplice, faremos com que fale.

– Sim — murmurou Catarina —, se não falar, farão com que fale. Temos meios infalíveis para isso.

Depois continuou bem alto, se levantando:

– Então você permite, Sire, que comece a ordem?

– Desejo que sim, senhora — respondeu Carlos — e quanto mais cedo, melhor.

Catarina apertou a mão de seu filho sem compreender o tremor nervoso que agitou essa mão ao apertar a sua, e saiu sem ouvir a risada sardônica do rei e a surda e terrível imprecação que a sucedeu.

O rei se perguntava se não havia perigo em deixar livre uma mulher que, em algumas horas, causaria tantos danos que não haveria como remediá-los.

Nesse momento, quando olhava a cortina cair atrás de Catarina, ouviu um leve roçar às suas costas, e ao se virar viu Margarida levantar a tapeçaria que dava para o corredor dos aposentos de sua ama.

Margarida, cuja palidez, os olhos agitados e o peito comprimido revelavam a mais violenta emoção.

– Oh! Sire, Sire! — exclamou Margarida, correndo na direção da cama de seu irmão. — Você sabe muito bem que ela está mentindo!

– *Ela* quem? — perguntou Carlos.

– Ouça, Carlos. É certamente horrível acusar a própria mãe. Mas desconfiei que ela ficaria com você para persegui-los ainda mais. Mas por minha vida, pela sua, pela alma de nós dois, digo que ela está mentindo!

– Persegui-los...! Quem ela está perseguindo?

Ambos falavam baixo por instinto. Parecia que tinham medo de ouvir a si mesmos.

– Henri, primeiramente; seu pequeno Henrique, que o ama, que lhe é dedicado mais que ninguém neste mundo.

– Você acha, Margot? — disse Carlos.

– Oh! Sire, tenho certeza.

– Pois eu também — disse Carlos.

– Então, se você tem certeza, meu irmão — disse Margarida surpresa —, por que mandou prendê-lo e ser levado para Vincennes?

– Porque ele mesmo me pediu.

– Ele lhe pediu, Sire...?

– Sim; ele tem ideias singulares, Henrique. Talvez esteja enganado, talvez tenha razão; mas de qualquer forma uma de suas ideias é que está mais seguro em minha desgraça que a meus serviços; longe de mim do que perto de mim; em Vincennes do que no Louvre.

– Ah, entendo — disse Margarida. — E ele está seguro?

– Por Deus! Tão seguro quanto possa estar um homem por quem Beaulieu me responde com a própria cabeça.

– Oh! Obrigada, meu irmão, estou tranquilizada quanto a Henrique. Mas...

– Mas o quê? — perguntou Carlos.

– Existe outra pessoa, Sire, por quem talvez esteja errada em me interessar, mas por quem finalmente me interesso...

– E quem é essa pessoa?

– Sire, poupe-me... Mal ousaria nomeá-lo a meu irmão e não ouso nomeá-lo a meu rei.

– O senhor de La Mole, não é? — disse Carlos.

– Ah, Deus! — disse Margarida. — Você quis matá-lo uma vez, Sire e ele só escapou por milagre de sua vingança real.

– E isso, Margarida, quando ele era culpado de um só crime. Mas agora que ele cometeu dois...

– Sire, ele não é culpado do segundo...

– Mas — disse Carlos — você não ouviu o que disse nossa boa mãe, pobre Margot?

– Eu já lhe disse, Carlos — retomou Margarida, falando baixo —, já lhe disse que ela estava mentindo.

– Talvez você não saiba que existe uma boneco de cera que foi encontrado nos aposentos do senhor La Mole?

ALEXANDRE DUMAS 707

— Sim, meu irmão, eu sei.

— Que esse boneco foi espetado com um alfinete no coração e que esse alfinete que o machuca desse jeito contém um pequeno papel com a letra M?

— Também sei disso.

— Que esse boneco tem um manto real nos ombros e uma coroa na cabeça?

— Sei disso tudo.

— Pois então, o que tem a dizer?

— Digo que esse bonequinho que usa um manto real nos ombros e uma coroa real na cabeça é a representação de uma mulher e não de um homem.

— Tolice! — fez Carlos. — E o alfinete que fura seu coração?

— Era um feitiço para ser amado por essa mulher, e não uma praga para matar um homem.

— Mas e a letra M?

— Não quer dizer MORTE, como disse a rainha-mãe.

— E o que quer dizer então? — perguntou Carlos.

— Quer dizer... quer dizer o nome da mulher que o senhor de La Mole amava.

— E essa mulher se chama...?

— Essa mulher se chama *Margarida,* meu irmão — disse a rainha de Navarra, caindo de joelhos diante da cama do rei, pegando a mão dele entre as suas e encostando ali o rosto banhado de lágrimas.

— Minha irmã, silêncio! — disse Carlos, passando ao redor um olhar brilhante sob uma sobrancelha franzida. — Pois assim como você ouviu, também poderiam ouvi-la agora.

— Oh! Não importa! — disse Margarida, levantando a cabeça. — Que o mundo inteiro me escute! Diante do mundo inteiro eu declararia que é infame abusar do amor de um cavalheiro para manchar sua reputação com a desconfiança de assassinato.

– Margot, e se eu te dissesse que sei tão bem quanto você o que é verdade e o que não é?

– Meu irmão!

– Se lhe dissesse que o senhor de La Mole é inocente?

– Você sabe...?

– Se lhe dissesse que conheço o verdadeiro culpado?

– O verdadeiro culpado? — exclamou Margarida. — Mas então um crime foi cometido?

– Sim. Voluntário ou involuntário, mas um crime foi cometido.

– Contra você?

– Contra mim.

– Impossível!

– Impossível...? Olhe para mim, Margot.

A moça olhou seu irmão e arrepiou-se ao vê-lo tão pálido.

– Margot, não tenho nem três meses de vida — disse Carlos.

– O senhor, meu irmão! Você, meu Carlos! — exclamou.

– Margot, fui envenenado.

A rainha soltou um grito.

– Então fique calada — disse Carlos. — É preciso que acreditem que morro por magia.

– E você conhece o verdadeiro culpado?

– Conheço.

– Você disse que não era La Mole?

– Não, não é ele.

– Também não é Henrique, certamente... Oh, Senhor! Seria...?

– Quem?

– Meu irmão... de Alençon...? — murmurou Margarida.

– Talvez.

– Ou então, ou então... — Margarida murmurou, como se estivesse assustada com o que ela mesma ia dizer — ou então... nossa mãe?

Carlos se calou.

Margarida o encarou; leu naquele olhar tudo o que procurava e caiu novamente de joelhos meio torcida sobre uma poltrona.

– Oh! Meu Deus! Meu Deus! — murmurou. — É impossível!

– Impossível?! — disse Carlos com um riso estridente. — É uma pena que René não esteja aqui, ele lhe contaria minha história.

– Quem? René?

– Sim. Ele lhe contaria, por exemplo, que uma mulher a quem ele não ousa recusar nada foi lhe pedir um livro de caça perdido em sua biblioteca. Que um veneno sutil foi derramado em cada página desse livro. Que o veneno, destinado a alguém cuja identidade desconheço, caiu por um capricho do acaso, ou por um castigo do céu, sobre outra pessoa que não aquela a quem estava destinado. Mas na falta de René, se quiser ver o livro, está ali, em meu gabinete; e escrito pela mão pelo florentino você verá que esse livro, que contém em suas folhas a morte de mais vinte pessoas, foi dado de sua mão à sua compatriota.

– Silêncio, Carlos, agora é sua vez de ficar quieto! — disse Margarida.

– Agora você vê bem que é preciso acreditar que morro por magia.

– Mas é injusto, é horrível. Tenha piedade! Você sabe muito bem que ele é inocente.

– Sim, sei, mas é preciso pensar que ele é o culpado. Sofra então com a morte de seu amante. É pouco para salvar a honra da casa da França. De minha parte enfrento a morte para que o segredo morra comigo.

Margarida baixou a cabeça, entendendo que não havia nada a ser feito, junto ao rei, para salvar La Mole e se retirou toda chorosa, tendo como única esperança seus próprios meios.

Durante esse tempo, como Carlos havia previsto, Catarina não perdeu nenhum minuto e escreveu ao procurador-geral Laguesle uma carta cuja história foi conservada até a última palavra e que dá a esse caso sangrentos vislumbres:

"Senhor procurador, esta noite me disseram que um tal de La Mole cometeu um sacrilégio. Em sua morada, em Paris, encontraram muitos objetos comprometedores, como livros e papéis. Peço-lhe para chamar o primeiro presidente e iniciar o mais rapidamente possível o caso do boneco de cera no qual deram um golpe no coração, um ato contra o rei.

Catarina."[1]

LVI

OS ESCUDOS INVISÍVEIS

No dia seguinte àquele em que Catarina escreveu a carta que acabamos de ler, o governador entrou na cela de Cocunás com um conjunto dos mais imponentes: compunha-se de dois alabardeiros e de quatro cavalheiros em seus mantos negros.[1]

Cocunás foi convidado a descer a uma sala onde o procurador Laguesle e dois juízes o aguardavam para interrogá-lo, segundo as instruções de Catarina.

Durante os oito dias que passara na prisão, Cocunás havia pensado muito. Sem contar os encontros com La Mole, já que todos os dias eram reunidos por um instante pelos cuidados do carcereiro, que sem lhes dizer nada fizera-lhes aquela surpresa — a qual, segundo toda probabilidade, não deviam apenas a sua filantropia –; sem contar, dizíamos, que La Mole e ele haviam entrado em acordo quanto à conduta que deviam ter, que era de negação absoluta, ele estava convencido que com um pouco de destreza seu caso tomaria o melhor caminho; as acusações não eram mais fortes contra eles que contra os outros. Henrique e Margarida não haviam feito nenhuma tentativa de fuga; eles não poderiam então estar comprometidos num caso em que os principais culpados estavam livres. Cocunás não estava ciente de que Henrique habitava o mesmo castelo que ele, e a complacência de seu carcereiro lhe informava que acima de sua cabeça plainavam proteções que ele chamava de seus "escudos invisíveis".

Até então, os interrogatórios diziam respeito aos planos do rei de Navarra, aos projetos de fuga e ao papel que os dois amigos deviam ter nessa fuga. Em todos esses interrogatórios, Cocunás havia respondido de modo excessivamente vago e incrivelmente hábil de maneira constante. Ele se preparava mais uma vez para responder do mesmo modo, e já havia preparado de antemão todas suas curtas réplicas, quando percebeu que o objeto do interrogatório havia mudado.

Tratava-se de uma ou de várias visitas feitas a René; de um ou de vários bonecos de cera feitos sob a instigação de La Mole.

Cocunás, preparado que estava, acreditou perceber que a acusação perdia muita intensidade, já que só se tratava, no lugar da traição de um rei, da produção de uma estátua da rainha, com apenas entre oito e dez polegadas de altura.

Respondeu então com muita graça que ele e seu amigo havia muito não brincavam com bonecas, e percebeu com prazer que várias vezes suas respostas tiveram o privilégio de fazer sorrir os juízes.

Ainda não se dissera em versos: "Eu rio, eis que estou desarmado", mas tais palavras já eram bem conhecidas em prosa. E Cocunás acreditou ter desarmado pela metade seus juízes porque sorriram.

Seu interrogatório terminado, subiu para sua cela cantando tão alto que La Mole, para quem fizera toda essa barulheira, provavelmente tirou dela as mais felizes conclusões.

Fizeram-no por sua vez descer. La Mole, como Cocunás, viu com espanto a acusação abandonar a primeira via e entrar em outra nova. Interrogaram-no sobre as visitas a René. Respondeu que havia ido à morada do florentino uma única vez. Perguntaram se nessa vez não havia encomendado uma boneca de cera. Respondeu que René lhe mostrara a boneca já pronta. Perguntaram se a boneca não representava um homem. Respondeu que representava uma mulher. Perguntaram se a magia não tinha por objetivo matar aquele homem. Respondeu que o objetivo da magia era ser amado por aquela mulher.

As perguntas foram feitas e refeitas de cem modos diferentes. Mas para todas elas, qualquer que fosse a maneira como se apresentavam, La Mole deu constantemente as mesmas respostas.

Os juízes se olhavam com um tipo de indecisão, não sabendo muito bem o que dizer ou fazer frente a tamanha simplicidade, quando um bilhete levado ao procurador geral rompeu a dificuldade.

Estava concebido nestes termos:

"Se o acusado negar, recorrer à tortura.
C."

O procurador colocou o bilhete no bolso, sorriu para La Mole e o dispensou educadamente. La Mole entrou em sua cela quase tão seguro, senão quase tão feliz, quanto Cocunás.

– Acho que tudo caminha bem — disse.

Uma hora depois, ouviu passos e viu um bilhete passar sob a porta, sem ver que mão o movia. Ele o pegou pensando que a mensagem vinha, segundo toda probabilidade, do carcereiro.

Ao ver esse bilhete, uma esperança quase tão dolorida quanto uma decepção veio-lhe ao coração. Esperava que ele fosse de Margarida, de quem não tivera mais nenhuma notícia desde sua prisão. Segurou o papel tremendo. A letra quase o fez cair de felicidade.

"Coragem", dizia o bilhete, *"eu olho por você".*

– Ah! Se ela olha por mim — exclamou La Mole, cobrindo de beijos o papel que fora tocado por aquela mão tão cara —, se ela olha por mim, estou salvo!

É necessário, para que La Mole compreenda esse bilhete e para que tenha fé assim como Cocunás naquilo que o piemontês chamava de "escudos invisíveis", que levemos nosso leitor novamente àquela casinha, àquele quarto onde tantas cenas de alegria embriagadora, onde tantos perfumes, recém-evaporados, onde tantas doces lembranças, transformadas desde então em angústias, quebravam o coração de uma mulher, meio prostrada sobre almofadas de veludo.

– Ser rainha, ser forte, ser jovem, ser rica, ser bela, e sofrer como sofro! — exclamava essa mulher. — É impossível!

Em seguida, em sua agitação, se levantava, caminhava, parava de repente, apoiava a testa fervente em algum mármore gelado, punha-se de pé pálida, o rosto coberto de lágrimas, torcia os braços com gritos e caía novamente em alguma poltrona.

De repente, a tapeçaria que separava o apartamento da rua Cloche-Percée do apartamento da rua Tizon se ergueu. Um farfalhar sedoso raspou no assoalho, e a duquesa de Nevers surgiu.

– Oh! — exclamou Margarida. — É você! Com muita impaciência lhe aguardava! E então, e as novidades?

– Más, más, minha pobre amiga. A própria Catarina dá as instruções, e bem neste momento ela está em Vincennes.

– E René?

– Foi detido.

– Antes que você tenha lhe falado?

– Sim.

– E nossos prisioneiros?

– Tenho notícias deles.

– Pelo carcereiro?

— Sempre.
— Bem?
— Bem, eles se comunicam todos os dias. Antes de ontem, foram revistados. La Mole quebrou seu retrato em vez de entregá-lo.
— Doce La Mole!
— Aníbal riu na cara dos investigadores.
— Grande Aníbal! Mas e depois?
— Foram interrogados nesta manhã sobre a fuga do rei, sobre os projetos de rebelião em Navarra, e não disseram nada.
— Sabia que manteriam o silêncio, mas esse silêncio os mata tanto quanto se falassem.
— Sim, mas isso nós é que sabemos.
— Você então pensou em nossa empreitada?
— Desde ontem que só me ocupo disso.
— Então?
— Acabo de ter com Beaulieu. Ah! Minha cara amiga, que homem difícil e avarento! Vai custar a vida de um homem e mais trezentos mil escudos.
— Está dizendo que é difícil e avarento... e entretanto só está pedindo a vida de um homem e trezentos mil escudos. Mas isso não é nada!
— Nada...? Trezentos mil escudos...?! Nem todas as suas joias somadas às minhas são suficientes.
— Não se preocupe. O rei de Navarra pagará, o duque de Alençon pagará, meu irmão Carlos pagará, ou senão...
— Ora! Está raciocinando como uma louca. Eu tenho os trezentos mil escudos.
— Você?
— Sim, eu.
— E como você os conseguiu?

– Ah! Isso...

– É um segredo?

– Para todos, exceto para você.

– Oh, meu Deus! — disse Margarida, sorrindo entre suas lágrimas. — Você os teria roubado?

– Julgue você mesma.

– Vamos ver.

– Você se lembra daquele horrível Nantouillet?

– O rico, o usurário?

– Se assim o quiser chamar.

– Bem?

– Seja o que for, um dia, vendo passar certa mulher loira, de olhos verdes, enfeitada com três rubis, um posto na testa, dois nas têmporas, e um penteado que lhe cai tão bem, ignorando que essa mulher era uma duquesa, esse rico usurário exclamou: "Por três beijos no lugar destes três rubis, faria nascer três diamantes de cem mil escudos cada um!".

– E então, Henriqueta?

– Então, minha cara, os diamantes nasceram e foram vendidos.

– Oh, Henriqueta! — murmurou Margarida.

– É isso! — exclamou a duquesa com um tom de despudor inocente e sublime ao mesmo tempo, que resume tanto o século quanto a mulher — É Aníbal que eu amo!

– Verdade — disse Margarida, ao mesmo tempo sorrindo e corando —, você o ama muito, você o ama até demais!

E entretanto ela apertou-lhe a mão.

– Isso significa — continuou Henriqueta — que graças a nossos três diamantes, os trezentos mil escudos e o homem estão prontos.

– O homem? Que homem?

– O homem a ser morto: está esquecendo que é preciso matar um homem?

– E você achou o homem de que precisava?

– Perfeitamente.

– Por esse mesmo preço? — perguntou sorrindo Margarida.

– Pelo mesmo preço eu teria encontrado mil — respondeu Henriqueta. — Não, não. Mais ou menos quinhentos escudos, bem generosamente.

– Por quinhentos escudos você encontrou um homem que aceitou ser morto?

– O que você quer? É preciso viver!

– Cara amiga, não estou entendendo mais. Vamos, fale claramente. Os enigmas levam muito tempo para serem decifrados na situação na qual estamos.

– Então, escute: o carcereiro que cuida da guarda de La Mole e de Cocunás é um antigo soldado que sabe o que é um ferimento. Ele quer ajudar a salvar nossos amigos, mas não quer perder seu posto. Uma punhalada habilidosamente colocada basta. Nós lhe daremos uma recompensa, e o Estado uma indenização. Desse modo, o corajoso homem receberá das duas mãos, e terá renovado a fábula do pelicano.

– Mas — disse Margarida — uma punhalada...

– Fique tranquila. É Aníbal que vai dar.

– De fato — disse Margarida, rindo — ele deu três golpes tanto de espada quanto de punhal em La Mole, e La Mole não está morto. Pode-se ter esperanças então.

– Está sendo maligna! Você merecia que eu parasse aqui.

– Oh, não, não! Pelo contrário. Diga-me o resto, eu suplico. Como vamos salvá-los?

– Então, eis o que faremos: a capela é o único lugar do castelo onde podem entrar as mulheres que não são prisioneiras. Esconderemo-nos atrás do altar: debaixo da toalha do altar, eles encontrarão dois punhais. A porta da sacristia já estará aberta. Cocunás golpeará o carcereiro, que cairá fingindo estar morto. Apareceremos, jogaremos cada uma um casaco sobre os ombros de nossos amigos. Fugiremos com eles pela portinha da sacristia, e como temos a senha, sairemos sem impedimento.

– E quando sairmos?

– Dois cavalos os aguardam na porta. Eles pulam sobre eles, deixam a Île-de-France e ganham a Lorena, de onde de tempos em tempos virão incógnito.

– Oh! Você me dá vida novamente! — disse Margarida. — Assim os salvaremos?

– Quase certo que sim.

– E em breve?

– Ora! Em três ou quatro dias. Beaulieu nos avisará.

– Mas e se a reconhecerem nos arredores de Vincennes? Pode estragar nosso plano.

– E como quer que me reconheçam? Eu saio como religiosa, com um véu que não deixará nem a ponta de meu nariz à vista.

– Não podemos tomar demasiadas precauções.

– Eu sei disso! *Mordi*, como diria o pobre Aníbal.

– E sobre o rei de Navarra, você se informou?

– Tomei o cuidado de não deixar de pedir.

– E então?

– Ele nunca esteve tão feliz, ao que parece. Ri, canta, come bem, e só pede uma coisa, que é estar bem preso.

– Ele tem razão. E minha mãe?

– Eu lhe disse, ela avança o processo o quanto pode.

– Mas em relação a nós, ela não duvida de nada?

– Como quer que ela duvide de alguma coisa? Todos os que fazem parte do segredo têm interesse em guardá-lo. Ah! Soube que ela mandou dizer aos juízes de Paris para ficarem prontos.

– Vamos agir rápido, Henriqueta. Se nossos pobres presos mudarem de prisão, tudo terá que recomeçar.

– Fique tranquila, desejo que saiam tanto quanto você.

– Oh! Sim, eu sei muito bem, obrigada, agradeço muito pelo que fez até aqui.

– Adeus, Margarida. Volto para o interior.

– Tem certeza de que pode contar com Beaulieu?

– Espero que sim.

– E o carcereiro?

– Ele prometeu.

– Os cavalos?

– Serão os melhores da cavalariça do duque de Nevers.

– Eu a adoro, Henriqueta.

E Margarida pulou no pescoço de sua amiga, e depois as duas mulheres se separaram, prometendo se ver no dia seguinte e todos os dias no mesmo lugar e na mesma hora. Eram essas duas criaturas graciosas e devotas que Cocunás chamava com tão boa razão de seus escudos invisíveis.

LVII

OS JUÍZES

— E então, meu caro amigo — disse Cocunás a La Mole, assim que os dois companheiros se viram juntos logo após o interrogatório em que, pela primeira vez, a bonequinha de cera fora o assunto —, parece que tudo caminha às maravilhas e que não vai demorar para que esses juízes nos abandonem, o que é um diagnóstico bem oposto àquele do abandono dos médicos, pois, quando o médico abandona o doente, é porque não pode mais salvá-lo. Mas exatamente o contrário, quando o juiz abandona o acusado, ele perde a esperança de lhe cortarem a cabeça.

– É — disse La Mole —, parece até que nesse refinamento, nessa facilidade dos carcereiros, nessa elasticidade das portas, reconheço nossas nobres amigas, mas não o senhor de Beaulieu; ao menos não pelo que me disseram.

– Eu o reconheço bem! — disse Cocunás. — Só que vai custar caro, mas não importa! Uma é princesa, outra, rainha. Ambas são ricas, e nunca terão uma ocasião melhor para fazer tão bom uso do dinheiro. Agora, recapitulemos bem nossa tarefa: levam-nos à capela, deixam-nos ali sob a guarda de nosso carcereiro, encontramos um punhal para cada um no local indicado; eu faço um buraco na barriga de nosso guia...

– Oh! Não, na barriga, não. Você roubaria seus quinhentos escudos. No braço.

– Atingi-lo no braço seria o mesmo que arruiná-lo, pobre homem! Ficaria claro que está sendo complacente, e eu também. Não, não, do lado direito, enfiando habilidosamente nas costelas: é um golpe verossímil e inocente.

– Está bem, então o faça. E depois...

– Depois, você bloqueia a grande porta com bancos enquanto nossas duas princesas saem do altar onde estão escondidas e Henriqueta abre a portinha. Oh, meu Deus! Hoje, eu amo Henriqueta. Ela deve ter cometido algum ato de infidelidade para que me domine assim.

– E depois — disse La Mole com aquela voz vibrante que sai como música através dos lábios —, ganhamos o bosque. Um bom beijo dado em cada um de nós nos deixará felizes e fortes. Consegue, Aníbal, nos ver debruçados em nossos velozes cavalos e com o coração ligeiramente ansioso? Oh! Boa coisa, o medo! O medo a céu aberto, quando se tem sua bela espada no flanco desembainhada, quando se grita "urra!" ao corcel que espetamos com a espora, e que a cada "urra" salta e voa.

– Sim — disse Cocunás —, mas e do medo entre quatro paredes, o que você acha, La Mole? Eu posso falar, pois experimentei alguma coisa assim. Quando aquele rosto branco do Beaulieu entrou pela primeira vez em minha cela, atrás dele, no escuro, brilhavam partisanas e ressoava um sinistro barulho de ferro batendo em ferro. Juro que logo pensei no duque de Alençon, e aguardava ver seu vil rosto aparecer entre duas terríveis cabeças de alabardeiros. Estava enganado, o que foi minha única consolação. Mas não esqueci: chegada a noite, sonhei com essa visão.

— Assim — disse La Mole, que seguia seu pensamento sorridente sem acompanhar seu amigo nas incursões que o dele fazia nos campos do fantástico —, elas previram tudo, até o lugar de nosso retiro. Vamos para a Lorena, caro amigo. Na verdade, teria gostado mais ir para Navarra. Em Navarra, estaria na casa dela, mas Navarra é longe demais, Nancy é melhor. Além disso, estaremos só a oitenta léguas de Paris. Sabe, Aníbal, um arrependimento que carrego saindo daqui?

— Meu Deus, não... e confesso que deixo aqui todos os meus.

— Bem, é uma pena não podermos levar conosco o digno carcereiro em vez de...

— Mas ele não aceitaria — disse Cocunás. — Perderia muito: pense bem, quinhentos escudos nossos, uma recompensa do governo, talvez até uma promoção. Esse malandro só viverá melhor quando eu o tiver matado...! Mas o que há?

— Nada! Uma ideia que me passa pela mente

— Ela não é engraçada, ao que parece, pois está pavorosamente pálido.

— Estou me perguntando por que nos levariam para a capela.

— Ora! — disse Cocunás. — Para fazer nossas comunhões. Esse é o momento, me parece.

— Mas — disse La Mole — só conduzem à capela os condenados à morte ou os torturados.

— Oh! — disse Cocunás, ficando também ligeiramente pálido. — Isso merece atenção. Interroguemos sobre este ponto o corajoso homem que devo estripar em breve. Ei, porteiro, amigo!

— O senhor me chama? — disse o carcereiro, que espionava dos primeiros degraus da escada.

— Sim, venha cá.

— Aqui estou.

— Está combinado que é pela capela que seremos salvos, não é?
— Shhh! — disse o porteiro, olhando com medo à sua volta.
— Fique tranquilo, ninguém nos ouve.
— É, senhor, pela capela.
— Vão então nos conduzir até a capela?
— Sem dúvida, é o costume.
— Costume?
— Depois de toda condenação de morte, o costume é que seja permitido ao condenado passar a noite na capela.

Cocunás e La Mole tremeram e se entreolharam.
— Você acredita então que seremos condenados à morte?
— Sem dúvida... Mas vocês também acreditam.
— Como?! Nós também?! — disse La Mole.
— Certamente... se não acreditassem, não teriam preparado tudo para a fuga.
— Sabe que tem muito sentido o que ele está dizendo? — fez Cocunás a La Mole.
— Sim... Sei também, pelo menos agora, que o jogo é sério, ao que parece.
— E quanto a mim? — disse o carcereiro. — Acham que não arrisco nada...? Se em um momento de emoção o senhor errar de lado...
— Ora! *Mordi*! Queria estar no seu lugar — disse lentamente Cocunás —, e não ter caso com outras mãos que não esta mão aqui, com outro ferro que não o que o acertará.
— Condenados à morte! — murmurou La Mole. — Mas é impossível!
— Impossível? — disse inocentemente o carcereiro. — E por quê?
— Shhh! — disse Cocunás. — Acho que estão abrindo a porta lá embaixo.

– De fato — retomou avidamente o carcereiro —, voltem, senhores! Voltem!

– E quando você acha que o julgamento acontecerá? — perguntou La Mole.

– Amanhã, o mais tardar. Mas fiquem tranquilos, as pessoas que devem ser avisadas o serão.

– Então vamos nos abraçar e dar adeus a esses muros.

Os dois amigos se lançaram um nos braços do outro e voltaram cada um para sua cela; La Mole suspirando, Cocunás cantarolando.

Nada de novo aconteceu até as sete horas da noite. A noite desceu escura e chuvosa pela torre de Vincennes; uma verdadeira noite de fuga.

Trouxeram a refeição noturna de Cocunás, que comeu com seu habitual apetite enquanto pensava no prazer que teria em se molhar naquela chuva que chicoteava as muralhas, e já se preparava para dormir ao murmúrio surdo e monótono do vento quando lhe pareceu que aquele vento, que ouvia às vezes com um sentimento de melancolia nunca provado antes de estar na prisão, assoviava mais estranhamente que de costume por todas as portas, e que o aquecedor ressonava com mais brutalidade que habitualmente. Esse fenômeno ocorria toda vez que se abriam uma das celas do andar de cima, principalmente a da frente. Era com esse barulho que Cocunás reconhecia sempre que o carcereiro se aproximava, na esperança de que o barulho indicasse sua saída da cela de La Mole.

Entretanto, dessa vez, Cocunás permaneceu inutilmente com o pescoço esticado e o ouvido atento.

O tempo passou, ninguém apareceu.

– Estranho — disse Cocunás. — Abriram para La Mole, e não abrem para mim. Será que La Mole o chamou? Estaria doente? O que significa isso?

Tudo é desconfiança e inquietação como tudo é alegria e esperança para um prisioneiro. Meia hora passou, depois uma hora, uma hora e meia. Cocunás começava a dormir com pesar, quando o barulho da fechadura o fez saltar.

– Oh! — disse. — Já é a hora da partida, e vão nos conduzir à capela sem sermos condenados? *Mordi*! Seria um prazer fugir numa noite como esta, está escuro como um forno. Tomara que os cavalos consigam enxergar!

Preparava-se alegremente para questionar o porteiro, quando viu este posicionar o dedo sobre os lábios e girar os olhos de maneira muito eloquente.

De fato, atrás do carcereiro ouviam-se barulhos e viam-se sombras.

De repente, no meio da escuridão, distinguiu dois capacetes sobre os quais uma tocha fumegante cintilava em cor de ouro.

– Oh! — exclamou à meia voz. — Mas o que é este aparelho estranho? Para onde vamos então?

O carcereiro só respondeu com um suspiro que parecia muito com um gemido.

– *Mordi*! — murmurou Cocunás. — Que existência terrível! Sempre nos extremos, nunca em terra firme. Ou se afunda em cem pés d'água, ou plaina acima das nuvens, nunca um meio-termo. Ora, para onde vamos?

– Siga os alabardeiros, senhor — disse uma voz rouca que fez Cocunás perceber que os soldados que ele havia entrevisto estavam acompanhados de um oficial qualquer.

– E o senhor de La Mole? — perguntou o piemontês. — Onde está? O que aconteceu com ele?

– Siga os alabardeiros — repetiu a mesma voz rouca no mesmo tom.

Precisava obedecer. Cocunás saiu de sua cela e avistou o homem de preto cuja voz lhe fora tão desagradável. Era um escrivão baixinho, corcunda, que sem dúvida virara homem da magistratura para que não pudessem perceber que também era coxo.

Desceu lentamente a escada em espiral. No primeiro andar, os guardas pararam.

– É muita escada — murmurou Cocunás —, mas ainda não o suficiente.

A porta se abriu. Cocunás tinha olhar de lince e faro de cão de caça. Farejou os juízes e viu na escuridão a silhueta de um homem com os braços nus que lhe fez subir o suor à cabeça. Ainda assim, não deixou de exibir uma expressão sorridente, pendeu a cabeça à esquerda, segundo o código do esnobismo na moda na época, e, com o punho no quadril, entrou na sala.

Ergueram uma tapeçaria, e Cocunás avistou efetivamente os juízes e escrivães.

A alguns passos deles, La Mole estava sentado num banco.

Cocunás foi conduzido à frente de um tribunal. Ao chegar aos juízes, Cocunás parou, cumprimentou La Mole com um sinal com a cabeça e um sorriso; em seguida aguardou.

– Você, senhor, nomeia-se como? — perguntou o presidente.

– Marc-Aníbal de Cocunás — respondeu o cavalheiro com perfeita graça —, conde de Montpantier, Chenaux e outros lugares. Mas são conhecidas nossas posições, presumo.

– E onde nasceu?

– Em Saint-Colomban, perto de Suze.

– Qual é sua idade?

– Vinte e sete anos e três meses.

– Bem — disse o presidente.

– Parece que isso lhe agrada — murmurou Cocunás.

— Agora — disse o presidente após um momento de silêncio que deu ao escrivão o tempo necessário para escrever as respostas do acusado —, qual era seu objetivo ao sair da morada do senhor de Alençon?

— Juntar-me ao senhor de La Mole, meu amigo, que aqui está, e que já havia deixado o senhor de Alençon havia alguns dias.

— O que fazia na caça em que foram detidos?

— Ora — respondeu Cocunás — caçava.

— O rei também estava nessa caça, e sentiu ali os primeiros ataques do mal do qual sofre naquele momento.

— Quanto a isso, não estava perto do rei, e não posso dizer nada. Até mesmo desconhecia que ele havia sido vítima de um mal qualquer.

Os juízes se olharam com um sorriso de incredulidade.

— Ah, você desconhecia? — disse o presidente.

— Sim, senhor, e sinto muito. Embora o rei da França não seja meu rei, tenho muita simpatia por ele.

— De verdade?

— Palavra de honra! Não é como seu irmão, o duque de Alençon, o qual confesso...

— Não se trata, aqui, senhor, do duque de Alençon, mas de Sua Majestade.

— Bem, eu já lhe disse que eu era um serviçal muito humilde — respondeu Cocunás, deambulando com uma adorável insolência.

— Se de fato é seu serviçal como alega, senhor, poderia nos dizer o que sabe sobre uma certa estátua mágica?

— Bom! Voltamos então à história da estátua, ao que parece?

— Sim, senhor, isso lhe desagrada?

— Nem um pouco. Pelo contrário, prefiro essa. Vamos.

— Por que essa estátua se encontrava no quarto de La Mole?

– No quarto de La Mole? Na casa de René, quer dizer.
– Então reconhece sua existência?
– Claro, se me mostrarem.
– Aqui está. É a que conhece?
– Reconheço-a bem.
– Escrivão — disse o presidente —, escreva que o acusado reconhece a estátua por tê-la visto no quarto de senhor de La Mole.
– Não, não. Não é isso — disse Cocunás. — Não vamos nos confundir: por tê-la visto na casa de René.
– Na casa de René, que seja! Que dia?
– No único dia em que ali estivemos, eu e o senhor de La Mole.
– Confessa então que você esteve na casa de René com o senhor de La Mole?
– Por quê? Já escondi isso antes?
– Escrivão, escreva que o acusado confessa ter ido à casa de René para fazer conjurações.
– Ora! Vá com calma, senhor presidente. Modere seu entusiasmo, por favor: eu não disse uma só palavra disso tudo.
– Você nega ter estado na casa de René para fazer conjurações?
– Nego. A conjuração se fez por acidente, mas sem premeditação.
– Então ela ocorreu?
– Não posso negar que foi feito algo parecido com magia.
– Escrivão, escreva que o acusado confessa que na casa de René foi feita uma magia contra a vida do rei.
– Como? Contra a vida do rei? É uma mentira infame! Nunca se fez magia contra a vida do rei.
– Estão vendo, senhores? — disse La Mole.
– Silêncio! — disse o presidente. Em seguida, virando-se para o escrivão. — Contra a vida do rei — continuou —, anotou?

– Não, não — disse Cocunás. — Na verdade, a estátua não representa um homem, mas uma mulher.

– Ora, senhores, o que foi que lhes disse? — retomou La Mole.

– Senhor de La Mole — disse o presidente —, responda quando o interrogarmos, mas não interrompa o interrogatório dos outros.

– Então você diz que é uma mulher?

– Sem dúvida, digo.

– Por que então ela tem uma coroa e um manto real?

– Por Deus! — disse Cocunás. — É simples. Porque era... — La Mole se ergueu e pôs um dedo sobre os lábios.

– É verdade — disse Cocunás. — Veja só o que ia contar, como se isso dissesse respeito a esses senhores!

– Persiste em dizer que esta estátua é estátua de mulher?

– Certamente persisto.

– E recusa dizer quem é essa mulher?

– Uma mulher de minha região — disse La Mole —, a qual amava e pela qual queria ser amado.

– Não é você que está sendo interrogado, senhor de La Mole — exclamou o presidente. — Então, cale-se, ou o amordaçamos.

– Amordaçar? — disse Cocunás. — Como pode dizer isso, senhor do manto negro? Amordaçar meu amigo?... Um cavalheiro? Ora, ora!

– Mande entrar René — disse o procurador-geral Laguesle.

– Sim, mandem-no entrar — disse Cocunás. — Vamos ver quem está com a razão aqui, vocês três ou nós dois.

René entrou, as feições pálidas e envelhecidas, quase irreconhecível para os dois amigos, curvado sob o peso do crime que ia cometer, bem mais do que daqueles que já cometera.

– Mestre René — disse o juiz —, reconhece estes dois acusados aqui presentes?

– Reconheço, senhor — respondeu René com uma voz que traía sua emoção.

– Onde os viu?

– Em vários lugares; principalmente em minha casa.

– Quantas vezes estiveram em sua casa?

– Uma só.

À medida que René falava, o semblante de Cocunás desabrochava. O rosto de La Mole, pelo contrário, permanecia grave, como se tivesse tido um pressentimento.

– Em que ocasião estiveram em sua casa?

René pareceu hesitar por um momento.

– Para encomendar um boneco de cera — disse.

– Perdão, mestre René — disse Cocunás —, mas está cometendo um errinho.

– Silêncio — disse o presidente. Em seguida, virando-se para René — Esse boneco de cera — continuou — representa um homem ou uma mulher?

– Um homem — respondeu René.

Cocunás deu um salto como se tivesse recebido um choque elétrico.

– Um homem? — disse.

– Um homem — repetiu René, mas com uma voz tão fraca que o presidente mal ouviu.

– E por que essa estátua de homem tem um manto nos ombros e uma coroa na cabeça?

– Porque essa estátua representa um rei.

– Mentiroso infame! — gritou Cocunás exasperado.

– Cale-se, Cocunás, cale-se — interrompeu La Mole —, deixe que ele fale; cada um é dono da ruína de sua alma.

– Mas não do corpo dos outros, *mordi*!

– E o que significa aquela agulha de aço no coração da estátua com a letra M escrita em um papel?

– A agulha simulava a espada ou o punhal, a letra M quer dizer MORTE.

Cocunás moveu-se para estrangular René, mas quatro guardas o retiveram.

– Está bem — disse o procurador Laguesle —, o tribunal está suficientemente informado. Reconduza os prisioneiros às celas de espera.

– Mas — exclamou Cocunás — é impossível ouvir-se acusado de tais coisas sem protestar!

– Proteste, senhor, não o impedimos. Guardas, ouviram?

Os guardas se encarregaram dos dois acusados e os fizeram sair; La Mole por uma porta, Cocunás por outra.

Depois, o procurador fez sinal ao homem que Cocunás havia entrevisto na penumbra e lhe disse:

– Não se afaste, mestre, você terá trabalho esta noite.

– Por quem começarei, senhor? — perguntou o homem, colocando respeitosamente o capuz na mão.

– Por este aqui — disse o presidente, mostrando La Mole, que se avistava ainda como uma sombra entre os dois guardas.

Depois, aproximando-se de René, que ficou de pé, tremendo, aguardando sua vez de ser reconduzido ao Chatêlet onde estava preso:

– Bom, senhor — disse-lhe —, fique tranquilo, a rainha e o rei saberão que é ao senhor que devem o conhecimento da verdade.

Mas em vez de dar-lhe forças, essa promessa pareceu aterrar René, e ele respondeu soltando um único e profundo suspiro.

LVIII
A TORTURA DAS BOTAS

Foi só quando o reconduziram à sua nova cela e fecharam a porta que Cocunás, abandonado à solidão e sem o sustento da luta contra os juízes e da raiva contra René, começou uma série de suas tristes reflexões.

– Parece — disse a si mesmo — que isso caminha para o pior, e que é hora de ir um pouco à capela. Desconfio de condenações à morte; pois incontestavelmente se ocupam de nos condenar à morte agora. Desconfio, sobretudo, de condenações à morte que são pronunciadas entre quatro paredes de uma fortaleza e frente a figuras tão feias como as que me cercavam. Querem realmente cortar nossa cabeça, sim, sim! Volto então ao que dizia, é hora de ir à capela.

Essas palavras, pronunciadas à meia-voz, foram seguidas de um silêncio, que foi interrompido por um barulho surdo, abafado, lúgubre, e que não tinha nada de humano. Esse grito pareceu furar a parede espessa e fez vibrar os ferros de sua grade.

Cocunás tremeu mesmo sem querer; e entretanto era um homem tão corajoso que nele o valor assemelhava-se ao instinto dos bichos ferozes. Permaneceu imóvel no lugar onde ouvira o gemido, duvidando que pudesse ter sido pronunciado por um ser humano e acreditando ser o ruído do vento nas árvores, ou um dos inúmeros barulhos noturnos que parecem descer ou subir dos dois universos desconhecidos entre os quais gira o nosso mundo. Então, um segundo gemido, ainda mais dolorido, profundo e pungente que o primeiro atingiu Cocunás, e dessa vez não apenas ele distinguiu positivamente a expressão de dor na voz humana, mas ainda acreditou reconhecer naquela voz a voz de La Mole.

A essa voz, o piemontês esqueceu que estava preso por duas portas, por três grades e por uma muralha com doze pés de espessura. Lançava-se com todo seu peso contra essa muralha como para derrubá-la e correr em socorro da vítima, gritando:

– Estão o matando!

Mas encontrou em seu caminho o muro no qual não havia pensado, e caiu, enfraquecido pelo choque, sobre um monte de pedras onde se afundou. E foi tudo.

– Oh! Eles o mataram! — murmurou. — É abominável! Mas não há como se defender aqui... Não há nenhuma arma.

Esticou as mãos ao seu redor.

– Ah! Esta argola de ferro! — exclamou. — Vou arrancá-la, e azar de quem se aproximar de mim.

Cocunás se levantou, pegou a argola de ferro, e em uma primeira sacudida balançou-a tão violentamente que ficou claro que com duas sacudidas iguais ele conseguiria soltá-la.

Mas de repente a porta se abriu e uma luz produzida por duas tochas invadiu a cela.

– Venha, senhor — disse-lhe a mesma voz rouca que já lhe havia sido particularmente desagradável e que não parecia ter adquirido o charme que lhe faltava estando dessa vez três andares abaixo —, venha, senhor, a corte o aguarda.

– Bom — disse Cocunás, largando a argola —, ouvirei minha ordem de prisão, não é?

– Sim, senhor.

– Oh! Então respiro. Andemos — disse.

E seguiu o oficial, que caminhava com seu passo compassado e segurando sua batuta preta. Apesar da satisfação que testemunhara em um primeiro movimento, Cocunás lançava, enquanto caminhava, olhares inquietos para a direita e para a esquerda, para a frente e para trás.

– Oh! — não vejo meu digno carcereiro. — Confesso que sinto falta de sua presença.

Entraram na sala de onde haviam acabado de sair os juízes, e onde permanecia sozinho em pé um homem que Cocunás reconheceu como sendo o procurador-geral, que havia várias vezes, no decorrer do interrogatório, lhe dirigido a palavra, sempre com uma animosidade fácil de reconhecer.

De fato, era àquele que Catarina, ora por carta, ora em pessoa, havia particularmente recomendado o processo.

Uma cortina erguida deixava à mostra o fundo da cela, cujas profundezas se perdiam na escuridão. O lugar tinha em suas partes iluminadas um aspecto tão terrível que Cocunás sentiu que suas pernas lhe faltavam, e exclamou:

– Oh meu Deus!

Não era sem razão que Cocunás havia soltado esse grito de terror. O espetáculo era de fato um dos mais terríveis. A sala, escondida durante o interrogatório pela cortina, que agora estava erguida, aparecia como o vestíbulo do inferno. No primeiro plano via-se um cavalete de madeira cheio de cordas, de polias e outros acessórios de tortura. Mais ao longe, queimava um braseiro cuja luz avermelhada refletia-se em todos os objetos à sua volta, e que escurecia ainda mais a silhueta daqueles que se encontravam entre Cocunás e as chamas. Contra uma das colunas que sustentavam o arco, um homem imóvel como uma estátua se mantinha em pé, com uma corda na mão. Parecia ser feito da mesma pedra que a coluna à qual se aderia. Nas paredes, acima de bancos de granito, entre as argolas de ferro, pendiam correntes e reluziam lâminas.

– Oh! — murmurou Cocunás. — A sala da tortura completamente preparada, parecendo só aguardar o paciente! O que isso significa?

– De joelhos, Marc-Aníbal Cocunás — disse uma voz que fez a cabeça do cavalheiro se erguer. — De joelhos para ouvir a detenção que acaba de ser feita contra você!

Era um desses convites contra o qual a inteira pessoa de Aníbal reagia instintivamente.

Mas como estava prestes a reagir, dois homens apoiaram as mãos em seu ombro de um jeito tão inesperado e pesado que ele caiu com os dois joelhos no ladrilho.

A voz continuou:

"Ordem de prisão proferida pela corte sediada na torre de Vincennes contra Marc-Aníbal de Cocunás, autor e condenado do crime de lesa-majestade, de tentativa de envenenamento, de sortilégio e magia contra a pessoa do rei, do crime de conspiração contra a segurança do Estado, assim como por ter levado, através de seus perniciosos conselhos, um príncipe de sangue à rebelião...".

A cada uma dessas imputações, Cocunás balançava a cabeça incessantemente, como fazem os alunos rebeldes.

O juiz continuou:

"Consequentemente, o dito Marc-Aníbal de Cocunás será conduzido da prisão à praça Saint-Jean-en-Grève para ali ser decapitado. Seus bens serão confiscados, suas altas árvores cortadas na altura de seis pés, seus castelos arruinados, e no alto uma pilastra colocada com uma placa de cobre em que constarão o crime e o castigo..."

– Quanto à minha cabeça — disse Cocunás —, creio bem que vão cortá-la, pois está na França e até muito aventurada. Quanto às árvores de minha floresta, e quanto a meus castelos, desafio todas as serras e todas as picaretas do reino muito cristão a penetrarem ali dentro.

– Silêncio! — fez o juiz. E continuou: — "Além disso, o dito Cocunás será..."

– Como? — interrompeu Cocunás. — Vão fazer ainda alguma outra coisa comigo após a decapitação? Oh, isso me parece bem severo.

– Não, senhor — disse o juiz —, *antes...*

E retomou:

"E, além disso, o dito Cocunás será, antes da execução do julgamento, submetido à tortura extraordinária de dez cunhas."

Cocunás pulou, fulminando o juiz com um olhar em chamas.

– E para fazer o quê? — exclamou, não encontrando outras palavras além dessa inocência para exprimir a enxurrada de pensamentos que acabavam de surgir em seu espírito.

Na verdade, essa tortura era para Cocunás a derrubada completa de suas esperanças. Só seria conduzido à capela após a tortura, e nessa tortura frequentemente se morria. E morria-se ainda mais quando se era mais corajoso e forte, pois na época via-se a confissão como covardia. E enquanto não se confessava, a tortura não só continuava como redobrava de força.

O juiz se dispensou de responder Cocunás, o restante da detenção responderia por ele. Apenas continuou:

"A fim de forçá-lo a confessar seus cúmplices, complôs e maquinações em detalhes."

– *Mordi!* — exclamou Cocunás. — Eis o que chamo de infâmia. Eis o que chamo de mais que infâmia, eis o que chamo de covardia.

Acostumado com as cóleras das vítimas, cólera que o sofrimento acalma transformando em lágrimas, o juiz impassível só fez um gesto.

Cocunás, segurado pelos pés e pelos ombros, foi derrubado, carregado, deitado e amarrado na cama da tortura antes mesmo de poder olhar aqueles que o faziam essa violência.

– Miseráveis! — gritava Cocunás, sacudindo num paroxismo de fúria a cama e os cavaletes a ponto de fazer os próprios carrascos recuarem. — Miseráveis! Torturem-me! Destruam-me! Façam-me em pedaços; não saberão de nada, eu juro! Ah! Acham que é com um pedaço de pau ou um pedaço de ferro que farão falar um cavalheiro com meu nome?! Vamos, vamos, eu os desafio.

– Prepare-se para escrever, escrivão — disse o juiz.

– Isso, prepare-se! — gritou Cocunás — E se escrever tudo o que direi a vocês, carrascos infames, terá muito trabalho. Escreva, escreva.

– Gostaria de fazer revelações? — disse o juiz com a mesma voz calma.

– Nem uma palavra. Vá para o diabo!

– Pense, senhor, durantes os preparativos. Vamos, mestre, ajuste as botas no cavalheiro.

Com essas palavras, o homem que havia ficado em pé e imóvel até então, com as cordas nas mãos, se destacou da coluna e com um passo lento se aproximou de Cocunás, que também se virou para lhe fazer uma careta.

Era mestre Caboche, o carrasco do preboste de Paris.

Um dolorido espanto se desenhou nos traços de Cocunás, que, em vez de gritar e se agitar, permaneceu imóvel sem poder desviar os olhos do rosto desse amigo esquecido que reaparecia em um momento como esse.

Caboche, sem que um único músculo de seu rosto se agitasse, sem que parecesse ter visto Cocunás antes em outro lugar fora do cavalete, introduziu-lhe duas pranchas entre as pernas, colocou igualmente outras duas pranchas do lado de fora das pernas, e amarrou tudo com a corda que tinha nas mãos.

Era esse equipamento que se chamava "botas".

Para a tortura ordinária, enfiavam seis cunhas entre as duas pranchas, que roíam a carne ao se afastar.

Para a tortura extraordinária, enfiavam dez cunhas, e então as pranchas não apenas roíam a carne como quebravam os ossos.

Terminada a operação preliminar, mestre Caboche introduziu a extremidade da cunha entre as pranchas. Em seguida, com a marreta na mão, ajoelhado em um só joelho, olhou o juiz.

– Você quer falar? — perguntou.

– Não — respondeu resolutamente Cocunás, embora sentisse o suor pingar de sua testa e os cabelos se arrepiarem.

– Nesse caso, prossiga — disse o juiz. — Primeira cunha da tortura ordinária.

Caboche levantou o braço armado de uma pesada marreta e desferiu um golpe terrível na cunha, que fez um barulho seco.

O cavalete estremeceu.

Cocunás não deixou escapar um só lamento nessa primeira cunha, que costumeiramente fazia gemer os mais resolutos. Além disso, a única expressão que se desenhou em seu rosto foi a de um indizível espanto. Olhava com olhos estupefatos Caboche, que, com o braço levantado, meio virado para o juiz, preparava-se para redobrar.

– Qual era sua intenção se escondendo na floresta? — perguntou o juiz.

— Sentar-nos à sombra — respondeu Cocunás.

— Continue — disse o juiz.

Caboche aplicou um segundo golpe, que ressoou como o primeiro. Mas assim como no primeiro, Cocunás não pestanejou, e seus olhos continuaram a encarar o carrasco com a mesma expressão. O juiz franziu as sobrancelhas.

— Eis um cristão bem duro — murmurou o juiz. — A cunha entrou até o fim, mestre?

Caboche se abaixou como para verificar, mas ao fazê-lo disse baixinho a Cocunás:

— Grite, seu infeliz! — depois, erguendo-se, continuou: — Até o fim, senhor.

— Segunda cunha da tortura ordinária — retomou friamente o juiz.

As três palavras de Caboche explicavam tudo a Cocunás. O digno carrasco acabava de fazer *a seu amigo* o maior favor que pode ser feito por um carrasco a um cavalheiro. Ele lhe poupou mais que a dor, poupou-lhe a vergonha da confissão, enfiando-lhe entre as pernas cunhas elásticas de couro, cujas partes superiores apenas eram de madeira, em vez de lhe enfiar cunhas de carvalho. Além disso, ele poupava a Cocunás toda sua força para encarar o cadafalso.

— Ah! Grande Caboche! Grande Caboche! — murmurou Cocunás. — Fique tranquilo, vá, eu vou gritar, já que você está pedindo, e se não estiver contente, será difícil agradá-lo.

Durante esse tempo, Caboche havia introduzido entre as pranchas a extremidade de uma cunha mais grossa ainda que a primeira.

— Prossiga — disse o juiz.

Com essa palavra, Caboche bateu como se tivesse que demolir com um só golpe a torre de Vincennes.

– Ahh! Ahh! Ai! Ai! — gritou Cocunás nas mais diferentes entonações — Mil demônios! Está quebrando meus ossos, tome cuidado!

– Ah! — disse o juiz sorrindo — a segunda fez efeito. Isso me inquietava.

Cocunás respirou como um fole de forja.

– Então o que estava fazendo na floresta? — repetiu o juiz.

– Ah, por Deus! Já lhe disse, tomava um ar fresco.

– Continue — disse o juiz.

– Confesse — cochichou Caboche no ouvido de Cocunás.

– O quê?

– Tudo o que quiser, mas confesse alguma coisa — e deu o segundo golpe não menos bem aplicado que o primeiro.

Cocunás pensou que se estrangularia de tanto gritar.

– Ahh! Certo, certo! — disse. — O que deseja saber, senhor? Por ordem de quem estava na floresta?

– Sim, senhor.

– Estava por ordem de senhor de Alençon.

– Escreva — disse o juiz.

– Se cometi um crime criando uma armadilha para o rei de Navarra — continuou Cocunás — eu só fui um instrumento, senhor, e obedecia a meu mestre.

O escrivão começou a escrever.

– Oh! Você me denunciou, seu cara pálida — murmurou o paciente — espere, espere.

E contou sobre a visita de Francisco ao rei de Navarra, os encontros com de Mouy e de Alençon, a história do casaco vermelho, tudo isso numa reminiscência, envolta em berros aos quais se juntava às vezes uma marretada.

Enfim, ele deu inúmeras tantas informações precisas, verídicas, incontestáveis, terríveis contra o senhor duque de Alençon; fez tão bem parecer que só as entregava devido à violência das dores; fez caretas, ficou vermelho, se lamentou tão naturalmente e com tantas entonações diferentes que o próprio juiz ficou apavorado em ter que registrar detalhes tão comprometedores de um filho da França.

– Ora, ainda bem! — dizia Caboche. — Eis um cavalheiro para quem não é preciso dizer as coisas duas vezes e que dá boa impressão ao escrivão. Meu Deus! O que teria sido se em vez de couro, as cunhas fossem feitas de madeira?

Assim pouparam Cocunás da última cunha da tortura extraordinária. Mas ele acertara as contas com outras nove, o que era perfeitamente suficiente para deixar as pernas trituradas.

O juiz fez Cocunás atestar para a doçura que lhe concedia em favor de suas confissões e se retirou.

O paciente ficou sozinho com Caboche.

– E então — perguntou esse último —, como estamos, meu cavalheiro?

– Ah, meu amigo! Meu bravo amigo! Meu caro Caboche! — disse Cocunás. — Esteja certo de que lhe serei grato por toda minha vida pelo que acabou de fazer por mim.

– Tem razão, senhor, pois se soubessem o que fiz por você, eu tomaria seu lugar neste cavalete, e não haveria jeito para mim, como fiz para você.

– Mas como teve a engenhosa ideia...

– Então — disse Caboche, envolvendo as pernas de Cocunás em panos ensanguentados — soube que havia sido detido, soube que faziam seu processo, soube que a rainha Catarina queria sua morte.

Adivinhei que seria torturado, e, consequentemente, tomei minhas precauções.

– Com o risco do que poderia acontecer?

– Senhor — disse Caboche —, você é o único cavalheiro que me deu a mão; mesmo sendo carrasco tenho memória e um coração, e talvez justamente por isso o seja. Você verá amanhã como farei corretamente meu trabalho.

– Amanhã? — disse Cocunás.

– Sem dúvida, amanhã.

– Que trabalho?

Caboche olhou estupefato para Cocunás.

– Que trabalho? Então você esqueceu a ordem de prisão?

– Ah, sim, de fato, a ordem de prisão — disse Cocunás —, tinha esquecido.

O fato é que Cocunás não havia esquecido nada, mas não pensava mais nela. O que ele pensava era na capela, na faca escondida sob a toalha sagrada, em Henriqueta e na rainha, na porta da sacristia e nos dois cavalos aguardando às margens da floresta. Ele pensava na liberdade, na corrida a céu aberto, na segurança além das fronteiras da França.

– Agora — disse Caboche —, você tem que passar diretamente do cavalete à liteira. Não se esqueça que para todos, até para meus assistentes, você está com as pernas quebradas, e que em cada movimento deve soltar um grito.

– Ai! — fez Cocunás ao ver os dois assistentes aproximarem dele a liteira.

– Vamos! Vamos! Um pouco de coragem — disse Caboche. — Se você grita agora, o que vai dizer então daqui a pouco?

– Meu caro Caboche — disse Cocunás —, não deixe, eu lhe rogo, que seus estimáveis acólitos me toquem. Talvez não tenham a mão tão leve quanto você.

– Coloquem a liteira perto do cavalete — disse mestre Caboche.

Os dois assistentes obedeceram. Mestre Caboche pegou Cocunás no braço como teria feito com uma criança e o repousou deitado sobre a maca. Mas, apesar de todas essas precauções, Cocunás soltou gritos terríveis. O corajoso carcereiro apareceu então com uma lanterna.

– Para a capela — disse.

E os carregadores de Cocunás seguiram em frente depois que Cocunás deu a Caboche um segundo aperto de mão.

O primeiro aperto havia sido bom demais para o piemontês para que ele se fizesse agora de difícil.

LIX

A CAPELA

O lúgubre cortejo atravessou no mais profundo silêncio as duas pontes levadiças da torre e do grande pátio que leva à capela, em cujos vitrais uma pálida luz coloria as imagens lívidas dos apóstolos com vestes vermelhas.

Cocunás aspirava avidamente o ar da noite, ainda que estivesse todo carregado de chuva. Olhava a escuridão profunda, satisfeito consigo mesmo pelo fato de que todas essas circunstâncias eram propícias a sua fuga e a de seu companheiro.

Foi preciso toda sua vontade, toda sua prudência, todo seu domínio sobre si mesmo para não saltar da liteira assim que, carregado para dentro da capela, viu no coro, e a três passos do altar, uma massa estendida em um grande pano branco.

Era La Mole.

Os dois soldados que acompanhavam a liteira pararam do lado de fora da porta.

— Já que nos fizeram essa graça suprema de nos reunir uma vez ainda — disse Cocunás, enlanguescendo a voz —, levem-me para perto de meu amigo.

Os carregadores não tinham nenhuma ordem contrária, e portanto não tiveram dificuldade em conceder o pedido de Cocunás.

La Mole estava sombrio e pálido, a cabeça apoiada no mármore da parede. Os cabelos negros, banhados de um suor abundante, que dava a seu rosto a fosca palidez do marfim, pareciam ter conservado a rigidez após arrepiarem-se em sua cabeça.

Ao sinal do carcereiro, os dois empregados se distanciaram para buscar o padre que Cocunás pediu.

Era o sinal combinado.

Cocunás os seguia com olhos ansiosos. Mas não era o único cujo olhar ardente se fixava neles. Mal desapareceram e duas mulheres saíram de trás do altar, invadindo o coro com vibrações de alegria que as precediam, agitando o ar como o vento quente e barulhento que precede a tempestade.

Margarida precipitou-se direção de La Mole e o pegou em seus braços.

La Mole soltou um grito horrível, daqueles que Cocunás havia ouvido de sua cela e que quase o deixaram louco.

– Meu Deus! O que foi, La Mole? – disse Margarida, recuando de terror.

La Mole soltou um gemido profundo e levou as mãos aos olhos como se para não ver Margarida.

Margarida ficou ainda mais espantada com esse silêncio e esse gesto do que com o grito de dor que La Mole soltara.

– Oh! – exclamou. – O que você tem? Está cheio de sangue.

Cocunás, que já havia corrido até o altar, pegado o punhal e abraçado Henriqueta, se virou.

– Levante-se, vamos – dizia Margarida –, levante-se, eu suplico! Você está vendo que chegou a hora.

Um sorriso assustador de tristeza passou pelos lábios lívidos de La Mole, que não parecia destinado a sorrir mais.

– Cara rainha! — disse o rapaz. — Você não contou com Catarina e, consequentemente com um crime. Fui submetido à tortura, meus ossos se quebraram, todo meu corpo está machucado e o movimento que faço nesse momento para encostar meus lábios em sua testa me causa dores piores que a morte.

De fato, com esforço e empalidecendo, La Mole encostou os lábios na testa da rainha.

– A tortura! — exclamou Cocunás. — Mas eu também fui torturado. O carrasco não fez então com você o mesmo que fez comigo?

E Cocunás contou tudo.

– Ah! — disse La Mole. — É compreensível: você apertou a mão dele no dia de nossa visita. Eu me esqueci de que todos os homens são irmãos, fui desdenhoso. Deus me pune por meu orgulho; obrigado meu Deus!

La Mole uniu as mãos.

Cocunás e as duas mulheres trocaram um olhar de terror indizível.

– Vamos, vamos — disse o carcereiro que havia indo até a porta para escutar e acabava de voltar — Vamos, não perca tempo, caro senhor de Cocunás. Minha punhalada, e me faça isso como um cavalheiro digno, pois eles virão.

Margarida havia se ajoelhado perto de La Mole; parecia uma imagem de mármore curvada sobre uma tumba, perto do simulacro daquele que ela guarda.

– Vamos, amigo — disse Cocunás. — Coragem! Sou forte, vou carregá-lo, vou colocá-lo em cima de seu cavalo, vou colocá-lo até na minha frente se você não puder ficar na sela, mas vamos, vamos embora. Você está ouvindo o que este corajoso homem está nos dizendo, trata-se de sua vida.

La Mole fez um esforço sobre-humano, um esforço sublime.

– É verdade, trata-se de sua vida — disse.

E ele tentou se levantar. Aníbal o pegou por baixo dos braços e o colocou de pé. La Mole, durante esse tempo, só fez ouvir uma espécie de rugido surdo. Mas na hora em que Cocunás o soltou para ir até o carcereiro e o paciente ficou sustentado apenas pelos braços das duas mulheres, suas pernas se dobraram e, apesar dos esforços de Margarida em lágrimas, caiu como uma massa; o grito dilacerante que não pôde conter fez ressoar a capela com um eco lúgubre que vibrou por muito tempo em suas abóbodas.

– Estão vendo — disse La Mole com um tom de derrota —; está vendo, minha rainha, deixe-me então, abandone-me com um último adeus seu. Eu não disse nada, Margarida, seu segredo fica então envolvido por meu amor e morrerá todo comigo. Adeus, minha rainha, adeus...

Margarida, ela própria quase inanimada, envolveu com seus braços essa charmosa cabeça e deu-lhe um beijo quase religioso.

– Você, Aníbal — disse La Mole — você que as dores pouparam, você que ainda é jovem e pode viver, fuja, meu amigo, dê-me essa consolação suprema de saber que estará em liberdade.

– O tempo está passando — gritou o carcereiro. — Vamos, apressem-se!

Henriqueta tentava arrastar docemente Aníbal, enquanto Margarida, de joelhos em frente a La Mole, os cabelos bagunçados e os olhos encharcados, parecia uma Madalena.

– Fuja, Aníbal — retomou La Mole —, fuja, não dê a nossos inimigos o alegre espetáculo da morte de dois inocentes.

Cocunás empurrou docemente Henriqueta, que o arrastava em direção à porta, e disse com um gesto tão solene que se tornou majestoso:

— Senhora, primeiramente, dê os quinhentos escudos prometidos a este homem.

– Aqui estão — disse Henriqueta.

Então continuou, se virando para La Mole e balançando a cabeça tristemente:

– Quanto a você, bom La Mole — disse —, você me agride pensando por um instante que eu poderia deixá-lo. Não jurei viver e morrer com você? Mas você está sofrendo tanto, meu amigo, que o perdoo.

E se deitou decididamente ao lado de seu amigo, na direção do qual inclinou a cabeça, roçando os lábios em sua testa.

Em seguida, Cocunás pegou tão devagar quanto uma mãe faria com seu filho, a cabeça de seu amigo, que escorregou contra a parede e veio repousar sobre seu peito.

Margarida estava sombria. Havia pegado o punhal que Cocunás acabara de deixar cair.

– Ó, minha rainha — disse La Mole entendendo seu pensamento e estendendo o braço na direção dela —, ó, minha rainha, não se esqueça de que morro para apagar até a última suspeita de nosso amor!

– Mas o que posso então fazer por você?! — exclamou Margarida, desesperada. — Se não posso nem mesmo morrer com você?!

– Você pode fazer — disse La Mole —, você pode fazer com que a morte seja doce para mim e venha, de algum modo, me buscar com o rosto sorridente.

Margarida se aproximou dele com as mãos juntas como se pedisse para que falasse.

– Lembra-se daquela noite, Margarida, em que, em troca de minha vida, que lhe oferecia e que lhe dou hoje, você me fez uma promessa sagrada...?

Margarida estremeceu.

– Ah! Você se lembra — disse La Mole —, pois se arrepiou.

– Sim, sim, me lembro — disse Margarida —, e por minha alma, Jacinto, cumprirei essa promessa.

Margarida, de seu lugar, estendeu a mão em direção ao altar como para ter Deus por testemunha de seu juramento uma segunda vez.

O rosto de La Mole se iluminou como se a abóboda da capela tivesse se aberto e um raio celeste descido até ele.

– Estão vindo, estão vindo! — disse o carcereiro.

Margarida soltou um grito e se jogou na direção de La Mole, mas o medo de aumentar suas dores a fez parar, trêmula, diante dele.

Henriqueta encostou os lábios na testa de Cocunás e disse-lhe:

– Eu entendo, meu Aníbal, e estou orgulhosa de você. Sei que seu heroísmo o faz morrer, mas o amo por seu heroísmo. Diante de Deus o amarei sempre antes que qualquer outra coisa, e o que Margarida jurou fazer por La Mole, sem saber o que é, juro que também farei por você.

E ela estendeu a mão a Margarida.

– Belas palavras. Obrigado! — disse Cocunás.

– Antes de me deixar, minha rainha — disse La Mole —, uma última graça: dê-me alguma lembrança sua, para que eu possa beijar subindo o cadafalso.

– Oh, sim! — exclamou Margarida — Tome...!

E desamarrou do pescoço um pequeno relicário de ouro preso por um cordão do mesmo metal.

– Fique com isto — disse —, aqui está uma relíquia santificada que uso desde minha infância. Minha mãe colocou em meu pescoço quando eu ainda era pequena, em uma época em que ainda me me amava. Vem de nosso tio, o papa Clemente.[1] Eu nunca a tirei. Tome, pegue-a.

La Mole a pegou e a beijou avidamente.

– Estão abrindo a porta — disse o carcereiro. — Fujam, senhoras! Fujam!

As duas mulheres correram para trás do altar, onde desapareceram.

Nessa hora o padre entrava.

LX

A PRAÇA SAINT-JEAN-EN-GRÈVE

Eram sete horas da manhã. O povo aguardava barulhento nas praças, nas ruas e nos cais.

Às dez da manhã, uma carroça — a mesma na qual os dois amigos, depois daquele duelo, haviam sido levados desmaiados ao Louvre — tinha saído de Vincennes, atravessado lentamente a rua Saint-Antoine, e em sua passagem os espectadores, tão espremidos que se amassavam uns aos outros, pareciam estátuas com os olhos fixos e as bocas entreabertas.

De fato, naquele dia havia um espetáculo devastador, oferecido pela rainha-mãe a todo o povo de Paris.

Na carroça da qual falávamos e que percorria as ruas, dois jovens, deitados sobre alguns pedaços de palha, a cabeça nua e completamente vestidos de preto, se apoiavam um contra o outro. Cocunás carregava no joelho La Mole, cuja cabeça passava pelas travessas da carroça e cujos olhos vagos perambulavam para lá e para cá.

E entretanto o povo, para mergulhar o olhar ávido até o fundo do veículo, se espremia, se levantava, se erguia, subia pelos cantos se agarrando nas irregularidades dos muros, e parecia satisfeito quando conseguia deflorar com o olhar todos os pontos daqueles dois corpos que saíam do sofrimento para ir à destruição.

Diziam que La Mole morria sem ter confessado um único fato que lhe fora imputado, enquanto que, pelo contrário, Cocunás não pudera suportar a dor e havia revelado tudo.

Assim, gritavam de todos os lados:

– Vejam, vejam aquele ruivo! Foi ele, foi ele que falou tudo. É um covarde que causou a morte do outro. O outro, pelo contrário, é corajoso e nada confessou.

Os dois jovens ouviam bem; um, louvores, o outro, injúrias que acompanhavam sua marcha fúnebre, e enquanto La Mole apertava as mãos de seu amigo, um sublime desdém irrompia-se no rosto do piemontês, que, do alto da carroça imunda, olhava o povo estúpido como teria olhado de uma carruagem triunfal.

O infortúnio havia feito sua obra celeste, havia enobrecido o rosto de Cocunás, como a morte divinizaria sua alma.

– Já estamos chegando? — perguntou La Mole. — Não aguento mais, amigo, acho que vou desmaiar.

– Espere, espere, La Mole, vamos passar em frente à rua Tizon e à rua Cloche-Percée, veja, apenas veja.

– Oh! Erga-me, erga-me, e que eu veja uma última vez essa bendita casa.

Cocunás esticou a mão e tocou o ombro do carrasco, que estava sentado à frente da carroça e conduzia o cavalo.

– Mestre — disse-lhe —, faça-nos um favor e pare um instante em frente à rua Tizon.

Caboche fez com a cabeça um gesto de aceitação e, chegando em frente à rua Tizon, parou.

La Mole se ergueu com esforço, ajudado por Cocunás. Observou com os olhos velados por lágrimas a casinha silenciosa, muda e fechada como um túmulo. Um suspiro encheu seu pulmão, e em voz baixa:

— Adeus — murmurou —, adeus, a juventude, o amor, a vida — e deixou cair a cabeça sobre o peito.

— Coragem! — disse Cocunás — Vamos encontrar talvez tudo isso lá em cima.

— Você acha? — murmurou La Mole.

— Acredito que sim porque o padre me disse, e principalmente porque eu desejo. Mas não desmaie, meu amigo! Estes miseráveis que nos olham ririam de nós.

Caboche ouviu essas últimas palavras e, chicoteando o cavalo com uma das mãos, estendeu a outra a Cocunás, sem que ninguém pudesse ver, oferecendo uma pequena esponja impregnada com um revulsivo tão poderoso que La Mole, depois de tê-la respirado e esfregado nas têmporas, encontrou-se refrescado e reanimado.

— Ah! — disse La Mole. — Eu renasço.

E beijou o relicário suspenso em seu pescoço pela corrente de ouro.

Chegando ao ângulo do cais e virando no charmoso edifício construído por Henrique II, pôde-se ver o cadafalso erguendo-se como uma plataforma nua e sangrenta que dominava todas as cabeças.

— Amigo — disse La Mole —, eu gostaria muito de morrer primeiro.

Cocunás tocou pela segunda vez o ombro do carrasco.

— O que há, meu cavalheiro? — perguntou este último ao se virar.

— Caro homem — disse Cocunás —, você fará como desejo, não é? Ao menos foi o que disse.

— Sim, e o repito.

— Eis então meu amigo que sofreu mais do que eu, e que, consequentemente, tem menos força...

— Pois bem?

— Ele me diz que sofreria demais ao me ver morrer primeiro. Além disso, caso eu seja o primeiro a morrer, ele não terá ninguém para levá-lo ao cadafalso.

— Está bem, está bem — disse Caboche, enxugando uma lágrima com as costas da mão. — Fique tranquilo, faremos tudo o que desejar.

— E com um golpe só, não é? — disse baixinho o piemontês.

— Um só.

— Está bem... se você tiver que corrigir o golpe, corrigi-lo sobre mim.

A carroça parou: haviam chegado. Cocunás colocou seu chapéu na cabeça.

Um rumor semelhante ao das ondas do mar zunia nos ouvidos de La Mole. Quis se levantar, mas as forças lhe faltaram. Foi preciso que Caboche e Cocunás o sustentassem pelos braços.

A praça estava repleta de cabeças; as escadas do Hôtel de Ville pareciam um anfiteatro cheio de espectadores. Cada janela dava passagem a rostos animados cujos olhares pareciam brilhar.

Quando viram o belo rapaz que não podia mais se sustentar com suas pernas quebradas fazer um esforço supremo para ir sozinho até o cadafalso, um clamor imenso se ergueu como um grito de desolação universal. Os homens berravam, as mulheres soltavam gemidos de lamentação.

— Era um dos mais refinados da corte — diziam os homens. — E não é em Saint-Jean-en-Grève que deveria morrer, mas em Pré-aux-Clercs.

— Como é bonito! Como está pálido! — diziam as mulheres. — É aquele que não falou nada.

– Amigo — disse La Mole —, não consigo ficar em pé! Carregue-me!

– Espere — disse Cocunás.

Ele acenou ao carrasco, que se afastou. Depois, se abaixando, pegou La Mole em seus braços como teria feito com uma criança e subiu sem bambear, mesmo carregado com seu fardo, a escada da plataforma onde repousou La Mole entre gritos frenéticos e aplausos do povo. Cocunás ergueu seu chapéu e saudou. Depois, jogou o chapéu perto dele no cadafalso.

– Olhe ao redor — disse La Mole —, não consegue vê-las em algum lugar?

Cocunás lançou lentamente um olhar circular em torno da praça e, alcançando certo ponto, parou, esticando — sem desviar os olhos — a mão, que tocou o ombro de seu amigo.

– Veja — disse —, veja a janela daquela pequena torre.

E com a outra mão mostrava para La Mole o pequeno monumento que existe ainda hoje entre a rua Vannerie e a rua Mouton, um resquício dos séculos passados.

Duas mulheres vestidas de preto estavam apoiadas uma na outra, não na janela, mas um pouco afastadas.

– Ah! — fez La Mole. — Temia apenas uma coisa: morrer sem revê-la. Eu a revi, então posso morrer.

E com os olhos avidamente fixos na pequena janela, levou o relicário à boca e o cobriu de beijos. Cocunás saudou as duas mulheres com todas as graças que faria se estivesse em um salão. Em resposta a esse sinal, elas agitaram seus lenços encharcados de lágrimas.

Caboche, por sua vez, tocou com o dedo o ombro de Cocunás, e com os olhos lhe fez um sinal significativo.

– Sim, sim — disse o piemontês.

Então, virando-se para La Mole:

– Dê aqui um abraço — disse-lhe — e morra bem. Não será nada difícil, meu amigo, você é muito corajoso!

– Ah! — disse La Mole. — Não tenho mérito algum por morrer bem; eu sofro tanto.

O padre se aproximou e estendeu um crucifixo a La Mole, que lhe mostrou sorrindo o relicário que segurava nas mãos.

– Pouco importa — disse o padre —; peça sempre forças àquele que sofreu o que você irá sofrer.

La Mole beijou os pés do Cristo.

– Recomende-me — disse — às preces das Damas da benta Santa Virgem.

– Depressa, depressa, La Mole — disse Cocunás —, você me machuca tanto que sinto que enfraqueço.

– Estou pronto — disse La Mole.

– Será que você pode manter sua cabeça bem reta? — disse Caboche preparando a espada atrás de La Mole ajoelhado.

– Acho que sim — disse.

– Então tudo vai ficar bem.

– Mas você... — disse La Mole — não se esqueça daquilo que eu lhe pedi. Este relicário lhe abrirá as portas.

– Fique tranquilo. Tente apenas ficar com a cabeça reta.

La Mole ergueu o pescoço e, virando os olhos para a pequena torre:

– Adeus, Margarida — disse — seja abenç...

Ele não terminou. Com uma diagonal de seu sabre, rápido e vigoroso como um raio, Caboche fez cair com um golpe só a cabeça, que foi rolar aos pés de Cocunás.

O corpo caiu vagarosamente, como se se deitasse.

Um grito imenso ressoou de mil gargantas, e entre todas essas vozes de mulheres, pareceu a Cocunás ter ouvido um tom mais dolorido que todos os outros.

– Obrigado, meu digno amigo, obrigado — disse Cocunás que deu a mão pela terceira vez ao carrasco.

– Meu filho — disse o padre a Cocunás —, não tem nada para confiar a Deus?

– Bem, não, meu padre — disse o piemontês. — Tudo o que teria para dizer a ele, eu disse ontem a você mesmo.

Em seguida, se virando para Caboche:

– Vamos, carrasco, meu último amigo — disse — só mais um favor.

E antes de se ajoelhar, fez passear pelo povo seu olhar tão calmo e tão sereno que um murmúrio de admiração veio-lhe acariciar a orelha e fazer sorrir seu orgulho. Então, apertando a cabeça de seu amigo e dando um beijo em seus lábios violeta, lançou um último olhar para a torre. E ajoelhando-se, conservando aquela cabeça tão amada entre as mãos:

– Minha vez — disse.

Mal terminara essas palavras e Caboche havia feito voar sua cabeça.

Dado o golpe, um estremecimento convulsivo tomou o digno homem.

– Já era tempo de acabar com isso — murmurou. — Pobre criança!

E retirou com pesar das mãos contorcidas de La Mole o relicário de ouro. Jogou seu casaco sobre os tristes restos que a carroça teria que levar para sua casa.

Terminado o espetáculo, o povo se dissipou.

LXI

A TORRE DO PELOURINHO

A noite acabava de cair sobre a cidade, ainda fremindo com a agitação do suplício, cujos detalhes corriam de boca em boca e assombravam em todas as casas a feliz hora da ceia familiar.

Entretanto, ao contrário à cidade, que estava silenciosa e lúgubre, o Louvre estava barulhento, alegre e iluminado. Havia uma grande festa no palácio. Uma festa comandada por Carlos IX, que a programara para a noite assim como programara o suplício para a manhã.

A rainha de Navarra havia recebido, na noite da véspera, ordem para comparecer e, na esperança de que La Mole e Cocunás fossem salvos durante a noite, na convicção de que todas as medidas haviam sido bem tomadas para sua salvação, ela havia respondido a seu irmão que obedeceria seus desejos.

Mas desde o momento em que perdera todas as esperanças na cena da capela; desde que, num último movimento de piedade por esse amor — o maior e mais profundo que havia provado em sua vida —, assistira à execução, prometeu a si mesma que nem preces, nem ameaças a fariam assistir a uma festa alegre no Louvre no mesmo dia em que havia visto uma festa tão lúgubre em Grève.

O rei Carlos IX dera naquele dia nova prova de uma força de vontade a qual ninguém, talvez, tivesse em grau equivalente: acamado havia quinze dias, franzino como um moribundo, lívido como um cadáver, levantou-se por volta das cinco horas e vestiu suas mais belas roupas. É verdade, no entanto, que durante sua *toilette* desmaiara três vezes.

Por volta das oito horas, quis saber de sua irmã; perguntou se a haviam visto e se sabiam o que fazia. Não obteve resposta, pois a rainha havia voltado para seus aposentos por volta das onze horas e ali se fechara, trancando completamente a porta.

Mas não existia porta fechada para Carlos. Apoiado no braço do senhor de Nancey, caminhou em direção aos aposentos da rainha de Navarra e entrou de repente pela porta do corredor secreto.

Embora esperasse um triste espetáculo, e já houvesse antes preparado seu coração, o que viu era ainda mais deplorável do que imaginara.

Margarida, deitada quase sem vida sobre uma cadeira longa, a cabeça enfiada nas almofadas, não chorava; não rezava. No entanto, desde seu retorno, gemia em agonia.

Do outro lado do quarto, a intrépida Henriqueta de Nevers jazia inconsciente, esticada sobre o tapete. Ao voltar de Grève, como Margarida, as forças lhe faltaram, e a pobre Gillonne ia de uma à outra não ousando tentar endereçar-lhes uma palavra de consolo.

Nas crises que seguem essas grandes catástrofes, é-se avaro da dor como de um tesouro, e vê-se como inimigo quem quer que, infimamente, tente nos distrair.

Carlos IX então empurrou a porta e, deixando Nancey no corredor, entrou pálido e trêmulo.

Nenhuma das mulheres o viu. Apenas Gillonne, que nesse momento prestava socorros a Henriqueta, ergueu-se sobre um joelho e olhou com espanto para o rei.

O rei fez um gesto com a mão; ela se levantou, fez a reverência e saiu.

Então Carlos se dirigiu a Margarida e a olhou em silêncio por um instante. Em seguida, com uma entonação que se acreditaria impossível a essa voz, disse:

– Margot! Minha irmã!

A moça tremeu e endireitou o corpo.

– Vossa Majestade! — disse.

– Vamos, minha irmã, coragem!

Margarida ergueu os olhos ao céu.

– Sim — disse Carlos —, eu sei, mas escute.

A rainha de Navarra fez um gesto para mostrar que escutava.

– Você prometeu que viria ao baile — disse Carlos.

– Eu?! — exclamou Margarida.

– Sim, e como prometeu, é aguardada; de forma que se não vier, ficariam surpresos em não a ver.

– Desculpe, meu irmão — disse Margarida. — Mas você está vendo, estou sofrendo muito.

– Faça um esforço sobre si.

Margarida pareceu tentada por um instante a lembrar sua coragem; em seguida, de uma só vez, abandonando a tentativa e deixando cair a cabeça sobre as almofadas, disse:

– Não, não, eu não irei.

Carlos pegou sua mão, sentou-se na cadeira, e lhe disse:

– Você acabou de perder um amigo; eu sei, Margot. Mas olhe para mim, eu não perdi todos os meus amigos? E mais, perdi minha mãe! Você sempre pôde chorar à vontade como chora neste momento. Eu, nas horas de minhas mais fortes dores, sempre fui forçado a sorrir. Você sofre, mas olhe para mim! Eu estou morrendo. E então, Margot, vamos, coragem! Estou pedindo, minha irmã, em nome de nossa glória! Nós carregamos como uma cruz de angústias o renome de nossa casa, vamos carregá-la como o Senhor até o Calvário! E se no caminho, como ele, estrebucharmos, nos reergueremos, corajosos e resignados como ele.

– Oh! Meu Deus! Meu Deus! — exclamou Margarida.

– Sim — disse Carlos, respondendo ao pensamento dela —, sim, o sacrifício é rude, minha irmã. Mas cada um faz o seu, uns sacrificam sua honra, outros a sua vida. Acha que eu, com meus vinte e cinco anos e o mais belo trono do mundo, não me arrependo de morrer? Ora, olhe para mim... Meus olhos, minha cor, meus lábios são mesmo de um moribundo, mas meu sorriso... o meu sorriso não faria acreditar que tenho esperança? E, entretanto, em oito dias, no máximo um mês, você irá chorar, minha irmã, como por aquele que morreu hoje.

– Meu irmão...! — exclamou Margot, jogando os dois braços em volta do pescoço de Carlos.

– Vamos, vista-se, cara Margarida — disse o rei. — Esconda essa palidez e apareça no baile. Acabei de ordenar que lhe trouxessem novas joias e adornos dignos de sua beleza.

– Oh! Diamantes, vestidos — disse Margarida —, que me importa tudo isso agora!

– A vida é longa, Margarida — disse sorrindo Carlos — ao menos para você.

– Nunca! Nunca!

– Minha irmã, lembre-se de uma coisa: às vezes é abafando um sofrimento, ou melhor, dissimulando o sofrimento que honramos melhor os mortos.

– Então, Sire — disse Margarida, estremecendo — eu irei.

Uma lágrima, que foi logo bebida por sua pálpebra árida, molhou o olho de Carlos. Ele se inclinou até a irmã, beijou sua testa, parou um instante na frente de Henriqueta, que não o havia nem visto nem ouvido, e disse:

– Pobre mulher!

Depois saiu silenciosamente.

Atrás do rei, vários pajens entraram, trazendo cofres e baús. Margarida acenou com a mão para que colocassem tudo no chão. Os pajens saíram, apenas Gillonne ficou.

– Prepare tudo o que é preciso para vestir-me, Gillonne — disse Margarida.

A moça olhou sua senhora com um ar de espanto.

– Sim — disse Margarida com um tom de amargor indescritível —, sim, vou me vestir, irei ao baile, me aguardam lá embaixo. Então, depressa! O dia estará completo: festa na Grève esta manhã, festa no Louvre esta noite.

– E a senhora duquesa? — disse Gillonne.

– Oh, ela é que é feliz. Pode ficar aqui, pode chorar, pode sofrer como quiser. Ela não é filha de rei, mulher de rei, irmã de rei. Não é rainha. Ajude-me a me vestir, Gillonne.

A moça obedeceu. A indumentária era magnífica, o vestido, esplêndido. Nunca Margarida estivera tão bela. Olhou-se num espelho.

– Meu irmão tem mesmo razão — disse — é mesmo uma criatura miserável o ser humano.

Nesse momento, Gillonne voltou.

– Senhora, um homem está aqui e pergunta por você.

– Por mim?

– Sim, senhora.

– Quem é esse homem?

– Não sei, mas o aspecto dele é terrível, e só o ver me fez arrepiar.

– Peça-lhe seu nome — disse Margarida, empalidecendo.

Gillonne saiu, e, alguns instantes depois, voltou.

– Ele não quis dizer seu nome, senhora, mas pediu-me que lhe devolvesse isto.

Gillonne estendeu a Margarida o relicário que ela havia dado na noite da véspera a La Mole.

– Oh! Mande-o entrar, mande-o entrar! — disse prontamente a rainha.

E tornou-se ainda mais pálida e mais glacial do que já estava.

Um passo pesado balançou o assoalho. O eco, indignado sem dúvida em repetir tal barulho, rangeu nos lambris, e um homem apareceu na soleira.

– Quem é o senhor? — disse a rainha.

– Aquele que a encontrou um dia perto de Montfaucon, senhora, e que trouxe ao Louvre, em sua carroça, dois cavalheiros feridos.

– Sim, sim, eu o reconheço. Você é mestre Caboche.

– Carrasco do preboste de Paris, senhora.

Foram as únicas palavras que Henriqueta ouviu de todas que havia uma hora pronunciavam ao seu redor. Ela tirou sua cabeça pálida das mãos e olhou o carrasco com seus olhos de esmeralda, dos quais pareciam sair um duplo feixe de chamas.

– E por que está aqui? — perguntou Margarida.

– Para lembrar-lhe da promessa feita ao mais jovem dos dois cavalheiros, aquele que me encarregou de lhe entregar este relicário. Você se lembra, senhora?

– Ah! Sim! Sim! — exclamou a rainha — E jamais uma sombra tão generosa terá tão nobre satisfação. Mas onde *ela* está?

– Está em minha casa, com o corpo.

– Sua casa? E por que não a trouxe com você?

– Eu poderia ser preso na guarita do Louvre, poderiam me forçar a erguer o casaco. O que diriam se, sob o casaco, vissem uma cabeça?

– Muito bem. Guarde-a com você. Irei buscá-la amanhã.

– Amanhã, senhora, amanhã — disse mestre Caboche — será talvez tarde demais.

– Por quê?

– Porque a rainha-mãe ordenou que fossem guardadas para suas experiências cabalísticas as cabeças dos dois primeiros condenados que eu decapitasse.

– Oh! Profanação! As cabeças de nossos amados!

– Henriqueta — exclamou Margarida, correndo até sua amiga, que encontrou erguida como se um sobressalto a tivesse colocado em pé — Henriqueta, meu anjo, está ouvindo o que diz este homem?

– Estou. E então, o que fazer?

– Temos que ir com ele.

Em seguida, soltando um grito de dor com o qual os grandes infortúnios voltam à vida:

– Ah! E eu estava tão bem aqui — disse —, estava quase morta.

Nesse tempo, Margarida jogou sobre os ombros nus um manto de veludo.

– Venha, venha — disse — nós vamos revê-los ainda uma vez.

Margarida fez fecharem todas as portas, ordenou que trouxessem a liteira à portinha escondida. Depois, pegando Henriqueta por baixo dos braços, desceu pela passagem secreta, acenando para Caboche segui-las.

Na porta de baixo estava a liteira, e na guarita estava o assistente de Caboche com uma lanterna.

Os carregadores de Margarida eram homens de confiança, mudos e surdos; mais confiáveis que animais de carga.

A liteira moveu-se por mais ou menos dez minutos, precedida por mestre Caboche e seu assistente levando a lanterna. Depois parou.

O carrasco abriu a cortina enquanto o assistente corria à frente.

Margarida desceu e ajudou a duquesa de Nevers a sair. Na grande dor que afetava as duas, essa organização nervosa se mostrava a mais forte.

A torre do Pelourinho se erguia à frente das duas mulheres como uma sombra gigante e informe, enviando uma luz avermelhada por dois tubos que queimavam no alto.

O assistente reapareceu à porta.

– Podem entrar, senhoras — disse Caboche. — Todos dormem na torre.

No mesmo instante, a luz dos dois balestreiros se apagou.

As duas mulheres, coladas uma na outra, passaram sob a pequena porta em ogiva, e marcharam no escuro sobre um ladrilho úmido e aplainado. Perceberam uma luz no fundo de um corredor em espiral e, guiadas pelo medonho mestre da morada, andaram em direção a ela. A porta fechou-se atrás delas.

Caboche, uma tocha de cera à mão, as conduziu a uma sala baixa e fuliginosa. No meio da sala estava uma mesa posta com os restos de um jantar e três pratos, que eram sem dúvida destinados ao carrasco, sua mulher e seu principal ajudante.

No lugar mais aparente, estava pregado na parede um pergaminho com o selo do rei. Era o certificado patibular.[1]

Em um canto estava uma grande espada de cabo longo. Era a espada resplandecente da justiça.

Aqui e ali ainda se viam algumas imagens grosseiras representando santos martirizados por todos os suplícios.

Ao chegar, Caboche inclinou-se profundamente.

– Queira Vossa Majestade me desculpar — disse — se ousei penetrar no Louvre e trazê-la até aqui. Mas era a vontade expressa e suprema do cavalheiro, de modo que tive que...

– Fez muito bem, mestre, fez muito bem — disse Margarida —, e aqui está a recompensa por seu zelo.

Caboche olhou tristemente a bolsa estufada de ouro que Margarida acabava de colocar sobre a mesa.

– Ouro! Sempre ouro! — murmurou — É uma pena, senhora, que eu mesmo não possa comprar a preço de ouro o sangue que fui obrigado a derramar hoje.

– Mestre — disse Margarida, hesitando dolorosamente e olhando a seu redor —, mestre, mestre, ainda temos que ir para outro lugar? Não estou vendo...

– Não, senhora, não, estão aqui. Mas é um triste espetáculo do qual poderia poupá-las se trouxesse o que vieram buscar escondido em um casaco.

Margarida e Henriqueta se olharam simultaneamente.

– Não — disse Margarida, que havia lido no olhar de sua amiga a mesma resolução que ela acabava de tomar —, não. Mostre-nos o caminho e o seguiremos.

Caboche pegou a tocha, abriu uma porta de carvalho que dava para uma escada de poucos degraus e que mergulhava sob a terra. No mesmo instante, uma corrente de ar passou, fazendo voar algumas faíscas da tocha e jogando no rosto das princesas o cheiro nauseabundo de mofo e de sangue.

Henriqueta se apoiou, branca como uma estátua de alabastro, no braço de sua amiga cujo andar era mais firme. Mas, no primeiro degrau, cambaleou.

– Oh! Eu jamais poderia — disse.

– Quando muito se ama, Henriqueta — replicou a rainha —, deve-se amar até na morte.

Era um espetáculo horrível e ao mesmo tempo tocante o que representavam essas duas mulheres radiantes de juventude, de beleza, de indumentária, curvando-se sob a abóboda ignóbil e gredosa,[2] a mais fraca se apoiando na mais forte, a mais forte se apoiando no braço do carrasco.

Chegaram ao último degrau. No fundo do porão, jaziam duas formas humanas recobertas por um grande pano de sarja preto. Caboche ergueu um canto da cobertura, aproximou a tocha e disse:

– Veja, Vossa Majestade.

Em suas roupas pretas, os dois rapazes estavam deitados lado a lado com a assustadora simetria da morte. As cabeças, inclinadas e aproximadas do tronco, pareciam separadas apenas no meio do pescoço por um círculo vermelho vivo. A morte não separara suas mãos, pois ou o acaso ou a piedosa atenção do carrasco fizera com que a mão direita de La Mole repousasse sobre a mão esquerda de Cocunás.

Havia um olhar de amor nas pálpebras de La Mole; havia um sorriso de desdém nas de Cocunás.

Margarida se ajoelhou perto de seu amante, e com suas mãos reluzentes de joias ergueu com doçura aquela cabeça que tanto havia amado.

Quanto à duquesa de Nevers, apoiada na parede, não podia retirar o olhar daquele pálido rosto no qual tantas vezes buscara a alegria e o amor.

– La Mole! Meu La Mole! — murmurou Margarida.

– Aníbal! Aníbal! — exclamou a duquesa. — Tão orgulhoso, tão corajoso, e não me responde mais!

E um rio de lágrimas escapou de seus olhos.

Aquela mulher tão desdenhosa, tão intrépida, tão insolente quando feliz; aquela mulher que levava seu ceticismo até a suprema dúvida, a paixão até a crueldade; aquela mulher nunca pensara na morte.

Margarida deu-lhe o exemplo. Ela fechou em um saco bordado de pérolas e perfumado com finas essências a cabeça de La Mole, ainda mais bela ao aproximar-se do veludo e do ouro, e à qual uma preparação particular, empregada nessa época nos embalsamentos reais, conservaria a beleza. Henriqueta se aproximou também, envolvendo a cabeça de Cocunás em uma extremidade de seu manto.

E as duas, curvadas pela dor mais do que pelo fardo, subiram a escada com um último olhar para os restos que deixavam à mercê do carrasco nesse sombrio reduto de criminosos vulgares.

– Não tema nada, senhora — disse Caboche, que entendeu aquele olhar —, os cavalheiros serão sepultados e enterrados santamente, eu prometo.

– E você mandará fazer as missas com isto aqui — disse Henriqueta arrancando de seu magnífico pescoço um colar de rubi e apresentando-o ao carrasco.

Voltaram para o Louvre como haviam saído. Na guarita, a rainha se fez reconhecer. Tomando sua escada particular, voltou para seus aposentos, repousou sua triste relíquia no gabinete de seu quarto, destinado desde aquele momento a ser um oratório, deixou Henriqueta de guarda em seus aposentos e, mais pálida e mais bela que nunca, entrou por volta das dez horas no grande salão de baile, onde vimos, cerca de dois anos e meio antes, abrir-se o primeiro capítulo de nossa história.

Todos os olhos se viraram para ela, e ela suportou esse olhar universal com um ar orgulhoso e quase alegre; pois havia cumprido religiosamente o último desejo de seu amigo. Carlos, ao vê-la, atravessou cambaleando a massa dourada que a envolvia.

– Minha irmã — disse bem alto —, muito obrigado — depois, baixinho:

– Tome cuidado! Você tem no braço uma mancha de sangue...

– Ah! E o que importa, Sire — disse Margarida —, contanto que eu tenha um sorriso nos lábios!

O SUOR DE SANGUE

Alguns dias depois da cena horrível que acabamos de contar, em 30 de maio de 1574, estando a corte em Vincennes, ouviu-se de repente um grande barulho no quarto do rei, o qual, caindo mais doente do que nunca no meio do baile que quis dar no mesmo dia da morte dos dois rapazes, viera, por ordem dos médicos, procurar no campo um ar mais puro.

Eram oito horas da manhã. Um pequeno grupo de cortesãos conversava com entusiasmo na antecâmara quando, de repente, ressoou um grito e apareceu na porta dos aposentos de Carlos a ama, com os olhos banhados de lágrimas e exclamando com voz desesperada:

– Socorram o rei! Socorram o rei!

– Sua Majestade piorou? — perguntou o senhor de Nancey, o qual o rei havia, como vimos, liberado de qualquer obediência à rainha Catarina para ligá-lo a sua pessoa.

– Oh! Só sangue! Só sangue! — disse a ama. — Os médicos! Chamem os médicos!

Mazille e Ambroise Paré se revezavam um após o outro ao lado do augusto doente, e Paré, que estava de plantão, tendo visto o rei adormecer, aproveitara o letargo para se afastar por alguns instantes.

Enquanto isso, um suor abundante havia tomado conta do rei. E como Carlos sofria de um afrouxamento dos vasos capilares e esse afrouxamento causava uma hemorragia na pele, esse suor sangrento havia assustado a ama, que não conseguia se acostumar a esse estranho fenômeno e que, protestante, como sabemos, dizia-lhe sem parar que era o sangue huguenote derramado no dia de São Bartolomeu que chamava o sangue dele.

Saíram correndo em todas as direções. O doutor não estaria longe e não deixariam de encontrá-lo. A antecâmara ficou vazia, cada pessoa desejando mostrar seu zelo ao trazer o médico solicitado.

Então uma porta se abriu e viram Catarina aparecer. Ela atravessou rapidamente a antecâmara e entrou prontamente no quarto de seu filho.

Carlos estava de bruços sobre a cama, os olhos sem brilho, o peito ofegante. De todo seu corpo saía um suor avermelhado. Sua mão, afastada, pendia para fora da cama e, da ponta de cada um de seus dedos, pendia um líquido rubi.

Era uma cena terrível.

Entretanto, ao som dos passos de sua mãe — e como se ele os tivesse reconhecido —, Carlos se endireitou.

– Perdão, senhora — disse olhando sua mãe —, mas gostaria muito de poder morrer em paz.

– Morrer, meu filho — disse Catarina —, por uma crise passageira deste mal infame! Por que quer nos assustar desse jeito?

– Estou lhe dizendo, senhora, que sinto minha alma indo embora. Estou lhe dizendo que é a morte que está chegando, morte dos infernos...! Sinto o que sinto e sei o que digo.

– Sire — disse a rainha —, sua imaginação é sua mais grave doença. Desde o suplício tão merecido daqueles dois bruxos, daqueles assassinos chamados La Mole e Cocunás, seus sofrimentos físicos devem ter diminuído. O mal moral persevera sozinho. E se eu pudesse falar com você apenas dez minutos, lhe provaria que...

– Ama — disse Carlos —, vigie a porta e que ninguém entre: a rainha Catarina de Médicis quer conversar com seu filho querido Carlos IX.

A ama obedeceu.

– Na verdade — disse Carlos —, esta conversa deveria acontecer um dia ou outro, melhor então hoje que amanhã. Amanhã, aliás, será talvez tarde demais. Somente, uma terceira pessoa deve assistir à nossa conversa.

– E por quê?

– Porque, lhe repito, a morte está a caminho — retomou Carlos com uma apavorante solenidade —; porque, de uma hora para a outra, ela entrará neste quarto, como você, pálida e muda, e sem se fazer anunciar. Então está na hora, já que esta noite deixo os meus assuntos em ordem, para colocar em ordem agora pela manhã os do reino.

– E quem é essa pessoa que deseja ver? — perguntou Catarina.

– Meu irmão, senhora. Faça-o chamarem.

– Sire — disse a rainha — vejo com prazer que essas denúncias, antes ditadas pela raiva do que arrancadas pela dor, se apagam de seu espírito e vão em breve se apagar de seu coração. Ama! — gritou Catarina. — Ama!

A criada, que vigiava do lado de fora, abriu a porta.

– Ama — disse Catarina —, por ordem de meu filho, quando o senhor de Nancey voltar, diga-lhe para ir buscar o duque de Alençon.

Carlos fez um sinal para deter a criada, que estava pronta a obedecer.

– Eu disse meu irmão, senhora — retomou Carlos.

Os olhos de Catarina se dilataram como os de uma tigresa prestes a ser tomada pela cólera. Mas Carlos levantou a mão imperativamente.

– Quero falar com meu irmão Henrique — disse. — Apenas Henrique é meu irmão. Não aquele que é rei tão longe, mas este que é prisioneiro aqui. Henrique conhecerá minhas últimas vontades.

– E quanto a mim? — exclamou a florentina com uma audácia inabitual diante da terrível vontade de seu filho, de tanto que o ódio que tinha pelo bearnês a tirara da dissimulação costumeira. — Se você está, como diz, perto da cova, acha que cederei a alguém, principalmente a um estrangeiro, meu direito de lhe assistir nesta hora suprema? Meu direito de rainha? Meu direito de mãe?

– Senhora — disse Carlos —, ainda sou o rei. Ainda comando; eu digo que quero falar com meu irmão Henrique e você não chama meu capitão da guarda... Para o diabo, estou avisando! Ainda tenho força o bastante para ir buscá-lo eu mesmo.

E ele fez um movimento para sair da cama, revelando um corpo parecido ao de Cristo após o flagelo.

– Sire — exclamou Catarina, detendo-o —, você nos injuria: está se esquecendo das afrontas feitas a nossa família, está repudiando seu sangue! Somente um filho da França deve se ajoelhar ao lado do leito de morte de um rei da França. Quanto a mim, meu lugar está garantido pelas leis da natureza e da etiqueta. Então fico.

– E a que título, senhora, você fica? — perguntou Carlos IX.

– A título de mãe.

– Você não é mais minha mãe, senhora, assim como o duque de Alençon não é mais meu irmão.

– Está delirando, senhor — disse Catarina. — Desde quando aquela que dá a vida não é mais a mãe daquele que a recebeu?

– A partir do momento, senhora, em que essa mãe desnaturada arranca o que deu — respondeu Carlos, enxugando uma espuma sangrenta que lhe vinha aos lábios.

– O que quer dizer, Carlos? Não o estou entendendo — murmurou Catarina, olhando seu filho com os olhos dilatados de espanto.

– Você vai me entender, senhora.

Carlos pôs a mão sob seu travesseiro e tirou uma pequena chave de prata.

– Pegue esta chave, senhora, e abra meu cofre de viagem. Ele guarda alguns documentos que falarão por mim.

E Carlos estendeu a mão em direção a um cofre magnificamente trabalhado, fechado por uma fechadura de prata como a chave que o abria, e que estava no lugar mais visível do quarto.

Catarina, dominada pela posição suprema que Carlos exercia sobre ela, obedeceu; andou a passos lentos em direção ao cofre, o abriu, olhou para seu interior e, de repente, recuou como se tivesse visto nas paredes do móvel algum réptil adormecido.

– E então? — disse Carlos, que não perdia sua mãe de vista. — O que tem nesse cofre que a assusta, senhora?

– Nada — disse Catarina.

– Neste caso, coloque a mão dentro, senhora, e pegue um livro. Deve ter um livro aí, não? — acrescentou Carlos com um sorriso pálido, mais terrível nele do que jamais fora em outra pessoa.

– Tem — balbuciou Catarina.

– Um livro de caça?

– Sim.

– Pegue-o e traga-o para mim.

Catarina, apesar de sua segurança, empalideceu, tremeu todos os membros e esticou a mão para dentro do cofre.

– Fatalidade! — ela murmurou, pegando o livro.

– Bem — disse Carlos — Agora escute. Este livro de caça... Fui insensato... Amava a caça acima de todas as coisas... Este livro de caça, o li excessivamente. Está entendendo, senhora?

Catarina soltou um gemido surdo.

– Foi uma fraqueza — continuou Carlos. — Queime-o, senhora! Não é preciso que saibam das fraquezas dos reis!

Catarina se aproximou da lareira ardente, deixou cair o livro no meio do fogo e continuou de pé, imóvel e muda, olhando com um olhar átono as chamas azuis que consumiam as folhas envenenadas.

À medida que o livro queimava, um forte cheiro de alho se espalhava por todo o quarto.

Logo foi completamente devorado.

– E agora, senhora, chame meu irmão — disse Carlos com uma majestade irresistível.

Catarina, chocada de estupefação, arrasada por uma múltipla emoção que sua profunda sagacidade não podia analisar, e que sua força quase sobre-humana não podia combater, deu um passo à frente e quis falar.

A mãe tinha remorso. A rainha tinha medo. A envenenadora, uma crise de ódio.

Este último sentimento dominou todos os outros.

– Maldito seja ele! — exclamou, saindo do quarto. — Ele triunfa, chega ao fim. Sim, maldito, que ele seja maldito!

– Você está ouvindo, meu irmão, meu irmão Henrique! — gritou Carlos, perseguindo sua mãe com a voz. — Meu irmão Henrique, com quem quero falar agora mesmo sobre o assunto da regência do reino.

Praticamente na mesma hora, o mestre Ambroise Paré entrou pela porta oposta àquela que acabava de dar passagem a Catarina, e parando na soleira para sentir a atmosfera aliácea, perguntou:

– Quem foi que queimou arsênico?

– Eu — respondeu Carlos.

LXIII

A PLATAFORMA DA TORRE DE VINCENNES

Enquanto isso, Henrique de Navarra passeava sozinho e pensativo no terraço da torre. Ele sabia que a corte estava no castelo que via a cem passos dele e, através das muralhas, seu olhar perspicaz adivinhava Carlos moribundo.

O tempo estava azul e dourado: um grande raio de sol espelhava nas planícies afastadas, enquanto banhava com um ouro fluido a copa das árvores da floresta, orgulhosas da opulência de sua primeira folhagem. Mesmo as pedras cinzentas da torre pareciam se impregnar do doce calor do céu, e os goiveiros, trazidos pelo sopro do vento leste pelas brechas da muralha, abriam seus discos de veludo vermelho e amarelo aos beijos de uma brisa morna.

Mas o olhar de Henrique não pairava nem sobre esses campos verdejantes, nem sobre essas copas encanecidas e douradas: seu olhar atravessava os espaços intermediários e ia além, fixando-se com ardente ambição sobre a capital da França, destinada a tornar--se um dia a capital do mundo.

– Paris — murmurava o rei de Navarra. — Eis Paris; a alegria, o triunfo, a glória, a felicidade. Paris, onde fica o Louvre e o Louvre, onde fica o trono. E dizer que uma única coisa me separa dessa Paris tão desejada: essas pedras que se alastram aos meus pés e trancam comigo minha inimiga.

E trazendo seu olhar de Paris a Vincennes, avistou à esquerda, em um vale coberto por amendoeiras floridas, um homem em cuja armadura se lançava obstinadamente um raio de sol, ponto inflamado que dançava no espaço a cada movimento daquela figura.

Aquele homem montava um cavalo enraivecido, e segurava outro cavalo que parecia não menos impaciente.

O rei de Navarra pousou os olhos nesse cavaleiro e o viu tirar sua espada da bainha, colocar um lenço na ponta e o balançar como se fizesse um sinal.

Na mesma hora, no morro da frente, um sinal parecido se repetiu; em seguida, todo o entorno do castelo se agitava como um cerco de lenços.

Era de Mouy e seus huguenotes, que, sabendo do rei quase morto e, temendo que tentassem alguma coisa contra Henrique, se reuniram e estavam prontos para defender ou atacar.

Henrique pôs os olhos no cavaleiro que vira primeiro, se curvou sobre a balaustrada, cobriu os olhos com a mão e, cortando assim os raios do sol que o ofuscavam, reconheceu o jovem huguenote.

– De Mouy! — exclamou, como se este pudesse ouvi-lo.

E na alegria de se ver rodeado de amigos, tirou seu chapéu e balançou seu cachecol.

Todas as bandeirinhas brancas se agitaram novamente com uma vivacidade que testemunhava sua alegria.

– Ai de mim! Estão me esperando — disse —, e não posso me juntar a eles... Por que não o fiz quando tive a chance? Agora é tarde demais.

E ele fez um gesto de desespero ao qual de Mouy respondeu com um sinal que queria dizer: *aguardarei*.

Nessa hora, Henrique ouviu passos que soavam na escada de pedra. Ele saiu rapidamente. Os huguenotes entenderam o motivo dessa saída. As espadas voltaram para as bainhas e os lenços desapareceram.

Henrique viu aparecer na escada uma mulher cuja respiração ofegante denunciava uma caminhada rápida e reconheceu, não sem um pavor secreto que sentia sempre que a via, Catarina de Médicis.

Atrás dela estavam dois guardas que pararam no alto da escada.

– Oh! — murmurou Henrique. — Deve ter acontecido algo de grave para que a rainha-mãe venha me buscar na plataforma da torre de Vincennes.

Catarina sentou em um banco de pedra encostado nas frestas da muralha para retomar o fôlego.

Henrique se aproximou dela e perguntou com o seu sorriso mais gracioso:

– Seria eu que você está procurando, minha boa mãe?

– Sim, senhor — respondeu Catarina —, quis lhe dar uma última prova de minha afeição. Chegamos a um momento supremo: o rei está morrendo e quer falar consigo.

– Comigo? — disse Henrique, tremendo de alegria.

– É, com você. Disseram-lhe, tenho certeza, que não somente você lamenta o trono de Navarra como ainda ambiciona o trono da França.

– Como? — fez Henrique.

– Não é verdade, eu sei bem, mas ele acha que sim e sem dúvida nenhuma essa conversa que quer ter só tem o objetivo de lhe preparar uma armadilha.

– Para mim?

– Sim. Carlos, antes de morrer, quer saber o que ele pode temer ou esperar de você; e de suas respostas às propostas dele, fique atento, dependerão as últimas ordens que ele dará, ou seja, a sua morte ou sua vida.

– Mas o que será oferecido?

– Eu não saberia! Coisas impossíveis, provavelmente.

– Ora, nem imagina, minha mãe?

– Não, mas suponho, por exemplo...

Catarina parou.

– O quê?

– Suponho que, acreditando nessas suas ambições sobre as quais o informaram, ele queira ouvir de sua própria boca a prova dessa ambição. Suponha que ele lhe tente como outrora tentavam os culpados, para causar uma confissão sem tortura. Suponha — continuou Catarina, olhando fixamente Henrique —, o que ele lhe ofereça o governo, a própria regência.

Uma alegria indizível se espalhou no peito oprimido de Henrique. Mas ele adivinhou o golpe, e essa alma vigorosa e flexível respondeu ao ataque.

– A mim? — disse. — A armadilha seria muito grosseira. A regência para mim, quando há você, quando há meu irmão de Alençon?

Catarina comprimiu os lábios para esconder sua satisfação.

– Então — disse prontamente — você renuncia à regência?

"O rei morreu", pensou Henrique, "e é ela quem me lança uma armadilha".

Depois, continuou em voz alta:

– É preciso primeiro que eu fale com o rei da França — respondeu — pois, segundo você mesma confessa, senhora, tudo o que dissemos aqui é apenas suposição.

– Sem dúvida — disse Catarina. — Mas ainda assim você pode dizer quais são suas intenções.

– Por Deus! — disse Henrique inocentemente. — Não tendo pretensões, não tenho intenções.

– Não é uma resposta — disse Catarina, sentindo que o tempo passava e deixando-se levar pela raiva. — De um jeito ou de outro, pronuncie-se.

– Não posso me pronunciar com base em suposições, senhora. Uma resolução positiva é uma coisa difícil e principalmente tão grave a ser tomada que é preciso esperar as realidades.

– Escute, senhor — disse Catarina —, não há tempo a perder e nós o desperdiçamos em discussões vãs, em finezas recíprocas. Joguemos nosso jogo como rei e rainha. Se você aceitar a regência, estará morto.

"O rei está vivo", pensou Henrique.

Em seguida, em voz alta:

– Senhora — disse com firmeza — Deus guarda a vida dos homens e dos reis em suas mãos. Ele me inspirará. Que digam a Sua Majestade que estou pronto para me apresentar diante dela.

– Reflita, senhor.

– Faz dois anos que estou exilado, um mês que sou prisioneiro — respondeu Henrique gravemente. — Tive o tempo de refletir, senhora, e refleti. Tenha então a bondade de descer primeiro para perto do rei e de lhe dizer que estou chegando. Esses dois corajosos cavalheiros — disse Henrique, mostrando os soldados — vigiarão para que eu não escape. Aliás, não é de forma alguma minha intenção.

Havia um tom de tanta firmeza nessas palavras de Henrique que Catarina, percebendo que todas as suas tentativas, disfarçadas sob qualquer forma, não teriam efeito nenhum sobre ele, desceu precipitadamente.

Assim que desapareceu, Henrique correu até o parapeito e fez um sinal a de Mouy que queria dizer: "Aproximem-se e fiquem preparados para qualquer acontecimento".

De Mouy, que havia descido do cavalo, pulou na sela e, com o segundo cavalo à mão, veio galopando tomar posição a dois tiros de mosquete[1] da torre.

Henrique o agradeceu com gestos e desceu.

No primeiro patamar, encontrou os dois soldados que o esperavam.

Um duplo posto de guardas suíços e uma cavalaria vigiavam a entrada dos pátios. Era preciso atravessar uma dupla barreira de partasanas para entrar no castelo e para sair.

Catarina parara ali e o aguardava.

Ele fez sinal aos dois soldados que acompanhavam Henrique para que se afastassem e, colocando uma de suas mãos no braço dele:

– Este pátio tem duas portas — disse. — Nesta aqui, que você está vendo atrás dos aposentos do rei, se você recusar a regência, um bom cavalo e a liberdade o esperam. Naquela ali, pela qual você acabou de passar, caso escute sua ambição... O que me diz?

– Digo que se o rei me fizer regente, senhora, sou eu quem dará ordens aos soldados e não você. Digo que se eu sair deste castelo à noite, todas essas lanças, todas essas alabardas, todos esses mosquetes se abaixarão diante de mim.

– Insensato! — murmurou Catarina exasperada. — Acredite em mim, não jogue com Catarina o terrível jogo da vida e da morte.

– Por que não? — disse Henrique, olhando Catarina fixamente. — Por que não com você ou com qualquer outro, já que ganhei até agora?

– Suba até os aposentos do rei, senhor, já que você não quer acreditar nem ouvir nada — disse Catarina, mostrando-lhe a escada com uma das mãos e remexendo com a outra uma de suas duas facas envenenadas que trazia em sua famosa bainha de chagrém.

– Vá primeiro, senhora — disse Henrique. — Enquanto eu não for regente, a honra do passo lhe pertence.

Catarina, descoberta em todas as suas intenções, nem tentou lutar e passou primeiro.

LXIV
A REGÊNCIA

O rei começava a perder a paciência. Mandara chamar o senhor de Nancey em seu quarto, e havia acabado de dar a ordem para ir buscar Henrique, quando este chegou.

Vendo seu cunhado aparecer na soleira da porta, Carlos soltou um grito de alegria, e Henrique permaneceu assustado como se estivesse de frente a um cadáver.

Os dois médicos que estavam a seu lado se afastaram. O padre que acabava de exortar o infeliz príncipe a um fim cristão se retirou igualmente.

Carlos IX não era amado, e entretanto chorava-se muito nas antecâmaras. Na morte de reis, quem quer que eles tenham sido, sempre há pessoas que perdem alguma coisa e temem não reencontrá-la com o sucessor.

Esse luto, esses soluços, as palavras de Catarina, o conjunto sinistro e majestoso dos últimos momentos de um rei, enfim, a visão mesmo desse rei, tomado por uma doença que desde então se reproduz, mas da qual a ciência não havia ainda tido exemplo, produziram no espírito jovem e portanto ainda impressionável de Henrique um efeito tão terrível que, apesar de sua resolução de não dar nenhuma nova inquietação a Carlos sobre seu estado, não pôde, como dissemos, reprimir o sentimento de terror que se pintou em seu rosto ao perceber esse moribundo coberto de sangue.

Carlos sorriu com tristeza. Nada escapa aos moribundos quanto às impressões daqueles que estão em seu entorno.

– Venha, Henrique — disse estendendo a mão a seu cunhado com uma doçura na voz que Henrique nunca havia notado até então —, venha, pois sofria em não poder vê-lo. Eu lhe atormentei bastante em minha vida, meu pobre amigo e, às vezes, agora eu me repreendo, acredite! Às vezes cedi as mãos àqueles que lhe atormentavam, mas um rei não é senhor dos acontecimentos; e além de minha mãe Catarina, além de meu irmão de Anjou, além de meu irmão de Alençon, tinha acima de mim durante minha vida algo que incomodava, que agora cessa no dia em que eu alcanço a morte: a razão de Estado.

– Sire — balbuciou Henrique —, lembro-me apenas do amor que sempre tive por meu irmão e do respeito que sempre demonstrei a meu rei.

– Sim, sim, tem razão — disse Carlos —; sou-lhe grato por falar assim, Henrique, pois, na verdade, você sofreu muito em meu reinado, e foi em meu reinado que sua pobre mãe morreu. No entanto, você deve ter visto que frequentemente me incitavam. Às vezes resisti, houve ocasiões em que também cedi por cansaço. Mas como disse, não vamos falar mais do passado. Agora é o presente que me incita; é o futuro que me assusta.

Dizendo essas palavras, o pobre rei escondeu o rosto lívido nas mãos descarnadas.

Em seguida, após um instante de silêncio, sacudindo a cabeça para afastar essas ideias obscuras e respingando a seu redor um orvalho de sangue:

– É preciso salvar o Estado — continuou em voz baixa e se inclinando para Henrique. — É preciso impedir que ele caia nas mãos de fanáticos ou de mulheres.

Carlos, como acabamos de dizer, pronunciou essas palavras em voz baixa, e entretanto Henrique acreditou ouvir atrás da divisória da cama uma exclamação surda de raiva. Talvez uma abertura feita na parede, sem que o próprio Carlos soubesse, permitisse a Catarina ouvir essa suprema conversa.

– Mulheres? — retomou o rei de Navarra para provocar uma explicação.

– É, Henrique — disse Carlos —, minha mãe quer a regência enquanto aguarda a volta de meu irmão da Polônia. Mas ouça o que lhe direi, ele não voltará.

– Como? Não voltará? — exclamou Henrique, cujo coração silenciosamente pulava de alegria.

– Não, ele não voltará — continuou Carlos —, seus súditos não o deixarão partir.

– Mas — disse Henrique — você não acredita, meu irmão, que a rainha-mãe lhe teria escrito antes?

– Sim, ela escreveu, mas Nancey pegou o correio em Château-Thierry e trouxe-me a carta. Segundo essa carta, eu ia morrer, dizia ela. Mas eu também escrevi a Varsóvia, e minha carta chegará, tenho certeza, e meu irmão será vigiado. Então, segundo toda probabilidade, o trono estará vago.

Um segundo estremecer ainda mais sensível que o primeiro ouviu-se na alcova.

– Decididamente — disse para si Henrique — ela está ali. Está ouvindo, está esperando!

Carlos nada ouviu.

– Ora — continuou —, morro sem herdeiro homem.

Depois parou: um doce pensamento pareceu clarear seu rosto, e colocando a mão no ombro do rei de Navarra:

– Ai de mim! Você se lembra, Henrique — continuou —, daquela pobre criancinha que lhe mostrei um dia dormindo em seu berço de seda e velado por um anjo? Ai de mim, Henrique, eles o matarão...!

– Oh! Sire! — exclamou Henrique, cujos olhos molharam-se de lágrimas —, juro perante Deus que meus dias e noites se passarão zelando pela vida dele. Dê-me as ordens, meu rei.

– Obrigado, Henrique, obrigado — disse o rei com uma efusão distante de seu caráter, mas que entretanto a situação lhe proporcionava. — Aceito sua palavra. Não faça dele um rei... felizmente ele não nasceu para o trono, mas um homem feliz. Deixo para ele uma fortuna independente. E que ele tenha a nobreza de sua mãe, a do coração. Talvez seja melhor para ele que o destinemos à Igreja. Assim inspiraria menos medo. Oh! Parece que morreria, senão feliz, ao menos tranquilo, se tivesse aqui para me consolar os carinhos da criança e o doce rosto da mãe.

– Sire, não pode mandá-los vir?

– Ah, infeliz! Não sairiam daqui. Eis a condição dos reis, Henri: não podem nem viver, nem morrer como querem. Mas depois de sua promessa, estou mais tranquilo.

Henrique refletiu.

– Sim, sem dúvida, meu rei, prometi, mas será que poderei cumprir?

– O que quer dizer?

– Eu mesmo não serei proscrito, ameaçado como ele, ou até mais? Pois eu sou um homem, e ele é só uma criança.

– Está enganado — respondeu Carlos. — Com a minha morte, você será forte e poderoso, e eis quem lhe dará força e poder.

Com essas palavras, o moribundo retirou um pergaminho de sua cabeceira.

– Aqui — disse-lhe.

Henrique percorreu a folha revestida do selo real.

– A regência para mim, Sire! — disse, ficando branco de alegria.

– Sim, a regência para você, enquanto espera o retorno do duque de Anjou, e como, segundo toda probabilidade, o duque não voltará, não é a regência que este papel lhe dá, mas o trono.

– O trono, para mim! — murmurou Henrique.

– Sim — disse Carlos — para você, o único digno e sobretudo capaz de governar esses galantes devassos, essas moças perdidas que vivem de sangue e lágrimas. Meu irmão de Alençon é um traidor; será traidor com todos, mantenha-o na torre onde o coloquei. Minha mãe desejará sua morte, exile-a. Meu irmão de Anjou, em três meses, em quatro meses, em um ano talvez, deixará Varsóvia e virá disputar o poder. Responda com um breve do papa. Negociei essa questão com meu embaixador, o duque de Nevers, e em pouco tempo você receberá o breve.

– Oh, meu rei!

– Tema apenas uma coisa, Henrique, a guerra civil. Mas mantendo-se convertido, você a evita, pois o partido huguenote só tem consistência se você se posicionar como chefe, e o senhor de Condé não tem força para lutar contra você. A França é um país de planície, Henrique, e portanto um país católico. O rei da França deve ser o rei dos católicos, e não o rei dos huguenotes, pois o rei da França deve ser o rei da maioria. Dizem que tenho remorsos por ter feito a São Bartolomeu. Dúvidas, sim; remorsos, não. Dizem que devolvo o sangue dos huguenotes por todos os meus poros. Eu sei o que devolvo: arsênico, e não sangue.

– Oh! Sire, o que está dizendo?

- Nada. Se minha morte deve ser vingada, Henrique, deve ser vingada apenas por Deus. Não falaremos mais disso a não ser para prever os acontecimentos que se seguirão. Eu lhe lego um bom parlamento, um exército experiente. Apoie-se no parlamento e no exército para resistir a seus únicos inimigos: minha mãe e o duque de Alençon.

Nesse momento, ouviu-se no vestíbulo um rumor surdo de armas e de ordens militares.

– Estou morto — murmurou Henrique.

– Você teme, hesita — disse Carlos com inquietação.

– Eu, Sire?! — replicou Henrique. — Não, não temo. Não hesito. Eu aceito.

Carlos apertou-lhe a mão. E como nesse momento a ama se aproximava dele, segurando um medicamento que ela mesma havia preparado no quarto ao lado, sem prestar atenção ao fato de que o destino da França se decidia a três passos dela, Carlos ordenou:

– Chame minha mãe, minha cara ama, e diga também que mandem vir o senhor de Alençon.

LXV

O REI ESTÁ MORTO: VIVA O REI!

Catarina e o duque de Alençon, ao mesmo tempo lívidos de medo e trêmulos de terror, entraram alguns minutos depois. Como Henrique adivinhara, Catarina sabia de tudo e contara tudo, em poucas palavras, a Francisco. Deram alguns passos e pararam, aguardando.

Henrique estava em pé à cabeceira da cama de Carlos.

O rei lhes declarou sua vontade.

– Senhora — disse para sua mãe —, se eu tivesse um filho, você seria regente; ou, na sua falta, seria o rei da Polônia; ou, na falta do rei da Polônia, por fim, seria meu irmão Francisco. Mas não tenho filho, e, depois de mim, o trono pertence a meu irmão, o duque de Anjou, que está ausente. Como um dia ou outro ele virá reclamar esse trono, não quero que ele encontre no seu lugar um homem que possa, por direitos quase iguais, disputar-lhe os direitos sobre ele, o que exporia consequentemente o reino a guerras entre pretendentes. Eis porque não a faço regente, senhora: você teria que escolher entre seus dois filhos, o que seria duro para o coração de uma mãe. Eis porque não escolhi meu irmão Francisco, pois meu irmão Francisco poderia dizer a seu irmão mais velho: "Você tinha um trono, por que o deixou?". Não, escolhi então um regente que possa receber em salvaguarda a coroa, e que a mantém nas mãos e não na cabeça. Esse regente, o saúde, senhora; o saúde, meu irmão. Esse regente é o rei de Navarra!

E com um gesto de supremo comando, saudou Henrique com a mão.

Catarina e de Alençon fizeram um movimento a meio caminho entre um estremecimento nervoso e uma saudação.

– Tome, meu senhor regente — disse Carlos ao rei de Navarra —; aqui está o pergaminho que, até o retorno do rei da Polônia, dá-lhe o comando dos exércitos, as chaves do tesouro, o direito e o poder real.

Catarina devorava Henrique com o olhar; Francisco cambaleava tanto que mal podia se manter em pé. Mas essa fraqueza de um e a dureza do outro, em vez de tranquilizar Henrique, mostravam-lhe o perigo presente, em pé, ameaçador.

Henrique também fez um esforço bastante violento e, suplantando todos os seus medos, pegou o rolo das mãos do rei; depois, endireitando-se com toda sua altivez, fixou Catarina e Francisco com um olhar que queria dizer:

"Cuidado, eu sou seu soberano."

Catarina compreendeu esse olhar.

– Não, não, nunca! — disse. — Nunca meu povo baixará a cabeça a uma raça estrangeira. Nunca um Bourbon reinará na França enquanto houver um Valois.

– Minha mãe, minha mãe — exclamou Carlos IX, endireitando-se na cama com os lençóis já vermelhos, e mais assustador que nunca —, tome cuidado, ainda sou o rei: não por muito tempo, eu sei, mas não é preciso muito tempo para dar uma ordem; não é preciso muito tempo para punir os assassinos e os envenenadores.

– Muito bem! Dê então, essa ordem, se ousar. Eu darei as minhas. Venha, Francisco, venha.

E saiu rapidamente, arrastando com ela o duque de Alençon.

– Nancey! — gritou Carlos. — Nancey, venha, venha! Eu ordeno, Nancey, quero que detenha minha minha mãe, detenha meu irmão, detenha...

Um gole de sangue cortou a fala de Carlos no momento em que o capitão da guarda abriu a porta, e o rei sufocado agonizou na cama.

Nancey só ouvira seu nome. As ordens que se seguiram, pronunciadas com uma voz menos distinta, perderam-se no espaço.

– Cuide da porta — disse Henrique. — E não deixe ninguém entrar.

Nancey assentiu e se retirou. Henrique levou os olhos a esse corpo inanimado e que se podia confundir com um cadáver, não fosse um leve sopro que agitava o fio de espuma que escorria de seus lábios. Olhou longamente. Em seguida, falando consigo mesmo:

– Eis o instante supremo — disse —; deve-se reinar, deve-se viver?

No mesmo instante a tapeçaria da alcova se ergueu revelando uma cabeça pálida, e uma voz vibrou no meio do silêncio mortal que reinava no quarto real:

– Viver — disse a voz.

– René! — exclamou Henrique.

– Sim, Sire.

– Sua predição era então falsa: então eu não serei rei? — exclamou Henrique.

– Você será, Sire, mas a hora ainda não chegou.

– E como pode saber? Fale para que eu saiba se devo acreditar em você.

– Ouça.

– Estou ouvindo.

– Abaixe-se.

Henrique inclinou-se por cima do corpo de Carlos. René se debruçou ao seu lado. Apenas a largura da cama os separava, e ainda a distância havia diminuído com o movimento duplo de ambos. Entre eles estendia-se, ainda sem voz e sem movimento, o corpo do moribundo.

– Ouça — disse René —, posto aqui pela rainha-mãe para arruinar você, prefiro servi-lo, pois tenho confiança em seu horóscopo. Servindo-o encontro ao mesmo tempo, naquilo que faço, o interesse de meu corpo e de minha alma.

– Foi também a rainha-mãe que ordenou que dissesse isso? — perguntou Henrique cheio de dúvidas e angústias.

– Não — disse René —, mas ouça um segredo.

E se debruçou ainda mais. Henrique o imitou, de forma que as duas cabeças quase se tocaram. Essa conversa entre dois homens curvados sobre o corpo de um rei moribundo tinha algo de tão sombrio que os cabelos do supersticioso florentino arrepiaram-se e um suor abundante brotava do rosto de Henrique.

– Ouça — continuou René —, ouça um segredo que apenas eu sei, e que lhe revelarei se jurar sobre este moribundo me perdoar pela morte de sua mãe.

– Eu já prometi uma vez — disse Henrique, cujo rosto tornava-se obscuro.

– Prometeu, mas não jurou — disse René fazendo um movimento para trás.

— Juro — disse Henrique, esticando a mão direita sobre a cabeça do rei.

— Muito bem, Sire — disse precipitadamente o florentino —, o rei da Polônia está chegando!

— Não — disse Henrique —, a carta foi detida pelo rei Carlos.

— O rei Carlos só deteve uma na rota de Château-Thierry. Mas a rainha-mãe, com sua previdência, havia enviado três em três rotas.

— Oh! É minha desgraça! — disse Henrique.

— Um mensageiro chegou esta manhã de Varsóvia. O rei partia logo atrás dele sem que ninguém pensasse em se opor, pois em Varsóvia a doença do rei ainda era desconhecida. Ele precede Henrique de Anjou só algumas horas.

— Oh! Se eu tivesse apenas oito dias! — disse Henrique.

— Mas você não tem nem oito horas. Você ouviu o barulho de armas sendo preparadas?

— Sim.

— Essas armas preparavam-nas para você. Virão matá-lo até aqui, no quarto do rei.

— O rei ainda não está morto.

René olhou Carlos fixamente.

— Estará em dez minutos. Você tem então dez minutos de vida, talvez menos.

— O que fazer, então?

— Fugir sem perder um minuto; sem perder um segundo.

— Mas por onde? Se me aguardam na antecâmara, vão me matar quando sair.

— Escute: eu arrisco tudo por você, não se esqueça nunca disso.

— Fique tranquilo.

— Siga-me por esta passagem secreta, eu o conduzirei até a poterna. Em seguida, para dar-lhe tempo, irei dizer à rainha-mãe que você está descendo. Supostamente você terá encontrado a passagem e aproveitado para fugir: venha, venha.

Henrique se abaixou sobre Carlos e o beijou na testa.

– Adeus, meu irmão — disse —, não esquecerei nunca que seu último desejo foi me ter como seu sucessor. Não esquecerei nunca que sua última vontade foi me fazer rei. Morra em paz. Em nome de meus irmãos, eu o perdoo pelo sangue derramado.

– Atenção, atenção! — disse René. — Está voltando a si. Fuja antes que ele abra os olhos, fuja.

– Ama! — murmurou Carlos. — Ama!

Henrique pegou na cabeceira de Carlos a espada agora inútil do rei moribundo, colocou o pergaminho que o fazia regente no peito, beijou uma última vez o rosto de Carlos, rodou em volta da cama, e foi embora pela abertura que se fechou atrás dele.

– Ama! — gritou o rei com uma voz mais forte. — Ama!

A criada acorreu.

– O que foi, meu Carlos? — perguntou.

– Ama — disse o rei, a pálpebra aberta e os olhos dilatados pela terrível fixação da morte. — Deve ter acontecido alguma coisa enquanto dormia; vi uma grande luz; vi Deus, nosso mestre; vi meu Senhor Jesus; vi a santa Virgem Maria. Eles rezam, suplicam por mim: o Senhor todo-poderoso me perdoa... me chama... Meu Deus! Meu Deus! Receba-me em sua misericórdia... Meu Deus! Esqueça que eu era rei, pois venho a você sem cetro e sem coroa... Meu Deus! Esqueça os crimes do rei para lembrar-se apenas do sofrimento do homem... Meu Deus! Aqui estou.

E Carlos, que, à medida que pronunciava essas palavras, se erguia cada vez mais como para ir à frente da voz que o chamava, após essas últimas palavras, soltou um suspiro e caiu imóvel e gelado entre os braços de sua ama.

Durante esse tempo, enquanto os soldados, comandados por Catarina, se preparavam na passagem conhecida por todos por onde Henrique devia sair, Henrique, guiado por René, seguia pelo corredor secreto e tomava a poterna, saltava sobre o cavalo que o aguardava e galopava para o local onde sabia que encontraria de Mouy.

De repente, ao som do cavalo, cujo galope ressoava no pavimento sonoro, alguns guardas viraram-se gritando:

– Está fugindo! Está fugindo!

– Quem? — exclamou a rainha-mãe, aproximando-se de uma janela.

– O rei Henrique de Navarra — gritaram os guardas.

– Fogo! — disse Catarina. — Fogo nele!

Os guardas miraram, mas Henrique já estava longe demais.

– Está fugindo — exclamou a rainha-mãe —; então está derrotado.

– Está fugindo — murmurou o duque de Alençon —; então sou o rei.

Mas no mesmo momento, enquanto Francisco e sua mãe ainda estavam à janela, a ponte levadiça rangeu sob os passos de cavalos, e, precedido por um alvoroço de armas e por um grande burburinho, um rapaz a galope, de chapéu na mão, entrou no pátio gritando: "França!", seguido por quatro cavalheiros, cobertos como ele de suor, poeira e sujeira.

– Meu filho! — exclamou Catarina, estendendo os dois braços pela janela.

– Minha mãe! — respondeu o rapaz, saltando do cavalo.

– Meu irmão de Anjou! — exclamou com espanto Francisco, recuando.

– É tarde demais? — perguntou Henrique de Anjou a sua mãe.

– Não, pelo contrário, está em tempo; Deus o conduziu pela mão e não poderia tê-lo trazido em melhor hora. Veja e ouça.

De fato, o senhor de Nancey, capitão da guarda, avançava sobre a sacada do quarto do rei. Todos os olhares se dirigiram para ele. Quebrou uma vareta em dois pedaços, e, com os braços estendidos, segurando um pedaço em cada mão:

– O rei Carlos IX está morto! O rei Carlos IX está morto! O rei Carlos IX está morto! — gritou três vezes.

E deixou cair os dois pedaços da vareta.

– Viva o rei Henrique III! — gritou então Catarina, fazendo o sinal da cruz com um piedoso reconhecimento. — Viva o rei Henrique III!

Todas as vozes repetiram esse grito, exceto a do duque Francisco.

– Ah, ela me enganou! — disse, rasgando o peito com as unhas.

– Venci! — exclamou Catarina. — E aquele odioso bearnês não reinará!

LXVI

EPÍLOGO

Um ano havia se passado desde a morte do rei Carlos IX e a ascensão de seu sucessor ao trono.

O rei Henrique III, felizmente soberano pela graça de Deus e de sua mãe Catarina, havia ido a uma bela procissão feita em honra de Notre-Dame de Cléry.

Tinha partido à pé com a rainha, sua mulher, e toda a corte.

O rei Henrique III podia muito bem dar-se esse pequeno passatempo. Nenhuma preocupação séria o ocupava nessa hora. O rei de Navarra estava em Navarra, onde havia tanto tempo desejado estar, e se ocupava bastante, dizem, de uma linda moça do sangue dos Montmorency e a qual ele chamava de Fosseuse.[1] Margarida estava com ele, triste e sombria, e encontrando naquelas belas montanhas não a distração, mas um reconforto às duas grandes dores da vida: a ausência e a morte.[2]

Paris estava bastante tranquila, e a rainha-mãe, verdadeira regente desde que seu querido filho Henrique tornara-se rei, morava ora no Louvre, ora na residência de Soissons, que ficava situada no cruzamento que hoje cobre o mercado de trigo, e da qual só sobrou a elegante coluna que podemos ver ainda hoje.

Certa tarde, ela estava bastante ocupada estudando os astros com René — cujas pequenas traições ela nunca descobrira, e que havia sido agraciado por ela pelo falso testemunho que havia tão bem dado no caso de Cocunás e La Mole —, quando vieram lhe dizer que um homem, que dizia ter um assunto de extrema importância a lhe comunicar, a aguardava no oratório.

Ela desceu precipitadamente e encontrou o Sire de Maurevel.

– *Ele* está aqui — exclamou o antigo capitão dos petardeiros, sem sequer deixar, contra a etiqueta real, tempo para Catarina dirigir-lhe a palavra.

– *Ele* quem? — perguntou Catarina.

– Quem mais, senhora, senão o rei de Navarra?

– Aqui? — disse Catarina. — Aqui, ele... Henrique... E o que vem fazer, esse imprudente?

– Se acreditarmos nas aparências, ele vem ver a senhora de Sauve, e apenas isso. Se acreditarmos nas probabilidades, ele vem conspirar contra o rei.

– E como sabe que ele está aqui?

– Ontem o vi entrar em uma casa e, um minuto depois, a senhora de Sauve veio juntar-se a ele.

– Tem certeza de que é ele?

– Eu o aguardei até sua saída, o que ocorreu no meio da noite. Às três horas, os dois amantes seguiram caminho. O rei conduziu a senhora de Sauve até a guarita do Louvre. Ali, graças ao porteiro, que sem dúvida é pago por ela, pôde entrar sem ser incomodada, e o rei voltou cantarolando uma canção com um passo tão leve que era como se estivesse no meio de suas montanhas.

– E para onde ele foi?

– À rua de l'Arbre-Sec, hotel Belle-Étoile, junto ao mesmo hospedeiro onde ficavam alojados os dois bruxos que Vossa Majestade mandou executar no ano passado.
– Por que não veio me dizer isso mais cedo?
– Ainda não estava tão certo do fato.
– O que mudou agora?
– Agora, estou.
– Você o viu?
– Exatamente. Eu estava emboscado na casa de um vendedor de vinho da frente. O vi entrar primeiro na mesma casa da véspera. Em seguida, como a senhora de Sauve estava demorando, ele colocou imprudentemente o rosto no vidro de uma janela do primeiro andar, e dessa vez não conservei nenhuma dúvida. Além disso, um minuto depois, a senhora de Sauve veio encontrá-lo novamente.
– E você acha que ficarão, como na noite passada, até às três horas da manhã?
– É possível.
– Onde fica essa casa?
– Perto da Croix-des-Petis-Champs, em direção a Saint-Honoré.
– Bom — disse Catarina. — A senhora de Sauve não conhece sua letra, não é?
– Não.
– Sente-se ali e escreva.
Maurevel obedeceu pegando uma pena:
– Estou pronto, senhora — disse.
Catarina ditou:
"Enquanto o barão de Sauve faz seu serviço no Louvre, a baronesa se ocupa com um de seus amigos marotos em uma casa perto

da Croix-des-Petis-Champs, em direção a Saint-Honoré. O barão de Sauve reconhecerá a casa por uma cruz vermelha que será feita no muro".

– E agora? — perguntou Maurevel.

– Faça uma segunda cópia desta carta — disse Catarina.

Maurevel obedeceu passivamente.

– Agora — disse a rainha —, mande um homem de confiança entregar uma das cartas ao barão de Sauve, e que esse homem deixe cair outra nos corredores do Louvre.

– Não estou entendendo — disse Maurevel.

Catarina deu de ombros.

– Você não entende que um marido que recebe tal carta fica irritado?

– Mas parece, senhora, que nos tempos do rei de Navarra ele não se irritava.

– As coisas que acontecem a um rei talvez não aconteçam a um simples galanteador. Além disso, se ele não se irritar, você vai se irritar por ele.

– Eu?

– Certamente. Reúna quatro homens, seis se for preciso; vista uma máscara, arrombe a porta, como se fossem os enviados do barão, surpreenda os amantes em seu momento de intimidade, ataque em nome do rei. E no dia seguinte, o bilhete perdido no corredor do Louvre, encontrado por alguma alma bondosa que o já terá feito circular, atestará a vingança do marido. O acaso simplesmente terá feito que o galanteador fosse o rei de Navarra. Mas quem poderia adivinhar isso, quando todos achavam que estava em Pau?

Maurevel olhou Catarina com admiração, fez uma reverência e se retirou.

Ao mesmo tempo que Maurevel saía da residência de Soissons, a senhora de Sauve entrava na casinha da Croix-des-Petis-Champs.

Henrique a aguardava com a porta entreaberta.

Assim que a viu na escada, perguntou:

– Você não foi seguida?

– Não — disse Carlota. — Ao menos, que eu saiba.

– Pois acho que eu fui — disse Henrique —; não apenas esta noite, mas também esta tarde.

– Oh! Meu Deus! — disse Carlota. — Você me assusta, Sire. Se uma boa lembrança dada por você a uma antiga amiga o prejudicar, não poderei me consolar.

– Fique tranquila, minha querida — disse o bearnês. — Temos três espadas que vigiam no escuro.

– Três é bem pouco, Sire.

– É o bastante quando são espadas de de Mouy, Saucourt e Barthélemy.

– De Mouy então está com você em Paris?

– Certamente.

– Ousou voltar à capital? Então ele tem, como você, alguma pobre mulher louca por ele?

– Não, mas tem um inimigo que jurou de morte. Só a raiva, minha querida, nos leva a fazer tantas loucuras quanto o amor.

– Obrigada, Sire.

– Oh! Não estou dizendo das loucuras presentes, falo das loucuras passadas e futuras. Mas não discutiremos sobre isso, não temos tempo a perder.

– Então você vai embora?

– Esta noite.

– Os negócios para os quais você veio a Paris terminaram então?

– Eu vim só por você.

– Gascão!

– *Ventre-saint-gris*! Minha querida, estou falando a verdade. Mas afastemos essas lembranças: tenho ainda três ou quatro horas para ser feliz, e depois uma separação eterna.

– Ah, Sire! — disse senhora de Sauve. — De eterno, só o meu amor.

Tendo Henrique dito que não tinha tempo para discussões, não argumentou. Apenas acreditou ou, cético como era, fez como se acreditasse.

Entretanto, como havia dito o rei de Navarra, de Mouy e seus dois companheiros estavam escondidos nos arredores da casa.

Estava combinado que Henrique sairia à meia-noite da casinha em vez de deixar o local às três horas. Como na véspera, reconduziriam a senhora de Sauve ao Louvre, e dali iriam à rua Cerisaie, onde morava Maurevel.

Foi apenas durante o dia que acabava de passar que de Mouy finalmente tivera uma noção certeira da casa que habitava seu inimigo.

Estavam ali havia mais ou menos uma hora quando viram um homem, seguido a alguns passos por outros cinco, se aproximar da pequena casa e, uma após a outra, testar várias chaves.

Vendo isso, de Mouy, escondido no vão de uma porta vizinha, em um único pulo foi do esconderijo até o homem, e o segurou pelo braço.

– Um instante — disse —, não se entra aqui.

O homem deu um salto para trás e, ao pular, seu chapéu caiu.

– De Mouy de Saint-Phale! — exclamou.

– Maurevel! — berrou o huguenote, erguendo a espada. — Eu o procurava, e você surgiu na minha frente, sou grato por isso!

Mas a cólera não o fez esquecer Henrique. E, se virando para a janela, assoviou ao modo dos pastores bearneses.

– Será o suficiente — disse a Saucourt. — Agora venha, assassino! Venha!

E partiu para cima de Maurevel.

Este último tivera tempo de retirar da cintura uma pistola.

– Ah! Desta vez — disse o Assassino de reis, mirando no rapaz — acho que está morto.

E deu um tiro. Mas de Mouy se jogou à direita, e a bala passou sem atingi-lo.

– Minha vez, agora — exclamou o rapaz.

E aplicou em Maurevel um golpe de espada tão poderoso que, mesmo tendo atingido o cinto de couro, a ponta afiada atravessou o obstáculo e penetrou a carne.

O assassino soltou um grito selvagem que acusava uma dor tão profunda que os algozes que o acompanhavam acreditaram que fora atingido fatalmente e fugiram apavorados pelo lado da rua Saint-Honoré.

Maurevel não era nada corajoso. Vendo-se abandonado por seus homens, e tendo à sua frente um adversário como de Mouy, tentou também fugir, e salvou-se pelo mesmo caminho que eles haviam tomado, gritando "socorro!".

De Mouy, Saucourt e Barthélemy, levados pelo ardor, os seguiram.

Quando entravam na rua Grenelle, que haviam pego para cortar caminho, uma janela se abriu e um homem saltou do primeiro andar para a terra fresca regada pela chuva.

Era Henrique.

O assobio de de Mouy o advertira de um perigo qualquer, e um tiro de pistola, indicando-lhe que o perigo era grave, o fez vir em socorro de seus amigos.

Ardente, vigoroso, partiu atrás deles com a espada na mão.

Um grito o guiava: vinha da porta des Sergents. Era Maurevel, que, se sentindo pressionado por de Mouy, clamava uma segunda vez por socorro a seus homens, afastados pelo terror.

Era preciso que se virasse, ou seria apunhalado pelas costas.

Maurevel se virou, encontrou o ferro de seu inimigo, e de modo igualmente rápido deu um tiro tão hábil que seu lenço foi atravessado. Mas de Mouy respondeu rápido.

A espada afundou de novo na carne que já havia talhado, e um duplo jato de sangue esguichou de uma dupla ferida.

– Ele resiste! — gritou Henrique, que estava chegando. — Mate-o! Mate-o, de Mouy!

De Mouy não precisava ser encorajado. Atacou de novo Maurevel, mas este não hesitou. Apoiando a mão esquerda no ferimento, retomou a corrida em desespero.

– Mate-o de vez! Mate-o de vez — gritou o rei. — Eis seus soldados inertes; o desespero dos covardes nada vale para os corajosos.

Maurevel, cujos pulmões explodiam, cuja respiração chiava, e que a cada expiração empapava-se um suor sangrento, caiu de repente em exaustão. Mas logo se levantou, e, se virando sobre um joelho, apresentou a ponta de sua espada a de Mouy.

– Amigos, amigos — gritou Maurevel —, eles são só dois. Fogo, fogo neles!

De fato, Saucourt e Barthélemy haviam se perdido perseguindo os dois algozes que haviam tomado a rua Poulies, e o rei e de Mouy se encontraram sozinhos na presença de quatro homens.

– Fogo! — continuava a gritar Maurevel, enquanto efetivamente um de seus soldados preparava o petrinal.

– Sim, mas antes — disse de Mouy —, morra, traidor, morra, miserável, morra, maldito, como um assassino!

E segurando com uma das mãos a espada cortante de Maurevel, com a outra enfiou a sua de cima para baixo no peito de seu inimigo com tanta força que o pregou no chão.

– Cuidado! Cuidado! — gritou Henrique.

De Mouy deu um pulo para trás, deixando a espada no corpo de Maurevel, pois um soldado o mirava e ia matá-lo à queima-roupa. Ao mesmo tempo, Henrique atravessou com a espada o corpo do soldado, que caiu perto de Maurevel soltando um grito. Os dois outros soldados fugiram.

– Venha, venha de Mouy! — gritou Henrique. — Não podemos perder mais um minuto. Se formos reconhecidos, será nosso fim.

– Espere, Sire. E minha espada, acha que eu quero deixá-la no corpo deste miserável?

E ele se aproximou de Maurevel, que aparentemente jazia sem movimento. No entanto, no momento em que de Mouy colocou a mão no cabo da espada, que efetivamente havia ficado no corpo de Maurevel, este se ergueu armado com o petrinal que o soldado largara ao cair, e deu um tiro à queima-roupa no meio do peito de de Mouy.

O rapaz caiu sem sequer soltar um grito. Morreu instantaneamente.

Henrique partiu para cima de Maurevel, mas ele também havia caído, e sua espada furou nada além de um cadáver.

Precisava fugir; o barulho havia atraído um grande número de pessoas e a guarda noturna poderia vir. Henrique procurou entre os curiosos atraídos pelo barulho, um rosto, algum conhecido; e de repente soltou um grito de alegria.

Tinha acabado de reconhecer mestre La Hurière.

Como a cena se passava ao pé da cruz do Trahoir, ou seja, em frente à rua Arbre-Sec, nossa velha conhecida, cujo humor naturalmente sombrio ficara singularmente ainda mais triste desde a morte de La Mole e de Cocunás, seus dois hóspedes adorados, La Hurière havia deixado seus fornos e panelas exatamente no momento em que preparava o jantar do rei de Navarra.

– Meu caro La Hurière, eu lhe confio de Mouy, embora tema que não haja mais nada a fazer. Leve-o com você, e se viver ainda, não faça economias. Aqui está minha bolsa. Quanto ao outro, deixe-o na valeta, e que apodreça como um cachorro.

– Mas e você? — disse La Hurière.

– Eu tenho um adeus para dizer. Correrei, e em dez minutos estarei em sua casa. Deixe meus cavalos prontos.

E Henrique começou efetivamente a correr em direção à pequena casa da Croix-des-Petits-Champs; mas, ao sair da rua Grenelle, parou aterrorizado.

Um grupo numeroso reunia-se diante da porta.

– O que há nesta casa — perguntou Henrique —, o que aconteceu?

– Oh! — respondeu o interlocutor. — Uma grande desgraça, senhor. Uma moça, jovem e bela, acaba de ser apunhalada pelo marido, para quem entregaram um bilhete alertando-o de que sua mulher estava com um amante.

– E o marido? — exclamou Henrique.

– Salvou-se.

– E a mulher?

– Está aí.

– Morta?

– Ainda não. Mas, graças a Deus, ela não vale muito.

– Oh! — exclamou Henrique. — Então estou amaldiçoado!

E entrou na casa. O quarto estava lotado. Toda aquela gente reunia-se em volta da cama onde estava deitada a pobre Carlota, furada com dois golpes de punhal. Seu marido, que durante dois anos havia dissimulado seu ciúme de Henrique, aproveitou a ocasião para se vingar dela.

– Carlota! Carlota! — gritou Henrique, rompendo a massa e caindo de joelhos em frente à cama.

Carlota reabriu os belos olhos já velados pela morte. Soltou um grito que fez brotar sangue das duas feridas, e fazendo um esforço para se levantar:

– Oh! Eu sabia — disse — que não podia morrer sem revê-lo.

E de fato, como se só tivesse aguardado esse momento para entregar a Henrique aquela alma que tanto o amou, ela encostou os lábios na testa do rei de Navarra, murmurou ainda uma última vez: "Eu o amo", e caiu morta.[3]

Henrique não podia ficar muito tempo sem se arruinar. Retirou seu punhal, cortou um cacho dos belos cabelos louros que tantas vezes soltara para admirar o comprimento, e saiu soluçando entre os lamentos dos assistentes, que não desconfiavam que choravam sobre tão altos infortúnios.

– Amigo, amor — exclamou Henrique desamparado —, tudo me abandona, tudo me deixa, tudo me falta ao mesmo tempo!

– Sim, Sire — disse-lhe baixinho um homem que havia se destacado do grupo de curiosos reunidos em frente à casa e que o havia seguido — mas você ainda tem o trono.

– René! — exclamou Henrique.

– Sim, Sire, René que zela por você: aquele miserável, ao expirar, deu o seu nome. Sabem que está em Paris, os arqueiros procuram-no; fuja, fuja!

– E você diz que serei rei, René! Um fugitivo!

– Veja, Sire — disse o florentino mostrando ao rei uma estrela que saía, brilhante, das dobras de uma nuvem negra — não sou eu quem diz, é ela.

Henrique suspirou e desapareceu na escuridão.

NOTAS

CAPÍTULO I

1   *Guerra de Flandres:* hoje mais conhecida como "Guerra dos oitenta anos", ou "Revolta holandesa", foi responsável pela independência do território onde hoje se encontram os Países Baixos.

2   *"você":* verbo *tutoyer*, que significa tratar alguém por "tu". É uma marca de informalidade e familiaridade.

3   *bearnês:* Originário de Béarn, antigo estado francês. Hoje conhecido como Pyrénées-Atlantiques.

4   *Citereia:* epíteto dado a Vênus ou Afrodite por esta ter nascido da espuma das águas que banham a ilha Citera.

5   *Sang-diou!:* mantivemos em francês as injúrias *Sang-diou* e *Ventre-saint-gris*, blasfêmias eufêmicas próprias do rei de Navarra, que evita dizer *Sang-dieu* ("sangue de Deus") e *vendredi-saint* ("Sexta-feira Santa"), respectivamente.

6   *gascã:* Relativo ou pertencente à Gasconha, França. Adjetivo que pode também qualificar uma pessoa que não cumpre suas promessas.

7   *dama de companhia: Dame d'atours* no original, literalmente "dama de enfeites". É a pessoa encarregada de ajudar na *toilette* da rainha.

CAPÍTULO II

1   *Casa da França:* hoje mais conhecida como "dinastia capetiana", foi uma família que por mais de oitocentos anos se manteve no poder real.

2   *Casa de Lorena:* Família nobre europeia localizada sobretudo no leste da França, cujo início remonta ao século XI. Maria Antonieta, última rainha da França, descende dessa família.

CAPÍTULO III

1   *Miguel d'Hospital:* Michel de L'Hospital (1505-1573), chanceler da França, jurista, foi autor de epístolas e tratados políticos de grande reputação entre seus contemporâneos.

2   *armeiro:* Artesão responsável pela fabricação de armas.

3   *Nettuno* e *Sora:* Cidades italianas próximas de Roma.

4   *Picardia:* Região administrativa situada no norte da França.

5   *óbolo:* Moeda grega de pequeno valor. Aqui no sentido de "esmola", "fazer pouco caso".

6   *moeda de ouro: Écu d'or*, literalmente "escudo de ouro": moeda utilizada no contexto histórico do reinado de Carlos IX.

CAPÍTULO IV

1 *À La Belle-Étoile:* Literalmente *À Bela Estrela*, porém em francês a expressão *dormir à la belle étoile* significa "dormir a céu aberto" ou "à luz da lua".

2 *Mordi: mort de Dieu* (morte de Deus) em dialeto piemontês (oriundo de Piemonte, região da Itália que faz fronteira com a França).

3 *Trippe del papa:* em italiano: tripas do papa.

4 *Cocanha*: no imaginário europeu, espécie de paraíso, ou lugar onde comidas e bebidas eram abundantes e excessivas.

5 *medo da tempestade:* lenda atribuída aos gauleses segundo a qual estes temiam apenas uma coisa: que o "céu caísse sobre suas cabeças". Alusão à tempestade.

6 *seu:* mudança de pronome de tratamento: do "vous" (formal), passou para o "tu" (informal).

7 *partasana:* tipo de lança.

CAPÍTULO V

1 *O guê guerrer focê gom o senhor te Quisa?:* Mantivemos a escolha de Dumas em caracterizar o personagem de uma forma bastante caricatural, deixando explícito seu sotaque alemão.

2 *Et vera incessu patuit dea:* verso extraído do poema épico *Eneida*, de Virgílio: "Ao seu caminhar, a deusa se revela".

3   *tudesco:* alemão; relativo aos, ou próprio dos antigos germanos.

CAPÍTULO VI

1   *Mazille:* Jean Mazille foi o médico de Carlos IX.

CAPÍTULO VII

1   *nobles: Noble à la rose:* moeda de ouro inglesa cujo valor equivale a dois escudos de ouro.

2   *preboste: Prévôté:* na Idade Média, tipo de instância administrativa ligada ao rei. Designação comum a diversos antigos funcionários reais e senhoriais. O preboste é também a pessoa encarregada de aplicar as leis reais.

CAPÍTULO VIII

1   *guisence:* que pertencem à liga de Henrique de Guisa.

2   *ponte levadiça:* ponte móvel típica de castelos e fortalezas, que se ergue para impedir o acesso ao interior do castelo.

3   *Reiters e lansquenetes:* reiters e lansquenetes eram cavaleiros mercenários, grosseiros, brutais, sem piedade.

4   *damasco:* tecido de seda encorpada, de uma só cor, com fundo fosco.

5   *esmoleira: Aumonière,* um tipo de bolsa discreta amarrada à cintura onde se guardava o dinheiro que seria dado aos pobres. A saber, *aumône* significa esmola.

CAPÍTULO IX

1 *Midi:* palavra do francês antigo para denominar o sul da França em geral; de leste a oeste e abaixo de Lyon.

2 *camurças:* mamífero típico de montanhas (Alpes, Bálcãs). Espécie de cabra.

CAPÍTULO X

1 *Ambroise Paré:* Ambroise Paré (1510-1590) é considerado o pai da cirurgia moderna. Autor de várias obras médicas sobre feridas e fraturas, foi o cirurgião da casa de Carlos IX.

2 *Acerrimum humeri vulnus, non autem lethale:* em latim: "a ferida do ombro é a mais grave, mas não é mortal".

3 *alabardeiros:* soldados armados de alabardas.

4 *dobrar fúnebre:* o dobrar dos sinos é geralmente símbolo (ou anúncio) da morte.

5 *Verba volant: Verba volent, scripta manent,* provérbio latino que significa "palavras faladas voam; palavras escritas permanecem".

6 *Oromase:* no zoroastrismo, o ser bom por excelência.

CAPÍTULO XI

1 *Te Deum:* hino cristão de tons alegres, tocado normalmente em ocasiões festivas.

2 *croqué*: antigo jogo a céu aberto que deu origem ao golfe, ao hóquei e ao polo.

3 *pela*: esporte ancestral que deu origem ao tênis moderno. Usava-se a palma da mão (*paume*) no lugar da raquete para arremessar a pela (bola de couro).

4 *adolescente*: o duque de Alençon tem dezessete anos no contexto da história.

5 *Montfaucon*: *Gibet de Montfaucon:* edifício construído no século XIII usado para execuções por enforcamento. Foi destruído na segunda metade do século XVIII.

6 *bestia:* em italiano: besta, no sentido de animal, os homens que carregam a rainha.

CAPÍTULO XII

1 *Benvenuto Cellini*: Benvenuto Cellini foi um ourives e escultor que trabalhou para Francisco I.

2 *Ájax Telamon*: personagem da mitologia grega. Ájax, filho de Telamon, lutou durante um dia inteiro com Heitor, em um único combate.

3 *Ciro*: Dumas mistura dois personagens: o filho de Creso que encontra voz para salvar o pai do perigo e Ciro (559 a.C.–530 a.C.), filho de Cambises, rei da Pérsia que combate Creso.

CAPÍTULO XIV

1   *exórdio:* palavra do campo semântico da retórica antiga. Exórdio é o começo de um discurso, o preâmbulo.

CAPÍTULO XV

1   *mão gorda e pequena*: Catarina de Médicis é conhecida pela beleza de suas mãos. Convém lembrar que, no século XVI, pessoas gordas eram o padrão de beleza.

2   *pazza:* em italiano: "louca".

3   *Ruggieri*: Côme Ruggieri (morto em 1615), florentino especializado em astrologia e em necromancia (a arte de saber o futuro através dos mortos).

4   *Nostradamus:* Michel de Nostre-Dame, conhecido como Nostradamus (1503-1566), foi médico, boticário e astrólogo. Desde 1532, publicava todo ano as "previsões" do ano seguinte. Em 1555, publicou um livro que teve um sucesso imediato. Catarina de Médicis, ávida de profecias, leu as *Profécies de M. Nostradamus* e pediu para conhecer o autor. O importante para a história de Dumas é que Nostradamus teria previsto a morte de todos os filhos de Catarina de Médicis e a ascenção real de Henrique de Navarra como herdeiro legítimo do trono dos Valois.

5   *almiscarado:* em francês, *Musqué:* perfumado com almíscar.

CAPÍTULO XVI

1   *Noël e Haro*: gritos típicos da época retratada no livro, equivaliam à alegria e ao medo, respectivamente. Noël (literalmente, Natal), a noite

do nascimento do Salvador. Haro vem da palavra ladro, ladrão; esse grito era usado para identificar algum perigo.

2 *faubourg:* a palavra *faubourg* era usada na época com o sentido de "subúrbio". O termo refere-se a uma aglomeração formada no entorno de uma via que ficava para fora a partir de uma das entradas da cidade. Atualmente, *faubourg* remete mais à ideia de *banlieue*, ou seja, de "arredores".

3 *esquadrão volante: Escadron volant:* refere-se ao grupo de mulheres que acompanhava Catarina de Médicis. Eram encarregadas de pacificar as relações humanas por meio de conversas.

CAPÍTULO XVIII

1 *Esculápio*: Deus da medicina na mitologia romana.

2 *lanterna*: espécie de "casinha" que se encontra no ponto mais alto de um edifício e que serve para iluminá-lo do alto.

3 *pelourinho*: deve-se ter em mente que essa construção não se assemelha ao pelourinho brasileiro, mas a um coreto de praça pública.

4 *Artemísia:* Aqui, no sentido de "chefe", mulher soberana.

CAPÍTULO XIX

1 *retortas*: instrumento para a destilação; tipo de tubo de ensaio curvo.

2 *Artaxerxes*: rei persa, filho de Xerxes I. Não faz parte dos personagens tradicionais do teatro das feiras de exposição dessa época. Existe um personagem chamado Artaxerxe, de Jean Magnon, mas data de 1644.

3   *omnis caro fenum:* Em latim: "Toda carne é como o feno".

4   *chassé-croisé:* passo de dança em que cada pessoa vai para um lado ou em que os dançarinos trocam de lugar ao mesmo tempo.

CAPÍTULO XX
1   *luquês*: Natural de Lucca, na Itália.

CAPÍTULO XXII
1   *Áccio:* batalha de Áccio (31 a.C), na Grécia antiga. Ficou conhecida porque pôs fim à República e instaurou o Império. Marca também a ascensão de Augusto.

2   *pomo de cheiro*: *pomme de senteur*: literalmente, maçã (ou pomo) de cheiro. Bijuteria na forma de esfera na qual eram introduzidos perfumes de todo tipo.

CAPÍTULO XXIV
1   *sua mulher afogada*: Alusão à fabula de La Fontaine "La femme noyée" (A mulher afogada).

2   *Qui ad lecticam meam stant?* [...] *Cum ignoto:*
– Quem está do lado de fora?
– Dois pajens e um escudeiro.
– Bom! São uns bárbaros! Diga-me, La Mole, quem você encontrou em seu quarto?
– O duque Francisco.
– O que fazia?
– Não sei.

- Com quem estava?
- Com um desconhecido. (N.A.)

3 *Was ist das?:* "O que há?", em alemão.

4 *Ich verstehe nicht:* "Não estou entendendo", em alemão.

5 *Gehe zum Teufel!:* "Vá para o diabo!", em alemão.

6 *cerca de cinco horas da tarde e, consequentemente, noite escura:* Lembramos ao leitor que a essa altura da história já é praticamente inverno na França, ou seja, os dias são curtos e o sol se põe por volta das quatro horas da tarde.

CAPÍTULO XXV

1 *Sola sum introito, carissime.:* Estou sozinha; entre, meu querido. (N.A.)

2 *ferre-o:* "ferrar" aqui é usado no sentido de furar com ferro.

CAPÍTULO XXVI

1 *Medoro:* Medoro é um personagem de *Orlando Furioso,* de Ariosto. Ferido no campo de batalha, foi salvo, escondido e cuidado pela bela Angélica.

2 *La Rochelle:* Depois da noite de São Bartolomeu, os protestantes se revoltaram contra o poder real que os traíra e tomaram várias cidades do Midi e do Centre-Ouest, entre elas La Rochelle, onde o exército real estabeleceu um acampamento.

3 *caixas de ouro*: segundo Tallement des Réaux, "[Margarida] usava um grande *vertugadim* com pequenos bolsos por toda a volta; dentro de cada um, ela colocava uma caixa onde estava o coração de um de seus amantes mortos, pois cuidava para que, à medida que eles morriam, seus corações fossem embalsamados. Esse *vertugadim* ficava pendurado todas as noites em um gancho que era fechado a cadeados atrás da cabeceira de sua cama" *(História de Margarida de Valois)*.

CAPÍTULO XXVIII

1 *arbalestra*: arma antiga, formada de arco, cabo e corda, com que se disparavam pelouros ou flechas. Também conhecida como besta.

2 *a questão da Polônia*: Catarina de Médicis, quando o trono elegível da Polônia estava vago, fez uma ativa campanha eleitoral em favor de seu filho, o duque de Anjou e futuro Henrique III. Ele foi eleito rei da Polônia em 1573 e deixou a França lamentando-se durante o inverno de 1573-1574 para ganhar um reino que considerava bárbaro. No verão de 1574 ficou sabendo da morte de seu irmão, o rei Carlos IX e então fugiu sem hesitar, passando pela Áustria e pela Itália e chegando à França em setembro de 1574. Assim, ocupou suas funções de soberano e foi consagrado em Reims em fevereiro de 1575.

CAPÍTULO XXIX

1 *molosso*: espécie de cão de guarda.

CAPÍTULO XXXI

1 *solitário*: *Solitaire* é o nome dado ao javali macho adulto.

2   *quincunce*: plantação de árvores dispostas em xadrez, uma em cada canto e uma ao centro.

3   *visconde de Turenne*: trata-se de Henrique de La Tour, visconde de Turenne (1555-1623). Pertenceu à casa de La Tour d'Auvergne, a mesma de Catarina de Médicis. O visconde era muito próximo do duque de Alençon. Ele se converteu ao calvinismo em torno de 1575 e tornou-se então um fiel aliado de Henrique de Navarra. Na época dessa famosa caça, ele ainda não havia aderido publicamente ao protestantismo.

4   *Hallali! Hallali!:* Grito de caça que anuncia que o animal está morrendo e/ou prestes a ser capturado.

5   *protestante*: A duquesa de Nevers usa o mesmo termo pejorativo, "*parpaillot*", que é usado para designar os protestantes.

CAPÍTULO XXXII

1   *caminho das honras*: *Carrière des honneurs*: provavelmente uma alusão ao *cursus honorum* (caminho das honras), percurso das magistraturas públicas da Roma antiga.

2   *duzentas léguas*: uma légua equivale a cerca de 6,6 quilômetros.

CAPÍTULO XXXIII

1   *Elizabeth:* Carlos IX havia se casado com Elizabeth da Áustria, filha de Maximiliano. (N.A.)

2   *Chauffe-doux:* espécie de braseiro. (N.A.)

3   *Quaere et invenies:* em latim: "Procure e achará".

4   *médio-recolher: Petit-coucher:* o *couché* é o recolher, a última recepção que o nobre faz antes de dormir. *Petit-couché* é o intervalo entre o *couché*, a recepção, e a hora do adormecer propriamente dito.

CAPÍTULO XXXV

1   *báquicas:* A palavra "báquicas" se refere ao deus antigo Baco, deus do vinho e dos excessos.

CAPÍTULO XXXVI

1   *e se este meninão aí dormisse no Louvre em vez de dormir aqui...*: De fato, este filho natural, que era o famoso duque de Angoulême, morto em 1650, teria suprimido, se fosse legítimo, Henrique III, Henrique IV, Luís XIII e Luís XIV. O que ele nos deu em vez disso? A mente se confunde e se perde nas trevas de uma tal questão. (N.A.)

2   *"Je charme tout"*: "Eu encanto". Transformando uma consoante repetida em vogal, é um anagrama em francês de Marie Touchet.

CAPÍTULO XXXVII

1   *Lorenzino:* Lorenzino (ou Lorenzaccio) assassinou em 1537 seu primo Alexandre de Médicis, duque da Città di Penna, considerado o tirano de Florença. Alfred de Musset escreveu um drama sobre esse assunto inspirado em uma crônica italiana de Varchi e em uma peça histórica de George Sand (*Une conspiration en 1537*). O texto de Musset foi publicado em 1834. Foi representado em Paris em 1896, e Sarah Bernhardt interpretava o papel principal. Esse drama romântico expressa a decepção dos republicanos depois de 1830, quando se estabeleceu a Monarquia de Julho.

CAPÍTULO XXXIX

1   *Bíon de Esmirna e Mosco*: Bíon de Esmirna foi um poeta bucólico grego nativo de Esmirna (Grécia, 290 a.C). Mosco era igualmente um poeta grego, discípulo de Bíon.

2   *Dáfnis e Coridão*: Dáfnis e Coridão são personagens da obra *As Bucólicas*, de Virgílio.

3   "*ad Sarmatiae legatos reginae Margaritae concio*": "Discurso da rainha Margarida aos embaixadores sármatas". (N.A.)

CAPÍTULO XL

1   *chagrém*: couro de superfície granulada preparado com pele de equinos, asininos ou caprinos e usado especialmente na prática da encadernação.

CAPÍTULO XLI

1   *sangrá-lo*: o termo aqui está no sentido de aplicar a sangria, que consiste em uma intervenção médica que faz sangrar artificialmente uma veia com o objetivo de cura.

CAPÍTULO XLII

1   *tenca*: peixe de água doce.

CAPÍTULO XLIII

1   *Jaguelões*: os Jaguelões foram uma dinastia de origem lituana que reinou na Polônia até 1572.

2   *Quod nunc hac in aulâ insperati adestis exultaaremus ego et conjux, nisi ideo immineret calimitas, scilicet non solum fratris sed etiam amici orbitas*: Sua

presença inesperada nos encheria de alegria, a mim e a meu marido, se ela não trouxesse uma grande infelicidade, ou seja, não apenas a perda de um irmão, mas também de um amigo. (N.A.)

3 *Adeo dolemur a te dividi ut tecum proficisci maluissemus sed idem fatum que nuns sine ullâ morâ Lutetiâ ceder juberis hac in urbe detinet. Proficiscere ergo, frater. Proficiscere, amice. Proficiscere sine nobis. Proficiscentem sequentur spes et desidera nostra*: desespera-nos nos separarmos de você, quando preferíamos partir com você. Mas o mesmo destino que deseja que você parta imediatamente de Paris nos acorrenta, a nós, nesta cidade. Parta, então, querido irmão; parta, então, querido amigo, parta sem nós. Nossa esperança e nossos desejos o acompanham.

4 *cospetto*: interjeição italiana que expressa admiração ou espanto. No português, poderia equivaler-se a "Céus!".

CAPÍTULO XLIV

1 *pointers*: os *pointers* correspondem a uma categoria de cães de caça. Eles têm a função de "apontar" a caça.

CAPÍTULO XLV

1 *balestreiros:* soldados que usavam uma balestra ou uma besta como arma.

2 *pântanos*: o Marais é hoje um bairro parisiense situado entre o terceiro e o quarto *arrondissement* (distrito). É uma antiga área pantanosa (*marais*) ocupada desde o século XII por ordens religiosas, entre as quais a Ordem do Templo (*Temple*).

CAPÍTULO XLVI

1   *falcoaria:* arte de adestrar aves de rapina para a caça, não apenas falcões, como sugere o nome.

2   *Pau:* cidade natal de Henrique de Navarra, localizada no sudoeste da França.

CAPÍTULO XLIX

1   *consumição:* em francês, "*la consomption*" pode se referir à tuberculose.

2   *êxtase magnético:* tipo de hipnotismo muito em voga no final do século XVIII conhecido como magnetismo animal. Em outro livro (*Le collier de la Reine*), Dumas descreve uma sessão de magnetismo.

CAPÍTULO L

1   *garça preta: Héron,* no original: ave da família da garça, mas cuja plumagem é mais acinzentada. A cor específica da garça aqui é importante para a compreensão das metáforas que aparecem na continuação do texto.

CAPÍTULO LII

1   *sub tegmine fagi:* "À sombra da faia". Excerto do primeiro verso de *As Bucólicas* de Virgílio: "*Tityre, tu patulae recubans sub tegmine fagi*"; "Ó, Títirio, tu, deitado à sombra de uma vasta faia".

CAPÍTULO LIV

1   *tortura com botas:* no original, *brodequin,* instrumento de tortura que consistia em esmagar as pernas do acusado com o uso de cunhas batidas com uma marreta.

CAPÍTULO LV

1   "Textual". (N.A.) Aqui significando que o autor reproduz a carta escrita por Catherina de Médicis. (N.T.)

CAPÍTULO LVI

1   *mantos negros*: a indumentária preta refere-se aqui aos juízes, ou seja, à classe dos magistrados.

CAPÍTULO LIX

1   *papa Clemente*: Clemente VII (Jules de Médicis) foi tio de Catarina de Médicis. Ele morreu em 1534.

CAPÍTULO LXI

1   *patibular*: que traz à ideia o crime ou o remorso.

2   *gredosa*: referente a greda, o calcário fraco, que pode se esfarelar facilmente.

CAPÍTULO LXIII

1   *a dois tiros de mosquete:* o alcance médio dos mosquetes no século XVI variava de 50 a 300 metros.

CAPÍTULO LXVI

1   *Fosseuse*: referência ao município de Fosseuse na região de Picardia, ao norte de Paris. Esse município foi fundado pela família Montmorency, a quem as terras da região pertenceram por mais de duzentos anos.

2   *Margarida estava com ele, triste e sombria, e encontrando naquelas belas montanhas não a distração, mas um reconforto às duas grandes dores da vida: a ausência e a morte*: Alexandre Dumas muda ligeiramente a cro-

nologia, pois Henrique de Navarra só consegue fugir da corte em fevereiro de 1576 e Margarida, acompanhada de Catarina de Médicis, o encontra em La Réole no dia 2 de outubro de 1578.

3   *e caiu morta*: Carlota de Sauve morreu de morte natural em 1617. O drama contado por Dumas é então uma completa ficção.

Este livro foi composto em
Crimson Roman no corpo 10.5/15
e impresso em papel Chambril Avena 70g/m² pela
RR Donnelley.